Über dieses Buch

Mit Erscheinen dieses zweiten Nachlaß-Bandes liegt das gesamte erzählerische und betrachtende Werk Franz Kafkas, wie Max Brod es herausgegeben hat, in Einzelausgaben als Taschenbuch vor.

Der Roman ›Hochzeitsvorbereitungen auf dem Lande‹, der Fragment geblieben ist, gehört zur frühesten Prosa Franz Kafkas. Er entstand vermutlich zwischen 1907 und 1908 - Max Brod hat ihn 1951 der ›Neuen Rundschau‹ zur Erstveröffentlichung gegeben und ihn dann 1953 diesem das Gesamtwerk abschließenden Nachlaßband vorangestellt. Er enthält neben den ›Betrachtungen über Sünde, Leid, Hoffnung und den wahren Weg‹, die Kafka selbst aus seinen ›Oktavheften‹, tagebuchähnlichen Arbeitsjournalen, exzerpiert hat, die vollständigen Eintragungen in diese Oktavhefte sowie Fragmente aus Heften und losen Blättern, vor allem aber den zum Verständnis von Werk und Persönlichkeit unentbehrlichen ›Brief an den Vater‹. Querverweise im bibliographischen Nachweis ermöglichen es, die einzelnen von Kafka aus den Oktavheften exzerpierten ›Betrachtungen‹ im Zusammenhang der übrigen Eintragungen nachzuschlagen.

Der Autor

Franz Kafka wurde am 3. Juli 1883 als Sohn eines jüdischen Kaufmanns in Prag geboren. Von 1901 bis 1906 studierte er zunächst kurze Zeit Germanistik, dann Jura. Nach der Promotion zum Dr. jur. absolvierte er eine einjährige ›Rechtspraxis‹, trat dann 1907 in die ›Assicurazioni Generali‹ ein und ging 1908 als Jurist zur ›Arbeiter-Unfall-Versicherungs-Anstalt‹, wo er bis zu seiner Pensionierung im Jahre 1922 blieb. Ende 1917 wurde eine Tuberkulose festgestellt, an der er einige Jahre später, am 3. Juni 1924, starb.
Seinen Nachlaß hatte er testamentarisch zur Verbrennung bestimmt. Sein naher Freund und Nachlaßverwalter Max Brod führte diesen Wunsch jedoch nicht aus und rettete so einige der größten Dichtungen unseres Jahrhunderts.
Im Fischer Taschenbuch Verlag liegen außerdem vor, herausgegeben von Max Brod: ›Amerika‹ (Bd. 132), ›Der Prozeß‹ (Bd. 676), ›Das Schloß‹ (Bd. 900), ›Beschreibung eines Kampfes. Novellen, Skizzen, Aphorismen aus dem Nachlaß‹ (Bd. 2066), ›Sämtliche Erzählungen‹ (Bd. 1078), ›Briefe an Milena‹ (Bd. 756), ›Briefe 1902–1924‹ (Bd. 1575), ›Tagebücher 1910–1923‹ (Bd. 1346). Ferner: ›Brief an den Vater‹ (Bd. 1629), ›Briefe an Felice und andere Korrespondenz aus der Verlobungszeit‹ (Bd. 1697). Außerdem: ›Das Kafka-Buch‹ (Bd. 708), Max Brod ›Über Franz Kafka‹ (Bd. 1496), Walter H. Sokel ›Franz Kafka. Tragik und Ironie‹ (Bd. 1790).

FRANZ KAFKA

HOCHZEITSVORBEREITUNGEN AUF DEM LANDE

und andere Prosa aus dem Nachlaß

Herausgegeben von Max Brod

Fischer Taschenbuch Verlag

Die Erstausgabe dieses Bandes erschien 1953 innerhalb der ›Gesammelten Werke. Herausgegeben von Max Brod‹ im S. Fischer Verlag, Frankfurt am Main.

Ungekürzte Ausgabe
Fischer Taschenbuch Verlag
September 1980
Umschlagentwurf: Jan Buchholz/Reni Hinsch
Fischer Taschenbuch Verlag GmbH, Frankfurt am Main
Lizenzausgabe mit freundlicher Genehmigung von
Schocken Books Inc., New York City, USA

Satzherstellung: Otto Gutfreund & Sohn, Darmstadt
Druck und Bindung: Hanseatische Druckanstalt GmbH, Hamburg
Printed in Germany
880-ISBN-3-596-22067-x

INHALT

Die * neben einer Überschrift oder neben einzelnen Zeilen kennzeichnen die Stellen, die vom Herausgeber im Anhang, S. 317–335, mit Anmerkungen versehen sind.

HOCHZEITSVORBEREITUNGEN AUF DEM LANDE

I

Als Eduard Raban, durch den Flurgang kommend, in die Öffnung des Tores trat, sah er, daß es regnete. Es regnete wenig.
Auf dem Trottoir gleich vor ihm gab es viele Menschen in verschiedenartigem Schritt. Manchmal trat einer vor und durchquerte die Fahrbahn. Ein kleines Mädchen hielt in den vorgestreckten Händen ein müdes Hündchen. Zwei Herren machten einander Mitteilungen. Der eine hielt die Hände mit der innern Fläche nach oben und bewegte sie gleichmäßig, als halte er eine Last in Schwebe. Da erblickte man eine Dame, deren Hut viel beladen war mit Bändern, Spangen und Blumen. Und es eilte ein junger Mensch mit dünnem Stock vorüber, die linke Hand, als wäre sie gelähmt, platt auf der Brust. Ab und zu kamen Männer, welche rauchten und kleine aufrechte längliche Wolken vor sich her trugen. Drei Herren – zwei hielten leichte Überröcke auf dem geknickten Unterarm – gingen oft von der Häusermauer zum Rande des Trottoirs vor, betrachteten das, was sich dort ereignete, und zogen dann sprechend sich wieder zurück.
Durch die Lücken zwischen den Vorübergehenden sah man die regelmäßig gefügten Steine der Fahrbahn. Da wurden Wagen auf zarten hohen Rädern von Pferden mit gestreckten Hälsen gezogen. Die Leute, welche auf den gepolsterten Sitzen lehnten, sahen schweigend die Fußgänger an, die Läden, die Balkone und den Himmel. Sollte ein Wagen einem andern vorfahren, dann preßten sich die Pferde aneinander und das Riemenzeug hing baumelnd. Die Tiere rissen an der Deichsel, der Wagen rollte, eilig schaukelnd, bis der Bogen um den vordern Wagen vollendet war und die Pferde wieder auseinander traten, nur die schmalen ruhigen Köpfe einander zugeneigt.
Einige Leute kamen rasch auf das Haustor zu, auf dem trockenen Mosaik blieben sie stehn, wandten sich langsam um und schauten in den Regen, der eingezwängt in diese enge Gasse verworren fiel.
Raban fühlte sich müde. Seine Lippen waren blaß wie das ausgebleichte Rot seiner dicken Krawatte, die ein maurisches Muster

zeigte. Die Dame bei dem Türstein drüben, die bis jetzt ihre Schuhe angesehn hatte, die unter dem enggehaltenen Rock ganz sichtbar waren, sah jetzt auf ihn. Sie tat es gleichgültig, und außerdem sah sie vielleicht nur auf den Regenfall vor ihm oder auf die kleinen Firmaschildchen, die über seinem Haar an der Tür befestigt waren. Raban glaubte, sie schaue verwundert. ›Also‹, dachte er, ›wenn ich es ihr erzählen könnte, würde sie gar nicht staunen. Man arbeitet so übertrieben im Amt, daß man dann sogar zu müde ist, um seine Ferien gut zu genießen. Aber durch alle Arbeit erlangt man noch keinen Anspruch darauf, von allen mit Liebe behandelt zu werden, vielmehr ist man allein, gänzlich fremd und nur Gegenstand der Neugierde. Und solange du *man* sagst an Stelle von *ich,* ist es nichts und man kann diese Geschichte aufsagen, sobald du aber dir eingestehst, daß du selbst es bist, dann wirst du förmlich durchbohrt und bist entsetzt.‹

Er stellte den mit gewürfeltem Tuch benähten Handkoffer nieder und beugte dabei die Knie ein. Schon rann das Regenwasser an der Kante der Fahrbahn in Streifen, die sich zu den tiefer gelegenen Kanälen fast spannten.

›Wenn ich aber selbst unterscheide zwischen *man* und *ich,* wie darf ich mich dann über die andern beklagen. Sie sind wahrscheinlich nicht ungerecht, aber ich bin zu müde, um alles einzusehn. Ich bin sogar zu müde, um ohne Anstrengung den Weg zum Bahnhof zu gehn, der doch kurz ist. Warum bleibe ich also diese kleinen Ferien über nicht in der Stadt, um mich zu erholen? Ich bin doch unvernünftig. – Die Reise wird mich krank machen, ich weiß es wohl. Mein Zimmer wird nicht genügend bequem sein, das ist auf dem Land nicht anders möglich. Kaum sind wir auch in der ersten Hälfte des Juni, die Luft auf dem Lande ist oft noch sehr kühl. Zwar bin ich vorsichtig gekleidet, aber ich werde mich selbst Leuten anschließen müssen, die spät am Abend spazieren. Es sind dort Teiche, man wird entlang der Teiche spazierengehn. Da werde ich mich sicher erkälten. Dagegen werde ich mich bei den Gesprächen wenig hervortun. Ich werde den Teich nicht mit andern Teichen in einem entfernten Land vergleichen können, denn ich bin nie gereist, und um vom Mond zu reden und Seligkeit zu empfinden und schwärmend auf Schutthaufen zu steigen, dazu bin ich doch zu alt, um nicht ausgelacht zu werden.‹

Die Leute gingen mit etwas tief gehaltenen Köpfen vorüber, über denen sie lose die dunklen Schirme trugen. Ein Lastwagen fuhr auch vorüber, auf dessen mit Stroh gefüllten Kutschersitz ein Mann so nachlässig die Beine streckte, daß ein Fuß fast die Erde berührte, während der andere gut auf Stroh und Fetzen lag. Es sah aus, als sitze er bei schönem Wetter in einem Felde. Doch hielt er aufmerksam die Zügel, daß sich der Wagen, auf dem Eisenstangen aneinanderschlugen, gut durch das Gedränge drehte. Auf der Erde sah man in der Nässe den Widerschein des Eisens von Steinreihen zu Steinreihen in Windungen und langsam gleiten. Der kleine Junge bei der Dame gegenüber war gkleidet wie ein alter Weinbauer. Sein faltiges Kleid machte unten einen großen Kreis und war nur, fast schon unter den Achseln, von einem Lederriemen umfaßt. Seine halbkugelige Mütze reichte bis zu den Brauen und ließ von der Spitze aus eine Quaste bis zum linken Ohr hinunterhängen. Der Regen freute ihn. Er lief aus dem Tor und schaute mit offenen Augen zum Himmel, um mehr Regen abzufangen. Er sprang oft hoch, so daß das Wasser viel spritzte und Vorübergehende ihn sehr tadelten. Da rief ihn die Dame und hielt ihn fortan mit der Hand; doch weinte er nicht.

Raban erschrak da. War es nicht schon spät? Da er Überzieher und Rock offen trug, griff er rasch nach seiner Uhr. Sie ging nicht. Verdrießlich fragte er einen Nachbarn, der ein wenig tiefer im Flur stand, nach der Zeit. Der führte ein Gespräch und noch in dem Gelächter, das dazu gehörte, sagte er: »Bitte, vier Uhr vorüber« und wandte sich ab.

Raban spannte schnell sein Schirmtuch auf und nahm seinen Koffer in die Hand. Als er aber auf die Straße treten wollte, wurde ihm der Weg durch einige eilende Frauen versperrt, die er also noch vorüberließ. Er sah dabei auf den Hut eines kleinen Mädchens nieder, der, aus rotgefärbtem Stroh geflochten, auf dem gewellten Rande ein grünes Kränzchen trug.

Noch hatte er es in der Erinnerung, als er schon auf der Straße war, die ein wenig in der Richtung anstieg, in die er gehen wollte. Dann vergaß er es, denn er mußte sich jetzt ein wenig bemühn; das Köfferchen war ihm nicht leicht und der Wind blies ihm ganz entgegen, machte den Rock wehen und drückte die Schirmdrähte vorne ein.

Er mußte tiefer atmen; eine Uhr auf einem nahen Platz in der Tiefe schlug ein Viertel auf fünf, er sah unter dem Schirm die leichten kurzen Schritte der Leute, die ihm entgegen kamen, gebremste Wagenräder knirschten, sich langsamer drehend, die Pferde streckten ihre dünnen Vorderbeine, gewagt wie Gemsen im Gebirge.

Da schien es Raban, er werde auch noch die lange schlimme Zeit der nächsten vierzehn Tage überstehn. Denn es sind nur vierzehn Tage, also eine begrenzte Zeit, und wenn auch die Ärgernisse immer größer werden, so vermindert sich doch die Zeit, während welcher man sie ertragen muß. Daher wächst der Mut ohne Zweifel. ›Alle, die mich quälen wollen und die jetzt den ganzen Raum um mich besetzt haben, werden ganz allmählich durch den gütigen Ablauf dieser Tage zurückgedrängt, ohne daß ich ihnen auch nur im geringsten helfen müßte. Und ich kann, wie es sich als natürlich ergeben wird, schwach und still sein und alles mit mir ausführen lassen und doch muß alles gut werden, nur durch die verfließenden Tage.

Und überdies kann ich es nicht machen, wie ich es immer als Kind bei gefährlichen Geschäften machte? Ich brauche nicht einmal selbst aufs Land fahren, das ist nicht nötig. Ich schicke meinen angekleideten Körper. Wankt er zur Tür meines Zimmers hinaus, so zeigt das Wanken nicht Furcht, sondern seine Nichtigkeit. Es ist auch nicht Aufregung, wenn er über die Treppe stolpert, wenn er schluchzend aufs Land fährt und weinend dort sein Nachtmahl ißt. Denn ich, ich liege inzwischen in meinem Bett, glatt zugedeckt mit gelbbrauner Decke, ausgesetzt der Luft, die durch das wenig geöffnete Zimmer weht. Die Wagen und Leute auf der Gasse fahren und gehen zögernd auf blankem Boden, denn ich träume noch. Kutscher und Spaziergänger sind schüchtern und jeden Schritt, den sie vorwärts wollen, erbitten sie von mir, indem sie mich ansehn. Ich ermuntere sie, sie finden kein Hindernis.

Ich habe, wie ich im Bett liege, die Gestalt eines großen Käfers, eines Hirschkäfers oder eines Maikäfers, glaube ich.‹

Vor einer Auslage, in der hinter einer nassen gläsernen Scheibe auf Stäbchen kleine Herrenhüte hingen, blieb er stehn und schaute, die Lippen gespitzt, in sie. ›Nun, mein Hut wird für die Ferien noch reichen‹, dachte er und ging weiter, ›und wenn mich niemand meines Hutes halber leiden kann, dann ist es desto besser.

Eines Käfers große Gestalt, ja. Ich stellte es dann so an, als handle es sich um einen Winterschlaf, und ich preßte meine Beinchen an meinen gebauchten Leib. Und ich lisple eine kleine Zahl Worte, das sind Anordnungen an meinen traurigen Körper, der knapp bei mir steht und gebeugt ist. Bald bin ich fertig – er verbeugt sich, er geht flüchtig und alles wird er aufs beste vollführen, während ich ruhe.‹

Er erreichte ein freistehendes, sich rundwölbendes Tor, das auf der Höhe der steilen Gasse auf einen kleinen Platz führte, der von vielen schon beleuchteten Geschäften umgeben war. In der Mitte des Platzes, durch das Licht am Rande etwas verdunkelt, stand das niedrige Denkmal eines sitzenden nachdenklichen Mannes. Die Leute bewegten sich wie schmale Blendscheiben vor den Lichtern, und da die Pfützen allen Glanz weit und tief ausbreiteten, änderte sich der Anblick des Platzes unaufhörlich.

Raban drang wohl weit im Platze vor, wich aber den treibenden Wagen zuckend aus, sprang von vereinzeltem trockenem Stein wieder zu trockenen Steinen und hielt den offenen Schirm in der hocherhobenen Hand, um alles rund herum zu sehn. Bis er bei einer Laternenstange – einer Haltestelle der elektrischen Bahn –, die auf einen kleinen viereckigen Pflasteraufbau gestellt war, stehenblieb.

›Auf dem Lande erwartet man mich doch. Macht man sich nicht schon Gedanken? Aber ich habe ihr die Woche über, seit sie auf dem Lande ist, nicht geschrieben, nur heute früh. Da stellt man sich schon mein Aussehen am Ende anders vor. Man glaubt vielleicht, daß ich losstürze, wenn ich einen anspreche, doch das ist nicht meine Gewohnheit, oder daß ich umarme, wenn ich ankomme, auch das tue ich nicht. Ich werde sie böse machen, wenn ich versuchen werde, sie zu begütigen. Ach, wenn ich sie durchaus böse machen könnte, beim Versuch sie zu begütigen.‹

Da fuhr ein offener Wagen nicht schnell vorüber, hinter seinen zwei brennenden Laternen waren zwei Damen sitzend auf dunklen Lederbänkchen zu sehn. Die eine war zurückgelehnt und hatte das Gesicht durch einen Schleier und den Schatten ihres Hutes verdeckt. Doch der Oberkörper der andern Dame war aufrecht; ihr Hut war klein, ihn begrenzten dünne Federn. Jeder konnte sie sehn. Ihre Unterlippe war ein wenig in den Mund gezogen.

Gleich als der Wagen an Raban vorüber war, verstellte irgendeine Stange den Anblick des Handpferdes dieses Wagens, dann wurde irgendein Kutscher – der trug einen großen Zylinderhut – auf einem ungewöhnlich hohen Bock vor die Damen geschoben, – das war schon viel weiter, – dann fuhr ihr Wagen selbst um die Ecke eines kleinen Hauses, das jetzt auffallend wurde, und verschwand dem Blick.

Raban sah ihm nach, mit geneigtem Kopf, lehnte den Schirmstock an die Schulter, um besser zu sehn. Den Daumen der rechten Hand hatte er in den Mund gesteckt und rieb die Zähne daran. Sein Koffer lag neben ihm, mit einer Seitenfläche auf der Erde.

Wagen eilten von Gasse zu Gasse über den Platz, die Leiber der Pferde flogen waagrecht wie geschleudert, aber das Nicken des Kopfes und des Halses zeigte Schwung und Mühe der Bewegung an.

Ringsum auf den Trottoirkanten aller drei hier zusammentreffenden Straßen standen viele Nichtstuer, die mit kleinen Stöckchen auf das Pflaster klopften. Zwischen ihren Gruppen waren Türmchen, in denen Mädchen Limonade ausschenkten, dann schwere Straßenuhren auf dünnen Stäben, dann Männer, die auf Brust und Rücken große Tafeln trugen, auf welchen in vielfarbigen Buchstaben Vergnügungen angekündigt waren, dann Dienstmänner,... [zwei Seiten fehlen]... eine kleine Gesellschaft. Zwei herrschaftliche Wagen, die quer durch den Platz in die abfallende Gasse fuhren, hielten einige Herren dieser Gesellschaft zurück, doch hinter dem zweiten Wagen – schon hinter dem ersten hatten sie es ängstlich versucht – vereinigten sich diese Herren wieder zu einem Haufen mit den andern, mit denen sie dann in einer langen Reihe das Trottoir betraten und sich in die Türe eines Kaffeehauses drängten, überstürzt von den Lichtern der Glühbirnen, die über dem Eingang hingen.

Wagen der elektrischen Straßenbahn fuhren groß in der Nähe vorüber, andere standen weit in den Straßen undeutlich still.

›Wie gebückt sie ist‹, dachte Raban, als er das Bild jetzt ansah, ›niemals ist sie eigentlich aufrecht und vielleicht ist ihr Rücken rund. Ich werde viel darauf achten müssen. Und ihr Mund ist so breit und die Unterlippe ragt ohne Zweifel hier vor, ja, ich erinnere mich jetzt auch daran. Und das Kleid! Natürlich, ich verstehe nichts von Kleidern, aber diese ganz knapp genähten Ärmel sind sicher häßlich, wie ein Verband sehn sie aus. Und der Hut, dessen Rand an jeder Stelle mit anderer Biegung in die Höhe aus dem Gesichte gehoben ist. Aber ihre Augen sind schön, sie sind braun, wenn ich nicht irre. Alle sagen, daß ihre Augen schön sind.‹

Als nun ein elektrischer Wagen vor Raban hielt, schoben sich um ihn viele Leute der Wagentreppe zu, mit wenig geöffneten spitzigen Schirmen, die sie aufrecht in den an die Schulter gepreßten Händen hielten. Raban, der den Koffer unter dem Arm hielt, wurde vom Trottoir hinuntergezogen und trat stark in eine unsichtbare Pfütze. Im Wagen kniete auf der Bank ein Kind und drückte die Fingerspitzen beider Hände an die Lippen, als nähme es Abschied von jemandem, der jetzt davonging. Einige Passagiere stiegen herunter und mußten einige Schritte entlang des Wagens gehn, um aus dem Gedränge zu kommen. Dann stieg eine Dame auf die erste Stufe, ihre Schleppe, die sie mit beiden Händen hielt, lag knapp über ihren Beinen. Ein Herr hielt sich an einer Messingstange und erzählte, den Kopf gehoben, einiges der Dame. Alle die einsteigen wollten, waren ungeduldig. Der Kondukteur schrie.

Raban, der jetzt am Rande der wartenden Gruppe stand, wandte sich um, denn jemand hatte seinen Namen gerufen.

»Ach, Lement«, sagte er langsam und reichte einem herankommenden jungen Mann den kleinen Finger der Hand, in der er den Schirm hielt.

»Das ist also der Bräutigam, der zu seiner Braut fährt. Er sieht schrecklich verliebt aus«, sagte Lement und lächelte dann mit geschlossenem Munde.

»Ja, du mußt verzeihn, daß ich heute fahre«, sagte Raban. »Ich habe dir auch nachmittag geschrieben. Ich wäre natürlich sehr gerne morgen mit dir gefahren, aber morgen ist Samstag, alles wird überfüllt sein, die Fahrt ist lang.«

»Das macht ja nichts. Du hast es mir zwar versprochen, aber wenn man verliebt ist –. Ich werde eben allein fahren müssen.« Lement hatte einen Fuß auf dem Trottoir, den andern auf das Pflaster gestellt und stützte den Oberkörper bald auf das eine, bald auf das andere Bein. – »Du wolltest jetzt in die Elektrische steigen; gerade fährt sie weg. Komm, wir gehn zu Fuß, ich begleite dich. Es ist noch Zeit genug.«

»Ist es nicht schon spät, ich bitte dich?«

»Es ist kein Wunder, daß du ängstlich bist, aber du hast wirklich noch Zeit. Ich bin nicht so ängstlich, deshalb habe ich auch jetzt Gillemann verfehlt.«

»Gillemann? Wird er nicht auch draußen wohnen?«
»Ja, er mit seiner Frau, nächste Woche wollen sie hinausfahren und deshalb hatte ich eben Gillemann versprochen, ihn heute, wenn er aus dem Büro kommt, zu treffen. Er wollte mir einige Anweisungen betreffs ihrer Wohnungseinrichtung geben, deshalb sollte ich ihn treffen. Nun habe ich mich aber irgendwie verspätet, ich hatte Besorgungen. Und gerade als ich nachdachte, ob ich nicht in ihre Wohnung gehen sollte, sah ich dich, war zuerst über den Koffer erstaunt und sprach dich an. Nun ist es aber schon zu sehr Abend, um Besuche zu machen, es ist ziemlich unmöglich, noch zu Gillemann hinzugehen.«
»Natürlich. So werde ich also doch Bekannte draußen haben. Die Frau Gillemann habe ich übrigens nie gesehn.«
»Und die ist sehr schön. Sie ist blond, und jetzt nach ihrer Krankheit blaß. Sie hat die schönsten Augen, die ich je gesehen habe.«
»Ich bitte dich, wie sehn schöne Augen aus? Ist es der Blick? Ich habe Augen niemals schön gefunden.«
»Gut, ich habe vielleicht ein wenig übertrieben. Sie ist aber eine hübsche Frau.«
Durch die Scheibe eines ebenerdigen Kaffeehauses sah man eng beim Fenster um einen dreiseitigen Tisch lesende und essende Herren sitzen; einer hatte eine Zeitung auf den Tisch gesenkt, ein Täßchen hielt er erhoben, aus den Augenwinkeln sah er in die Gasse. Hinter diesen Fenstertischen war in dem großen Saale jedes Möbel und Gerät durch die Gäste verdeckt, die in kleinen Kreisen nebeneinander saßen. [Zwei Seiten fehlen.]... »Zufällig ist es aber kein unangenehmes Geschäft, nicht wahr. Viele würden diese Last auf sich nehmen, meine ich.«
Sie betraten einen ziemlich dunklen Platz, der auf ihrer Straßenseite früher begann, denn die gegenüberliegende ragte weiter. Auf der Seite des Platzes, an der entlang sie weitergingen, stand ein ununterbrochener Häuserzug, von dessen Ecken aus zwei voneinander zuerst weit entfernte Häuserreihen in die unkenntliche Ferne rückten, in der sie sich zu vereinigen schienen. Das Trottoir war schmal an den meist kleinen Häusern, man sah keine Geschäftsläden, hier fuhr kein Wagen. Ein eiserner Ständer, nahe dem Ende der Gasse, aus der sie kamen, trug einige Lampen, die in zwei waagrecht übereinander hängenden Ringen befestigt waren. Die trapezförmige Flamme brannte zwischen aneinandergefügten Glas-

platten unter turmartigem breitem Dunkel wie in einem Zimmerchen und ließ wenige Schritte entferntes Dunkel bestehn.
»Nun aber ist es sicher schon zu spät, du hast es mir verheimlicht und ich versäume den Zug. Warum?« [Vier Seiten fehlen.]
...»Ja, höchstens den Pirkershofer, na und der.«
»Der Name kommt, glaube ich, in den Briefen der Betty vor, er ist Bahnaspirant, nicht?«
»Ja, Bahnaspirant und unangenehmer Mensch. Du wirst mir recht geben, sobald du diese kleine dicke Nase gesehen hast. Ich sage dir, wenn man mit dem durch die langweiligen Felder geht... Übrigens ist er schon versetzt und geht, glaube und hoffe ich, nächste Woche von dort weg.«
»Warte, du hast früher gesagt, du rätst mir, heute nacht noch hier zu bleiben. Ich habe es überlegt, das würde nicht gut gehn. Ich habe doch geschrieben, daß ich heute abend komme, sie werden mich erwarten.«
»Das ist doch einfach, du telegraphierst.«
»Ja, das ginge – aber es wäre nicht hübsch, wenn ich nicht fahren würde – auch bin ich müde, ich werde doch schon fahren; – wenn ein Telegramm käme, würden sie noch erschrecken. – Und wozu das, wohin würden wir auch gehn?«
»Dann ist es wirklich besser, wenn du fährst. Ich dachte nur –. Auch könnte ich heute nicht mit dir gehn, da ich verschlafen bin, das habe ich dir zu sagen vergessen. Ich werde mich auch schon verabschieden, denn durch den nassen Park will ich dich nicht mehr begleiten, da ich doch noch zu Gillemanns schauen möchte. Es ist dreiviertel sechs, da kann man doch noch bei guten Bekannten Besuche machen. Addio. Also glückliche Reise und grüße mir alle!«
Lement wendete sich nach rechts und reichte die rechte Hand zum Abschied hin, so daß er während eines Augenblicks gegen seinen ausgestreckten Arm ging.
»Adieu«, sagte Raban.
Aus einer kleinen Entfernung rief noch Lement: »Du, Eduard, hörst du mich, mach doch deinen Schirm zu, es regnet ja längst nicht mehr. Ich kam nicht dazu, es dir zu sagen.«
Raban antwortete nicht, zog den Schirm zusammen und der Himmel schloß sich bleich verdunkelt über ihm.
›Wenn ich wenigstens‹, dachte Raban, in einen falschen Zug ein-

steigen würde. Dann würde es mir doch scheinen, als sei das Unternehmen schon begonnen, und wenn ich später, nach Aufklärung des Irrtums, zurückfahrend wieder in diese Station käme, dann wäre mir schon viel wohler. Ist aber endlich die Gegend dort langweilig, wie Lement sagt, so muß das keineswegs ein Nachteil sein. Sondern man wird sich mehr in den Zimmern aufhalten und eigentlich niemals bestimmt wissen, wo alle andern sind, denn ist eine Ruine in der Umgebung, so unternimmt man wohl einen gemeinsamen Spaziergang zu dieser Ruine, wie man es schon einige Zeit vorher sicher verabredet hat. Dann aber muß man sich darauf freuen, deshalb darf man es nicht versäumen. Gibt es aber keine solche Sehenswürdigkeit, dann gibt es vorher auch keine Besprechung, denn man erwartet, es werden sich schon alle leicht zusammenfinden, wenn man plötzlich, gegen alle Gewohnheit, einen größern Ausflug für gut hält, denn man braucht nur das Mädchen in die Wohnung der andern schicken, wo sie vor einem Brief oder vor Büchern sitzen und entzückt durch diese Nachricht werden. Nun, gegen solche Einladungen sich zu schützen, ist nicht schwer. Und doch weiß ich nicht, ob ich es können werde, denn es ist nicht so leicht, wie ich es mir denke, da ich noch allein bin und noch alles tun kann, noch zurückgehn kann, wenn ich will, denn ich werde dort niemanden haben, dem ich Besuche machen könnte, wann ich will, und niemanden, mit dem ich beschwerlichere Ausflüge machen könnte, der mir dort den Stand seines Getreides zeigte oder einen Steinbruch, den er dort betreiben läßt. Denn selbst alter Bekannter ist man gar nicht sicher. War nicht Lement heute freundlich zu mir, er hat mir doch einiges erklärt und er hat alles so dargestellt, wie es mir erscheinen wird. Er hat mich angesprochen und mich dann begleitet, trotzdem er nichts von mir erfahren wollte und selbst ein anderes Geschäft noch hatte. Jetzt aber ist er unversehens weggegangen, und doch habe ich ihn mit keinem Worte kränken können. Ich habe mich zwar geweigert, den Abend in der Stadt zu verbringen, aber das war doch natürlich, das kann ihn nicht beleidigt haben, denn er ist ein vernünftiger Mensch.‹

Die Bahnhofsuhr schlug, es war dreiviertel sechs. Raban blieb stehn, weil er Herzklopfen verspürte, dann ging er rasch den Parkteich entlang, kam in einen schmalen, schlecht beleuchteten Weg zwischen großen Sträuchern, stürzte in einen Platz, auf dem viele leere Bänke an Bäumchen gelehnt standen, lief dann langsamer durch eine Öffnung im Gitter auf die Straße, durchquerte sie, sprang in die Bahnhofstüre, fand den Schalter nach einem Weilchen und mußte ein wenig an den Blechverschluß klopfen. Dann sah der Beamte heraus, sagte, es sei doch höchste Zeit, nahm die Banknote und warf laut die verlangte Karte und kleines Geld auf das Brett. Nun wollte Raban rasch nachrechnen, da er dachte, er müsse mehr herausbekommen, aber ein Diener, der in der Nähe ging, trieb ihn durch eine gläserne Tür auf den Bahnsteig. Raban sah sich dort um, während er dem Diener »Danke, danke!« zurief, und da er keinen Kondukteur fand, stieg er allein die nächste Waggontreppe hinauf, indem er den Koffer immer auf die höhere Stufe stellte und dann selbst nachkam, mit der einen Hand auf den Schirm gestützt und die andere am Griff des Koffers. Der Waggon, den er betrat, war hell durch das viele Licht der Bahnhofshalle, in der er stand; vor mancher Scheibe, alle waren bis in die Höhe geschlossen, hing nahe sichtbar eine rauschende Bogenlampe und die vielen Regentropfen am Fensterglase waren weiß, oft bewegten sich einzelne. Raban hörte den Lärm vom Bahnsteig her, auch als er die Waggontüre geschlossen hatte und sich auf das letzte freie Stückchen einer hellbraunen Holzbank setzte. Er sah viele Rücken und Hinterköpfe und zwischen ihnen die zurückgelehnten Gesichter auf der gegenüberliegenden Bank. An einigen Stellen drehte sich Rauch aus Pfeifen und Zigarren und zog einmal schlaff am Gesichte eines Mädchens vorüber. Oft änderten die Passagiere ihren Sitz und besprachen diese Änderung miteinander, oder sie übertrugen ihr Gepäck, das in einem schmalen blauen Netz über einer Bank lag, in ein anderes. Ragte ein Stock oder die beschlagene Kante eines Koffers vor, dann wurde der Besitzer darauf aufmerksam gemacht. Er ging dann hin und stellte die Ordnung wieder her. Auch Raban besann sich und schob seinen Koffer unter seinen Sitz.

Zu seiner linken Seite bei dem Fenster saßen einander gegenüber zwei Herren und sprachen über Warenpreise. ›Das sind Geschäftsreisende‹, dachte Raban, und regelmäßig atmend sah er sie an. ›Der Kaufmann schickt sie auf das Land, sie folgen, sie fahren mit der Eisenbahn und in jedem Dorf gehn sie von Geschäft zu Geschäft. Manchmal fahren sie im Wagen zwischen den Dörfern. Nirgends müssen sie sich lange aufhalten, denn alles soll rasch geschehn, und immer müssen sie nur von Waren reden. Mit welcher Freude kann man sich dann anstrengen in einem Berufe, der so angenehm ist!‹

Der Jüngere hatte ein Notizbuch aus der hintern Hosentasche mit einem Ruck gezogen, blätterte darin mit rasch an der Zunge befeuchtetem Zeigefinger und las dann eine Seite durch, während er den Rücken des Fingernagels an ihr hinunterzog. Er sah Raban an, als er aufblickte, und drehte auch, als er jetzt über Zwirnpreise redete, das Gesicht von Raban nicht ab, wie man irgendwohin fest blickt, um nichts von dem zu vergessen, was man sagen will. Er preßte dabei die Brauen gegen seine Augen. Das halbgeschlossene Notizbuch hielt er in der linken Hand, den Daumen auf der gelesenen Seite, um leicht nachschauen zu können, wenn er es nötig hätte. Dabei zitterte das Notizbuch, denn er stützte diesen Arm nirgends auf und der fahrende Wagen schlug auf die Schienen wie ein Hammer.

Der andere Reisende hatte seinen Rücken angelehnt, hörte zu und nickte in gleichen Pausen mit dem Kopfe. Es war zu sehen, daß er keinesfalls mit allem übereinstimmte und später seine Meinung sagen würde.

Raban legte die gehöhlten Handflächen auf seine Knie und sich vorbeugend, sah er zwischen den Köpfen der Reisenden das Fenster und durch das Fenster Lichter, die vorüber-, und andere, die zurück in die Ferne flogen. Von der Rede des Reisenden verstand er nichts, auch die Antwort des andern würde er nicht verstehn. Da wäre erst große Vorbereitung nötig, denn hier sind Leute, die von ihrer Jugend an mit Waren sich beschäftigt haben. Hat man aber eine Zwirnspule so oft schon in der Hand gehabt und sie so oft der Kundschaft überreicht, dann kennt man den Preis und kann darüber reden, während Dörfer uns entgegenkommen und vorübereilen, während sie zugleich sich in die Tiefe des Landes wenden, wo sie für uns verschwinden müssen. Und doch sind diese Dörfer bewohnt und vielleicht gehn dort Reisende von Geschäft zu Geschäft.

Vor der Waggonecke am andern Ende stand ein großer Mann auf, in der Hand hielt er Spielkarten und rief: »Du, Marie, hast du auch die Zephirhemden miteingepackt?« »Aber ja«, sagte das Weib, das gegenüber Raban saß. Sie hatte ein wenig geschlafen, und als die Frage sie jetzt weckte, antwortete sie so vor sich hin, als ob sie es

Raban sagte. »Sie fahren auf den Markt nach Jungbunzlau, nicht?« fragte sie der lebhafte Reisende. »Ja, nach Jungbunzlau.« »Diesmal ist es ein großer Markt, nicht wahr?« »Ja, ein großer Markt.« Sie war schlafrig, sie stützte den linken Ellbogen auf ein blaues Bündel und ihr Kopf legte sich schwer gegen ihre Hand, die sich durch das Fleisch der Wange bis an den Wangenknochen drückte. »Wie jung sie ist«, sagte der Reisende.

Raban nahm das Geld, das er vom Kassier erhalten hatte, aus der Westentasche und überzählte es. Er hielt jedes Geldstück lange aufrecht zwischen Daumen und Zeigefinger fest und drehte es auch mit der Spitze des Zeigefingers auf der Innenseite des Daumens hin und her. Er sah lange das Bild des Kaisers an, dann fiel ihm der Lorbeerkranz auf und wie er mit Knoten und Schleifen eines Bandes am Hinterkopf befestigt war. Endlich fand er, daß die Summe richtig sei, und legte das Geld in ein großes schwarzes Portemonnaie. Als er aber nun dem Reisenden sagen wollte: ›Das ist ein Ehepaar, meinen Sie nicht?‹ hielt der Zug. Der Lärm der Fahrt hörte auf, Schaffner riefen den Namen eines Ortes und Raban sagte nichts.

Der Zug fuhr so langsam an, daß man sich die Umdrehung der Räder vorstellen konnte, gleich aber jagte er eine Senkung hinab und ohne Vorbereitung wurden vor den Fenstern die langen Geländerstangen einer Brücke auseinandergerissen und aneinandergepreßt, wie es schien.

Raban gefiel es jetzt, daß der Zug so eilte, denn er hätte nicht in dem letzten Orte bleiben wollen. ›Wenn es dort dunkel ist, wenn man niemanden dort kennt, wenn es soweit nach Hause ist. Dann muß es bei Tag aber dort schrecklich sein. Und ist es in der nächsten Station anders oder in den frühern oder in den spätern oder in dem Dorf, nach dem ich fahre?‹

Der Reisende redete plötzlich lauter. ›Es ist ja noch weit‹, dachte Raban. »Herr, Sie wissen es ja so gut wie ich, in den kleinsten Nestern lassen diese Fabrikanten reisen, zum dreckigsten Krämer kriechen sie und glauben Sie, daß sie ihnen andere Preise machen als uns Großkaufleuten? Herr, lassen Sie es sich gesagt sein, ganz dieselben Preise, gestern erst habe ich es schwarz auf weiß gesehn. Ich nenne das Schufterei. Man erdrückt uns, bei den heutigen Verhältnissen ist es für uns einfach überhaupt unmöglich, Geschäfte zu machen, man erdrückt uns.« Wieder sah er Raban an; er schämte sich der Tränen in seinen Augen nicht; die Fingergelenke der linken Hand drückte er an seinen Mund, weil seine Lippen zitterten. Raban lehnte sich zurück und zog mit der linken Hand schwach an seinem Schnurrbart.

Die Krämerin gegenüber erwachte und strich mit den Händen lächelnd über die Stirn. Der Reisende redete leiser. Noch einmal rückte sich die Frau wie zum Schlafen zurecht, lehnte sich halb liegend auf ihr Bündel und seufzte. Über ihrer rechten Hüfte spannte sich der Rock.

Hinter ihr saß ein Herr mit einer Reisemütze auf dem Kopfe und las in einer großen Zeitung. Das Mädchen ihm gegenüber, das wahrscheinlich seine Verwandte war, bat ihn – und neigte dabei den Kopf gegen die rechte Schulter –, er möchte doch das Fenster öffnen, denn es wäre sehr heiß. Er sagte, ohne aufzuschauen, er wolle es gleich tun, nur müsse er noch vorher einen Abschnitt in der Zeitung zu Ende lesen und er zeigte ihr, welchen Abschnitt er meinte.

Die Krämerin konnte nicht mehr einschlafen, sie setzte sich aufrecht und sah aus dem Fenster, dann sah sie lange die Petroleumflamme an, die gelb an der Waggondecke brannte. Raban schloß die Augen für ein Weilchen.

Als er aufblickte, biß gerade die Krämerin in ein Stück Kuchen, das mit brauner Marmelade bedeckt war. Das Bündel neben ihr war offen. Der Reisende rauchte schweigend eine Zigarre und tat fortwährend so, als klopfte er die Asche vom Ende ab. Der andere fuhr mit der Spitze eines Messers im Räderwerk einer Taschenuhr hin und her, so daß man es hörte.

Mit fast geschlossenen Augen sah Raban noch undeutlich, wie der Herr mit der Reisemütze am Fensterriemen zog. Kühle Luft schlug herein, ein Strohhut fiel von einem Haken. Raban glaubte, er erwache und deshalb seien seine Wangen so erfrischt oder man öffne die Tür und ziehe ihn ins Zimmer oder er täusche sich irgendwie, und schnell schlief er mit tiefen Atemzügen ein.

II

Es zitterte die Wagentreppe noch ein wenig, als Raban jetzt auf ihr hinunterstieg. An sein Gesicht, das aus der Waggonluft kam, stieß

der Regen und er schloß die Augen. – Auf das Blechdach vor dem Stationsgebäude regnete es lärmend, aber in das weite Land fiel der Regen nur so, daß man einen regelmäßig wehenden Wind zu hören glaubte. Ein barfüßiger Junge kam herbeigelaufen – Raban hatte nicht gesehn von wo – und bat, außer Atem, Raban möchte ihn den Koffer tragen lassen, denn es regne, doch Raban sagte: Ja, es regne, deshalb werde er mit dem Omnibus fahren. Er brauche ihn nicht. Darauf machte der Junge eine Grimasse, als halte er es für vornehmer, im Regen zu gehn und sich den Koffer tragen zu lassen als zu fahren, drehte sich gleich um und lief weg. Da war es schon zu spät, als Raban ihn rufen wollte.
Zwei Laternen sah man brennen und ein Stationsbeamter trat aus einer Tür. Er ging, ohne zu zögern, durch den Regen zur Lokomotive, stand dort mit verschränkten Armen still und wartete, bis der Lokomotivführer sich über sein Geländer beugte und mit ihm sprach. Ein Diener wurde gerufen, kam und wurde zurückgeschickt. An manchen Fenstern des Zuges standen Passagiere, und da sie ein gewöhnliches Stationsgebäude ansehn mußten, so war wohl ihr Blick trübe, die Augenlider waren einander genähert, wie während der Fahrt. Ein Mädchen, das von der Landstraße her unter einem Sonnenschirm mit Blumenmuster auf den Perron eilig kam, stellte den offenen Schirm auf den Boden, setzte sich und preßte die Beine auseinander, damit ihr Rock besser trockne, und mit den Fingerspitzen fuhr sie über den gespannten Rock. Es brannten nur zwei Laternen, ihr Gesicht war undeutlich. Der Diener, der vorüberkam, beklagte es, daß Pfützen unter dem Schirm entstanden, rundete vor sich die Arme, um die Größe dieser Pfützen zu zeigen, und führte dann die Hände hintereinander durch die Luft wie Fische, die in tieferes Wasser sinken, um klarzumachen, daß durch diesen Schirm auch der Verkehr gehindert sei.
Der Zug fuhr an, verschwand wie eine lange Schiebetür und hinter den Pappeln jenseits der Geleise war die Masse der Gegend, daß es den Atem störte. War es ein dunkler Durchblick oder war es ein Wald, war es ein Teich oder ein Haus, in dem die Menschen schon schliefen, war es ein Kirchturm oder eine Schlucht zwischen den Hügeln; niemand durfte sich dorthin wagen, wer aber konnte sich zurückhalten? –
Und als Raban den Beamten noch erblickte – er war schon vor der Stufe zu seinem Büro –, lief er vor ihn und hielt ihn auf: »Ich bitte schön, ist es weit ins Dorf, ich will nämlich dorthin.«

»Nein, eine Viertelstunde, aber mit dem Omnibus – es regnet ja – sind Sie in fünf Minuten dort. Ich bitte.«

»Es regnet. Es ist kein schönes Frühjahr«, sagte Raban darauf. Der Beamte hatte die rechte Hand an die Hüfte gelegt und durch das Dreieck, das zwischen dem Arm und dem Körper entstand, sah Raban das Mädchen, das den Schirm schon geschlossen hatte, auf ihrer Bank.

»Wenn man jetzt in die Sommerfrische fährt und dort bleiben soll, so muß man es bedauern. Eigentlich dachte ich, daß man mich erwarten würde.« Er blickte umher, damit es glaubhaft scheine.

»Sie werden den Omnibus versäumen, fürchte ich. Er wartet nicht so lange. Keinen Dank. – Der Weg geht dort zwischen den Hekken.«

Die Straße vor dem Bahnhof war nicht beleuchtet, nur aus drei ebenerdigen Fenstern des Gebäudes kam ein dunstiger Schein, er reichte aber nicht weit. Raban ging auf den Fußspitzen durch den Kot und rief »Kutscher!« und »Hallo!« und »Omnibus!« und »Hier bin ich« viele Male. Als er aber in kaum unterbrochene Pfützen auf der dunklen Straßenseite geriet, mußte er mit ganzen Sohlen weiterstampfen, bis plötzlich eine nasse Pferdeschnauze seine Stirn berührte.

Da war der Omnibus, rasch stieg er in die leere Kammer, setzte sich bei der Glasscheibe hinter dem Kutschbock nieder und beugte den Rücken in den Winkel, denn er hatte alles getan, was nötig war. Denn schläft der Kutscher, so wird er gegen Morgen aufwachen, ist er tot, so wird ein neuer Kutscher kommen oder der Wirt, geschieht aber auch das nicht, so werden mit dem Frühzug Passgiere kommen, eilige Leute, die Lärm machen. Jedenfalls darf man ruhig sein, durfte selbst die Vorhänge vor den Fenstern zusammenziehn und auf den Ruck warten, mit dem dieser Wagen anfahren muß.

›Ja, es ist nach dem vielen, was ich schon unternommen habe, sicher, daß ich morgen zu Betty und zu Mama kommen werde, das kann niemand hindern. Nur ist es richtig und es war auch vorauszusehn, daß mein Brief erst morgen ankommen wird, ich hätte recht gut also noch in der Stadt bleiben und bei Elvy eine angenehme Nacht verbringen können, ohne mich vor der Arbeit des nächsten Tages fürchten zu müssen, was mir sonst jedes Vergnügen verdirbt. Aber schau, ich habe nasse Füße.‹

Er zündete einen Kerzenstumpf an, den er aus der Westentasche genommen hatte, und stellte ihn auf die Bank gegenüber. Es war genügend hell, die Dunkelheit draußen machte, daß man schwarzgetünchte Omnibuswände ohne Scheiben sah. Man mußte nicht gleich daran denken, daß unter dem Boden Räder waren und vorne das angespannte Pferd.

Raban rieb seine Füße gründlich auf der Bank, zog frische Socken an und setzte sich aufrecht. Da hörte er jemanden, der vom Bahnhof her rief: »He!«, wenn ein Passagier im Omnibus sei, dann könne er sich melden.

»Ja, ja, und er möchte schon gerne fahren«, antwortete Raban aus der geöffneten Tür geneigt, mit der rechten Hand am Pfosten sich festhaltend, die linke geöffnet, nahe dem Munde.

Stürmisch floß ihm das Regenwasser zwischen Kragen und Hals.

Eingewickelt in die Leinwand zweier zerschnittener Säcke kam der Kutscher herüber, der Widerschein seiner Stallaterne hüpfte durch die Pfützen unter ihm. Verdrießlich begann er eine Erklärung: Aufgepaßt, er habe mit dem Lebeda Karten gespielt und sie wären gerade sehr in Schwung gewesen, wie der Zug gekommen ist. Da wäre es eigentlich für ihn unmöglich gewesen, nachzuschaun, doch wolle er den, der es nicht begreife, nicht beschimpfen. Übrigens sei das hier ein Dreckort ohne Einschränkung und es sei nicht einzusehen, was ein solcher Herr hier zu tun haben könnte, und er käme noch bald genug hinein, so daß er sich nirgends beklagen müsse. Es sei eben erst jetzt Herr Pirkershofer – ich bitte, das ist der Herr Adjunkt – hineingekommen und habe gesagt, er glaube, ein kleiner Blonder habe mit dem Omnibus fahren wollen. Nun, da habe er gleich nachgefragt, oder habe er vielleicht nicht gleich nachgefragt?

Die Laterne wurde an der Deichselspitze befestigt, das Pferd, dumpf angerufen, zog an und das jetzt aufgerührte Wasser oben auf dem Omnibus tropfte durch eine Ritze langsam in den Wagen.

Der Weg konnte gebirgig sein, sicher sprang der Kot in die Speichen, Fächer von Pfützenwasser entstanden rauschend rückwärts an den sich drehenden Rädern, mit meist lockeren Zügeln hielt der Kutscher das triefende Pferd. – Konnte man das alles nicht als Vorwürfe gegen Raban gebrauchen? Viele Pfützen wurden unerwartet von der an der Deichsel zitternden Laterne erhellt und zerteilten sich, Wellen treibend, unter dem Rad. Das geschah nur deshalb, weil Raban zu seiner Braut fuhr, zu Betty, einem ältlichen hübschen Mädchen. Und wer würde, wenn man schon davon reden wollte, würdigen, was für Verdienste Raban hier hatte, und seien es nur die, daß er jene Vorwürfe ertrug, die ihm allerdings niemand offen machen konnte. Natürlich, er tat es gern, Betty war seine Braut, er hatte sie lieb, es wäre ekelhaft, wenn sie ihm auch dafür danken würde, aber immerhin.

Ohne Willen schlug er oft mit dem Kopf an die Wand, an der er lehnte, dann sah er ein Weilchen zur Decke auf. Einmal glitt seine rechte Hand vom Oberschenkel, auf den er sie gelehnt hatte, hinab. Aber der Ellbogen blieb in dem Winkel zwischen dem Bauch und dem Bein.

Schon fuhr der Omnibus zwischen Häusern, hie und da nahm das Wageninnere am Licht eines Zimmers teil, eine Treppe – um ihre ersten Stufen zu sehn hätte Raban sich aufstellen müssen – war zu einer Kirche hin gebaut, vor einem Parktor brannte eine Lampe mit großer Flamme, aber eine Heiligenstatue trat nur durch das Licht eines Kramladens schwarz hervor, jetzt sah Raban seine niedergebrannte Kerze, deren geronnenes Wachs von der Bank unbeweglich hinunterhing.

Als der Wagen vor dem Gasthaus stehenblieb, der Regen stark zu hören war und – wahrscheinlich war ein Fenster offen – auch die Stimmen der Gäste, da fragte sich Raban, was besser sei, gleich auszusteigen oder zu warten, bis der Wirt zum Wagen komme. Wie der Gebrauch in diesem Städtchen war, das wußte er nicht, aber sicherlich hatte Betty schon von ihrem Bräutigam gesprochen, und nach seinem prächtigen oder schwachen Auftreten würde ihr Ansehen hier größer oder kleiner werden und damit wieder sein eigenes auch. Nun wußte er aber weder, in welchem Ansehen sie jetzt stand, noch, was sie über ihn verbreitet hatte, desto unangenehmer und schwieriger. Schöne Stadt und schöner Nachhauseweg! Regnet es dort, fährt man mit der Elektrischen über nasse Steine nach Hause, hier in dem Karren durch Morast zu einem Wirtshaus. – ›Die Stadt ist weit von hier, und würde ich jetzt aus Heimweh zu sterben drohn, hinbringen könnte mich heute niemand mehr. – Nun, ich würde auch nicht sterben – aber dort bekomme ich das für diesen Abend erwartete Gericht auf den

Tisch gestellt, rechts hinter dem Teller die Zeitung, links die Lampe, hier wird man mir eine umheimliche fette Speise geben – man weiß nicht, daß ich einen schwachen Magen habe, und wenn man es wüßte –, eine fremde Zeitung, viele Leute, die ich schon höre, werden dabei sein und eine Lampe wird für alle brennen. Was für ein Licht kann das geben, zum Kartenspiel genug, aber zum Zeitunglesen?

Der Wirt kommt nicht, ihm liegt nichts an Gästen, er ist wahrscheinlich ein unfreundlicher Mann. Oder weiß er, daß ich Bettys Bräutigam bin und gibt ihm das einen Grund, nicht um mich zu kommen? Dazu würde es auch passen, daß mich am Bahnhof der Kutscher so lange warten ließ. Betty hat ja öfters erzählt, wie viel sie von lüsternen Männern zu leiden hatte und wie sie ihr Drängen zurückweisen mußte, vielleicht ist das auch hier…‹ [Bricht ab.]

[*Zweites Manuskript*]

Als Eduard Raban, durch den Flurgang kommend, in die Öffnung des Tores trat, da konnte er sehn, wie es regnete. Es regnete wenig.

Auf dem Trottoir gleich vor ihm, nicht höher, nicht tiefer, gingen trotz des Regens viele Passanten. Manchmal trat einer vor und durchquerte die Fahrbahn.

Ein kleines Mädchen trug auf den vorgestreckten Armen einen grauen Hund. Zwei Herren machten einander gegenseitig Mitteilungen in irgendeiner Sache, sie wandten sich zuweilen mit der ganzen Vorderseite einander zu und kehrten sich dann langsam wieder ab; es erinnerte an im Wind geöffnete Türen. Der eine hielt die Hände mit der innern Fläche nach oben und bewegte sie gleichmäßig auf und ab, als halte er eine Last in Schwebe, um das Gewicht zu prüfen. Dann erblickte man eine schlanke Dame, deren Gesicht leicht zuckte, wie das Licht der Sterne, und deren flacher Hut mit unkenntlichen Dingen bis zum Rande und hoch beladen war; sie erschien zu allen Vorübergehenden ohne Absicht fremd, wie durch ein Gesetz. Und es eilte ein junger Mensch mit dünnem Stock vorüber, die linke Hand, als wäre sie gelähmt, platt auf der Brust. Viele hatten Geschäftswege; trotzdem sie schnell gingen, sah man sie länger als andere, bald auf dem Trottoir, bald unten, die Röcke paßten ihnen schlecht, an der Haltung lag ihnen nichts, sie ließen sich von den Leuten stoßen und stießen auch. Drei Herren – zwei hielten leichte Überröcke auf dem geknickten Unterarm – gingen von der Häusermauer zum Rande des Trottoirs, um zu sehen, wie es auf der Fahrbahn zuging und auf dem jenseitigen Trottoir.

Durch die Lücken zwischen den Vorübergehenden sah man einmal flüchtig, dann bequem, die regelmäßig gefügten Steine der Fahrbahn, auf denen Wagen, schwankend auf den Rädern, von Pferden mit gestreckten Hälsen, rasch gezogen wurden. Die Leute, welche in den gepolsterten Sitzen lehnten, sahen schweigend die Fußgänger an, die Läden, die Balkone und den Himmel. Sollte ein Wagen einem andern vorfahren, dann preßten sich die Pferde aneinander und das Riemenzeug hing baumelnd. Die Tiere rissen an der Deichsel, der Wagen rollte eilig schaukelnd, bis der Bogen um den vordern Wagen vollendet war und die Pferde wieder auseinander traten, noch die schmalen Köpfe einander zugeneigt.

Ein älterer Herr kam rasch auf das Haustor zu, blieb auf dem trokkenen Mosaik stehn, wandte sich um. Und schaute dann in den Regen, der eingezwängt in diese enge Gasse verworren fiel.

Raban stellte den mit schwarzem Tuch benähten Handkoffer nieder und beugte dabei ein wenig das rechte Knie. Schon rann das Regenwasser an den Kanten der Fahrbahn in Streifen, die zu den tiefer gelegenen Kanälen sich fast spannten.

Der ältere Herr stand frei nahe bei Raban, der sich ein wenig gegen den hölzernen Torflügel stützte, und sah von Zeit zu Zeit gegen Raban hin, wenn er auch hierzu scharf den Hals drehen mußte. Doch tat er dies nur aus dem natürlichen Bedürfnis, da er nun einmal unbeschäftigt war, alles, in seiner Umgebung wenigstens, genau zu beobachten. Die Folge dieses zwecklosen Hin- und Herschauens war, daß er sehr vieles nicht bemerkte. So entging es ihm, daß Rabans Lippen sehr bleich waren und nicht viel dem ganz ausgebleichten Rot seiner Krawatte nachstanden, die ein ehemals auffallendes maurisches Muster zeigte. Hätte er das aber bemerkt, dann hätte er in seinem Innern sicherlich geradezu ein Geschrei hierüber angefangen, was aber wieder nicht das Richtige gewesen wäre, denn Raban war immer bleich, wenn ihn auch allerdings in letzter Zeit einiges besonders müde gemacht haben konnte.

»Das ist ein Wetter«, sagte der Herr leise und schüttelte zwar bewußt und doch ein wenig greisenhaft den Kopf.
»Ja, ja, und wenn man da reisen soll«, sagte Raban und stellte sich schnell aufrecht.
»Und das ist kein Wetter, das sich bessern wird«, sagte der Herr und sah, um alles noch im letzten Augenblick zu überprüfen, sich vorbeugend einmal die Gasse aufwärts, dann abwärts, dann zum Himmel, »das kann Tage, das kann Wochen dauern. Soweit ich mich erinnere, ist auch für Juni und Anfang Juli nichts Besseres vorhergesagt. Nun, das macht keinem Freude, ich zum Beispiel werde auf meine Spaziergänge verzichten müssen, die für meine Gesundheit äußerst wichtig sind.«
Darauf gähnte er und schien erschlafft, da er nun die Stimme Rabans gehört hatte und, mit diesem Gespräch beschäftigt, an nichts mehr Interesse hatte, nicht einmal an dem Gespräch.
Dies machte auf Raban ziemlichen Eindruck, da ihn doch der Herr zuerst angesprochen hatte, und er versuchte daher, sich ein wenig zu rühmen, selbst wenn es nicht einmal bemerkt werden sollte. »Richtig«, sagte er, »in der Stadt kann man sehr gut auf das verzichten, was einem nicht zuträglich ist. Verzichtet man nicht, dann kann man wegen der schlechten Folgen nur sich selbst Vorwürfe machen. Man wird bereuen und dadurch erst recht klar sehn, wie man sich das nächste Mal verhalten soll. Und wenn das schon im einzelnen… [es fehlen zwei Seiten]… »Nichts meine ich damit. Ich meine gar nichts«, beeilte sich Raban zu sagen, bereit, wie es nur anging, die Zerstreutheit des Herrn zu entschuldigen, da er sich ja noch ein wenig rühmen wollte. »Alles ist nur aus dem vorerwähnten Buche, das ich eben, wie andere auch, am Abend in der letzten Zeit gelesen habe. Ich war meist allein. Da sind so Familienverhältnisse gewesen. Aber abgesehen von allem andern, ein gutes Buch ist mir nach dem Nachtmahl das Liebste. Schon seit jeher. Letzthin las ich in einem Prospekte als Zitat aus irgendeinem Schriftsteller: ›Ein gutes Buch ist der beste Freund‹, und das ist wirklich wahr, so ist es, ein gutes Buch ist der beste Freund.«
»Ja wenn man jung ist –«, sagte der Herr und meinte nichts Besonders damit, sondern wollte damit nur ausdrücken, wie es regne, daß der Regen wieder stärker sei und daß es nun gar nicht aufhören wolle, aber es klang für Raban so, als halte sich der Herr noch mit sechzig Jahren für frisch und jung und schätze dagegen

die dreißig Jahre Rabans für nichts, und wolle damit außerdem, soweit es erlaubt sei, sagen, mit dreißig Jahren sei er allerdings vernünftiger gewesen als Raban. Und er glaube, selbst wenn man sonst nichts zu tun habe, wie zum Beispiel er, ein alter Mann, so heiße es doch seine Zeit verschwenden, wenn man hier im Flur so vor dem Regen stehe, verbringe man die Zeit aber außerdem mit Geschwätz, so verschwende man sie doppelt.
Nun glaubte Raban, seit einiger Zeit könne ihn nichts berühren, was andere über seine Fähigkeiten oder Meinungen sagten, vielmehr habe er förmlich jene Stelle verlassen, wo er ganz hingegeben auf alles gehorcht hatte, so daß Leute jetzt doch nur ins Leere redeten, ob sie nun gegen oder für ihn waren. Darum sagte er: »Wir reden von verschiedenen Dingen, da Sie nicht darauf gewartet haben, was ich sagen will.«
»Bitte, bitte«, sagte der Herr.
»Nun, es ist nicht so wichtig«, sagte Raban, »ich meinte nur, Bücher sind nützlich in jedem Sinn und ganz besonders, wo man es nicht erwarten sollte. Denn wenn man eine Unternehmung vorhat, so sind gerade die Bücher, deren Inhalt mit der Unternehmung gar nichts Gemeinschaftliches hat, die nützlichsten. Denn der Leser, der doch jene Unternehmung beabsichtigt, also irgendwie (und wenn förmlich auch nur die Wirkung des Buches bis zu jener Hitze dringen kann) erhitzt ist, wird durch das Buch zu lauter Gedanken gereizt, die seine Unternehmung betreffen. Da nun aber der Inhalt des Buches ein gerade ganz gleichgültiger ist, wird der Leser in jenen Gedanken gar nicht gehindert und er zieht mit ihnen mitten durch das Buch, wie einmal die Juden durch das Rote Meer, möchte ich sagen.«
Die ganze Person des alten Herrn bekam jetzt für Raban einen unangenehmen Ausdruck. Es schien ihm, als sei er ihm besonders nähergekommen, – es war aber nur unbedeutend... [zwei Seiten fehlen] ... »Auch die Zeitung. – Aber ich wollte noch sagen, ich fahre ja nur auf das Land, für vierzehn Tage nur, ich habe mir Urlaub genommen, seit längerer Zeit zum erstenmal, es ist ja auch sonst nötig, und trotzdem hat mich zum Beispiel ein Buch, das ich, wie erwähnt, letzthin gelesen habe, über meine kleine Reise mehr belehrt, als Sie sich vorstellen könnten.«
»Ich höre«, sagte der Herr.
Raban war still und steckte, wie er so aufrecht stand, die Hände in die etwas zu hohen Taschen seines Überziehers.

Erst nach einer Weile sagte der alte Herr: »Diese Reise scheint für Sie eine besondere Wichtigkeit zu haben.«
»Nun sehn Sie, sehn Sie«, sagte Raban und stützte sich wieder gegen das Tor. Jetzt erst sah er, wie sich der Gang mit Menschen gefüllt hatte. Sogar vor der Haustreppe standen sie, und ein Beamter, der auch bei derselben Frau wie Raban ein Zimmer gemietet hatte, mußte, als er die Treppe herunterkam, die Leute bitten, ihm Platz zu machen. Er rief Raban, der nur mit der Hand auf den Regen zeigte, über einige Köpfe. die sich jetzt alle zu Raban wandten, »Glückliche Reise« zu und erneuerte ein offenbar früher gegebenes Versprechen, nächsten Sonntag bestimmt Raban zu besuchen.
[Zwei Seiten fehlen]... angenehmen Posten hat, mit dem er auch zufrieden ist und der ihn seit jeher erwartete. Er ist so ausdauernd und innerlich lustig, daß er zu seiner Unterhaltung keinen Menschen braucht, aber alle ihn. Immer war er gesund. Ach, reden Sie nicht.
»Ich werde nicht streiten«, sagte der Herr.
»Sie werden nicht streiten, aber auch Ihren Irrtum nicht zugeben, warum bestehn Sie denn so darauf. Und wenn Sie sich jetzt noch so scharf daran erinnern, Sie würden, ich wette, alles vergessen, wenn Sie mit ihm reden würden. Sie würden mir Vorwürfe machen, daß ich Sie jetzt nicht besser widerlegt habe. Wenn er nur über ein Buch spricht. Für alles Schöne ist er gleich begeistert.«...

[BETRACHTUNGEN ÜBER SÜNDE, LEID, HOFFNUNG UND DEN WAHREN WEG][1]

* 1 Der wahre Weg geht über ein Seil, das nicht in der Höhe gespannt ist, sondern knapp über dem Boden. Es scheint mehr bestimmt stolpern zu machen, als begangen zu werden.

2 Alle menschlichen Fehler sind Ungeduld, ein vorzeitiges Abbrechen des Methodischen, ein scheinbares Einpfählen der scheinbaren Sache.

3 Es gibt zwei menschliche Hauptsünden, aus welchen sich alle andern ableiten: Ungeduld und Lässigkeit. Wegen der Ungeduld sind sie aus dem Paradiese vertrieben worden, wegen der Lässigkeit kehren sie nicht zurück. Vielleicht aber gibt es nur eine Hauptsünde: die Ungeduld. Wegen der Ungeduld sind sie vertrieben worden, wegen der Ungeduld kehren sie nicht zurück.

4 Viele Schatten der Abgeschiedenen beschäftigen sich nur damit, die Fluten des Totenflusses zu belecken, weil er von uns herkommt und noch den salzigen Geschmack unserer Meere hat. Vor Ekel sträubt sich dann der Fluß, nimmt eine rückläufige Strömung und schwemmt die Toten ins Leben zurück. Sie aber sind glücklich, singen Danklieder und streicheln den Empörten.

5 Von einem gewissen Punkt an gibt es keine Rückkehr mehr. Dieser Punkt ist zu erreichen.

6 Der entscheidende Augenblick der menschlichen Entwicklung ist immerwährend. Darum sind die revolutionären geistigen Bewegungen, welche alles Frühere für nichtig erklären, im Recht, denn es ist noch nichts geschehen.

7 Eines der wirksamsten Verführungsmittel des Bösen ist die Aufforderung zu Kampf.

8 Er ist wie der Kampf mit Frauen, der im Bett endet.

9 A. ist sehr aufgeblasen, er glaubt, im Guten weit vorgeschritten zu sein, da er, offenbar als ein immer verlockender Gegen-

[1] Wir folgen hier der von Kafka selbst angefertigten Reinschrift, wie sie von ihm – jedoch ohne Titel – mit Tinte auf einzelne Zettel geschrieben wurde und übernehmen auch die Numerierung der Aphorismen, wie er sie selbst angegeben hat [Die mit einem ☆ bezeichneten Stücke sind von Kafka durchgestrichen, aber nicht aus dem Zettelkonvolut entfernt] (vgl. Anmerkungen [S. 320]).

stand, immer mehr Versuchungen aus ihm bisher ganz unbekannten Richtungen sich ausgesetzt fühlt.

10 Die richtige Erklärung ist aber die, daß ein großer Teufel in ihm Platz genommen hat und die Unzahl der kleineren herbei kommt, um dem Großen zu dienen.

11/12 Verschiedenheit der Anschauungen, die man etwa von einem Apfel haben kann: die Anschauung des kleinen Jungen, der den Hals strecken muß, um noch knapp den Apfel auf der Tischplatte zu sehn, und die Anschauung des Hausherrn, der den Apfel nimmt und frei dem Tischgenossen reicht.

13 Ein erstes Zeichen beginnender Erkenntnis ist der Wunsch zu sterben. Dieses Leben scheint unerträglich, ein anderes unerreichbar. Man schämt sich nicht mehr, sterben zu wollen; man bittet, aus der alten Zelle, die man haßt, in eine neue gebracht zu werden, die man erst hassen lernen wird. Ein Rest von Glauben wirkt dabei mit, während des Transportes werde zufällig der Herr durch den Gang kommen, den Gefangenen ansehen und sagen: »Diesen sollt ihr nicht wieder einsperren. Er kommt zu mir.«

14☆ Gingest du über eine Ebene, hättest den guten Willen zu gehen und machtest doch Rückschritte, dann wäre es eine verzweifelte Sache; da du aber einen steilen Abhang hinaufkletterst, so steil etwa, wie du selbst von unten gesehen bist, können die Rückschritte auch nur durch die Bodenbeschaffenheit verursacht sein, und du mußt nicht verzweifeln.

15 Wie ein Weg im Herbst: Kaum ist er rein gekehrt, bedeckt er sich wieder mit den trockenen Blättern.

16 Ein Käfig ging einen Vogel suchen.

17 An diesem Ort war ich noch niemals: Anders geht der Atem, blendender als die Sonne strahlt neben ihr ein Stern.

18 Wenn es möglich gewesen wäre, den Turm von Babel zu erbauen, ohne ihn zu erklettern, es wäre erlaubt worden.

19☆ Laß dich vom Bösen nicht glauben machen, du könntest vor ihm Geheimnisse haben.

20 Leoparden brechen in den Tempel ein und saufen die Opferkrüge leer; das wiederholt sich immer wieder; schließlich kann man es vorausberechnen, und es wird ein Teil der Zeremonie.

21 So fest wie die Hand den Stein hält. Sie hält ihn aber fest, nur um ihn desto weiter zu verwerfen. Aber auch in jene Weite führt der Weg.

22 Du bist die Aufgabe. Kein Schüler weit und breit.

23 Vom wahren Gegner fährt grenzenloser Mut in dich.

24 Das Glück begreifen, daß der Boden, auf dem du stehst, nicht größer sein kann, als die zwei Füße ihn bedecken.

25 Wie kann man sich über die Welt freuen, außer wenn man zu ihr flüchtet?

26☆ Verstecke sind unzählige, Rettung nur eine, aber Möglichkeiten der Rettung wieder so viele wie Verstecke.

☆ Es gibt ein Ziel, aber keinen Weg; was wir Weg nennen, ist Zögern.

27 Das Negative zu tun, ist uns noch auferlegt; das Positive ist uns schon gegeben.

28 Wenn man einmal das Böse bei sich aufgenommen hat, verlangt es nicht mehr, daß man ihm glaube.

29 Die Hintergedanken, mit denen du das Böse in dir aufnimmst, sind nicht die deinen, sondern die des Bösen.

☆ Das Tier entwindet dem Herrn die Peitsche und peitscht sich selbst, um Herr zu werden, und weiß nicht, daß das nur eine Phantasie ist, erzeugt durch einen neuen Knoten im Peitschenriemen des Herrn.

30 Das Gute ist in gewissem Sinne trostlos.

31 Nach Selbstbeherrschung strebe ich nicht. Selbstbeherrschung heißt: an einer zufälligen Stelle der unendlichen Ausstrahlungen meiner geistigen Existenz wirken wollen. Muß ich aber solche Kreise um mich ziehen, dann tue ich es besser untätig im bloßen Anstaunen des ungeheuerlichen Komplexes und nehme nur die Stärkung, die e contrario dieser Anblick gibt, mit nach Hause.

32 Die Krähen behaupten, eine einzige Krähe könnte den Himmel zerstören. Das ist zweifellos, beweist aber nichts gegen den Himmel, denn Himmel bedeuten eben: Unmöglichkeit von Krähen.

33☆ Die Märtyrer unterschätzen den Leib nicht, sie lassen ihn auf dem Kreuz erhöhen. Darin sind sie mit ihren Gegnern einig.

34 Sein Ermatten ist das des Gladiators nach dem Kampf, seine Arbeit war das Weißtünchen eines Winkels in einer Beamtenstube.

35 Es gibt kein Haben, nur ein Sein, nur ein nach letztem Atem, nach Ersticken verlangendes Sein.

36 Früher begriff ich nicht, warum ich auf meine Frage keine Antwort bekam, heute begreife ich nicht, wie ich glauben konnte, fragen zu können. Aber ich glaubte ja gar nicht, ich fragte nur.

37 Seine Antwort auf die Behauptung, er *besitze* vielleicht, *sei* aber nicht, war nur Zittern und Herzklopfen.

38 Einer staunte darüber, wie leicht er den Weg der Ewigkeit ging; er raste ihn nämlich abwärts.

39a Dem Bösen kann man nicht in Raten zahlen – und versucht es unaufhörlich.

Es wäre denkbar, daß Alexander der Große trotz den kriegerischen Erfolgen seiner Jugend, trotz dem ausgezeichneten Heer, das er ausgebildet hatte, trotz den auf Veränderung der Welt gerichteten Kräften, die er in sich fühlte, am Hellespont stehen geblieben und ihn nie überschritten hätte, und zwar nicht aus Furcht, nicht aus Unentschlossenheit, nicht aus Willensschwäche, sondern aus Erdenschwere.

39b Der Weg ist unendlich, da ist nichts abzuziehen, nichts zuzugeben und doch hält jeder noch seine eigene kindliche Elle daran. »Gewiß, auch diese Elle Wegs mußt du noch gehen, es wird dir nicht vergessen werden.«

40 Nur unser Zeitbegriff läßt uns das Jüngste Gericht so nennen, eigentlich ist es ein Standrecht.

41 Das Mißverhältnis der Welt scheint tröstlicherweise nur ein zahlenmäßiges zu sein.

42 Den ekel- und haßerfüllten Kopf auf die Brust senken.

43 Noch spielen die Jagdhunde im Hof, aber das Wild entgeht ihnen nicht, so sehr es jetzt schon durch die Wälder jagt.

44 Lächerlich hast du dich aufgeschirrt für diese Welt.

45 Je mehr Pferde du anspannst, desto rascher gehts – nämlich nicht das Ausreißen des Blocks aus dem Fundament, was unmöglich ist, aber das Zerreißen der Riemen und damit die leere fröhliche Fahrt.

46 Das Wort »sein« bedeutet im Deutschen beides: Dasein und Ihmgehören.

47 Es wurde ihnen die Wahl gestellt, Könige oder der Könige Kuriere zu werden. Nach Art der Kinder wollten alle Kuriere sein. Deshalb gibt es lauter Kuriere, sie jagen durch die Welt und rufen, da es keine Könige gibt, einander selbst die sinnlos gewordenen Meldungen zu. Gerne würden sie ihrem elenden Leben ein Ende machen, aber sie wagen es nicht wegen des Diensteides.

48 An Fortschritt glauben heißt nicht glauben, daß ein Fortschritt schon geschehen ist. Das wäre kein Glauben.

49 A. ist ein Virtuose und der Himmel ist sein Zeuge.

50☆ Der Mensch kann nicht leben ohne ein dauerndes Vertrauen zu etwas Unzerstörbarem in sich, wobei sowohl das Unzerstörbare als auch das Vertrauen ihm dauernd verborgen bleiben können. Eine der Ausdrucksmöglichkeiten dieses Verborgenbleibens ist der Glaube an einen persönlichen Gott.

51☆ Es bedurfte der Vermittlung der Schlange: das Böse kann den Menschen verführen, aber nicht Mensch werden.

52☆ Im Kampf zwischen dir und der Welt sekundiere der Welt.

53 Man darf niemanden betrügen, auch nicht die Welt um ihren Sieg.

54 Es gibt nichts anderes als eine geistige Welt; was wir sinnliche Welt nennen, ist das Böse in der geistigen, und was wir böse nennen, ist nur eine Notwendigkeit eines Augenblicks unserer ewigen Entwicklung.

☆ Mit stärkstem Licht kann man die Welt auflösen. Vor schwachen Augen wird sie fest, vor noch schwächeren bekommt sie Fäuste, vor noch schwächeren wird sie schamhaft und zerschmettert den, der sie anzuschauen wagt.

55 Alles ist Betrug: das Mindestmaß der Täuschungen suchen, im üblichen bleiben, das Höchstmaß suchen. Im ersten Fall betrügt man das Gute, indem man sich dessen Erwerbung zu leicht machen will, das Böse, indem man ihm allzu ungünstige Kampfbedingungen setzt. Im zweiten Fall betrügt man das Gute, indem man also nicht einmal im Irdischen nach ihm strebt. Im dritten Fall betrügt man das Gute, indem man sich möglichst weit von ihm entfernt, das Böse, indem man hofft, durch seine Höchststeigerung es machtlos zu machen. Vorzuziehen wäre also hiernach der zweite Fall, denn das Gute betrügt man immer, das Böse in diesem Fall, wenigstens dem Anschein nach, nicht.

56 Es gibt Fragen, über die wir nicht hinwegkommen könnten, wenn wir nicht von Natur aus von ihnen befreit wären.

57 Die Sprache kann für alles außerhalb der sinnlichen Welt nur andeutungsweise, aber niemals auch nur annähernd vergleichsweise gebraucht werden, da sie, entsprechend der sinnlichen Welt, nur vom Besitz und seinen Beziehungen handelt.

58☆ Man lügt möglichst wenig, nur wenn man möglichst wenig lügt, nicht wenn man möglichst wenig Gelegenheit dazu hat.

59☆ Eine durch Schritte nicht tief ausgehöhlte Treppenstufe ist, von sich selber aus gesehen, nur etwas öde zusammengefügtes Hölzernes.

60 Wer der Welt entsagt, muß alle Menschen lieben, denn er entsagt auch ihrer Welt. Er beginnt daher, das wahre menschliche Wesen zu ahnen, das nicht anders als geliebt werden kann, vorausgesetzt, daß man ihm ebenbürtig ist.

61☆ Wer innerhalb der Welt seinen Nächsten liebt, tut nicht mehr und nicht weniger Unrecht, als wer innerhalb der Welt sich selbst liebt. Es bliebe nur die Frage, ob das erstere möglich ist.

62 Die Tatsache, daß es nichts anderes gibt als eine geistige Welt, nimmt uns die Hoffnung und gibt uns die Gewißheit.

63 Unsere Kunst ist ein von der Wahrheit Geblendet-Sein: Das Licht auf dem zurückweichenden Fratzengesicht ist wahr, sonst nichts.

64/65 Die Vertreibung aus dem Paradies ist in ihrem Hauptteil ewig: Es ist also zwar die Vertreibung aus dem Paradies endgültig, das Leben in der Welt unausweichlich, die Ewigkeit des Vorganges aber (oder zeitlich ausgedrückt: die ewige Wiederholung des Vorgangs) macht es trotzdem möglich, daß wir nicht nur dauernd im Paradiese bleiben könnten, sondern tatsächlich dort dauernd sind, gleichgültig ob wir es hier wissen oder nicht.

66 Er ist ein freier und gesicherter Bürger der Erde, denn er ist an eine Kette gelegt, die lang genug ist, um ihm alle irdischen Räume frei zu geben, und doch nur so lang, daß nichts ihn über die Grenzen der Erde reißen kann. Gleichzeitig aber ist er auch ein freier und gesicherter Bürger des Himmels, denn er ist auch an eine ähnlich berechnete Himmelskette gelegt. Will er nun auf die Erde, drosselt ihn das Halsband des Himmels, will er in den Himmel, jenes der Erde. Und trotzdem hat er alle Möglichkeiten und fühlt es; ja, er weigert sich sogar, das Ganze auf einen Fehler bei der ersten Fesselung zurückzuführen.

67 Er läuft den Tatsachen nach wie ein Anfänger im Schlittschuhlaufen, der überdies irgendwo übt, wo es verboten ist.

68 Was ist fröhlicher als der Glaube an einen Hausgott!

69 Theoretisch gibt es eine vollkommene Glücksmöglichkeit: An das Unzerstörbare in sich glauben und nicht zu ihm streben.

70/71 Das Unzerstörbare ist eines; jeder einzelne Mensch ist es und gleichzeitig ist es allen gemeinsam, daher die beispiellos Untrennbare Verbindung der Menschen.

72☆ Es gibt im gleichen Menschen Erkenntnisse, die bei völliger Verschiedenheit doch das gleiche Objekt haben, so daß wieder nur auf verschiedene Subjekte im gleichen Menschen rückgeschlossen werden muß.

73 Er frißt den Abfall vom eigenen Tisch; dadurch wird er zwar ein Weilchen lang satter als alle, verlernt aber, oben vom Tisch zu essen; dadurch hört dann aber auch der Abfall auf.

74 Wenn das, was im Paradies zerstört worden sein soll, zerstörbar war, dann war es nicht entscheidend; war es aber unzerstörbar, dann leben wir in einem falschen Glauben.

75☆ Prüfe dich an der Menschheit. Den Zweifelnden macht sie zweifeln, den Glaubenden glauben.

76 Dieses Gefühl: »hier ankere ich nicht« – und gleich die wogende, tragende Flut um sich fühlen!

☆ Ein Umschwung. Lauernd, ängstlich, hoffend umschleicht die Antwort die Frage, sucht verzweifelt in ihrem unzugänglichen Gesicht, folgt ihr auf den sinnlosesten, das heißt von der Antwort möglichst wegstrebenden Wegen.

77 Verkehr mit Menschen verführt zur Selbstbeobachtung.

78 Der Geist wird erst frei, wenn er aufhört, Halt zu sein.

79 Die sinnliche Liebe täuscht über die himmlische hinweg; allein könnte sie es nicht, aber da sie das Element der himmlischen Liebe unbewußt in sich hat, kann sie es.

80 Wahrheit ist unteilbar, kann sich also selbst nicht erkennen; wer sie erkennen will, muß Lüge sein.

81 Niemand kann verlangen, was ihm im letzten Grunde schadet. Hat es beim einzelnen Menschen doch diesen Anschein – und den hat es vielleicht immer –, so erklärt sich dies dadurch, daß jemand im Menschen etwas verlangt, was diesem Jemand zwar nützt, aber einem zweiten Jemand, der halb zur Beurteilung des Falles herangezogen wird, schwer schadet. Hätte sich der Mensch gleich anfangs, nicht erst bei der Beurteilung auf Seite des zweiten Jemand gestellt, wäre der erste Jemand erloschen und mit ihm das Verlangen.

82 Warum klagen wir wegen des Sündenfalles? Nicht seinetwegen sind wir aus dem Paradiese vertrieben worden, sondern wegen des Baumes des Lebens, damit wir nicht von ihm essen.

83 Wir sind nicht nur deshalb sündig, weil wir vom Baum der

Erkenntnis gegessen haben, sondern auch deshalb, weil wir vom Baum des Lebens noch nicht gegessen haben. Sündig ist der Stand, in dem wir uns befinden, unabhängig von Schuld.

84 Wir wurden geschaffen, um im Paradies zu leben, das Paradies war bestimmt, uns zu dienen. Unsere Bestimmung ist geändert worden; daß dies auch mit der Bestimmung des Paradieses geschehen wäre, wird nicht gesagt.

85 Das Böse ist eine Ausstrahlung des menschlichen Bewußtseins in bestimmten Übergangsstellungen. Nicht eigentlich die sinnliche Welt ist Schein, sondern ihr Böses, das allerdings für unsere Augen die sinnliche Welt bildet.

86 Seit dem Sündenfall sind wir in der Fähigkeit zur Erkenntnis des Guten und Bösen im Wesentlichen gleich; trotzdem suchen wir gerade hier unsere besonderen Vorzüge. Aber erst jenseits dieser Erkenntnis beginnen die wahren Verschiedenheiten. Der gegenteilige Schein wird durch folgendes hervorgerufen: Niemand kann sich mit der Erkenntnis allein begnügen, sondern muß sich bestreben, ihr gemäß zu handeln. Dazu aber ist ihm die Kraft nicht mitgegeben, er muß daher sich zerstören, selbst auf die Gefahr hin, sogar dadurch die notwendige Kraft nicht zu erhalten, aber es bleibt ihm nichts anderes übrig, als dieser letzte Versuch. (Das ist auch der Sinn der Todesdrohung beim Verbot des Essens vom Baume der Erkenntnis; vielleicht ist das auch der ursprüngliche Sinn des natürlichen Todes.) Vor diesem Versuch nun fürchtet er sich; lieber will er die Erkenntnis des Guten und Bösen rückgängig machen (die Bezeichnung »Sündenfall« geht auf diese Angst zurück); aber das Geschehene kann nicht rückgängig gemacht, sondern nur getrübt werden. Zu diesem Zweck entstehen die Motivationen. Die ganze Welt ist ihrer voll, ja die ganze sichtbare Welt ist vielleicht nichts anderes als eine Motivation des einen Augenblick lang ruhenwollenden Menschen. Ein Versuch, die Tatsache der Erkenntnis zu fälschen, die Erkenntnis erst zum Ziel zu machen.

87 Ein Glaube wie ein Fallbeil, so schwer, so leicht.

88 Der Tod ist vor uns, etwa wie im Schulzimmer an der Wand ein Bild der Alexanderschlacht. Es kommt darauf an, durch unsere Taten noch in diesem Leben das Bild zu verdunkeln oder gar auszulöschen.

89 Ein Mensch hat freien Willen, und zwar dreierlei: Erstens war er frei, als er dieses Leben wollte; jetzt kann er es allerdings nicht

mehr rückgängig machen, denn er ist nicht mehr jener, der es damals wollte, es wäre denn insoweit, als er seinen damaligen Willen ausführt, indem er lebt.

Zweitens ist er frei, indem er die Gangart und den Weg dieses Lebens wählen kann.

Drittens ist er frei, indem er als derjenige, der einmal wieder sein wird, den Willen hat, sich unter jeder Bedingung durch das Leben gehen und auf diese Weise zu sich kommen zu lassen, und zwar auf einem zwar wählbaren, aber jedenfalls derartig labyrinthischen Weg, daß er kein Fleckchen dieses Lebens unberührt läßt.

Das ist das Dreierlei des freien Willens, es ist aber auch, da es gleichzeitig ist, ein Einerlei und ist im Grunde so sehr Einerlei, daß es keinen Platz hat für einen Willen, weder für einen freien noch unfreien.

90☆ Zwei Möglichkeiten: sich unendlich klein machen oder es sein. Das zweite ist Vollendung, also Untätigkeit, das erste Beginn, also Tat.

91☆ Zur Vermeidung eines Wortirrtums: Was tätig zerstört werden soll, muß vorher ganz fest gehalten worden sein; was zerbröckelt, zerbröckelt, kann aber nicht zerstört werden.

92 Die erste Götzenanbetung war gewiß Angst vor den Dingen, aber damit zusammenhängend Angst vor der Notwendigkeit der Dinge und damit zusammenhängend Angst vor der Verantwortung für die Dinge. So ungeheuer erschien diese Verantwortung, daß man sie nicht einmal einem einzigen Außermenschlichen aufzuerlegen wagte, denn auch durch Vermittlung eines Wesens wäre die menschliche Verantwortung noch nicht genug erleichtert worden, der Verkehr mit nur einem Wesen wäre noch allzusehr von Verantwortung befleckt gewesen, deshalb gab man jedem Ding die Verantwortung für sich selbst, mehr noch, man gab diesen Dingen auch noch eine verhältnismäßige Verantwortung für den Menschen.

93☆ Zum letztenmal Psychologie!

94 Zwei Aufgaben des Lebensanfangs: Deinen Kreis immer mehr einschränken und immer wieder nachprüfen, ob du dich nicht irgendwo außerhalb deines Kreises versteckt hältst.

95☆ Das Böse ist manchmal in der Hand wie ein Werkzeug, erkannt oder unerkannt läßt es sich, wenn man den Willen hat, ohne Widerspruch zur Seite legen.

96 Die Freuden dieses Lebens sind nicht die seinen, sondern un-

sere Angst vor dem Aufsteigen in ein höheres Leben; die Qualen dieses Lebens sind nicht die seinen, sondern unsere Selbstqual wegen jener Angst.

97 Nur hier ist Leiden Leiden. Nicht so, als ob die, welche hier leiden, anderswo wegen dieses Leidens erhöht werden sollen, sondern so, daß das, was in dieser Welt leiden heißt, in einer andern Welt, unverändert und nur befreit von seinem Gegensatz, Seligkeit ist.

98☆ Die Vorstellung von der unendlichen Weite und Fülle des Kosmos ist das Ergebnis der zum Äußersten getriebenen Mischung von mühevoller Schöpfung und freier Selbstbesinnung.

99 Wieviel bedrückender als die unerbittlichste Überzeugung von unserem gegenwärtigen sündhaften Stand ist selbst die schwächste Überzeugung von der einstigen, ewigen Rechtfertigung unserer Zeitlichkeit. Nur die Kraft im Ertragen dieser zweiten Überzeugung, welche in ihrer Reinheit die erste voll umfaßt, ist das Maß des Glaubens.

☆ Manche nehmen an, daß neben dem großen Urbetrug noch in jedem Fall eigens für sie ein kleiner besonderer Betrug veranstaltet wird, daß also, wenn ein Liebesspiel auf der Bühne aufgeführt wird, die Schauspielerin außer dem verlogenen Lächeln für ihren Geliebten auch noch ein besonders hinterhältiges Lächeln für den ganz bestimmten Zuschauer auf der letzten Galerie hat. Das heißt zu weit gehen.

100 Es kann ein Wissen vom Teuflischen geben, aber keinen Glauben daran, denn mehr Teuflisches, als da ist, gibt es nicht.

101 Die Sünde kommt immer offen und ist mit den Sinnen gleich zu fassen. Sie geht auf ihren Wurzeln und muß nicht ausgerissen werden.

102 Alle Leiden um uns müssen auch wir leiden. Wir alle haben nicht *einen* Leib, aber *ein* Wachstum, und das führt uns durch alle Schmerzen, ob in dieser oder jener Form. So wie das Kind durch alle Lebensstadien bis zum Greis und zum Tod sich entwickelt (und jenes Stadium im Grunde dem früheren, im Verlangen oder in Furcht, unerreichbar scheint) ebenso entwickeln wir uns (nicht weniger tief mit der Menschheit verbunden als mit uns selbst) durch alle Leiden dieser Welt. Für Gerechtigkeit ist in diesem Zusammenhang kein Platz, aber auch nicht für Furcht vor den Leiden oder für die Auslegung des Leidens als eines Verdienstes.

103 Du kannst dich zurückhalten von den Leiden der Welt, das

ist dir freigestellt und entspricht deiner Natur, aber vielleicht ist gerade dieses Zurückhalten das einzige Leid, das du vermeiden könntest.

105 Das Verführungsmittel dieser Welt sowie das Zeichen der Bürgschaft dafür, daß diese Welt nur ein Übergang ist, ist das gleiche. Mit Recht, denn nur so kann uns diese Welt verführen und es entspricht der Wahrheit. Das Schlimmste ist aber, daß wir nach geglückter Verführung die Bürgschaft vergessen und so eigentlich das Gute uns ins Böse, der Blick der Frau in ihr Bett gelockt hat.

106 Die Demut gibt jedem, auch dem einsam Verzweifelnden, das stärkste Verhältnis zum Mitmenschen, und zwar sofort, allerdings nur bei völliger und dauernder Demut. Sie kann das deshalb, weil sie die wahre Gebetsprache ist, gleichzeitig Anbetung und festeste Verbindung. Das Verhältnis zum Mitmenschen ist das Verhältnis des Gebetes, das Verhältnis zu sich das Verhältnis des Strebens; aus dem Gebet wird die Kraft für das Streben geholt.

☆ Kannst du denn etwas anderes kennen als Betrug? Wird einmal der Betrug vernichtet, darfst du ja nicht hinsehen oder wirst zur Salzsäule.

107 Alle sind zu A. sehr freundlich, so etwa wie man ein ausgezeichnetes Billard selbst vor guten Spielern sorgfältig zu bewahren sucht, solange bis der große Spieler kommt, das Brett genau untersucht, keinen vorzeitigen Fehler duldet, dann aber, wenn er selbst zu spielen anfängt, sich auf die rücksichtsloseste Weise auswütet.

108 »Dann aber kehrte er zu seiner Arbeit zurück, so wie wenn nichts geschehen wäre.« Das ist eine Bemerkung, die uns aus einer unklaren Fülle alter Erzählungen geläufig ist, obwohl sie vielleicht in keiner vorkommt.

109 »Daß es uns an Glauben fehle, kann man nicht sagen. Allein die einfache Tatsache unseres Lebens ist in ihrem Glaubenswert gar nicht auszuschöpfen.« »Hier wäre ein Glaubenswert? Man kann doch nicht nicht-leben.« »Eben in diesem ›kann doch nicht‹ steckt die wahnsinnige Kraft des Glaubens; in dieser Verneinung bekommt sie Gestalt.«

☆ Es ist nicht notwendig, daß du aus dem Hause gehst. Bleib bei deinem Tisch und horche. Horche nicht einmal, warte nur. Warte nicht einmal, sei völlig still und allein. Anbieten wird sich dir die Welt zur Entlarvung, sie kann nicht anders, verzückt wird sie sich vor dir winden.

DIE ACHT OKTAVHEFTE *

Das erste Oktavheft *

Jeder Mensch trägt ein Zimmer in sich. Diese Tatsache kann man sogar durch das Gehör nachprüfen. Wenn einer schnell geht und man hinhorcht, etwa in der Nacht, wenn alles ringsherum still ist, so hört man zum Beispiel das Scheppern eines nicht genug befestigten Wandspiegels.

Er steht mit eingedrückter Brust, vorragenden Schultern, hängenden Armen, kaum zu erhebenden Beinen, auf eine Stelle starrendem Blick. Ein Heizer. Er nimmt Kohle auf die Schaufel und stößt sie in das Ofenloch voll Flammen. Ein Kind hat sich durchgestohlen durch die zwanzig Fabrikshöfe und zupft ihn am Schurz. »Vater«, sagt es, »ich bringe dir die Suppe.«

Ist hier wärmer als unten auf der winterlichen Erde? Weiß ragt es * rings, mein Kübel das einzig Dunkle. War ich früher hoch, bin ich jetzt tief, der Blick zu den Bergen renkt mir den Hals aus. Weißgefrorene Eisfläche, strichweise durchschnitten von den Bahnen verschwundener Schlittschuhläufer. Auf dem hohen, keinen Zoll breit einsinkenden Schnee, folge ich der Fußspur der kleinen arktischen Hunde. Mein Reiten hat den Sinn verloren, ich bin abgestiegen und trage den Kübel auf der Achsel.

V. W. *
Meinen innigsten Dank für das Beethovenbuch. Den Schopenhauer beginne ich heute. Was für eine Leistung, dieses Buch. Möchten Sie doch mit Ihrer allerzartesten Hand, mit Ihrem allerstärksten Blick für die wahrhafte Realität, mit dem gezügelten und mächtigen Grundfeuer Ihres dichterischen Wesens, mit Ihrem phantastisch weiten Wissen noch weiter solche Denkmäler aufrichten – zu meiner unaussprechlichen Freude.

Alt, in großer Leibesfülle, unter leichten Herzbeschwerden, lag ich nach dem Mittagessen, einen Fuß am Boden, auf dem Ruhebett und las ein geschichtliches Werk. Die Magd kam und meldete, zwei Finger an den zugespitzten Lippen, einen Gast.

»Wer ist es?« fragte ich, ärgerlich darüber, zu einer Zeit, da ich den Nachmittagskaffee erwartete, einen Gast empfangen zu sollen.
»Ein Chineser«, sagte die Magd und unterdrückte, krampfhaft sich drehend, ein Lachen, das der Gast vor der Türe nicht hören sollte.
»Ein Chinese? Zu mir? Ist er in Chinesenkleidung?«
Die Magd nickte, noch immer mit dem Lachreiz kämpfend.
»Nenn ihm meinen Namen, frag, ob er wirklich mich besuchen will, der ich unbekannt im Nachbarhaus, wie sehr erst unbekannt in China bin.«
Die Magd schlich zu mir und flüsterte: »Er hat nur eine Visitkarte, darauf steht, daß er vorgelassen zu werden bittet. Deutsch kann er nicht, er redet eine unverständliche Sprache, die Karte ihm wegzunehmen fürchtete ich mich.«
»Er soll kommen!« rief ich, warf in der Erregtheit, in die ich durch mein Herzleiden oft geriet, das Buch zu Boden und verfluchte die Ungeschicklichkeit der Magd. Aufstehend und meine Riesengestalt reckend, mit der ich in dem niedrigen Zimmer jeden Besucher erschrecken mußte, ging ich zur Tür. Tatsächlich hatte mich der Chinese kaum erblickt, als er gleich wieder hinaushuschte. Ich langte nur in den Gang und zog den Mann vorsichtig an seinem Seidengürtel zu mir herein. Es war offenbar ein Gelehrter, klein, schwach, mit Hornbrille, schütterem grauschwarzem steifem Ziegenbart. Ein freundliches Männchen, hielt den Kopf geneigt und lächelte mit halbgeschlossenen Augen.

Der Advokat Dr. Bucephalus ließ eines Morgens seine Wirtschafterin zu seinem Bett kommen und sagte ihr: »Heute beginnt die große Verhandlung im Prozeß meines Bruders Bucephalus gegen die Firma Trollhätta. Ich führe die Klage, und da die Verhandlung zumindest einige Tage dauern wird, und zwar ohne eigentliche Unterbrechung, werde ich in den nächsten Tagen überhaupt nicht nach Hause kommen. Sobald die Verhandlung beendet sein oder Aussicht auf Beendigung vorhanden sein wird, werde ich Ihnen telephonieren. Mehr kann ich jetzt nicht sagen, auch nicht die geringste Frage beantworten, da ich natürlich auf Erhaltung meiner vollen Stimmkraft bedacht sein muß. Deshalb bringen Sie mir auch zum Frühstück zwei rohe Eier und Tee mit Honig.« Und sich langsam in die Polster zurücklehnend, die Hand über den Augen, verstummte er.

Die plappermäulige, aber vor ihrem Herrn in Furcht ersterbende Wirtschafterin war sehr betroffen. So plötzlich kam eine so außerordentliche Anordnung. Noch abends hatte der Herr mit ihr gesprochen, aber keine Andeutung darüber gemacht, was bevorstand. Die Verhandlung konnte doch nicht in der Nacht angesetzt worden sein. Und gibt es Verhandlungen, die tagelang ununterbrochen dauern? Und warum nannte der Herr die Prozeßparteien, was er doch ihr gegenüber sonst niemals tat? Und was für einen ungeheuern Prozeß konnte der Bruder des Herrn, der kleine Gemüsehändler Adolf Bucephalus haben, mit dem übrigens der Herr schon seit langem auf keinem guten Fuß zu stehen schien? Und wie paßte es zu den unausdenkbaren Anstrengungen, die dem Herrn bevorstanden, daß er jetzt so müde in seinem Bette lag und sein, wenn das Frühlicht nicht täuschte, irgendwie verfallenes Gesicht mit der Hand bedeckte? Und nur Tee und Eier sollten gebracht werden, nicht auch wie sonst ein wenig Wein und Schinken, um die Lebensgeister völlig aufzuwecken? Mit solchen Gedanken kehrte die Wirtschafterin in die Küche zurück, setzte sich nur für ein Weilchen auf ihren Lieblingsplatz beim Fenster, zu den Blumen und dem Kanarienvogel, blickte auf die gegenüberliegende Hofseite, wo hinter einem Fenstergitter zwei Kinder halbnackt im Spiel miteinander kämpften, wandte sich dann seufzend ab, goß den Tee ein, holte zwei Eier aus der Speisekammer, ordnete alles auf einem Tablett, konnte es sich nicht versagen, die Weinflasche als wohltätige Verlockung auch mitzunehmen und ging mit dem allem ins Schlafzimmer.
Es war leer. Wie, der Herr war doch nicht schon weg? In einer Minute konnte er sich doch nicht angezogen haben? Aber die Wäsche und die Kleider waren auch nicht mehr zu sehn. Was hat denn der Herr um Himmels willen? Ins Vorzimmer! Auch Mantel, Hut und Stock sind fort. Zum Fenster! Beim Leibhaftigen, da tritt der Herr aus dem Tor, den Hut im Nacken, den Mantel offen, die Aktenmappe an sich gedrückt, den Stock in eine Manteltasche gehängt.

Sie kennen das Trocadéro in Paris? In diesem Gebäude, von dessen Ausdehnung Sie sich nach bloßen Abbildungen keine auch nur annähernde Vorstellung machen können, findet soeben die Hauptverhandlung in einem großen Prozeß statt. Sie denken vielleicht nach, wie es möglich ist, ein solches Gebäude in diesem fürchterlichen Winter genügend zu heizen. Es wird nicht geheizt. In einem solchen Fall gleich an die Heizung denken, das kann man nur in dem niedlichen Landstädtchen, in dem Sie Ihr Leben verbringen. Das Trocadéro wird nicht geheizt, aber dadurch wird der Fortgang des Prozesses nicht gehindert, im Gegenteil, mitten in dieser von allen Seiten herauf und herab strahlenden Kälte wird in ganz ebenbürtigem Tempo kreuz und quer, der Länge und der Breite nach, prozessiert.

Gestern kam eine Ohnmacht zu mir. Sie wohnt im Nachbarhaus, ich habe sie dort schon öfters abends im niedrigen Tor gebückt verschwinden sehn. Eine große Dame mit lang fließendem Kleid und breitem, mit Federn geschmücktem Hut. Eiligst kam sie rauschend durch meine Tür, wie ein Arzt, der fürchtet, zu spät zum auslöschenden Kranken gekommen zu sein.
»Anton«, rief sie mit hohler und doch sich rühmender Stimme, »ich komme, ich bin da!«
In den Sessel, auf den ich zeigte, ließ sie sich fallen.
»Hoch wohnst du, hoch wohnst du«, sagte sie stöhnend.
Tief in meinem Lehnstuhl nickte ich. Zahllos hüpften vor meinen Augen die Treppenstufen auf, die zu meinen Zimmern führten, eine hinter der andern, unermüdliche kleine Wellen.
»Warum so kalt?« fragte sie, zog ihre langen alten Fechterhandschuhe aus, warf sie auf den Tisch und sah mich, den Kopf geneigt, augenzwinkernd an.
Mir war, als sei ich ein Spatz, übe auf der Treppe meine Sprünge und sie zerzause mein weiches flockiges graues Gefieder.
»Es tut mir von Herzen leid, daß du dich nach mir verzehrst. Oft schon sah ich aufrichtig traurig in dein abgehärmtes Gesicht, wenn du im Hof standst und zu meinem Fenster aufblicktest. Nun, ich bin dir nicht ungünstig gesinnt und hast du auch mein Herz noch nicht, so kannst du es doch erobern.«

In was für Gleichgültigkeit Menschen kommen können, in wie tiefe Überzeugung, für immer die rechte Spur verloren zu haben.

Ein Irrtum. Es war nicht meine Türe oben auf dem langen Gang, die ich geöffnet hatte. »Ein Irrtum«, sagte ich und wollte wieder hinausgehen. Da sah ich den Inwohner, einen mageren bartlosen Mann, mit festgeschlossenem Munde an einem Tischchen sitzen, auf dem nur eine Petroleumlampe stand.

In unserem Haus, diesem ungeheuren Vorstadthaus, einer von unzerstörbaren mittelalterlichen Ruinen durchwachsenen Mietskaserne, wurde heute am nebligen eisigen Wintermogen folgender Aufruf verbreitet:
An alle meine Hausgenossen:
Ich besitze fünf Kindergewehre. Sie hängen in meinem Kasten, an jedem Haken eines. Das erste gehört mir, zu den andern kann sich melden, wer will. Melden sich mehr als vier, so müssen die überzähligen ihre eigenen Gewehre mitbringen und in meinem Kasten deponieren. Denn Einheitlichkeit muß sein, ohne Einheitlichkeit kommen wir nicht vorwärts. Übrigens habe ich nur Gewehre, die zu sonstiger Verwendung ganz unbrauchbar sind, der Mechanismus ist verdorben, der Pfropfen abgerissen, nur die Hähne knakken noch. Es wird also nicht schwer sein, nötigenfalls noch weitere solche Gewehre zu beschaffen. Aber im Grunde sind mir für die erste Zeit auch Leute ohne Gewehre recht. Wir, die wir Gewehre haben, werden im entscheidenden Augenblick die Unbewaffneten in die Mitte nehmen. Eine Kampfesweise, die sich bei den ersten amerikanischen Farmern gegenüber den Indianern bewährt hat, warum sollte sie sich nicht auch hier bewähren, da doch die Verhältnisse ähnlich sind. Man kann also sogar für die Dauer auf die Gewehre verzichten und selbst die fünf Gewehre sind nicht unbedingt nötig, und nur weil sie schon einmal vorhanden sind, sollen sie auch verwendet werden. Wollen sie aber die vier andern nicht tragen, so sollen sie es bleiben lassen. Dann werde also ich allein als Führer eines tragen. Aber wir sollen keinen Führer haben und so werde auch ich mein Gewehr zerbrechen oder weglegen.

Das war der erste Aufruf. In unserem Haus hat man keine Zeit und keine Lust, Aufrufe zu lesen oder gar zu überdenken. Bald schwammen die kleinen Papiere in dem Schmutzstrom, der, vom Dachboden ausgehend, von allen Korridoren genährt, die Treppe hinabspült und dort mit dem Gegenstrom kämpft, der von unten hinaufschwillt. Aber nach einer Woche kam ein zweiter Aufruf:

Hausgenossen!
Es hat sich bisher niemand bei mir gemeldet. Ich war, soweit ich nicht meinen Lebensunterhalt verdienen muß, fortwährend zu Hause und für die Zeit meiner Abwesenheit, während welcher meine Zimmertür stets offen war, lag auf meinem Tisch ein Blatt, auf dem sich jeder, der wollte, einschreiben konnte. Niemand hats getan.

Manchmal glaube ich, alle meine vergangenen und künftigen Sünden durch die Schmerzen meiner Knochen abzubüßen, wenn ich abends oder gar morgens nach einer Nachtschicht aus der Maschinenfabrik nach Hause komme. Ich bin nicht kräftig genug zu dieser Arbeit, das weiß ich schon seit langem und doch ändere ich nichts.

In unserm Hause, diesem ungeheuren Vorstadthause, einer von mittelalterlichen Ruinen durchwachsenen Mietskaserne, wohnt auf dem gleichen Gang wie ich, bei einer Arbeiterfamilie, ein Amtsschreiber. Sie nennen ihn zwar Beamter, aber er kann doch nur ein kleiner Schreiber sein, der mitten in dem Nest des fremden Ehepaars und seiner sechs Kinder auf einem Strohsack am Boden die Nächte verbringt. Und wenn es also ein kleiner Schreiber ist, was kümmert er mich. Selbst in diesem Haus, in dem sich doch das Elend versammelt, das die Stadt auskocht, gibt es gewiß über hundert Leute...

Auf dem gleichen Gang wie ich wohnt ein Flickschneider. Trotz aller Vorsicht verbrauche ich die Kleider zu bald, letzthin mußte ich wieder einen Rock zum Schneider tragen. Es war ein schöner, warmer Sommerabend. Der Schneider hat für sich, die Frau und sechs Kinder nur ein Zimmer, das gleichzeitig Küche ist. Überdies aber hat er noch einen Mieter bei sich, einen Schreiber von der Steuerbehörde. Dieser Zimmerbelag geht doch ein wenig über das Übliche hinaus, das ja in unserem Hause schon arg genug ist. Immerhin, man läßt jedem das Seine, der Schneider hat gewiß für seine Sparsamkeit unwiderlegliche Gründe und keinem Fremden fällt es ein, eine Besprechung dieser Gründe einzuleiten.

19. Februar 1917.
Heute gelesen Hermann und Dorothea, einiges aus Richters Lebenserinnerungen, Bilder von ihm gesehn und schließlich eine Szene aus Hauptmanns Griselda gelesen. Bin für den Augenblick der nächsten Stunde ein anderer Mensch. Alle Aussichten zwar nebelhaft wie immer, aber veränderte Nebelbilder. In den schweren Stiefeln, die ich heute zum erstenmal angezogen habe (sie waren ursprünglich für den Militärdienst bestimmt), steckt ein anderer Mensch. *

Ich wohne bei Herrn Krummholz, das Zimmer teile ich mit einem Schreiber von der Steuerbehörde. Außerdem schlafen in dem Zimmer in gemeinsamem Bett zwei Töchter des Krummholz, ein sechs- und ein siebenjähriges Mädchen. Seit dem ersten Tage, an welchem der Schreiber einzog – ich selbst wohne schon jahrelang bei Krummholz – hatte ich einen zunächst ganz unbestimmten Verdacht gegen ihn. Ein Mann unter Mittelgröße, schwach, wohl mit nicht ganz fester Lunge, grauen, ihn umschlotternden Kleidern, faltigem Gesicht unbestimmbaren Alters, graublonden, länglichen, über die Ohren gekämmten Haaren, einer weit auf der Nase vorgerückten Brille, und einem kleinen, gleichfalls ergrauenden Ziegenbart.

Es war kein heiteres Leben, das ich damals beim Bahnbau am mittlern Kongo führte.
Ich saß in meiner Holzhütte auf der überdeckten Veranda. Anstatt einer Längswand war ein außerordentlich feinmaschiges Moskitonetz ausgespannt, das ich von einem der Arbeiterführer, dem Häuptling eines Stammes, durch dessen Gebiet unsere Bahn gehn sollte, erstanden hatte. Ein Hanfnetz, so fest und zart zugleich, wie man es in Europa gar nicht herstellen könnte. Es war mein Stolz und ich wurde viel darum beneidet. Ohne dieses Netz wäre es gar nicht möglich gewesen, friedlich am Abend auf der Veranda zu sitzen, das Licht aufzudrehn, wie ich es jetzt tat, eine alte europäische Zeitung zum Studium vorzunehmen und mächtig dazu die Pfeife zu rauchen. *

Ich habe – wer kann noch so frei von seinen Fähigkeiten sprechen – das Handgelenk eines alten glücklichen unermüdlichen Anglers.

Ich sitze zum Beispiel zu Hause, ehe ich angeln gehe, und drehe scharf zusehend die rechte Hand, einmal hin und einmal her. Das genügt, um mir in Anblick und Gefühl das Ergebnis des künftigen Angelns oft bis in Einzelheiten zu offenbaren. Ein Ahnungsvermögen dieses gelenkigen Gelenkes, das ich in Ruhezeiten, um es Kraft sammeln zu lassen, in ein Goldarmband einschließe. Ich sehe das Wasser meines Fischplatzes in der besonderen Strömung der besonderen Stunde, ein Querschnitt des Flusses zeigt sich mir, eindeutig an Zahl und Art dringen an zehn, zwanzig, ja hundert verschiedenen Stellen Fische gegen diese Schnittfläche vor, nun weiß ich, wie die Angel zu führen ist, manche durchstoßen ungefährdet mit dem Kopf die Fläche, da lasse ich die Angel vor ihnen schwanken und schon hängen sie, die Kürze dieses Schicksalsaugenblicks entzückt mich selbst am häuslichen Tisch, andere Fische dringen bis an den Bauch vor, nun ist hohe Zeit, manche ereile ich noch, andere aber entwischen der gefährlichen Fläche selbst mit dem Schwanz und sind für diesmal mir verloren, nur für diesmal, einem wahren Angler entgeht kein Fisch.

* *Das zweite Oktavheft*

[Im Anschluß an ›Eine Kreuzung‹]
Ein kleiner Junge hatte als einziges Erbstück nach seinem Vater eine Katze und ist durch sie Bürgermeister von London geworden. Was werde ich durch mein Tier werden, mein Erbstück? Wo dehnt sich die riesige Stadt?

Die geschriebene und überlieferte Weltgeschichte versagt oft vollständig, das menschliche Ahnungsvermögen aber führt zwar oft irre, führt aber, verläßt einen nicht. So ist zum Beispiel die Überlieferung von den sieben Weltwundern immer von dem Gerücht umgeben gewesen, daß noch ein achtes Weltwunder bestanden habe und es wurden auch über dieses achte Wunder verschiedene einander vielleicht widersprechende Mitteilungen gemacht, deren Unsicherheit man durch das Dunkel der alten Zeiten erklärte.

Sie werden, meine Damen und Herren, so etwa lautete die Ansprache des europäisch gekleideten Arabers an die Reisegesellschaft, welche kaum zuhörte, sondern förmlich geduckt, das unglaubliche Bauwerk, das sich vor ihnen auf kahlem Steinboden erhob, betrachtete, Sie werden an dieser Stelle gewiß zugeben, daß meine Firma alle andern Reiseagenturen, selbst die mit Recht altberühmten, bei weitem übertrifft. Während diese Konkurrenten nach alter billiger Gewohnheit ihre Klienten nur zu den sieben Weltwundern der Geschichtsbücher führen, zeigt unsere Firma das achte Weltwunder.

Nein, nein,

Manche sagen, er sei ein Heuchler, manche wieder, es habe nur den Anschein. Meine Eltern kennen seinen Vater; als dieser am letzten Sonntag bei uns zu Besuch war, fragte ich geradezu nach dem Sohn. Nun ist der alte Herr sehr schlau, man kommt ihm schwer bei und mir fehlt jede Geschicklichkeit zu solchen Angriffen. Das Gespräch war lebhaft, kaum aber hatte ich meine Frage eingeworfen, wurde es still. Mein Vater begann nervös mit seinem Bart zu spielen, meine Mutter stand auf, um nach dem Tee zu sehn, der alte Herr aber blickte mich aus seinen blauen Augen lächelnd an und hatte sein faltiges bleiches Gesicht mit den starken weißen Haaren zur Seite geneigt. »Ja der Junge«, sagte er und wandte seinen Blick zur Tischlampe, die an diesem frühen Winterabend schon brannte. »Haben Sie schon einmal mit ihm gesprochen?« fragte er dann. »Nein«, sagte ich, »aber ich habe schon viel von ihm gehört und ich würde sehr gern mit ihm sprechen, wenn er mich einmal empfangen wollte.«

»Was denn? Was denn?« rief ich, noch vom Schlaf im Bett niedergehalten und streckte die Arme in die Höhe. Dann stand ich auf, der Gegenwart noch lange nicht bewußt, hatte das Gefühl, als müßte ich einige Leute, die mich hinderten, zur Seite schieben, tat auch die nötigen Handbewegungen und kam so endlich zum offenen Fenster.

Hilflos, eine Scheune im Frühjahr, ein Schwindsüchtiger im Frühjahr.

Manchmal geschieht es, die Gründe dessen sind oft kaum zu ahnen, daß der größte Stierkämpfer zu seinem Kampfplatz die verfallene Arena eines abseits gelegenen Städtchens wählt, dessen Namen bisher das Madrider Publikum kaum gekannt hat. Eine Arena, vernachlässigt seit Jahrhunderten, hier wuchernd von Rasen, Spielplatz der Kinder, dort glühend mit kahlen Steinen, Ruheplatz der Schlangen und Eidechsen. Oben an den Rändern längst abgetragen, Steinbruch für alle Häuser in der Runde, jetzt nur ein kleiner Kessel, der kaum fünfhundert Menschen faßt. Keine Nebengebäude, keine Ställe vor allem, aber das Schlimmste, die Eisenbahn ist noch nicht bis hierher ausgebaut, drei Stunden Wagenfahrt, sieben Stunden Fußweg von der nächsten Station.

Meine zwei Hände begannen einen Kampf. Das Buch, in dem ich gelesen hatte, klappten sie zu und schoben es beiseite, damit es nicht störe. Mir salutierten sie und ernannten mich zum Schiedsrichter. Und schon hatten sie die Finger ineinander verschränkt und schon jagten sie am Tischrand hin, bald nach rechts, bald nach links, je nach dem Überdruck der einen oder der andern. Ich ließ keinen Blick von ihnen. Sind es meine Hände, muß ich ein gerechter Richter sein, sonst halse ich mir selbst die Leiden eines falschen Schiedsspruchs auf. Aber mein Amt ist nicht leicht, im Dunkel zwischen den Handtellern werden verschiedene Kniffe angewendet, die ich nicht unbeachtet lassen darf, ich drücke deshalb das Kinn an den Tisch und nun entgeht mir nichts. Mein Leben lang habe ich die Rechte, ohne es gegen die Linke böse zu meinen, bevorzugt. Hätte doch die Linke einmal etwas gesagt, ich hätte, nachgiebig und rechtlich wie ich bin, gleich den Mißbrauch eingestellt. Aber sie muckste nicht, hing an mir hinunter und während etwa die Rechte auf der Gasse meinen Hut schwang, tastete die Linke ängstlich meinen Schenkel ab. Das war eine schlechte Vorbereitung zum Kampf, der jetzt vor sich geht. Wie willst Du auf die Dauer, linkes Handgelenk, gegen dieses gewaltige rechte Dich stemmen? Wie Deinen mädchenhaften Finger in der Klemme der fünf andern behaupten? Das scheint mir kein Kampf mehr, sondern natürliches Ende der Linken. Schon ist sie in die äußerste linke Ecke des Tisches gedrängt, und an ihr regelmäßig auf und nieder schwingend wie ein Maschinenkolben die Rechte. Bekäme ich angesichts dieser Not nicht den erlösenden Gedanken, daß es meine eigenen Hände sind, die hier im Kampf stehn und daß ich sie mit einem leichten Ruck voneinander wegziehn kann und damit Kampf und Not beenden – bekäme ich diesen Gedanken nicht, die Linke wäre aus dem Gelenk gebrochen, vom Tisch geschleudert worden und dann vielleicht die Rechte in der Zügellosigkeit des Siegers wie der fünfköpfige Höllenhund mir selbst ins aufmerksame Gesicht gefahren. Statt dessen liegen die zwei jetzt übereinander, die Rechte streichelt den Rücken der Linken und ich unehrlicher Schiedsrichter nicke dazu.

Endlich gelang es unsern Truppen, beim Südtor in die Stadt einzubrechen. Meine Abteilung lagerte in einem Vorstadtgarten unter halb verbrannten Kirschbäumen und wartete auf Befehle. Als wir aber den hohen Ton der Trompeten vom Südtor hörten, konnte uns nichts mehr halten. Mit den Waffen, die jeder zunächst faßte, ohne Ordnung, den Arm um den Kameraden geschlungen, »Kahira Kahira« unsern Feldruf heulend, trabten wir in langen Reihen durch die Sümpfe zur Stadt. Am Südtor fanden wir schon nur Leichen und gelben Rauch, der über dem Boden schwelte und alles verdeckte. Aber wir wollten nicht nur Nachzügler sein und wendeten uns gleich in enge Nebengassen, die bisher vom Kampf verschont geblieben waren. Die erste Haustür zerbarst unter meiner Hacke, so wild drängten wir in den Flur ein, daß wir uns zuerst umeinanderdrehten. Ein Alter kam uns aus einem langen leeren Gang entgegen. Sonderbarer Alter – er hatte Flügel. Breit ausgespannte Flügel, am Außenrand höher als er selbst. »Er hat Flügel«, rief ich meinem Kameraden zu, und wir vordern wichen etwas zurück, soweit es die hinten Nachdrängenden erlaubten. »Ihr wundert euch«, sagte der Alte, »wir alle haben Flügel, aber sie haben uns nichts genützt und könnten wir sie uns abreißen, wir täten es.« »Warum seid ihr nicht fortgeflogen?« fragte ich. »Aus unserer Stadt hätten wir fortfliegen sollen? Die Heimat verlassen? Die Toten und die Götter?«

* *Das dritte Oktavheft*

18. Oktober 1917. Furcht vor der Nacht. Furcht vor der Nicht-Nacht.

19. Oktober. Sinnlosigkeit (zu starkes Wort) der Trennung des Eigenen und Fremden im geistigen Kampf.

Alle Wissenschaft ist Methodik im Hinblick auf das Absolute. Deshalb ist keine Angst vor dem eindeutig Methodischen nötig. Es ist Hülse, aber nicht mehr als alles außer dem Einen.

Alle kämpfen wir einen Kampf. (Wenn ich angegriffen von der letzten Frage nach Waffen hinter mich greife, kann ich nicht unter den Waffen wählen, und selbst wenn ich wählen könnte, müßte ich ›fremde‹ fassen, denn wir haben alle nur einen Waffenvorrat.) Ich kann keinen eigenen führen; glaube ich einmal selbständig zu sein, sehe ich einmal niemanden um mich, so ergibt sich bald, daß ich infolge der mir nicht gleich oder überhaupt nicht zugänglichen allgemeinen Konstellation diesen Posten übernehmen mußte. Dies schließt natürlich nicht aus, daß es Vorreiter, Nachzügler, Franktireure und alle Gewohnheiten und Sonderbarkeiten der Kriegführung gibt, aber es gibt keinen selbständig Kriegführenden. [Demütigung] der Eitelkeit? Ja, aber auch notwendige und wahrheitsgemäße Ermutigung.

Ich irre ab.
Der wahre Weg geht über ein Seil, das nicht in der Höhe gespannt ist, sondern knapp über dem Boden. Es scheint mehr bestimmt stolpern zu machen, als begangen zu werden.

Immer erst aufatmen von Eitelkeits- und Selbstgefälligkeitsausbrüchen. * Die Orgie beim Lesen der Erzählung im ›Juden‹. Wie ein Eichhörnchen im Käfig. Glückseligkeit der Bewegung, Verzweiflung der Enge, Verrücktheit der Ausdauer, Elendgefühl vor der Ruhe des Außerhalb. Alles dieses sowohl gleichzeitig als abwechselnd, noch im Kot des Endes.

Ein Sonnenstreifen Glückseligkeit.

Schwäche des Gedächtnisses für die Einzelheiten und den Gang der eigenen Welterfassung – ein sehr schlechtes Zeichen. Nur Bruchstücke eines Ganzen. Wie willst du an die größte Aufgabe auch nur rühren, wie willst du ihre Nähe nur wittern, ihr Dasein nur träumen, ihren Traum nur erbitten, die Buchstaben der Bitte zu lernen wagen, wenn du dich nicht so zusammenfassen kannst, daß du, wenn es zur Entscheidung kommt, dein Ganzes in einer Hand so zusammenhältst wie einen Stein zum Werfen, ein Messer zum Schlachten. Andrerseits: man muß nicht in die Hände spukken, ehe man sie faltet.

Ist es möglich, etwas Untröstliches zu denken? Oder vielmehr etwas Untröstliches ohne den Hauch des Trostes? Ein Ausweg läge darin, daß das Erkennen als solches Trost ist. Man könnte also wohl denken: Du mußt dich beseitigen, und könnte sich doch ohne Fälschung dieser Erkenntnis aufrecht erhalten, am Bewußtsein, es erkannt zu haben. Das heißt dann wirklich, an den eigenen Haaren sich aus dem Sumpf gezogen haben. Was in der körperlichen Welt lächerlich ist, ist in der geistigen möglich. Dort gilt kein Schwerkraftgesetz, (die Engel fliegen nicht, sie haben nicht irgendeine Schwerkraft aufgehoben, nur wir Beobachter der irdischen Welt wissen es nicht besser zu denken), was allerdings für uns nicht vorstellbar ist, oder erst auf einer hohen Stufe. Wie kläglich ist meine Selbsterkenntnis, verglichen etwa mit meiner Kenntnis meines Zimmers. (Abend.) Warum? Es gibt keine Beobachtung der innern Welt, so wie es eine der äußern gibt. Zumindest deskriptive Psychologie ist wahrscheinlich in der Gänze ein Anthropomorphismus, ein Annagen der Grenzen. Die innere Welt läßt sich nur leben, nicht beschreiben. – Psychologie ist die Beschreibung der Spiegelung der irdischen Welt in der himmlischen Fläche oder richtiger: Die Beschreibung einer Spiegelung, wie wir, Vollgesogene der Erde, sie uns denken, denn eine Spiegelung erfolgt gar nicht, nur wir sehen Erde, wohin wir uns auch wenden.

Psychologie ist Ungeduld.
Alle menschlichen Fehler sind Ungeduld, ein vorzeitiges Abbrechen des Methodischen, ein scheinbares Einpfählen der scheinbaren Sache.

Das Unglück Don Quixotes ist nicht seine Phantasie, sondern Sancho Pansa.

20. Oktober. Im Bett.
Es gibt zwei menschliche Hauptsünden, aus welchen sich alle andern ableiten: Ungeduld und Lässigkeit. Wegen der Ungeduld sind sie aus dem Paradiese vertrieben worden, wegen der Lässigkeit kehren sie nicht zurück. Vielleicht aber gibt es nur eine Hauptsünde: die Ungeduld. Wegen der Ungeduld sind sie vertrieben worden, wegen der Ungeduld kehren sie nicht zurück.

Wir sind, mit dem irdisch befleckten Auge gesehn, in der Situation von Eisenbahnreisenden, die in einem langen Tunnel verunglückt sind, und zwar an einer Stelle, wo man das Licht des Anfangs nicht mehr sieht, das Licht des Endes aber nur so winzig, daß der Blick es immerfort suchen muß und immerfort verliert, wobei Anfang und Ende nicht einmal sicher sind. Rings um uns aber haben wir in der Verwirrung der Sinne oder in der Höchstempfindlichkeit der Sinne lauter Ungeheuer und ein je nach der Laune und Verwundung des Einzelnen entzückendes oder ermüdendes kaleidoskopisches Spiel.
Was soll ich tun? oder: Wozu soll ich es tun? sind keine Fragen dieser Gegenden.

Viele Schatten der Abgeschiedenen beschäftigen sich nur damit, die Fluten des Totenflusses zu belecken, weil er von uns herkommt und noch den salzigen Geschmack unserer Meere hat. Vor Ekel sträubt sich dann der Fluß, nimmt eine rückläufige Strömung und schwemmt die Toten ins Leben zurück. Sie aber sind glücklich, singen Danklieder und streicheln den Empörten.
Von einem gewissen Punkt an gibt es keine Rückkehr mehr. Dieser Punkt ist zu erreichen.
Der entscheidende Augenblick der menschlichen Entwicklung ist immerwährend. Darum sind die revolutionären geistigen Bewegungen, welche alles Frühere für nichtig erklären, im Recht, denn es ist noch nichts geschehen.

Die Menschengeschichte ist die Sekunde zwischen zwei Schritten eines Wanderers.

Abend Spaziergang nach Oberklee.

Von außen wird man die Welt mit Theorien immer siegreich eindrücken und gleich mit in die Grube fallen, aber nur von innen sich und sie still und wahr erhalten.

Eines der wirksamsten Verführungsmittel des Bösen ist die Aufforderung zum Kampf. Er ist wie der Kampf mit Frauen, der im Bett endet.
Die wahren Seitensprünge des Ehemanns, die, richtig verstanden, niemals lustig sind.

21. Oktober. Im Sonnenschein.

Das Stillewerden und Wenigerwerden der Stimmen der Welt.

Eine alltägliche Verwirrung

Ein alltäglicher Vorfall: sein Ertragen eine alltägliche Verwirrung. A hat mit B aus H ein wichtiges Geschäft abzuschließen. Er geht zur Vorbesprechung nach H, legt den Hin- und Herweg in je zehn Minuten zurück und rühmt sich zu Hause dieser besonderen Schnelligkeit. Am nächsten Tag geht er wieder nach H, diesmal zum endgültigen Geschäftsabschluß. Da dieser voraussichtlich mehrere Stunden erfordern wird, geht A sehr früh morgens fort. Obwohl aber alle Nebenumstände, wenigstens nach A's Meinung, völlig die gleichen sind wie am Vortag, braucht er diesmal zum Weg nach H zehn Stunden. Als er dort ermüdet abends ankommt, sagt man ihm, daß B, ärgerlich wegen A's Ausbleiben, vor einer halben Stunde zu A in sein Dorf gegangen sei und sie sich eigentlich unterwegs hätten treffen müssen. Man rät A zu warten. A aber, in Angst wegen des Geschäftes, macht sich sofort auf und eilt nach Hause.
Diesmal legt er den Weg, ohne besonders darauf zu achten, geradezu in einem Augenblick zurück. Zu Hause erfährt er, B sei doch schon gleich früh gekommen – gleich nach dem Weggang A's; ja, er habe A im Haustor getroffen, ihn an das Geschäft erinnert, Aber A habe gesagt, er hätte jetzt keine Zeit, er müsse jetzt eilig fort.

Trotz diesem unverständlichen Verhalten A's sei aber B doch hier geblieben, um auf A zu warten. Er habe zwar schon oft gefragt, ob A nicht schon wieder zurück sei, befinde sich aber noch oben in A's Zimmer. Glücklich darüber, B jetzt noch zu sprechen und ihm alles erklären zu können, läuft A die Treppe hinauf. Schon ist er fast oben, da stolpert er, erleidet eine Sehnenzerrung und fast ohnmächtig vor Schmerz, unfähig sogar zu schreien, nur winselnd im Dunkel hört er, wie B – undeutlich ob in großer Ferne oder knapp neben ihm – wütend die Treppe hinunterstampft und endgültig verschwindet.

Das Teuflische nimmt manchmal das Aussehn des Guten an oder verkörpert sich sogar vollständig in ihm. Bleibt es mir verborgen, unterliege ich natürlich, denn dieses Gute ist verlockender als das wahre. Wie aber wenn es mir nicht verborgen bleibt? Wenn ich auf einer Treibjagd von Teufeln ins Gute gejagt werde? Wenn ich als Gegenstand des Ekels von an mir herumtastenden Nadelspitzen zum Guten gewälzt, gestochen, gedrängt werde? Wenn die sichtbaren Krallen des Guten nach mir greifen? Ich weiche einen Schritt zurück und rücke weich und traurig ins Böse, das hinter mir die ganze Zeit über auf meine Entscheidung gewartet hat.

[*Ein Leben.*] Eine stinkende Hündin, reichliche Kindergebärerin, stellenweise schon faulend, die aber in meiner Kindheit mir alles war, die in Treue unaufhörlich mir folgt, die ich zu schlagen mich nicht überwinden kann, vor der ich schrittweise rückwärts weiche und die mich doch, wenn ich mich nicht anders entscheide, in den schon sichtbaren Mauerwinkel drängen wird, um dort auf mir und mit mir gänzlich zu verwesen, bis zum Ende – ehrt es mich? –, das Eiter- und Wurmfleisch ihrer Zunge an meiner Hand.

Es gibt Überraschungen des Bösen. Plötzlich wendet es sich um und sagt: »Du hast mich mißverstanden«, und es ist vielleicht wirklich so. Das Böse verwandelt sich in deine Lippen, läßt sich von deinen Zähnen benagen und mit den neuen Lippen – keine frühern schmiegten sich dir noch folgsamer ans Gebiß – sprichst du zu deinem eigenen Staunen das gute Wort aus.

Die Wahrheit über Sancho Pansa

Sancho Pansa, der sich übrigens dessen nie gerühmt hat, gelang es im Laufe der Jahre, durch Beistellung einer Menge Ritter- und Räuberromane in den Abend- und Nachtstunden seinen Teufel, dem er später den Namen Don Quixote gab, derart von sich abzulenken, daß dieser dann haltlos die verrücktesten Taten aufführte, die aber mangels eines vorbestimmten Gegenstandes, der eben Sancho Pansa hätte sein sollen, niemandem schadeten. Sancho Pansa, ein freier Mann, folgte gleichmütig, vielleicht aus einem gewissen Verantwortlichkeitsgefühl, dem Don Quixote auf seinen Zügen und hatte davon eine große und nützliche Unterhaltung bis an sein Ende.

22. Oktober. Fünf Uhr nachts.

Eine der wichtigsten donquixotschen Taten, aufdringlicher als der Kampf mit der Windmühle, ist: der Selbstmord. Der tote Don Quixote will den toten Don Quixote töten; um zu töten, braucht er aber eine lebendige Stelle, diese sucht er nun mit seinem Schwerte ebenso unaufhörlich wie vergeblich. Unter dieser Beschäftigung rollen die zwei Toten als unauflöslicher und förmlich springlebendiger Purzelbaum durch die Zeiten.

Vormittag im Bett.

A. ist sehr aufgeblasen, er glaubt, im Guten weit vorgeschritten zu sein, da er, offenbar als ein immer verlockender Gegenstand, immer mehr Versuchungen aus ihm bisher ganz unbekannten Richtungen sich ausgesetzt fühlt. Die richtige Erklärung ist aber die, daß ein großer Teufel in ihm Platz genommen hat und die Unzahl der kleineren herbeikommt, um dem Großen zu dienen.

Abend zum Wald, zunehmender Mond; verwirrter Tag hinter mir. (Maxens Karte.) Magenunwohlsein.

Verschiedenheit der Anschauungen, die man etwa von einem Apfel haben kann: die Anschauung des kleinen Jungen, der den Hals strecken muß, um noch knapp den Apfel auf der Tischplatte zu sehn, und die Anschauung des Hausherrn, der den Apfel nimmt und frei dem Tischgenossen reicht.

23. Oktober. Früh im Bett.

Das Schweigen der Sirenen

Beweis dessen, daß auch unzulängliche, ja kindische Mittel zur Rettung dienen können:
Um sich vor den Sirenen zu bewahren, stopfte sich Odysseus Wachs in die Ohren und ließ sich am Mast festschmieden. Ähnliches hätten natürlich seit jeher alle Reisenden tun können, außer denen, welche die Sirenen schon aus der Ferne verlockten, aber es war in der ganzen Welt bekannt, daß dies unmöglich helfen konnte. Der Sang der Sirenen durchdrang alles, und die Leidenschaft der Verführten hätte mehr als Ketten und Mast gesprengt. Daran aber dachte Odysseus nicht, obwohl er davon vielleicht gehört hatte. Er vertraute vollständig der Handvoll Wachs und dem Gebinde Ketten und in unschuldiger Freude über seine Mittelchen fuhr er den Sirenen entgegen.
Nun haben aber die Sirenen eine noch schrecklichere Waffe als den Gesang, nämlich ihr Schweigen. Es ist zwar nicht geschehen, aber vielleicht denkbar, daß sich jemand vor ihrem Gesang gerettet hätte, vor ihrem Schweigen gewiß nicht. Dem Gefühl, aus eigener Kraft sie besiegt zu haben, der daraus folgenden alles fortreißenden Überhebung kann nichts Irdisches widerstehen.
Und tatsächlich sangen, als Odysseus kam, die gewaltigen Sängerinnen nicht, sei es, daß sie glaubten, diesem Gegner könne nur noch das Schweigen beikommen, sei es, daß der Anblick der Glückseligkeit im Gesicht des Odysseus, der an nichts anderes als an Wachs und Ketten dachte, sie allen Gesang vergessen ließ.
Odysseus aber, um es so auszudrücken, hörte ihr Schweigen nicht, er glaubte, sie sängen, und nur er sei behütet, es zu hören. Flüchtig sah er zuerst die Wendungen ihrer Hälse, das tiefe Atmen, die tränenvollen Augen, den halb geöffneten Mund, glaubte aber, dies gehöre zu den Arien, die ungehört um ihn verklangen. Bald aber glitt alles an seinen in die Ferne gerichteten Blicken ab, die Sirenen verschwanden förmlich vor seiner Entschlossenheit, und gerade als er ihnen am nächsten war, wußte er nichts mehr von ihnen.

Sie aber – schöner als jemals – streckten und drehten sich, ließen das schaurige Haar offen im Winde wehen und spannten die Krallen frei auf den Felsen. Sie wollten nicht mehr verführen, nur noch den Abglanz vom großen Augenpaar des Odysseus wollten sie so lange als möglich erhaschen.
Hätten die Sirenen Bewußtsein, sie wären damals vernichtet worden. So aber blieben sie, nur Odysseus ist ihnen entgangen.
Es wird übrigens noch ein Anhang hierzu überliefert. Odysseus, sagt man, war so listenreich, war ein solcher Fuchs, daß selbst die Schicksalsgöttin nicht in sein Innerstes dringen konnte. Vielleicht hat er, obwohl das mit Menschenverstand nicht mehr zu begreifen ist, wirklich gemerkt, daß die Sirenen schwiegen, und hat ihnen und den Göttern den obigen Scheinvorgang nur gewissermaßen als Schild entgegengehalten.

Nachmittag vor dem Begräbnis einer im Brunnen ertrunkenen Epileptischen.

Erkenne dich selbst, bedeutet nicht: Beobachte dich. Beobachte dich ist das Wort der Schlange. Es bedeutet: Mache dich zum Herrn deiner Handlungen. Nun bist du es aber schon, bist Herr deiner Handlungen. Das Wort bedeutet also: Verkenne dich! Zerstöre dich! also etwas Böses – und nur wenn man sich sehr tief hinabbeugt, hört man auch sein Gutes, welches lautet: »Um dich zu dem zu machen, der du bist.«
25. Oktober. Traurig, nervös, körperlich unwohl, Angst vor Prag, im Bett.

Es war einmal eine Gemeinschaft von Schurken, das heißt, es waren keine Schurken, sondern gewöhnliche Menschen. Sie hielten immer zusammen. Wenn zum Beispiel einer von ihnen jemanden, einen Fremden, außerhalb ihrer Gemeinschaft Stehenden, auf etwas schurkenmäßige Weise unglücklich gemacht hatte, – das heißt wieder nichts Schurkenmäßiges, sondern so wie es gewöhnlich, wie es üblich ist, – und er dann vor der Gemeinschaft beichtete, untersuchten sie es, beurteilten es, legten Bußen auf, verziehen und dergleichen. Es war nicht schlecht gemeint, die Interessen der einzelnen und der Gemeinschaft wurden streng gewahrt und dem

Beichtenden wurde das Komplement gereicht, dessen Grundfarbe er gezeigt hatte: »Wie? Darum machst du dir Kummer? Du hast doch das Selbstverständliche getan, so gehandelt, wie du mußtest. Alles andere wäre unbegreiflich. Du bist nur überreizt. Werde doch wieder verständig.« So hielten sie immer zusammen, auch nach ihrem Tode gaben sie die Gemeinschaft nicht auf, sondern stiegen im Reigen zum Himmel. Im Ganzen war es ein Anblick reinster Kinderunschuld, wie sie flogen. Da aber vor dem Himmel alles in seine Elemente zerschlagen wird, stürzten sie ab, wahre Felsblöcke.

Ein erstes Zeichen beginnender Erkenntnis ist der Wunsch zu sterben. Dieses Leben scheint unerträglich, ein anderes unerreichbar. Man schämt sich nicht mehr, sterben zu wollen; man bittet, aus der alten Zelle, die man haßt, in eine neue gebracht zu werden, die man erst hassen lernen wird. Ein Rest von Glauben wirkt dabei mit, während des Transportes werde zufällig der Herr durch den Gang kommen, den Gefangenen ansehen und sagen: »Diesen sollt ihr nicht wieder einsperren. Er kommt zu mir.«

3. November. Weg nach Oberklee. Abend im Zimmer Ottla und T. schreiben.

Gingest du über eine Ebene, hättest den guten Willen zu gehen und machtest doch Rückschritte, dann wäre es eine verzweifelte Sache; da du aber einen steilen Abhang hinaufkletterst, so steil etwa, wie du selbst von unten gesehen bist, können die Rückschritte auch nur durch die Bodenbeschaffenheit verursacht sein, und du mußt nicht verzweifeln.

6. November. Wie ein Weg im Herbst: Kaum ist er rein gekehrt, bedeckt er sich wieder mit den trockenen Blättern.
Ein Käfig ging einen Vogel suchen.

* 7. November. (Früh im Bett, nach einem ›verhutzten Abend‹.)

Darauf kommt es an, wenn einem ein Schwert in die Seele schneidet: ruhig blicken, kein Blut verlieren, die Kälte des Schwertes mit der Kälte des Steines aufnehmen. Durch den Stich, nach dem Stich unverwundbar werden.

An diesem Ort war ich noch niemals: Anders geht der Atem, blendender als die Sonne strahlt neben ihr ein Stern.

9. November. Nach Oberklee.

Wenn es möglich gewesen wäre, den Turm von Babel zu erbauen, ohne ihn zu erklettern, es wäre erlaubt worden.

10. November. Bett.

Laß dich vom Bösen nicht glauben machen, du könntest vor ihm Geheimnisse haben.
Leoparden brechen in den Tempel ein und saufen die Opferkrüge leer; das wiederholt sich immer wieder; schließlich kann man es vorausberechnen, und es wird ein Teil der Zeremonie.

Aufregungen (Blüher, Tagger) *

12. November. Lange im Bett, Abwehr.

So fest wie die Hand den Stein hält. Sie hält ihn aber fest, nur um ihn desto weiter zu verwerfen. Aber auch in jene Weite führt der Weg.
Du bist die Aufgabe. Kein Schüler weit und breit.
Vom wahren Gegner fährt grenzenloser Mut in dich.
Das Glück begreifen, daß der Boden, auf dem du stehst, nicht größer sein kann, als die zwei Füße ihn bedecken.
Wie kann man sich über die Welt freuen, außer wenn man zu ihr flüchtet?

18. November.

Verstecke sind unzählige, Rettung nur eine, aber Möglichkeiten der Rettung wieder so viele wie Verstecke.
Es gibt ein Ziel, aber keinen Weg; was wir Weg nennen, ist Zögern.
Das Negative zu tun, ist uns noch auferlegt; das Positive ist uns schon gegeben.

Ein Bauernwagen mit drei Männern fuhr im Dunkel eine Anhöhe langsam hinauf. Ein Fremder kam ihnen entgegen und rief sie an. Nach kurzem Hin und Wieder ergab sich, daß der Fremde bat, mitgenommen zu werden. Man machte ihm einen Platz zurecht und zog ihn hinauf. Erst während der Weiterfahrt fragte man ihn: »Ihr kommt aus der Gegenrichtung und fahrt nun wieder zurück?« – »Ja«, sagte der Fremde. »Ich ging zuerst in euerer Richtung, dann aber machte ich wieder kehrt, weil es früher dunkel geworden war, als ich erwartete.«

Du beklagst dich über die Stille, über die Aussichtslosigkeit der Stille, die Mauer des Guten.

Der Dornbusch ist der alte Weg-Versperrer. Er muß Feuer fangen, wenn du weiter willst.

21. November. Die Untauglichkeit des Objekts kann die Untauglichkeit des Mittels verkennen lassen.

Wenn man einmal das Böse bei sich aufgenommen hat, verlangt es nicht mehr, daß man ihm glaube.
Die Hintergedanken, mit denen du das Böse in dir aufnimmst, sind nicht die deinen, sondern die des Bösen.
Das Tier entwindet dem Herrn die Peitsche und peitscht sich selbst, um Herr zu werden, und weiß nicht, daß das nur eine Phantasie ist, erzeugt durch einen neuen Knoten im Peitschenriemen des Herrn.

Böse ist das, was ablenkt.

Das Böse weiß vom Guten, aber das Gute vom Bösen nicht.

Selbsterkenntnis hat nur das Böse.

Ein Mittel des Bösen ist das Zwiegespräch.

Der Gründer brachte vom Gesetzgeber die Gesetze, die Gläubigen sollen dem Gesetzgeber die Gesetze verkünden.

Ist die Tatsache der Religionen ein Beweis für die Unmöglichkeit des Einzelnen, dauernd gut zu sein? Der Gründer reißt sich vom Guten los, verkörpert sich. Tut er es um der andern willen oder weil er glaubt, nur mit den andern bleiben zu können, was er war, weil er die ›Welt‹ zerstören muß, um sie nicht lieben zu müssen?

Das Gute ist in gewissem Sinne trostlos.

Wer glaubt, kann keine Wunder erleben. Bei Tag sieht man keine Sterne.

Wer Wunder tut, sagt: Ich kann die Erde nicht lassen.

Den Glauben richtig verteilen zwischen den eigenen Worten und den eigenen Überzeugungen. Eine Überzeugung, nicht in dem Augenblick, in dem man von ihr erfährt, verzischen lassen. Die Verantwortung, welche die Überzeugung auflegt, nicht auf die Worte abwälzen. Überzeugungen nicht durch Worte stehlen lassen, Übereinstimmung der Worte und Überzeugungen ist noch nicht entscheidend, auch guter Glaube nicht. Solche Worte können solche Überzeugungen noch immer je nach den Umständen einrammen oder ausgraben.

Aussprache bedeutet nicht grundsätzlich eine Schwächung der Überzeugung – darüber wäre auch nicht zu klagen –, aber eine Schwäche der Überzeugung.

Nach Selbstbeherrschung strebe ich nicht. Selbstbeherrschung heißt: an einer zufälligen Stelle der unendlichen Ausstrahlungen meiner geistigen Existenz wirken wollen. Muß ich aber solche Kreise um mich ziehen, dann tue ich es besser untätig im bloßen Anstaunen des ungeheuerlichen Komplexes und nehme nur die Stärkung, die e contrario dieser Anblick gibt, mit nach Hause.
Die Krähen behaupten, eine einzige Krähe könnte den Himmel zerstören. Das ist zweifellos, beweist aber nichts gegen den Himmel, denn Himmel bedeuten eben: Unmöglichkeit von Krähen.
Die Märtyrer unterschätzen den Leib nicht, sie lassen ihn auf dem Kreuz erhöhen. Darin sind sie mit ihren Gegnern einig.
Sein Ermatten ist das des Gladiators nach dem Kampf, seine Arbeit war das Weißtünchen eines Winkels in einer Beamtenstube.

24. November. Das menschliche Urteil über menschliche Handlungen ist wahr und nichtig, nämlich zuerst wahr und dann nichtig.
Durch die Tür rechts dringen die Mitmenschen in ein Zimmer, in dem Familienrat gehalten wird, hören das letzte Wort des letzten Redners, nehmen es, strömen mit ihm durch die Tür links in die Welt und rufen ihr Urteil aus. Wahr ist das Urteil über das Wort, nichtig das Urteil an sich. Hätten sie endgültig wahr urteilen wollen, hätten sie für immer im Zimmer bleiben müssen, wären ein Teil des Familienrates geworden und dadurch allerdings wieder unfähig geworden zu urteilen.

Wirklich urteilen kann nur die Partei, als Partei aber kann sie nicht urteilen. Demnach gibt es in der Welt keine Urteilsmöglichkeit, sondern nur deren Schimmer.

Es gibt kein Haben, nur ein Sein, nur ein nach letztem Atem, nach Ersticken verlangendes Sein.

Früher begriff ich nicht, warum ich auf meine Frage keine Antwort bekam, heute begreife ich nicht, wie ich glauben konnte, fragen zu können. Aber ich glaubte ja gar nicht, ich fragte nur.
Seine Antwort auf die Behauptung, er *besitze* vielleicht, *sei* aber nicht, war nur Zittern und Herzklopfen.

Zölibat und Selbstmord stehn auf ähnlicher Erkenntnisstufe, Selbstmord und Märtyrertod keineswegs, vielleicht Ehe und Märtyrertod.

Einer staunte darüber, wie leicht er den Weg der Ewigkeit ging; er raste ihn nämlich abwärts.

Die Guten gehn im gleichen Schritt. Ohne von ihnen zu wissen, tanzen die andern um sie die Tänze der Zeit.

Dem Bösen kann man nicht in Raten zahlen – und versucht es unaufhörlich.
Es wäre denkbar, daß Alexander der Große trotz den kriegerischen Erfolgen seiner Jugend, trotz dem ausgezeichneten Heer,

das er ausgebildet hatte, trotz den auf Veränderung der Welt gerichteten Kräften, die er in sich fühlte, am Hellespont stehen geblieben und ihn nie überschritten hätte, und zwar nicht aus Furcht, nicht aus Unentschlossenheit, nicht aus Willensschwäche, sondern aus Erdenschwere.

Der Verzückte und der Ertrinkende, beide heben die Arme. Der erste bezeugt Eintracht, der zweite Widerstreit mit den Elementen.

Ich kenne den Inhalt nicht,
ich habe den Schlüssel nicht,
ich glaube Gerüchten nicht,
alles verständlich,
denn ich bin es selbst.

25. November.

Der Weg ist unendlich, da ist nichts abzuziehen, nichts zuzugeben und doch hält jeder noch seine eigene kindliche Elle daran. »Gewiß, auch diese Elle Wegs mußt du noch gehen, es wird dir nicht vergessen werden.«
Nur unser Zeitbegriff läßt uns das Jüngste Gericht so nennen, eigentlich ist es ein Standrecht.

26. November. Eitelkeit macht häßlich, müßte sich also eigentlich ertöten, statt dessen verletzt sie sich nur, wird ›verletzte Eitelkeit‹.

Das Mißverhältnis der Welt scheint tröstlicherweise nur ein zahlenmäßiges zu sein.

Nachmittag. Den ekel- und haßerfüllten Kopf auf die Brust senken. Gewiß, aber wie, wenn dich jemand am Hals würgt?

27. November. Zeitungen lesen.

30. November. Der Messias wird kommen, sobald der zügelloseste Individualismus des Glaubens möglich ist –, niemand diese

Möglichkeit vernichtet, niemand die Vernichtung duldet, also die Gräber sich öffnen. Das ist vielleicht auch die christliche Lehre, sowohl in der tatsächlichen Aufzeigung des Beispieles, dem nachgefolgt werden soll, eines individualistischen Beispieles, als auch in der symbolischen Aufzeigung der Auferstehung des Mittlers im einzelnen Menschen.

Glauben heißt: das Unzerstörbare in sich befreien, oder richtiger: sich befreien, oder richtiger: unzerstörbar sein, oder richtiger: sein.

Müßiggang ist aller Laster Anfang, aller Tugenden Krönung.

Noch spielen die Jagdhunde im Hof, aber das Wild entgeht ihnen nicht, so sehr es jetzt schon durch die Wälder jagt.
Lächerlich hast du dich aufgeschirrt für diese Welt.
Je mehr Pferde du anspannst, desto rascher gehts – nämlich nicht das Ausreißen des Blocks aus dem Fundament, was unmöglich ist, aber das Zerreißen der Riemen und damit die leere fröhliche Fahrt.

Die verschiedenen Formen der Hoffnungslosigkeit auf den verschiedenen Stationen des Wegs.

Das Wort ›sein‹ bedeutet im Deutschen beides: Dasein und Ihmgehören.

2. Dezember.

Es wurde ihnen die Wahl gestellt, Könige oder der Könige Kuriere zu werden. Nach Art der Kinder wollten alle Kuriere sein. Deshalb gibt es lauter Kuriere, sie jagen durch die Welt und rufen, da es keine Könige gibt, einander selbst die sinnlos gewordenen Meldungen zu. Gerne würden sie ihrem elenden Leben ein Ende machen, aber sie wagen es nicht wegen des Diensteides.

4. Dezember. Stürmische Nacht, vormittag Telegramm von Max, Waffenstillstand mit Rußland.

Der Messias wird erst kommen, wenn er nicht mehr nötig sein wird, er wird erst einen Tag nach seiner Ankunft kommen, er wird nicht am letzten Tag kommen, sondern am allerletzten.

An Fortschritt glauben heißt nicht glauben, daß ein Fortschritt schon geschehen ist. Das wäre kein Glauben.
A. ist ein Virtuose und der Himmel ist sein Zeuge.

6. Dezember. Schweineschlachten.

Dreierlei:
Sich als etwas Fremdes ansehn, den Anblick vergessen, den Blick behalten.
Oder nur zweierlei, denn das Dritte schließt das Zweite ein.

Das Böse ist der Sternhimmel des Guten.

7. Dezember.

Der Mensch kann nicht leben ohne ein dauerndes Vertrauen zu etwas Unzerstörbarem in sich, wobei sowohl das Unzerstörbare als auch das Vertrauen ihm dauernd verborgen bleiben können. Eine der Ausdrucksmöglichkeiten dieses Verborgenbleibens ist der Glaube an einen persönlichen Gott.

Der Himmel ist stumm, nur dem Stummen Widerhall.

Es bedurfte der Vermittlung der Schlange: das Böse kann den Menschen verführen, aber nicht Mensch werden.

8. Dezember. Bett, Verstopfung, Rückenschmerz, gereizter Abend, Katze im Zimmer, Zerworfenheit.

Im Kampf zwischen dir und der Welt sekundiere der Welt.
Man darf niemanden betrügen, auch nicht die Welt um ihren Sieg.
Es gibt nichts anderes als eine geistige Welt; was wir sinnliche Welt nennen, ist das Böse in der geistigen, und was wir böse nen-

nen, ist nur eine Notwendigkeit eines Augenblicks unserer ewigen Entwicklung.
Mit stärkstem Licht kann man die Welt auflösen. Vor schwachen Augen wird sie fest, vor noch schwächeren bekommt sie Fäuste, vor noch schwächeren wird sie schamhaft und zerschmettert den, der sie anzuschauen wagt.
Alles ist Betrug: das Mindestmaß der Täuschungen suchen, im üblichen bleiben, das Höchstmaß suchen. Im ersten Fall betrügt man das Gute, indem man sich dessen Erwerbung zu leicht machen will, das Böse, indem man ihm allzu ungünstige Kampfbedingungen setzt. Im zweiten Fall betrügt man das Gute, indem man also nicht einmal im Irdischen nach ihm strebt. Im dritten Fall betrügt man das Gute, indem man sich möglichst weit von ihm entfernt, das Böse, indem man hofft, durch seine Höchststeigerung es machtlos zu machen. Vorzuziehen wäre also hiernach der zweite Fall, denn das Gute betrügt man immer, das Böse in diesem Fall, wenigstens dem Anschein nach, nicht.
Es gibt Fragen, über die wir nicht hinwegkommen könnten, wenn wir nicht von Natur aus von ihnen befreit wären.
Die Sprache kann für alles außerhalb der sinnlichen Welt nur andeutungsweise, aber niemals auch nur annähernd vergleichsweise gebraucht werden, da sie, entsprechend der sinnlichen Welt, nur vom Besitz und seinen Beziehungen handelt.
Man lügt möglichst wenig, nur wenn man möglichst wenig lügt, nicht wenn man möglichst wenig Gelegenheit dazu hat.

Wenn ich dem Kind sage: »Wische deinen Mund ab, dann bekommst du den Kuchen«, so heißt das nicht, daß durch das Mundabwischen der Kuchen verdient wird, denn Mundabwischen und Wert des Kuchens sind unvergleichlich, auch wird dadurch nicht das Mundabwischen zur Voraussetzung des Kuchenessens gemacht, denn abgesehen von der Geringfügigkeit solcher Bedingung bekäme das Kind den Kuchen auf jeden Fall, da er ein notwendiger Bestandteil seines Mittagessens ist, – die Bemerkung bedeutet also keine Erschwerung, sondern eine Erleichterung des Übergangs, das Mundabwischen ist ein winziger Vorteil, der dem großen des Kuchenessens vorhergeht.

9. Dezember. Kirchweihtanz gestern.

Eine durch Schritte nicht tief ausgehöhlte Treppenstufe ist, von sich selber aus gesehen, nur etwas öde zusammengefügtes Hölzernes.

Der Beobachter der Seele kann in die Seele nicht eindringen, wohl aber gibt es einen Randstrich, an dem er sich mit ihr berührt. Die Erkenntnis dieser Berührung ist, daß auch die Seele von sich selbst nicht weiß. Sie muß also unbekannt bleiben. Das wäre nur dann traurig, wenn es etwas anderes außer der Seele gäbe, aber es gibt nichts anderes.

Wer der Welt entsagt, muß alle Menschen lieben, denn er entsagt auch ihrer Welt. Er beginnt daher, das wahre menschliche Wesen zu ahnen, das nicht anders als geliebt werden kann, vorausgesetzt, daß man ihm ebenbürtig ist.
Wer innerhalb der Welt seinen Nächsten liebt, tut nicht mehr und nicht weniger Unrecht, als wer innerhalb der Welt sich selbst liebt. Es bliebe nur die Frage, ob das erstere möglich ist.
Die Tatsache, daß es nichts anderes gibt als eine geistige Welt, nimmt uns die Hoffnung und gibt uns die Gewißheit.

11. Dezember. Gestern Oberinspektor. Heute ›der Jude‹. Stein: Die Bibel ist ein Heiligtum, die Welt ein Scheißtum.

Unsere Kunst ist ein von der Wahrheit Geblendet-Sein: Das Licht auf dem zurückweichenden Fratzengesicht ist wahr, sonst nichts.

Nicht jeder kann die Wahrheit sehn, aber sein.

Die Vertreibung aus dem Paradies ist in ihrem Hauptteil ewig: Es ist also zwar die Vertreibung aus dem Paradies endgültig, das Leben in der Welt unausweichlich, die Ewigkeit des Vorganges aber (oder zeitlich ausgedrückt: die ewige Wiederholung des Vorgangs) macht es trotzdem möglich, daß wir nicht nur dauernd im Paradiese bleiben könnten, sondern tatsächlich dort dauernd sind, gleichgültig ob wir es hier wissen oder nicht.

Jedem Augenblick entspricht auch etwas Außerzeitliches. Dem Diesseits kann nicht ein Jenseits folgen, denn das Jenseits ist ewig, kann also mit dem Diesseits nicht in zeitlicher Berührung stehn.

* 13. Dezember. Herzen begonnen, von ›Schöner Rarität‹ und Zeitungen zerstreut.

Wer sucht, findet nicht, aber wer nicht sucht, wird gefunden.

14. Gestern, heute schlimmste Tage. Beigetragen haben: Herzen,
* ein Brief an Dr. Weiß, anderes Undeutbares. Ekelhaftes Essen: gestern Schweinsfuß, heute Schwanz. Weg nach Michelob durch den Park.

Er ist ein freier und gesicherter Bürger der Erde, denn er ist an eine Kette gelegt, die lang genug ist, um ihm alle irdischen Räume frei zu geben, und doch nur so lang, daß nichts ihn über die Grenzen der Erde reißen kann. Gleichzeitig aber ist er auch ein freier und gesicherter Bürger des Himmels, denn er ist auch an eine ähnlich berechnete Himmelskette gelegt. Will er nun auf die Erde, drosselt ihn das Halsband des Himmels, will er in den Himmel, jenes der Erde. Und trotzdem hat er alle Möglichkeiten und fühlt es; ja, er weigert sich sogar, das Ganze auf einen Fehler bei der ersten Fesselung zurückzuführen.

* 15. Dezember. Brief von Dr. Körner, Václav Mehl, von Mutter.

Hier wird es nicht entschieden werden, aber die Kraft zur Entscheidung kann nur hier erprobt werden.

* 17. Dezember. Leere Tage. Briefe an Körner, Pfohl, Přibram, Kaiser, Eltern.

Der Neger, der von der Weltausstellung nach Hause gebracht wird, und, irrsinnig geworden von Heimweh, mitten in seinem Dorf unter dem Wehklagen des Stammes mit ernstestem Gesicht als Überlieferung und Pflicht die Späße aufführt, welche das europäische Publikum als Sitten und Gebräuche Afrikas entzückten.

Selbstvergessenheit und Selbstaufhebung der Kunst: Was Flucht ist, wird vorgeblich Spaziergang oder gar Angriff.

Gogh Briefe.

Er läuft den Tatsachen nach wie ein Anfänger im Schlittschuhlaufen, der überdies irgendwo übt, wo es verboten ist.

19. Dezember. Gestern Ankündigung von F.s Besuch, heute allein in meinem Zimmer, drüben raucht der Ofen, nach Zarch mit Nathan Stein gegangen, wie er der Bäuerin erzählt, daß die Welt ein Theater ist. *

Was ist fröhlicher als der Glaube an einen Hausgott!

Es ist ein Unten-durch unter der wahren Erkenntnis und ein kindlich-glückliches Aufstehn!

Theoretisch gibt es eine vollkommene Glücksmöglichkeit: An das Unzerstörbare in sich glauben und nicht zu ihm streben.

21. Dezember. Telegramm an F.

Das erste Haustier Adams nach der Vertreibung aus dem Paradies war die Schlange.

22. Dezember. Hexenschuß, Rechnen in der Nacht.

23. Dezember. Glückliche und zum Teil matte Fahrt. Viel gehört.

Schlecht geschlafen, anstregender Tag.

Das Unzerstörbare ist eines; jeder einzelne Mensch ist es und gleichzeitig ist es allen gemeinsam, daher die beispiellos untrennbare Verbindung der Menschen.

Im Paradies, wie immer: Das, was die Sünde verursacht und das, was sie erkennt, ist eines. Das gute Gewissen ist das Böse, das so siegreich ist, daß es nicht einmal mehr jenen Sprung von links nach rechts für nötig hält.

Die Sorgen, mit deren Last sich der Bevorzugte gegenüber dem Unterdrückten entschuldigt, sind eben die Sorgen um Erhaltung der Bevorzugung.

Es gibt im gleichen Menschen Erkenntnisse, die bei völliger Verschiedenheit doch das gleiche Objekt haben, so daß wieder nur auf verschiedene Subjekte im gleichen Menschen rückgeschlossen werden muß.

25., 26., 27. Dezember. Abreise F. Weinen. Alles schwer, unrecht und doch richtig.

Er frißt den Abfall vom eigenen Tisch; dadurch wird er zwar ein Weilchen lang satter als alle, verlernt aber, oben vom Tisch zu essen; dadurch hört dann aber auch der Abfall auf.

30. Dezember. Nicht wesentlich enttäuscht.

Wenn das, was im Paradies zerstört worden sein soll, zerstörbar war, dann war es nicht entscheidend; war es aber unzerstörbar, dann leben wir in einem falschen Glauben.

2. Januar. Der Lehrer hat die wahre, der Schüler die fortwährende Zweifellosigkeit.

Prüfe dich an der Menschheit. Den Zweifelnden macht sie zweifeln, den Glaubenden glauben.

* Morgen fährt Baum weg.

Dieses Gefühl: ›hier ankere ich nicht‹ – und gleich die wogende, tragende Flut um sich fühlen!
Ein Umschwung. Lauernd, ängstlich, hoffend umschleicht die Antwort die Frage, sucht verzweifelt in ihrem unzugänglichen Gesicht, folgt ihr auf den sinnlosesten, das heißt von der Antwort möglichst wegstrebenden Wegen.
Verkehr mit Menschen verführt zur Selbstbeobachtung.
Der Geist wird erst frei, wenn er aufhört, Halt zu sein.

Unter dem Vorwand, auf die Jagd zu gehn, entfernt er sich vom Hause, unter dem Vorwand, das Haus im Auge behalten zu wollen, erklettert er die beschwerlichsten Höhen, wüßten wir nicht, daß er auf die Jagd geht, hielten wir ihn zurück.

13. Januar. Oskar weg mit Ottla, Weg nach Eischwitz.

Die sinnliche Liebe täuscht über die himmlische hinweg; allein könnte sie es nicht, aber da sie das Element der himmlischen Liebe unbewußt in sich hat, kann sie es.

14. Januar. Trüb, schwach, ungeduldig.

Es gibt nur zweierlei: Wahrheit und Lüge.
Wahrheit ist unteilbar, kann sich also selbst nicht erkennen; wer sie erkennen will, muß Lüge sein.

15. Januar. Ungeduldig. Besserung, Nachtspaziergang nach Oberklee.

Niemand kann verlangen, was ihm im letzten Grunde schadet. Hat es beim einzelnen Menschen doch diesen Anschein – und den hat es vielleicht immer –, so erklärt sich dies dadurch, daß jemand im Menschen etwas verlangt, was diesem Jemand zwar nützt, aber einem zweiten Jemand, der halb zur Beurteilung des Falles herangezogen wird, schwer schadet. Hätte sich der Mensch gleich anfangs, nicht erst bei der Beurteilung auf Seite des zweiten Jemand gestellt, wäre der erste Jemand erloschen und mit ihm das Verlangen.

16. Januar. Aus eigenem Willen, wie eine Faust drehte er sich und vermied die Welt.

Kein Tropfen überfließt und für keinen Tropfen ist mehr Platz.

Daß unsere Aufgabe genau so groß ist wie unser Leben, gibt ihr einen Schein von Unendlichkeit.

Warum klagen wir wegen des Sündenfalles? Nicht seinetwegen sind wir aus dem Paradies vertrieben worden, sondern wegen des Baumes des Lebens, damit wir nicht von ihm essen.

17. Januar.

Prometheus

Von Prometheus berichten vier Sagen: Nach der ersten wurde er, weil er die Götter an die Menschen verraten hatte, am Kaukasus festgeschmiedet, und die Götter schickten Adler, die von seiner immer wachsenden Leber fraßen.
Nach der zweiten drückte sich Prometheus im Schmerz vor den zuhackenden Schnäbeln immer tiefer in den Felsen, bis er mit ihm eins wurde.
Nach der dritten wurde in den Jahrtausenden sein Verrat vergessen, die Götter vergaßen, die Adler, er selbst.
Nach der vierten wurde man des grundlos Gewordenen müde. Die Götter wurden müde, die Adler wurden müde, die Wunde schloß sich müde.
Blieb das unerklärliche Felsgebirge. – Die Sage versucht das Unerklärliche zu erklären. Da sie aus einem Wahrheitsgrund kommt, muß sie wieder im Unerklärlichen enden.

Das Gesetz der Quadrille ist klar, alle Tänzer kennen es, es gilt für alle Zeiten. Aber irgendeine der Zufälligkeiten des Lebens, die nie geschehen durften, aber immer wieder geschehn, bringt dich allein zwischen die Reihen. Vielleicht verwirren sich dadurch auch die Reihen selbst, aber das weißt du nicht, du weißt nur von deinem Unglück.

17. Januar. Weg nach Oberklee. Einschränkung.

Im Teufel noch den Teufel achten.

18. Januar. Die Klage: Wenn ich ewig sein werde, wie werde ich morgen sein?

Wir sind von Gott beiderseitig getrennt: Der Sündenfall trennt uns von ihm, der Baum des Lebens trennt ihn von uns.

Wir sind nicht nur deshalb sündig, weil wir vom Baum der Erkenntnis gegessen haben, sondern auch deshalb, weil wir vom Baum des Lebens noch nicht gegessen haben. Sündig ist der Stand, in dem wir uns befinden, unabhängig von Schuld.

Baum des Lebens – Herr des Lebens.

Wir wurden aus dem Paradies vertrieben, aber zerstört wurde es nicht. Die Vertreibung aus dem Paradies war in einem Sinne ein Glück, denn wären wir nicht vertrieben worden, hätte das Paradies zerstört werden müssen.

Wir wurden geschaffen, um im Paradies zu leben, das Paradies war bestimmt, uns zu dienen. Unsere Bestimmung ist geändert worden; daß dies auch mit der Bestimmung des Paradieses geschehen wäre, wird nicht gesagt.

Bis fast zum Ende des Berichtes vom Sündenfall bleibt es möglich, daß auch der Garten Eden mit den Menschen verflucht wird. – Nur die Menschen sind verflucht, der Garten Eden nicht.

Gott sagte, daß Adam am Tage, da er vom Baume der Erkenntnis essen werde, sterben müsse. Nach Gott sollte die augenblickliche Folge des Essens vom Baume der Erkenntnis der Tod sein, nach der Schlange (wenigstens konnte man sie dahin verstehn) die göttliche Gleichwerdung. Beides war in ähnlicher Weise unrichtig. Die Menschen starben nicht, sondern wurden sterblich, sie wurden nicht Gott gleich, aber erhielten eine unentbehrliche Fähigkeit, es zu werden. Beides war auch in ähnlicher Weise richtig. Nicht der Mensch starb, aber der paradiesische Mensch, sie wurden nicht Gott, aber das göttliche Erkennen.

Der trostlose Gesichtskreis des Bösen: schon im Erkennen des Guten und Bösen glaubt er die Gottgleichheit zu sehn. Die Verfluchung scheint an seinem Wesen nichts zu verschlimmern: mit dem Bauche wird er die Länge des Weges ausmessen.

Das Böse ist eine Ausstrahlung des menschlichen Bewußtseins in bestimmten Übergangsstellungen. Nicht eigentlich die sinnliche Welt ist Schein, sondern ihr Böses, das allerdings für unsere Augen die sinnliche Welt bildet.

22. Januar. Versuch nach Michelob zu gehn. Kot.

Seit dem Sündenfall sind wir in der Fähigkeit zur Erkenntnis des Guten und Bösen im Wesentlichen gleich; trotzdem suchen wir gerade hier unsere besonderen Vorzüge. Aber erst jenseits dieser Erkenntnis beginnen die wahren Verschiedenheiten. Der gegenteilige Schein wird durch folgendes hervorgerufen: Niemand kann sich mit der Erkenntnis allein begnügen, sondern muß sich bestreben, ihr gemäß zu handeln. Dazu aber ist ihm die Kraft nicht mitgegeben, er muß daher sich zerstören, selbst auf die Gefahr hin, sogar dadurch die notwendige Kraft nicht zu erhalten, aber es bleibt ihm nichts anderes übrig, als dieser letzte Versuch. (Das ist auch der Sinn der Todesdrohung beim Verbot des Essens vom Baume der Erkenntnis; vielleicht ist das auch der ursprüngliche Sinn des natürlichen Todes.) Vor diesem Versuch nun fürchtet er sich; lieber will er die Erkenntnis des Guten und Bösen rückgängig machen (die Bezeichnung ›Sündenfall‹ geht auf diese Angst zurück)[1]; aber das Geschehene kann nicht rückgängig gemacht, sondern nur getrübt werden. Zu diesem Zweck entstehen die Motivationen. Die ganze Welt ist ihrer voll, ja die ganze sichtbare Welt ist vielleicht nichts anderes als eine Motivation des einen Augenblick lang ruhenwollenden Menschen. Ein Versuch, die Tatsache der Erkenntnis zu fälschen, die Erkenntnis erst zum Ziel zu machen.

Aber unter allem Rauche ist das Feuer und der, dessen Füße brennen, wird nicht dadurch erhalten bleiben, daß er überall nur dunklen Rauch sieht.

Staunend sahen wir das große Pferd. Es durchbrach das Dach unserer Stube. Der bewölkte Himmel zog sich schwach entlang des gewaltigen Umrisses und rauschend flog die Mähne im Wind.

Der Standpunkt der Kunst und des Lebens ist auch im Künstler selbst ein verschiedener.

[1] Nach den Worten: »geht auf diese Angst zurück« ist folgendes eingefügt: »Die Schlange hat mit dem Rat ihre Arbeit nur halb getan, sie muß jetzt das, was sie bewirkt hat, auch noch zu fälschen suchen, sich also im eigentlichen Sinne in den Schwanz beißen.«

Die Kunst fliegt um die Wahrheit, aber mit der entschiedenen Absicht, sich nicht zu verbrennen. Ihre Fähigkeit besteht darin, in der dunklen Leere einen Ort zu finden, wo der Strahl des Lichts, ohne daß dies vorher zu erkennen gewesen wäre, kräftig aufgefangen werden kann.

Ein Glaube wie ein Fallbeil, so schwer, so leicht.
Der Tod ist vor uns, etwa wie im Schulzimmer an der Wand ein Bild der Alexanderschlacht. Es kommt darauf an, durch unsere Taten noch in diesem Leben das Bild zu verdunkeln oder gar auszulöschen.

Morgendämmerung 25. Januar.

Der Selbstmörder ist der Gefangene, welcher im Gefängnishof einen Galgen aufrichten sieht, irrtümlich glaubt, es sei der für ihn bestimmte, in der Nacht aus seiner Zelle ausbricht, hinuntergeht und sich selbst aufhängt.

Erkenntnis haben wir. Wer sich besonders um sie bemüht, ist verdächtig, sich gegen sie zu bemühn.

Vor dem Betreten des Allerheiligsten mußt du die Schuhe ausziehen, aber nicht nur die Schuhe, sondern alles, Reisekleid und Gepäck, und darunter die Nacktheit und alles, was unter der Nacktheit ist, und alles, was sich unter dieser verbirgt, und dann den Kern und den Kern des Kerns, dann das übrige und dann den Rest und dann noch den Schein des unvergänglichen Feuers. Erst das Feuer selbst wird vom Allerheiligsten aufgesogen und läßt sich von ihm aufsaugen, keines von beiden kann dem widerstehen.

Nicht Selbstabschüttelung, sondern Selbstaufzehrung.

Für den Sündenfall gab es drei Strafmöglichkeiten: die mildeste war die tatsächliche, die Austreibung aus dem Paradies, die zweite: Zerstörung des Paradieses, die dritte – und diese wäre die schrecklichste Strafe gewesen –: Absperrung des ewigen Lebens und unveränderte Belassung alles andern.

28. Januar. Eitelkeit, Selbstvergessenheit einige Tage.

Zwei Möglichkeiten: sich unendlich klein machen oder es sein. Das zweite ist Vollendung, also Untätigkeit, das erste Beginn, also Tat.
Zur Vermeidung eines Wortirrtums: Was tätig zerstört werden soll, muß vorher ganz fest gehalten worden sein; was zerbröckelt, zerbröckelt, kann aber nicht zerstört werden.

A. konnte weder mit G. einträchtig leben, noch sich [scheiden] lassen, deshalb erschoß er sich, er glaubte, auf diese Weise das Unvereinbare vereinigen zu können, nämlich mit sich selbst ›in die Laube gehn‹.

›Wenn----, mußt du sterben‹, bedeutet: Die Erkenntnis ist beides, Stufe zum ewigen Leben und Hindernis vor ihm. Wirst du nach gewonnener Erkenntnis zum ewigen Leben gelangen wollen – und du wirst nicht anders können als es wollen, denn Erkenntnis ist dieser Wille –, so wirst du dich, das Hindernis, zerstören müssen, um die Stufe, das ist die Zerstörung, zu bauen. Die Vertreibung aus dem Paradies war daher keine Tat, sondern ein Geschehen.

Das vierte Oktavheft

Durch Auferlegung einer allzu großen oder vielmehr aller Verantwortung erdrückst du dich. Die erste Götzenanbetung war gewiß Angst vor den Dingen, aber damit zusammenhängend Angst vor der Notwendigkeit der Dinge. So ungeheuer erschien diese Verantwortung, daß man sie nicht einmal einem einzigen Außermenschlichen aufzuerlegen wagte, denn auch durch Vermittlung eines Wesens wäre die menschliche Verantwortung befleckt gewesen, deshalb gab man jedem Ding die Verantwortung für sich selbst, mehr noch, man gab diesen Dingen auch noch eine verhältnismäßige Verantwortung für den Menschen. Man konnte sich nicht genug tun in der Schaffung von Gegengewichten, diese naive Welt war die komplizierteste, die es jemals gab, ihre Naivität lebte sich ausschließlich in der brutalen Konsequenz aus.

Wird dir alle Verantwortung auferlegt, so kannst du den Augenblick benützen und der Verantwortung erliegen wollen, versuche es aber, dann merkst du, daß dir nichts auferlegt wurde, sondern daß du diese Verantwortung selbst bist.

Atlas konnte die Meinung haben, er dürfe, wenn er wolle, die Erde fallen lassen und sich wegschleichen; mehr als diese Meinung aber war ihm nicht erlaubt.

Die scheinbare Stille, mit welcher die Tage, die Jahreszeiten, die Generationen, die Jahrhunderte aufeinanderfolgen, ist ein Aufhorchen; so traben Pferde vor dem Wagen.

31. Januar. Gartenarbeit, Aussichtslosigkeit. *

Ein Kampf, in dem auf keine Weise und in keinem Stadium Rükkendeckung zu bekommen ist. Und trotzdem man es weiß, vergißt man es immer wieder. Und selbst wenn man es nicht vergißt, sucht man doch die Deckung, nur um sich beim Suchen auszuruhn, und trotzdem man weiß, daß es sich rächt.

1. Februar. Lenz Briefe.

Zum letztenmal Psychologie!
Zwei Aufgaben des Lebensanfangs: Deinen Kreis immer mehr einschränken und immer wieder nachprüfen, ob du dich nicht irgendwo außerhalb deines Kreises versteckt hältst.

2. Februar. Brief von Wolff. *

Das Böse ist manchmal in der Hand wie ein Werkzeug, erkannt oder unerkannt läßt es sich, wenn man den Willen hat, ohne Widerspruch zur Seite legen.
Die Freuden dieses Lebens sind nicht die seinen, sondern unsere Angst vor dem Aufsteigen in ein höheres Leben; die Qualen dieses Lebens sind nicht die seinen, sondern unsere Selbstqual wegen jener Angst.

4. Februar. Langes Liegen, Schlaflosigkeit, Bewußtwerden des Kampfes.

In einer Welt der Lüge wird die Lüge nicht einmal durch ihren Gegensatz aus der Welt geschafft, sondern nur durch eine Welt der Wahrheit.

Das Leiden ist das positive Element dieser Welt, ja es ist die einzige Verbindung zwischen dieser Welt und dem Positiven.
Nur hier ist Leiden Leiden. Nicht so, als ob die, welche hier leiden, anderswo wegen dieses Leidens erhöht werden sollen, sondern so, daß das, was in dieser Welt leiden heißt, in einer andern Welt, unverändert und nur befreit von seinem Gegensatz, Seligkeit ist.

5. Februar. Guter Morgen, unmöglich an alles sich zu erinnern.

Zerstören dieser Welt wäre nur dann die Aufgabe, wenn sie erstens böse wäre, das heißt widersprechend unserem Sinn, und zweitens, wenn wir imstande wären, sie zu zerstören. Das erste erscheint uns so, des zweiten sind wir nicht fähig. Zerstören können wir diese Welt nicht, denn wir haben sie nicht als etwas Selbständiges aufgebaut, sondern haben uns in sie verirrt, noch mehr: diese Welt ist unsere Verirrung, als solche ist sie aber selbst ein Unzerstörbares, oder vielmehr etwas, das nur durch seine Zu-Ende-Führung, nicht durch Verzicht zerstört werden kann, wobei allerdings auch das Zuendeführen nur eine Folge von Zerstörungen sein kann, aber innerhalb dieser Welt.

Es gibt für uns zweierlei Wahrheit, so wie sie dargestellt wird durch den Baum der Erkenntnis und den Baum des Lebens. Die Wahrheit des Tätigen und die Wahrheit des Ruhenden. In der ersten teilt sich das Gute vom Bösen, die zweite ist nichts anderes als das Gute selbst, sie weiß weder vom Guten noch vom Bösen. Die erste Wahrheit ist uns wirklich gegeben, die zweite ahnungsweise. Das ist der traurige Anblick. Der fröhliche ist, daß die erste Wahrheit dem Augenblick, die zweite der Ewigkeit gehört, deshalb verlischt auch die erste Wahrheit im Licht der zweiten.

6. Februar. In Flöhau gewesen.

Die Vorstellung von der unendlichen Weite und Fülle des Kosmos ist das Ergebnis der zum Äußersten getriebenen Mischung von mühevoller Schöpfung und freier Selbstbesinnung.

7. Februar. Soldat mit Steinen, Insel Rügen.

Müdigkeit bedeutet nicht notwendig Glaubensschwäche oder doch? Müdigkeit bedeutet jedenfalls Ungenügsamkeit. Es ist mir zu eng in allem, was Ich bedeutet, selbst die Ewigkeit, die ich bin, ist mir zu eng. Lese ich aber zum Beispiel ein gutes Buch, etwa eine Reisebeschreibung, erweckt es mich, befriedigt es mich, genügt es mir. Beweis dafür, daß ich vorher dieses Buch in meine Ewigkeit nicht mit einschloß oder nicht zur Ahnung jener Ewigkeit vorgedrungen war, die auch dieses Buch notwendigerweise umschließt. – Von einer gewissen Stufe der Erkenntnis an muß Müdigkeit, Ungenügsamkeit, Beengung, Selbstverachtung verschwinden, nämlich dort, wo ich das, was mich früher als ein Fremdes erfrischte, befriedigte, befreite, erhob, als mein eigenes Wesen zu erkennen die Kraft habe.
Aber wie, wenn es nur als ein vermeintlich Fremdes diese Wirkung hatte und du mit der neuen Erkenntnis nicht nur in dieser Hinsicht nichts gewinnst, sondern auch noch den alten Trost verlierst? Gewiß hatte es nur als Fremdes diese Wirkung, aber nicht nur diese, sondern weiterwirkend hat es mich auch zu dieser höhern Stufe erhoben. Es hat nicht aufgehört, fremd zu sein, sondern nur überdies angefangen, Ich zu sein. – Aber die Fremde, die du bist, ist nicht mehr fremd. Damit leugnest du die Weltschöpfung und widerlegst dich selbst.

Ich sollte Ewigkeit begrüßen und bin, wenn ich sie finde, traurig. Ich sollte durch Ewigkeit mich vollkommen fühlen und fühle mich hinabgedrückt?
Du sagst: ich sollte fühlen; damit drückst du ein Gebot aus, das in dir ist?
So meine ich es.
Nun ist es aber nicht möglich, daß nur ein Gebot in dich gelegt ist, in der Weise, daß du dieses Gebot nur hörst und sonst nichts geschieht. Ist es ein fortwährendes oder nur ein zeitweiliges Gebot?

Das kann ich nicht entscheiden, doch glaube ich, daß es ein fortwährendes Gebot ist, ich aber nur zeitweilig es höre.
Woraus schließest du das?
Daraus, daß ich es gewissermaßen höre, auch wenn ich es nicht höre, in der Weise, daß es nicht selbst hörbar wird, aber die Gegenstimme dämpft oder allmählich verbittert, die Gegenstimme nämlich, welche mir die Ewigkeit verleidet.
Und hörst du ähnlich auch die Gegenstimme dann, wenn das Gebot zur Ewigkeit spricht?
Wohl auch, ja manchmal glaube ich, ich höre gar nichts anderes als die Gegenstimme, alles andere sei nur Traum und ich ließe den Traum in den Tag hineinreden.
Warum vergleichst du das innere Gebot mit einem Traum? Scheint es wie dieser sinnlos, ohne Zusammenhang, unvermeidlich, einmalig, grundlos beglückend oder ängstigend, nicht zur Gänze mitteilbar und zur Mitteilung drängend?
Alles das; – sinnlos, denn nur wenn ich ihr nicht folge, kann ich hier bestehen; ohne Zusammenhang, ich weiß nicht, wer es gebietet und worauf er abzielt; unvermeidlich, es trifft mich unvorbereitet und mit der gleichen Überraschung wie das Träumen den Schlafenden, der doch, da er sich schlafen legte, auf Träume gefaßt sein mußte. Es ist einmalig oder scheint wenigstens so, denn ich kann es nicht befolgen, es vermischt sich nicht mit dem Wirklichen und behält dadurch seine unberührte Einmaligkeit; es beglückt und ängstigt grundlos, allerdings viel seltener das erste als das zweite; es ist nicht mitteilbar, weil es nicht faßbar ist und es drängt zur Mitteilung aus demselben Grunde.

Christus, Augenblick.

8. Februar. Bald aufgestanden, Arbeitsmöglichkeit.

9. Februar. Die Windstille an manchen Tagen, der Lärm der Ankommenden, wie die unsrigen aus den Häusern hervorlaufen, sie zu begrüßen, hie und da Fahnen ausgehängt werden, man in die Keller eilt, Wein zu holen, aus einem Fenster eine Rose aufs Pflaster fällt, niemand Geduld kennt, die Boote von hundert Armen gleich festgehalten ans Land stoßen, die fremden Männer sich umblicken und in das volle Licht des Platzes emporsteigen.

Warum ist das Leichte so schwer? An Verführungen hatte ich –. Laß die Aufzählung. Das Leichte ist schwer. Es ist so leicht und so schwer. Wie ein Jagdspiel, bei dem der einzige Ruheplatz ein Baum jenseits des Weltmeeres ist.
Aber warum sind sie von dort ausgewandert? – An der Küste ist die Brandung am stärksten, so eng ist ihr Gebiet und so unüberwindlich.
Nichtfragen hätte dich zurückgebracht, Fragen treibt dich noch ein Weltmeer weiter. – Nicht sie sind ausgewandert, sondern du.
Immer wieder wird mich die Enge bedrücken.

Ewigkeit ist aber nicht das Stillstehn der Zeitlichkeit.
Was an der Vorstellung des Ewigen bedrückend ist: die uns unbegreifliche Rechtfertigung, welche die Zeit in der Ewigkeit erfahren muß und die daraus folgende Rechtfertigung unserer selbst, so wie wir sind.

Wieviel bedrückender als die unerbittlichste Überzeugung von unserem gegenwärtigen sündhaften Stand ist selbst die schwächste Überzeugung von der einstigen, ewigen Rechtfertigung unserer Zeitlichkeit. Nur die Kraft im Ertragen dieser zweiten Überzeugung, welche in ihrer Reinheit die erste voll umfaßt, ist das Maß des Glaubens.
Manche nehmen an, daß neben dem großen Urbetrug noch in jedem Fall eigens für sie ein kleiner besonderer Betrug veranstaltet wird, daß also, wenn ein Liebesspiel auf der Bühne aufgeführt wird, die Schauspielerin außer dem verlogenen Lächeln für ihren Geliebten auch noch ein besonders hinterhältiges Lächeln für den ganz bestimmten Zuschauer auf der letzten Galerie hat. Das heißt zu weit gehen.

10. Februar. Sonntag. Lärm. Friede Ukraine.

Es verschwinden die Nebel der Feldherren und Künstler, der Liebhaber und Reichen, der Politiker und Turner, der Seefahrer und...

Freiheit und Gebundenheit ist im wesentlichen Sinn eines. In welchem wesentlichen Sinn? Nicht in dem Sinn, daß der Sklave die Freiheit nicht verliert, also in gewisser Hinsicht freier ist als der Freie.

Die Kette der Generationen ist nicht die Kette deines Wesens und doch sind Beziehungen vorhanden. – Welche? – Die Generationen sterben wie die Augenblicke deines Lebens. – Worin liegt der Unterschied?

Es ist der alte Scherz: Wir halten die Welt und klagen, daß sie uns hält.

Du leugnest in gewissem Sinn das Vorhandensein dieser Welt. Du erklärst das Dasein als ein Ausruhn, ein Ausruhn in der Bewegung.

11. Februar. Friede Rußland.

Sein Haus bleibt in der allgemeinen Feuersbrunst verschont, nicht deshalb, weil er fromm ist, sondern weil er darauf abzielt, daß sein Haus verschont bleibt.

Der Betrachtende ist in gewissem Sinne der Mitlebende, er hängt sich an das Lebende, er sucht mit dem Wind Schritt zu halten. Das will ich nicht sein.

Leben heißt: in der Mitte des Lebens sein; mit dem Blick das Leben sehn, in dem ich es erschaffen habe.

Die Welt kann nur von der Stelle aus für gut angesehen werden, von der aus sie geschaffen wurde, denn nur dort wurde gesagt: Und siehe, sie war gut – und nur von dort aus kann sie verurteilt und zerstört werden.

Immer bereit, sein Haus ist tragbar, er lebt immer in seiner Heimat.

Das entscheidend Charakteristische dieser Welt ist ihre Vergänglichkeit. In diesem Sinn haben Jahrhunderte nichts vor dem augenblicklichen Augenblick voraus. Die Kontinuität der Vergänglichkeit kann also keinen Trost geben; daß neues Leben aus den Ruinen blüht, beweist weniger die Ausdauer des Lebens als des Todes. Will ich nun diese Welt bekämpfen, muß ich sie in ihrem entscheidend Charakteristischen bekämpfen, also in ihrer Vergänglichkeit. Kann ich das in diesem Leben, und zwar wirklich, nicht nur durch Hoffnung und Glauben?
Du willst also die Welt bekämpfen, und zwar mit Waffen, die wirklicher sind als Hoffnung und Glaube. Solche Waffen gibt es wahrscheinlich, aber sie sind nur unter bestimmten Voraussetzungen erkennbar und brauchbar; ich will zuerst sehn, ob du diese Voraussetzungen hast.
Sieh nach, aber wenn ich sie nicht habe, kann ich sie vielleicht erwerben.
Gewiß, aber dabei könnte ich dir nicht helfen.
Du kannst mir also nur helfen, wenn ich die Voraussetzungen schon erworben habe.
Ja, genauer gesagt kann ich dir überhaupt nicht helfen, denn wenn du die Voraussetzungen hättest, hättest du schon alles.
Wenn es so steht, warum wolltest du mich also erst prüfen?
Nicht um dir zu zeigen, was dir fehlt, sondern, daß dir etwas fehlt. Einen gewissen Nutzen hätte ich dir damit vielleicht bringen können, denn du weißt zwar, daß dir etwas fehlt, aber du glaubst es nicht.
Du bietest mir also auf meine ursprüngliche Frage nur den Beweis dafür an, daß ich die Frage stellen mußte.
Ich biete doch etwas mehr, etwas, was du entsprechend deinem Stande jetzt überhaupt nicht präzisieren kannst. Ich biete den Beweis dafür, daß du eigentlich die ursprüngliche Frage anders hättest stellen müssen.
Das bedeutet also: Du willst oder kannst mir nicht antworten.
»Dir nicht antworten« – so ist es.
Und diesen Glauben – den kannst du geben.

19. Februar. Von Prag zurück. Ottla in Zarch.

Es blendete uns die Mondnacht. Vögel schrien von Baum zu Baum. In den Feldern sauste es.
Wir krochen durch den Staub, ein Schlangenpaar.

* Intuition und Erlebnis.
Ist ›Erlebnis‹ das Ruhen im Absoluten, kann ›Intuition‹ nur der Umweg über die Welt zum Absoluten sein. Alles will doch zum Ziel und Ziel ist nur eines. Der Ausgleich wäre allerdings möglich, daß die Zerlegung nur eine solche in der Zeit ist, also nur eine zwar in jedem Augenblick, tatsächlich sich aber gar nicht vollziehende Zerlegung.

Es kann ein Wissen vom Teuflischen geben, aber keinen Glauben daran, denn mehr Teuflisches, als da ist, gibt es nicht.
Die Sünde kommt immer offen und ist mit den Sinnen gleich zu fassen. Sie geht auf ihren Wurzeln und muß nicht ausgerissen werden.

Wer nur für die Zukunft sorgt, ist weniger vorsorglich, als wer nur für den Augenblick sorgt, denn er sorgt nicht einmal für den Augenblick, sondern nur für dessen Dauer.

Alle Leiden um uns müssen auch wir leiden. Christus hat für die Menschheit gelitten, aber die Menschheit muß für Christus leiden. Wir alle haben nicht *einen* Leib, aber *ein* Wachstum, und das führt uns durch alle Schmerzen, ob in dieser oder jener Form. So wie das Kind durch alle Lebensstadien bis zum Greis und zum Tod sich entwickelt (und jedes Stadium im Grunde dem früheren, im Verlangen oder in Furcht, unerreichbar scheint), ebenso entwickeln wir uns (nicht weniger tief mit der Menschheit verbunden als mit uns selbst) durch alle Leiden dieser Welt. Für Gerechtigkeit ist in diesem Zusammenhang kein Platz, aber auch nicht für Furcht vor den Leiden oder für die Auslegung des Leidens als eines Verdienstes.

22. Februar.
Die Kontemplation und die Tätigkeit haben ihre Scheinwahrheit; aber erst die von der Kontemplation ausgesendete oder vielmehr die zu ihr zurückkehrende Tätigkeit ist die Wahrheit.

Du kannst dich zurückhalten von den Leiden der Welt, das ist dir freigestellt und entspricht deiner Natur, aber vielleicht ist gerade dieses Zurückhalten das einzige Leid, das du vermeiden könntest.

Dein Wille ist frei, heißt: er war frei, als er die Wüste wollte, er ist frei, da er den Weg zu ihrer Durchquerung wählen kann, er ist frei, da er die Gangart wählen kann, er ist aber auch unfrei, da du durch die Wüste gehen mußt, unfrei, da jeder Weg labyrinthisch jedes Fußbreit Wüste berührt.

Ein Mensch hat freien Willen, und zwar dreierlei: Erstens war er frei, als er dieses Leben wollte; jetzt kann er es allerdings nicht mehr rückgängig machen, denn er ist nicht mehr jener, der es damals wollte, es wäre denn insoweit, als er seinen damaligen Willen ausführt, indem er lebt.
Zweitens ist er frei, indem er die Gangart und den Weg dieses Lebens wählen kann.
Drittens ist er frei, indem er als derjenige, der einmal wieder sein wird, den Willen hat, sich unter jeder Bedingung durch das Leben gehen und auf diese Weise zu sich kommen zu lassen, und zwar auf einem zwar wählbaren, aber jedenfalls derartig labyrinthischen Weg, daß er kein Fleckchen dieses Lebens unberührt läßt.
Das ist das Dreierlei des freien Willens, es ist aber auch, da es gleichzeitig ist, ein Einerlei und ist im Grunde so sehr Einerlei, daß es keinen Platz hat für einen Willen, weder für einen freien noch unfreien

23. Februar. Ungeschriebener Brief.

Die Frau, noch schärfer ausgedrückt vielleicht, die Ehe ist der Repräsentant des Lebens, mit dem du dich auseinandersetzen sollst.

Das Verführungsmittel dieser Welt sowie das Zeichen der Bürgschaft dafür, daß diese Welt nur ein Übergang ist, ist das gleiche. Mit Recht, denn nur so kann uns diese Welt verführen und es entspricht der Wahrheit. Das Schlimmste ist aber, daß wir nach geglückter Verführung die Bürgschaft vergessen und so eigentlich das Gute uns ins Böse, der Blick der Frau in ihr Bett gelockt hat.

24. Februar.
Die Demut gibt jedem, auch dem einsam Verzweifelnden, das stärkste Verhältnis zum Mitmenschen, und zwar sofort, allerdings nur bei völliger und dauernder Demut. Sie kann das deshalb, weil sie die wahre Gebetsprache ist, gleichzeitig Anbetung und festeste Verbindung. Das Verhältnis zum Mitmenschen ist das Verhältnis des Gebetes, das Verhältnis zu sich das Verhältnis des Strebens; aus dem Gebet wird die Kraft für das Streben geholt.

Kannst du denn etwas anderes kennen als Betrug? Wird einmal der Betrug vernichtet, darfst du ja nicht hinsehen oder wirst zur Salzsäule.

Die Erfindungen eilen uns voraus, wie die Küste dem von seiner Maschine unaufhörlich erschütterten Dampfer immer vorauseilt. Die Erfindungen leisten alles, was geleistet werden kann. Ein Unrecht, etwa zu sagen: Das Flugzeug fliegt nicht so wie der Vogel, oder: Niemals werden wir imstande sein, einen lebendigen Vogel zu schaffen. Gewiß nicht, aber der Fehler liegt im Einwand, so wie wenn vom Dampfer verlangt würde, trotz geraden Kurses immer wieder die erste Station anzufahren. – Ein Vogel kann nicht durch einen ursprünglichen Akt geschaffen werden, denn er ist schon geschaffen, entsteht auf Grund des ersten Schöpfungsaktes immer wieder, und es ist unmöglich, in diese auf Grund eines ursprünglichen unaufhörlichen Willens geschaffene und lebende und weitersprühende Reihe einzubrechen, so wie es in einer Sage heißt, daß zwar das erste Weib aus der Rippe des Mannes geschaffen wurde, daß sich das aber niemals mehr wiederholt hat, sondern daß von da ab die Männer immer die Töchter anderer zum Weib nehmen. – Die Methode und Tendenz der Schöpfung des Vogels – darauf kommt es an – und des Flugzeugs muß aber nicht verschieden sein und die Auslegung der Wilden, welche Gewehrschuß und Donner verwechseln, kann eine begrenzte Wahrheit haben.

Beweise für ein wirkliches Vorleben: Ich habe dich schon früher gesehen, die Wunder der Vorzeit und am Ende der Tage.

25. Februar. Morgenklarheit.

Es ist nicht Trägheit, böser Wille, Ungeschicklichkeit – wenn auch von alledem etwas dabei ist, weil ›das Ungeziefer aus dem Nichts geboren wird‹ – welche mir alles mißlingen oder nicht einmal mißlingen lassen: Familienleben, Freundschaft, Ehe, Beruf, Literatur, sondern es ist der Mangel des Bodens, der Luft, des Gebotes. Diese zu schaffen ist meine Aufgabe, nicht damit ich dann das Versäumte etwa nachholen kann, sondern damit ich nichts versäumt habe, denn die Aufgabe ist so gut wie eine andere. Es ist sogar die ursprünglichste Aufgabe oder zumindest ihr Abglanz, so wie man beim Ersteigen einer luftdünnen Höhe plötzlich in den Schein der fernen Sonne treten kann. Es ist das auch keine ausnahmsweise Aufgabe, sie ist gewiß schon oft gestellt worden. Ob allerdings in solchem Ausmaß, weiß ich nicht. Ich habe von den Erfordernissen des Lebens gar nichts mitgebracht, so viel ich weiß, sondern nur die allgemeine menschliche Schwäche. Mit dieser – in dieser Hinsicht ist es eine riesenhafte Kraft – habe ich das Negative meiner Zeit, die mir ja sehr nahe ist, die ich nie zu bekämpfen, sondern gewissermaßen zu vertreten das Recht habe, kräftig aufgenommen. An dem geringen Positiven sowie an dem äußersten, zum Positiven umkippenden Negativen, hatte ich keinen ererbten Anteil. Ich bin nicht von der allerdings schon schwer sinkenden Hand des Christentums ins Leben geführt worden wie Kierkegaard und habe nicht den letzten Zipfel des davonfliegenden jüdischen Gebetmantels noch gefangen wie die Zionisten. Ich bin Ende oder Anfang.

Er fühlte es an der Schläfe, wie die Mauer die Spitze des Nagels fühlt, der in sie eingeschlagen werden soll. Er fühlte es also nicht.

Niemand schafft hier mehr als seine geistige Lebensmöglichkeit; daß es den Anschein hat, als arbeite er für seine Ernährung, Kleidung und so weiter, ist nebensächlich, es wird ihm eben mit jedem sichtbaren Bissen auch ein unsichtbarer, mit jedem sichtbaren Kleid auch ein unsichtbares Kleid und so fort gereicht. Das ist jedes Menschen Rechtfertigung. Es hat den Anschein, als unterbaue er seine Existenz mit nachträglichen Rechtfertigungen, das ist aber nur psychologische Spiegelschrift, tatsächlich errichtet er sein Leben auf seinen Rechtfertigungen. Allerdings muß jeder Mensch

sein Leben rechtfertigen können (oder seinen Tod, was dasselbe ist), dieser Aufgabe kann er nicht ausweichen.
Wir sehen jeden Menschen sein Leben leben (oder seinen Tod sterben). Ohne innere Rechtfertigung wäre diese Leistung nicht möglich, kein Mensch kann ein ungerechtfertigtes Leben leben. Daraus könnte man in Unterschätzung des Menschen schließen, daß jeder sein Leben mit Rechtfertigungen unterbaut.

Psychologie ist Lesen einer Spiegelschrift, also mühevoll, und was das immer stimmende Resultat betrifft, ergebnisreich, aber wirklich geschehn ist nichts.

Nach dem Tod eines Menschen tritt selbst auf Erden hinsichtlich des Toten für eine Zeitspanne eine besondere wohltuende Stille ein, ein irdisches Fieber hat aufgehört, ein Sterben sieht man nicht mehr fortgesetzt, ein Irrtum scheint beseitigt, selbst für die Lebenden eine Gelegenheit zum Atemschöpfen, weshalb man auch die Fenster des Sterbezimmers öffnet, – bis sich dann alles doch nur als Schein ergibt und der Schmerz und die Klagen beginnen.

Das Grausame des Todes liegt darin, daß er den wirklichen Schmerz des Endes bringt, aber nicht das Ende.

Das Grausamste des Todes: ein scheinbares Ende verursacht einen wirklichen Schmerz.

Die Klage am Sterbebett ist eigentlich die Klage darüber, daß hier nicht im wahren Sinn gestorben worden ist. Noch immer müssen wir uns mit diesem Sterben begnügen, noch immer spielen wir das Spiel.

26. Februar. Sonniger Morgen.

Die Menschheitsentwicklung – ein Wachsen der Sterbenskraft.

Unsere Rettung ist der Tod, aber nicht dieser.

Alle sind zu A. sehr freundlich, so etwa wie man ein ausgezeichnetes Billard selbst vor guten Spielern sorgfältig zu bewahren sucht,

solange bis der große Spieler kommt, das Brett genau untersucht, keinen vorzeitigen Fehler duldet, dann aber, wenn er selbst zu spielen anfängt, sich auf die rücksichtsloseste Weise auswütet.
»Dann aber kehrte er zu seiner Arbeit zurück, so wie wenn nichts geschehen wäre.« Das ist eine Bemerkung, die uns aus einer unklaren Fülle alter Erzählungen geläufig ist, obwohl sie vielleicht in keiner vorkommt.

Jedem Menschen werden hier zwei Glaubensfragen gestellt, erstens nach der Glaubenswürdigkeit dieses Lebens, zweitens nach der Glaubenswürdigkeit seines Zieles. Beide Fragen werden von jedem durch die Tatsache seines Lebens so fest und unvermittelt mit »ja« beantwortet, daß es unsicher werden könnte, ob die Fragen richtig verstanden worden sind. Jedenfalls muß man sich nun zu diesem seinen eigenen Grund-Ja erst durcharbeiten, denn noch weit unter ihrer Oberfläche sind die Antworten im Ansturm der Fragen verworren und ausweichend.

»Daß es uns an Glauben fehle, kann man nicht sagen. Allein die einfache Tatsache unseres Lebens ist in ihrem Glaubenswert gar nicht auszuschöpfen.«

»Hier wäre ein Glaubenswert? Man kann doch nicht nicht-leben.«
»Eben in diesem ›kann doch nicht‹ steckt die wahnsinnige Kraft des Glaubens; in dieser Verneinung bekommt sie Gestalt.«

Es ist nicht notwendig, daß du aus dem Hause gehst. Bleib bei deinem Tisch und horche. Horche nicht einmal, warte nur. Warte nicht einmal, sei völlig still und allein. Anbieten wird sich dir die Welt zur Entlarvung, sie kann nicht anders, verzückt wird sie sich vor dir winden.

Die Nichtmitteilbarkeit des Paradoxes besteht vielleicht, äußert * sich aber nicht als solche, denn Abraham selbst versteht es nicht. Nun braucht oder soll er es nicht verstehn, also auch nicht für sich deuten, wohl aber darf er es den andern gegenüber zu deuten suchen. Auch das Allgemeine ist in diesem Sinn nicht eindeutig, was sich im Iphigenie-Fall darin äußert, daß das Orakel niemals eindeutig ist.

Ruhe im Allgemeinen? Äquivokation des Allgemeinen. Einmal das Allgemeine gedeutet als das Ruhen, sonst aber als das ›allgemeine‹ Hin und Her zwischen Einzelnem und Allgemeinem. Erst die Ruhe ist das wirklich Allgemeine, aber auch das Endziel.

Es ist so, wie wenn das Hin und Her zwischen Allgemeinem und Einzelnem auf der wirklichen Bühne stattfände, dagegen das Leben im Allgemeinen nur eingezeichnet würde auf der Hintergrundkulisse.

Es gibt nicht diese Entwicklung, die in ihrer von mir nur sehr mittelbar verschuldeten Sinnlosigkeit mich ermüden würde. Die vergängliche Welt reicht für Abrahams Vorsorglichkeit nicht aus, deshalb beschließt er mit ihr in die Ewigkeit auszuwandern. Sei es aber, daß das Ausgangs-, sei es, daß das Eingangstor zu eng ist, er bringt den Möbelwagen nicht durch. Die Schuld schreibt er der Schwäche seiner kommandierenden Stimme zu. Es ist die Qual seines Lebens.

Abrahams geistige Armut und die Schwerbeweglichkeit dieser Armut ist ein Vorteil, sie erleichtert ihm die Konzentration oder vielmehr, sie ist schon Konzentration, wodurch er allerdings den Vorteil verliert, der in der Anwendung der Konzentrationskraft liegt.

Abraham ist in folgender Täuschung begriffen: Die Einförmigkeit dieser Welt kann er nicht ertragen. Nun ist aber die Welt bekanntlich ungemein mannigfaltig, was jederzeit nachzuprüfen ist, indem man eine Handvoll Welt nimmt und näher ansieht. Das weiß natürlich auch Abraham. Die Klage über die Einförmigkeit der Welt ist also eigentlich eine Klage über nicht genügend tiefe Vermischung mit der Mannigfaltigkeit der Welt. Also eigentlich ein Sprungbrett in die Welt.

Neben seiner Beweisführung geht eine Bezauberung mit. Einer Beweisführung kann man in die Zauberwelt ausweichen, einer Bezauberung in die Logik, aber beide gleichzeitig erdrücken, zumal sie etwas Drittes sind, lebender Zauber oder nicht zerstörende, sondern aufbauende Zerstörung der Welt.

Er hat zu viel Geist, er fährt mit seinem Geist wie auf einem Zauberwagen über die Erde, auch dort, wo keine Wege sind. Und kann es von sich selbst nicht erfahren, daß dort keine Wege sind. Dadurch wird seine demütige Bitte um Nachfolge zur Tyrannei und sein ehrlicher Glaube, ›auf dem Wege‹ zu sein, zum Hochmut.

Die besitzlose Arbeiterschaft

Pflichten: Kein Geld, keine Kostbarkeiten besitzen oder annehmen. Nur folgender Besitz ist erlaubt: einfachstes Kleid (im Einzelnen festzusetzen), zur Arbeit Nötiges, Bücher, Lebensmittel für den eigenen Gebrauch. Alles andere gehört den Armen.
Nur durch Arbeit den Lebensunterhalt erwerben. Vor keiner Arbeit sich scheuen, zu welcher die Kräfte ohne Schädigung der Gesundheit hinreichen. Entweder selbst die Arbeit wählen, oder, falls dies nicht möglich, sich der Anordnung des Arbeitsrates fügen, welcher sich der Regierung unterstellt.
Für keinen andern Lohn arbeiten als den Lebensunterhalt (im Einzelnen nach den Gegenden festzusetzen) für zwei Tage.
Mäßigstes Leben. Nur das unbedingt Notwendige essen, zum Beispiel als Minimallöhnung, die in gewissem Sinn auch Maximallöhnung ist: Brot, Wasser, Datteln. Essen der Ärmsten, Lager der Ärmsten.
Das Verhältnis zum Arbeitgeber als Vertrauensverhältnis behandeln, niemals Vermittlung der Gerichte verlangen. Jede übernommene Arbeit zu Ende führen, unter allen Umständen, es wären denn schwere Gesundheitsrücksichten dem entgegen.
Rechte: Maximalarbeitszeit sechs Stunden, für körperliche Arbeit vier bis fünf.
Bei Krankheit und im unfähigen Alter Aufnahme in staatliche Altersheime, Krankenhäuser.
Das Arbeitsleben als eine Angelegenheit des Gewissens und eine Angelegenheit des Glaubens an den Mitmenschen.
Mitgebrachten Besitz dem Staat schenken, zur Errichtung von Krankenhäusern, Heimen.
Vorläufig wenigstens Ausschluß von Selbständigen, Verheirateten und Frauen.

Rat (schwere Pflicht) vermittelt mit der Regierung.
Auch in kapitalistischen Betrieben, [zwei Worte unlesbar].
Dort wo man helfen kann, in verlassenen Gegenden, Armenhäusern, [als] Lehrer.
Fünfhundert Männer Höchstgrenze.
Ein Probejahr.

Alles fügte sich ihm zum Bau. Fremde Arbeiter brachten die Marmorsteine, zubehauen und zueinander gehörig. Nach den abmessenden Bewegungen seiner Finger hoben sich die Steine und verschoben sich. Kein Bau entstand jemals so leicht wie dieser Tempel oder vielmehr dieser Tempel entstand nach wahrer Tempelart. Nur daß auf jedem Stein – aus welchem Bruche stammten sie? – unbeholfenes Gekritzel sinnloser Kinderhände oder vielmehr Eintragungen barbarischer Gebirgsbewohner zum Ärger oder zur Schändung oder zu völliger Zerstörung mit offenbar großartig scharfen Instrumenten für eine den Tempel überdauernde Ewigkeit eingeritzt waren.
Bachaufwärts dem wandernden Wasser entgegen. Rutengestrüpp. Des Lehrers auffahrende Stimme. Gemurmel der Kinder. Rot vergehende, sich verlassende, erschauernde Sonne. Zuschlagende Ofentür. Der Kaffee wird gekocht. Aufgelehnt am Tische sitzen wir und warten. Dünne Bäumchen stehen auf der einen Seite des Wegs. März. Was willst du mehr? Wir steigen aus den Gräbern und wollen auch durch diese Welt hinziehn, einen bestimmten Plan haben wir nicht.

Du willst fort von mir? Nun, ein Entschluß, so gut wie ein anderer. Wohin aber willst du? Wo ist das Fort-von-mir? Auf dem Mond? Nicht einmal dort ist es und so weit kommst du gar nicht. Also warum das alles? Willst du dich nicht lieber in den Winkel setzen und still sein? Wäre das nicht etwa besser? Dort in den Winkel, warm und dunkel? Du hörst nicht zu? Tastest nach der Türe. Ja, wo ist denn eine Tür? So weit ich mich erinnere, fehlt sie in diesem Raum. Wer dachte damals, als dieses hier gebaut wurde, an so weltbewegende Pläne, wie es die deinen sind? Nun, es ist nichts verloren, ein solcher Gedanke geht nicht verloren, wir werden ihn durchsprechen in der Tafelrunde, und das Gelächter sei dein Lohn.

Der blasse Mond ging auf, wir ritten durch den Wald.

Poseidon wurde überdrüssig seiner Meere. Der Dreizack entfiel ihm. Still saß er an felsiger Küste und eine von seiner Gegenwart betäubte Möwe zog schwankende Kreise um sein Haupt.

Der wild rollende Wagen.

Ach was wird uns hier bereitet!
Bett und Lager unter Bäumen,
grünes Dunkel, trocknes Laub,
wenig Sonne, feuchter Duft.
Ach was wird uns hier bereitet!

Wohin treibt uns das Verlangen?
Dies erwirken? dies verlieren?
Sinnlos trinken wir die Asche
und ersticken unsern Vater.
Wohin treibt uns das Verlangen?

Wohin treibt uns das Verlangen?
Aus dem Hause treibt es fort.

Es lockte die Flöte, es lockte der frische Bach.

Was geduldig dir erschien,
rauschte durch des Baumes Wipfel
und der Herr des Gartens sprach.

Suche ich in seinen Runen
Wechsels Schauspiel zu erforschen,
Wort und Schwäre.....

Der Graf saß beim Mittagessen, es war ein stiller sommerlicher Mittag. Die Tür öffnete sich, aber diesmal nicht für den Diener, sondern für Bruder Philotas. »Bruder«, sagte der Graf und erhob sich, »wieder seh ich dich, den ich so lange schon nicht mehr im Traume sah.« Eine Scheibe der Glastür, die auf die Terrasse führte, brach in Stücke und ein Vogel, rotbraun wie ein Rebhuhn, aber

größer und langschnäblig, flog ins Zimmer. »Warte, den habe ich gleich«, sagte der Bruder, schürzte mit einer Hand die Kutte und haschte mit der andern nach dem Vogel. Gerade kam der Diener herein, mit einer Schüssel schöner Früchte, in die nun der Vogel ruhig, sie in kleinen Kreisen umfliegend, kräftig hackte.
Wie erstarrt hielt der Diener die Schüssel und sah, nicht eigentlich erstaunt, auf die Früchte, den Vogel und den weiter Jagd machenden Bruder. Die andere Tür ging auf und es kamen Dorfbewohner mit einer Petition, sie baten um Freigabe einer Waldstraße, die sie zur bessern Bewirtschaftung ihrer Felder benötigten. Aber sie kamen zu unrechter Zeit, denn der Graf war noch ein kleines Schulkind, saß auf einem Schemel und lernte. Der alte Graf war allerdings schon tot und so hätte der junge regieren sollen, aber so war es nicht, es war eine Pause in der Historie und die Deputation ging daher ins Leere. Wo wird sie enden? Wird sie zurückkommen? Wird sie rechtzeitig erkennen, wie die Dinge stehn? Der Lehrer, der auch teilnahm, tritt schon aus der Gruppe und übernimmt des kleinen Grafen Unterricht. Mit einem Stecken schiebt er alles vom Tisch hinunter, was dort war, zieht ihn mit der Fläche nach vorn als Tafel in die Höhe und schreibt darauf mit einer Kreide die Ziffer I.

Wir tranken, das Kanapee wurde uns zu eng, unaufhörlich drehten sich die Zeiger der Wanduhr in Kreisen. Der Diener sah herein, wir winkten ihm mit erhobenen Händen. Er aber war gefesselt von einer Erscheinung auf dem Sopha beim Fenster. Ein alter Mann in dünnem, schwarzem, seidig glänzendem Kleid erhob sich dort langsam, noch spielten seine Finger an den Seitenlehnen. »Vater«, rief der Sohn, »Emil«, der Alte.

Der Weg zum Nebenmenschen ist für mich sehr lang.

Prag. Die Religionen verlieren sich wie die Menschen.

Kleine Seele,
springst im Tanze,
legst in warme Luft den Kopf,
hebst die Füße aus glänzendem Grase,
* das der Wind in harte Bewegung treibt.

Das fünfte Oktavheft

Ich könnte sehr zufrieden sein. Ich bin Beamter beim Magistrat. Wie schön ist es, Beamter beim Magistrat zu sein! Wenig Arbeit, genügender Gehalt, viel freie Zeit, übermäßiges Ansehen überall in der Stadt. Stelle ich mir die Situation eines Magistratsbeamten scharf vor, beneide ich ihn unweigerlich. Und nun bin ich es, bin Magistratsbeamter, – und wollte, wenn ich könnte, diese ganze Würde der Bürokatze zum Auffressen geben, die jeden Vormittag von Zimmer zu Zimmer wandert, um die Reste des Gabelfrühstücks einzusammeln.

Falls ich in nächster Zeit sterben oder gänzlich lebensunfähig werden sollte – diese Möglichkeit ist groß, da ich in den letzten zwei Nächten starken Bluthusten hatte – so darf ich sagen, daß ich mich selbst zerrissen habe. Wenn mein Vater früher in wilden, aber leeren Drohungen zu sagen pflegte: Ich zerreiße dich wie einen Fisch – tatsächlich berührte er mich nicht mit einem Finger –, so verwirklicht sich jetzt die Drohung von ihm unabhängig. Die Welt – F. ist ihr Repräsentant – und mein Ich zerreißen in unlösbarem Widerstreit meinen Körper.

Ich sollte in der großen Stadt studieren. Die Tante erwartete mich auf dem Bahnhof. Einmal als ich mit dem Vater zu Besuch in der Stadt gewesen war, hatte ich sie gesehn. Ich erkannte sie kaum.

Du Rabe, sagte ich, du alter Unglücksrabe, was tust du immerfort auf meinem Weg. Wohin ich gehe, sitzt du und sträubst die paar Federn. Lästig!
Ja, sagte er und ging mit gesenktem Kopf vor mir auf und ab wie ein Lehrer beim Vortrag, es ist richtig; es ist mir selbst schon fast unbehaglich.

Endlich war er in die Stadt gekommen, in der er studieren sollte. Ein Zimmer war gefunden, der Koffer ausgepackt, ein Landsmann, der hier schon längere Zeit wohnte, führte ihn durch die Straßen. Ganz zufällig erhoben sich etwa am Ende einer seitwärts sich öffnenden Straße berühmte, in allen Schulbüchern abgebildete Merkwürdigkeiten. Er schnappte nach Luft bei dem Anblick, der Landsmann winkte nur mit dem Arm hinüber.

Du alter Halunke, wie wäre es, wenn wir hier einmal Ordnung schaffen?
Nein, nein, dagegen würde ich mich sehr wehren.
Daran zweifle ich nicht. Trotzdem wirst du beseitigt werden müssen.
Ich werde meine Verwandten holen.
Auch das habe ich erwartet. Auch sie wird man gegen die Wand werfen müssen.

Was immer es auch sei, was mich zwischen den zwei Mühlsteinen, die mich sonst zerreiben, hervorzieht, empfinde ich, vorausgesetzt, daß es nicht allzu großen körperlichen Schmerz mit sich bringt, als Wohltat.

Die kleine Veranda, platt in die Sonne gelegt, das Wehr rauscht friedlich und immerfort.

Nichts hält mich.
Türen und Fenster auf
Terrassen weit und leer

K. war ein großer Taschenspieler. Sein Programm war ein wenig einförmig, aber infolge der Zweifellosigkeit der Leistung immer wieder anziehend. An die Vorstellung, in der ich ihn zum ersten Male sah, erinnere ich mich, trotzdem es schon zwanzig Jahre her ist und ich damals ein ganz kleiner Junge war, natürlich noch ganz genau. Er kam in unser kleines Städtchen ohne vorherige Ankündigung und veranstaltete die Vorstellung gleich abends am Tage seiner Ankunft. Im großen Speisezimmer unteres Hotels war um einen Tisch in der Mitte ein wenig freier Raum gelassen, – das war die ganze theatralische Vorbereitung. Meiner Erinnerung nach war der Saal überfüllt, nun erscheint einem Kind jeder Raum überfüllt, wo einige Lichter brennen, Stimmengewirr von Erwachsenen zu hören ist, ein Kellner hin- und herläuft und dergleichen, ich wußte auch nicht, warum zu dieser offenbar übereilten Vorstellung so viele Leute hätten gekommen sein sollen, immerhin spielt natürlich in meiner Erinnerung diese vermeintliche Überfüllung des Saales bei dem ganzen Eindruck, den ich von der Vorstellung hatte, gewiß entscheidend mit.

Was ich berühre, zerfällt.

Das Trauerjahr war vorüber,
die Flügel der Vögel waren schlaff.
Der Mond entblößte sich in kühlen Nächten,
Mandel und Ölbaum waren längst gereift.

Die Wohltat der Jahre.

Er saß über seinen Rechnungen. Große Kolonnen. Manchmal wandte er sich von ihnen ab und legte das Gesicht in die Hand. Was ergab sich aus den Rechnungen? Trübe, trübe Rechnung.

Gestern war ich zum erstenmal in den Direktionskanzleien. Unsere Nachtschicht hat mich zum Vertrauensmann gewählt, und da die Konstruktion und Füllung unserer Lampen unzulänglich ist, sollte ich dort auf die Abschaffung dieser Mißstände dringen. Man zeigte mir das zuständige Büro, ich klopfte an und trat ein. Ein zarter junger Mann, sehr bleich, lächelte mir von seinem großen Schreibtisch entgegen. Viel, überviel nickte er mit dem Kopf. Ich wußte nicht, ob ich mich setzen sollte, es war dort zwar ein Sessel bereit, aber ich dachte, bei meinem ersten Besuch müsse ich mich vielleicht nicht gleich setzen, und so erzählte ich die Geschichte stehend. Gerade durch diese Bescheidenheit verursachte ich aber dem jungen Mann offenbar Schwierigkeiten, denn er mußte das Gesicht zu mir herum und aufwärts drehen, falls er nicht seinen Sessel umstellen wollte, und das wollte er nicht. Andrerseits aber brachte er auch den Hals trotz aller Bereitwilligkeit nicht ganz herum und blickte deshalb während meiner Erzählung auf halbem Wege schief zur Zimmerdecke hinauf, ich unwillkürlich ihm nach. Als ich fertig war, stand er langsam auf, klopfte mir auf die Schulter, sagte: So, so – so, so, und schob mich in das Nebenzimmer, wo ein Herr mit wild wachsendem großem Bart uns offenbar erwartet hatte, denn auf seinem Tisch war keine Spur irgendeiner Arbeit zu sehn, dagegen führte eine offene Glastür zu einem kleinen Gärtchen mit Blumen und Sträuchern in Fülle. Eine kleine Information, aus ein paar Worten bestehend, von dem jungen Mann ihm zugeflüstert, genügte dem Herrn, um unsere vielfachen Beschwerden zu erfassen. Sofort stand er auf und sagte: Also mein lieber –, er stockte, ich glaubte, er wolle meinen Namen wissen, und ich machte deshalb schon den Mund auf, um mich neuerlich vorzustellen, aber er fuhr mir dazwischen: Ja, ja, es ist gut, es ist gut, ich kenne dich sehr genau – also deine oder eure Bitte ist gewiß berechtigt, ich und die Herren von der Direktion sind gewiß die letzten, die das nicht einsehn würden. Das Wohl der Leute, glaube mir, liegt uns mehr am Herzen als das Wohl des Werkes. Warum auch nicht? Das Werk kann immer wieder neu errichtet werden, es kostet nur Geld, zum Teufel mit dem Geld, geht aber ein Mensch zugrunde, so geht eben ein Mensch zugrunde, es bleibt die Witwe, die Kinder. Ach du liebe Güte! Darum ist also jeder Vorschlag, neue Sicherung, neue Erleichterung, neue Bequemlichkeit und Luxuriositäten einzuführen, uns hochwillkommen. Wer damit kommt, ist unser Mann. Du läßt uns also deine Anregungen hier, wir werden sie genau prüfen, sollte noch irgendeine kleine blendende Neuigkeit angeheftet werden können, werden wir sie gewiß nicht unterschlagen, und sobald alles fertig ist, bekommt ihr die neuen Lampen. Das aber sage deinen Leuten unten: Solange wir nicht aus eurem Stollen einen Salon gemacht haben, werden wir hier nicht ruhen, und wenn ihr nicht schließlich in Lackstiefeln umkommt, dann überhaupt nicht. Und damit schön empfohlen!

Trabe, kleines Pferdchen,
du trägst mich in die Wüste,
alle Städte versinken, die Dörfer und lieblichen Flüsse.
Ehrwürdig die Schulen, leichtfertig die Kneipen,
Mädchengesichter versinken,
verschleppt vom Sturm des Ostens.

Es war eine sehr große Gesellschaft und ich kannte niemanden. Ich nahm mir deshalb vor, zunächst ganz still zu sein, langsam diejenigen herauszufinden, denen ich mich am besten nähern könnte, und dann mit ihrer Hilfe in die übrige Gesellschaft mich einzufügen. Das einfenstrige Zimmer war klein genug, aber es waren an zwanzig Menschen hier. Ich stand beim offenen Fenster, folgte dem Beispiel der andern, die sich von einem Seitentischchen Zigaretten zu holen pflegten, und rauchte in Ruhe. Leider verstand ich trotz aller Aufmerksamkeit nicht, wovon gesprochen wurde.

Einmal wurde, so schien mir, von einem Mann und einer Frau gesprochen, dann wieder von einer Frau und zwei Männern, da aber immer von den gleichen drei Personen gesprochen wurde, konnte es nur an meiner Schwerfälligkeit liegen, daß ich schon mit den Personen, die zur Debatte standen, nicht zurecht kam, um wieviel weniger natürlich mit der Geschichte dieser Personen. Es war, dies schien mir über allem Zweifel, die Frage aufgeworfen, ob das Verhalten dieser drei Personen oder wenigstens einer dieser drei Personen moralisch zu billigen war oder nicht. Über die Geschichte selbst, die allen bekannt war, wurde im Zusammenhang nicht mehr gesprochen.

Abend am Fluß. Ein Kahn im Wasser. In Wolken untergehende Sonne.

Er fiel vor mir nieder. Ich sage euch, er fiel so nahe vor mir nieder, wie dieser Tisch, an den ich mich drücke, mir nahe ist. »Bist du wahnsinnig?« schrie ich. Es war längst nach Mitternacht, ich kam aus einer Gesellschaft, hatte Lust, noch ein wenig allein zu gehen, und nun war dieser Mann vor mich hingestürzt. Heben konnte ich den Riesen nicht, liegen lassen wollte ich ihn auch nicht in der einsamen Gegend, wo weit und breit niemand zu sehen war.

Träume fluteten über mich hin, ich lag müde und hoffnungslos in meinem Bett.

Ich lag krank. Weil es eine schwere Krankheit war, hatte man die Strohsäcke meiner Zimmergenossen hinausgeschafft und ich war Tage und Nächte allein.

Solange ich gesund gewesen war, hatte sich niemand um mich gekümmert. Das war mir ja im allgemeinen ganz recht, ich will nicht jetzt nachträglich darüber zu klagen anfangen, ich will nur den Unterschied hervorheben: Sobald ich krank wurde, begannen die Krankenbesuche, finden fast ununterbrochen statt und haben bis heute nicht aufgehört.

Hoffnungslos fuhr in einem kleinen Boot um das Kap der Guten Hoffnung. Es war früh am Morgen, ein kräftiger Wind blies.

Hoffnungslos steckte ein kleines Segel auf und lehnte sich friedlich zurück. Was sollte er fürchten im kleinen Boot, das mit seinem winzigen Tiefgang über alle Riffe dieser gefährlichen Gewässer mit der Gewandtheit eines lebendigen Wesens glitt.

Ich habe drei Hunde: Halt ihn, Faß ihn und Nimmermehr. Halt ihn und Faß ihn sind gewöhnliche kleine Rattler und niemand würde auf sie aufmerksam werden, wenn sie allein wären. Aber da ist noch Nimmermehr. Nimmermehr ist eine Bastarddogge und sieht so aus, wie es wohl bei sorgfältigster jahrhundertelanger Züchtung sich nicht hätte erzielen lassen. Nimmermehr ist ein Zigeuner.

Alle meine freien Stunden – und es sind an sich sehr viele, aber allzu viele muß ich gegen meinen Willen verschlafen, um den Hunger zu vertreiben – verbringe ich mit Nimmermehr. Auf einem Ruhebett à la Madame Récamier. – Wie dieses Möbel in meine Mansarde heraufgekommen ist, weiß ich nicht, vielleicht wollte es in eine Rumpelkammer und blieb, schon zu sehr hergenommen, in meinem Zimmer.

Nimmermehr ist der Meinung, daß es so nicht weiterginge und irgendein Ausweg gefunden werden müsse. Auch ich bin im Grunde dieser Meinung, aber ihm gegenüber tue ich anders. Er läuft im Zimmer auf und ab, springt manchmal auf den Sessel, zerrt mit den Zähnen an dem Wurststückchen, das ich ihm hingelegt habe, schnippt es endlich mit der Pfote mir zu und beginnt wieder seinen Rundlauf.

A. Das, was Sie sich vorgenommen haben ist, von welcher Seite man es auch ansehn mag, ein sehr schwieriges und gefährliches Unternehmen. Allerdings soll man es auch nicht überschätzen, denn es gibt noch schwierigere und gefährlichere. Und vielleicht gerade dort, wo man es nicht vermutet und wo man deshalb ganz harmlos und ungerüstet ans Werk geht. Das ist tatsächlich meine Meinung, womit ich Sie aber natürlich weder von Ihren Plänen abhalten, noch diese Pläne heruntersetzen will. Keineswegs. Ihre Sache erfordert unzweifelhaft viel Kraft und ist des Kraftaufwandes auch wert. Ja fühlen Sie aber eigentlich diese Kraft in sich?

B. Nein. Das darf ich nicht sagen. Ich fühle in mir Leere, aber keine Kraft.

Ich ritt durch das Südtor ein. Gleich am Tor angebaut ist eine große Herberge, dort wollte ich übernachten. Ich führte meinen Maulesel in den Stall, der von Reittieren schon fast überfüllt war, aber ich fand doch noch ein sicheres Plätzchen. Dann stieg ich hinauf in eine der Loggien, breitete meine Decke aus und legte mich schlafen.

Süße Schlange, warum bleibst du so fern, komm näher, noch näher, genug, nicht weiter, dort bleib. Ach für dich gibt es keine Grenzen. Wie soll ich zur Herrschaft über dich kommen, wenn du keine Grenzen anerkennst. Es wird schwere Arbeit sein. Ich beginne damit, daß ich dich bitte, dich zusammenzuringeln. Zusammenringeln sagte ich und du streckst dich. Verstehst du mich denn nicht? Du verstehst mich nicht. Ich rede doch sehr verständlich: Zusammenringeln! Nein, du faßt es nicht. Ich zeige es dir also hier mit dem Stab. Zuerst mußt du einen großen Kreis beschreiben, dann im Innern eng an ihn anschließend einen zweiten und so fort. Hältst du dann schließlich noch das Köpfchen hoch, so senk es langsam nach der Melodie der Flöte, die ich später blasen werde, und verstumme ich, so sei auch du still geworden, mit dem Kopf im innersten Kreis.

Ich wurde zu meinem Pferd geführt, ich war aber noch sehr schwach. Ich sah das schlanke, im Fieber des Lebens zitternde Tier.
»Das ist nicht mein Pferd«, sagte ich, als mir der Knecht des Gasthofs am Morgen ein Pferd vorführte.
»Ihr Pferd war heute nacht das einzige in unserem Stall«, sagte der Knecht und sah mich lächelnd oder, wenn ich es so wollte, trotzig lächelnd an.
»Nein«, sagte ich, »das ist nicht mein Pferd.« Der Fellsack entsank meinen Händen, ich wandte mich und ging in das eben erst verlassene Zimmer hinauf.

Das sechste Oktavheft

Ich hätte mich doch wohl früher darum kümmern sollen, wie es sich mit dieser Treppe verhielt, was für Zusammenhänge hier bestanden, was man hier zu erwarten hatte und wie man es aufnehmen sollte. Du hast ja niemals von dieser Treppe gehört, sagte ich mir zur Entschuldigung, und in den Zeitungen und Büchern wird doch immerfort alles durchgehechelt, was es nur irgendwie gibt. Von dieser Treppe aber war nichts zu lesen. Das mag sein, antwortete ich mir selbst, du wirst eben ungenau gelesen haben. Oft warst du zerstreut, hast Absätze ausgelassen, hast dich sogar mit Überschriften begnügt, vielleicht war dort die Treppe erwähnt und es entging dir so. Und jetzt benötigst du gerade das, was dir entgangen ist. Und ich blieb einen Augenblick stehn und dachte über diesen Einwand nach. Da glaubte ich mich erinnern zu können, einmal in einem Kinderbuch möglicherweise von einer ähnlichen Treppe etwas gelesen zu haben. Es war nicht viel gewesen, wahrscheinlich nur die Erwähnung ihres Vorhandensein, das konnte mir gar nichts nützen.

Als die kleine Maus, die in der Mäusewelt geliebt wie keine andere gewesen war, in einer Nacht unter das Falleisen kam und mit einem Hochschrei ihr Leben hingab für den Anblick des Specks, wurden alle Mäuse der Umgebung in ihren Löchern von einem Zittern und Schütteln befallen, mit unbeherrscht zwinkernden Augen blickten sie einander der Reihe nach an, während ihre Schwänze in sinnlosem Fleiß den Boden scheuerten. Dann kamen sie zögernd, einer den andern stoßend, hervor, alle zog es zu dem Todesort. Dort lag sie, die kleine liebe Maus, das Eisen im Genick, die rosa Beinchen eingedrückt, erstarrt den schwachen Leib, dem ein wenig Speck so sehr zu gönnen gewesen wäre. Die Eltern standen daneben und beäugten die Reste ihres Kindes.

Einmal an einem Winternachmittag nach verschiedenen geschäftlichen Ärgernissen erschien mir mein Geschäft – jeder Kaufmann kennt solche Zeiten – so widerwärtig, daß ich beschloß, für heute sofort Geschäftsschluß zu machen, trotzdem es noch bei hellem Winterlicht und früh bei Tage war. Solche Entschlüsse des freien Willens haben immer gute Folgen...

Kurz nach seinem Regierungsantritt besuchte der junge Fürst, noch bevor er die übliche Amnestie erlassen hatte, ein Gefängnis. Unter anderem fragte er, wie man erwartet hatte, nach demjenigen, welcher am längsten in diesem Gefängnis war. Es war einer, der seine Frau ermordet hatte, zu lebenslänglicher Gefängnisstrafe verurteilt worden war und nun das dreiundzwanzigste Gefängnisjahr hinter sich hatte. Der Fürst wollte ihn sehn, man führte ihn in die Zelle, vorsichtshalber war der Gefangene für diesen Tag in Ketten gelegt worden.

Als ich abend nach Hause kam, fand ich in der Mitte des Zimmers ein großes, ein übergroßes Ei. Es war fast so hoch wie der Tisch und entsprechend ausgebaucht. Leise schwankte es hin und her. Ich war sehr neugierig, nahm das Ei zwischen die Beine und schnitt es vorsichtig mit dem Taschenmesser entzwei. Es war schon ausgetragen. Zerknitternd fiel die Schale auseinander und hervor sprang ein storchartiger, noch federloser, mit zu kurzen Flügeln die Luft schlagender Vogel. ›Was willst du in unserer Welt?‹ hatte ich Lust zu fragen, hockte mich vor den Vogel nieder und sah ihm in seine ängstlich zwinkernden Augen. Aber er verließ mich und hüpfte die Wände entlang, halb flatternd wie auf wehen Füßen. ›Einer hilft dem andern‹, dachte ich, packte auf dem Tisch mein Abendessen aus und winkte dem Vogel, der drüben gerade seinen Schnabel zwischen meine paar Bücher bohrte. Gleich kam er zu mir, setzte sich, offenbar schon ein wenig eingewöhnt, auf einen Stuhl, mit pfeifendem Atem begann er die Wurstschnitte, die ich vor ihn gelegt hatte, zu beschnuppern, spießte sie aber lediglich auf und warf sie nur wieder hin. ›Ein Fehler‹, dachte ich, ›natürlich, man springt nicht aus dem Ei, um gleich mit Wurstessen anzufangen. Hier wäre Frauenerfahrung nötig.‹ Und ich sah ihn scharf an, ob ihm vielleicht seine Essenswünsche von außen abzulesen wären. ›Kommt er‹, fiel mir dann ein, ›aus der Familie der Störche, dann werden ihm gewiß Fische lieb sein. Nun, ich bin bereit, sogar Fische ihm zu verschaffen. Allerdings nicht umsonst. Meine Mittel erlauben mir nicht, mir einen Hausvogel zu halten. Bringe ich also solche Opfer, will ich einen gleichwertigen lebenerhaltenden Lebensdienst. Er ist ein Storch, möge er mich also, bis er ausgewachsen und von meinen Fischen gemästet ist, mit in die südlichen Länder nehmen. Längst schon verlangt es mich, dorthin zu reisen, und nur mangels Storchflügel habe ich es bisher unterlassen.‹ Sofort holte ich Papier und Tinte, tauchte des Vogels Schnabel ein und schrieb, ohne daß mir vom Vogel irgendein Widerstand entgegengesetzt worden wäre, folgendes: ›Ich, storchartiger Vogel, verpflichte mich für den Fall, daß du mich mit Fischen, Fröschen und Würmern (diese zwei letzten Lebensmittel fügte ich der Billigkeit halber hinzu) bis zum Flüggewerden nährst, Dich auf meinem Rücken in die südlichen Länder zu tragen.‹ Dann wischte ich den Schnabel rein und hielt dem Vogel nochmals das Papier vor Augen, ehe ich es zusammenfaltete und in meine Brieftasche legte. Dann aber lief ich gleich um Fische; diesmal mußte ich sie teuer bezahlen, doch versprach mir der Händler, nächstens immer verdorbene Fische und reichlich Würmer für billigen Preis bereitzustellen. Vielleicht würde die südliche Fahrt nicht gar zu teuer werden. Und es freute mich zu sehn, wie das Mitgebrachte dem Vogel schmeckte. Glucksend wurden die Fische hinabgeschluckt und füllten das rötliche Bäuchlein. Tag für Tag, unvergleichlich mit Menschenkindern, machte der Vogel Fortschritte in seiner Entwicklung. Zwar verließ der unerträgliche Gestank der faulen Fische nicht mehr mein Zimmer und nicht leicht war es, den Unrat des Vogels immer aufzufinden und zu beseitigen, auch verbot die Winterkälte und die Kohlenteuerung die außerordentlich nötige Lüftung, – was tat es, kam das Frühjahr, schwamm ich in leichten Lüften dem strahlenden Süden zu. Die Flügel wuchsen, bedeckten sich mit Federn, die Muskeln erstarkten, es war Zeit, mit den Flugübungen zu beginnen. Leider war keine Storchmutter da, wäre der Vogel nicht so willig gewesen, mein Unterricht hätte wohl nicht genügt. Aber offenbar sah er ein, daß er durch peinliche Aufmerksamkeit und größte Anstrengung die Mängel meiner Lehrbefähigung ausgleichen müsse. Wir begannen mit dem Segelflug. Ich stieg hinauf, er folgte, ich sprang mit ausgebreiteten Armen hinab, er flatterte hinterher. Später gingen wir zum Tisch über und zuletzt zum Schrank, immer aber wurden alle Flüge systematisch vielmal wiederholt.

Der Quälgeist

Der Quälgeist wohnt im Walde. In einer längst verlassenen Hütte aus alten Köhlerzeiten. Tritt man ein, merkt man nur einen unaustreibbaren Modergeruch, sonst nichts. Kleiner als die kleinste Maus, unsichtbar selbst einem nahegebrachten Auge, drückt sich der Quälgeist in einen Winkel. Nichts, gar nichts ist zu merken, ruhig rauscht durch das leere Fensterloch der Wald. Wie einsam ist es hier und wie kommt dir das gelegen. Hier im Winkel wirst du schlafen. Warum nicht im Wald, wo frei die Luft geht? Weil du nun schon hier bist, gesichert in einer Hütte, trotzdem die Tür längst aus den Angeln gebrochen und vertragen ist. Du aber tastest noch in die Luft, als wolltest du die Tür zuziehen, dann legst du dich nieder.

Endlich sprang ich vom Tische auf und zerschlug die Lampe mit einem Faustschlag. Sofort trat ein Diener mit einer Laterne ein, verbeugte sich und hielt für mich die Tür offen. Ich eilte aus meinem Zimmer die Treppe hinab, der Diener hinter mir. Unten legte mir ein zweiter Diener einen Pelz um; da ich es wie kraftlos geschehen ließ, tat er noch ein übriges, schlug mir den Pelzkragen hoch und knüpfte ihn mir vorn am Halse zu. Es war nötig, die Kälte war mörderisch. Ich stieg in den wartenden geräumigen Schlitten, wurde warm unter vielen Decken geborgen und mit hellem Klingeln begann die Fahrt. »Friedrich«, hört ich aus der Ecke flüstern. »Du bist hier, Alma«, sagte ich und reichte ihr die dick behandschuhte Rechte. Noch einige Worte der Befriedigung über das Zusammentreffen, dann verstummten wir, denn die rasende Fahrt verschlug den Atem. Ich hatte im Hindämmern schon meine Nachbarin vergessen, als wir vor einem Wirtshaus hielten. Vor dem Wagenschlag stand der Wirt, ihm zu Seiten meine Diener, alle mit gestreckten Hälsen bereit, irgendwelche Befehle von mir entgegenzunehmen. Ich aber beugte mich hervor und rief nur: »Warum steht ihr hier, weiter, weiter, kein Aufenthalt!« Und mit einem Stock, den ich neben mir fand, stieß ich den Kutscher. *

Das siebente Oktavheft

Unverbrüchlicher Traum. Sie lief die Landstraße entlang, ich sah sie nicht, ich merkte nur, wie sie sich im Laufen schwang, wie ihr Schleier flog, wie ihr Fuß sich hob, ich saß am Feldrand und blickte in das Wasser des kleinen Baches. Sie durchlief die Dörfer, Kinder standen in den Türen, sahen ihr entgegen und sahen ihr nach.

Zerrissener Traum. Die Laune eines früheren Fürsten verfügte, das Mausoleum müsse unmittelbar bei den Sarkophagen einen Wächter haben. Vernünftige Männer hatten sich dagegen ausgesprochen, schließlich ließ man den sonst vielfach beengten Fürsten in dieser Kleinigkeit gewähren. Ein Invalide aus einem Krieg des vorigen Jahrhunderts, Witwer und Vater dreier Söhne, die im letzten Krieg gefallen waren, meldete sich für diesen Posten. Er wurde angenommen und von einem alten Hofbeamten in das Mausoleum begleitet. Eine Waschfrau folgte ihnen, beladen mit verschiedenen Dingen, welche für den Wächter bestimmt waren. Bis zur Allee, welche dann geradeaus zum Mausoleum führte, hielt der Invalide trotz seiner Stelze mit dem Hofbeamten gleichen Schritt. Dann aber versagte er ein wenig, hüstelte und begann, sein linkes Bein zu reiben. »Nun Friedrich«, sagte der Hofbeamte, der mit der Waschfrau ein Stück vorausgegangen war und sich nun umsah. »Mich reißt es im Bein«, sagte der Invalide und machte eine Fratze, »nur einen Augenblick Geduld, das pflegt gleich aufzuhören.«

Erzählung des Großvaters

Ich war zu den Zeiten des seligen Fürsten Leo V. Wächter des Mausoleums im Friedrichspark. Natürlich bin ich nicht gleich Mausoleumswächter geworden. Noch ganz genau erinnere ich mich, wie ich als Laufbursche der fürstlichen Meierei zum erstenmal die Milch am Abend zur Mausoleumswache tragen sollte. ›Oh‹, dachte ich, ›zur Mausoleumswache.‹ Weiß denn jemand genau, was Mausoleum ist? Ich war Mausoleumswächter und sollte es also wissen, aber eigentlich weiß ich es nicht. Und ihr, die ihr meine Geschichte hört, werdet am Schluß erkennen, daß ihr, selbst wenn ihr zu wissen glaubtet, was Mausoleum ist, gestehen müßt, ihr, ihr wüßtet es nicht mehr. Damals aber kümmerte ich mich darum noch wenig, sondern war nur ganz allgemein stolz darauf, zur Mausoleumswache geschickt worden zu sein. Und so galoppierte ich gleich mit meinem Milcheimer durch die Nebel der Wiesenwege, die zum Friedrichspark führten. Vor dem goldenen Gittertor staubte ich meine Jacke ab, reinigte die Stiefel, wischte die Feuchtigkeit vom Eimer, läutete dann und lauerte, die Stirn an den Gitterstäben, darauf, was jetzt geschehen werde. Zwischen Gesträuch auf einer kleinen Anhöhe schien das Wächterhaus zu sein, ein Licht kam aus einem sich öffnenden Türchen und ein ganz altes Frauenzimmer öffnete das Tor, nachdem ich mich gemeldet und zum Beweis der Wahrheit den Eimer gezeigt hatte. Ich mußte dann vorausgehn, aber genau so langsam wie die Frau, es war sehr unbehaglich, denn sie hielt mich hinten fest und blieb auf dem kurzen Weg zweimal stehn, um Atem zu holen. Oben auf einer Steinbank neben der Tür saß ein riesiger Mann, die Beine übereinandergeschlagen, die Hände vor der Brust gekreuzt, den Kopf zurückgelehnt und hielt den Blick auf das knapp vor ihm stehende Buschwerk, das ihm jede Aussicht benahm, gerichtet. Ich sah unwillkürlich fragend die Frau an. »Das ist der Mameluck«, sagte sie, »weißt du es nicht?« Ich schüttelte den Kopf, staunte den Mann noch einmal an, besonders seine hohe Mütze aus Krimmerpelz, dann aber wurde ich von der Alten ins Haus gezogen. In einer kleinen Stube saß bei einem sehr ordentlich mit Büchern bedeckten Tisch ein alter bärtiger Herr im Schlafrock und sah unter der Glocke der Stehlampe hinweg nach mir hin. Ich glaubte natürlich, nicht richtig gegangen zu sein, und drehte mich um, wollte wieder aus der Stube hinaus, aber die Alte versperrte mir den Weg und sagte zum Herrn: »Der neue Milchjunge.« »Komm her, du kleine Krabbe«, sagte der Herr und lachte. Ich saß dann auf einem kleinen Bänkchen bei seinem Tisch und er brachte sein Gesicht ganz nahe an meines. Leider war ich infolge der freundlichen Behandlung etwas vorlaut geworden.

Auf dem Dachboden

Die Kinder hatten ein Geheimnis. Auf dem Dachboden, in einem tiefen Winkel inmitten des Gerümpels eines ganzen Jahrhunderts, wohin kein Erwachsener mehr sich hintasten konnte, hatte Hans, der Sohn des Advokaten, einen fremden Mann entdeckt. Er saß auf einer Kiste, die, der Länge nach aufgestellt, an der Wand lehnte. Sein Gesicht zeigte, als er Hans erblickte, weder Schrecken noch Staunen, sondern nur Stumpfheit, mit klaren Augen beantwortete er Hansens Blick. Eine große runde Mütze aus Krimmerpelz saß tief auf seinem Kopf. Ein starker Schnurrbart breitete sich steif aus. Gekleidet war er in einen weiten braunen Mantel, den ein mächtiges Riemenzeug, es erinnerte an das Geschirr eines Pferdes, zusammenhielt. Auf dem Schoß lag ein gebogener kurzer Säbel in mattleuchtender Scheide. Die Füße staken in gespornten Schaftstiefeln, ein Fuß war auf eine umgestürzte Weinflasche gestellt, der andere auf dem Boden war etwas aufgerichtet und mit Ferse und Sporn ins Holz gerammt. »Weg«, schrie Hans, als der Mann mit langsamer Hand nach ihm greifen wollte, lief weit in die neuern Teile des Dachbodens und blieb erst stehn, als ihm die dort zum Trocknen aufgehängte Wäsche naß ins Gesicht klatschte. Dann aber kehrte er doch gleich wieder zurück. Mit gewissermaßen verächtlich aufgestülpter Unterlippe saß der Fremde dort und rührte sich nicht. Hans prüfte durch vorsichtiges Heranschleichen, ob diese Bewegungslosigkeit nicht Hinterlist sei. Aber der Fremde schien wirklich nichts Böses zu beabsichtigen, ganz schlaff saß er da, vor lauter Schlaffheit nickte sein Kopf kaum merklich. So wagte es Hans, einen alten durchlöcherten Ofenschirm, der ihn noch von dem Fremden trennte, wegzuschieben, ganz nahe heranzutreten und schließlich sogar ihn zu berühren. »So staubig bist du!« sagte er staunend und zog seine geschwärzte Hand zurück. »Ja, staubig«, sagte der Fremde, sonst nichts. Es war eine so ungewöhnliche Aussprache, erst im Nachklang verstand Hans die Worte. »Ich bin Hans«, sagte er, »der Sohn des Advokaten und wer bist du?« »So«, sagte der Fremde, »ich bin auch ein Hans, heiße Hans Schlag, bin badischer Jäger und stamme von Koßgarten am Neckar. Alte Geschichten.« »Jäger bist du? Du gehst auf die Jagd?« fragte Hans. »Ach, du bist noch ein kleiner Junge«, sagte der Fremde, »und warum reißt du den Mund so auf, wenn du sprichst?« Diesen Fehler pflegte auch der Advokat auszusetzen, aber beim Jäger, den man kaum verstand und dem das Mundaufreißen sehr zu empfehlen gewesen wäre, war dieser Tadel gewiß nicht angebracht.

Der Unfrieden, der zwischen Hans und seinem Vater seit jeher bestand, war nach dem Tode der Mutter zu derartigem Ausbruch gekommen, daß Hans aus dem Geschäft des Vaters austrat, ins Ausland fuhr, einen kleinen Posten, der sich ihm dort zufällig darbot, sofort wie geistesabwesend annahm und jeder Verbindung mit dem Vater, sei es durch Briefe, sei es durch Bekannte, mit solchem Erfolg auswich, daß er von dem Tode des Vaters, der etwa zwei Jahre nach seiner Abreise durch Herzschlag erfolgte, erst durch den Brief des Advokaten erfuhr, der ihn zu seinem Testamentsvollstrecker bestimmt hatte. Hans stand gerade hinter dem Ladenfenster des Tuchgeschäftes, in welchem er als Handlungsgehilfe angestellt war, und blickte in den Regen auf den Ringplatz des kleinen Landstädtchens hinaus, als von der Kirche her der Briefträger herüberkam. Er übergab der Chefin, der schwerbeweglichen, ewig unzufriedenen, die in der Tiefe auf einem hohen Polsterstuhl saß, den Brief und ging. Das schwach abklingende Läuten des Türglöckchens fiel Hans irgendwie auf, er blickte hin und sah dann auch, wie die Chefin ihr bärtiges, von schwarzen Tüchern umbundenes Gesicht ganz nahe an den Briefumschlag brachte. Immer schien es Hans bei solchen Gelegenheiten, als müsse ihr gleich die Zunge herausrollen und nun würde sie, statt zu lesen, hundeartig zu lecken anfangen. Schwach läutete das Türglöckchen nach und die Chefin sagte: »Hier ist ein Brief für Sie gekommen.« »Nein«, sagte Hans und rührte sich nicht vom Fenster weg. »Sie sind ein eigentümlicher Mensch, Hans«, sagte die Frau, »hier steht doch deutlich Ihr Name.« Es hieß darin, daß Hans zwar zum einzigen Erben bestimmt worden war, aber die Hinterlassenschaft war mit Schulden und Legaten so überlastet, daß für ihn, wie er schon nach oberflächlicher Schätzung merkte, kaum mehr zu erübrigen war als das elterliche Wohnhaus. Das war nicht viel: ein alter einfacher einstöckiger Bau, aber Hans hing sehr an dem Haus, auch hielt ihn nach dem Tode des Vaters hier in der Fremde nichts mehr, dagegen erforderte die Abwicklung der Hinterlassenschaftsgeschäfte seine Anwesenheit dringend, er löste deshalb sofort seine Verpflichtungen, was nicht schwer war, und fuhr nach Hause.

Es war spät an einem Dezemberabend, alles lag im Schnee, als Hans bei dem Elternhaus vorfuhr. Der Hausmeister, der ihn erwartet hatte, trat, von seiner Tochter gestützt, aus dem Tor, es war ein gebrechlicher Greis, der schon Hansens Großvater gedient hatte. Man begrüßte einander, allerdings nicht sehr herzlich, denn Hans hatte im Hausmeister immer nur einen einfältigen Tyrannen seiner Kinderjahre gesehn und die Demut, mit der er sich ihm jetzt näherte, war ihm peinlich. Trotzdem sagte er der Tochter, die ihm über die steile enge Treppe das Gepäck nachtrug, in ihres Vaters Einkommen werde sich ohne Rücksicht auf das Legat, das er erhalten habe, nicht das Geringste ändern. Die Tochter dankte unter Tränen und gestand, daß damit die Hauptsorge ihres Vaters beseitigt sei, die ihn seit dem Tode des seligen Herrn kaum habe schlafen lassen. Dieser Dank brachte Hans erst zum Bewußtsein, was für Unannehmlichkeiten aus der Erbschaft für ihn entstanden und weiter noch entstehen könnten. Um so mehr freute er sich auf das Alleinsein in seiner alten Stube und im Vorgefühl dessen streichelte er sanft den Kater, der als erste ungetrübte Erinnerung aus vergangenen Zeiten in seiner ganzen Größe an ihm vorüberhuschte. Nun wurde aber Hans nicht in sein Zimmer geführt, das nach seiner brieflichen Anordnung für ihn hätte vorbereitet werden sollen, sondern in das frühere Schlafzimmer des Vaters. Er fragte, warum das geschehen sei. Das Mädchen, noch schweratmend vom Tragen der Last, stand ihm gegenüber, sie war groß und kräftig geworden in den zwei Jahren und auffallend klar war ihr Blick. Sie bat um Entschuldigung. In Hansens Zimmer sei nämlich sein Onkel Theodor eingerichtet und man habe den alten Herrn nicht stören wollen, besonders da doch dieses Zimmer größer und auch behaglicher sei. – Die Nachricht, daß Onkel Theodor hier im Hause wohnte, war für Hans neu.

*

Das achte Oktavheft

Ich bin gewohnt, in allem meinem Kutscher zu vertrauen. Als wir an eine hohe weiße seitwärts und oben sich langsam wölbende Mauer kamen, die Vorwärtsfahrt einstellten, die Mauer entlang fahrend, sie betasteten, sagte schließlich der Kutscher: »Es ist eine Stirn.«

Wir hatten einen kleinen Fischfang eingerichtet, eine Hütte am Meer gezimmert.

Fremde Leute erkennen mich. Letzthin konnte ich mich auf einer kleinen Reise mit meiner Handtasche kaum durch den Gang eines überfüllten Waggons drängen. Da rief mich aus dem Halbdunkel eines Abteils ein mir offenbar ganz Fremder an und bot mir seinen Platz an.

Arbeit als Freude, unzugänglich den Psychologen.

Übelkeit nach zuviel Psychologie. Wenn einer gute Beine hat und an die Psychologie herangelassen wird, kann er in kurzer Zeit und in beliebigem Zickzack Strecken zurücklegen, wie auf keinem andern Feld. Da gehen einem die Augen über.

Ich stehe auf einem wüsten Stück Boden. Warum ich nicht in ein besseres Land gestellt worden bin, weiß ich nicht. Bin ich's nicht wert? Das darf man nicht sagen. Reicher als ich kann nirgends ein Strauch aufgehn.

Vom jüdischen Theater *

Mit Ziffern und mit Statistiken werde ich mich im Folgenden nicht abgeben; die überlasse ich den Geschichtsschreibern des jüdischen Theaters. Meine Absicht ist ganz einfach: einige Blätter Erinnerungen an das jüdische Theater mit seinen Dramen, seinen Schauspielern, seinem Publikum, so wie ich das alles in mehr als zehn Jahren gesehen, gelernt und mitgemacht habe, hier vorzulegen oder, anders gesagt, den Vorhang zu heben und die Wunde zu zeigen. Nur nach Erkenntnis der Krankheit läßt sich ein Heilmittel finden und möglicherweise das wahre jüdische Theater schaffen.

I *

Für meine frommen chassidischen Eltern in Warschau war natürlich das Theater ›trefe‹, nicht anders als ›chaser‹. Nur zu Purim gab es ein Theater, denn dann klebte Vetter Chaskel einen großen schwarzen Bart auf sein kleines blondes Bärtchen, zog den Kaftan verkehrt an und spielte einen lustigen Handelsjuden – meine kleinen Kinderaugen haben sich von ihm nicht wenden können. Von allen Vettern war er mir der liebste, sein Beispiel ließ mir keine Ruhe und, kaum acht Jahre alt, habe ich schon im Cheder wie Vetter Chaskel gespielt. War der Rebbe fort, dann war im Cheder regelmäßig Theater, ich war Direktor, Regisseur, kurz alles, auch die Prügel, die ich dann vom Rebbe bekam, waren die größten. Aber das störte uns nicht; der Rebbe hat geprügelt, wir aber haben doch jeden Tag andere Theaterspiele ausgedacht. Und das ganze Jahr war nur ein Hoffen und Beten: Purim möge kommen und ich soll wieder zusehn dürfen, wie Vetter Chaskel sich maskiert. Daß ich dann, sobald ich erwachsen bin, auch jeden Purim mich maskieren und singen und tanzen werde, wie Vetter Chaskel – das stand bei mir fest.

Daß man sich aber auch außer Purim maskiert und daß es noch viele Künstler wie Vetter Chaskel gibt, davon allerdings ahnte ich nichts. Bis ich einmal von Isruel Feldscher's Buben hörte, daß es wirklich Theater gibt, wo man spielt und singt und sich maskiert und jeden Abend, nicht nur Purim, und daß es auch in Warschau solche Theater gibt und daß sein Vater ihn schon einigemal ins Theater mitgenommen hat. Diese Neuigkeit hat mich – ich war damals ungefähr zehn Jahre alt – geradezu elektrisiert. Ein heimliches nie geahntes Verlangen ergriff mich. Ich zählte die Tage, die noch vergehen mußten, bis ich erwachsen war und endlich selbst das Theater sehen durfte. Damals wußte ich noch nicht einmal, daß das Theater eine verbotene und sündhafte Sache ist.

Bald erfuhr ich, daß sich gegenüber dem Rathaus das ›Große Theater‹ befindet, das beste, das schönste von ganz Warschau, ja von der ganzen Welt. Von da an hat mich schon der äußerliche Anblick des Gebäudes, wenn ich dort vorüberging, förmlich geblendet. Als ich mich aber einmal zu Hause erkundigte, wann wir endlich ins Große Theater gehen werden, hat man mich angeschrien: ein jüdisches Kind darf vom Theater nichts wissen; das ist nicht erlaubt; das Theater ist nur für die Gojim und für die Sünder da. Diese Antwort genügte mir, ich fragte nicht weiter, aber Ruhe gab es mir nicht mehr, und ich fürchtete sehr, daß ich diese Sünde gewiß einmal begehn und, wenn ich älter sein werde, doch ins Theater werde gehen müssen.

Als ich einmal am Abend nach Jom Kippur mit zwei Vettern am Großen Theater vorbeifuhr, auf der Theaterstraße viele Leute waren und ich von dem ›unreinen‹ Theater gar nicht wegsehn konnte, fragte mich Vetter Majer: »Wolltest du auch dort oben sein?« Ich schwieg. Mein Schweigen gefiel ihm wahrscheinlich nicht und er fügte deshalb hinzu: »Jetzt, Kind, ist kein einziger Jud dort – bewahre der Himmel! Abend gleich nach Jom Kippur geht selbst der schlimmste Jud nicht ins Theater.« Dem entnahm ich aber nichts anderes, als daß zwar nach dem Ausgang des heiligen Jom Kippur kein Jude ins Theater geht, daß aber an den gewöhnlichen Abenden das ganze Jahr hindurch wohl viele Juden hingehn.

In meinem vierzehnten Lebensjahr war ich zum erstenmal im Großen Theater. So wenig ich auch von der Landessprache gelernt hatte, so konnte ich doch schon die Plakate lesen und da las ich eines Tages, daß die Hugenotten gespielt werden. Von Hugenotten hatte man schon in der ›Klaus‹ gesprochen, auch war das Stück von einem Juden ›Meier Beer‹ – und so gab ich mir selbst die Erlaubnis, kaufte eine Karte und am Abend war ich zum erstenmal im Leben im Theater.

Was ich damals sah und fühlte, gehört nicht hierher, nur das eine: daß ich zur Überzeugung kam, man singe dort besser als Vetter Chaskel und maskiere sich auch viel schöner als er. Und noch eine Überraschung brachte ich mit: die Ballettmusik der Hugenotten hatte ich ja schon längst gekannt, die Melodien sang man ja in der ›Klaus‹ Freitag abends zum Lecho Dodi. Und ich konnte mir damals nicht erklären, wie es möglich sei, daß man im Großen Theater das spiele, was man in der ›Klaus‹ schon so lange singt.

Von damals an wurde ich in der Oper ein häufiger Gast. Nur durfte ich nicht vergessen, zu jeder Vorstellung einen Kragen und ein Paar Manschetten zu kaufen und sie auf dem Nachhauseweg in die Weichsel zu werfen. Meine Eltern durften solche Dinge nicht sehen. Während ich mich an ›Wilhelm Tell‹ und ›Aida‹ sättigte, waren meine Eltern im sichern Glauben, ich säße in der ›Klaus‹ über den Talmudfolianten und studiere die heilige Schrift.

2

Einige Zeit nachher erfuhr ich, daß es auch ein jüdisches Theater gibt. Wie gern ich aber auch hingegangen wäre, ich getraute mich nicht, denn es hätte meinen Eltern allzu leicht verraten werden können. Ins Große Theater zur Oper dagegen ging ich häufig und später auch in das polnische dramatische Theater. In letzterem habe ich zum erstenmal die ›Räuber‹ gesehn. Sehr überrascht hat es mich, daß man auch so schön Theater spielen kann ohne Gesang und Musik – das hätte ich nie gedacht – und merkwürdigerweise war ich dem Franz nicht böse, vielmehr hat er den größten Eindruck auf mich gemacht, ihn hätte ich gern gespielt, nicht den Karl.

Von den Kameraden in der ›Klaus‹ war ich der einzige, der es gewagt hat, ins Theater zu gehn. Im übrigen aber haben wir Burschen in der ›Klaus‹ uns schon mit allen, ›aufgeklärten Büchern‹ gefüttert, damals las ich zum erstenmal Shakespeare, Schiller, Lord Byron. Von der jiddischen Literatur kamen mir allerdings nur die großen Kriminalromane in die Hand, die uns Amerika in einer halb deutschen, halb jiddischen Sprache lieferte.

Eine kurze Zeit verstrich, mir gab's keine Ruhe: ein jüdisches Theater in Warschau, und ich soll es nicht sehn? Und ich habe es riskiert, alles auf die Karte gesetzt und ich bin ins jüdische Theater gegangen.

Das hat mich ganz umgewandelt. Schon vor Beginn des Spiels habe ich mich ganz anders gefühlt als bei ›jenen‹. Vor allem keine Herren in Frack, keine Damen im Decolleté, kein Polnisch, kein Russisch, nur Juden aller Art, langgekleidete, kurzgekleidete, Frauen und Mädchen, bürgerlich angezogen. Und man sprach laut und ungeniert in der Muttersprache, ich bin niemandem aufgefallen mit meinem langen Kaftänchen und mußte mich gar nicht schämen.

Gespielt hat man ein komisches Drama mit Gesang und Tanz in sechs Akten und zehn Bildern: Bal-Tschuwe von Schumor. Angefangen hat man nicht so pünktlich um acht Uhr wie im polnischen Theater, sondern erst gegen zehn Uhr und geendet erst spät nach Mitternacht. Der Liebhaber und der Intrigant haben ›hochdeutsch‹ gesprochen und ich habe gestaunt, daß ich auf einmal – ohne von der deutschen Sprache eine Ahnung zu haben – so vortreffliches Deutsch so gut verstehen konnte. Nur der Komiker und die Soubrette haben jiddisch gesprochen.

Im allgemeinen hat es mir besser gefallen als die Oper, das dramatische Theater und die Operette zusammengenommen. Denn erstens war es doch jiddisch, deutsch-jiddisch zwar, aber doch jiddisch, ein besseres, schöneres Jiddisch, und zweitens war doch hier alles beisammen: Drama, Tragödie, Gesang, Komödie, Tanz, alles

beisammen, das Leben! Die ganze Nacht habe ich vor Aufregung nicht geschlafen, das Herz sagte mir, daß auch ich einst im Tempel der jüdischen Kunst dienen, daß ich ein jüdischer Schauspieler werden soll.
Nächsten Tag aber nachmittags schickte der Vater die Kinder ins Nebenzimmer, nur die Mutter und mich hieß er bleiben. Instinktiv fühlte ich, daß hier eine ›Kasche‹ für mich gekocht wird. Der Vater sitzt nicht mehr; immer nur geht er im Zimmer auf und ab; die Hand am kleinen schwarzen Bart spricht er, nicht zu mir, sondern nur zur Mutter: »Du sollst wissen: er wird von Tag zu Tag schlimmer, gestern hat man ihn im jüdischen Theater gesehn.« Die Mutter faltet erschrocken die Hände, der Vater, ganz bleich, geht fortwährend im Zimmer auf und ab, mir krampft sich das Herz, wie ein Verurteilter sitze ich, ich kann den Schmerz meiner treuen frommen Eltern nicht ansehn. Ich kann mich heute nicht mehr erinnern, was ich damals sagte, nur das weiß ich, daß nach einigen Minuten gedrückten Schweigens der Vater seine großen schwarzen Augen auf mich gerichtet und gesagt hat: »Mein Kind, gedenk, das wird dich weit, sehr weit führen« – und er hat recht gehabt.

Schließlich war nur noch einer außer mir im Wirtshaus geblieben. Der Wirt wollte schließen und bat mich zu zahlen. »Dort sitzt noch einer«, sagte ich mürrisch, weil ich einsah, daß es Zeit wäre zu gehn, aber keine Lust hatte, weg- oder überhaupt irgendwo hinzugehn. »Das ist die Schwierigkeit«, sagte der Wirt, »ich kann mich mit dem Mann nicht verständigen. Wollt Ihr mir helfen?« »Hallo«, rief ich zwischen den hohlen Händen durch, aber der Mann rührte sich nicht, sondern sah still wie bisher von der Seite in sein Bierglas.

Es war schon spät nachts, als ich am Tore läutete. Lange dauerte es, ehe, offenbar aus der Tiefe des Hofs, der Kastellan hervorkam und öffnete.

»Der Herr läßt bitten«, sagte der Diener, sich verbeugend und öffnete mit geräuschlosem Ruck die hohe Glastür. Der Graf in halb fliegendem Schritt eilte mir von seinem Schreibtisch, der beim offenen Fenster stand, entgegen. Wir sahen einander in die Augen, der starre Blick des Grafen befremdete mich.

Vor einer Mauer lag ich am Boden, wand mich vor Schmerz, wollte mich einwülen in die feuchte Erde. Der Jäger stand neben mir und drückte mir einen Fuß leicht ins Kreuz. »Ein kapitales Stück«, sagte er zum Treiber, der mir den Kragen und Rock durchschnitt, um mich zu befühlen. Meiner schon müde und nach neuen Taten begierig, rannten die Hunde sinnlos gegen die Mauer an. Der Kutschwagen kam, an Händen und Beinen gefesselt wurde ich neben den Herrn über den Rücksitz geworfen, so daß ich mit Kopf und Armen außerhalb des Wagens niederhing. Die Fahrt ging flott, verdurstend mit offenem Mund sog ich den hochgewirbelten Staub in mich, hie und da spürte ich den freudigen Griff des Herrn an meinen Waden.

Was trag ich auf meinen Schultern? Was für Gespenster umhängen mich?

Es war ein stürmischer Abend, ich sah den kleinen Geist aus dem Gebüsche kriechen.
Das Tor fiel zu, ich stand ihm Aug in Auge.

Es zersprang die Lampe, ein fremder Mann mit neuem Licht trat ein, ich erhob mich, meine Familie mit mir, wir grüßten, es wurde nicht beachtet.

Die Räuber hatten mich gefesselt und da lag ich nahe beim Feuer des Hauptmanns.

Öde Felder, öde Fläche, hinter Nebeln das bleiche Grün des Mondes.

Er verläßt das Haus, er findet sich auf der Straße, ein Pferd wartet, ein Diener hält den Bügel, der Ritt geht durch hallende Öde.

BRIEF AN DEN VATER *

Liebster Vater,
Du hast mich letzthin einmal gefragt, warum ich behaupte, ich hätte Furcht vor Dir. Ich wußte Dir, wie gewöhnlich, nichts zu antworten, zum Teil eben aus der Furcht, die ich vor Dir habe, zum Teil deshalb, weil zur Begründung dieser Furcht zu viele Einzelheiten gehören, als daß ich sie im Reden halbwegs zusammenhalten könnte. Und wenn ich hier versuche, Dir schriftlich zu antworten, so wird es doch nur sehr unvollständig sein, weil auch im Schreiben die Furcht und ihre Folgen mich Dir gegenüber behindern und weil die Größe des Stoffs über mein Gedächtnis und meinen Verstand weit hinausgeht.

Dir hat sich die Sache immer sehr einfach dargestellt, wenigstens soweit Du vor mir und, ohne Auswahl, vor vielen andern davon gesprochen hast. Es schien Dir etwa so zu sein: Du hast Dein ganzes Leben lang schwer gearbeitet, alles für Deine Kinder, vor allem für mich geopfert, ich habe infolgedessen »in Saus und Braus« gelebt, habe vollständige Freiheit gehabt zu lernen was ich wollte, habe keinen Anlaß zu Nahrungssorgen, also zu Sorgen überhaupt gehabt; Du hast dafür keine Dankbarkeit verlangt, Du kennst »die Dankbarkeit der Kinder«, aber doch wenigstens irgendein Entgegenkommen, Zeichen eines Mitgefühls; statt dessen habe ich mich seit jeher vor Dir verkrochen, in mein Zimmer, zu Büchern, zu verrückten Freunden, zu überspannten Ideen; offen gesprochen habe ich mit Dir niemals, in den Tempel bin ich nicht zu Dir gekommen, in Franzensbad habe ich Dich nie besucht, auch sonst nie Familiensinn gehabt, um das Geschäft und Deine sonstigen Angelegenheiten habe ich mich nicht gekümmert, die Fabrik habe ich Dir aufgehalst und Dich dann verlassen, Ottla habe ich in ihrem * Eigensinn unterstützt und während ich für Dich keinen Finger rühre (nicht einmal eine Theaterkarte bringe ich Dir), tue ich für Freunde alles. Faßt Du Dein Urteil über mich zusammen, so ergibt sich, daß Du mir zwar etwas geradezu Unanständiges oder Böses nicht vorwirfst (mit Ausnahme vielleicht meiner letzten Heiratsabsicht), aber Kälte, Fremdheit, Undankbarkeit. Und zwar wirfst Du es mir so vor, als wäre es meine Schuld, als hätte ich etwa mit einer Steuerdrehung das Ganze anders einrichten können, während Du nicht die geringste Schuld daran hast, es wäre denn die, daß Du zu gut zu mir gewesen bist.

Diese Deine übliche Darstellung halte ich nur so weit für richtig, daß auch ich glaube, Du seist gänzlich schuldlos an unserer Entfremdung. Aber ebenso gänzlich schuldlos bin auch ich. Könnte ich Dich dazu bringen, daß Du das anerkennst, dann wäre – nicht etwa ein neues Leben möglich, dazu sind wir beide viel zu alt, aber doch eine Art Friede, kein Aufhören, aber doch ein Mildern Deiner unaufhörlichen Vorwürfe.

Irgendeine Ahnung dessen, was ich sagen will, hast Du merkwürdigerweise. So hast Du mir zum Beispiel vor kurzem gesagt: »Ich habe Dich immer gern gehabt, wenn ich auch äußerlich nicht so zu Dir war wie andere Väter zu sein pflegen, eben deshalb weil ich mich nicht verstellen kann wie andere.« Nun habe ich, Vater, im ganzen niemals an Deiner Güte mir gegenüber gezweifelt, aber diese Bemerkung halte ich für unrichtig. Du kannst Dich nicht verstellen, das ist richtig, aber nur aus diesem Grunde behaupten wollen, daß die andern Väter sich verstellen, ist entweder bloße, nicht weiter diskutierbare Rechthaberei oder aber – und das ist es meiner Meinung nach wirklich – der verhüllte Ausdruck dafür, daß zwischen uns etwas nicht in Ordnung ist und daß Du es mitverursacht hast, aber ohne Schuld. Meinst Du das wirklich, dann sind wir einig.

Ich sage ja natürlich nicht, daß ich das, was ich bin, nur durch Deine Einwirkung geworden bin. Das wäre sehr übertrieben (und ich neige sogar zu dieser Übertreibung). Es ist sehr leicht möglich, daß ich, selbst wenn ich ganz frei von Deinem Einfluß aufgewachsen wäre, doch kein Mensch nach Deinem Herzen hätte werden können. Ich wäre wahrscheinlich doch ein schwächlicher, ängstlicher, zögernder, unruhiger Mensch geworden, weder Robert Kafka noch Karl Hermann, aber doch ganz anders, als ich wirklich bin, und wir hätten uns ausgezeichnet miteinander vertragen können. Ich wäre glücklich gewesen, Dich als Freund, als Chef, als Onkel, als Großvater, ja selbst (wenn auch schon zögernder) als Schwiegervater zu haben. Nur eben als Vater warst Du zu stark für mich, besonders da meine Brüder klein starben, die Schwestern erst lange nachher kamen, ich also den ersten Stoß ganz allein aushalten mußte, dazu war ich viel zu schwach.

Vergleich uns beide: ich, um es sehr abgekürzt auszudrücken, ein Löwy mit einem gewissen Kafkaschen Fond, der aber eben nicht durch den Kafkaschen Lebens-, Geschäfts-, Eroberungswillen in Bewegung gesetzt wird, sondern durch einen Löwy'schen Stachel, der geheimer, scheuer, in anderer Richtung wirkt und oft überhaupt aussetzt. Du dagegen ein wirklicher Kafka an Stärke, Gesundheit, Appetit, Stimmkraft, Redebegabung, Selbstzufriedenheit, Weltüberlegenheit, Ausdauer, Geistesgegenwart, Menschenkenntnis, einer gewissen Großzügigkeit, natürlich auch mit allen zu diesen Vorzügen gehörigen Fehlern und Schwächen, in welche Dich Dein Temperament und manchmal Dein Jähzorn hineinhetzen. Nicht ganzer Kafka bist Du vielleicht in Deiner allgemeinen Weltansicht, soweit ich Dich mit Onkel Philipp, Ludwig, Heinrich vergleichen kann. Das ist merkwürdig, ich sehe hier auch nicht ganz klar. Sie waren doch alle fröhlicher, frischer, ungezwungener, leichtlebiger, weniger streng als Du. (Darin habe ich übrigens viel von Dir geerbt und das Erbe viel zu gut verwaltet, ohne allerdings die nötigen Gegengewichte in meinem Wesen zu haben, wie Du sie hast.) Doch hast auch andererseits Du in dieser Hinsicht verschiedene Zeiten durchgemacht, warst vielleicht fröhlicher, ehe Dich Deine Kinder, besonders ich, enttäuschten und zu Hause bedrückten (kamen Fremde, warst Du ja anders) und bist auch jetzt vielleicht wieder fröhlicher geworden, da Dir die Enkel und der Schwiegersohn wieder etwas von jener Wärme geben, die Dir die Kinder, bis auf Valli vielleicht, nicht geben konnten. Jedenfalls waren wir so verschieden und in dieser Verschiedenheit einander so gefährlich, daß, wenn man es hätte etwa im voraus ausrechnen wollen, wie ich, das langsam sich entwikkelnde Kind, und Du, der fertige Mann, sich zueinander verhalten werden, man hätte annehmen können, daß Du mich einfach niederstampfen wirst, daß nichts von mir übrigbleibt. Das ist nun nicht geschehen, das Lebendige läßt sich nicht ausrechnen, aber vielleicht ist Ärgeres geschehen. Wobei ich Dich aber immerfort bitte, nicht zu vergessen, daß ich niemals im entferntesten an eine Schuld Deinerseits glaube. Du wirktest so auf mich, wie Du wirken mußtest, nur sollst Du aufhören, es für eine besondere Bosheit meinerseits zu halten, daß ich dieser Wirkung erlegen bin.

Ich war ein ängstliches Kind; trotzdem war ich gewiß auch störrisch, wie Kinder sind; gewiß verwöhnte mich die Mutter auch, aber ich kann nicht glauben, daß ich besonders schwer lenkbar war, ich kann nicht glauben, daß ein freundliches Wort, ein stilles Bei-der-Hand-Nehmen, ein guter Blick mir nicht alles hätten abfordern können, was man wollte. Nun bist Du ja im Grunde ein gütiger und weicher Mensch (das Folgende wird dem nicht widersprechen, ich rede ja nur von der Erscheinung, in der Du auf das Kind wirktest), aber nicht jedes Kind hat die Ausdauer und Unerschrockenheit, so lange zu suchen, bis es zu der Güte kommt. Du kannst ein Kind nur so behandeln, wie Du eben selbst geschaffen bist, mit Kraft, Lärm und Jähzorn, und in diesem Falle schien Dir das auch noch überdies deshalb sehr gut geeignet, weil Du einen kräftigen mutigen Jungen in mir aufziehen wolltest.

Deine Erziehungsmittel in den allerersten Jahren kann ich heute natürlich nicht unmittelbar beschreiben, aber ich kann sie mir etwa vorstellen durch Rückschluß aus den späteren Jahren und aus * Deiner Behandlung des Felix. Hiebei kommt verschärfend in Betracht, daß Du damals jünger, daher frischer, wilder, ursprünglicher, noch unbekümmerter warst als heute und daß Du außerdem ganz an das Geschäft gebunden warst, kaum einmal des Tages Dich mir zeigen konntest und deshalb einen um so tieferen Eindruck auf mich machtest, der sich kaum je zur Gewöhnung verflachte.

Direkt erinnere ich mich nur an einen Vorfall aus den ersten Jahren. Du erinnerst Dich vielleicht auch daran. Ich winselte einmal in der Nacht immerfort um Wasser, gewiß nicht aus Durst, sondern wahrscheinlich teils um zu ärgern, teils um mich zu unterhalten. Nachdem einige starke Drohungen nicht geholfen hatten, nahmst * Du mich aus dem Bett, trugst mich auf die Pawlatsche und ließest mich dort allein vor der geschlossenen Tür ein Weilchen im Hemd stehn. Ich will nicht sagen, daß das unrichtig war, vielleicht war damals die Nachtruhe auf andere Weise wirklich nicht zu verschaffen, ich will aber damit Deine Erziehungsmittel und ihre Wirkung auf mich charakterisieren. Ich war damals nachher wohl schon folgsam, aber ich hatte einen inneren Schaden davon. Das für mich Selbstverständliche des sinnlosen Ums-Wasser-Bittens und das außerordentlich Schreckliche des Hinausgetragenwerdens konnte ich meiner Natur nach niemals in die richtige Verbindung bringen. Noch nach Jahren litt ich unter der quälenden Vorstellung, daß der riesige Mann, mein Vater, die letzte Instanz, fast ohne Grund kommen und mich in der Nacht aus dem Bett auf die Pawlatsche tragen konnte und daß ich also ein solches Nichts für ihn war.

Das war damals ein kleiner Anfang nur, aber dieses mich oft beherrschende Gefühl der Nichtigkeit (ein in anderer Hinsicht allerdings auch edles und fruchtbares Gefühl) stammt vielfach von Deinem Einfluß. Ich hätte ein wenig Aufmunterung, ein wenig Freundlichkeit, ein wenig Offenhalten meines Wegs gebraucht, statt dessen verstelltest Du mir ihn, in der guten Absicht freilich, daß ich einen anderen Weg gehen sollte. Aber dazu taugte ich nicht. Du muntertest mich zum Beispiel auf, wenn ich gut salutierte und marschierte, aber ich war kein künftiger Soldat, oder Du muntertest mich auf, wenn ich kräftig essen oder sogar Bier dazu trinken konnte, oder wenn ich unverstandene Lieder nachsingen oder Deine Lieblingsredensarten Dir nachplappern konnte, aber nichts davon gehörte zu meiner Zukunft. Und es ist bezeichnend, daß Du selbst heute mich nur dann eigentlich in etwas aufmunterst, wenn Du selbst in Mitleidenschaft gezogen bist, wenn es sich um Dein Selbstgefühl handelt, das ich verletze (zum Beispiel durch meine Heiratsabsicht) oder das in mir verletzt wird (wenn zum Beispiel Pepa mich beschimpft). Dann werde ich aufgemuntert, an meinen Wert erinnert, auf die Partien hingewiesen, die ich zu machen berechtigt wäre und Pepa wird vollständig verurteilt. Aber abgesehen davon, daß ich für Aufmunterung in meinem jetzigen Alter schon fast unzugänglich bin, was würde sie mir auch helfen, wenn sie nur dann eintritt, wo es nicht in erster Reihe um mich geht.

Damals und damals überall hätte ich die Aufmunterung gebraucht. Ich war ja schon niedergedrückt durch Deine bloße Körperlichkeit. Ich erinnere mich zum Beispiel daran, wie wir uns öfters zusammen in einer Kabine auszogen. Ich mager, schwach, schmal, Du stark, groß, breit. Schon in der Kabine kam ich mir jämmerlich vor, und zwar nicht nur vor Dir, sondern vor der ganzen Welt, denn Du warst für mich das Maß aller Dinge. Traten wir dann aber aus der Kabine vor die Leute hinaus, ich an Deiner Hand, ein kleines Gerippe, unsicher, bloßfüßig auf den Planken, in Angst vor dem Wasser, unfähig Deine Schwimmbewegungen nachzumachen, die Du mir in guter Absicht, aber tatsächlich zu meiner tiefen Beschämung immerfort vormachtest, dann war ich sehr verzweifelt und alle meine schlimmen Erfahrungen auf allen Gebieten stimmten in solchen Augenblicken großartig zusammen. Am wohlsten war mir noch, wenn Du Dich manchmal zuerst auszogst und ich allein in der Kabine bleiben und die Schande des öffentlichen Auftretens so lange hinauszögern konnte, bis Du endlich nachschauen kamst und mich aus der Kabine triebst. Dankbar war ich Dir dafür, daß Du meine Not nicht zu bemerken schienest, auch war ich stolz auf den Körper meines Vaters. Übrigens besteht zwischen uns dieser Unterschied heute noch ähnlich.

Dem entsprach weiter Deine geistige Oberherrschaft. Du hattest Dich allein durch eigene Kraft so hoch hinaufgearbeitet, infolgedessen hattest Du unbeschränktes Vertrauen zu Deiner Meinung. Das war für mich als Kind nicht einmal so blendend wie später für den heranwachsenden jungen Menschen. In Deinem Lehnstuhl regiertest Du die Welt. Deine Meinung war richtig, jede andere war verrückt, überspannt, meschugge, nicht normal. Dabei war Dein Selbstvertrauen so groß, daß Du gar nicht konsequent sein mußtest und doch nicht aufhörtest recht zu haben. Es konnte auch vorkommen, daß Du in einer Sache gar keine Meinung hattest und infolgedessen alle Meinungen, die hinsichtlich der Sache überhaupt möglich waren, ohne Ausnahme falsch sein mußten. Du konntest zum Beispiel auf die Tschechen schimpfen, dann auf die Deutschen, dann auf die Juden, und zwar nicht nur in Auswahl, sondern in jeder Hinsicht, und schließlich blieb niemand mehr übrig außer Dir. Du bekamst für mich das Rätselhafte, das alle Tyrannen haben, deren Recht auf ihrer Person, nicht auf dem Denken begründet ist. Wenigstens schien es mir so.

Nun behieltest Du ja mir gegenüber tatsächlich erstaunlich oft recht, im Gespräch war das selbstverständlich, denn zum Gespräch kam es kaum, aber auch in Wirklichkeit. Doch war auch das nichts besonders Unbegreifliches: Ich stand ja in allem meinem Denken unter Deinem schweren Druck, auch in dem Denken, das nicht mit dem Deinen übereinstimmte und besonders in diesem. Alle diese von Dir scheinbar unabhängigen Gedanken waren von Anfang an belastet mit Deinem absprechenden Urteil; bis zur vollständigen und dauernden Ausführung des Gedankens das zu ertragen, war fast unmöglich. Ich rede hier nicht von irgendwelchen hohen Gedanken, sondern von jedem kleinen Un-

ternehmen der Kinderzeit. Man mußte nur über irgendeine Sache
glücklich sein, von ihr erfüllt sein, nach Hause kommen und es
aussprechen und die Antwort war ein ironisches Seufzen, ein
Kopfschütteln, ein Fingerklopfen auf den Tisch: »Hab auch schon
etwas Schöneres gesehn« oder »Mir gesagt Deine Sorgen« oder
»Ich hab keinen so geruhten Kopf« oder »Kauf Dir was dafür!«
oder »Auch ein Ereignis!« Natürlich konnte man nicht für jede
Kinderkleinigkeit Begeisterung von Dir verlangen, wenn Du in
Sorge und Plage lebtest. Darum handelte es sich auch nicht. Es
handelte sich vielmehr darum, daß Du solche Enttäuschungen
dem Kinde immer und grundsätzlich bereiten mußtest kraft Dei-
nes gegensätzlichen Wesens, weiter daß dieser Gegensatz durch
Anhäufung des Materials sich unaufhörlich verstärkte, so daß er
sich schließlich auch gewohnheitsmäßig geltend machte, wenn
Du einmal der gleichen Meinung warst wie ich und daß endlich
diese Enttäuschungen des Kindes nicht Enttäuschungen des ge-
wöhnlichen Lebens waren, sondern, da es ja um Deine für alles
maßgebende Person ging, im Kern trafen. Der Mut, die Ent-
schlossenheit, die Zuversicht, die Freude an dem und jenem hiel-
ten nicht bis zum Ende aus, wenn Du dagegen warst oder schon
wenn Deine Gegnerschaft bloß angenommen werden konnte;
und angenommen konnte sie wohl bei fast allem werden, was ich
tat.

Das bezog sich auf Gedanken so gut wie auf Menschen. Es genüg-
te, daß ich an einem Menschen ein wenig Interesse hatte – es ge-
schah ja infolge meines Wesens nicht sehr oft –, daß Du schon
ohne jede Rücksicht auf mein Gefühl und ohne Achtung vor mei-
nem Urteil mit Beschimpfung, Verleumdung, Entwürdigung
dreinfuhrst. Unschuldige, kindliche Menschen wie zum Beispiel
der jiddische Schauspieler Löwy mußten das büßen. Ohne ihn zu
kennen, verglichst Du ihn in einer schrecklichen Weise, die ich
schon vergessen habe, mit Ungeziefer, und wie so oft für Leute,
die mir lieb waren, hattest Du automatisch das Sprichwort von
den Hunden und Flöhen bei der Hand. An den Schauspieler erin- *
nere ich mich hier besonders, weil ich Deine Aussprüche über ihn
damals mir mit der Bemerkung notierte: »So spricht mein Vater
über meinen Freund (den er gar nicht kennt) nur deshalb, weil er
mein Freund ist. Das werde ich ihm immer entgegenhalten kön-
nen, wenn er mir Mangel an kindlicher Liebe und Dankbarkeit

vorwerfen wird.« Unverständlich war mir immer Deine vollständige Empfindungslosigkeit dafür, was für Leid und Schande Du mit Deinen Worten und Urteilen mir zufügen konntest, es war, als hättest Du keine Ahnung von Deiner Macht. Auch ich habe Dich sicher oft mit Worten gekränkt, aber dann wußte ich es immer, es schmerzte mich, aber ich konnte mich nicht beherrschen, das Wort nicht zurückhalten, ich bereute es schon, während ich es sagte. Du aber schlugst mit Deinen Worten ohneweiters los, niemand tat Dir leid, nicht währenddessen, nicht nachher, man war gegen Dich vollständig wehrlos.

Aber so war Deine ganze Erziehung. Du hast, glaube ich, ein Erziehungstalent; einem Menschen Deiner Art hättest Du durch Erziehung gewiß nützen können; er hätte die Vernünftigkeit dessen, was Du ihm sagtest, eingesehn, sich um nichts Weiteres gekümmert und die Sachen ruhig so ausgeführt. Für mich als Kind war aber alles, was Du mir zuriefst, geradezu Himmelsgebot, ich vergaß es nie, es blieb mir das wichtigste Mittel zur Beurteilung der Welt, vor allem zur Beurteilung Deiner selbst, und da versagtest Du vollständig. Da ich als Kind hauptsächlich beim Essen mit Dir beisammen war, war Dein Unterricht zum großen Teil Unterricht im richtigen Benehmen bei Tisch. Was auf den Tisch kam, mußte aufgegessen, über die Güte des Essens durfte nicht gesprochen werden – Du aber fandest das Essen oft ungenießbar; nanntest es »das Fressen«; das »Vieh« (die Köchin) hatte es verdorben. Weil Du entsprechend Deinem kräftigen Hunger und Deiner besonderen Vorliebe alles schnell, heiß und in großen Bissen gegessen hast, mußte sich das Kind beeilen, düstere Stille war bei Tisch, unterbrochen von Ermahnungen: »zuerst iß, dann sprich« oder »schneller, schneller, schneller« oder »siehst Du, ich habe schon längst aufgegessen«. Knochen durfte man nicht zerbeißen, Du ja. Essig durfte man nicht schlürfen, Du ja. Die Hauptsache war, daß man das Brot gerade schnitt; daß Du das aber mit einem von Sauce triefenden Messer tatest, war gleichgültig. Man mußte achtgeben, daß keine Speisereste auf den Boden fielen, unter Dir lag schließlich am meisten. Bei Tisch durfte man sich nur mit Essen beschäftigen, Du aber putztest und schnittest Dir die Nägel, spitztest Bleistifte, reinigtest mit dem Zahnstocher die Ohren. Bitte, Vater, verstehe mich recht, das wären an sich vollständig unbedeutende Einzelheiten gewesen, niederdrückend wurden sie für mich erst dadurch, daß Du, der für mich so ungeheuer maßgebende Mensch, Dich selbst an die Gebote nicht hieltest, die Du mir auferlegtest. Dadurch wurde die Welt für mich in drei Teile geteilt, in einen, wo ich, der Sklave, lebte, unter Gesetzen, die nur für mich erfunden waren und denen ich überdies, ich wußte nicht warum, niemals völlig entsprechen konnte, dann in eine zweite Welt, die unendlich von meiner entfernt war, in der Du lebtest, beschäftigt mit der Regierung, mit dem Ausgeben der Befehle und mit dem Ärger wegen deren Nichtbefolgung, und schließlich in eine dritte Welt, wo die übrigen Leute glücklich und frei von Befehlen und Gehorchen lebten. Ich war immerfort in Schande, entweder befolgte ich Deine Befehle, das war Schande, denn sie galten ja nur für mich; oder ich war trotzig, das war auch Schande, denn wie durfte ich Dir gegenüber trotzig sein, oder ich konnte nicht folgen, weil ich zum Beispiel nicht Deine Kraft, nicht Deinen Appetit, nicht Deine Geschicklichkeit hatte, trotzdem Du es als etwas Selbstverständliches von mir verlangtest; das war allerdings die größte Schande. In dieser Weise bewegten sich nicht die Überlegungen, aber das Gefühl des Kindes.

Meine damalige Lage wird vielleicht deutlicher, wenn ich sie mit der von Felix vergleiche. Auch ihn behandelst Du ja ähnlich, ja wendest sogar ein besonders fürchterliches Erziehungsmittel gegen ihn an, indem Du, wenn er beim Essen etwas Deiner Meinung nach Unreines macht, Dich nicht damit begnügst, wie damals zu mir zu sagen: »Du bist ein großes Schwein«, sondern noch hinzufügst: »ein echter Hermann« oder »genau, wie Dein Vater«. Nun schadet das aber vielleicht – mehr als »vielleicht« kann man nicht sagen – dem Felix wirklich nicht wesentlich, denn für ihn bist Du eben nur ein allerdings besonders bedeutender Großvater, aber doch nicht alles, wie Du es für mich gewesen bist, außerdem ist Felix ein ruhiger, schon jetzt gewissermaßen männlicher Charakter, der sich durch eine Donnerstimme vielleicht verblüffen, aber nicht für die Dauer bestimmen läßt, vor allem aber ist er doch nur verhältnismäßig selten mit Dir beisammen, steht ja auch unter anderen Einflüssen, Du bist ihm mehr etwas liebes Kurioses, aus dem er auswählen kann, was er sich nehmen will. Mir warst Du nichts Kurioses, ich konnte nicht auswählen, ich mußte alles nehmen.

Und zwar ohne etwas dagegen vorbringen zu können, denn es ist Dir von vornherein nicht möglich, ruhig über eine Sache zu sprechen, mit der Du nicht einverstanden bist oder die bloß nicht von Dir ausgeht; Dein herrisches Temperament läßt das nicht zu. In den letzten Jahren erklärst Du das durch Deine Herznervosität, ich wüßte nicht, daß Du jemals wesentlich anders gewesen bist, höchstens ist Dir die Herznervosität ein Mittel zur strengeren Ausübung der Herrschaft, da der Gedanke daran die letzte Widerrede im anderen ersticken muß. Das ist natürlich kein Vorwurf, nur Feststellung einer Tatsache. Etwa bei Ottla: »Man kann ja mit ihr gar nicht sprechen, sie springt einem gleich ins Gesicht«, pflegst Du zu sagen, aber in Wirklichkeit springt sie ursprünglich gar nicht; Du verwechselst die Sache mit der Person; die Sache springt Dir ins Gesicht, und Du entscheidest sie sofort ohne Anhören der Person; was nachher noch vorgebracht wird, kann Dich nur weiter reizen, niemals überzeugen. Dann hört man von Dir nur noch: »Mach, was Du willst; von mir aus bist Du frei; Du bist großjährig; ich habe Dir keine Ratschläge zu geben«, und alles das mit dem fürchterlichen heiseren Unterton des Zornes und der vollständigen Verurteilung, vor dem ich heute nur deshalb weniger zittere als in der Kinderzeit, weil das ausschließliche Schuldgefühl des Kindes zum Teil ersetzt ist durch den Einblick in unser beider Hilflosigkeit.

Die Unmöglichkeit des ruhigen Verkehrs hatte noch eine weitere eigentlich sehr natürliche Folge: ich verlernte das Reden. Ich wäre ja wohl auch sonst kein großer Redner geworden, aber die gewöhnlich fließende menschliche Sprache hätte ich doch beherrscht. Du hast mir aber schon früh das Wort verboten, Deine Drohung: »kein Wort der Widerrede!« und die dazu erhobene Hand begleiten mich schon seit jeher. Ich bekam vor Dir – Du bist, sobald es um Deine Dinge geht, ein ausgezeichneter Redner – eine stockende, stotternde Art des Sprechens, auch das war Dir noch zu viel, schließlich schwieg ich, zuerst vielleicht aus Trotz, dann, weil ich vor Dir weder denken noch reden konnte. Und weil Du mein eigentlicher Erzieher warst, wirkte das überall in meinem Leben nach. Es ist überhaupt ein merkwürdiger Irrtum, wenn Du glaubst, ich hätte mich Dir nie gefügt. »Immer alles contra« ist wirklich nicht mein Lebensgrundsatz Dir gegenüber gewesen, wie Du glaubst und mir vorwirfst. Im Gegenteil: hätte ich Dir weniger gefolgt, Du wärest sicher viel zufriedener mit mir. Vielmehr haben alle Deine Erziehungsmaßnahmen genau getroffen;

keinem Griff bin ich ausgewichen; so wie ich bin, bin ich (von den Grundlagen und der Einwirkung des Lebens natürlich abgesehen) das Ergebnis Deiner Erziehung und meiner Folgsamkeit. Daß dieses Ergebnis Dir trotzdem peinlich ist, ja daß Du Dich unbewußt weigerst, es als Dein Erziehungsergebnis anzuerkennen, liegt eben daran, daß Deine Hand und mein Material einander so fremd gewesen sind. Du sagtest: »Kein Wort der Widerrede!« und wolltest damit die Dir unangenehmen Gegenkräfte in mir zum Schweigen bringen, diese Einwirkung war aber für mich zu stark, ich war zu folgsam, ich verstummte gänzlich, verkroch mich vor Dir und wagte mich erst zu regen, wenn ich so weit von Dir entfernt war, daß Deine Macht, wenigstens direkt, nicht mehr hinreichte. Du aber standst davor, und alles schien Dir wieder »contra« zu sein, während es nur selbstverständliche Folge Deiner Stärke und meiner Schwäche war.

Deine äußerst wirkungsvollen, wenigstens mir gegenüber niemals versagenden rednerischen Mittel bei der Erziehung waren: Schimpfen, Drohen, Ironie, böses Lachen und – merkwürdigerweise – Selbstbeklagung.

Daß Du mich direkt und mit ausdrücklichen Schimpfwörtern beschimpft hättest, kann ich mich nicht erinnern. Es war auch nicht nötig, Du hattest so viele andere Mittel, auch flogen im Gespräch zu Hause und besonders im Geschäft die Schimpfwörter rings um mich in solchen Mengen auf andere nieder, daß ich als kleiner Junge manchmal davon fast betäubt war und keinen Grund hatte, sie nicht auch auf mich zu beziehen, denn die Leute, die Du beschimpftest, waren gewiß nicht schlechter als ich, und Du warst gewiß mit ihnen nicht unzufriedener als mit mir. Und auch hier war wieder Deine rätselhafte Unschuld und Unangreifbarkeit, Du schimpftest, ohne Dir irgendwelche Bedenken deshalb zu machen, ja Du verurteiltest das Schimpfen bei anderen und verbotest es.

Das Schimpfen verstärktest Du mit Drohen, und das galt nun auch schon mir. Schrecklich war mir zum Beispiel dieses: »ich zerreiße Dich wie einen Fisch«, trotzdem ich ja wußte, daß dem nichts Schlimmeres nachfolgte (als kleines Kind wußte ich das allerdings nicht), aber es entsprach fast meinen Vorstellungen von Deiner Macht, daß Du auch das imstande gewesen wärest. Schrecklich war es auch, wenn Du schreiend um den Tisch herumliefst, um einen zu fassen, offenbar gar nicht fassen wolltest, aber doch so tatest und die Mutter einen schließlich scheinbar rettete. Wieder hatte man einmal, so schien es dem Kind, das Leben durch Deine Gnade behalten und trug es als Dein unverdientes Geschenk weiter. Hierher gehören auch die Drohungen wegen der Folgen des Ungehorsams. Wenn ich etwas zu tun anfing, was Dir nicht gefiel, und Du drohtest mir mit dem Mißerfolg, so war die Ehrfurcht vor Deiner Meinung so groß, daß damit der Mißerfolg, wenn auch vielleicht erst für eine spätere Zeit, unaufhaltsam war. Ich verlor das Vertrauen zu eigenem Tun. Ich war unbeständig, zweifelhaft. Je älter ich wurde, desto größer war das Material, das Du mir zum Beweis meiner Wertlosigkeit entgegenhalten konntest; allmählich bekamst Du in gewisser Hinsicht wirklich recht. Wieder hüte ich mich zu behaupten, daß ich nur durch Dich so wurde; Du verstärktest nur, was war, aber Du verstärktest es sehr, weil Du eben mir gegenüber sehr mächtig warst und alle Macht dazu verwendetest.

Ein besonderes Vertrauen hattest Du zur Erziehung durch Ironie, sie entsprach auch am besten Deiner Überlegenheit über mich. Eine Ermahnung hatte bei Dir gewöhnlich diese Form: »Kannst Du das nicht so und so machen? Das ist Dir wohl schon zu viel? Dazu hast Du natürlich keine Zeit« und ähnlich. Dabei jede solche Frage begleitet von bösem Lachen und bösem Gesicht. Man wurde gewissermaßen schon bestraft, ehe man noch wußte, daß man etwas Schlechtes getan hatte. Aufreizend waren auch jene Zurechtweisungen, wo man als dritte Person behandelt, also nicht einmal des bösen Ansprechens gewürdigt wurde; wo Du also etwa formell zur Mutter sprachst, aber eigentlich zu mir, der dabei saß, zum Beispiel: »Das kann man vom Herrn Sohn natürlich nicht haben« und dergleichen. (Das bekam dann sein Gegenspiel darin, daß ich zum Beispiel nicht wagte und später aus Gewohnheit gar nicht mehr daran dachte, Dich direkt zu fragen, wenn die Mutter dabei war. Es war dem Kind viel ungefährlicher, die neben Dir sitzende Mutter nach Dir auszufragen, man fragte dann die Mutter: »Wie geht es dem Vater?« und sicherte sich so vor Überraschungen.) Es gab natürlich auch Fälle, wo man mit der ärgsten Ironie sehr einverstanden war, nämlich wenn sie einen anderen betraf, zum Beispiel die Elli, mit der ich jahrelang böse war. Es war für mich ein Fest der Bosheit und Schadenfreude, wenn es von ihr fast bei jedem Essen etwa hieß: »Zehn Meter weit vom Tisch muß sie sitzen, die breite Mad« und wenn Du dann böse auf Deinem Sessel, ohne die leiseste Spur von Freundlichkeit oder Laune, sondern als erbitterter Feind übertrieben ihr nachzumachen suchtest, wie äußerst widerlich für Deinen Geschmack sie dasaß. Wie oft hat sich das und ähnliches wiederholen müssen, wie wenig hast Du im Tatsächlichen dadurch erreicht. Ich glaube, es lag daran, daß der Aufwand von Zorn und Bösesein zur Sache selbst in keinem richtigen Verhältnis zu sein schien, man hatte nicht das Gefühl, daß der Zorn durch diese Kleinigkeit des Weit-vom-Tische-Sitzens erzeugt sei, sondern daß er in seiner ganzen Größe von vornherein vorhanden war und nur zufällig gerade diese Sache als Anlaß zum Losbrechen genommen habe. Da man überzeugt war, daß sich ein Anlaß jedenfalls finden würde, nahm man sich nicht besonders zusammen, auch stumpfte man unter der fortwährenden Drohung ab; daß man nicht geprügelt wurde, dessen war man ja allmählich fast sicher. Man wurde ein mürrisches, unaufmerkames, ungehorsames Kind, immer auf eine Flucht, meist eine innere, bedacht. So littest Du, so litten wir. Du hattest von Deinem Standpunkt ganz recht, wenn Du mit zusammengebissenen Zähnen und dem gurgelnden Lachen, welches dem Kind zum erstenmal höllische Vorstellungen vermittelt hatte, bitter zu sagen pflegtest (wie erst letzthin wegen eines Konstantinopler Briefes): »Das ist eine Gesellschaft!«

Ganz unverträglich mit dieser Stellung zu Deinen Kindern schien es zu sein, wenn Du, was ja sehr oft geschah, öffentlich Dich beklagtest. Ich gestehe, daß ich als Kind (später wohl) dafür gar kein Gefühl hatte und nicht verstand, wie Du überhaupt erwarten konntest, Mitgefühl zu finden. Du warst so riesenhaft in jeder Hinsicht; was konnte Dir an unserem Mitleid liegen oder gar an unserer Hilfe? Die mußtest Du doch eigentlich verachten, wie uns selbst so oft. Ich glaubte daher den Klagen nicht und suchte irgendeine geheime Absicht hinter ihnen. Erst später begriff ich, daß Du wirklich durch die Kinder sehr littest, damals aber, wo die Klagen noch unter anderen Umständen einen kindlichen, offenen, bedenkenlosen, zu jeder Hilfe bereiten Sinn hätten antreffen können, mußten sie mir wieder nur überdeutliche Erziehungs- und Demütigungsmittel sein, als solche an sich nicht sehr stark, aber mit der schädlichen Nebenwirkung, daß das Kind sich gewöhnte, gerade Dinge nicht sehr ernst zu nehmen, die es ernst hätte nehmen sollen.

Es gab glücklicherweise davon allerdings auch Ausnahmen, meistens wenn Du schweigend littest und Liebe und Güte mit ihrer Kraft alles Entgegenstehende überwand und unmittelbar ergriff. Selten war das allerdings, aber es war wunderbar. Etwa wenn ich Dich früher in heißen Sommern mittags nach dem Essen im Geschäft müde ein wenig schlafen sah, den Ellbogen auf dem Pult, oder wenn Du sonntags abgehetzt zu uns in die Sommerfrische kamst; oder wenn Du bei einer schweren Krankheit der Mutter zitternd vom Weinen Dich am Bücherkasten festhieltest; oder wenn Du während meiner letzten Krankheit leise zu mir in Ottlas Zimmer kamst, auf der Schwelle bliebst, nur den Hals strecktest, um mich im Bett zu sehn, und aus Rücksicht nur mit der Hand grüßtest. Zu solchen Zeiten legte man sich hin und weinte vor Glück und weint jetzt wieder, während man es schreibt.

Du hast auch eine besonders schöne, sehr selten zu sehende Art eines stillen, zufriedenen, gutheißenden Lächelns, das den, dem es gilt, ganz glücklich machen kann. Ich kann mich nicht erinnern, daß es in meiner Kindheit ausdrücklich mir zuteil geworden wäre, aber es dürfte wohl geschehen sein, denn warum solltest Du es mir damals verweigert haben, da ich Dir noch unschuldig schien und Deine große Hoffnung war. Übrigens haben auch solche freundliche Eindrücke auf die Dauer nichts anderes erzielt, als mein Schuldbewußtsein vergrößert und die Welt mir noch unverständlicher gemacht.

Lieber hielt ich mich ans Tatsächliche und Fortwährende. Um mich Dir gegenüber nur ein wenig zu behaupten, zum Teil auch aus einer Art Rache, fing ich bald an, kleine Lächerlichkeiten, die ich an Dir bemerkte, zu beobachten, zu sammeln, zu übertreiben. Wie Du zum Beispiel leicht Dich von meist nur scheinbar höherstehenden Personen blenden ließest und davon immerfort erzählen konntest, etwa von irgendeinem kaiserlichen Rat oder dergleichen (andererseits tat mir etwas Derartiges auch weh, daß Du, mein Vater, solche nichtige Bestätigungen Deines Wertes zu brauchen glaubtest und mit ihnen großtatest). Oder ich beobachtete Deine Vorliebe für unanständige, möglichst laut herausgebrachte Redensarten, über die Du lachtest, als hättest Du etwas besonders Vortreffliches gesagt, während es eben nur eine platte, kleine Unanständigkeit war (gleichzeitig war es allerdings auch wieder eine mich beschämende Äußerung Deiner Lebenskraft). Solcher verschiedener Beobachtungen gab es natürlich eine Menge; ich war glücklich über sie, es gab für mich Anlaß zu Getuschel und Spaß, Du bemerktest es manchmal, ärgertest Dich darüber, hieltest es für Bosheit, Respektlosigkeit, aber glaube mir, es war nichts anderes für mich als ein übrigens untaugliches Mittel zur Selbsterhaltung, es waren Scherze, wie man sie über Götter und Könige verbreitet, Scherze, die mit dem tiefsten Respekt nicht nur sich verbinden lassen, sondern sogar zu ihm gehören.

Auch Du hast übrigens, entsprechend Deiner ähnlichen Lage mir gegenüber, eine Art Gegenwehr versucht. Du pflegtest darauf hinzuweisen, wie übertrieben gut es mir ging und wie gut ich eigentlich behandelt worden bin. Das ist richtig, ich glaube aber nicht, daß es mir unter den einmal vorhandenen Umständen im wesentlichen genützt hat.

Es ist wahr, daß die Mutter grenzenlos gut zu mir war, aber alles das stand für mich in Beziehung zu Dir, also in keiner guten Beziehung. Die Mutter hatte unbewußt die Rolle eines Treibers in der Jagd. Wenn schon Deine Erziehung in irgendeinem unwahrscheinlichen Fall mich durch Erzeugung von Trotz, Abneigung oder gar Haß auf eigene Füße hätte stellen können, so glich das die Mutter durch Gutsein, durch vernünftige Rede (sie war im Wirrwarr der Kindheit das Urbild der Vernunft), durch Fürbitte wieder aus, und ich war wieder in Deinen Kreis zurückgetrieben, aus dem ich sonst vielleicht, Dir und mir zum Vorteil, ausgebrochen wäre. Oder es war so, daß es zu keiner eigentlichen Versöhnung kam, daß die Mutter mich vor Dir bloß im Geheimen schützte, mir im Geheimen etwas gab, etwas erlaubte, dann war ich wieder vor Dir das lichtscheue Wesen, der Betrüger, der Schuldbewußte, der wegen seiner Nichtigkeit selbst zu dem, was er für sein Recht hielt, nur auf Schleichwegen kommen konnte. Natürlich gewöhnte ich mich dann, auf diesen Wegen auch das zu suchen, worauf ich, selbst meiner Meinung nach, kein Recht hatte. Das war wieder Vergrößerung des Schuldbewußtseins.

Es ist auch wahr, daß Du mich kaum einmal wirklich geschlagen hast. Aber das Schreien, das Rotwerden Deines Gesichts, das eilige Losmachen der Hosenträger, ihr Bereitliegen auf der Stuhllehne, war für mich fast ärger. Es ist, wie wenn einer gehängt werden soll. Wird er wirklich gehenkt, dann ist er tot und es ist alles vorüber. Wenn er aber alle Vorbereitungen zum Gehenktwerden miterleben muß und erst wenn ihm die Schlinge vor dem Gesicht hängt, von seiner Begnadigung erfährt, so kann er sein Leben lang daran zu leiden haben. Überdies sammelte sich aus diesen vielen Malen, wo ich Deiner deutlich gezeigten Meinung nach Prügel verdient hätte, ihnen aber aus Deiner Gnade noch knapp entgangen war, wieder nur ein großes Schuldbewußtsein an. Von allen Seiten her kam ich in Deine Schuld.

Seit jeher machtest Du mir zum Vorwurf (und zwar mir allein oder vor anderen, für das Demütigende des letzteren hattest Du kein Gefühl, die Angelegenheiten Deiner Kinder waren immer öffentliche), daß ich dank Deiner Arbeit ohne alle Entbehrungen in Ruhe, Wärme, Fülle lebte. Ich denke da an Bemerkungen, die in meinem Gehirn förmlich Furchen gezogen haben müssen, wie: »Schon mit sieben Jahren mußte ich mit dem Karren durch die Dörfer fahren.« »Wir mußten alle in einer Stube schlafen.« »Wir waren glücklich, wenn wir Erdäpfel hatten.« »Jahrelang hatte ich wegen ungenügender Winterkleidung offene Wunden an den Beinen.« »Als kleiner Junge mußte ich schon nach Pisek ins Geschäft.« »Von zu Hause bekam ich gar nichts, nicht einmal beim Militär, ich schickte noch Geld nach Hause.« »Aber trotzdem, trotzdem – der Vater war mir immer der Vater. Wer weiß das heute! Was wissen die Kinder! Das hat niemand gelitten! Versteht das heute ein Kind?« Solche Erzählungen hätten unter anderen Verhältnissen ein ausgezeichnetes Erziehungsmittel sein können, sie hätten zum Überstehen der gleichen Plagen und Entbehrungen, die der Vater durchgemacht hatte, aufmuntern und kräftigen können. Aber das wolltest Du doch gar nicht, die Lage war ja eben durch das Ergebnis Deiner Mühe eine andere geworden, Gelegenheit, sich in der Weise auszuzeichnen, wie Du es getan hattest, gab es nicht. Eine solche Gelgenheit hätte man erst durch Gewalt und Umsturz schaffen müssen, man hätte von zu Hause ausbrechen müssen (vorausgesetzt, daß man die Entschlußfähigkeit und Kraft dazu gehabt hätte und die Mutter nicht ihrerseits mit anderen Mitteln dagegen gearbeitet hätte). Aber das alles wolltest Du doch gar nicht, das bezeichnetest Du als Undankbarkeit, Überspanntheit, Ungehorsam, Verrat, Verrücktheit. Während Du also von einer Seite durch Beispiel, Erzählung und Beschämung dazu locktest, verbotest Du es auf der anderen Seite allerstrengstens. Sonst hättest Du zum Beispiel, von den Nebenumständen abgesehen, von Ottlas Zürauer Abenteuer eigentlich entzückt sein müssen. * Sie wollte auf das Land, von dem Du gekommen warst, sie wollte Arbeit und Entbehrungen haben, wie Du sie gehabt hattest, sie wollte nicht Deine Arbeitserfolge genießen, wie auch Du von Deinem Vater unabhängig gewesen bist. Waren das so schreckliche Absichten? So fern Deinem Beispiel und Deiner Lehre? Gut, die Absichten Ottlas mißlangen schließlich im Ergebnis, wurden vielleicht etwas lächerlich, mit zuviel Lärm ausgeführt, sie nahm nicht genug Rücksicht auf ihre Eltern. War das aber ausschließlich ihre Schuld, nicht auch die Schuld der Verhältnisse und vor allem dessen, daß Du ihr so entfremdet warst? War sie Dir etwa (wie Du Dir später selbst einreden wolltest) im Geschäft weniger entfremdet, als nachher in Zürau? Und hättest Du nicht ganz gewiß die Macht gehabt (vorausgesetzt, daß Du Dich dazu hättest überwinden können), durch Aufmunterung, Rat und Aufsicht, vielleicht sogar nur durch Duldung aus diesem Abenteuer etwas sehr Gutes zu machen?

Anschließend an solche Erfahrungen pflegtest Du in bitterem Scherz zu sagen, daß es uns zu gut ging. Aber dieser Scherz ist in gewissem Sinn keiner. Das, was Du Dir erkämpfen mußtest, bekamen wir aus Deiner Hand, aber den Kampf um das äußere Leben, der Dir sofort zugänglich war und der natürlich auch uns nicht erspart bleibt, den müssen wir uns erst spät, mit Kinderkraft im Mannesalter erkämpfen. Ich sage nicht, daß unsere Lage deshalb unbedingt ungünstiger ist als es Deine war, sie ist jener vielmehr wahrscheinlich gleichwertig – (wobei allerdings die Grundanlagen nicht verglichen sind), nur darin sind wir im Nachteil, daß wir mit unserer Not uns nicht rühmen und niemanden mit ihr demütigen können, wie Du es mit Deiner Not getan hast. Ich leugne auch nicht, daß es möglich gewesen wäre, daß ich die Früchte Deiner großen und erfolgreichen Arbeit wirklich richtig hätte genießen, verwerten und mit ihnen zu Deiner Freude hätte weiterarbeiten können, dem aber stand eben unsere Entfremdung entgegen. Ich konnte, was Du gabst, genießen, aber nur in Beschämung, Müdigkeit, Schwäche, Schuldbewußtsein. Deshalb konnte ich Dir für alles nur bettlerhaft dankbar sein, durch die Tat nicht.

Das nächste äußere Ergebnis dieser ganzen Erziehung war, daß ich alles floh, was nur von der Ferne an Dich erinnerte. Zuerst das Geschäft. An und für sich besonders in der Kinderzeit, solange es ein Gassengeschäft war, hätte es mich sehr freuen müssen, es war so lebendig, abends beleuchtet, man sah, man hörte viel, konnte hie und da helfen, sich auszeichnen, vor allem aber Dich bewundern in Deinen großartigen kaufmännischen Talenten, wie Du verkauftest, Leute behandeltest, Späße machtest, unermüdlich warst, in Zweifelsfällen sofort die Entscheidung wußtest und so weiter; noch wie Du einpacktest oder eine Kiste aufmachtest, war ein sehenswertes Schauspiel und das Ganze alles in allem gewiß nicht die schlechteste Kinderschule. Aber da Du allmählich von allen Seiten mich erschrecktest und Geschäft und Du sich mir deckten, war mir auch das Geschäft nicht mehr behaglich. Dinge, die mir dort zuerst selbstverständlich gewesen waren, quälten, beschämten mich, besonders Deine Behandlung des Personals. Ich weiß nicht, vielleicht ist sie in den meisten Geschäften so gewesen (in der Assecurazioni Generali, zum Beispiel, war sie zu meiner Zeit wirklich ähnlich, ich erklärte dort dem Direktor, nicht ganz wahrheitsgemäß, aber auch nicht ganz erlogen, meine Kündigung damit, daß ich das Schimpfen, das übrigens mich direkt gar nicht betroffen hatte, nicht ertragen könne; ich war darin zu schmerzhaft empfindlich schon von Hause her), aber die anderen Geschäfte kümmerten mich in der Kinderzeit nicht. Dich aber hörte und sah ich im Geschäft schreien, schimpfen und wüten, wie es meiner damaligen Meinung nach in der ganzen Welt nicht wieder vorkam. Und nicht nur schimpfen, auch sonstige Tyrannei. Wie Du zum Beispiel Waren, die Du mit anderen nicht verwechselt haben wolltest, mit einem Ruck vom Pult hinunterwarfst – nur die Besinnungslosigkeit Deines Zorns entschuldigte Dich ein wenig – und der Kommis sie aufheben mußte. Oder Deine ständige Redensart hinsichtlich eines lungenkranken Kommis: »Er soll krepieren, der kranke Hund.« Du nanntest die Angestellten »bezahlte Feinde«, das waren sie auch, aber noch ehe sie es geworden waren, schienst Du mir ihr »zahlender Feind« zu sein. Dort bekam ich auch die große Lehre, daß Du ungerecht sein konntest; an mir selbst hätte ich es nicht so bald bemerkt, da hatte sich ja zuviel Schuldgefühl angesammelt, das Dir recht gab; aber dort waren nach meiner, später natürlich ein wenig, aber nicht allzusehr korrigierten Kindermeinung fremde Leute, die doch für uns arbeiteten und dafür in fortwährender Angst vor Dir leben mußten. Natürlich übertrieb ich da, und zwar deshalb, weil ich ohne weiteres annahm, Du wirktest auf die Leute ebenso schrecklich wie auf mich. Wenn das so gewesen wäre, hätten sie wirklich nicht leben können; da sie aber erwachsene Leute mit meist ausgezeichneten Nerven waren, schüttelten sie das Schimpfen ohne Mühe von sich ab und es schadete Dir schließlich viel mehr als ihnen. Mir aber machte es das Geschäft unleidlich, es erinnerte mich allzusehr an mein Verhältnis zu Dir: Du warst, ganz abgesehen vom Unternehmerinteresse und abgesehen von Deiner Herrschsucht schon als Geschäftsmann allen, die jemals bei Dir gelernt haben, so sehr überlegen, daß Dich keine ihrer Leistungen befriedigen konnte, ähnlich ewig unbefriedigt mußtest Du auch von mir sein. Deshalb gehörte ich notwendig zur Partei des Personals, übrigens auch deshalb, weil ich schon aus Ängstlichkeit nicht begriff, wie man einen Fremden so beschimpfen konnte, und darum aus Ängstlichkeit das meiner Meinung nach fürchterlich aufgebrachte Personal irgendwie mit Dir, mit unserer Familie schon um meiner eigenen Sicherheit willen aussöhnen wollte. Dazu genügte nicht mehr gewöhnliches, anständiges Benehmen gegenüber dem Personal, nicht einmal mehr bescheidenes Benehmen, vielmehr mußte ich demütig sein, nicht nur zuerst grüßen, sondern womöglich auch noch den Gegengruß abwehren. Und hätte ich, die unbedeutende Person, ihnen unten die Füße geleckt, es wäre noch immer kein Ausgleich dafür gewesen, wie Du, der Herr, oben auf sie loshacktest. Dieses Verhältnis, in das ich hier zu Mitmenschen trat, wirkte über das Geschäft hinaus und in die Zukunft weiter (etwas Ähnliches, aber nicht so gefährlich und tiefgreifend wie bei mir, ist zum Beispiel auch Ottlas Vorliebe für den Verkehr mit armen Leuten, das Dich so ärgernde Zusammensitzen mit den Dienstmädchen und dergleichen). Schließlich fürchtete ich mich fast vor dem Geschäft, und jedenfalls war es schon längst nicht mehr meine Sache, ehe ich noch ins Gymnasium kam und dadurch noch weiter davon fortgeführt wurde. Auch schien es mir für meine Fähigkeiten ganz unerschwinglich, da es, wie Du sagtest, selbst die Deinigen verbrauchte. Du suchtest dann (für mich ist das heute rührend und beschämend) aus meiner Dich doch sehr schmerzenden Abneigung gegen das Geschäft, gegen Dein Werk, doch noch ein wenig Süßigkeit für Dich zu ziehen, indem Du behauptetest, mir fehle der

Geschäftssinn, ich habe höhere Ideen im Kopf und dergleichen. Die Mutter freute sich natürlich über diese Erklärung, die Du Dir abzwangst, und auch ich in meiner Eitelkeit und Not ließ mich davon beeinflussen. Wären es aber wirklich nur oder hauptsächlich die »höheren Ideen« gewesen, die mich vom Geschäft (das ich jetzt, aber erst jetzt, ehrlich und tatsächlich hasse) abbrachten, sie hätten sich anders äußern müssen, als daß sie mich ruhig und ängstlich durchs Gymnasium und durch das Jusstudium schwimmen ließen, bis ich beim Beamtenschreibtisch endgültig landete.

Wollte ich vor Dir fliehn, mußte ich auch vor der Familie fliehn, selbst vor der Mutter. Man konnte bei ihr zwar immer Schutz finden, doch nur in Beziehung zu Dir. Zu sehr liebte sie Dich und war Dir zu sehr treu ergeben, als daß sie in dem Kampf des Kindes eine selbständige geistige Macht für die Dauer hätte sein können. Ein richtiger Instinkt des Kindes übrigens, denn die Mutter wurde Dir mit den Jahren immer noch enger verbunden; während sie immer, was sie selbst betraf, ihre Selbständigkeit in kleinsten Grenzen schön und zart und ohne Dich jemals wesentlich zu kränken, bewahrte, nahm sie doch mit den Jahren immer vollständiger, mehr im Gefühl als im Verstand, Deine Urteile und Verurteilungen hinsichtlich der Kinder blindlings über, besonders in dem allerdings schweren Fall der Ottla. Freilich muß man immer im Gedächtnis behalten, wie quälend und bis zum letzten aufreibend die Stellung der Mutter in der Familie war. Sie hat sich im Geschäft, im Haushalt geplagt, alle Krankheiten der Familie doppelt mitgelitten, aber die Krönung alles dessen war das, was sie in ihrer Zwischenstellung zwischen uns und Dir gelitten hat. Du bist immer liebend und rücksichtsvoll zu ihr gewesen, aber in dieser Hinsicht hast Du sie ganz genau so wenig geschont, wie wir sie geschont haben. Rücksichtslos haben wir auf sie eingehämmert, Du von Deiner Seite, wir von unserer. Es war eine Ablenkung, man dachte an nichts Böses, man dachte nur an den Kampf, den Du mit uns, den wir mit Dir führten, und auf der Mutter tobten wir uns aus. Es war auch kein guter Beitrag zur Kindererziehung, wie Du sie – ohne jede Schuld Deinerseits natürlich – unseretwegen quältest. Es rechtfertigte sogar scheinbar unser sonst nicht zu rechtfertigendes Benehmen ihr gegenüber. Was hat sie von uns Deinetwegen und von Dir unseretwegen gelitten, ganz ungerechnet jene

Fälle, wo Du recht hattest, weil sie uns verzog, wenn auch selbst dieses ›Verziehn‹ manchmal nur eine stille, unbewußte Gegendemonstration gegen Dein System gewesen sein mag. Natürlich hätte die Mutter das alles nicht ertragen können, wenn sie nicht aus der Liebe zu uns allen und aus dem Glück dieser Liebe die Kraft zum Ertragen genommen hätte.

Die Schwestern gingen nur zum Teil mit mir. Am glücklichsten in ihrer Stellung zu Dir war Valli. Am nächsten der Mutter stehend, fügte sie sich Dir auch ähnlich, ohne viel Mühe und Schaden. Du nahmst sie aber auch, eben in Erinnerung an die Mutter, freundlicher hin, trotzdem wenig Kafka'sches Material in ihr war. Aber vielleicht war Dir gerade das recht; wo nichts Kafka'sches war, konntest selbst Du nichts Derartiges verlangen; Du hattest auch nicht, wie bei uns andern, das Gefühl, daß hier etwas verlorenging, das mit Gewalt gerettet werden müßte. Übrigens magst Du das Kafka'sche, soweit es sich in Frauen geäußert hat, niemals besonders geliebt haben. Das Verhältnis Vallis zu Dir wäre sogar vielleicht noch freundlicher geworden, wenn wir anderen es nicht ein wenig gestört hätten.

Die Elli ist das einzige Beispiel für das fast vollständige Gelingen eines Durchbruches aus Deinem Kreis. Von ihr hätte ich es in ihrer Kindheit am wenigsten erwartet. Sie war doch ein so schwerfälliges, müdes, furchtsames, verdrossenes, schuldbewußtes, überdemütiges, boshaftes, faules, genäschiges, geiziges Kind, ich konnte sie kaum ansehn, gar nicht ansprechen, so sehr erinnerte sie mich an mich selbst, so sehr ähnlich stand sie unter dem gleichen Bann der Erziehung. Besonders ihr Geiz war mir abscheulich, da ich ihn womöglich noch stärker hatte. Geiz ist ja eines der verläßlichsten Anzeichen tiefen Unglücklichseins; ich war so unsicher aller Dinge, daß ich tatsächlich nur das besaß, was ich schon in den Händen oder im Mund hielt oder was wenigstens auf dem Wege dorthin war, und gerade das nahm sie, die in ähnlicher Lage war, mir am liebsten fort. Aber das alles änderte sich, als sie in jungen Jahren – das ist das Wichtigste – von zu Hause wegging, heiratete, Kinder bekam, sie wurde fröhlich, unbekümmert, mutig, freigebig, uneigennützig, hoffnungsvoll. Fast unglaublich ist es, wie Du eigentlich diese Veränderung gar nicht bemerkt und jedenfalls nicht nach Verdienst bewertet hast, so geblendet bist Du von dem Groll, den Du gegen Elli seit jeher hattest und im Grunde unverändert hast, nur daß dieser Groll jetzt viel weniger aktuell geworden ist, da Elli nicht mehr bei uns wohnt und außerdem Deine Liebe zu Felix und die Zuneigung zu Karl ihn unwichtiger * gemacht haben. Nur Gerti muß ihn manchmal noch entgelten. Von Ottla wage ich kaum zu schreiben; ich weiß, ich setze damit die ganze erhoffte Wirkung des Briefes aufs Spiel. Unter gewöhnlichen Umständen, also wenn sie nicht etwa in besondere Not oder Gefahr käme, hast Du für sie nur Haß; Du hast mir ja selbst zugestanden, daß sie Deiner Meinung nach mit Absicht Dir immerfort Leid und Ärger macht, und während Du ihretwegen leidest, ist sie befriedigt und freut sich. Also eine Art Teufel. Was für eine ungeheure Entfremdung, noch größer als zwischen Dir und mir, muß zwischen Dir und ihr eingetreten sein, damit eine so ungeheure Verkennung möglich wird. Sie ist so weit von Dir, daß Du sie kaum mehr siehst, sondern ein Gespenst an die Stelle setzt, wo Du sie vermutest. Ich gebe zu, daß Du es mit ihr besonders schwer hattest. Ich durchschaue ja den sehr komplizierten Fall nicht ganz, aber jedenfalls war hier etwas wie eine Art Löwy, ausgestattet mit den besten Kafka'schen Waffen. Zwischen uns war es kein eigentlicher Kampf; ich war bald erledigt; was übrigblieb war Flucht, Verbitterung, Trauer, innerer Kampf. Ihr zwei waret aber immer in Kampfstellung, immer frisch, immer bei Kräften. Ein ebenso großartiger wie trostloser Anblick. Zu allererst seid ihr Euch ja gewiß sehr nahe gewesen, denn noch heute ist von uns vier Ottla vielleicht die reinste Darstellung der Ehe zwischen Dir und der Mutter und der Kräfte, die sich da verbanden. Ich weiß nicht, was Euch um das Glück der Eintracht zwischen Vater und Kind gebracht hat, es liegt mir nur nahe zu glauben, daß die Entwicklung ähnlich war wie bei mir. Auf Deiner Seite die Tyrannei Deines Wesens, auf ihrer Seite Löwyscher Trotz, Empfindlichkeit, Gerechtigkeitsgefühl, Unruhe, und alles das gestützt durch das Bewußtsein Kafka'scher Kraft. Wohl habe auch ich sie beeinflußt, aber kaum aus eigenem Antrieb, sondern durch die bloße Tatsache meines Daseins. Übrigens kam sie doch als letzte in schon fertige Machtverhältnisse hinein und konnte sich aus dem vielen bereitliegenden Material ihr Urteil selbst bilden. Ich kann mir sogar denken, daß sie in ihrem Wesen eine Zeitlang geschwankt hat, ob sie sich Dir an die Brust werfen soll oder den Gegnern, offenbar hast Du damals etwas versäumt und sie zurückgestoßen, Ihr wäret aber, wenn es eben möglich gewesen wäre, ein prachtvolles Paar an Eintracht geworden. Ich hätte dadurch zwar einen Verbündeten verloren, aber der Anblick von Euch beiden hätte mich reich entschädigt, auch wärest ja Du durch das unabsehbare Glück, wenigstens in einem Kind volle Befriedigung zu finden, sehr zu meinen Gunsten verwandelt worden. Das alles ist heute allerdings nur ein Traum. Ottla hat keine Verbindung mit dem Vater, muß ihren Weg allein suchen, wie ich, und um das Mehr an Zuversicht, Selbstvertrauen, Gesundheit, Bedenkenlosigkeit, das sie im Vergleich mit mir hat, ist sie in Deinen Augen böser und verräterischer als ich. Ich verstehe das; von Dir aus gesehen kann sie nicht anders sein. Ja sie selbst ist imstande, mit Deinen Augen sich anzusehn, Dein Leid mitzufühlen und darüber – nicht verzweifelt zu sein, Verzweiflung ist meine Sache – aber sehr traurig zu sein. Du siehst uns zwar, in scheinbarem Widerspruch hiezu, oft beisammen, wir flüstern, lachen, hie und da hörst Du Dich erwähnen. Du hast den Eindruck von frechen Verschwörern. Merkwürdige Verschwörer. Du bist allerdings ein Hauptthema unserer Gespräche wie unseres Denkens seit jeher, aber wahrhaftig nicht, um etwas gegen Dich auszudenken, sitzen wir beisammen, sondern um mit aller Anstrengung, mit Spaß, mit Ernst, mit Liebe, Trotz, Zorn, Widerwille, Ergebung, Schuldbewußtsein, mit allen Kräften des Kopfes und Herzens diesen schrecklichen Prozeß, der zwischen uns und Dir schwebt, in allen Einzelheiten, von allen Seiten, bei allen Anlässen, von fern und nah gemeinsam durchzusprechen, diesen Prozeß, in dem Du immerfort Richter zu sein behauptest, während Du, wenigstens zum größten Teil (hier lasse ich die Tür allen Irrtümern offen, die mir natürlich begegnen können) ebenso schwache und verblendete Partei bist wie wir.

Ein im Zusammenhang des Ganzen lehrreiches Beispiel Deiner erzieherischen Wirkung war Irma. Einerseits war sie doch eine Fremde, kam schon erwachsen in Dein Geschäft, hatte mit Dir hauptsächlich als ihrem Chef zu tun, war also nur zum Teil und in einem schon widerstandsfähigen Alter Deinem Einfluß ausgesetzt; andererseits aber war sie doch auch eine Blutsverwandte, verehrte in Dir den Bruder ihres Vaters, und Du hattest über sie viel mehr als die bloße Macht eines Chefs. Und trotzdem ist sie, die in ihrem schwachen Körper so tüchtig, klug, fleißig, bescheiden, vertrauenswürdig, uneigennützig, treu war, die Dich als Onkel liebte und als Chef bewunderte, die in anderen Posten vorher und nachher sich bewährte, Dir keine sehr gute Beamtin gewesen. Sie war eben, natürlich auch von uns hingedrängt, Dir gegenüber nahe der Kinderstellung, und so groß war noch ihr gegenüber die umbiegende Macht Deines Wesens, daß sich bei ihr (allerdings nur Dir gegenüber und, hoffentlich, ohne das tiefere Leid des Kindes) Vergeßlichkeit, Nachlässigkeit, Galgenhumor, vielleicht sogar ein wenig Trotz, soweit sie dessen überhaupt fähig war, entwickelten, wobei ich gar nicht in Rechnung stelle, daß sie kränklich gewesen ist, auch sonst nicht sehr glücklich war und eine trostlose Häuslichkeit auf ihr lastete. Das für mich Beziehungsreiche Deines Verhältnisses zu ihr hast Du in einem für uns klassisch gewordenen, fast gotteslästerlichen, aber gerade für die Unschuld in Deiner Menschenbehandlung sehr beweisenden Satz zusammengefaßt: »Die Gottselige hat mir viel Schweinerei hinterlassen.«

Ich könnte noch weitere Kreise Deines Einflusses und des Kampfes gegen ihn beschreiben, doch käme ich hier schon ins Unsichere und müßte konstruieren, außerdem wirst Du ja, je weiter Du von Geschäft und Familie Dich entfernst, seit jeher desto freundlicher, nachgiebiger, höflicher, rücksichtsvoller, teilnehmender (ich meine: auch äußerlich) ebenso wie ja zum Beispiel auch ein Selbstherrscher, wenn er einmal außerhalb der Grenzen seines Landes ist, keinen Grund hat, noch immer tyrannisch zu sein, und sich gutmütig auch mit den niedrigsten Leuten einlassen kann. Tatsächlich standest Du zum Beispiel auf den Gruppenbildern aus Franzensbad immer so groß und fröhlich zwischen den kleinen mürrischen Leuten, wie ein König auf Reisen. Davon hätten allerdings auch die Kinder ihren Vorteil haben können, nur hätten sie schon, was unmöglich war, in der Kinderzeit fähig sein müssen, das zu erkennen, und ich zum Beispiel hätte nicht immerfort gewissermaßen im innersten, strengsten, zuschnürenden Ring Deines Einflusses wohnen dürfen, wie ich es ja wirklich getan habe.

Ich verlor dadurch nicht nur den Familiensinn, wie Du sagst, im Gegenteil, eher hatte ich noch Sinn für die Familie, allerdings hauptsächlich negativ für die (natürlich nie zu beendigende) innere Ablösung von Dir. Die Beziehungen zu den Menschen außerhalb der Familie litten aber durch Deinen Einfluß womöglich noch mehr. Du bist durchaus im Irrtum, wenn Du glaubst, für die anderen Menschen tue ich aus Liebe und Treue alles, für Dich und die

Familie aus Kälte und Verrat nichts. Ich wiederhole zum zehntenmal: ich wäre wahrscheinlich auch sonst ein menschenscheuer, ängstlicher Mensch geworden, aber von da ist noch ein langer, dunkler Weg dorthin, wohin ich wirklich gekommen bin. (Bisher habe ich in diesem Brief verhältnismäßig weniges absichtlich verschwiegen, jetzt und später werde ich aber einiges verschweigen müssen, was – vor Dir und mir – einzugestehen, mir noch zu schwer ist. Ich sage das deshalb, damit Du, wenn das Gesamtbild hie und da etwas undeutlich werden sollte, nicht glaubst, daß Mangel an Beweisen daran schuld ist, es sind vielmehr Beweise da, die das Bild unerträglich kraß machen könnten. Es ist nicht leicht, darin eine Mitte zu finden.) Hier genügt es übrigens, an Früheres zu erinnern: Ich hatte vor Dir das Selbstvertrauen verloren, dafür ein grenzenloses Schuldbewußtsein eingetauscht. (In Erinnerung an diese Grenzenlosigkeit schrieb ich von jemandem einmal richtig: »Er fürchtet, die Scham werde ihn noch überleben.«) Ich konnte mich nicht plötzlich verwandeln, wenn ich mit anderen Menschen zusammenkam, ich kam vielmehr ihnen gegenüber noch in tieferes Schuldbewußtsein, denn ich mußte ja, wie ich schon sagte, das an ihnen gutmachen, was Du unter meiner Mitverantwortung im Geschäft an ihnen verschuldet hattest. Außerdem hattest Du ja gegen jeden, mit dem ich verkehrte, offen oder im Geheimen etwas einzuwenden, auch das mußte ich ihm abbitten. Das Mißtrauen, das Du mir in Geschäft und Familie gegen die meisten Menschen beizubringen suchtest (nenne mir einen in der Kinderzeit irgendwie für mich bedeutenden Menschen, den Du nicht wenigstens einmal bis in den Grund hinunterkritisiert hättest) und das Dich merkwürdigerweise gar nicht besonders beschwerte (Du warst eben stark genug es zu ertragen, außerdem war es in Wirklichkeit vielleicht nur ein Emblem des Herrschers) – dieses Mißtrauen, das sich mir Kleinem für die eigenen Augen nirgends bestätigte, da ich überall nur unerreichbar ausgezeichnete Menschen sah, wurde in mir zu Mißtrauen zu mir selbst und zur fortwährenden Angst vor allem andern. Dort konnte ich mich also im allgemeinen vor Dir gewiß nicht retten. Daß Du Dich darüber täuschtest, lag vielleicht daran, daß Du ja von meinem Menschenverkehr eigentlich gar nichts erfuhrst, und mißtrauisch und eifersüchtig (leugne ich denn, daß Du mich lieb hast?) annahmst, daß ich mich für den Entgang an Familienleben anderswo entschädigen müsse, da es doch unmöglich wäre, daß ich draußen ebenso lebe. Übrigens hatte ich in dieser Hinsicht gerade in meiner Kinderzeit noch einen gewissen Trost eben im Mißtrauen zu meinem Urteil; ich sagte mir: »Du übertreibst doch, fühlst, wie das die Jugend immer tut, Kleinigkeiten zu sehr als große Ausnahmen.« Diesen Trost habe ich aber später bei steigender Weltübersicht fast verloren.

Ebensowenig Rettung vor Dir fand ich im Judentum. Hier wäre ja an sich Rettung denkbar gewesen, aber noch mehr, es wäre denkbar gewesen, daß wir uns beide im Judentum gefunden hätten oder daß wir gar von dort einig ausgegangen wären. Aber was war das für Judentum, das ich von Dir bekam! Ich habe im Laufe der Jahre etwa auf dreierlei Art mich dazu gestellt.

Als Kind machte ich mir, in Übereinstimmung mit Dir, Vorwürfe deshalb, weil ich nicht genügend in den Tempel ging, nicht fastete und so weiter. Ich glaubte nicht mir, sondern Dir ein Unrecht damit zu tun und Schuldbewußtsein, das ja immer bereit war, durchlief mich.

Später, als junger Mensch, verstand ich nicht, wie Du mit dem Nichts von Judentum, über das Du verfügtest, mir Vorwürfe deshalb machen konntest, daß ich (schon aus Pietät, wie Du Dich ausdrücktest) nicht ein ähnliches Nichts auszuführen mich anstrenge. Es war ja wirklich, soweit ich sehen konnte, ein Nichts, ein Spaß, nicht einmal ein Spaß. Du gingst an vier Tagen im Jahr in den Tempel, warst dort den Gleichgültigen zumindest näher als jenen, die es ernst nahmen, erledigtest geduldig die Gebete als Formalität, setztest mich manchmal dadurch in Erstaunen, daß Du mir im Gebetbuch die Stelle zeigen konntest, die gerade rezitiert wurde, im übrigen durfte ich, wenn ich nur (das war die Hauptsache) im Tempel war, mich herumdrücken, wo ich wollte. Ich durchgähnte und durchduselte also dort die vielen Stunden (so gelangweilt habe ich mich später, glaube ich, nur noch in der Tanzstunde) und suchte mich möglichst an den paar kleinen Abwechslungen zu freuen, die es dort gab, etwa wenn die Bundeslade aufgemacht wurde, was mich immer an die Schießbuden erinnerte, wo auch, wenn man in ein Schwarzes traf, eine Kastentür sich aufmachte, nur daß dort aber immer etwas Interessantes herauskam und hier nur immer wieder die alten Puppen ohne Köpfe. Übrigens habe ich dort auch viel Furcht gehabt, nicht nur, wie selbstverständlich, vor den vielen Leuten, mit denen man in nähere Berührung kam, sondern auch deshalb, weil Du einmal nebenbei erwähntest, daß auch ich zur Thora aufgerufen werden könne. Davor zitterte ich jahrelang. Sonst aber wurde ich in meiner Langweile nicht wesentlich gestört, höchstens durch die Barmizwe, die aber nur lächerliches Auswendiglernen verlangte, also nur zu einer lächerlichen Prüfungsleistung führte, und dann, was Dich betrifft, durch kleine, wenig bedeutende Vorfälle, etwa wenn Du zur Thora gerufen wurdest und dieses für mein Gefühl ausschließlich gesellschaftliche Ereignis gut überstandest oder wenn Du bei der Seelengedächtnisfeier im Tempel bliebst und ich weggeschickt wurde, was mir durch lange Zeit, offenbar wegen des Weggeschicktwerdens und mangels jeder tieferen Teilnahme, das kaum bewußt werdende Gefühl hervorrief, daß es sich hier um etwas Unanständiges handle. – So war es im Tempel, zu Hause war es womöglich noch ärmlicher und beschränkte sich auf den ersten Sederabend, der immer mehr zu einer Komödie mit Lachkrämpfen wurde, allerdings unter dem Einfluß der größer werdenden Kinder. (Warum mußtest Du Dich diesem Einfluß fügen? Weil Du ihn hervorgerufen hast.) Das war also das Glaubensmaterial, das mir überliefert wurde, dazu kam höchstens noch die ausgestreckte Hand, die auf »die Söhne des Millionärs Fuchs« hinwies, die an hohen Feiertagen mit ihrem Vater im Tempel waren. Wie man mit diesem Material etwas Besseres tun könnte, als es möglichst schnell loszuwerden, verstand ich nicht; gerade dieses Loswerden schien mir die pietätvollste Handlung zu sein.

Noch später sah ich es aber doch wieder anders an und begriff, warum Du glauben durftest, daß ich Dich auch in dieser Hinsicht böswillig verrate. Du hattest aus der kleinen ghettoartigen Dorfgemeinde wirklich noch etwas Judentum mitgebracht, es war nicht viel und verlor sich noch ein wenig in der Stadt und beim Militär, immerhin reichten noch die Eindrücke und Erinnerungen der Jugend knapp zu einer Art jüdischen Lebens aus, besonders da Du ja nicht viel derartige Hilfe brauchtest, sondern von einem sehr kräftigen Stamm warst und für Deine Person von religiösen Bedenken, wenn sie nicht mit gesellschaftlichen Bedenken sich sehr mischten, kaum erschüttert werden konntest. Im Grund bestand der Dein Leben führende Glaube darin, daß Du an die unbedingte Richtigkeit der Meinungen einer bestimmten jüdischen

Gesellschaftsklasse glaubtest und eigentlich also, da diese Meinungen zu Deinem Wesen gehörten, Dir selbst glaubtest. Auch darin lag noch genug Judentum, aber zum Weiter-überliefertwerden war es gegenüber dem Kind zu wenig, es vertropfte zur Gänze, während Du es weitergabst. Zum Teil waren es unüberlieferbare Jugendeindrücke, zum Teil Dein gefürchtetes Wesen. Es war auch unmöglich, einem vor lauter Ängstlichkeit überscharf beobachtenden Kind begreiflich zu machen, daß die paar Nichtigkeiten, die Du im Namen des Judentums mit einer ihrer Nichtigkeit entsprechenden Gleichgültigkeit ausführtest, einen höheren Sinn haben konnten. Für Dich hatten sie Sinn als kleine Andenken aus früheren Zeiten, und deshalb wolltest Du sie mir vermitteln, konntest dies aber, da sie ja auch für Dich keinen Selbstwert mehr hatten, nur durch Überredung oder Drohung tun; das konnte einerseits nicht gelingen und mußte andererseits Dich, da Du Deine schwache Position hier gar nicht erkanntest, sehr zornig gegen mich wegen meiner scheinbaren Verstocktheit machen.

Das Ganze ist ja keine vereinzelte Erscheinung, ähnlich verhielt es sich bei einem großen Teil dieser jüdischen Übergangsgeneration, welche vom verhältnismäßig noch frommen Land in die Städte auswanderte; das ergab sich von selbst, nur fügte es eben unserem Verhältnis, das ja an Schärfen keinen Mangel hatte, noch eine genug schmerzliche hinzu. Dagegen sollst Du zwar auch in diesem Punkt, ebenso wie ich, an Deine Schuldlosigkeit glauben, diese Schuldlosigkeit aber durch Dein Wesen und durch die Zeitverhältnisse erklären, nicht aber bloß durch die äußeren Umstände, also nicht etwa sagen, Du hättest zu viel andere Arbeit und Sorgen gehabt, als daß Du Dich auch noch mit solchen Dingen hättest abgeben können. Auf diese Weise pflegst Du aus Deiner zweifellosen Schuldlosigkeit einen ungerechten Vorwurf gegen andere zu drehen. Das ist dann überall und auch hier sehr leicht zu widerlegen. Es hätte sich doch nicht etwa um irgendeinen Unterricht gehandelt, den Du Deinen Kindern hättest geben sollen, sondern um ein beispielhaftes Leben; wäre Dein Judentum stärker gewesen, wäre auch Dein Beispiel zwingender gewesen, das ist ja selbstverständlich und wieder gar kein Vorwurf, sondern nur eine Abwehr Deiner Vorwürfe. Du hast letzthin Franklins Jugenderinnerungen gelesen. Ich habe sie Dir wirklich absichtlich zum Lesen gegeben, aber nicht, wie Du ironisch bemerktest, wegen einer kleinen Stelle über Vegetarianismus, sondern wegen des Verhältnisses zwischen dem Verfasser und seinem Vater, wie es dort beschrieben ist, und des Verhältnisses zwischen dem Verfasser und seinem Sohn, wie es sich von selbst in diesen für den Sohn geschriebenen Erinnerungen ausdrückt. Ich will hier nicht Einzelheiten hervorheben.

Eine gewisse nachträgliche Bestätigung dieser Auffassung von Deinem Judentum bekam ich auch durch Dein Verhalten in den letzten Jahren, als es Dir schien, daß ich mich mit jüdischen Dingen mehr beschäftige. Da Du von vornherein gegen jede meiner Beschäftigungen und besonders gegen die Art meiner Interessennahme eine Abneigung hast, so hattest Du sie auch hier. Aber darüber hinaus hätte man doch erwarten können, daß Du hier eine kleine Ausnahme machst. Es war doch Judentum von Deinem Judentum, das sich hier regte, und damit also auch die Möglichkeit der Anknüpfung neuer Beziehungen zwischen uns. Ich leugne nicht, daß mir diese Dinge, wenn Du für sie Interesse gezeigt hättest, gerade dadurch hätten verdächtig werden können. Es fällt mir ja nicht ein, behaupten zu wollen, daß ich in dieser Hinsicht irgendwie besser bin als Du. Aber zu der Probe darauf kam es gar nicht. Durch meine Vermittlung wurde Dir das Judentum abscheulich, jüdische Schriften unlesbar, sie ›ekelten Dich an‹. – Das konnte bedeuten, daß Du darauf bestandest, nur gerade das Judentum, wie Du es mir in meiner Kinderzeit gezeigt hattest, sei das einzig Richtige, darüber hinaus gebe es nichts. Aber daß Du darauf bestehen solltest, war doch kaum denkbar. Dann aber konnte der ›Ekel‹ (abgesehen davon, daß er sich zunächst nicht gegen das Judentum, sondern gegen meine Person richtete) nur bedeuten, daß Du unbewußt die Schwäche Deines Judentums und meiner jüdischen Erziehung anerkanntest, auf keine Weise daran erinnert werden wolltest und auf alle Erinnerungen mit offenem Hasse antwortest. Übrigens war Deine negative Hochschätzung meines neuen Judentums sehr übertrieben; erstens trug es ja Deinen Fluch in sich und zweitens war für seine Entwicklung das grundsätzliche Verhältnis zu den Mitmenschen entscheidend, in meinem Fall also tödlich.

Richtiger trafst Du mit Deiner Abneigung mein Schreiben und was, Dir unbekannt, damit zusammenhing. Hier war ich tatsächlich ein Stück selbständig von Dir weggekommen, wenn es auch ein wenig an den Wurm erinnerte, der, hinten von einem Fuß niedergetreten, sich mit dem Vorderteil losreißt und zur Seite schleppt. Einigermaßen in Sicherheit war ich, es gab ein Aufatmen; die Abneigung, die Du natürlich auch gleich gegen mein Schreiben hattest, war mir hier ausnahmsweise willkommen. Meine Eitelkeit, mein Ehrgeiz litten zwar unter Deiner für uns berühmt gewordenen Begrüßung meiner Bücher: »Legs auf den Nachttisch!« (meistens spieltest Du ja Karten, wenn ein Buch kam), aber im Grunde war mir dabei doch wohl, nicht nur aus aufbegehrender Bosheit, nicht nur aus Freude über eine neue Bestätigung meiner Auffassung unseres Verhältnisses, sondern ganz ursprünglich, weil jene Formel mir klang wie etwa: »Jetzt bist Du frei!« Natürlich war es eine Täuschung, ich war nicht oder allergünstigsten Falles noch nicht frei. Mein Schreiben handelte von Dir, ich klagte dort ja nur, was ich an Deiner Brust nicht klagen konnte. Es war ein absichtlich in die Länge gezogener Abschied von Dir, nur daß er zwar von Dir erzwungen war, aber in der von mir bestimmten Richtung verlief. Aber wie wenig war das alles! Es ist ja überhaupt nur deshalb der Rede wert, weil es sich in meinem Leben ereignet hat, anderswo wäre es gar nicht zu merken, und dann noch deshalb, weil es mir in der Kindheit als Ahnung, später als Hoffnung, noch später oft als Verzweiflung mein Leben beherrschte und mir – wenn man will, doch wieder in Deiner Gestalt – meine paar kleinen Entscheidungen diktierte.

Zum Beispiel die Berufswahl. Gewiß, Du gabst mir hier völlige Freiheit in Deiner großzügigen und in diesem Sinn sogar geduldigen Art. Allerdings folgtest Du hiebei auch der für Dich maßgebenden allgemeinen Söhnebehandlung des jüdischen Mittelstandes oder zumindest den Werturteilen dieses Standes. Schließlich wirkte hiebei auch eines Deiner Mißverständnisse hinsichtlich meiner Person mit. Du hältst mich nämlich seit jeher aus Vaterstolz, aus Unkenntnis meines eigentlichen Daseins, aus Rückschlüssen aus meiner Schwächlichkeit für besonders fleißig. Als Kind habe ich Deiner Meinung nach immerfort gelernt und später immerfort geschrieben. Das stimmt nun nicht im entferntesten. Eher kann man mit viel weniger Übertreibung sagen, daß ich wenig gelernt und nichts erlernt habe; daß etwas in den vielen Jahren bei einem mittleren Gedächtnis, bei nicht allerschlechtester Auffassungskraft hängengeblieben ist, ist ja nicht sehr merkwürdig, aber jedenfalls ist das Gesamtergebnis an Wissen, und besonders an Fundierung des Wissens, äußerst kläglich im Vergleich zu dem Aufwand an Zeit und Geld inmitten eines äußerlich sorglosen, ruhigen Lebens, besonders auch im Vergleich zu fast allen Leuten, die ich kenne. Es ist kläglich, aber für mich verständlich. Ich hatte, seitdem ich denken kann, solche tiefste Sorgen der geistigen Existenzbehauptung, daß mir alles andere gleichgültig war. Jüdische Gymnasiasten bei uns sind leicht merkwürdig, man findet da das Unwahrscheinlichste, aber meine kalte, kaum verhüllte, unzerstörbare, kindlich hilflose, bis ins Lächerliche gehende, tierisch selbstzufriedene Gleichgültigkeit eines für sich genug, aber kalt phantastischen Kindes habe ich sonst nirgends wieder gefunden, allerdings war sie hier auch der einzige Schutz gegen die Nervenzerstörung durch Angst und Schuldbewußtsein. Mich beschäftigte nur die Sorge um mich, diese aber in verschiedenster Weise. Etwa als Sorge um meine Gesundheit; es fing leicht an, hier und dort ergab sich eine kleine Befürchtung wegen der Verdauung, des Haarausfalls, einer Rückgratsverkrümmung und so weiter, das steigerte sich in unzählbaren Abstufungen, schließlich endete es mit einer wirklichen Krankheit. Aber da ich keines Dinges sicher war, von jedem Augenblick eine neue Bestätigung meines Daseins brauchte, nichts in meinem eigentlichen, unzweifelhaften, alleinigen, nur durch mich eindeutig bestimmten Besitz war, in Wahrheit ein enterbter Sohn, wurde mir natürlich auch das Nächste, der eigene Körper unsicher; ich wuchs lang in die Höhe, wußte damit aber nichts anzufangen, die Last war zu schwer, der Rücken wurde krumm; ich wagte mich kaum zu bewegen oder gar zu turnen, ich blieb schwach; staunte alles, worüber ich noch verfügte, als Wunder an, etwa meine gute Verdauung; das genügte, um sie zu verlieren, und damit war der Weg zu aller Hypochondrie frei, bis dann unter der übermenschlichen Anstrengung des Heiraten-Wollens (darüber spreche ich noch) das Blut aus der Lunge kam, woran ja die Wohnung im Schönbornpalais – die ich aber nur deshalb brauchte, weil ich sie für mein Schreiben zu brauchen glaubte, so daß auch das auf dieses Blatt gehört – genug Anteil haben kann. Also das alles stammte nicht von übergroßer Arbeit, wie Du Dir es immer vorstellst. Es gab Jahre, in denen ich bei voller Gesundheit mehr Zeit auf dem Kanapee verfaulenzt habe, als Du in Deinem ganzen Leben, alle Krankheiten eingerechnet. Wenn ich höchstbeschäftigt von Dir fortlief, war es meist, um mich in mei-

nem Zimmer hinzulegen. Meine Gesamtarbeitsleistung sowohl im Büro (wo allerdings Faulheit nicht sehr auffällt und überdies durch meine Ängstlichkeit in Grenzen gehalten war) als auch zu Hause ist winzig; hättest Du darüber einen Überblick, würde es Dich entsetzen. Wahrscheinlich bin ich in meiner Anlage gar nicht faul, aber es gab für mich nichts zu tun. Dort, wo ich lebte, war ich verworfen, abgeurteilt, niedergekämpft, und anderswohin mich zu flüchten strengte mich zwar äußerst an, aber das war keine Arbeit, denn es handelte sich um Unmögliches, das für meine Kräfte bis auf kleine Ausnahmen unerreichbar war.
In diesem Zustand bekam ich also die Freiheit der Berufswahl. War ich aber überhaupt noch fähig, eine solche Freiheit eigentlich zu gebrauchen? Traute ich mir es denn noch zu, einen wirklichen Beruf erreichen zu können? Meine Selbstbewertung war von Dir viel abhängiger als von irgend etwas sonst, etwa von einem äußeren Erfolg. Der war die Stärkung eines Augenblicks, sonst nichts, aber auf der anderen Seite zog Dein Gewicht immer viel stärker hinunter. Niemals würde ich durch die erste Volksschulklasse kommen, dachte ich, aber es gelang, ich bekam sogar eine Prämie; aber die Aufnahmeprüfung ins Gymnasium würde ich gewiß nicht bestehn, aber es gelang; aber nun falle ich in der ersten Gymnasialklasse bestimmt durch, nein, ich fiel nicht durch und es gelang immer weiter und weiter. Daraus ergab sich aber keine Zuversicht, im Gegenteil, immer war ich überzeugt – und in Deiner abweisenden Miene hatte ich förmlich den Beweis dafür – daß, je mehr mir gelingt, desto schlimmer es schließlich wird ausgehn müssen. Oft sah ich im Geist die schreckliche Versammlung der Professoren (das Gymnasium ist nur das einheitlichste Beispiel, überall um mich war es aber ähnlich), wie sie, wenn ich die Prima überstanden hatte, also in der Sekunda, wenn ich diese überstanden hatte, also in der Tertia und so weiter zusammenkommen würden, um diesen einzigartigen, himmelschreienden Fall zu untersuchen, wie es mir, dem Unfähigsten und jedenfalls Unwissendsten gelungen war, mich bis hinauf in diese Klasse zu schleichen, die mich, da nun die allgemeine Aufmerksamkeit auf mich gelenkt war, natürlich sofort ausspeien würde, zum Jubel aller von diesem Alpdruck befreiten Gerechten. – Mit solchen Vorstellungen zu leben ist für ein Kind nicht leicht. Was kümmerte mich unter diesen Umständen der Unterricht. Wer war imstande, aus mir

einen Funken von Anteilnahme herauszuschlagen? Mich interessierte der Unterricht – und nicht nur der Unterricht, sondern alles ringsherum in diesem entscheidenden Alter – etwa so wie einen Bankdefraudanten, der noch in Stellung ist und vor der Entdekkung zittert, das kleine laufende Bankgeschäft interessiert, das er noch immer als Beamter zu erledigen hat. So klein, so fern war alles neben der Hauptsache. Es ging dann weiter bis zur Matura, durch die ich wirklich schon zum Teil nur durch Schwindel kam, und dann stockte es, jetzt war ich frei. Hatte ich schon trotz dem Zwang des Gymnasiums mich nur um mich gekümmert, wie erst jetzt, da ich frei war. Also eigentliche Freiheit der Berufswahl gab es für mich nicht, ich wußte: alles wird mir gegenüber der Hauptsache genauso gleichgültig sein, wie alle Lehrgegenstände im Gymnasium, es handelt sich also darum, einen Beruf zu finden, der mir, ohne meine Eitelkeit allzusehr zu verletzen, diese Gleichgültigkeit am ehesten erlaubt. Also war Jus das Selbstverständliche. Kleine gegenteilige Versuche der Eitelkeit, der unsinnigen Hoffnung, wie vierzehntägiges Chemiestudium, halbjähriges Deutschstudium, verstärkten nur jene Grundüberzeugung. Ich studierte also Jus. Das bedeutete, daß ich mich in den paar Monaten vor den Prüfungen unter reichlicher Mitnahme der Nerven geistig förmlich von Holzmehl nährte, das mir überdies schon von Tausenden Mäulern vorgekaut war. Aber in gewissem Sinn schmeckte mir das gerade, wie in gewissem Sinn früher auch das Gymnasium und später der Beamtenberuf, denn das alles entsprach vollkommen meiner Lage. Jedenfalls zeigte ich hier erstaunliche Voraussicht, schon als kleines Kind hatte ich hinsichtlich der Studien und des Berufes genug klare Vorahnungen. Von hier aus erwartete ich keine Rettung, hier hatte ich schon längst verzichtet.

Gar keine Voraussicht zeigte ich aber hinsichtlich der Bedeutung und Möglichkeit einer Ehe für mich; dieser bisher größte Schrekken meines Lebens ist fast vollständig unerwartet über mich gekommen. Das Kind hatte sich so langsam entwickelt, diese Dinge lagen ihm äußerlich gar zu abseits; hie und da ergab sich die Notwendigkeit, daran zu denken; daß sich hier aber eine dauernde, entscheidende und sogar die erbitterteste Prüfung vorbereite, war nicht zu erkennen. In Wirklichkeit aber wurden die Heiratsversuche der großartigste und hoffnungsreichste Rettungsversuch,

entsprechend großartig war dann allerdings auch das Mißlingen.
Ich fürchte, weil mir in dieser Gegend alles mißlingt, daß es mir auch nicht gelingen wird, Dir diese Heiratsversuche verständlich zu machen. Und doch hängt das Gelingen des ganzen Briefes davon ab, denn in diesen Versuchen war einerseits alles versammelt, was ich an positiven Kräften zur Verfügung hatte, andererseits sammelten sich hier auch geradezu mit Wut alle negativen Kräfte, die ich als Mitergebnis Deiner Erziehung beschrieben habe, also die Schwäche, der Mangel an Selbstvertrauen, das Schuldbewußtsein, und zogen förmlich einen Kordon zwischen mir und der Heirat. Die Erklärung wird mir auch deshalb schwer werden, weil ich hier alles in so vielen Tagen und Nächten immer wieder durchdacht und durchgraben habe, daß selbst mich jetzt der Anblick schon verwirrt. Erleichtert wird mir die Erklärung nur durch Dein meiner Meinung nach vollständiges Mißverstehn der Sache; ein so vollständiges Mißverstehn ein wenig zu verbessern, scheint nicht übermäßig schwer.
Zunächst stellst Du das Mißlingen der Heiraten in die Reihe meiner sonstigen Mißerfolge; dagegen hätte ich an sich nichts, vorausgesetzt, daß Du meine bisherige Erklärung des Mißerfolgs annimmst. Es steht tatsächlich in dieser Reihe, nur die Bedeutung der Sache unterschätzt Du und unterschätztst sie derartig, daß wir, wenn wir miteinander davon reden, eigentlich von ganz Verschiedenem sprechen. Ich wage zu sagen, daß Dir in Deinem ganzen Leben nichts geschehen ist, was für Dich eine solche Bedeutung gehabt hätte, wie für mich die Heiratsversuche. Damit meine ich nicht, daß Du an sich nichts so Bedeutendes erlebt hättest, im Gegenteil, Dein Leben war viel reicher und sorgenvoller und gedrängter als meines, aber eben deshalb ist Dir nichts Derartiges geschehen. Es ist so, wie wenn einer fünf niedrige Treppenstufen hinaufzusteigen hat und ein zweiter nur eine Treppenstufe, die aber, wenigstens für ihn, so hoch ist, wie jene fünf zusammen; der erste wird nicht nur die fünf bewältigen, sondern noch Hunderte und Tausende weitere, er wird ein großes und sehr anstrengendes Leben geführt haben, aber keine der Stufen, die er erstiegen hat, wird für ihn eine solche Bedeutung gehabt haben, wie für den zweiten jene eine, erste, hohe, für alle seine Kräfte unmöglich zu ersteigende Stufe, zu der er nicht hinauf- und über die er natürlich auch nicht hinauskommt.

Heiraten, eine Familie gründen, alle Kinder, welche kommen, hinnehmen, in dieser unsicheren Welt erhalten und gar noch ein wenig führen, ist meiner Überzeugung nach das Äußerste, das einem Menschen überhaupt gelingen kann. Daß es scheinbar so vielen leicht gelingt, ist kein Gegenbeweis, denn erstens gelingt es tatsächlich nicht vielen, und zweitens ›tun‹ es diese Nichtvielen meistens nicht, sondern es ›geschieht‹ bloß mit ihnen; das ist zwar nicht jenes Äußerste, aber doch noch sehr große und sehr ehrenvoll (besonders da sich ›tun‹ und ›geschehn‹ nicht rein voneinander scheiden lassen). Und schließlich handelt es sich auch gar nicht um dieses Äußerste, sondern nur um irgendeine ferne, aber anständige Annäherung; es ist doch nicht notwendig, mitten in die Sonne hineinzufliegen, aber doch bis zu einem reinen Plätzchen auf der Erde hinzukriechen, wo manchmal die Sonne hinscheint und man sich ein wenig wärmen kann.

Wie war ich nun auf dieses vorbereitet? Möglichst schlecht. Das geht schon aus dem Bisherigen hervor. Soweit es aber dafür eine direkte Vorbereitung des Einzelnen und eine direkte Schaffung der allgemeinen Grundbedingungen gibt, hast Du äußerlich nicht viel eingegriffen. Es ist auch nicht anders möglich, hier entscheiden die allgemeinen geschlechtlichen Standes-, Volks- und Zeitsitten. Immerhin hast Du auch da eingegriffen, nicht viel, denn die Voraussetzung solchen Eingreifens kann nur starkes gegenseitiges Vertrauen sein, und daran fehlte es uns beiden schon längst zur entscheidenden Zeit, und nicht sehr glücklich, weil ja unsere Bedürfnisse ganz verschieden waren; was mich packt, muß Dich noch kaum berühren und umgekehrt, was bei Dir Unschuld ist, kann bei mir Schuld sein und umgekehrt, was bei Dir folgenlos bleibt, kann mein Sargdeckel sein.

Ich erinnere mich, ich ging einmal abends mit Dir und der Mutter spazieren, es war auf dem Josephsplatz in der Nähe der heutigen Länderbank, und fing dumm großtuerisch, überlegen, stolz, kühl (das war unwahr), kalt (das war echt) und stotternd, wie ich eben meistens mit Dir sprach, von den interessanten Sachen zu reden an, machte Euch Vorwürfe, daß ich unbelehrt gelassen worden bin, daß sich erst die Mitschüler meiner hatten annehmen müssen, daß ich in der Nähe großer Gefahren gewesen bin (hier log ich meiner Art nach unverschämt, um mich mutig zu zeigen, denn infolge meiner Ängstlichkeit hatte ich keine genauere Vorstellung von den ›großen Gefahren‹), deutete aber zum Schluß an, daß ich jetzt schon glücklicherweise alles wisse, keinen Rat mehr brauche und alles in Ordnung sei. Hauptsächlich hatte ich davon jedenfalls zu reden angefangen, weil es mir Lust machte, davon wenigstens zu reden, dann auch aus Neugierde und schließlich auch, um mich irgendwie für irgend etwas an Euch zu rächen. Du nahmst es entsprechend Deinem Wesen sehr einfach, Du sagtest nur etwa, Du könntest mir einen Rat geben, wie ich ohne Gefahr diese Dinge werde betreiben können. Vielleicht hatte ich gerade eine solche Antwort hervorlocken wollen, die entsprach ja der Lüsternheit des mit Fleisch und allen guten Dingen überfütterten, körperlich untätigen, mit sich ewig beschäftigten Kindes, aber doch war meine äußerliche Scham dadurch so verletzt oder ich glaubte, sie müsse so verletzt sein, daß ich gegen meinen Willen nicht mehr mit Dir darüber sprechen konnte und hochmütig frech das Gespräch abbrach.

Es ist nicht leicht, Deine damalige Antwort zu beurteilen, einerseits hat sie doch etwas niederwerfend Offenes, gewissermaßen Urzeitliches, andererseits ist sie allerdings, was die Lehre selbst betrifft, sehr neuzeitlich bedenkenlos. Ich weiß nicht, wie alt ich damals war, viel älter als sechzehn Jahre gewiß nicht. Für einen solchen Jungen war es aber doch eine sehr merkwürdige Antwort, und der Abstand zwischen uns beiden zeigt sich auch darin, daß das eigentlich die erste direkte, lebenumfassende Lehre war, die ich von Dir bekam. Ihr eigentlicher Sinn aber, der sich schon damals in mich einsenkte, mir aber erst viel später halb zu Bewußtsein kam, war folgender: Das, wozu Du mir rietest, war doch das Deiner Meinung nach und gar erst meiner damaligen Meinung nach Schmutzigste, was es gab. Daß du dafür sorgen wolltest, daß ich körperlich von dem Schmutz nichts nach Hause bringe, war nebensächlich, dadurch schütztest Du ja nur Dich, Dein Haus. Die Hauptsache war vielmehr, daß Du außerhalb Deines Rates bliebst, ein Ehemann, ein reiner Mann, erhaben über diese Dinge; das verschärfte sich damals für mich wahrscheinlich noch dadurch, daß mir auch die Ehe schamlos vorkam und es mir daher unmöglich war, das, was ich Allgemeines über die Ehe gehört hatte, auf meine Eltern anzuwenden. Dadurch wurdest Du noch reiner, kamst noch höher. Der Gedanke, daß Du etwa vor der Ehe auch Dir einen ähnlichen Rat hättest geben können, war mir völlig undenkbar. So war also fast kein Restchen irdischen Schmutzes an Dir. Und eben Du stießest mich, so als wäre ich dazu bestimmt, mit ein paar offenen Worten in diesen Schmutz hinunter. Bestand die Welt also nur aus mir und Dir, eine Vorstellung, die mir sehr nahelag, dann endete also mit Dir diese Reinheit der Welt, und mit mir begann kraft Deines Rates der Schmutz. An sich war es ja unverständlich, daß Du mich so verurteiltest, nur alte Schuld und tiefste Verachtung Deinerseits konnten mir das erklären. Und damit war ich also wieder in meinem innersten Wesen angefaßt, und zwar sehr hart.

Hier wird vielleicht auch unser beider Schuldlosigkeit am deutlichsten. A gibt dem B einen offenen, seiner Lebensauffassung entsprechenden, nicht sehr schönen, aber doch auch heute in der Stadt durchaus üblichen, Gesundheitsschädigungen vielleicht verhindernden Rat. Dieser Rat ist für B moralisch nicht sehr stärkend, aber warum sollte er sich aus dem Schaden nicht im Laufe der Jahre herausarbeiten können, übrigens muß er ja dem Rat gar nicht folgen, und jedenfalls liegt in dem Rat allein kein Anlaß dafür, daß über B etwa seine ganze Zukunftswelt zusammenbricht. Und doch geschieht etwas in dieser Art, aber eben nur deshalb, weil A Du bist und B ich bin.

Diese beiderseitige Schuldlosigkeit kann ich auch deshalb besonders gut überblicken, weil sich ein ähnlicher Zusammenstoß zwischen uns unter ganz anderen Verhältnissen etwa zwanzig Jahre später wieder ereignet hat, als Tatsache grauenhaft, an und für sich allerdings viel unschädlicher, denn wo war da etwas an mir Sechsunddreißigjährigem, dem noch geschadet werden konnte. Ich meine damit eine kleine Aussprache an einem der paar aufgeregten Tage nach Mitteilung meiner letzten Heiratsabsicht. Du sagtest zu mir etwa: »Sie hat wahrscheinlich irgendeine ausgesuchte Bluse angezogen, wie das die Prager Jüdinnen verstehn, und daraufhin hast Du Dich natürlich entschlossen, sie zu heiraten. Und zwar möglichst rasch, in einer Woche, morgen, heute. Ich begreife Dich nicht, Du bist doch ein erwachsener Mensch, bist in der Stadt, und weißt Dir keinen andern Rat als gleich eine Beliebige zu heiraten. Gibt es da keine anderen Möglichkeiten? Wenn Du Dich davor fürchtest, werde ich selbst mit Dir hingehn.« Du sprachst ausführlicher und deutlicher, aber ich kann mich an die Einzelheiten nicht mehr erinnern, vielleicht wurde mir auch ein wenig nebelhaft vor den Augen, fast interessierte mich mehr die Mutter, wie sie, zwar vollständig mit Dir einverstanden, immerhin etwas vom Tisch nahm und damit aus dem Zimmer ging.

Tiefer gedemütigt hast Du mich mit Worten wohl kaum und deutlicher mir Deine Verachtung nie gezeigt. Als Du vor zwanzig Jahren ähnlich zu mir gesprochen hattest, hätte man darin mit Deinen Augen sogar etwas Respekt für den frühreifen Stadtjungen sehen können, der Deiner Meinung nach schon so ohne Umwege ins Leben eingeführt werden konnte. Heute könnte diese Rücksicht die Verachtung nur noch steigern, denn der Junge, der damals einen Anlauf nahm, ist in ihm steckengeblieben und scheint Dir heute um keine Erfahrung reicher, sondern nur um zwanzig Jahre jämmerlicher. Meine Entscheidung für ein Mädchen bedeutete Dir gar nichts. Du hattest meine Entscheidungskraft (unbewußt) immer niedergehalten und glaubtest jetzt (unbewußt) zu wissen, was sie wert war. Von meinen Rettungsversuchen in anderen Richtungen wußtest Du nichts, daher konntest Du auch von den Gedankengängen, die mich zu diesem Heiratsversuch geführt hatten, nichts wissen, mußtest sie zu erraten suchen und rietst entsprechend dem Gesamturteil, das Du über mich hattest, auf das Abscheulichste, Plumpste, Lächerlichste. Und zögertest keinen Augenblick, mir das auf ebensolche Weise zu sagen. Die Schande, die Du damit mir antatest, war Dir nichts im Vergleich zu der Schande, die ich Deiner Meinung nach Deinem Namen durch die Heirat machen würde.

Nun kannst Du ja hinsichtlich meiner Heiratsversuche manches mir antworten und hast es auch getan: Du könntest nicht viel Respekt vor meiner Entscheidung haben, wenn ich die Verlobung mit F. zweimal aufgelöst und zweimal wieder aufgenommen habe, wenn ich Dich und die Mutter nutzlos zu der Verlobung nach Berlin geschleppt habe und dergleichen. Das alles ist wahr, aber wie kam es dazu?

Der Grundgedanke beider Heiratsversuche war ganz korrekt: einen Hausstand gründen, selbständig werden. Ein Gedanke, der Dir ja sympathisch ist, nur daß es dann in Wirklichkeit so ausfällt wie das Kinderspiel, wo einer die Hand des anderen hält und sogar preßt und dabei ruft: »Ach geh doch, geh doch, warum gehst Du nicht?« Was sich allerdings in unserem Fall dadurch kompliziert hat, daß Du das ›geh doch!‹ seit jeher ehrlich gemeint hast, da Du

ebenso seit jeher, ohne es zu wissen, nur kraft Deines Wesens mich gehalten oder richtiger niedergehalten hast.
Beide Mädchen waren zwar durch den Zufall, aber außerordentlich gut gewählt. Wieder ein Zeichen Deines vollständigen Mißverstehns, daß Du glauben kannst, ich, der Ängstliche, Zögernde, Verdächtigende entschließe mich mit einem Ruck für eine Heirat, etwa aus Entzücken über eine Bluse. Beide Ehen wären vielmehr Vernunftehen geworden, soweit damit gesagt ist, daß Tag und Nacht, das erste Mal Jahre, das zweite Mal Monate, alle meine Denkkraft an den Plan gewendet worden ist.
Keines der Mädchen hat mich enttäuscht, nur ich sie beide. Mein Urteil über sie ist heute genau das gleiche wie damals, als ich sie heiraten wollte.
Es ist auch nicht so, daß ich beim zweiten Heiratsversuch die Erfahrungen des ersten Versuches mißachtet hätte, also leichtsinnig gewesen wäre. Die Fälle waren eben ganz verschieden, gerade die früheren Erfahrungen konnten mir im zweiten Fall, der überhaupt viel aussichtsreicher war, Hoffnung geben. Von Einzelheiten will ich hier nicht reden.
Warum also habe ich nicht geheiratet? Es gab einzelne Hindernisse wie überall, aber im Nehmen solcher Hindernisse besteht ja das Leben. Das wesentliche, vom einzelnen Fall leider unabhängige Hindernis war aber, daß ich offenbar geistig unfähig bin zu heiraten. Das äußert sich darin, daß ich von dem Augenblick an, in dem ich mich entschließe zu heiraten, nicht mehr schlafen kann, der Kopf glüht bei Tag und Nacht, es ist kein Leben mehr, ich schwanke verzweifelt herum. Es sind das nicht eigentlich Sorgen, die das verursachen, zwar laufen auch entsprechend meiner Schwerblütigkeit und Pedanterie unzählige Sorgen mit, aber sie sind nicht das Entscheidende, sie vollenden zwar wie Würmer die Arbeit am Leichnam, aber entscheidend getroffen bin ich von anderem. Es ist der allgemeine Druck der Angst, der Schwäche, der Selbstmißachtung.
Ich will es näher zu erklären versuchen: Hier beim Heiratsversuch trifft in meinen Beziehungen zu Dir zweierlei scheinbar Entgegengesetztes so stark wie nirgends sonst zusammen. Die Heirat ist gewiß die Bürgschaft für die schärfste Selbstbefreiung und Unabhängigkeit. Ich hätte eine Familie, das Höchste, was man meiner Meinung nach erreichen kann, also auch das Höchste, das Du er-

reicht hast, ich wäre Dir ebenbürtig, alle alte und ewig neue Schande und Tyrannei wäre bloß noch Geschichte. Das wäre allerdings märchenhaft, aber darin liegt eben schon das Fragwürdige. Es ist zu viel, so viel kann nicht erreicht werden. Es ist so, wie wenn einer gefangen wäre und er hätte nicht nur die Absicht zu fliehen, was vielleicht erreichbar wäre, sondern auch noch und zwar gleichzeitig die Absicht, das Gefängnis in ein Lustschloß für sich umzubauen. Wenn er aber flieht, kann er nicht umbauen, und wenn er umbaut, kann er nicht fliehen. Wenn ich in dem besonderen Unglücksverhältnis, in welchem ich zu Dir stehe, selbständig werden will, muß ich etwas tun, was möglichst gar keine Beziehung zu Dir hat; das Heiraten ist zwar das Größte und gibt die ehrenvollste Selbständigkeit, aber es ist auch gleichzeitig in engster Beziehung zu Dir. Hier hinauskommen zu wollen, hat deshalb etwas von Wahnsinn, und jeder Versuch wird fast damit gestraft.

Gerade diese enge Beziehung lockt mich ja teilweise auch zum Heiraten. Ich denke mir diese Ebenbürtigkeit, die dann zwischen uns entstehen würde und die Du verstehen könntest wie keine andere, eben deshalb so schön, weil ich dann ein freier, dankbarer, schuldloser, aufrechter Sohn sein, Du ein unbedrückter, untyrannischer, mitfühlender, zufriedener Vater sein könntest. Aber zu dem Zweck müßte eben alles Geschehene ungeschehen gemacht, das heißt wir selbst ausgestrichen werden.

So wie wir aber sind, ist mir das Heiraten dadurch verschlossen, daß es gerade Dein eigenstes Gebiet ist. Manchmal stelle ich mir die Erdkarte ausgespannt und Dich quer über sie hin ausgestreckt vor. Und es ist mir dann, als kämen für mein Leben nur die Gegenden in Betracht, die Du entweder nicht bedeckst oder die nicht in Deiner Reichweite liegen. Und das sind entsprechend der Vorstellung, die ich von Deiner Größe habe, nicht viele und nicht sehr trostreiche Gegenden und besonders die Ehe ist nicht darunter.

Schon dieser Vergleich beweist, daß ich keineswegs sagen will, Du hättest mich durch Dein Beispiel aus der Ehe, so etwa wie aus dem Geschäft, verjagt. Im Gegenteil, trotz aller fernen Ähnlichkeit. Ich hatte in Euerer Ehe eine in vielem mustergültige Ehe vor mir, mustergültig in Treue, gegenseitiger Hilfe, Kinderzahl, und selbst als dann die Kinder groß wurden und immer mehr den Frieden störten, blieb die Ehe als solche davon unberührt. Gerade an diesem Beispiel bildete sich vielleicht auch mein hoher Begriff von der Ehe; daß das Verlangen nach der Ehe ohnmächtig war, hatte eben andere Gründe. Sie lagen in Deinem Verhältnis zu den Kindern, von dem ja der ganze Brief handelt.

Es gibt eine Meinung, nach der die Angst vor der Ehe manchmal davon herrührt, daß man fürchtet, die Kinder würden einem später das heimzahlen, was man selbst an den eigenen Eltern gesündigt hat. Das hat, glaube ich, in meinem Fall keine sehr große Bedeutung, denn mein Schuldbewußtsein stammt ja eigentlich von Dir und ist auch zu sehr von seiner Einzigartigkeit durchdrungen, ja dieses Gefühl der Einzigartigkeit gehört zu seinem quälenden Wesen, eine Wiederholung ist unausdenkbar. Immerhin muß ich sagen, daß mir ein solcher stummer, dumpfer, trockener, verfallener Sohn unerträglich wäre, ich würde wohl, wenn keine andere Möglichkeit wäre, vor ihm fliehen, auswandern, wie Du es erst wegen meiner Heirat machen wolltest. Also mitbeeinflußt mag ich bei meiner Heiratsunfähigkeit auch davon sein.

Viel wichtiger aber ist dabei die Angst um mich. Das ist so zu verstehen: Ich habe schon angedeutet, daß ich im Schreiben und in dem, was damit zusammenhängt, kleine Selbständigkeitsversuche, Fluchtversuche mit allerkleinstem Erfolg gemacht, sie werden kaum weiterführen, vieles bestätigt mir das. Trotzdem ist es meine Pflicht oder vielmehr es besteht mein Leben darin, über ihnen zu wachen, keine Gefahr, die ich abwehren kann, ja keine Möglichkeit einer solchen Gefahr an sie herankommen zu lassen. Die Ehe ist die Möglichkeit einer solchen Gefahr, allerdings auch die Möglichkeit der größten Förderung, mir aber genügt, daß es die Möglichkeit einer Gefahr ist. Was würde ich dann anfangen, wenn es doch eine Gefahr wäre! Wie könnte ich in der Ehe weiterleben in dem vielleicht unbeweisbaren, aber jedenfalls unwiderleglichen Gefühl dieser Gefahr! Demgegenüber kann ich zwar schwanken, aber der schließliche Ausgang ist gewiß, ich muß verzichten. Der Vergleich von dem Sperling in der Hand und der Taube auf dem Dach paßt hier nur sehr entfernt. In der Hand habe ich nichts, auf dem Dach ist alles und doch muß ich – so entscheiden es die Kampfverhältnisse und die Lebensnot – das Nichts wählen. Ähnlich habe ich ja auch bei der Berufswahl wählen müssen.

Das wichtigste Ehehindernis aber ist die schon unausrottbare

Überzeugung, daß zur Familienerhaltung und gar zu ihrer Führung alles das notwendig gehört, was ich an Dir erkannt habe, und zwar alles zusammen, Gutes und Schlechtes, so wie es organisch in Dir vereinigt ist, also Stärke und Verhöhnung des anderen, Gesundheit und eine gewisse Maßlosigkeit, Redebegabung und Unzulänglichkeit, Selbstvertrauen und Unzufriedenheit mit jedem anderen, Weltüberlegenheit und Tyrannei, Menschenkenntnis und Mißtrauen gegenüber den meisten, dann auch Vorzüge ohne jeden Nachteil wie Fleiß, Ausdauer, Geistesgegenwart, Unerschrockenheit. Von alledem hatte ich vergleichsweise fast nichts oder nur sehr wenig und damit wollte ich zu heiraten wagen, während ich doch sah, daß selbst Du in der Ehe schwer zu kämpfen hattest und gegenüber den Kindern sogar versagtest? Diese Frage stellte ich mir natürlich nicht ausdrücklich und beantworte sie nicht ausdrücklich, sonst hätte sich ja das gewöhnliche Denken der Sache bemächtigt und mir andere Männer gezeigt, welche anders sind als Du (um in der Nähe einen von Dir sehr verschiedenen zu nennen: Onkel Richard) und doch geheiratet haben und wenigstens darunter nicht zusammengebrochen sind, was schon sehr viel ist und mir reichlich genügt hätte. Aber diese Frage stellte ich eben nicht, sondern erlebte sie von Kindheit an. Ich prüfte mich ja nicht erst gegenüber der Ehe, sondern gegenüber jeder Kleinigkeit; gegenüber jeder Kleinigkeit überzeugtest Du mich durch Dein Beispiel und durch Deine Erziehung, so wie ich es zu beschreiben versucht habe, von meiner Unfähigkeit, und was bei jeder Kleinigkeit stimmte und Dir recht gab, mußte natürlich ungeheuerlich stimmen vor dem Größten, also vor der Ehe. Bis zu den Heiratsversuchen bin ich aufgewachsen etwa wie ein Geschäftsmann, der zwar mit Sorgen und schlimmen Ahnungen, aber ohne genaue Buchführung in den Tag hineinlebt. Er hat ein paar kleine Gewinne, die er infolge ihrer Seltenheit in seiner Vorstellung immerfort hätschelt und übertreibt, und sonst nur tägliche Verluste. Alles wird eingetragen, aber niemals bilanziert. Jetzt kommt der Zwang zur Bilanz, das heißt der Heiratsversuch. Und es ist bei den großen Summen, mit denen hier zu rechnen ist, so, als ob niemals auch nur der kleinste Gewinn gewesen wäre, alles eine einzige große Schuld. Und jetzt heirate, ohne wahnsinnig zu werden!

So endet mein bisheriges Leben mit Dir, und welche Aussichten trägt es in sich für die Zukunft.

Du könntest, wenn Du meine Begründung der Furcht, die ich vor Dir habe, überblickst, antworten: »Du behauptest, ich mache es mir leicht, wenn ich mein Verhältnis zu Dir einfach durch Dein Verschulden erkläre, ich aber glaube, daß Du trotz äußerlicher Anstrengung es Dir zumindest nicht schwerer, aber viel einträglicher machst. Zuerst lehnst auch Du jede Schuld und Verantwortung von Dir ab, darin ist also unser Verfahren das gleiche. Während ich aber dann so offen, wie ich es auch meine, die alleinige Schuld Dir zuschreibe, willst Du gleichzeitig ›übergescheit‹ und ›überzärtlich‹ sein und auch mich von jeder Schuld freisprechen. Natürlich gelingt Dir das letztere nur scheinbar (mehr willst Du ja auch nicht), und es ergibt sich zwischen den Zeilen trotz aller ›Redensarten‹ von Wesen und Natur und Gegensatz und Hilflosigkeit, daß eigentlich ich der Angreifer gewesen bin, während alles, was Du getrieben hast, nur Selbstwehr war. Jetzt hättest Du also schon durch Deine Unaufrichtigkeit genug erreicht, denn Du hast dreierlei bewiesen, erstens daß Du unschuldig bist, zweitens daß ich schuldig bin und drittens daß Du aus lauter Großartigkeit bereit bist, nicht nur mir zu verzeihn, sondern, was mehr und weniger ist, auch noch zu beweisen und es selbst glauben zu wollen, daß ich, allerdings entgegen der Wahrheit, auch unschuldig bin. Das könnte Dir jetzt schon genügen, aber es genügt Dir noch nicht. Du hast es Dir nämlich in den Kopf gesetzt, ganz und gar von mir leben zu wollen. Ich gebe zu, daß wir miteinander kämpfen, aber es gibt zweierlei Kampf. Den ritterlichen Kampf, wo sich die Kräfte selbständiger Gegner messen, jeder bleibt für sich, verliert für sich, siegt für sich. Und den Kampf des Ungeziefers, welches nicht nur sticht, sondern gleich auch zu seiner Lebenserhaltung das Blut saugt. Das ist ja der eigentliche Berufssoldat und das bist Du. Lebensuntüchtig bist Du; um es Dir aber darin bequem, sorgenlos und ohne Selbstvorwürfe einrichten zu können, beweist Du, daß ich alle Deine Lebenstüchtigkeit Dir genommen und in meine Taschen gesteckt habe. Was kümmert es Dich jetzt, wenn Du lebensuntüchtig bist, ich habe ja die Verantwortung, Du aber streckst Dich ruhig aus und läßt Dich, körperlich und geistig, von mir durchs Leben schleifen. Ein Beispiel: Als Du letzthin heiraten wolltest, wolltest Du, das gibst Du ja in diesem Brief zu, gleichzeitig nicht heiraten, wolltest aber, um Dich nicht anstrengen zu müssen, daß ich Dir zum Nichtheiraten verhelfe, indem ich wegen

der ›Schande‹, die die Verbindung meinem Namen machen würde, Dir diese Heirat verbiete. Das fiel mir nun aber gar nicht ein. Erstens wollte ich Dir hier wie auch sonst nie ›in Deinem Glück hinderlich sein‹, und zweitens will ich niemals einen derartigen Vorwurf von meinem Kind zu hören bekommen. Hat mir aber die Selbstüberwindung, mit der ich Dir die Heirat freistellte, etwas geholfen? Nicht das Geringste. Meine Abneigung gegen die Heirat hätte sie nicht verhindert, im Gegenteil, es wäre an sich noch ein Anreiz mehr für Dich gewesen, das Mädchen zu heiraten, denn der ›Fluchtversuch‹, wie Du Dich ausdrückst, wäre ja dadurch vollkommen geworden. Und meine Erlaubnis zur Heirat hat Deine Vorwürfe nicht verhindert, denn Du beweist ja, daß ich auf jeden Fall an Deinem Nichtheiraten schuld bin. Im Grunde aber hast Du hier und in allem anderen für mich nichts anderes bewiesen, als daß alle meine Vorwürfe berechtigt waren und daß unter ihnen noch ein besonders berechtigter Vorwurf gefehlt hat, nämlich der Vorwurf der Unaufrichtigkeit, der Liebedienerei, des Schmarotzertums. Wenn ich nicht sehr irre, schmarotzest Du an mir auch noch mit diesem Brief als solchem.«
Darauf antworte ich, daß zunächst dieser ganze Einwurf, der sich zum Teil auch gegen Dich kehren läßt, nicht von Dir stammt, sondern eben von mir. So groß ist ja nicht einmal Dein Mißtrauen gegen andere, wie mein Selbstmißtrauen, zu dem Du mich erzogen hast. Eine gewisse Berechtigung des Einwurfes, der ja auch noch an sich zur Charakterisierung unseres Verhältnisses Neues beiträgt, leugne ich nicht. So können natürlich die Dinge in Wirklichkeit nicht aneinanderpassen, wie die Beweise in meinem Brief, das Leben ist mehr als ein Geduldspiel; aber mit der Korrektur, die sich durch diesen Einwurf ergibt, einer Korrektur, die ich im einzelnen weder ausführen kann noch will, ist meiner Meinung nach doch etwas der Wahrheit so sehr Angenähertes erreicht, daß es uns beide ein wenig beruhigen und Leben und Sterben leichter machen kann.

Franz

FRAGMENTE
AUS HEFTEN UND LOSEN BLÄTTERN

Unter meinen Mitschülern war ich dumm, doch nicht der Dümmste. Und wenn trotzdem das letztere von einigen meiner Lehrer meinen Eltern und mir gegenüber nicht selten behauptet worden ist, so haben sie es nur in dem Wahne vieler Leute getan, welche glauben, sie hätten die halbe Welt erobert, wenn sie ein so äußerstes Urteil wagen.
Daß ich aber dumm sei, glaubte man allgemein und wirklich, man hatte gute Beweise dafür, die leicht mitgeteilt werden konnten, wenn vielleicht ein Fremder über mich zu belehren war, der anfangs einen nicht üblen Eindruck von mir bekommen hatte und dies vor andern nicht verschwieg.
Darüber mußte ich oft mich ärgern und auch weinen. Und es sind dies damals die einzigen Augenblicke gewesen, wo ich mich unsicher im gegenwärtigen Gedränge und verzweifelt vor dem zukünftigen fühlte, theoretisch unsicher, theoretisch verzweifelt allerdings, denn kam es zu einer Arbeit, gleich darauf war ich sicher und zweifellos, fast also wie der Schauspieler, der aus der Kulisse im Anlauf stürmt, weit von der Bühnenmitte einen Augenblick stehenbleibt, die Hände meinetwegen an die Stirne gelegt, während die Leidenschaft, die gleich darauf notwendig werden soll, in ihm so groß geworden ist, daß er sie nicht verbergen kann, trotzdem er mit verkniffenen Augen sich die Lippen zerbeißt. Die gegenwärtige, halb vergangene Unsicherheit erhebt die aufgehende Leidenschaft und die Leidenschaft stärkt die Unsicherheit. Unaufhaltsam bildet sich eine Unsicherheit von neuem, die beide und uns umschließt. Darum machte es mich verdrießlich, mit fremden Leuten bekannt zu werden. Ich war schon unruhig, wenn mich manche so entlang der Nasenwände ansahn, wie man aus einem kleinen Hause durch das Fernrohr über den See schaut oder gar in das Gebirge und die bloße Luft. Da wurden lächerliche Behauptungen vorgebracht, statistische Lügen, geographische Irrtümer, Irrlehren, ebenso verboten wie unsinnig, oder tüchtige politische Ansichten, achtbare Meinungen über aktuelle Ereignisse, lobenswerte Einfälle, dem Sprecher wie der Gesellschaft fast gleich über-

raschend, und alles wurde bewiesen wieder durch den Blick der Augen, einen Griff an die Tischkante oder indem man vom Sessel sprang. Sobald sie so anfingen, hörten sie gleich auf, dauernd und streng einen anzusehn, denn von selbst beugte sich ihr Oberkörper aus seiner gewöhnlichen Haltung vor oder zurück. Einige vergaßen geradezu ihre Kleider (knickten die Beine scharf in den Knien ein, um sich nur auf die Fußspitzen zu stützen, oder preßten den Rock in Falten mit großer Kraft an die Brust) andere nicht, viele hielten sich mit ihren Fingern an einem Zwicker, an einem Fächer, an einem Bleistift, an einem Lorgnon, an einer Zigarette fest, und den meisten, hatten sie auch eine feste Haut, erhitzte sich doch ihr Gesicht. Ihr Blick glitt von uns ab, wie ein erhobener Arm niederfällt.

Ich wurde in meinen natürlichen Zustand eingelassen, es stand mir frei zu warten und dann zuzuhören, oder wegzugehn und mich ins Bett zu legen, worauf ich mich immer freute, denn ich war oft schläfrig, da ich schüchtern war. Es war wie eine große Tanzpause, in der nur wenige sich für das Weggehen entscheiden, die meisten hier und dort stehen oder sitzen, während die Musiker, an die niemand denkt, sich irgendwo zum Weiterspielen stärken. Nur war es nicht so ruhig und es mußte nicht jeder die Pause bemerken, sondern es waren viele Bälle zu gleicher Zeit im Saal. Konnte ich weggehn, wenn einer durch mich, durch eine Erinnerung, durch vieles andere und im Grunde durch alles zusammen von mir, wenn auch schwach, aufgeregt wurde und diese Aufregung nun von Anfang an zu durcheilen unternahm, getragen vielleicht von einer Erzählung oder einer vaterländischen Idee? Sein Auge, ja sein ganzer Körper mit den Kleidern darauf verfinsterte sich und Worte brachen… [Lücke von circa zwei Seiten].

Durch dies alles spürte ich noch meine Furcht, diese Furcht vor einem Manne, dem ich ganz ohne Gefühl die Hand gereicht hatte, dessen Namen ich nicht kannte, wenn nicht vielleicht einer seiner Freunde seinen Vornamen ausgerufen hätte, und dem ich am Ende stundenlang gegenübergesessen war, vollkommen ruhig, nur ein wenig ermattet, wie es junge Leute sind, durch selbst selten nur mir zugewendete Blicke dieser erwachsenen Person.

Ich hatte, nehmen wir das an, einigemal meine Blicke den seinen begegnen lassen und hatte, unbeschäftigt wie ich war, da doch niemand mit mir rechnete, länger in seine guten blauen Augen zu

schauen versucht, sei es... daß man damit förmlich die Gesellschaft verläßt. Und wenn dies nicht gelungen war, so bewies dies ebenso nichts wie die Tatsache des Versuches. Gut, es gelang mir nicht, ich zeigte diese Unfähigkeit gleich beim Beginn und konnte sie auch später keinen Augenblick verbergen, doch auch die Füße ungeschickter Schlittschuhläufer wollen jeder nach einer andern Richtung und beide vom Eise weg. Bestünde ein sonst tüchtig... [Lücke] und einen Klugen, der aber weder vor oder neben oder hinter diesem Hundert war, so daß man ihn gleich und leicht hätte bemerken können, sondern der mitten unter den andern war, so daß man nur von einem sehr erhöhten Platz ihn sehen konnte und auch dann sah man nur, wie er verschwand. So hat mein Vater über mich geurteilt, der ein besonders in der politischen Welt meines Vaterlandes sehr angesehener und erfolgreicher Mann gewesen ist. Ich habe diesen Ausspruch zufällig gehört, als ich, vielleicht siebzehn Jahre alt, bei offener Tür im Zimmer in einem Indianerbuch gelesen habe. Die Worte fielen mir damals auf, ich merkte sie mir, aber Eindruck haben sie nicht den kleinsten auf mich gemacht. Wie es meist geschieht, daß auf junge Leute allgemeine Urteile über sie selbst keine Wirkung machen. Denn entweder noch völlig in sich ruhend oder doch immerfort in sich zurückgeworfen, fühlen sie ihr Wesen laut und stark, wie eine Regimentsmusik. Das allgemeine Urteil aber hat ihnen unbekannte Voraussetzungen, unbekannte Absichten, wodurch es von allen Seiten unzugänglich ist; es gibt sich als Spaziergänger auf der Insel im Teich, wo nicht Boote noch Brücken sind, hört die Musik, wird aber nicht gehört.
Damit will ich aber nicht die Logik junger Leute angegriffen...

Jeder Mensch ist eigentümlich und kraft seiner Eigentümlichkeit berufen zu wirken, er muß aber an seiner Eigentümlichkeit Geschmack finden. Soweit ich es erfahren habe, arbeitete man sowohl in der Schule als auch zu Hause darauf hin, die Eigentümlichkeit zu verwischen. Man erleichterte dadurch die Arbeit der Erziehung, erleichterte aber auch dem Kinde das Leben, allerdings mußte es vorher den Schmerz durchkosten, den der Zwang hervorrief. Man wird zum Beispiel einem Jungen, der abends mitten im Lesen einer aufregenden Geschichte ist, niemals durch eine bloß auf ihn eingeschränkte Beweisführung begreiflich machen können, daß er das Lesen unterbrechen und schlafen gehn muß. Wenn man mir in einem solchen Fall etwa sagte, es sei schon spät, ich verderbe mir die Augen, ich werde früh verschlafen sein und schwer aufstehn, die schlechte dumme Geschichte sei das nicht wert, so konnte ich das zwar ausdrücklich nicht widerlegen, aber eigentlich nur deshalb nicht, weil das alles nicht einmal an die Grenze des Nachdenkenswerten herankam. Denn alles war unendlich oder verlief so ins Unbestimmte, daß es dem Unendlichen gleichzusetzen war, die Zeit war unendlich, es konnte also nicht zu spät sein, mein Augenlicht war unendlich, ich konnte es also nicht verderben, sogar die Nacht war unendlich, es war also keine Sorge wegen des Frühaufstehns nötig, und Bücher unterschied ich nicht nach Dummheit und Klugheit, sondern danach, ob sie mich packten oder nicht, und dieses packte mich. Das alles konnte ich nicht so ausdrücken, aber es hatte doch das Ergebnis, daß ich mit meinen Bitten, mir das Weiterlesen zu erlauben, lästig wurde oder mich entschloß, auch ohne Erlaubnis weiterzulesen. Das war meine Eigentümlichkeit. Man unterdrückte sie dadurch, daß man das Gas abdrehte und mich ohne Licht ließ; zur Erklärung sagte man: Alle gehen schlafen, also mußt auch du schlafen gehn. Das sah ich und mußte es glauben, obwohl es unbegreiflich war. Niemand will so viel Reformen durchführen wie Kinder. Aber abgesehen von dieser in gewisser Hinsicht anerkennenswerten Unterdrückung blieb doch hier, wie fast überall, ein Stachel, den keine Berufung auf die Allgemeinheit auch nur abstumpfen konnte. Ich blieb nämlich in dem Glauben, daß gerade an diesem Abend niemand in der Welt so gern gelesen hätte wie ich. Das konnte mir vorläufig keine Berufung auf die Allgemeinheit widerlegen, um so weniger als ich sah, daß man mir die unbezwingbare Lust zum Lesen nicht glaubte. Erst allmählich und viel später, vielleicht schon bei Abschwächung der Lust, ging mir eine Art Glaube daran auf, daß viele die gleiche Lust zum Lesen hatten und sich doch bezwangen. Damals aber fühlte ich nur das Unrecht, das mir angetan wurde, ich ging traurig schlafen und es entwickelten sich die Anfänge des Hasses, der mein Leben in der Familie und von da aus mein ganzes Leben in einer gewissen Hinsicht bestimmt. Das Verbot des Lesens ist zwar nur ein Beispiel, aber ein bezeichnendes, denn dieses Verbot wirkte tief. Man erkannte meine Eigentümlichkeit nicht an; da ich sie aber fühlte, mußte ich –

darin sehr empfindlich und immer auf der Lauer – in diesem Verhalten mir gegenüber ein Aburteilen erkennen. Wenn man aber schon diese offen zur Schau gestellte Eigentümlichkeit verurteilte, um wieviel schlimmer mußten die Eigentümlichkeiten sein, die ich aus dem Grunde verborgen hielt, weil ich selbst ein kleines Unrecht in ihnen erkannte. Ich hatte zum Beispiel abends gelesen, obwohl ich die Schulaufgabe für den nächsten Tag noch nicht gelernt hatte. Das war vielleicht an sich als Pflichtversäumnis etwas sehr Arges, aber um absolute Beurteilung handelte es sich mir nicht, mir kam es nur auf vergleichsweise Beurteilung an. Vor dieser Beurteilung aber war diese Nachlässigkeit wohl nicht schlimmer als das lange Lesen an sich, besonders da sie in ihren Folgen durch meine große Angst vor der Schule und Autoritäten sehr eingeschränkt war. Was ich durch Lesen hie und da versäumte, holte ich bei meinem damals sehr guten Gedächtnis am Morgen oder in der Schule leicht nach. Die Hauptsache aber war, daß ich die Verurteilung, die meine Eigentümlichkeit des langen Lesens erfahren hatte, nun mit eigenen Mitteln auf die verborgen gehaltene Eigentümlichkeit der Pflichtversäumnis weiterführte und dadurch zu dem niederdrückendsten Ergebnis kam. Es war so, wie wenn jemand mit einer Rute, die keinen Schmerz verursachen soll, nur zur Warnung berührt wird, er aber nimmt das Flechtwerk auseinander, zieht die einzelnen Rutenspitzen in sich und beginnt nach eigenem Plan sein Inneres zu stechen und zu kratzen, während die fremde Hand noch immer ruhig den Rutengriff hält. Wenn ich mich aber auch damals in solchen Fällen noch nicht schwer strafte, so ist doch jedenfalls sicher, daß ich von meinen Eigentümlichkeiten nie jenen wahren Gewinn zog, der sich schließlich in dauerndem Selbstvertrauen äußert. Vielmehr war die Folge des Vorzeigens einer Eigentümlichkeit die, daß ich entweder den Unterdrücker haßte oder die Eigentümlichkeit als nicht vorhanden erkannte, zwei Folgen, die in lügenhafter Weise sich auch verbinden konnten. Hielt ich aber eine Eigentümlichkeit verborgen, dann war die Folge die, daß ich mich oder mein Schicksal haßte, mich für schlecht oder verdammt ansah. Das Verhältnis dieser zwei Gruppen von Eigentümlichkeiten hat sich im Laufe der Jahre äußerlich sehr geändert. Die vorgezeigten Eigentümlichkeiten nahmen immer mehr zu, je näher ich an das mir zugängliche Leben herankam. Eine Erlösung brachte mir das aber nicht, die Menge des Geheimgehaltenen nahm dadurch nicht ab, es fand sich bei verfeinerter Beobachtung, daß niemals alles gestanden werden konnte. Selbst von den scheinbar vollständigen Eingeständnissen der frühern Zeit zeigte sich später noch die Wurzel im Innern. Aber selbst wenn das nicht gewesen wäre, – bei der Lockerung der ganzen seelischen Organisation, die ich ohne entscheidende Unterbrechungen durchgemacht habe, genügte *eine* verborgene Eigentümlichkeit, um mich so zu erschüttern, daß ich mich mit aller sonstigen Anpassung doch nirgends festhalten konnte. Aber noch ärger. Selbst wenn ich kein Geheimnis bei mir behalten, sondern alles so weit von mir geworfen hätte, daß ich ganz rein dastand, im nächsten Augenblick wäre ich dann wieder von dem alten Durcheinander überfüllt gewesen, denn meiner Meinung nach wäre das Geheimnis nicht vollständig erkannt und eingeschätzt und infolgedessen durch die Allgemeinheit mir wieder zurückgegeben und neuerdings aufgelegt worden. Das war keine Täuschung, sondern nur eine besondere Form der Erkenntnis, daß, zumindest unter Lebenden, sich niemand seiner selbst entledigen kann. Wenn zum Beispiel jemand einem Freund das Geständnis macht, daß er geizig ist, so hat er sich für diesen Augenblick dem Freund, also einem maßgebenden Beurteiler gegenüber scheinbar vom Geiz erlöst. Es ist für diesen Augenblick auch gleichgültig, wie es der Freund aufnimmt, also ob er das Vorhandensein des Geizes leugnet oder Ratschläge gibt, wie man sich vom Geiz befreien könne, oder ob er gar den Geiz verteidigt. Es wäre vielleicht nicht einmal entscheidend, wenn der Freund infolge des Geständnisses die Freundschaft aufsagt. Entscheidend ist vielmehr, daß man vielleicht nicht als reuiger, aber als ehrlicher Sünder sein Geheimnis der Allgemeinheit anvertraut hat und hofft, dadurch wieder die gute und – das ist das Wichtigste – freie Kindheit wieder erobert zu haben. Man hat aber nur eine kurze Narrheit und viel spätere Bitterkeit erobert. Denn irgendwo liegt auf dem Tisch zwischen dem Geizigen und dem Freund das Geld, das der Geizige an sich bringen muß und zu dem er immer rascher die Hand hinbewegt. Auf der Hälfte des Weges ist das Geständnis zwar immer schwächer wirkend, aber noch erlösend, darüber hinaus nicht mehr, im Gegenteil, es beleuchtet dann nur die sich vorwärtsbewegende Hand. Wirkende Geständnisse sind nur vor oder nach der Tat möglich. Die Tat läßt nichts neben sich bestehn, für die Hand, die das Geld zusammenscharrt, gibt es keine Erlösung durch Wort oder Reue. Entweder muß die Tat, also die Hand vernichtet werden oder man muß sich im Geiz...

Hervorheben der Eigentümlichkeit – Verzweiflung.

Ich habe niemals die Regel erfahren.

Das Böse, das dich im Halbkreis umgibt wie die Braue das Auge, strahle zur Untätigkeit nieder. Während du schläfst, wache es über dir, ohne auch nur im Geringsten vorrücken zu dürfen.

Der beurteilende Gedanke quälte sich durch die Schmerzen, die Qual erhöhend und nichts helfend empor. Wie wenn im endgültig verbrennenden Hause die architektonische Grundfrage zum erstenmal aufgeworfen würde.

Sterben konnte ich, Schmerzen leiden nicht; durch die Versuche, ihnen zu entgehen, erhöhte ich sie deutlich; fügen konnte ich mich dem Sterben, dem Leiden nicht, mir fehlte die seelische Bewegung, so wie wenn alles gepackt ist, quälend die zugezogenen Riemen immer von neuem zugezogen werden und die Abreise nicht erfolgt. Das Schlimmste, die untödlichen Schmerzen.

Streben nach Nivellierung; ich sagte: »es ist nicht so arg, alle sind so«, machte es aber ärger dadurch.
Notwendigkeit der Fehler meiner Erziehung, ich wüßte es nicht anders zu machen.

Die Nivellierung ist richtig, vielleicht, aber eine so weitgehende Objektivierung hebt alle Lebensmöglichkeit auf.

Es sind viele, die warten. Eine unübersehbare Menge, die sich im Dunkel verliert. Was will sie? Es sind offenbar bestimmte Forderungen, die sie stellt. Ich werde die Forderungen abhören und dann antworten. Auf den Balkon hinausgehn werde ich aber nicht; ich könnte es auch gar nicht, auch wenn ich wollte. Im Winter wird die Balkontür abgesperrt und der Schlüssel ist nicht zur Hand. Aber auch an das Fenster werde ich nicht treten. Ich will niemanden sehn, ich will mich durch keinen Anblick verwirren lassen, beim Schreibtisch, das ist mein Platz, den Kopf in meinen Händen, das ist meine Haltung.

Ich habe eine Tür in meiner Wohnung bisher nicht beachtet. Sie ist im Schlafzimmer in der Mauer, die an das Nachbarhaus grenzt. Ich habe mir keine Gedanken über sie gemacht, ja ich habe gar nicht von ihr gewußt. Und doch ist sie recht wohl sichtbar, ihr unterer Teil ist zwar von den Betten verdeckt; sie aber ragt weit hinauf, fast keine Tür, fast ein Tor. Gestern wurde sie aufgemacht. Ich war gerade im Speisezimmer, das noch durch ein Zimmer vom Schlafzimmer getrennt ist. Ich war sehr verspätet zum Mittagessen gekommen, niemand war mehr zu Hause, nur das Dienstmädchen arbeitete in der Küche. Da begann im Schlafzimmer der Lärm. Ich eile sogleich hinüber und sehe, wie die Tür langsam geöffnet wird und dabei mit riesiger Kraft die Betten weggeschoben werden. Ich rufe: »Wer ist das? Was will man? Vorsicht! Achtung!« und erwarte einen Trupp gewalttätiger Männer hereinkommen zu sehn, aber es ist nur ein schmaler junger Mann, der, sobald der Spalt nur knapp für ihn reicht, hereinschlüpft und freudig mich begrüßt.

Nichts dergleichen, nichts dergleichen.

Wenn ich des Nachts am Wasser entlang vom Turm her komme, wie sich jede Nacht das zähe dunkle Wasser unter dem Licht der Laterne körperlich langsam bewegt. Wie wenn ich über einen Schlafenden die Laterne entlang führen würde und er nur infolge des Lichtes sich dehnen und drehen würde, ohne zu erwachen.

Um Mitternacht bin ich immer am Fluß zu treffen, entweder ist Nachtdienst und ich gehe ins Gefängnis, oder es war Tagdienst und ich gehe nach Hause. Diese Gelegenheit wurde einmal ausgenützt. Ermattet von der Arbeit, dabei in einem fast unerträglichen erstickenden Zorn gegen B., einen Kollegen, wegen eines dienstlichen Vorfalls, von dem auch noch zu reden sein wird, ging ich damals nach Hause. Wandte mich einmal um, sah zu dem kleinen beleuchteten Fenster oben im Gefängnisturm, hinter dem B. jetzt saß und nachtmahlte, die Rumflasche zwischen den Beinen, glaubte ihn einen Augenblick lang großmächtig ganz nahe vor mir sitzen zu sehn, ja ich roch ihn, dann aber spuckte ich aus und ging weiter.

Es wird ein Ruf laut aus dem Fluß.

Meine Schwester hat ein Geheimnis vor mir. Sie hat einen kleinen Kalender, den sie zum Teil sogar nur meinetwegen bekommen hat, denn ich kenne den Herrn, der jedem von uns einen solchen Kalender gegeben hat, viel länger als sie und mir zuliebe hat er die Kalender gebracht. In diesen Kalender also hat sie das Geheimnis geschrieben oder eingelegt, den Kalender selbst aber in ihren verschließbaren Federbehälter gesperrt und den Schlüssel...

Es zupfte mich jemand am Kleid, aber ich schüttelte ihn ab.

Ruhelos

In einer spiritistischen Sitzung meldete sich einmal ein neuer Geist und es wickelte sich mit ihm folgendes Gespräch ab:
Der Geist: Verzeihung.
Der Wortführer: Wer bist du?
Geist: Verzeihung.
Wortführer: Was willst du?
Geist: Fort.
Wortführer: Du bist doch erst gekommen.
Geist: Es ist ein Irrtum.
Wortführer: Nein, es ist kein Irrtum. Du bist gekommen und bleibst.
Geist: Mir ist eben schlecht geworden.
Wortführer: Sehr?
Geist: Sehr.
Wortführer: Körperlich?
Geist: Körperlich?
Wortführer: Du antwortest mit Fragen, das ist ungehörig. Wir haben Mittel, dich zu strafen, antworte also lieber, denn dann werden wir dich bald entlassen.
Geist: Bald?
Wortführer: Bald.
Geist: In einer Minute?

Wortführer: Benimm dich nicht so kläglich. Wir werden dich entlassen, wenn es uns...

Es war gegen Abend auf dem Lande, ich saß in meinem Giebelzimmer beim geschlossenen Fenster und sah dem Rinderhirten zu, der auf dem gemähten Feld stand, die Pfeife im Mund, den Stock eingerammt, scheinbar unbekümmert um die Tiere, die nah und weit friedlich in tiefer Ruhe weideten. Da klopfte es an das Fenster, ich schrak aus meinem Hindämmern auf, faßte mich und sagte laut: »Es ist nichts, der Wind rüttelt am Fenster.« Als es wieder klopfte, sagte ich: »Ich weiß, es ist nur der Wind.« Aber beim dritten Klopfen bat eine Stimme um Einlaß. »Es ist doch nur der Wind«, sagte ich, nahm die Lampe vom Kasten, zündete sie an und ließ den Fenstervorhang hinab. Da begann das ganze Fenster zu zittern und ein demütiges wortloses Klagen.

Um was klagst du, verlassene Seele? Warum flatterst du um das Haus des Lebens? Warum siehst du nicht in die Ferne, die dir gehört, statt hier zu kämpfen um das, was dir fremd ist? Lieber die lebendige Taube auf dem Dach, als den halbtoten, krampfhaft sich wehrenden Sperling in der Hand.

Schlage deinen Mantel, hoher Traum, um das Kind.

Es kamen zwei Soldaten und ergriffen mich. Ich wehrte mich, aber sie hielten fest. Sie führten mich vor ihren Herrn, einen Offizier. Wie bunt war seine Uniform! Ich sagte: »Was wollt ihr denn von mir, ich bin ein Zivilist.« Der Offizier lächelte und sagte: »Du bist ein Zivilist, doch hindert uns das nicht, dich zu fassen. Das Militär hat Gewalt über alles.«

Die Bewertung im Varietéfach.
Es ist sehr schwer, auf dem Gebiet der Varietéproduktionen auch nur für eine kurze Zeit annähernd richtige Bewertungen vorzunehmen. Die besten Fachleute mit den Erfahrungen eines langen Lebens haben dabei versagt. Ein gutes Beispiel dafür ist die Laufbahn des Eisenkönigs.

Belvedereabhang.
Wie er ging, der Mann mit dem langen Falten werfenden Mantel, eine Aktentasche in der Hand, den Kopf bloß, den Golddraht der Brille an den Ohren, am sonnigen Vormittag, am ersten Mai, auf dem stillen Weg zwischen dem Grün.

Karpfengasse.
Der häßliche junge Mann am Abend, allein, eine grobe, kräftige, Widerstand leistende Natur.

Die zwei alten Herren beim Rudolfinum, friedliche, langwierige, würdige Erzählung, die Frauen hinterher.

20. August 1916. Wie diese Narrheit plötzlich im Sprung wieder über mich kommt, es geschieht das immer, wenn das Vertrauen in meinen Gesundheitszustand etwas zunimmt, wie dies etwa vorgestern nach dem Besuch beim Dr. Mühlstein geschehen ist.

Rein bleiben	Verheiratetsein
Junggeselle	Ehemann
Ich bleibe rein	Rein?
Ich halte alle meine Kräfte zusammen	Du bleibst außerhalb des Zusammenhangs, wirst ein Narr, fliegst in alle Windrichtungen, kommst aber nicht weiter, ich ziehe aus dem Blutkreislauf des menschlichen Lebens alle Kraft, die mir überhaupt zugänglich ist.
Nur für mich verantwortlich	Desto mehr für (in) dich vernarrt. (Grillparzer, Flaubert)
Keine Sorge. Konzentration auf die Arbeit.	Da ich an Kräften wachse, trage ich mehr. Hier ist aber eine gewisse Wahrheit.

Die Hütte des Jägers lag nicht weit von der Hütte der Holzarbeiter. Die Holzarbeiter, zwölf, wohnten dort, um jetzt, da guter Schnee war, die Stämme vorzubereiten, welche von den Schlitten bei Tag ins Tal geschleift wurden. Es war viel Arbeit, aber den Arbeitern wäre sie nicht zuviel gewesen, wenn man ihnen nur genug Bier gegeben hätte. Sie hatten aber nur ein mittleres Faß und das war für eine Woche einzuteilen, eine unmögliche Aufgabe. Darüber klagten sie immer dem Jäger, wenn er am Abend zu ihnen herüberkam. »Ihr habt es schwer«, sagte der Jäger zustimmend und sie klagten an seinem Herzen.

Die Hütte des Jägers liegt verlassen im Bergwald. Dort bleibt er während des Winters mit seinen fünf Hunden. Wie lang ist aber der Winter in diesem Land! Fast könnte man sagen, er dauere ein Leben lang.
Der Jäger ist wohlgemut, es fehlt ihm an nichts Wesentlichem, über Entbehrungen klagt er nicht, er hält sich sogar für allzu gut ausgerüstet. ›Käme ein Jäger zu mir‹, denkt er, ›und würde er meine Einrichtung und meine Vorräte sehn, es wäre wohl das Ende der Jägerschaft. Aber ist es nicht auch so das Ende? Es gibt keine Jäger.‹
Er geht zu den Hunden in die Ecke, wo sie auf Decken und mit Decken zugedeckt schlafen. Der Schlaf der Jagdhunde. Sie schlafen nicht, sie warten nur auf die Jagd und das sieht wie Schlaf aus.

Peter hatte eine reiche Braut im Nachbardorf. Einmal abends war er sie besuchen, es war vieles zu besprechen, denn in einer Woche sollte die Hochzeit sein. Die Besprechung fiel günstig aus. Alles war zu seiner Zufriedenheit geordnet worden; behaglich, die Pfeife im Mund, ging er gegen zehn Uhr nach Hause, auf den ihm wohlbekannten Weg achtete er gar nicht. Da geschah es, daß er in einem kleinen Wald, ohne zuerst genau zu wissen warum, zurückschreckte. Dann waren es zwei goldig schimmernde Augen, die er sah und eine Stimme sagte: »Ich bin der Wolf.« »Was willst du?« sagte Peter, in seiner Erregung stand er mit ausgebreiteten Armen da, in einer Hand die Pfeife, in der andern den Stock. »Dich«, sagte der Wolf, »den ganzen Tag suche ich schon etwas zum Fressen.« »Bitte, Wolf«, sagte Peter, »heute verschone mich noch, in einer Woche soll meine Hochzeit sein, laß mich die noch erleben.« »Ungern«, sagte der Wolf. »Und was für einen Vorteil soll ich denn vom Warten haben?« »Nimm uns dann beide, mich und meine Frau«, sagte Peter. »Und was soll bis zur Hochzeit geschehn?« sagte der Wolf. »Ich kann doch bis dahin nicht hungern. Schon jetzt habe ich Übelkeiten vom Hungern und wenn ich nicht sehr bald etwas bekomme, fresse ich dich jetzt auch gegen meinen Willen auf.« »Bitte«, sagte Peter, »komm mit mir, ich wohne nicht weit, ich werde dich die Woche über mit Kaninchen füttern.« »Ich muß auch zumindest ein Schaf bekommen.« »Gut, ein Schaf.« »Und fünf Hühner.«

Vor dem Stadttor war niemand, in der Torwölbung niemand. Auf rein gekehrtem Kies kam man hin, durch ein viereckiges Mauerloch sah man in die Zelle der Torwache, aber die Zelle war leer. Das war zwar merkwürdig, aber für mich sehr vorteilhaft, denn ich hatte keine Ausweispapiere, mein ganzer Besitz war überhaupt ein Kleid aus Leder und der Stock in der Hand.

Ich sprach heute mit dem Kapitän in seiner Kajüte. Ich beklagte mich über die Mitpassagiere. Das könne man nicht ein Passagierschiff nennen, zumindest die Hälfte des Volkes, das hier mitfahre, sei schlimmstes Gesindel. Meine Frau wage sich kaum mehr aus der Kabine heraus, aber auch hinter der versperrten Tür fühlt sie sich nicht sicher, ich muß bei ihr bleiben.

Es begann ein Wettlaufen in den Wäldern. Alles war voll von Tieren. Ich versuchte Ordnung zu machen.

Es war schon Abend. Sein kühler Hauch wehte uns entgegen, erfrischend in seiner Kühle, ermattend in seinem Spätsein. Wir setzten uns auf eine Bank am alten Turm. »Alles war vergeblich«, sagtest du, »aber es ist vergangen, es ist Zeit aufzuatmen und hier ist der rechte Ort.«

Sie schläft. Ich wecke sie nicht. Warum weckst du sie nicht? Es ist mein Unglück und mein Glück. Ich bin unglücklich, daß ich sie nicht wecken kann, daß ich nicht aufsetzen kann den Fuß auf die brennende Türschwelle ihres Hauses, daß ich nicht den Weg kenne zu ihrem Hause, daß ich nicht die Richtung kenne, in welcher der Weg liegt, daß ich mich immer weiter von ihr entferne, kraftlos wie das Blatt im Herbstwind sich von seinem Baume entfernt und überdies: ich war niemals an diesem Baume, im Herbstwind ein Blatt, aber von keinem Baum. – Ich bin glücklich, daß ich sie nicht wecken kann. Was täte ich, wenn sie sich erhöbe, wenn sie aufstehen würde von dem Lager, wenn ich aufstehen würde von dem Lager, der Löwe von seinem Lager, und mein Gebrüll einbrechen würde in mein ängstliches Gehör.

Ich fragte einen Wanderer, den ich auf der Landstraße traf, ob hinter den sieben Meeren die sieben Wüsten wären und hinter ihnen die sieben Berge, auf dem siebenten Berge das Schloß und…

* Das Klettern. Senait. Es war ein Eichhörnchen, es war ein Eichhörnchen, eine wilde Nußaufknackerin, Springerin, Kletterin, und ihr buschiger Schwanz war berühmt in den Wäldern. Dieses Eichhörnchen, dieses Eichhörnchen war immer auf der Reise, immer auf der Suche, es konnte nichts darüber sagen, nicht weil ihm die Rede fehlte, aber es hatte nicht die allergeringste Zeit.

Bilder von der Verteidigung eines Hofes

Es war ein einfacher und lückenloser Holzzaun von nicht ganz Manneshöhe. Dahinter standen drei Männer, deren Gesichter man über den Zaun hinausragen sah, der mittlere war der größte, die beiden anderen, um mehr als einen Kopf kleiner, drängten sich an ihn, es war eine einheitliche Gruppe. Diese drei Männer verteidigten den Zaun oder vielmehr den ganzen Hof, der von ihm umschlossen war. Es waren noch andere Männer da, aber unmittelbar beteiligten sie sich an der Verteidigung nicht. Einer saß an einem Tischchen mitten im Hof; da es warm war, hatte er sich den Uniformrock ausgezogen und über die Sessellehne gehängt. Er hatte vor sich einige kleine Zettel, die er mit großen, breiten, viel Tinte verbrauchenden Schriftzügen beschrieb. Hie und da sah er auf eine kleine Zeichnung, die weiter oben mit Reißnägeln an der Tischplatte befestigt war, es war ein Plan des Hofes und der Mann, welcher der Kommandant war, verfaßte nach diesem Plane die Anordnung für die Verteidigung. Manchmal richtete er sich halb auf, um nach den drei Verteidigern zu sehn und über den Zaun hinweg ins freie Land. Auch was er dort sah, nützte er für seine Anordnungen aus. Er arbeitete eilig, wie es die gespannte Lage erforderte. Ein kleiner bloßfüßiger Junge, der in der Nähe im Sande spielte, trug, wenn es so weit war und der Kommandant ihn rief, die Zettel aus. Doch mußte ihm der Kommandant immer zuerst mit dem Uniformrock die vom feuchten Sande schmutzigen Hände reinigen, ehe er ihm die Zettel gab. Der Sand war feucht vom Wasser, das aus einem großen Bottich ausspritzte, in welchem ein Mann Militärwäsche wusch, auch eine Leine hatte er von einer Latte des Zauns zu einem schwachen Lindenbaum gezogen, der verlassen im Hof stand. Auf dieser Leine war Wäsche zum Trocknen ausgehängt, und als jetzt der Kommandant sein Hemd, das ihm schon am schwitzenden Leibe klebte, plötzlich über den Kopf hin auszog und mit kurzem Zuruf dem Mann beim Bottich zuwarf, nahm dieser ein trockenes Hemd von der Leine und übergab es seinem Vorgesetzten. Nicht weit vom Bottich im Baumschatten saß ein junger Mann schaukelnd auf einem Sessel, unbekümmert um alles, was ringsumher geschah, die Blicke verloren zum Himmel und zum Flug der Vögel gerichtet, und übte auf einem Waldhorn militärische Signale. Das war notwendig wie etwas anderes, aber manchmal wurde es dem Kommandanten zuviel, dann winkte er, ohne von seiner Arbeit aufzusehen, dem Trompeter zu, daß er aufhöre, und als das nicht half, drehte er sich um und schrie ihn an, dann war ein Weilchen lang Stille, bis der Trompeter leise, zum Versuch nur, wieder zu blasen begann und, als es ihm durchging, allmählich wieder den Ton zur früheren Stärke anschwellen ließ. Der Vorhang des Giebelfensters war herabgelassen, was nichts Auffallendes hatte, denn alle Fenster auf dieser Hausseite waren irgendwie verdeckt, um sie vor dem Einblick und Angriff der Feinde zu schützen, aber hinter jenem Vorhang duckte sich die Tochter des Pächters, blickte auf den Trompeter hinunter und die Klänge des Waldhorns entzückten sie so, daß sie manchmal nur mit geschlossenen Augen, die Hand am Herzen, sie in sich aufnehmen konnte. Eigentlich hätte sie in der großen Stube im Hinterhaus die Mägde beaufsichtigen sollen, die dort Charpie zupften, aber sie hatte es dort, wohin die Töne nur schwach, niemals Befriedigung bringend, immer nur Sehnsucht erweckend, gedrungen waren, nicht ausgehalten und sich durch das verlassene dumpfe Haus hier heraufgestohlen. Manchmal beugte sie sich auch ein wenig weiter vor, um zu sehn, ob der Vater noch bei seiner Arbeit sitze und nicht etwa das Gesinde revidieren gegangen sei, denn dann wäre auch ihres Bleibens hier nicht mehr gewesen. Nein, er saß noch immer, aus seiner Pfeife paffend, auf der Steinstufe vor der Haustür und schnitt Schindeln, ein großer Haufe fertiger und halbfertiger Schindeln sowie rohen Materials lag um ihn herum. Das Haus und das Dach würde leider unter dem Kampfe leiden und man mußte Vorsorge treffen. Aus dem Fenster neben der Haustür, das bis auf eine kleine Lücke mit Brettern verschlagen war, kam Rauch und Lärm, dort war die Küche und die Pächterin beendigte eben mit den Militärköchen das Mittagessen. Der große Herd reichte dafür nicht aus, es waren daher auch noch zwei Kessel aufgestellt worden, aber auch sie genügten nicht, wie sich jetzt zeigte: dem Kommandanten war es sehr wichtig, die Mannschaft reichlich zu nähren. Man hatte sich deshalb entschlossen, noch einen dritten Kessel zu Hilfe zu nehmen, da er aber ein wenig schadhaft war, war ein Mann auf der Gartenseite des Hauses damit beschäftigt, ihn zuzulöten. Er hatte es ursprünglich vor dem Hause zu machen gesucht, aber der Kommandant hatte das Hämmern nicht ertragen können und man hatte den Kessel wegrollen müssen. Die Köche waren sehr ungeduldig, immer wieder schickten sie jemanden nachzusehn, ob der Kessel schon fertig sei, aber er war noch immer nicht fertig, für das heutige Mittagessen kam er nicht mehr in Betracht und man würde sich einschränken müssen. Zuerst wurde dem Kommandanten serviert. Trotzdem er es sich einige Male und sehr ernsthaft verbeten hatte, ihm etwas Besonderes zu kochen, hatte sich die Hausfrau nicht entschließen können, ihm die gewöhnliche Mannschaftskost zu geben, auch wollte sie es niemand anderem anvertrauen, ihn zu bedienen, zog eine schöne weiße Schürze an, stellte auf ein silbernes Tablett den Teller mit kräftiger Hühnersuppe und trug es dem Kommandanten in den Hof hinaus, da man nicht erwarten konnte, daß er seine Arbeit unterbrechen und ins Haus essen gehn werde. Er erhob sich gleich sehr höflich, als er die Hausfrau selbst herankommen sah, mußte ihr aber sagen, daß er keine Zeit zum Essen habe, weder Zeit noch Ruhe, die Hausfrau bat mit geneigtem Kopf, Tränen in den aufwärts schauenden Augen, und erreichte damit, daß der Kommandant, noch immer stehend, aus dem noch immer in den Händen der Hausfrau befindlichen Teller lächelnd einen Löffel voll Suppe nahm. Damit war aber auch der äußersten Höflichkeit Genüge getan, der Kommandant verbeugte sich und setzte sich zu seiner Arbeit, er merkte wahrscheinlich kaum, daß die Hausfrau noch ein Weilchen lang neben ihm stand, und dann seufzend in die Küche zurückging. Ganz anders aber war der Appetit der Mannschaften. Kaum erschien in der Lücke des Küchenfensters das wildbärtige Gesicht eines Kochs, der mit einer Pfeife das Zeichen gab, daß das Mittagessen ausgeteilt werde, wurde es überall lebendig, lebendiger als es dem Kommandanten lieb war. Aus einem Holzschuppen zogen zwei Soldaten einen Handwagen, der eigentlich nur ein großes Faß darstellte, in welches aus der Küchenlücke in breitem Strom die Suppe geschüttet wurde für jene Mannschaften, welche ihren Platz nicht verlassen durften und denen daher das Essen zugeführt wurde. Zuerst fuhr das Wägelchen zu den Verteidigern am Zaun, es wäre dies wohl auch geschehn, ohne daß der Kommandant mit dem Finger ein Zeichen hätte geben müssen, denn jene drei waren augenblicklich am meisten dem Feind ausgesetzt und das verstand auch der einfache Mann zu würdigen, vielleicht mehr als der Offizier, aber dem Kommandanten lag vor allem daran, die Verteilung zu beschleunigen und die lästige Unterbrechung der Verteidigungsarbeiten, welche das Essen verursachte, möglichst abzukürzen, sah er doch, wie selbst die drei, sonst musterhafte Soldaten, sich jetzt mehr um den Hof und das Wägelchen als um das Vorfeld des Zaunes bekümmerten. Sie wurden schnell aus dem Wägelchen versorgt, das dann weiter den Zaun entlang geführt wurde, denn alle zwanzig Schritte etwa hockten unten am Zaun drei Soldaten, bereit, wenn es nötig werden sollte, so wie jene ersten drei aufzustehn und sich dem Feind zu zeigen. Inzwischen kam in langer Reihe aus dem Haus die Reserve zur Küchenlücke, jeder Mann die Schüssel in der Hand. Auch der Trompeter näherte sich, zog zum Leidwesen der Pächterstochter, die nun wieder zu den Mägden zurückkehrte, die Schüssel unter seinem Sessel hervor und brachte statt ihrer sein Waldhorn dort unter. Und in dem Wipfel der Linde begann ein Rauschen, denn dort saß ein Soldat, der die Feinde durch ein Fernrohr zu beobachten hatte und der trotz seiner wichtigen unentbehrlichen Arbeit von dem Führer des Suppenwagens wenigstens vorläufig vergessen worden war. Das erbitterte ihn um so mehr, als sich einige Soldaten, nichtstuerische Reservemannschaften, um die Mahlzeit besser zu genießen, rund um den Stamm niedergesetzt hatten und der Dampf und Duft der Suppe zu ihm emporstieg. Zu schreien wagte er nicht, aber im Gezweig schlug er um sich und stieß mehrmals das Fernrohr, um auf sich aufmerksam zu machen, durch das Laubwerk hinab. Alles vergebens. Er gehörte zu den Abnehmern des Wägelchens und mußte warten, bis es nach beendigter Rundfahrt zu ihm kam. Das dauerte freilich lange, denn der Hof war groß, wohl vierzig Posten zu drei Mann waren zu versorgen, und als das Wägelchen, von den übermüdeten Soldaten gezogen, endlich zur Linde kam, war schon nur wenig im Faß und besonders die Fleischstücke waren spärlich. Zwar nahm der Späher den Rest noch gern an, als er ihm in einer Schüssel mit einer Hakenstange heraufgereicht wurde, glitt dann aber ein wenig am Stamm herab und stieß wütend – dies war sein Dank – den Fuß in das Gesicht des Soldaten, der ihn bedient hatte. Dieser, begreiflicherweise außer sich vor Erregung, ließ sich von seinem Kameraden hochheben, war im Nu oben im Baum und nun begann ein von unten unsichtbarer Kampf, der sich nur im Schwanken der Äste, dumpfem Stöhnen, Umherfliegen der Blätter äußerte, bis dann endlich das Fernrohr zu Boden fiel und nun sofort Ruhe eintrat. Der Kommandant hatte, von andern Dingen sehr in Anspruch genommen – draußen im Felde schien Verschiedenes vorzugehen –, glücklicherweise nichts bemerkt, still kletterte der Soldat herunter, freundschaftlichst wurde das Fernrohr hinaufgereicht und alles war wieder gut, nicht einmal von der Suppe war nennenswert viel verlorengegangen, denn der Späher hatte vor dem Kampf die Schüssel an den obersten Zweigen sorgfältig windsicher befestigt.

Ich schreibe nun wieder, was ich gehört habe, was mir anvertraut worden ist. Doch ist es mir nicht anvertraut worden als Geheimnis, das ich bewahren müsse, anvertraut unmittelbar wurde mir nur die Stimme, die sprach, das Übrige ist kein Geheimnis, ist vielmehr Spreu; und das, was nach allen Seiten fliegt, wenn Arbeit getan wird, ist das, was mitgeteilt werden kann und um die Barmherzigkeit bittet, mitgeteilt zu werden, denn es hat nicht die Kraft, verlassen stillzubleiben, wenn das, was ihm Leben gab, verrauscht ist.
Gehört habe ich aber folgendes:

Irgendwo in Südböhmen auf einer waldigen Anhöhe, etwa zwei Kilomter von einem Fluß entfernt, den man leicht von hier aus sehen würde, wenn nicht der Wald die Aussicht benähme, liegt ein kleines Haus. Dort wohnt ein alter Mann. Äußere Würde des Alters ist ihm nicht zuteil geworden. Er ist klein, das eine Bein ist gerade, das andere aber stark nach außen gebogen. Das Gesicht ist schütter, aber überall von weißem, gelbem, hie und da auch wohl schwärzlichem Bart bewachsen, die Nase ist plattgedrückt und ruht auf der ein wenig vorgeworfenen Oberlippe, von ihr fast geschlossen, auf. Die Lider hängen tief über den kleinen...

Jenen Wilden, von denen erzählt wird, daß sie kein anderes Verlangen haben als zu sterben oder vielmehr sie haben nicht einmal mehr dieses Verlangen, sondern der Tod hat nach ihnen Verlangen und sie geben sich hin oder vielmehr sie geben sich nicht einmal hin, sondern sie fallen in den Ufersand und stehn niemals mehr auf – jenen Wilden gleiche ich sehr und habe auch Stammesbrüder ringsherum, aber die Verwirrung in diesen Ländern ist so groß, das Gedränge wogt auf und ab bei Tag und Nacht und die Brüder lassen sich von ihm tragen. Das nennt man hierzulande ›einem unter den Arm greifen‹, solche Hilfe ist hier immer bereit; einen, der ohne Grund umsinken könnte und liegenbliebe, fürchtet man wie den Teufel, es ist wegen des Beispiels, es ist wegen des Gestankes der Wahrheit, der aus ihm steigen würde. Gewiß, es würde nichts geschehn, einer, zehn, ein ganzes Volk könnte liegenbleiben und es würde nichts geschehn, weiter ginge das mächtige Leben, noch übervoll sind die Dachböden von Fahnen, die niemals aufgerollt gewesen sind, dieser Leierkasten hat nur eine Walze, aber die Ewigkeit in eigener Person dreht die Kurbel. Und doch die Angst! Wie tragen doch die Leute ihren eigenen Feind, so ohnmächtig er ist, immer in sich. Seinetwegen, dieses ohnmächtigen Feindes wegen, sind sie...

»Nun also?« sagte der Herr, sah mich lächelnd an und rückte an seiner Krawatte. Ich konnte den Blick aushalten, wandte mich dann aber aus freiem Willen ein wenig zur Seite und schaute in die Tischfläche mit immer angestrengteren Augen, als öffne und vertiefe sich dort eine Höhlung und ziehe den Blick hinab. Dabei sagte ich: »Sie wollen mich prüfen, haben aber noch keine Berechtigung hiezu nachgewiesen.« Nun lachte er laut: »Meine Berechtigung ist meine Existenz, meine Berechtigung ist mein Dasitzen, meine Berechtigung ist meine Frage, meine Berechtigung ist, daß Sie mich verstehn.« »Wohl«, sagte ich, »nehmen wir an, es sei so.« »Dann werde ich Sie also prüfen«, sagte er, »nur ersuche ich Sie, mit Ihrem Sessel ein wenig zurückzugehn, Sie beengen mich hier. Auch bitte ich, nicht abwärts zu schauen, sondern mir in die Augen. Vielleicht ist es mir wichtiger, Sie zu sehn, als Ihre Antworten zu hören.« Als ich ihm entsprochen hatte, begann er: »Wer bin ich?« »Mein Prüfer«, sagte ich. »Gewiß«, sagte er. »Was bin ich noch?« »Mein Onkel«, sagte ich. »Ihr Onkel«, rief er, »was für eine tolle Antwort.« »Mein Onkel«, sagte ich bekräftigend. »Nichts Besseres.«

Ich stand auf dem Balkon meines Zimmers. Es war sehr hoch, ich zählte die Fensterreihen, es war im sechsten Stockwerk. Unten waren Rasenanlagen, es war ein kleiner von drei Seiten geschlossener Platz, es war wohl in Paris. Ich ging ins Zimmer hinein, die Tür ließ ich offen, es schien zwar erst März oder April zu sein, aber der Tag war warm. In einer Ecke stand ein kleiner, sehr leichter Schreibtisch, ich hätte ihn mit einer Hand heben und in der Luft herumschwingen können. Jetzt aber setzte ich mich zu ihm, Tinte und Feder war bereit, ich wollte eine Ansichtskarte schreiben. Ich griff unsicher, ob ich eine Karte hätte, in die Tasche, da hörte ich einen Vogel und bemerkte, als ich herumsah, auf dem Balkon an der Hausmauer einen Vogelbauer. Gleich ging ich wieder hinaus, ich mußte mich auf die Fußspitzen heben, um den Vogel zu sehn, es war ein Kanarienvogel. Dieser Besitz freute mich sehr. Ich drückte ein Stückchen grünen Salats, der zwischen den Gitterstäbchen steckte, tiefer hinein und ließ den Vogel daran knabbern. Dann wandte ich mich wieder dem Platz zu, rieb die Hände und beugte mich flüchtig über das Geländer. Jenseits des Platzes in einem Mansardenzimmer schien mich jemand mit einem Operngucker zu beobachten, wahrscheinlich, weil ich ein neuer Mieter war, das war kleinlich, aber vielleicht war es ein Kranker, dem die Fensteraussicht die Welt ist. Da ich in den Taschen doch eine Karte gefunden hatte, ging ich ins Zimmer, um zu schreiben, auf der Karte war allerdings keine Ansicht von Paris, sondern nur ein Bild, es hieß Abendgebet, man sah einen stillen See, im Vordergrund ganz wenig Schilf, in der Mitte ein Boot und darin eine junge Mutter mit ihrem Kind im Arm.

Wir spielten ›Weg-Versperren‹, es wurde eine Wegstrecke bestimmt, die einer verteidigen und der andere überschreiten sollte. Dem Angreifer wurden die Augen verbunden, der Verteidiger aber hatte kein anderes Mittel, die Überschreitung zu verhindern, als daß er gerade im Augenblick der Überschreitung den Angreifer am Arm berührte; tat er es früher oder später, hatte er verloren. Wer das Spiel nie gespielt hat, wird glauben, daß der Angriff sehr schwer, die Verteidigung sehr leicht gemacht sei und dabei ist es gerade umgekehrt oder es sind zumindest die Angriffstalente häufiger. Verteidigen konnte bei uns nur einer, er freilich konnte es fast unfehlbar. Ich habe ihm oft zugeschaut, es war dann kaum unterhaltend, er war eben ohne viel Laufen immer am richtigen Platz, er hätte auch gar nicht sehr gut laufen können, denn er hinkte ein wenig, er war aber auch sonst nicht lebhaft, andere, wenn sie verteidigten, lauerten geduckt und blickten wild herum, seine mattblauen Augen blickten ruhig wie sonst. Was eine solche Verteidigung zu bedeuten hatte, merkte man erst, wenn man Angreifer war.

Ich liebe sie und kann mit ihr nicht sprechen, ich lauere ihr auf, um ihr nicht zu begegnen.

Ich liebte ein Mädchen, das mich auch liebte, ich mußte es aber verlassen.
Warum?
Ich weiß nicht. Es war so, als wäre sie von einem Kreis von Bewaffneten umgeben, welche die Lanzen nach auswärts hielten. Wann ich mich auch näherte, geriet ich in die Spitzen, wurde verwundet und mußte zurück. Ich habe viel gelitten.
Das Mädchen hatte daran keine Schuld?
Ich glaube nicht, oder vielmehr, ich weiß es. Der vorige Vergleich war nicht vollständig, auch ich war von Bewaffneten umgeben, welche ihre Lanzen nach innen, also gegen mich hielten. Wenn ich zu dem Mädchen drängte, verfing ich mich zuerst in den Lanzen meiner Bewaffneten und kam schon hier nicht vorwärts. Vielleicht bin ich zu den Bewaffneten des Mädchens niemals gekom-

men und wenn ich hingekommen sein sollte, dann schon blutend von meinen Lanzen und ohne Besinnung.
Ist das Mädchen allein geblieben?
Nein, ein anderer ist zu ihr vorgedrungen, leicht und ungehindert. Ich habe, erschöpft von meinen Anstrengungen, so gleichgültig zugesehen, als wäre ich die Luft, durch die sich ihre Gesichter im ersten Kuß aneinanderlegten.

Es saßen zwei Männer an einem roh gezimmerten Tisch. Eine flackernde Petroleumlampe hing über ihnen. Es war weit von meiner Heimat.
»Ich bin in euerer Hand«, sagte ich.
»Nein«, sagte der eine Mann, der sich sehr aufrecht hielt und die linke Hand in seinen Vollbart gekrampft hatte, »du bist frei und dadurch bist du verloren.«
»Ich kann also gehn?« fragte ich.
»Ja«, sagte der Mann und flüsterte seinem Nachbar etwas zu, während er ihm freundlich die Hand streichelte. Es war ein alter Mann, zwar auch noch aufrecht und sehr kräftig,...

Es war ein äußerst niedriges Türchen, das in den Garten führte, nicht viel höher als die Drahtbogen, die man beim Croquetspiel in die Erde steckt. Wir konnten deshalb nicht nebeneinander in den Garten gehn, sondern einer mußte hinter dem andern hineinkriechen. Marie erschwerte es mir noch, indem sie mich, gerade als ich mit den Schultern in dem Türchen fast eingeklemmt war, noch an den Füßen zu ziehn anfing. Schließlich überwand ich es doch und auch Marie kam erstaunlicherweise durch, allerdings nur mit meiner Hilfe. Wir waren mit dem allen so beschäftigt gewesen, daß wir gar nicht bemerkt hatten, daß der Gastgeber offenbar schon von allem Anfang an in der Nähe stand und uns zugesehen hatte. Das war Marie sehr unangenehm, denn ihr leichtes Kleid war bei dem Kriechen ganz zerdrückt worden. Aber nun ließ sich nichts mehr verbessern, denn der Gastgeber begrüßte uns schon, mir schüttelte er herzlich die Hand, Marie klopfte er leicht auf die Wange. Ich konnte mich nicht erinnern, wie alt Marie war, wahrscheinlich war sie ein kleines Kind, da sie so begrüßt wurde, aber ich war doch gewiß nicht viel älter. Ein Diener lief vorüber, fast flog er dahin, in der erhobenen Rechten – die Linke hielt er an der

Hüfte – trug er eine große hoch gefüllte Schüssel, den Inhalt konnte ich in der Eile nicht erkennen, ich sah nur, wie lange Bänder oder Blätter oder Algen rings von der Schüssel hinunterhingen und in der Luft hinter dem Diener flatterten. Ich machte Marie auf den Diener aufmerksam, sie nickte mir zu, war aber nicht so erstaunt, wie ich erwartet hatte. Eigentlich war es doch ihr erster Eintritt in die große Gesellschaft, sie kam doch aus engen kleinbürgerlichen Verhältnissen, es mußte ihr doch so sein wie einem Menschen, der immer nur in der Ebene gelebt hatte, plötzlich aber reißt der Vorhang vor ihm und er steht am Fuß des Vorgebirges. Aber auch in ihrem Verhalten gegenüber dem Gastgeber zeigte sie nichts dergleichen, ruhig hörte sie seine Begrüßungsworte an und zog sich unterdessen die grauen Handschuhe, die ich ihr gestern gekauft hatte, langsam an. Im Grunde war es mir ja sehr lieb, daß sie die Prüfung in dieser Art bestand. Der Gastgeber lud uns dann ein, ihm zu folgen, wir gingen in der Richtung, in welcher der Diener verschwunden war, der Gastgeber war immer einen Schritt vor uns, aber immer halb zu uns zurückgewendet.

Wer ist es? Wer geht unter den Bäumen am Quai? Wer ist ganz verloren? Wer kann nicht mehr gerettet werden? Über wessen Grab wächst der Rasen? Träume sind angekommen, flußabwärts sind sie gekommen, auf einer Leiter steigen sie die Quaimauer hinauf. Man bleibt stehn, unterhält sich mit ihnen, sie wissen mancherlei, nur woher sie kommen, wissen sie nicht. Es ist recht lau an diesem Herbstabend. Sie wenden sich dem Fluß zu und heben die Arme. Warum hebt ihr die Arme, statt uns in sie zu schließen?

Immer streichst du um die Tür herum, tritt kräftig ein. Drin sitzen zwei Männer an roh gezimmertem Tisch und erwarten dich. Sie tauschen ihre Meinungen aus über die Ursachen deines Zögerns. Es sind ritterliche mittelalterlich gekleidete Männer.

Er ist sehr kräftig und wird immer kräftiger. Er scheint auf fremde Kosten zu leben. Man könnte sich ihn als ein Tier in der Wildnis denken, das am Abend allein, langsam, bedächtig, schaukelnd zur Tränke geht. Seine Augen sind trübe, man hat oft nicht den Eindruck, daß er den, auf den er die Augen richtet, auch wirklich sieht. Es ist dann aber nicht Zerstreutheit, Beschäftigtsein, das ihn hindert, sondern eine gewisse Stumpfheit. Es sind trübe Trinkeraugen eines Menschen, der offenbar nicht Trinker ist. Vielleicht geschieht ihm Unrecht, vielleicht hat ihn das so verschlossen gemacht, vielleicht ist ihm immer Unrecht geschehn. Es scheint jene Art von unbestimmtem Unrecht zu sein, das junge Leute so oft auf sich lasten fühlen, das sie aber schließlich abwerfen, solange sie noch die Kraft dazu haben, er freilich ist schon alt, wenn auch vielleicht nicht so alt wie er aussieht mit seiner schwerfälligen Gestalt, den fast aufdringlichen, abwärts ziehenden Furchen in seinem Gesicht und dem Bauch, über dem sich die Weste wölbt.

Es war der erste Spatenstich, es war der erste Spatenstich,
es lag die Erde in Krumen, zerfallen vor meinem Fuß.
Es läutete eine Glocke, es zitterte eine Tür,
. . . .

Es war eine politische Versammlung. Merkwürdig ist es, daß die meisten Versammlungen auf dem Platz der Ställe stattfinden, am Ufer des Flusses, gegen dessen Tosen die menschliche Stimme kaum aufkommt. Trotzdem ich auf der Quaibrüstung nahe bei den Rednern saß – sie sprachen von einem kahlen viereckigen Sockel aus Quadersteinen herab – verstand ich nur wenig. Freilich wußte ich im voraus, um was es sich handelte, und alle wußten es. Auch waren alle einig, eine vollständigere Einigkeit habe ich nie gesehn, auch ich war völlig ihrer Meinung, die Sache war allzu klar, wie oft schon durchgesprochen und immer noch klar wie am ersten Tag; beides, die Einigkeit und die Klarheit waren herzbeklemmend, die Denkkraft stockte vor Einigkeit und Klarheit, man hätte manchmal nur den Fluß hören wollen und sonst nichts.

Wenn ich mir heute Rechenschaft geben will über meinen Freund und mein Verhältnis zu ihm, so ist das einer jener vielen meist hoffnungslosen Anläufe, die man während eines langen Lebens immer wieder unternimmt, Anläufe zu einem Sprung, von dem man nicht weiß, ob er vorwärts ins Leben zielt oder aus dem Leben fort. Aber es ist hoffnungslos, also gefahrlos.

Ich kenne ihn schon seit meiner frühen Jugend. Er ist um sieben oder acht Jahre älter als ich, aber dieser an sich große Altersunter-

schied ist wenig zur Geltung gekommen, heute scheine sogar ich der Ältere zu sein, er selbst sieht es nicht anders an. Doch hat sich das nur allmählich entwickelt.
Ich erinnere mich an unsere erste Begegnung. Ich kam gerade aus der Schule, es war ein dunkler Winternachmittag, ich war ein kleiner Junge aus der ersten Volksschulklasse. Als ich um eine Straßenecke bog, sah ich ihn, er war stark, untersetzt und hatte ein knochiges und dennoch fleischiges Gesicht, er sah ganz anders aus als heute, körperlich hat er sich seit seiner Kindheit bis zur Unkenntlichkeit verändert.
An einer Leine zerrte er einen jungen scheuen Hund. Ich blieb stehn und sah zu, nicht aus Schadenfreude, nur aus Neugierde, ich war sehr neugierig, alles reizte mich. Er aber nahm das Zuschauen übel und sagte: »Kümmere dich um deine Sachen, Dummkopf.«

Manche sagen, daß er faul sei, andere, daß er Furcht vor der Arbeit habe. Diese letzteren beurteilen ihn richtig. Er hat Furcht vor der Arbeit. Wenn er eine Arbeit anfängt, hat er das Gefühl eines, der die Heimat verlassen muß. Keine geliebte Heimat, aber doch einen gewohnten bekannten gesicherten Ort. Wohin wird ihn die Arbeit führen? Er fühlt sich fortgezogen, wie ein ganz junger scheuer Hund, der durch eine Großstadtstraße gezerrt wird. Es ist nicht der Lärm, der ihn aufregt; wenn er den Lärm hören und in seinen Bestandteilen unterscheiden könnte, würde ihn ja das gleich ganz in Anspruch nehmen, aber er hört ihn nicht, mitten durch den Lärm gezogen hört er nichts, nur eine besondere Stille, förmlich von allen Seiten ihm zugewendet, ihn behorchend, eine Stille, die sich von ihm nähren will, nur sie hört er. Das ist unheimlich, das ist zugleich aufregend und langweilig, das ist kaum zu ertragen. Wie weit wird er kommen? Zwei, drei Schritte, weiter nicht. Und dann soll er müde von der Reise wieder zurücktaumeln in die Heimat, die graue ungeliebte Heimat. Das macht ihm alle Arbeit verhaßt.

Er hat sich im zweiten Zimmer eingesperrt, ich habe geklopft, an der Tür gerüttelt, er ist still geblieben. Er ist böse auf mich, er will von mir nichts wissen. Dann bin ich aber auch böse und er kümmert mich nicht mehr. Ich rücke den Tisch zum Fenster und wer-

de den Brief schreiben, wegen dessen wir uns zerzankt haben. Wie kleinlich ist all dieser Streit, wie eng müssen wir beisammen sein, damit ein solcher Streitgegenstand überhaupt bemerkt wird, kein Dritter könnte es verstehn, er ist nicht mitteilbar, jeder würde glauben, daß wir völlig einig sind, und wir sind auch einig.
Es ist ein Brief an ein Mädchen, ich nehme darin Abschied von ihr, wie es vernünftig und richtig ist. Es gibt nichts Vernünftigeres und Richtigeres. Man kann es besonders daran erkennen, wenn man sich einen gegenteiligen Brief vorstellt, ein solcher Brief wäre schrecklich und unmöglich. Vielleicht werde ich einen solchen Brief schreiben und ihn vor der geschlossenen Tür vorlesen, dann wird er mir recht geben müssen. Allerdings, er gibt mir ja recht, auch er hält den Abschiedsbrief für richtig, aber auf mich ist er böse. So ist er meistens, feindselig gegen mich ist er, aber hilflos; wenn er mich mit seinen stillen Augen ansieht, ist es, als verlange er von mir die Begründung seiner Feindseligkeit. ›Du Junge‹, denke ich, ›was willst du von mir? Und was hast du schon aus mir gemacht!‹ Und ähnlich wie immer stehe ich auf, gehe zur Tür und klopfe wieder. Keine Antwort, aber es zeigt sich, daß diesmal offen ist, doch das Zimmer ist leer, er ist fortgegangen, das ist die eigentliche Strafe, mit der er mich gern straft, nach solchem Streit geht er fort, kommt tage-, nächtelang nicht zurück.

Ich war bei den Toten zu Gast. Es war eine große reinliche Gruft, einige Särge standen schon dort, es war aber noch viel Platz, zwei Särge waren offen, es sah in ihnen aus wie in zerwühlten Betten, die eben verlassen worden sind. Ein Schreibtisch stand ein wenig abseits, so daß ich ihn nicht gleich bemerkte, ein Mann mit mächtigem Körper saß hinter ihm. In der rechten Hand hielt er eine Feder, es war, als habe er geschrieben und gerade jetzt aufgehört, die linke Hand spielte an der Weste mit einer glänzenden Uhrkette und der Kopf war tief zu ihr hinabgeneigt. Eine Bedienerin kehrte aus, doch war nichts auszukehren.
In irgendeiner Neugierde zupfte ich an ihrem Kopftuch, das das Gesicht ganz verschattete. Jetzt erst sah ich sie. Es war ein Judenmädchen, das ich einmal gekannt hatte. Sie hatte ein üppiges weißes Gesicht und schmale dunkle Augen. Als sie mich jetzt anlachte, mitten aus ihren Fetzen, die sie zu einer alten Frau machten, sagte ich: »Ihr spielt hier wohl Komödie?« »Ja«, sagte sie, »ein we-

nig. Wie du dich auskennst!« Dann aber zeigte sie auf den Mann beim Schreibtisch und sagte: »Nun geh und begrüße den dort, er ist hier der Herr. Solange du ihn nicht begrüßt hast, darf ich eigentlich nicht mit dir reden.« »Wer ist er denn?« fragte ich leiser. »Ein französischer Adeliger«, sagte sie, »de Poitin heißt er.« »Wie kommt er denn her?« fragte ich. »Das weiß ich nicht«, sagte sie, »es ist hier ein großer Wirrwarr. Wir warten auf einen, der Ordnung macht. Bist du es?« »Nein, nein«, sagte ich. »Das ist sehr vernünftig«, sagte sie, »nun geh aber zu dem Herrn.«
Ich ging also hin und verbeugte mich. Da er den Kopf nicht hob – ich sah nur sein wirres weißes Haar –, sagte ich guten Abend, aber er rührte sich noch immer nicht, eine kleine Katze umlief den Rand des Tisches, sie war förmlich aus dem Schoß des Herrn emporgesprungen und verschwand dort wieder, vielleicht blickte er gar nicht auf die Uhrkette, sondern unter den Tisch hinab. Ich wollte nun erklären, auf welche Weise ich hergekommen war, aber meine Bekannte zupfte mich hinten am Rock und flüsterte: »Das genügt schon.«
Damit war ich sehr zufrieden, ich wandte mich zu ihr und wir gingen Arm in Arm weiter in der Gruft. Der Besen störte mich. »Wirf den Besen weg«, sagte ich. »Nein, bitte«, sagte sie, »laß mich ihn behalten. Daß mir das Auskehren hier keine Mühe machen kann, siehst du doch ein, nicht? Nun also, aber ich habe doch gewisse Vorteile davon, auf die ich nicht verzichten will. Wirst du übrigens hier bleiben?« fragte sie ablenkend. »Deinetwegen bleibe ich hier gern«, sagte ich langsam. Wir gingen nun eng aneinandergedrückt wie ein Liebespaar. »Bleib, o bleib«, sagte sie, » wie habe ich mich nach dir gesehnt. Es ist nicht so schlimm hier, wie du vielleicht fürchtest. Und was kümmert es uns zwei, wie es um uns ist.« Wir gingen ein Weilchen schweigend, die Arme hatten wir voneinander gelöst, wir hielten uns jetzt umschlungen. Wir gingen auf dem Hauptweg, rechts und links waren Särge, die Gruft war sehr groß, zumindest sehr lang. Es war zwar dunkel, aber nicht vollständig, es war eine Art Dämmerung, die sich aber auch noch ein wenig aufhellte, dort, wo wir waren, und in einem kleinen Kreis um uns. Plötzlich sagte sie: »Komm, ich werde dir meinen Sarg zeigen.« Das überraschte mich. »Du bist doch nicht tot«, sagte ich. »Nein«, sagte sie, »aber um die Wahrheit zu gestehn: ich kenne mich hier nicht aus, deshalb bin ich auch so froh, daß du gekommen bist. In

kurzer Zeit wirst du alles verstehen, schon jetzt siehst du wahrscheinlich alles klarer als ich. Jedenfalls: einen Sarg habe ich.« Wir bogen rechts in einen Seitenweg ein, wieder zwischen zwei Sargreihen. In der Anlage erinnerte mich das Ganze an einen großen Weinkeller, den ich einmal gesehen hatte. Auf diesem Wege passierten wir auch einen kleinen, kaum einen Meter breiten, schnell fließenden Bach. Dann waren wir bald bei des Mädchens Sarg. Er war mit schönen spitzenbesetzten Kissen ausgestattet. Das Mädchen setzte sich hinein und lockte mich hinunter, weniger mit dem winkenden Zeigefinger als mit dem Blick. »Du liebes Mädchen«, sagte ich, zog ihr Kopftuch fort und hielt die Hand auf der weichen Fülle ihres Haares. »Ich kann noch nicht bei dir bleiben. Es ist hier jemand in der Gruft, mit dem ich sprechen muß. Willst du mir nicht helfen, ihn zu suchen.« »Du mußt mit ihm sprechen? Hier gelten doch keine Verpflichtungen«, sagte sie. »Ich bin aber nicht von hier.« »Glaubst du, daß du von hier noch fortkommen wirst?« »Gewiß«, sagte ich. »Desto weniger solltest du deine Zeit verschwenden«, sagte sie. Dann suchte sie unter dem Kissen und zog ein Hemd heraus. »Das ist mein Totenhemd«, sagte sie und reichte es mir empor, »ich trage es aber nicht.«

Ich trat in das Haus und schloß hinter mir das Türchen im großen verriegelten Tor. Aus dem langen gewölbten Flur ging der Blick auf ein gepflegtes Hofgärtchen mit einem Blumenaufbau in der Mitte. Links von mir war eine Glasverschalung, in welcher der Portier saß, er stützte die Stirn auf die Hand und war über eine Zeitung gebeugt. Vorn an einer Glasscheibe, den Portier ein wenig verdeckend, war ein großes aus einer illustrierten Zeitschrift ausgeschnittenes Bild geklebt, ich trat näher, es war ein offenbar italienisches Städtchen, den größten Teil des Bildes nahm ein wilder Bergstrom mit einem mächtigen Wasserfall ein, die Häuser des Städtchens waren an seinen Ufern eng an den Bildrand gedrückt.

Ich grüßte den Portier und sagte, auf das Bild zeigend: »Ein schönes Bild, ich kenne Italien, wie heißt das Städtchen?« »Ich weiß nicht«, sagte er, »die Kinder aus dem zweiten Stock haben es in meiner Abwesenheit hier aufgeklebt, um mich zu ärgern. Was wünschen Sie?« fragte er dann.

Wir hatten einen kleinen Streit. Karl behauptete, er hätte mir den kleinen Operngucker bestimmt zurückgegeben, er habe zwar großes Verlangen nach ihm gehabt, habe ihn auch längere Zeit in den Händen hin und her gedreht, habe sich ihn vielleicht sogar für ein paar Tage ausgeborgt, habe ihn aber bestimmt zurückgegeben. Ich dagegen suchte ihn an die Situation zu erinnern, nannte die Gasse, in der es geschehen war, das Gasthaus gegenüber dem Kloster, an dem wir gerade vorübergegangen waren, beschrieb, wie er mir zuerst den Gucker hatte abkaufen wollen, wie er mir dann verschiedene Sachen zum Tausch für ihn angeboten hatte und wie er dann allerdings mit der Bitte herausgerückt war, ihm den Gucker zu schenken. »Warum hast du mir ihn fortgenommen«, sagte ich klagend. »Mein lieber Josef«, sagte er, »das ist ja nun alles längst vorüber. Ich bin zwar überzeugt, daß ich dir den Gucker zurückgegeben habe, aber selbst wenn du ihn mir geschenkt haben solltest, warum quälst du dich jetzt deshalb, und mich dazu. Fehlt dir der Gucker hier etwa? Oder hat der Verlust dein Leben sehr beeinflußt?« »Nicht das, nicht jenes«, sagte ich, »es tut mir nur leid, daß du mir den Gucker damals fortgenommen hast. Ich hatte ihn als Geschenk bekommen, er hat mich sehr gefreut, ein wenig vergoldet war er, erinnerst du dich? und so klein, daß man ihn immer in der Tasche tragen konnte. Dabei waren es scharfe Gläser, man sah durch ihn besser als durch manchen großen Gucker.«

Ich stand nahe der Tür des großen Saales, weit von mir an der Rückwand lag das Ruhebett des Königs, eine zarte junge äußerst bewegliche Nonne war um ihn beschäftigt, rückte die Kissen zurecht, schob ein Tischchen mit Erfrischungen heran, aus denen sie für den König auswählte, und hielt dabei unter dem Arm ein Buch, aus dem sie bisher vorgelesen hatte. Der König war nicht krank, sonst hätte er sich ja ins Schlafzimmer zurückgezogen, aber liegen mußte er doch, irgendwelche Aufregungen hatten ihn hingeworfen und sein empfindliches Herz in Unruhe gebracht. Ein Diener hatte eben die Königstochter und ihren Mann angekündigt, deshalb hatte die Nonne die Vorlesung unterbrochen. Mir war es sehr peinlich, daß ich jetzt vielleicht vertrauten Gesprächen zuhören würde, da ich aber nun einmal hier war und niemand mir den Auftrag gab, wegzugehn, vielleicht aus Absicht, vielleicht weil man mich in meiner Geringfügigkeit vergessen hatte, hielt ich mich zum Hierbleiben verpflichtet und zog mich nur an das äußerste Ende des Saales zurück. Eine kleine Wandtür in der Nähe des Königs wurde geöffnet und sich bückend kamen, einer hinter dem anderen, die Prinzessin und der Prinz hervor, im Saal hing sich dann die Prinzessin an des Prinzen Arm und so traten sie vereint vor den König.

»Ich kann es nicht länger tun«, sagte der Prinz. »Du hast vor der Hochzeit die Verpflichtung feierlich übernommen«, sagte der König. »Ich weiß es«, sagte der Prinz, »trotzdem kann ich es nicht länger tun.« »Warum nicht?« fragte der König. »Ich kann die Luft draußen nicht atmen«, sagte der Prinz, »ich kann den Lärm dort nicht ertragen, ich bin nicht schwindelfrei, mir wird übel in der Höhe, kurz, ich kann es nicht mehr tun.« »Das Letzte hat Sinn, freilich einen bösen«, sagte der König, »alles andere sind Redensarten. Und was sagt meine Tochter?« »Der Prinz hat recht«, sagte die Prinzessin, »ein Leben, wie er es jetzt führt, ist eine Last, eine Last für ihn und für mich. Du stellst es dir vielleicht nicht deutlich vor, Vater. Er muß ja immerfort bereit sein, in Wirklichkeit geschieht es etwa einmal in der Woche, aber bereit sein muß er immer. Zu den unsinnigsten Tagesstunden kann es geschehn. Wir sitzen zum Beispiel beim Essen in kleiner Gesellschaft, man vergißt ein wenig alles Leid und ist unschuldig fröhlich. Da bricht der Wächter herein und ruft den Prinzen, nun muß natürlich alles in höchster Eile geschehn, er muß das Kleid ausziehn, sich in die enge vorgeschriebene widerlich bunte, fast komödienhafte, fast entehrende Uniform hineinpressen und eilt nun, der Arme, hinaus. Die Gesellschaft ist zersprengt, die Gäste verlaufen sich, zum Glück, denn wenn der Prinz zurückkommt, ist er unfähig zu sprechen, unfähig jemand anderen neben sich zu dulden als mich, manchmal kann er nur gerade noch in die Tür eintreten, dann schlägt er schon auf den Teppich hin. Vater, ist es möglich, länger so zu leben?« »Frauenworte«, sagte der König, »sie wundern mich nicht, daß aber du, Prinz, durch Frauenworte – denn das ist mir jetzt klar – dich dazu hast bringen lassen, mir den Dienst zu verweigern, das tut mir weh.« …

Das ist der Bezirk, fünf Meter lang, fünf Meter breit, nicht groß also, aber immerhin ist es der eigene Boden. Wer hat es so angeordnet? Das ist nicht genau bekannt. Einmal kam ein fremder

Mann, viel Lederzeug hatte er über seinem Kleid, Gürtel, Querriemen, Halter und Taschen. Aus einer Tasche zog er einen Notizblock, notierte etwas und fragte dann: »Wo ist der Petent?« Der Petent trat vor. Die halbe Bewohnerschaft des Hauses war in großem Halbkreis um ihn versammelt, ich war damals ein kleiner, etwa fünfjähriger Junge, gesehn und gehört habe ich alles, hätte man es mir aber nicht viel später genau erzählt, wüßte ich kaum etwas davon. Es war zu unverständlich, als daß ich damals sehr aufmerksam hätte sein können, trotzdem hat die fremde Nacherzählung durch die eigene undeutliche Erinnerung an Leben sehr gewonnen. So sehe ich förmlich noch heute, wie der Fremde den Petenten mit scharfem Blicke maß. »Es ist nichts Geringes, was du verlangst«, sagte der Fremde, »bist du dir dessen bewußt?«

Besonders in den ersten Gymnasialklassen kam ich sehr schlecht fort. Für meine Mutter, die schweigsame stolze, ihr unruhiges Wesen immerfort mit äußerster Kraft beherrschende Frau, war das eine Qual. Sie hatte von meinen Fähigkeiten große Vorstellungen, die sie aber aus Scham niemandem eingestand und für deren Besprechung und Bekräftigung sie deshalb auch keinen Vertrauten hatte, um so quälender waren für sie meine Mißerfolge, die allerdings nicht verschwiegen werden konnten, sich gewissermaßen von selbst eingestanden und eine widerliche Menge Vertrauter erzeugten, nämlich das ganze Professorenkollegium und die Mitschülerschaft. Ich wurde ihr ein trauriges Rätsel. Sie strafte mich nicht, sie zankte nicht; daß ich es an Fleiß wenigstens nicht allzusehr fehlen ließ, sah sie; zuerst glaubte sie an eine Verschwörung der Professoren gegen mich, und diesen Glauben hat sie niemals ganz verloren, aber der Übertritt in ein anderes Gymnasium und mein fast noch schlechteres Fortkommen an diesem, erschütterte ihren Glauben an die Feindseligkeit der Professoren doch ein wenig, den Glauben an mich allerdings nicht. Ich aber lebte unter ihren traurig fragenden Blicken mein unbefangenes Kinderleben weiter. Ich hatte keinen Ehrgeiz, fiel ich nicht durch, war ich zufrieden und wäre ich durchgefallen, eine Drohung, die während des ganzen Schuljahres nicht aufhörte,...

In der Stadt wird immerfort gebaut. Nicht um sie zu erweitern, sie genügt den Bedürfnissen, seit langer Zeit sind ihre Grenzen unverändert, ja es scheint eine gewisse Scheu davor zu bestehn, sie zu vergrößern, lieber schränkt man sich ein, verbaut Plätze und Gärten, setzt neue Stockwerke auf alte Häuser, aber tatsächlich sind diese Neubauten auch gar nicht der Hauptteil des fortwährenden Baubetriebs. Dieser richtet sich vielmehr, um es vorläufig so auszudrücken, darauf, das Bestehende zu sichern. Nicht, daß man früher schlechter gebaut hätte als heute und die alten Fehler nun immerfort verbessern müßte. Eine gewisse Nachlässigkeit – es ist schwer zu sondern, was daran Leichtsinn, was schwerblütige Unruhe ist – herrscht zwar bei uns immer, aber gerade beim Bauen hat sie die wenigste Gelegenheit, sich zu äußern. Wir sind doch in dem Land der Steinbrüche, bauen fast nur aus Stein, selbst Marmor steht zur Verfügung, und was beim Bauen die Menschen versäumen mögen, macht die Beständigkeit und Unverrückbarkeit des Materials wieder gut. Auch gibt es in Hinsicht des Bauens keinen Unterschied zwischen den Zeiten, von altersher gelten die gleichen Bauregeln, und wenn sie infolge des Volkscharakters nicht immer streng beachtet werden, so geschieht auch dies unverändert und gilt für die ältesten Bauten wie für die neuesten. So steht zum Beispiel auf dem Romberg vor der Stadt eine Ruine, es sind die Reste eines Landhauses, das hier vor mehr als tausend Jahren gebaut worden sein soll. Ein reicher, alt und einsam gewordener Kaufmann soll es sich haben erbauen lassen, gleich nach seinem Tod soll es verfallen sein, es findet sich bei uns nicht leicht einer, der so weit außerhalb der Stadt wohnen wollte. So war der Bau der Zerstörung durch die Jahrhunderte preisgegeben, und deren Arbeit ist allerdings sorgfältiger als die der Bauleute. Wenn man heute an einem stillen Sonntag – man wird auch auf dem Weg durch das Gestrüpp des Bergabhangs kaum durch Begegnungen gestört – dort hinauf wandert und die Reste betrachtet, findet man nur ein paar Grundmauern, die höchste noch erreicht nicht Manneshöhe, dann ist irgendwo in das harte Erdreich durch den Druck der Zeiten ein feines, vielfach gebrochenes Säulchen eingebettet und von altem, fast schwarzem Efeu überzogen, blinkt, mehr erraten als erkannt, ein wertloser Torso einer Statue hervor. Das ist wohl alles, bis auf zwei, drei kleine, förmlich zusammengewachsene felsenharte Schutthaufen und auf dem Abhang hie und da ein paar in den Boden eingegrabene Steine. Sonst ist alles weggeräumt worden. Und doch erkennt man noch jetzt aus der Anlage – und die Überlieferung bestätigt es –, daß es ein weitläufiger, schloßartiger Bau gewesen ist, und wo man sich durch das niedrige aber dichte Strauchwerk kaum hindurchzwängen kann und an Dornen blutig reißt, – war ein schöner Park, der mit seinen Bäumen und Terrassen das Haus selbst weit überlebt haben soll.

Ich war völlig verirrt in einem Wald. Unverständlich verirrt, denn noch vor kurzem war ich zwar nicht auf einem Weg, aber in der Nähe des Wegs gegangen, der mir auch immer sichtbar gewesen war. Nun aber war ich verirrt, der Weg war verschwunden, alle Versuche, ihn wiederzufinden, waren mißlungen. Ich setzte mich auf einen Baumstumpf und wollte meine Lage überdenken, aber ich war zerstreut, dachte immer an anderes als an das Wichtigste, träumte an den Sorgen vorbei. Dann fielen mir die reichbehängten Heidelbeerpflanzen rings um mich auf, ich pflückte von ihnen und aß.

Ich wohnte im Hotel Edthofer, Albian oder Cyprian Edthofer oder noch anders, ich kann mich an den ganzen Namen nicht mehr erinnern, ich würde es wohl auch nicht wieder auffinden, trotzdem es ein sehr großes Hotel war, übrigens auch vorzüglich eingerichtet und bewirtschaftet. Ich weiß auch nicht mehr, warum ich, trotzdem ich kaum länger als eine Woche dort gewohnt habe, fast jeden Tag das Zimmer wechselte; ich wußte daher oft meine Zimmernummer nicht und mußte, wenn ich während des Tages oder am Abend nach Hause kam, das Stubenmädchen nach meiner jeweiligen Zimmernummer fragen. Allerdings lagen alle Zimmer, die für mich in Betracht kamen, in einem Stock und überdies auf einem Gang. Es waren nicht viele Zimmer, herumirren mußte ich nicht. War etwa nur dieser Gang für Hotelzwecke bestimmt, das übrige Haus aber für Mietwohnungen oder anderes? Ich weiß es nicht mehr, vielleicht wußte ich es auch damals nicht, ich kümmerte mich nicht darum. Aber es war doch unwahrscheinlich, das große Haus trug in großen, weit voneinander befestigten, nicht sehr leuchtenden, eher rötlich-matten Metallbuchstaben das Wort Hotel und den Namen des Besitzers. Oder sollte nur der Name des Besitzers dort gestanden sein, ohne die Bezeichnung Hotel? Es ist möglich und das würde dann freilich vieles erklären. Aber noch heute aus der unklaren Erinnerung heraus würde ich mich doch eher dafür entscheiden, daß ›Hotel‹ dort gestanden ist. Es verkehrten viele Offiziere im Haus. Ich war natürlich meist den ganzen Tag in der Stadt, hatte allerlei zu tun und so vieles zu sehn und hatte also nicht viel Zeit, das Hotelgetriebe zu beobachten, aber Offiziere sah ich dort oft. Allerdings war nebenan eine Kaserne, vielmehr sie war nicht eigentlich nebenan, die Verbindung zwischen dem Hotel und der Kaserne muß anders gewesen sein, sie war sowohl loser als enger. Das ist heute nicht mehr leicht zu beschreiben, ja, schon damals wäre es nicht leicht gewesen, ich habe mich nicht ernstlich bemüht, das festzustellen, trotzdem mir die Unklarheit manchmal Schwierigkeiten verursachte. Manchmal nämlich, wenn ich zerstreut von dem Lärm der Großstadt nach Hause kam, konnte ich den Eingang zum Hotel nicht gleich finden. Es ist richtig, der Eingang zum Hotel scheint sehr klein gewesen zu sein, ja es hat vielleicht – trotzdem das freilich sonderbar gewesen wäre – gar keinen eigentlichen Hoteleingang gegeben, sondern man mußte, wenn man ins Hotel wollte, durch die Tür der Restauration gehn. Nun mag es also so gewesen sein, aber selbst die Tür der Restauration konnte ich nicht immer auffinden. Manchmal, wenn ich vor dem Hotel zu stehn glaubte, stand ich in Wahrheit vor der Kaserne, es war zwar ein ganz anderer Platz, stiller, reiner als der vor dem Hotel, ja totenstill und vornehm-rein, aber doch so, daß man die zwei verwechseln konnte. Man mußte erst um eine Ecke gehn und dann erst war man vor dem Hotel. Aber es scheint mir jetzt, daß es manchmal, freilich nur manchmal, anders war, daß man auch von jenem stillen Platz aus – etwa mit Hilfe eines Offiziers, der den gleichen Weg ging – die Hoteltür gleich finden konnte, und zwar nicht etwa eine andere, eine zweite Tür, sondern eben die eine gleiche Tür, welche auch den Eingang zur Restauration bildete, eine schmale, innen mit einem schönen weißen bändergeschmückten Vorhang verdeckte, äußerst hohe Tür. Dabei waren Hotel und Kaserne zwei grundverschiedene Gebäude, das Hotel im üblichen Hotelstil, allerdings mit einem Einschlag von Zinshaus, die Kaserne dagegen ein romanisches Schlößchen, niedrig aber weiträumig. Die Kaserne erklärte die fortwährende Anwesenheit von Offizieren, dagegen habe ich Mannschaften nie gesehn. Wie ich es erfahren habe, daß das scheinbare Schlößchen eine Kaserne war, weiß ich nicht mehr; Ursache, mich mit ihr zu beschäftigen, hatte ich aber, wie erwähnt, öfters, wenn ich, ärgerlich die Hoteltüre suchend, mich auf dem stillen Platz herumtrieb. War ich aber einmal oben im Gang, war ich geborgen. Ich fühlte mich dort sehr heimisch und war glücklich, in der großen fremden Stadt einen solchen behaglichen Ort gefunden zu haben.

Warum machst du mir Vorwürfe, böser Mann? Ich kenne dich nicht, ich sehe dich jetzt zum erstenmal. Du hättest mir Geld gegeben, daß ich dir aus diesem Geschäft Zuckerwerk hole? Nein, das ist gewiß ein Irrtum, du hast mir kein Geld gegeben. Verwechselst du mich nicht mit meinem Kameraden Fritz? Er sieht mir aber allerdings nicht ähnlich. Davor, daß du es dem Lehrer in der Schule sagen wirst, fürchte ich mich gar nicht. Er kennt mich und wird die Anschuldigung nicht glauben. Und meine Eltern werden dir das Geld ganz gewiß nicht ersetzen, warum denn auch? Da ich doch nichts von dir bekommen habe. Wenn sie dir aber etwas geben wollten, werde ich sie bitten, es nicht zu tun. Und nun laß mich gehn. Nein du darfst mir nicht nachgehn, sonst sage ich es dem Polizeimann. Ah, zum Polizeimann willst du nicht gehn, ...

Fort von hier, nur fort von hier! Du mußt mir nicht sagen, wohin du mich führst. Wo ist deine Hand, ach ich kann sie im Dunkel nicht ertasten. Hielte ich doch nur schon deine Hand, ich glaube, du würdest mich dann nicht verwerfen. Hörst du mich? Bist du überhaupt im Zimmer? Vielleicht bist du gar nicht hier. Was sollte dich auch herlocken in das Eis und den Nebel des Nordens, wo man Menschen gar nicht vermuten sollte. Du bist nicht hier. Du bist ausgewichen diesen Orten. Ich aber stehe und falle mit der Entscheidung darüber, ob du hier bist oder nicht.

Daß Leute, die hinken, dem Fliegen näher zu sein glauben als Leute, die gehn. Und dabei spricht sogar manches für ihre Meinung. Wofür spräche nicht manches?

Armes verlassenes Haus! Warst du je bewohnt? Es wird nicht überliefert. Niemand forscht in deiner Geschichte. Wie kalt ist es in dir. Wie weht der Wind durch deinen grauen Flurgang, nichts hindert. Warst du je bewohnt, dann sind die Spuren dessen unbegreiflich gut verwischt.

Ich habe meinen Verstand in die Hand vergraben, fröhlich, aufrecht trage ich den Kopf, aber die Hand hängt müde hinab, der Verstand zieht sie zur Erde. Sieh nur die kleine, harthäutige, aderndurchzogene, faltenzerrissene, hochädrige, fünffingrige Hand, wie gut, daß ich den Verstand in diesen unscheinbaren Behälter retten konnte. Besonders vorzüglich ist, daß ich zwei Hände habe. Wie im Kinderspiel frage ich: In welcher Hand habe ich meinen Verstand? Niemand kann es erraten, denn ich kann durch Falten der Hände im Nu den Verstand aus einer Hand in die andere übertragen.

Wiederum, wiederum, weit verbannt, weit verbannt. Berge, Wüste, weites Land gilt es zu durchwandern.

Ich bin ein Jagdhund. Karo ist mein Name. Ich hasse alle und alles. Ich hasse meinen Herrn, den Jäger, hasse ihn, trotzdem er, die zweifelhafte Person, dessen gar nicht wert ist.

Träumend hing die Blume am hohen Stengel. Abenddämmerung umzog sie.

Es war kein Balkon, nur statt des Fensters eine Tür, die hier im dritten Stockwerk unmittelbar ins Freie führte. Sie war jetzt offen an dem Frühlingsabend. Ein Student ging lernend im Zimmer auf und ab; kam er zur Fenstertür, strich er immer mit der Sohle draußen über ihre Schwelle, so wie man flüchtig mit der Zunge an etwas Süßem leckt, das man sich für spätere Zeiten zurückgelegt hat.

Die Mannigfaltigkeiten, die sich mannigfaltig drehen in den Mannigfaltigkeiten des einen Augenblicks, in dem wir leben. Und noch immer ist der Augenblick nicht zu Ende, sieh nur!

Fern, fern geht die Weltgeschichte vor sich, die Weltgeschichte deiner Seele.

Nimmermehr, nimmermehr kehrst du wieder in die Städte, nimmermehr tönt die große Glocke über dir.

Sage, wie geht es dir in jener Welt?
Die Frage nach meinem Befinden beantworte ich entgegen der Sitte offen und sachlich. Es geht mir gut, denn anders als früher lebe ich nun in großer Gesellschaft, in vielfachen Beziehungen und bin imstande, durch meine Kenntnisse, durch meine Antworten der Menge, die sich zum Verkehr mit mir drängt, zu genügen, wenigstens kommt sie immer wieder leidenschaftlich wie das erste Mal. Und auch ich wiederhole: Kommet, ihr werdet mich immer bereit finden. Zwar verstehe ich nicht immer, was ihr wissen wollt, aber wahrscheinlich ist das gar nicht nötig. Meine Existenz ist euch wichtig und deshalb auch meine Äußerungen, da sie meine Existenz bekräftigen. Ich irre in diesen Annahmen wohl nicht, lasse mich deshalb in meinen Antworten gehn und hoffe euch damit Freude zu machen.
In deiner Antwort ist uns einiges unklar, willst du es uns der Reihe nach erklären?
Ihr Ängstlichen, ihr Höflichen, ihr Kinder, fraget nur, fraget!
Du sprichst von einer großen Gesellschaft, in der du dich bewegst, was für eine Gesellschaft denn?
Ihr doch, ihr selbst. Euere kleine Tischgesellschaft und in einer anderen Stadt eine andere und so in vielen Städten.
Das also nennst du: Sich-in-Gesellschaft-Bewegen. Aber warte: Du bist doch, wie du sagst, unser alter Schulkollege Kriehuber. Bist du's oder nicht?
Wohl, ich bin es.
Nun also, als unser alter Freund besuchst du uns und wir, die wir deinen Verlust nicht vergessen können, ziehn dich durch unser Verlangen herbei und erleichtern dir den Weg. Ist es so?
Ja, ja, natürlich.
Aber du hast doch ein zurückgezogenes Leben geführt, wir glauben nicht, daß du außerhalb unserer Stadt überhaupt Freunde oder Bekannte gehabt hast. Wen besuchst du also in jenen Städten und wer ruft dich in sie?

Wir legten an. Ich stieg ans Land, es war ein kleiner Hafen, ein kleiner Ort. Einige Leute lungerten auf den Marmorfliesen umher, ich sprach sie an, verstand aber nicht ihre Rede. Es war wohl ein italienischer Dialekt. Ich rief meinen Steuermann herüber, er versteht italienisch, aber die Leute hier verstand auch er nicht, er stellte in Abrede, daß es Italienisch sei. Doch bekümmerte mich das alles ernstlich nicht, mein einziges Verlangen war, mich einmal von der unendlichen Seefahrt ein wenig auszuruhn und dazu taugte dieser Ort so gut wie ein anderer. Ich ging noch einmal auf das Schiff, um die nötigen Anordnungen zu geben. Alle Leute sollten vorläufig an Bord bleiben, nur der Steuermann sollte mich begleiten, allzulange war ich des festen Bodens entwöhnt und neben der Sehnsucht nach ihm beherrschte mich auch eine gewisse, nicht abzuschüttelnde Angst vor ihm, deshalb sollte mich der Steuermann begleiten. Ich ging auch noch hinunter in die Frauenkabine. Dort säugte meine Frau unsern Jüngsten, ich streichelte ihr sanftes erhitztes Gesicht und machte ihr Mitteilung von meinen Absichten. Sie lächelte zustimmend zu mir auf.

* Ich muß doch, so gern ich es vermeiden wollte, die Lästigkeit fortsetzen, die ich für Sie mit meinem vordringlichen Widerspruch – es war nicht Widerspruch, so weit komme ich nicht, es war nur Widerstreben – gegen ›Schweiger‹ begonnen habe, die Sache noch einmal aufnehmen. Das Gespräch damals am Abend lag nachher zu schwer auf mir, die ganze Nacht über, und hätte nicht am Morgen eine unerwartete Zufälligkeit mich ein wenig abgelenkt, ich hätte Ihnen gewiß gleich schreiben müssen.
Das für mich Quälende des Abends – ich sah das Gespräch von allem Anfang an, vom Öffnen der Tür an, sich nähern, das war bös, es brachte mich fast um die ganze Freude über Ihren Besuch – lag für mich darin, daß ich eigentlich nichts gegen den ›Schweiger‹ gesagt, nur ein weniges geschwätzt habe und übrigens nur bockig gewesen bin, während das, was Sie zur Verteidigung von Einzelheiten sagten, ausgezeichnet, für mich unerwartet war und völlig zutraf. Überzeugen aber konnte es mich nicht, ich bin hier völlig unüberzeugbar, noch lange ehe ich zu den Einzelheiten komme. Wenn ich aber trotzdem meine Einwände nicht begreiflich machen kann, nicht einmal mir selbst, so hat das seinen Grund in meiner Schwäche, welche sich nicht nur im Denken und Sprechen äußert, sondern auch in Anfällen einer Art wacher Ohnmacht. Ich versuche zum Beispiel etwas gegen das Stück zu sagen und schon in den zweiten Satz beginnt sich die Ohnmacht mit Fragen zu drängen, wie: ›Worüber sprichst du? Um was handelt es sich? Was ist das, Literatur? Woher kommt es? Welchen Nutzen bringt es?

Was für fragwürdige Dinge! Leg zu dieser Fragwürdigkeit noch die Fragwürdigkeit deiner Reden und es entsteht ein Ungeheuer. Wie bist du auf diese hohen nichtsnutzigen Wege gekommen? Verdient das ernste Frage, ernste Antwort? Vielleicht, aber nicht deine, das ist Sache höherer Regenten. Schnell zurück!‹ Und dieses Zurück bedeutet, daß ich gleich in völliger Finsternis [bin], aus der mich nicht des Gegensprechers Hilfe und niemandes Hilfe hinausführen kann. Sie scheinen derartiges an sich gar nicht zu kennen, trotzdem Sie den ›Spiegelmensch‹ geschrieben haben. Freilich gebe ich auch in ruhendem Zustand dem Zwischenredner recht, Sie waren manchmal zu streng zu ihm, er ist ja nichts anderes als der Wind, der mit den luftigen Existenzen spielt, er verlängert das Leben der fallenden Blätter.

Trotz allem aber will ich doch noch versuchen, nicht ganz stumm zu bleiben und kurz zu sagen, worin mich ›Schweiger‹ beleidigt.

Vor allem fühle ich eine Verschleierung darin, daß ›Schweiger‹ zu einem allerdings tragischen Einzelfall degradiert ist; die Gegenwärtigkeit des ganzen Stückes verbietet das. Wenn man ein Märchen erzählt, dann wissen alle, daß man sich fremden Mächten anvertraut und die heutigen Gerichte ausgeschaltet hat. Hier weiß man das aber nicht. Das Stück will den Eindruck erwecken, daß nur heute, gerade an diesem Abend, mehr zufällig als absichtlich der Fall Schweiger verhandelt wird, daß ebensogut zum Beispiel die Vorgänge in einem ganz anders gearteten Nachbarhaus hätten vorgenommen werden können. Diese Behauptung des Stückes kann ich aber nicht glauben; wenn in den andern Häusern dieser katholischen österreichischen Stadt, die rings um Schweiger aufgebaut ist, überhaupt jemand wohnt, dann wohnt in jedem Haus Schweiger, niemand sonst. Auch die andern Personen des Stückes haben keine eigene Wohnung, sie wohnen mit Schweiger und sind seine Begleiterscheinungen. Schweiger und Anna haben ja nicht einmal die Möglichkeit, sich irgendwo auf ein glückliches Ehepaar zu berufen, das wird ehrlich stillschweigend zugestanden, vielleicht ist das, was sie wollen, allgemein unmöglich, niemand im Stück hätte die Kraft, das zu widerlegen; woher die vielen Kinder auf dem Donauschiff stammen, ist ein Rätsel. Warum also das Städtchen, warum Österreich, warum der kleine darin versunkene Einzelfall?

Aber Sie machen ihn noch vereinzelter. Es ist, als könnten Sie ihn gar nicht genug vereinzelt machen. Sie erfinden die Geschichte von dem Kindermord. Das halte ich für eine Entwürdigung der Leiden einer Generation. Wer hier nicht mehr zu sagen hat als die Psychoanalyse, dürfte sich nicht einmischen. Es ist keine Freude, sich mit der Psychoanalyse abzugeben, und ich halte mich von ihr möglichst fern, aber sie ist zumindest so existent wie die Generation. Das Judentum bringt seit jeher seine Leiden und Freuden fast * gleichzeitig mit dem zugehörigen Raschi-Kommentar hervor, so auch hier.

Ich war letzthin in M. Es handelte sich um eine Besprechung mit K. Es war keine eigentlich dringliche Angelegenheit, sie hätte sich wohl, wenn auch langsamer – aber da sie nicht dringlich war, wäre das kein Schaden gewesen –, recht gut schriftlich erledigen lassen, aber es traf sich gerade, daß ich freie Zeit hatte und Lust bekam, mit K. schnell ohne viel Umstände ins reine zu kommen, auch kannte ich M., dessen Besichtigung mir einmal empfohlen worden war, noch nicht, so entschloß ich mich kurzerhand, hinzufahren, leider – es erübrigte keine Zeit mehr dazu – ohne mich vorher zu vergewissern, ob ich K. jetzt in M. auch antreffen werde.

Tatsächlich war K. nicht zu Hause. Fast niemals verläßt er das Städtchen, er ist, wir mir in M. geschildert wurde, ein Mensch von besonderer Seßhaftigkeit, aber eben deshalb hatten sich verschiedene Dinge aufgehäuft, die zwar in der Umgebung von M., aber doch immerhin an Ort und Stelle besprochen werden mußten, längst fällige derartige Reisen wollten nun doch endlich ausgeführt werden, und so hatte K. gerade den Tag vor meiner Ankunft in entsetzlicher Laune, wie mir seine Schwester halb seufzend, halb lächelnd erzählte, doch endlich zu der großen Fahrt anspannen lassen müssen. Um für absehbare Zeit von Reisen verschont zu bleiben, hatte sich K. vorgenommen, diesmal alles, was zu ordnen war, in einer großen Rundfahrt, mochte sie auch ein paar Tage dauern, in Angriff zu nehmen, nichts auszulassen, ja sogar Reisen, die erst für die Zukunft drohten, so gut es ging jetzt schon vorwegzunehmen, auch die Teilnahme an der Hochzeit einer Nichte war in die Fahrt eingeschaltet. Wann K. zurückkommen werde, ließ sich nicht mit Bestimmtheit sagen, es handelte sich zwar nur um eine Fahrt durch die weitere Umgebung von M., aber das Reiseprogramm war sehr groß und außerdem K., wenn er sich einmal auf eine Fahrt machte, unberechenbar. Vielleicht wurde ihm nach der ersten oder zweiten in den Dörfern verbrachten Nacht das Reisen so sehr zum Ekel, daß er die Fahrt abbrach, dringende Geschäfte dringend sein ließ und heute oder morgen zurückkam. Ebensogut aber war es möglich, daß er, endlich in Gang gebracht, an der Abwechslung Gefallen fand, die vielen Freunde und Verwandten ringsherum ihn sogar zwangen, die Reise über die unumgänglich notwendige Dauer zu verlängern, denn im Grunde ist er ein gesprächiger fröhlicher Mann, der gern große Gesellschaft um sich hat, den das Ansehen, das er sich durch ehrliche Arbeit erworben hat, freut, und besonders in manchen Dörfern wird er geradezu großartig begrüßt werden, außerdem hat er die Fähigkeit, durch seinen persönlichen Einfluß und durch seine Menschenkenntnis mit ein paar Worten im Nu Dinge zu erreichen, die von der Ferne mit keiner Anstrengung durchzusetzen wären. Merkt er solche Erfolge, bekommt er natürlich Verlangen nach weiteren, auch das kann die Reise verlängern.

[Zweite Version:] Tatsächlich war K. nicht zu Hause. Ich erfuhr es in seinem Geschäft und ging dann gleich in seine Wohnung, um mich nach den näheren Umständen zu erkundigen. Es war eine für provinzielle Verhältnisse erstaunlich große Wohnung, zumindest das erste Zimmer, in das ich vom Dienstmädchen gewiesen wurde. Es war fast ein Saal, dabei wohnlich, aber gar nicht mit Kleinkram überladen, alle Möbel in passenden Abständen, rein und übersichtlich aufgestellt, alles sich zur ganzen Einheit fügend, auch eine gewisse ehrbare Familienüberlieferung sprach aus dem Ganzen. Und das nächste Zimmer, in das man durch die blinkenden Scheiben einer Glastür sah, schien ähnlich zu sein. Dort erschien auch bald K.'s Schwester, band sich noch schnell, fast atemlos, eine gefältelte weiße Putzschürze um und kam dann zu mir herein. Es war ein ältliches schwaches kleines Fräulein, sehr höflich und gefällig, sie bedauerte ungemein das unliebsame Zusammentreffen von meiner Ankunft und des Bruders Abreise – er war gerade gestern fortgefahren –, erwog dies und jenes, wußte sich gar nicht zu helfen, hätte natürlich den Bruder sofort verständigt, doch war dies nicht möglich, da er eine kleine, nur auf wenige Tage berechnete geschäftliche Rundfahrt in den Dörfern der weiteren Umgebung machte, nach den augenblicklichen Bedürfnissen die Route zusammenstellte und deshalb keine bestimmte Adresse habe angeben können. Auch entspreche es, wie sie lächelnd hinzufügte, dem Charakter des Bruders, daß er sich von Zeit zu Zeit darin wohlfühle, so unerreichbar ein wenig in der Welt herumzukutschieren.

Auf Balzacs Spazierstockgriff: Ich breche alle Hindernisse.
Auf meinem: Mich brechen alle Hindernisse.
Gemeinsam ist das ›alle‹.

Geständnis, unbedingtes Geständnis, aufspringendes Tor, es erscheint im Innern des Hauses die Welt, deren trüber Abglanz bisher draußen lag.

Daß es Furcht, Trauer und Öde auf der Welt gibt, versteht er, aber auch dies nur soweit, als es vage allgemeine, nur über die Oberfläche hinstreichende Gefühle sind. Alle andern Gefühle leugnet er, was wir so nennen sei nur Schein, Märchen, Spiegelbild der Erfahrung und des Gedächtnisses.
Wie könne es anders sein, meint er, da doch die wirklichen Ereignisse niemals von unserem Gefühl erreicht oder gar überholt werden können. Wir erleben sie nur vor und nach dem wirklichen, mit elementarisch unbegreiflicher Eile vorübergehenden Ereignis, es sind traumhafte, nur auf uns eingeschränkte Erdichtungen. Wir leben in der Stille der Mitternacht und erleben den Sonnenauf- und -untergang, indem wir uns nach Osten oder Westen wenden.

Geringe Lebenskraft, mißverständliche Erziehung, Junggesellentum ergeben den Skeptiker, aber nicht notwendig; um die Skepsis zu retten, heiratet mancher Skeptiker, wenigstens ideell, und wird gläubig.

Im Dunkel der Gasse unter den Bäumen an einem Herbstabend. Ich frage dich, du antwortest mir nicht. Wenn du mir antworten würdest, wenn sich deine Lippen öffneten, das tote Auge sich belebte und das Wort, das mir bestimmt ist, erklänge!

Es öffnete sich die Tür und es kam, gut im Saft, an den Seiten üppig gerundet, fußlos mit der ganzen Unterseite sich vorschiebend, der grüne Drache ins Zimmer herein. Formelle Begrüßung. Ich bat ihn, völlig einzutreten. Er bedauerte dies nicht tun zu können, da er zu lang sei. Die Tür mußte also offen bleiben, was recht peinlich war. Er lächelte halb verlegen, halb tückisch und begann: »Durch deine Sehnsucht herangezogen, schiebe ich mich von weither heran, bin unten schon ganz wundgescheuert. Aber ich tue es gerne. Gerne komme ich, gerne biete ich mich dir an.«

In hartem Schlag strahlte das Licht herab, zerriß das nach allen Seiten sich flüchtende Gewebe, brannte unbarmherzig durch das übrigbleibende leere großmaschige Netz. Unten, wie ein ertapptes Tier, zuckte die Erde und stand still. Einer im Bann des andern blickten sie einander an. Und der dritte, scheuend die Begegnung, wich zur Seite.

Einmal brach ich mir das Bein, es war das schönste Erlebnis meines Lebens.

Ein Halbmond, ein Ahornblatt, zwei Raketen.

Von meinem Vater erbte ich nur eine kleine silberne *Gewürzbüchse*.

Als der Kampf begann und fünf Schwerbewaffnete von der Böschung auf die Straße sprangen, entschlüpfte ich unter dem Wagen durch und lief in der völligen Finsternis dem Walde zu.

Es war nach dem Abendessen, wir saßen noch um den Tisch, der Vater weit zurückgelehnt in seinem Lehnstuhl, einem der größten Möbelstücke, das ich je gesehen hatte, rauchte halbschlafend die Pfeife, die Mutter flickte eine meiner Hosen, war über ihre Arbeit gebeugt und achtete sonst auf nichts, und der Onkel, hochgestreckt, der Lampe zustrebend, den Zwicker auf der Nase, las die Zeitung. Ich hatte den ganzen Nachmittag auf der Gasse gespielt, erst nach dem Abendessen mich an eine Aufgabe erinnert, hatte auch Heft und Buch vorgenommen, war aber zu müde, hatte nur noch die Kraft, den Heftumschlag mit Schlangenlinien zu verzieren, senkte mich immer tiefer und lag schon fast, von den Erwachsenen vergessen, über meinem Heft. Da kam Edgar, der Nachbarsjunge, der eigentlich schon längst hätte im Bett sein sollen, völlig lautlos durch die Tür herein, durch die ich merkwürdigerweise nicht unser dunkles Vorzimmer, sondern den klaren Mond über der weiten Winterlandschaft sah. »Komm Hans«, sagte Edgar, »der Lehrer wartet draußen im Schlitten. Wie willst du denn die Aufgabe ohne die Hilfe des Lehrers machen?« »Will er mir denn helfen?« fragte ich. »Ja«, sagte Edgar, »es ist die beste Gelegenheit, eben fährt er nach Kummerau, er ist äußerst wohlgelaunt wegen der Schlittenfahrt, er wird keine Bitte abschlagen.« »Werden es mir die Eltern erlauben?« »Wirst sie doch nicht fragen...«

Es war eine sehr schwere Aufgabe und ich fürchtete, sie nicht zustande zu bringen. Auch war schon spät abends, viel zu spät hatte ich sie vorgenommen, den langen Nachmittag auf der Gasse verspielt, dem Vater, der mit vielleicht hätte helfen können, das Versäumnis verschwiegen und nun schliefen alle und ich saß allein vor meinem Heft. »Wer wird mir jetzt helfen?« sagte ich leise. »Ich«, sagte ein fremder Mann und ließ sich rechts von mir an der Schmalseite des Tisches langsam auf einem Sessel nieder, so wie bei meinem Vater, dem Advokaten, die Parteien sich an der Seite seines Schreibtisches niederducken, stützte den Ellbogen auf den Tisch und streckte die Beine weit ins Zimmer. Ich hatte auffahren wollen, aber es war ja mein Lehrer; er freilich würde die Aufgabe, die er selbst gegeben hatte, am besten zu lösen verstehen. Und er nickte in Bestätigung dieser Meinung freundlich oder hochmütig oder ironisch, ich konnte es nicht enträtseln. Aber war es wirklich mein Lehrer? Er war es äußerlich und im Ganzen vollkommen, ging man aber näher auf Einzelheiten ein, wurde es fraglich. Er hatte zum Beispiel meines Lehrers Bart, diesen steifen, schüttern, abstehenden, grauschwarzen, die Oberlippe und das ganze Kinn überwachsenden langen Bart. Beugte man sich aber zu ihm vor, so hatte man den Eindruck der künstlichen Herrichtung und es schwächte den Verdacht nicht ab, daß der angebliche Lehrer sich mir entgegenbeugte, von untenher den Bart mit der Hand stützte und ihn zur Untersuchung darbot.

Der Träume Herr, der große Isachar, saß vor dem Spiegel, den Rücken eng an dessen Fläche, den Kopf weit zurückgebeugt und tief in den Spiegel versenkt. Da kam Hermana, der Herr der Dämmerung, und tauchte in Isachars Brust, bis er ganz in ihr verschwand.

In unserem Städtchen sind wir ganz unter uns, verloren im hohen Gebirge liegt es, fast unauffindbar. Nur ein schmaler Pfad führt zu uns herauf und selbst der ist oft unterbrochen durch kahles wegloses Gestein, nur Einheimische können ihn wiederfinden.

Als ich beichten sollte, wußte ich nichts zu sagen. Alle Sorgen waren vergangen; fröhlich, ruhig, ohne jedes Zittern der leuchtenden Sonnenflecken, lag, durch die halboffene Kirchentür gesehen, der Platz. Ich brachte nur die Leiden der letzten Zeit in Erinnerung, ich wollte zu ihren bösen Wurzeln vordringen, es war unmöglich, ich erinnerte mich an keine Leiden und sie hatten keine Wurzeln in mir. Die Fragen des Beichtigers verstand ich kaum, ich verstand wohl die Worte, konnte aber, so sehr ich mich anstrengte, nicht den geringsten Bezug auf mich heraushören. Manche Fragen bat ich ihn zu wiederholen, aber es half nichts, sie waren nur wie scheinbare Bekannte, hinsichtlich derer das Gedächtnis täuscht.

Im Sturmwind, Narrheit der Blätter, schwere Tür, leichtes Klopfen gegen sie, Aufnehmen der Welt, Einführung der Gäste, großes Erstaunen, wie es plappert, sonderbarer Mund, Unmöglichkeit sich damit abzufinden, Arbeiten mit Rückblick, Hammerschlag auf Hammerschlag, kommen schon die Ingenieure? Nein, es gibt irgendeine Verzögerung, der Direktor bewirtet sie, es wird ein Hoch ausgebracht, die jungen Leute, dazwischen plätschert der Bach, ein alter Mann sieht zu, wie das lebt und duftet; aber habe die überirdische, die göttliche Jugend, um das zu fühlen, erhabene Mücke, die um die Tischlampe flattert, ja mein kleiner, mein winziger, heuschreckenhafter, hochgezogen auf dem Stuhle hockender Tischgenosse...

Unser Direktor ist jung, es liegen große Pläne vor, immerfort treibt er uns an, grenzenlos ist die Zeit, die er darauf verwendet und einer ist ihm so viel wert wie alle. Er ist fähig, bei irgendeinem kleinen Unbedeutenden, auf den kaum unser Blick gefallen ist, ganze Tage zu verbringen, er setzt sich mit ihm auf einen Sessel, er hält ihn umarmt, er legt sein Knie auf des andern Knie, er beschlagnahmt sein Ohr, niemandem sonst darf es mehr zugänglich sein, und nun beginnt er die Arbeit.

Unser Chef hält sich vor dem Personal sehr zurück, es gibt ganze Tage, während welcher wir ihn gar nicht zu sehn bekommen, er ist dann im Büro, welches zwar auch im Geschäftslokal ist, aber bis zur Manneshöhe Mattglasscheiben hat und nicht nur durch das Geschäft, sondern auch vom Hausflur her betreten werden kann. Es liegt wahrscheinlich keine besondere Absicht in dieser Zurückhaltung, auch fühlt er sich uns nicht fremd, es entspricht aber völlig seinem Wesen. Er hält es weder für nötig noch für nützlich, das Personal zu besonderem Fleiße anzutreiben; wen nicht der eigene Verstand dazu führt, das Beste zu leisten, der kann seiner Meinung nach kein guter Gehilfe sein, wird sich in einem ruhig geführten, die offen daliegenden Möglichkeiten, diese aber sämtlich ausnützenden Geschäft gar nicht erhalten können, ja wird seine Nicht-Hingehörigkeit selbst derart stark fühlen, daß er auf die Kündigung nicht warten, sondern selbst kündigen wird. Und dies wird sich so schnell vollziehn, daß es weder dem Geschäft noch dem Gehilfen größeren Schaden bringen wird. Nun ist ja ein derartiges Verhältnis in der Geschäftswelt gewiß nicht üblich, aber bei unserem Chef bewährt es sich offensichtlich.

Ruhe zu bewahren; sehr weit abstehn von dem, was die Leidenschaft will; die Strömung kennen und deshalb gegen den Strom schwimmen; aus Lust am Getragensein gegen den Strom schwimmen.

Es ist ein kleiner Laden, aber es ist viel Leben darin, von der Gasse her hat er keinen Eingang, man muß durch den Flur gehn, einen kleinen Hof durchqueren, erst dann kommt man zu der Tür des Geschäftes, über der ein Täfelchen mit dem Namen des Ladeninhabers hängt. Es ist ein Wäschegeschäft, es wird dort fertige Wäsche verkauft, aber mehr noch unverarbeitetes Leinen. Nun ist es für einen Uneingeweihten, der zum erstenmal in den Laden kommt, völlig unglaublich, wie viel Wäsche und Leinen verkauft wird oder richtiger, da man ja einen Überblick über das Ergebnis des Handels nicht bekommt, in welchem Umfang und mit welchem Eifer gehandelt wird. Wie gesagt gibt es keinen direkten Ladeneingang von der Gasse, aber nicht nur das, auch vom Hof her sieht man keinen Kunden kommen und doch ist der Laden voll von Menschen und immerfort neue sieht man und die alten verschwinden, man weiß nicht wohin. Es gibt zwar auch breite Wandregale, in der Hauptsache aber sind die Regale rings um Pfeiler angebracht, die das vielfache, klein zerteilte Gewölbe tragen. Infolge dieser Anordnung weiß man von keiner Stelle aus genau, wie viel Leute im Laden sind, immer wieder kommen um die Pfeiler herum neue hervor, und das Nicken der Köpfe, die lebhaften Handbewegungen, das Trippeln der Füße im Gedränge, das Rauschen der zur Auswahl ausgebreiteten Ware, die endlosen Verhandlungen und Streitigkeiten, in welche sich, auch wenn sie nur einen Verkäufer und einen Kunden betreffen, immer der ganze Laden einzumischen scheint, dies alles vergrößert das Getriebe über die Wirklichkeit hinaus. In einer Ecke ist ein Holzverschlag, breit, aber nicht höher, als daß sitzende Menschen in ihm Platz haben, das ist das Kontor. Die Bretterwände sind offenbar sehr stark, die Tür ist winzig, Fenster anzubringen hat man vermieden, nur ein Guckfenster ist da, ist aber innen und außen verhängt, trotz allem aber ist es erstaunlich, daß in diesem Kontor jemand bei dem Lärm draußen Ruhe zu schriftlichen Arbeiten findet. Manchmal wird die innen an der Tür hängende dunkle Portiere zurückgeschlagen, dann sieht man dort türausfüllend einen kleinen Kontorgehilfen stehn, die Feder hinterm Ohr, die Hand über den Augen, und neugierig oder auftragsgemäß den Wirrwarr im Laden betrachten. Es dauert aber nicht lange, schon schlüpft er zurück und läßt die Portiere derart schnell hinter sich niederfallen, daß man auch nicht den kleinsten Blick ins Innere des Kontors erhascht. Eine gewisse Verbindung besteht zwischen dem Kontor und der Ladenkasse. Diese letztere ist knapp bei der Ladentüre angebracht und wird von einem jungen Mädchen verwaltet. Sie hat nicht so viel Arbeit, als es zuerst scheinen könnte. Nicht alle Leute zahlen bar, ja es zahlen die wenigsten so, es gibt offenbar noch andere Möglichkeiten der Verrechnung.

Schlinge den Traum durch die Zweige des Baumes. Der Reigen der Kinder. Des hinabgebeugten Vaters Ermahnung. Den Holzscheit über dem Knie zu brechen. Halb ohnmächtig, blaß, an der Wand des Verschlages lehnen, zum Himmel als zur Rettung aufsehn. Eine Pfütze im Hof. Altes Gerümpel landwirtschaftlicher Geräte dahinter. Ein eilig und vielfach am Abhang sich windender Pfad. Es regnete zeitweilig, zeitweilig aber schien auch die Sonne. Eine Bulldogge sprang hervor, daß die Sargträger zurückwichen.

Lange, schon lange wollte ich in jene Stadt. Es ist eine große belebte Stadt, viele Tausende Menschen wohnen dort, jeder Fremde wird eingelassen.

Folgender militärischer Befehl wurde zwischen verwehten herbstlichen Blättern in der Allee gefunden, es ist unerforschlich, von wem er stammt und an wen er gerichtet ist:
Heute nacht beginnt der Angriff. Alles Bisherige, die Verteidigung, das Zurückweichen, die Flucht, die Zerstreuung...

Durch die Allee eine unfertige Gestalt, der Fetzen eines Regenmantels, ein Bein, die vordere Krempe eines Hutes, flüchtig von Ort zu Ort wechselnder Regen.

Die Freunde standen am Ufer. Der Mann, der mich zum Schiff rudern sollte, hob meinen Koffer, um ihn ins Boot zu tragen. Ich kannte den Mann seit vielen Jahren, immer ging er tief gebückt, irgendein Leiden verkrümmte so den sonst riesenhaft starken Mann.

Was stört dich? Was reißt an deines Herzens Halt? Was tastet um die Klinke deiner Türe? Was ruft dich von der Straße her und kommt doch nicht durch das offene Tor? Ach, es ist eben jener, den du störst, an dessen Herzens Halt du reißt, an dessen Tür du um die Klinke tastest, den du von der Straße her rufst und durch dessen offenes Tor du nicht kommen willst.

Sie kamen durch das offene Tor und wir kamen ihnen entgegen. Wir tauschten neue Nachrichten aus. Wir sahen einander in die Augen.

Der Wagen war gänzlich unbrauchbar. Das rechte Vorderrad fehlte, infolgedessen war das rechte Hinterrad überlastet und verbogen, die Deichsel war zerbrochen, ein Stück von ihr lag auf dem Wagendach.

Man brachte uns ein kleines altes Wandschränkchen. Der Nachbar hatte es von einem entfernten Verwandten geerbt, als einziges Erbstück, hatte es auf verschiedene Weise zu öffnen versucht und hatte es schließlich, da es ihm nicht gelingen wollte, zu meinem Meister gebracht. Die Aufgabe war nicht leicht. Nicht nur, daß kein Schlüssel vorhanden war, es war auch kein Schloß zu entdekken. Entweder war irgendwo ein geheimer Mechanismus, dessen Auslösung nur von einem in solchen Dingen sehr erfahrenen Mann gefunden werden konnte, oder der Schrank war überhaupt nicht zu öffnen, sondern nur aufzubrechen, was allerdings höchst einfach zu bewerkstelligen gewesen wäre.

Herr Ohmberg, Lehrer an der Bürgerschule des Städtchens, empfing uns am Bahnhof. Er war der Obmann des Komitees, welches sich die Erschließung der Höhle zur Aufgabe gemacht hatte. Ein kleiner beweglicher mittelstarker Herr mit einem Spitzbart von gewissermaßen farblosem Blond. Kaum hielt der Zug, stand Ohmberg schon an den Stufen unseres Waggons, und kaum stieg der erste von uns aus, hielt er schon eine kleine Ansprache. Er wollte offenbar gern alle üblichen Formalitäten erfüllen, die Wichtigkeit der Sache, die er vertrat, drückte aber durch ihr Gewicht alle Formalitäten zur Lächerlichkeit hinab.

Es fuhren die muntern Genossen den Fluß abwärts. Ein Sonntagsfischer. Unerreichbare Fülle des Lebens. Zerschlage sie! Holz im toten Wasser. Sehnsüchtig ziehende Wellen. Sehnsuchterregend.

Laufen, laufen. Blick aus einer Nebengasse. Hohe Häuser, eine noch viel höhere Kirche.

Das Charakteristische der Stadt ist ihre Leere. Der große Ringplatz zum Beispiel ist immer leer. Die Elektrischen, die sich dort kreuzen, sind immer leer. Laut, hell, befreit von der Notwendig-

keit des Augenblicks klingt ihr Läuten. Der große Basar, der am Ringplatz beginnt und durch viele Häuser in eine weit entfernte Straße führt, ist immer leer. An den vielen im Freien stehenden Tischchen des Kaffeehauses, das zu beiden Seiten des Basareinganges sich ausbreitet, sitzt kein Gast. Das große Tor der alten Kirche in der Mitte des Platzes ist weit offen, aber niemand geht ein oder aus. Die Marmorstufen, die zum Tor emporführen, strahlen mit einer geradezu unbändigen Kraft das Sonnenlicht zurück, das auf sie fällt.
* Es ist meine alte Heimatstadt und ich irre langsam, stockend durch ihre Gassen.

Es ist wieder der alte Kampf mit dem alten Riesen. Freilich, er kämpft nicht, nur ich kämpfe, er legt sich nur auf mich wie ein Knecht auf den Wirtshaustisch, kreuzt die Arme oben auf meiner Brust und drückt sein Kinn auf seine Arme. Werde ich dieser Last standhalten können?

Durch die Nebel der Stadt. In einer engen Gasse, die auf einer Seite von einer efeuüberrankten Mauer gebildet wird.

Ich stehe vor meinem alten Lehrer. Er lächelt mir zu und sagt: »Wie ist es denn? So lange ist es schon her, daß ich dich aus meinem Unterricht entlassen habe. Hätte ich nicht ein unmenschlich starkes Gedächtnis für alle meine Schüler, ich hätte dich nicht wiedererkannt. So aber erkenne ich dich genau, ja, du bist mein Schüler. Aber warum kommst du wieder zurück?«

Es ist meine alte Heimatstadt und ich bin wieder in sie zurückgekehrt. Ich bin ein wohlhabender Bürger und habe ein Haus in der Altstadt mit der Aussicht auf den Fluß. Es ist ein altes zweistöckiges Haus mit zwei großen Höfen. Ich habe eine Wagenbauanstalt und in beiden Höfen wird den ganzen Tag gesägt und gehämmert. Aber in den Wohnzimmern, die an der Vorderseite des Hauses liegen, ist davon nichts zu hören, dort ist tiefe Stille und der kleine Platz vor dem Hause, der rings geschlossen ist und nur nach dem Fluß hin sich öffnet, ist immer leer. In diesen Wohnzimmern, großen parkettierten, von Vorhängen ein wenig verdunkelten Zimmern, stehn alte Möbel, in einen wattierten Schlafrock eingewikkelt gehe ich gern zwischen ihnen umher.

Nichts davon, quer durch die Worte kommen Reste von Licht.

Der gestählte Körper begreift seine Aufgaben. Ich pflege das Tier mit wachsender Freude. Der Glanz der braunen Augen dankt mir. Wir sind einig.

Ich erkläre es hier deutlich; alles was über mich erzählt wird, ist falsch, wenn es davon ausgeht, daß ich als erster Mensch der Seelenfreund eines Pferdes gewesen bin. Sonderbar ist es, daß diese ungeheuerliche Behauptung verbreitet und geglaubt wird, aber noch viel sonderbarer, daß man die Sache leichtnimmt, sie verbreitet und glaubt, aber mit kaum mehr als einem Kopfschütteln sie auf sich beruhen läßt. Hier liegt ein Geheimnis, das zu erforschen eigentlich verlockender wäre als die Geringfügigkeit, die ich wirklich getan habe. Was ich getan habe, ist nur dieses: ich habe ein Jahr lang mit einem Pferde gelebt derart, wie etwa ein Mensch mit einem Mädchen, das er verehrt, von dem er aber abgewiesen wird, leben würde, wenn er äußerlich kein Hindernis hätte, um alles zu veranstalten, was ihn zu seinem Ziele bringen könnte. Ich habe also das Pferd Eleonor und mich in einen Stall gesperrt und habe diesen gemeinsamen Aufenthaltsort immer nur verlassen, um die Unterrichtsstunden zu geben, durch die ich die Unterrichtsmittel für uns beide verdiente. Leider waren dies immerhin fünf bis sechs Stunden täglich und es ist durchaus nicht ausgeschlossen, daß dieser Zeitausfall den endgültigen Mißerfolg aller meiner Mühen verschuldet hat, mögen sich das die Herren, die ich so oft um Unterstützung meines Unternehmens vergeblich bat und die nur ein wenig Geld hätten hergeben sollen für etwas, für das ich mich so zu opfern bereit war, wie man ein Bündel Hafer opfert, das man zwischen die Mahlzähne eines Pferdes stopft, mögen sich das doch diese Herren wohl gesagt sein lassen.

Eine Katze hatte eine Maus gefangen. »Was wirst du nun machen?« fragte die Maus, »du hast schreckliche Augen.« »Ach«, sagte die Katze, »solche Augen habe ich immer. Du wirst dich daran gewöhnen.« »Ich werde lieber weggehn«, sagte die Maus, »meine Kinder warten auf mich.« »Deine Kinder warten?« sagte die Katze, »dann geh nur so schnell als möglich. Ich wollte dich nur etwas fragen.« »Dann frage, bitte, es ist wirklich schon sehr spät.«

Ein Sarg war fertiggestellt worden und der Tischler lud ihn auf den Handwagen, um ihn in das Sarggeschäft zu schaffen. Es war regnerisch, ein trüber Tag. Aus der Quergasse kam ein alter Herr heran, blieb vor dem Sarg stehn, strich mit dem Stock über ihn hin und begann mit dem Tischler ein kleines Gespräch über die Sargindustrie. Eine Frau mit einer Markttasche, die die Hauptgasse herabkam, stieß ein wenig gegen den Herrn, erkannte ihn dann als guten Bekannten und blieb auch für ein Weilchen stehn. Aus der Werkstatt trat der Gehilfe und hatte wegen seiner weiteren Arbeiten noch einige Fragen an den Meister zu richten. In einem Fenster über der Werkstatt erschien die Tischlersfrau mit ihrem Kleinsten auf dem Arm, der Tischler begann von der Gasse her den Kleinen ein wenig zu necken, auch der Herr und die Frau mit der Markttasche sahen lächelnd aufwärts. Ein Spatz, in dem Wahn hier etwas Eßbares zu finden, war auf den Sarg geflogen und hüpfte dort auf und ab. Ein Hund beschnupperte die Räder des Handwagens.

Da klopfte es plötzlich von innen stark gegen den Sargdeckel. Der Vogel flog auf und kreiste ängstlich über dem Wagen. Der Hund bellte wild, er war der Aufgeregteste unter allen und als sei er verzweifelt über seine Pflichtversäumnis. Der Herr und die Frau waren zur Seite gesprungen und warteten mit ausgebreiteten Händen. Der Gehilfe hatte sich in einem plötzlichen Entschluß auf den Sarg geschwungen und saß schon oben, dieser Sitz erschien ihm weniger schrecklich als die Möglichkeit, daß der Sarg sich öffne und der Klopfer hervorsteige. Übrigens bereute er vielleicht schon die voreilige Tat, nun aber, da er oben war, wagte er nicht herunterzusteigen und alle Mühe des Meisters ihn herunterzutreiben war vergeblich. Die Frau oben im Fenster, die das Klopfen wahrscheinlich auch gehört hatte, aber nicht hatte beurteilen können, woher es kam, und jedenfalls nicht auf den Gedanken verfallen war, es könnte aus dem Sarge kommen, verstand nichts von den Vorgängen unten und sah erstaunt zu. Ein Schutzmann, von einem unbestimmten Verlangen angezogen, von einer unbestimmten Angst abgehalten, schlenderte zögernd heran.

Da wurde der Deckel mit solcher Kraft aufgestoßen, daß der Gehilfe zur Seite glitt, ein kurzer gemeinsamer Aufschrei aller ringsherum erfolgte, die Frau im Fenster verschwand, offenbar raste sie mit dem Kind die Treppe herab.

Suche ihn mit spitzer Feder, den Kopf kräftig, fest auf dem Halse sich umschauend, ruhig von deinem Sitz. Du bist ein treuer Diener, innerhalb der Grenzen deiner Stellung angesehen, innerhalb der Grenzen deiner Stellung ein Herr, mächtig sind deine Schenkel, weit die Brust, leicht geneigt der Hals, wenn du mit der Suche beginnst. Von weither bist du sichtbar, wie der Kirchturm eines Dorfes, auf Feldwegen von weither über Hügel und Täler streben dir einzelne zu. *

Es ist die Nahrung, von der ich gedeihe. Auserlesene Speisen, auserlesen gekocht. Aus dem Fenster meines Hauses sehe ich die Zuträger der Nahrungsmittel, eine lange Reihe, oft stockt sie, dann drückt jeder seinen Korb an sich, um ihn vor Schaden zu behüten. Auch zu mir schauen sie empor, freundlich, manche entzückt.

Es ist die Nahrung, von der ich gedeihe. Es ist der süße Saft, der emporsteigt von meiner jungen Wurzel.

Aufgesprungen vom Tisch, den Becher noch in der Hand, so jage ich hinter dem Feind, der mir gegenüber aufgetaucht ist, unter dem Tisch hervor.

Als er ausbrach, in den Wald kam und verlorenging, war es Abend. Nun, das Haus lag ja am Wald. Ein Stadthaus, regelrecht städtisch gebaut, einstöckig, mit einem Erker nach städtischem oder vorstädtischem Geschmack, mit einem kleinen vergitterten Vorgärtchen, mit feinen durchbrochenen Vorhängen hinter den Fenstern, ein Stadthaus, und lag doch einsam weit und breit. Und es war ein Winterabend und sehr kalt war es hier im freien Feld. Aber es war doch kein freies Feld, sondern städtischer Verkehr, denn um die Ecke bog ein Wagen der Elektrischen, aber es war doch nicht in der Stadt, denn der Wagen fuhr nicht, sondern stand seit jeher dort, immer in dieser Stellung, als biege er um die Ecke. Und er war seit jeher leer und gar kein Wagen der Elektrischen, ein Wagen auf vier Rädern war es und in dem durch die Nebel unbestimmt sich ausgießenden Mondlicht konnte er an alles erinnern. Und städtisches Pflaster war hier, pflasterartig war der Boden gestrichelt, ein musterhaft ebenes Pflaster, aber es waren nur die dämmerhaften Schatten der Bäume, die sich über die verschneite Landstraße legten.

Es ist, wie man will, rührend oder erschreckend oder abscheulich, wie sich der junge Borcher anstrengt in mein Haus zu kommen. Verrückt war er ja immer; untauglich zu jeder Arbeit, von seiner Familie aufgegeben und nur notdürftig ernährt, trieb er sich den ganzen Tag umher, am liebsten im Moor. Manchmal lag er tage- und nächtelang zu Hause in einem Winkel, dann blieb er wieder viele Nächte aus.
Ich leide in der letzten Zeit unter den Belästigungen des Dorfnarren. Närrisch war er seit jeher, nur betraf es mich nicht mehr als jeden andern.
Wieder brütet es unten an der Gartentür. Ich blicke durchs Fenster. Natürlich, wieder er.

* Willst du in eine fremde Familie eingeführt werden, suchst du einen gemeinsamen Bekannten und bittest ihn um die Gefälligkeit. Findest du keinen, geduldest du dich und wartest auf eine günstige Gelegenheit.
In dem kleinen Ort, in dem wir leben, kann es ja daran nicht fehlen. Findet sich die Gelegenheit nicht heute, findet sie sich morgen gewiß. Und findet sie sich nicht, wirst du deshalb nicht an den Säulen der Welt rütteln. Erträgt es die Familie, dich entbehren zu müssen, erträgst du es zumindest nicht schlechter.
Das ist alles selbstverständlich, nur K. versteht es nicht. Er hat es sich in der letzten Zeit in den Kopf gesetzt, in die Familie unseres Gutsherrn einzudringen, versucht es aber nicht auf den gesellschaftlichen Wegen, sondern ganz geradeaus. Vielleicht scheint ihm der übliche Weg zu langwierig und das ist richtig, aber der Weg, den er zu gehen versucht, ist ja unmöglich. Dabei übertreibe ich nicht die Bedeutung unseres Gutsherrn. Ein verständiger, fleißiger, ehrbarer Mann, aber auch nichts weiter. Was will K. von ihm? Will er eine Anstellung auf dem Gute? Nein, das will er nicht, er selbst ist wohlhabend und führt ein sorgenloses Leben. Liebt er des Gutsbesitzers Tochter? Nein, nein, von diesem Verdacht ist er frei.

Das Wohnungsamt mischte sich ein, es gab so viele amtliche Verordnungen, eine davon hatten wir vernachlässigt, es zeigte sich, daß ein Zimmer unserer Wohnung an Untermieter abgegeben werden mußte, der Fall war zwar nicht ganz klar, und wenn wir früher das fragliche Zimmer beim Amt angemeldet und gleichzeitig unsere Einwände gegen eine Vermietungspflicht vorgebracht hätten, wäre unsere Sache aussichtsreich genug gewesen, nun aber fiel uns eine Vernachlässigung amtlicher Vorschriften zur Last und die Strafe dafür war, daß wir gegen die Anordnungen des Amtes keine Berufung mehr erheben konnten. Ein unangenehmer Fall. Um so unangenehmer, als das Amt nun auch die Möglichkeit hatte, uns einen Mieter nach seinem Belieben zuzuteilen. Doch hofften wir, wenigstens dagegen noch etwas unternehmen zu können. Ich habe einen Neffen, der an der hiesigen Universität Jura studiert, seine Eltern, an und für sich nahe, in Wirklichkeit sehr entfernte Verwandte, leben in einem Landstädtchen, ich kenne sie kaum. Als der Junge in die Hauptstadt kam, stellte er sich uns vor, ein schwacher, ängstlicher, kurzsichtiger Junge mit gebeugtem Rücken und unangenehm verlegenen Bewegungen und Redensarten. Sein Kern mag ja ausgezeichnet sein, aber wir haben nicht Zeit und Lust, bis dorthin vorzudringen, ein solcher Junge, ein solches langstieliges, zitterndes Pflänzchen würde unendliche Beobachtung und Pflege erfordern, das können wir nicht leisten, dann aber ist es besser, gar nichts zu tun und sich einen solchen Jungen fern vom Leib zu halten. Ein wenig unterstützen können wir ihn mit Geld und Empfehlungen, das haben wir getan, sonst aber haben wir es zu weitern unnützen Besuchen nicht mehr kommen lassen. Nun aber, angesichts der Zuschrift des Amtes, haben wir uns des Jungen erinnert. Er wohnt irgendwo in einem nördlichen Bezirk, gewiß recht kläglich, und sein Essen reicht gewiß kaum hin, dieses lebensuntüchtige Körperchen aufrecht zu erhalten. Wie wäre es, wenn wir ihn zu uns herüberbrächten? Nicht nur aus Mitleid, aus Mitleid hätten wir es schon längst tun können und vielleicht sollen, nicht nur aus Mitleid, aber es soll uns auch nicht unter die zweifellosen Verdienste angerechnet werden, wir wären schon reichlich belohnt, wenn uns unser kleiner Neffe im letzten Augenblick vor dem Diktat des Wohnungsamtes, vor dem Eindringen irgendeines beliebigen, irgendeines auf seinem Schein bestehenden wildfremden Mieters bewahrte. Soweit wir uns aber erkundigt haben, wäre dies recht gut möglich. Wenn man dem Wohnungsamt einen armen Studenten als schon vorhandenen Inwohner entgegenhalten könnte, wenn man nachweisen könnte, daß dieser Student durch Verlust dieses Zimmers nicht nur ein Zimmer, sondern fast seine Existenzmöglichkeit verliert, wenn man schließlich (der Neffe wird seine Mithilfe bei diesem kleinen Manöver nicht verweigern, dafür wollen wir sorgen) glaubhaft machen könnte, daß er wenigstens zeitweilig in diesem Zimmer schon früher gewohnt und nur während der allerdings langen Zeit der Prüfungsvorbereitung bei seinen Eltern auf dem Lande war – wenn alles dies gelingt, dann haben wir kaum etwas zu fürchten. Nun also schnell mit dem Auto um den Neffen. Im vierten Stock, in einem kalten Hofzimmerchen wandert er im Winterrock von einer Ecke in die andere und lernt. Alles an ihm und um ihn ist so abschreckend schmutzig und verwahrlost, daß man die Zuschrift des Wohnungsamtes in der Tasche fest umklammern muß, um sich neuerdings davon zu überzeugen, daß es unbedingt notwendig ist.

Frische Fülle. Quellende Wasser. Stürmisches, friedliches, hohes, sich ausbreitendes Wachsen. Glückselige Oase. Morgen nach durchtobter Nacht. Mit dem Himmel Brust an Brust. Friede, Versöhnung, Versinkung.

Schöpferisch. Schreite! Komme des Weges daher! Stehe mir Rede! Stelle mich zur Rede! Urteile! Töte!

Er singt im Chor. – Wir lachten viel. Wir waren jung, der Tag war schön, die hohen Fenster des Korridors führten auf einen unübersehbaren blühenden Garten. Wir lehnten in den offenen, den Blick und uns selbst ins Weite tragenden Fenstern. Manchmal sagte der hinter uns auf und ab gehende Diener ein Wort, das uns zur Ruhe mahnen sollte. Wir sahen ihn kaum, wir verstanden ihn kaum, nur an seinen auf den steinernen Fliesen tönenden Schritt erinnere ich mich, an den von ferne warnenden Klang.

Wir wußten nicht eigentlich, ob wir das Bedürfnis hatten, einen okkulten Zeichner zu sehn. Und wie es geschieht, daß ein leicht und unbemerkt seit jeher vorhandenes Bedürfnis unter einer stärker werdenden Aufmerksamkeit fast entlaufen möchte und nur durch eine bald auftretende Wirklichkeit sich auf den ihm gebührenden Platz festgehalten fühlt, so waren wir schon eine lange Zeit unauffällig neugierig gewesen, eine jener Damen vor uns zu sehen, die aus innern, aber fremden Kräften einem eine Blume hoch vom Mond, dann Tiefseepflanzen, dann durch Verzerrung verzogene Köpfe mit großen Frisuren und Helmen zeichnen und anderes, wie sie es eben müssen.

15. September 1920. Es fängt damit an, daß du in deinen Mund zu seiner Überraschung statt des Essens ein Bündel von soviel Dolchen stopfen wolltest, als er nur faßt.

Unter jeder Absicht liegt geduckt die Krankheit wie unter dem Baumblatt. Beugst du dich, um sie zu sehn, und fühlt sie sich entdeckt, springt sie auf, die magere stumme Bosheit, und statt zerdrückt, will sie von dir befruchtet werden.

Es ist ein Mandat. Ich kann meiner Natur nach nur ein Mandat übernehmen, das niemand mir gegeben hat. In diesem Widerspruch, immer nur in einem Widerspruch kann ich leben. Aber wohl jeder, denn lebend stirbt man, sterbend lebt man. So wie zum Beispiel der Zirkus von einer Leinwand umspannt ist, also niemand, der nicht innerhalb dieser Leinwand ist, etwas sehen kann. Nun findet aber jemand ein kleines Loch in der Leinwand und kann doch von außen zusehn. Allerdings muß er dort geduldet werden. Wir alle werden einen Augenblick lang so geduldet. Allerdings – zweites allerdings – meist sieht man durch ein solches Loch nur den Rücken der Stehplatzbesucher. Allerdings – drittes allerdings – die Musik hört man jedenfalls, auch das Brüllen der Tiere. Bis man endlich ohnmächtig vor Schrecken in die Arme des Polizisten zurückfällt, der von Berufs wegen den Zirkus umgeht und nur leise mit der Hand dir auf die Schulter geklopft hat, um dich auf das Ungehörige eines solchen gespannten Zusehns, für das du nichts gezahlt hast, aufmerksam zu machen.

Die Kräfte des Menschen sind nicht als ein Orchester gedacht. Hier müssen vielmehr alle Instrumente spielen, immerfort, mit aller Kraft. Es ist ja nicht für menschliche Ohren bestimmt und die Länge eines Konzertabends, innerhalb dessen jedes Instrument auf Geltendmachung hoffen kann, steht nicht zur Verfügung.

16. September 1920. Manchmal scheint es so: Du hast die Aufgabe, hast zu ihrer Ausführung so viel Kräfte als nötig sind (nicht zu viel, nicht zu wenig, du mußt sie zwar zusammenhalten, aber nicht ängstlich sein), Zeit ist dir genügend frei gelassen, den guten Willen zur Arbeit hast du auch. Wo ist das Hindernis für das Gelingen der ungeheuren Aufgabe? Verbringe nicht die Zeit mit dem Suchen des Hindernisses, vielleicht ist keines da.

17. September 1920. Es gibt nur ein Ziel, keinen Weg. Was wir Weg nennen, ist Zögern.

Ich stand niemals unter dem Druck einer andern Verantwortung als jener, welche das Dasein, der Blick, das Urteil anderer Menschen mir auferlegten.

21. September 1920.
Aufgehoben die Reste.
Die glücklich gelösten Glieder
unter dem Balkon im Mondschein.
Im Hintergrund ein wenig Laubwerk,
schwärzlich wie Haare.

Irgendein Ding aus einem Schiffbruch, frisch und schön ins Wasser gekommen, überschwemmt und wehrlos gemacht jahrelang, schließlich zerfallen.

Im Zirkus wird heute eine große Pantomime, eine Wasserpantomime gespielt, die ganze Manege wird unter Wasser gesetzt werden, Poseidon wird mit seinem Gefolge durch das Wasser jagen, das Schiff des Odysseus wird erscheinen und die Sirenen werden singen, dann wird Venus nackt aus den Fluten steigen, womit der Übergang zur Darstellung des Lebens in einem modernen Familienbad gegeben sein wird. Der Direktor, ein weißhaariger alter Herr, aber noch immer der straffe Zirkusreiter, verspricht sich vom Erfolg dieser Pantomime sehr viel. Ein Erfolg ist auch höchst notwendig, das letzte Jahr war sehr schlecht, einige verfehlte Reisen haben große Verluste gebracht. Nun ist man hier im Städtchen.

Es kamen einige Leute zu mir und baten mich, eine Stadt für sie zu bauen. Ich sagte, sie wären viel zu wenige, sie hätten Raum in einem Haus, für sie würde ich keine Stadt bauen. Sie aber sagten, es würden noch andere nachkommen und es seien doch Eheleute unter ihnen, die Kinder zu erwarten hätten, auch müßte die Stadt nicht auf einmal gebaut, sondern nur im Umriß festgelegt und nach und nach ausgeführt werden. Ich fragte, wo sie die Stadt aufgebaut haben wollten, sie sagten, sie würden mir den Ort gleich zeigen. Wir gingen den Fluß entlang, bis wir zu einer genug hohen, zum Fluß hin steilen, sonst aber sanft sich abflachenden und sehr breiten Erhebung kamen. Sie sagten, dort oben wollten sie die Stadt gebaut haben. Es war dort nur schütterer Graswuchs, keine Bäume, das gefiel mir, der Abfall zum Fluß schien mir aber zu steil und ich machte sie darauf aufmerksam. Sie aber sagten, das sei kein Schaden, die Stadt werde sich ja auf den anderen Abhängen ausdehnen und genug andere Zugänge zum Wasser haben, auch würden sich vielleicht im Laufe der Zeiten Mittel finden, den steilen Abhang irgendwie zu überwinden, jedenfallls solle das kein Hindernis für die Gründung der Stadt an diesem Orte sein. Auch seien sie jung und stark und könnten mit Leichtigkeit den Abhang erklettern, was sie mir gleich zeigen wollten. Sie taten es; wie Eidechsen schwangen sich ihre Körper zwischen den Rissen des Felsens hinauf, bald waren sie oben. Ich ging auch hinauf und fragte sie, warum sie gerade hier die Stadt gebaut haben wollten. Zur Verteidigung schien ja der Ort nicht besonders geeignet, von der Natur geschützt war er nur gegenüber dem Fluß und gerade hier war ja der Schutz am wenigsten notwendig, eher wäre hier freie und leichte Ausfahrtmöglichkeit zu wünschen gewesen; von allen andern Seiten her war aber die Hochebene ohne Mühe zugänglich, deshalb also und auch wegen ihrer großen Ausdehnung schwer zu verteidigen. Außerdem war der Boden dort oben auf seine Ertragfähigkeit hin noch nicht untersucht, und vom Unterland abhängig bleiben und auf Fuhrwerkverkehr angewiesen sein, war für eine Stadt immer gefährlich, gar in unruhigen Zeiten. Auch ob genügendes Trinkwasser oben zu finden war, war noch nicht festgestellt, die kleine Quelle, die man mir zeigte, schien nicht zuverlässig.

»Du bist müde«, sagte einer von ihnen, »du willst die Stadt nicht bauen.« »Müde bin ich«, sagte ich und setzte mich auf einen Stein neben die Quelle. Sie tauchten ein Tuch in das Wasser und erfrischten damit mein Gesicht, ich dankte ihnen. Dann sagte ich, daß ich einmal allein die Hochebene umgehen wolle und verließ sie; der Weg dauerte lang; als ich zurückkam, war es schon dunkel; alle lagen um die Quelle und schliefen; ein leichter Regen fiel. Am Morgen wiederholte ich meine Frage; sie verstanden nicht gleich, wie ich die Frage des Abends am Morgen wiederholen könne. Dann aber sagten sie, sie könnten mir die Gründe, aus welchen sie diesen Ort gewählt hätten, nicht genau angeben, es seien alte Überlieferungen, welche diesen Ort empfehlen. Schon die Voreltern hätten die Stadt hier bauen wollen, aber aus irgendwelchen auch nicht genau überlieferten Gründen hätten sie doch nicht angefangen. Jedenfalls also sei es nicht Mutwille, der sie zu diesem Ort geführt habe, im Gegenteil, der Ort gefalle ihnen nicht einmal sehr und die Gegengründe, die ich angeführt habe, hätten sie auch selbst schon herausgefunden und als unwiderleglich anerkannt, aber es sei eben jene Überlieferung da, und wer der Überlieferung nicht folge, werde vernichtet. Deshalb sei ihnen unverständlich, warum ich zögere und nicht schon gestern zu bauen angefangen habe.

Ich beschloß fortzugehn und kletterte den Abhang zum Fluß hinab. Aber einer von ihnen war erwacht und hatte die andern geweckt und nun standen sie oben am Rand und ich war erst in der Mitte und sie baten und riefen mich. Da kehrte ich zurück, sie halfen mir und zogen mich hinauf. Ich versprach ihnen jetzt, die Stadt zu bauen. Sie waren sehr dankbar, hielten Reden an mich, küßten mich.

* Ein Bauer fing mich auf der Landstraße ab und bat mich, mit ihm nach Hause zu kommen, vielleicht könne ich ihm helfen, er habe Streit mit seiner Frau, der verbittere ihm das Leben. Auch ungeratene einfältige Kinder habe er, die stünden nur nutzlos herum oder machten Unfug. Ich sagte, ich ginge gern mit ihm, aber es sei doch sehr unsicher, ob ich, ein Fremder, ihm werde helfen können, die Kinder werde ich vielleicht zu etwas anleiten können, aber der Frau gegenüber werde ich wahrscheinlich machtlos sein, denn Streitsucht der Frau hat ihren Grund gewöhnlich im Wesen des Mannes, und da er den Streit nicht wolle, habe er sich wohl schon angestrengt, sich zu ändern, aber es sei ihm nicht gelungen, wie

könne es dann mir gelingen. Höchstens auf mich ableiten könnte ich die Streitsucht der Frau. So sprach ich mehr zu mir als zu ihm, aber offen fragte ich ihn dann, was er mir für meine Mühe zahlen werde. Er sagte, darüber würden wir leicht einig werden; wenn ich etwas nützen werde, könne ich mir forttragen, was ich wolle. Darauf blieb ich stehn und sagte, solche allgemeine Versprechungen könnten mir nicht genügen, es müsse genau vereinbart werden, was er mir monatlich geben werde. Er staunte darüber, daß ich Monatslohn verlangte. Ich staunte über sein Staunen. Ja glaube er denn, daß ich in zwei Stunden gutmachen könne, was zwei Menschen ihr Leben lang verschuldet haben, und glaube er, daß ich nach zwei Stunden ein Säckchen Erbsen als Lohn nehmen, dankbar ihm die Hand küssen, mich in meine Fetzen einwickeln und auf der eisigen Landstraße weiterwandern werde? Nein! Der Bauer hörte stumm, mit gesenktem Kopf, aber gespannt zu. Vielmehr, so sagte ich, werde ich lange Zeit bei ihm bleiben müssen, um erst alles kennenzulernen und förmlich die Handgriffe für eine Besserung der Dinge zu suchen, dann werde ich weiterhin noch länger bleiben müssen, um wirklich Ordnung zu schaffen, soweit es möglich sei, und dann werde ich alt und müde sein und überhaupt nicht mehr fortgehn, sondern mich ausruhn und ihrer allen Dank genießen.

»Das wird nicht möglich sein«, sagte der Bauer, »da willst du dich wohl in meinem Haus festsetzen und am Ende noch mich vertreiben. Da hätte ich dann zu meinen Lasten noch die größte.« »Ohne Vertrauen zueinander werden wir allerdings nicht einig werden«, sagte ich, »habe ich denn nicht auch Vertrauen zu dir? Ich will ja nichts anderes als dein Wort und das könntest du ja auch wohl brechen. Nachdem ich alles nach deinen Wünschen eingerichtet habe, könntest du mich ja trotz aller Versprechungen fortschicken.« Der Bauer sah mich an und sagte: »Du würdest dich nicht fortschicken lassen.« »Tue wie du willst«, sagte ich, »denke von mir, was du willst, vergiß aber nicht – ich sage dir das nur freundschaftlich von Mann zu Mann – daß du, auch wenn du mich nicht mitnimmst, es zu Hause nicht lange ertragen wirst. Wie willst du mit dieser Frau und diesen Kindern weiterleben? Wagst du es nicht, mich in dein Haus zu nehmen, dann verzichte doch lieber gleich auf dein Haus und die Plage, die es dir noch bringen würde, komm mit mir, wir wandern zusammen, ich werde dir dein Mißtrauen nicht nachtragen.« »Ich bin kein freier Mann«, sagte der Bauer, »ich lebe mit meiner Frau jetzt über fünfzehn Jahre beisammen, es war schwer, ich verstehe gar nicht, wie es möglich war, aber trotzdem kann ich nicht von ihr fortgehn, ohne alles versucht zu haben, was sie erträglich machen könnte. Da sah ich dich auf der Landstraße und da dachte ich, jetzt könnte ich mit dir den letzten großen Versuch machen. Komm mit, ich gebe dir, was du willst. Was willst du?« »Ich will ja nicht viel«, sagte ich, »ich will ja nicht deine Notlage ausnützen. Du sollst mich nur als Knecht für alle Zeiten aufnehmen, ich verstehe alle Arbeit und werde dir viel nützen. Ich will aber kein Knecht sein wie andere Knechte, du darfst mir nicht befehlen, ich muß nach meinem eigenen Willen arbeiten dürfen, einmal dies, einmal jenes und dann wieder nichts, so wie es mir beliebt. Bitten um eine Arbeit darfst du mich, aber nicht zudringlich; merkst du, daß ich diese Arbeit nicht tun will, mußt du es still hinnehmen. Geld brauche ich keines, aber die Kleider, Wäsche und Stiefel müssen genau so, wie ich sie jetzt habe, wenn es nötig wird, erneuert werden; bekommst du diese Dinge im Dorfe nicht, mußt du in die Stadt fahren, sie holen. Aber davor fürchte dich nicht, was ich anhabe, hält noch jahrelang aus. Das übliche Essen der Knechte genügt mir, nur muß ich jeden Tag Fleisch haben.« »Jeden Tag?« warf er schnell ein, als sei er mit allen andern Bedingungen einverstanden. »Jeden Tag«, sagte ich. »Du hast auch ein besonderes Gebiß«, sagte er und versuchte so meinen sonderbaren Wunsch zu entschuldigen, er griff sogar in meinen Mund, um die Zähne zu befühlen. »So scharf«, sagte er, »fast wie Hundezähne.« »Kurz, jeden Tag will ich Fleisch haben«, sagte ich. »Bier und Schnaps will ich so viel haben, wie du hast.« »Das ist aber viel«, sagte er, »ich muß viel trinken.« »Desto besser«, sagte ich, »du kannst dich aber einschränken, dann werde auch ich mich einschränken. Vielleicht trinkst du übrigens nur wegen deines häuslichen Unglücks so viel.« »Nein«, sagte er, »wie soll denn das zusammenhängen? Aber du sollst so viel bekommen, wie ich; wir werden zusammen trinken.« »Nein«, sagte ich, »ich werde mit niemandem zusammen essen und trinken. Ich werde immer nur allein essen und trinken.« »Allein?« fragte der Bauer erstaunt, »mir dreht sich schon der Kopf von deinen Wünschen.« »Es ist nicht so viel«, sagte ich, »es ist auch schon fast zu Ende. Nur Öl will ich noch haben, für ein Lämpchen, das die ganze Nacht neben mir brennen soll. Ich habe das Lämpchen im Sack, ein ganz kleines Lämpchen, es braucht sehr wenig Öl. Es ist gar nicht der Rede wert, ich nenne es nur der Vollständigkeit halber, damit nachträglich keine Streitigkeiten entstehn; die kann ich nämlich bei der Entlohnung nicht leiden. Verweigert man mir das Vereinbarte, werde ich, sonst der gutmütigste Mensch, schrecklich, das merke dir. Gibt man mir nicht, was mir gebührt und sei es eine Kleinigkeit, bin ich fähig, dir das Haus über dem Kopf anzuzünden, während du schläfst. Aber du mußt mir ja das klar Vereinbarte nicht verweigern, dann bin ich, gar wenn du noch hie und da ein kleines Geschenkchen aus Liebe hinzufügst, mag es auch ganz wertlos sein, treu und ausdauernd und sehr nützlich in allen Dingen. Und mehr als ich gesagt habe, verlange ich nicht, nur noch am 24. August, meinem Namenstag, ein Fäßchen mit fünf Liter Rum.« »Fünf Liter!« rief der Bauer und schlug die Hände zusammen. »Nun, fünf Liter«, sagte ich, »das ist ja nicht so viel. Du willst mich wohl drücken. Ich aber habe meine Bedürfnisse schon selbst so eingeschränkt, aus Rücksicht auf dich nämlich, daß ich mich schämen müßte, wenn ein Dritter zuhörte. Unmöglich könnte ich vor einem Dritten so mit dir sprechen. Es darf auch niemand davon erfahren. Nun, es würde es auch niemand glauben.« Aber der Bauer sagte: »Geh doch lieber weiter. Ich werde allein nach Hause gehn und selbst die Frau zu versöhnen suchen. Ich habe sie in der letzten Zeit viel geprügelt, ich werde jetzt ein wenig nachlassen, sie wird mir vielleicht dankbar sein, auch die Kinder habe ich viel geprügelt, ich hole immer die Peitsche aus dem Stall und prügle sie, ich werde damit ein wenig aufhören, vielleicht wird es besser werden. Allerdings habe ich schon oft aufgehört, ohne daß es besser geworden wäre. Aber das, was du verlangst, könnte ich nicht leisten und wenn ich es vielleicht leisten könnte, aber nein, die Wirtschaft wird es nicht ertragen, nein, unmöglich, täglich Fleisch, fünf Liter Rum, aber selbst wenn es möglich wäre, meine Frau würde es nicht erlauben und wenn sie es nicht erlaubt, kann ich es nicht tun.« »Warum dann die langen Verhandlungen«, sagte ich...

Ich saß in der Loge, neben mir meine Frau. Es wurde ein aufregendes Stück gespielt, es handelte von Eifersucht, gerade hob in einem strahlenden, von Säulen umgebenen Saal ein Mann den Dolch gegen seine langsam zum Ausgang hin strebende Frau. Gespannt beugte man sich über die Brüstung, ich fühlte an meiner Schläfe das Lockenhaar meiner Frau. Da zuckten wir zurück, etwas bewegte sich auf der Brüstung; was wir für die Samtpolsterung der Brüstung gehalten hatten, war der Rücken eines langen dünnen Mannes, der, genau so schmal wie die Brüstung, bis jetzt bäuchlings da gelegen war und sich jetzt langsam wendete, als suche er eine bequemere Lage. Meine Frau hielt sich zitternd an mich. Ganz nah vor mir war sein Gesicht, schmäler als meine Hand, peinlich rein wie eine Wachsfigur, mit schwarzem Spitzbart. »Warum erschrecken Sie uns?« rief ich, »was treiben Sie hier?« »Entschuldigung!« sagte der Mann, »ich bin ein Verehrer Ihrer Frau; ihre Ellbogen auf meinem Körper fühlen macht mich glücklich.« »Emil, ich bitte dich, schütze mich!« rief meine Frau. »Auch ich heiße Emil«, sagte der Mann, stützte den Kopf auf eine Hand und lag da wie auf einem Ruhebett. »Komm zu mir, süßes Frauchen.« »Sie Lump«, sagte ich, »noch ein Wort und Sie liegen unten im Parterre«, und als sei ich sicher, daß dieses Wort noch kommen werde, wollte ich ihn schon hinunterstoßen, aber das war nicht so einfach, er schien doch fest zur Brüstung zu gehören, er war wie eingebaut, ich wollte ihn wegwälzen, aber es gelang nicht, er lachte nur und sagte: »Laß das, du kleiner Dummer, entkräfte dich nicht vorzeitig, der Kampf beginnt erst und wird allerdings damit enden, daß deine Frau meine Sehnsucht erfüllt.« »Niemals!« rief meine Frau und dann zu mir gewendet: »Also bitte, stoß ihn doch schon hinunter.« »Ich kann es nicht«, rief ich, »du siehst doch, wie ich mich anstrenge, aber es ist hier irgendein Betrug und es geht nicht.« »Oh weh, oh weh«, klagte meine Frau, »was wird aus mir werden.« »Sei ruhig«, sagte ich, »ich bitte dich, durch deine Aufregung machst du es nur ärger, ich habe jetzt einen neuen Plan, ich werde mit meinem Messer hier den Samt aufschneiden und dann das Ganze mit dem Kerl hinunter ausschütten.« Aber nun konnte ich mein Messer nicht finden. »Weißt du nicht, wo ich mein Messer habe?« fragte ich. »Sollte ich es im Mantel gelassen haben?« Fast wollte ich in die Garderobe laufen, da brachte mich meine Frau zur Besinnung. »Jetzt willst du mich allein lassen, Emil«, rief sie. »Aber wenn ich kein Messer habe«, rief ich zurück. »Nimm meines«, sagte sie und suchte mit zitternden Fingern in ihrem Täschchen, aber dann brachte sie natürlich nur ein winziges Perlmuttmesserchen hervor.

Eine heikle Aufgabe, ein Auf-den-Fußspitzen-Gehn über einen brüchigen Balken, der als Brücke dient, nichts unter den Füßen haben, mit den Füßen erst den Boden zusammenscharren, auf dem man gehn wird, auf nichts gehn als auf seinem Spiegelbild, das man unter sich im Wasser sieht, mit den Füßen die Welt zusammenhalten, die Hände nur oben in der Luft verkrampfen, um diese Mühe bestehn zu können.

Auf der Freitreppe des Tempels kniet ein Priester und verwandelt alle Bitten und Klagen der Gläubigen, die zu ihm kommen, in Gebete, oder vielmehr er verwandelt nichts, sondern wiederholt nur das ihm Gesagte laut und vielmals. Es kommt zum Beispiel ein Kaufmann und klagt, daß er heute einen großen Verlust gehabt hat und daß infolgedessen sein Geschäft zugrunde geht. Darauf der Priester – er kniet auf einer Stufe, hat auf eine höhere Stufe die Hände flach hingelegt und schaukelt beim Beten auf und ab –: »A. hat heute einen großen Verlust gehabt, sein Geschäft geht zugrunde. A. hat heute einen großen Verlust gehabt, sein Geschäft geht zugrunde und so fort.«

Wir sind fünf Freunde, wir sind einmal hintereinander aus einem Haus gekommen, zuerst kam der eine und stellte sich neben das Tor, dann kam oder vielmehr glitt, so leicht wie ein Quecksilberkügelchen gleitet, der zweite aus dem Tor und stellte sich unweit vom ersten auf, dann der dritte, dann der vierte, dann der fünfte. Schließlich standen wir alle in einer Reihe. Die Leute wurden auf uns aufmerksam, zeigten auf uns und sagten: »Die fünf sind jetzt aus diesem Haus gekommen.« Seitdem leben wir zusammen, es wäre ein friedliches Leben, wenn sich nicht immerfort ein sechster einmischen würde. Er tut uns nichts, aber er ist uns lästig, das ist genug getan; warum drängt er sich ein, wo man ihn nicht haben will? Wir kennen ihn nicht und wollen ihn nicht bei uns aufnehmen. Wir fünf haben früher einander auch nicht gekannt, und wenn man will, kennen wir einander auch jetzt nicht, aber was bei uns fünf möglich ist und geduldet wird, ist bei jenem sechsten nicht möglich und wird nicht geduldet. Außerdem sind wir fünf und wir wollen nicht sechs sein. Und was soll überhaupt dieses fortwährende Beisammensein für einen Sinn haben, auch bei uns fünf hat es keinen Sinn, aber nun sind wir schon beisammen und bleiben es, aber eine neue Vereinigung wollen wir nicht, eben auf Grund unserer Erfahrungen. Wie soll man aber das alles dem sechsten beibringen, lange Erklärungen würden schon fast eine Aufnahme in unsern Kreis bedeuten, wir erklären lieber nichts und nehmen ihn nicht auf. Mag er noch so sehr die Lippen aufwerfen, wir stoßen ihn mit dem Ellbogen weg, aber mögen wir ihn noch so sehr wegstoßen, er kommt wieder.

So wie man manchmal ohne erst auf den bewölkten Himmel zu schauen, schon aus der Färbung der Landschaft fühlen kann, daß zwar das Sonnenlicht noch nicht hervorgebrochen ist, daß aber förmlich das Trübe sich loslöst und zum Wegziehn bereit macht, daß also nur aus diesem Grunde und ohne weitere Beweise gleich überall die Sonne scheinen wird.

Ich ruderte stehend das Boot in den kleinen Hafen, er war fast leer, in einer Ecke waren zwei Segelbarken, sonst nur kleine Boote hie und da. Ich fand leicht einen Platz für mein Boot und stieg aus. Ein kleiner Hafen war es nur, aber mit festen Quaimauern und gut instand gehalten.
Es glitten die Boote vorüber. Ich rief eines. Ein alter großer weißbärtiger Mann war der Bootsführer. Ich zögerte ein wenig auf der Landungsstufe. Er lächelte, ihn anschauend stieg ich ein. Er zeigte auf das äußerste Ende des Bootes, dort setzte ich mich. Gleich aber sprang ich auf und sagte: »Große Fledermäuse habt ihr hier«, denn große Flügel waren mir um den Kopf gerauscht. »Sei ruhig«, sagte er, schon mit der Bootsstange beschäftigt und wir stießen vom Lande, daß ich auf mein Bänkchen fast hinschlug. Statt dem Führer zu sagen, wohin ich fahren wolle, fragte ich nur, ob er es wisse, nach seinem Kopfnicken zu schließen wußte er es. Das war mir eine ungemeine Erleichterung, ich streckte die Beine aus und lehnte den Kopf zurück, aber immer behielt ich den Führer im Auge und sagte mir: »Er weiß, wohin du fährst, hinter dieser Stirn weiß er es. Und seine Ruderstange stößt er nur deshalb ins Meer, um dich dorthin zu bringen. Und zufällig riefst du gerade ihn aus der Menge und zögertest noch einzusteigen.« Ich schloß ein wenig die Augen vor lauter Zufriedenheit, wollte den Mann aber wenigstens hören, wenn ich ihn nicht sah und fragte: »In deinem Alter wolltest du wohl nicht mehr arbeiten. Hast du denn keine Kin-

der?« »Nur dich«, sagte er, »du bist mein einziges Kind. Nur für dich mache ich noch diese Fahrt, dann verkaufe ich das Boot, dann höre ich zu arbeiten auf.« »Ihr nennt hier die Passagiere Kinder?« fragte ich. »Ja«, sagte er, »das ist hier Sitte. Und die Passagiere sagen zu uns Vater.« »Das ist merkwürdig«, sagte ich, »und wo ist die Mutter?« »Dort«, sagte er, »im Verschlag.« Ich richtete mich auf und sah, wie aus dem rundbogigen kleinen Fenster des Verschlags, der in der Mitte des Bootes aufgebaut war, eine Hand grüßend sich ausstreckte und das starke Gesicht einer Frau, von einem schwarzen Spitzentuch eingerahmt, dort erschien. »Mutter?« fragte ich lächelnd. »Wenn du willst –«, sagte sie. »Du bist aber viel jünger als der Vater?« sagte ich. »Ja«, sagte sie, »viel jünger, er könnte mein Großvater sein und du mein Mann.« »Weißt du«, sagte ich, »es ist so erstaunlich, wenn man allein in der Nacht im Boot fährt und plötzlich ist eine Frau da.«

Ich ruderte auf einem See. Es war in einer rundgewölbten Höhle ohne Tageslicht, aber doch war es hell, ein klares gleichmäßiges, von dem bläulich-blassen Stein herabstrahlendes Licht. Trotzdem kein Luftzug zu spüren war, gingen die Wellen hoch, aber nicht so, daß eine Gefahr für mein kleines, aber festes Boot bestanden hätte. Ich ruderte ruhig durch die Wellen, dachte aber kaum ans Rudern, ich war nur damit beschäftigt, mit allen meinen Kräften die Stille in mich aufzunehmen, die hier herrschte, eine Stille, wie ich sie bisher in meinem Leben niemals gefunden hatte. Es war wie eine Frucht, die ich noch nie gegessen hatte und die doch die nahrhafteste von allen Früchten war, ich hatte die Augen geschlossen und trank sie in mich. Freilich nicht ungestört, noch war die Stille vollkommen, aber fortwährend drohte eine Störung, noch hielt irgend etwas den Lärm zurück, aber er war vor der Tür, platzend vor Lust, endlich loszubrechen. Ich rollte die Augen gegen ihn, der nicht da war, ich zog ein Ruder aus der Klammer, stand auf im schwankenden Boot und drohte mit dem Ruder ins Leere. Noch blieb es still und ich ruderte weiter.

Wir liefen auf glattem Boden, manchmal stolperte einer und fiel hin, manchmal wäre einer seitlich fast abgestürzt, dann mußte immer der andere helfen, aber sehr vorsichtig, denn auch er stand ja nicht fest. Endlich kamen wir zu einem Hügel, den man das

Knie nennt, aber trotzdem er gar nicht hoch ist, konnten wir ihn nicht überklettern, immer wieder glitten wir ab, wir waren verzweifelt, nun mußten wir ihn also umgehn, da wir ihn nicht überklettern konnten, das war vielleicht ebenso unmöglich, aber viel gefährlicher, denn hier bedeutete ein Mißlingen des Versuches gleich Absturz und Ende. Wir beschlossen, um einander nicht zu stören, daß jeder es auf einer andern Seite versuchen solle. Ich warf mich hin und schob mich langsam an den Rand, ich sah, daß hier keine Spur eines Weges, keine Möglichkeit, sich irgendwo festzuhalten war, ohne Übergang fiel alles ab in die Tiefe. Ich war überzeugt, daß ich nicht hinüberkommen werde; war es nicht drüben auf der andern Seite ein wenig besser, was aber eben eigentlich nur der Versuch zeigen konnte, dann war es offenbar mit uns beiden zu Ende. Aber wagen mußten wir es, denn hier bleiben konnten wir nicht und hinter uns ragten abweisend unzugänglich die fünf Spitzen, die man Zehen nennt. Ich überblickte nochmals die Lage im einzelnen, die an sich gar nicht lange, aber eben unmöglich zu überwindende Strecke, und schloß dann die Augen, offene Augen hätten mir hier nur schaden können, fest entschlossen, sie nicht mehr zu öffnen, es wäre denn, daß das Unglaubliche geschähe und ich doch drüben ankäme. Und nun ließ ich mich langsam seitlich sinken, fast wie im Schlaf, hielt dann an und begann, vorzurücken. Die Arme hatte ich rechts und links weit ausgestreckt, dieses Bedecken und gleichsam Umfassen möglichst viel Bodens rings um mich schien mir ein wenig Gleichgewicht oder richtiger, ein wenig Trost zu geben. Aber tatsächlich merkte ich zu meinem Erstaunen, daß dieser Boden mir irgendwie förmlich behilflich war, er war glatt und ohne jeden Halt, aber es war kein kalter Boden, irgendeine Wärme strömte aus ihm zu mir, aus mir zu ihm hinüber, es gab eine Verbindung, die nicht durch Hände und Füße herzustellen war, aber bestand und festhielt.

Die Grundschwäche des Menschen besteht nicht etwa darin, daß er nicht siegen, sondern daß er den Sieg nicht ausnützen kann. Die Jugend besiegt alles, den Urtrug, die versteckte Teufelei, aber es ist niemand da, der den Sieg auffangen könnte, lebendig machen könnte, denn dann ist auch schon die Jugend vorüber. Das Alter wagt an den Sieg nicht mehr zu rühren und die neue Jugend, gequält von dem gleich einsetzenden neuen Angriff, will ihren eigenen Sieg. So wird der Teufel zwar immerfort besiegt, aber niemals vernichtet.

Die immer Mißtrauischen sind Menschen, welche annehmen, daß neben dem großen Urbetrug noch in jedem Fall eigens für sie ein kleiner besonderer Betrug veranstaltet wird, daß also, wenn ein Liebesspiel auf der Bühne aufgeführt wird, die Schauspielerin, außer dem verlogenen Lächeln für ihren Geliebten, auch noch ein besonders hinterhältiges Lächeln für den ganz bestimmten Zuschauer auf der letzten Galerie hat. Dummer Hochmut. Kannst du denn etwas anderes kennen als Betrug? Denn wird einmal der Betrug vernichtet, darfst du ja nicht hinsehn oder du wirst zur Salzsäule.

Ich war fünfzehn Jahre alt, als ich in der Stadt als Lehrjunge in ein Geschäft eintrat. Es war für mich nicht leicht gewesen, irgendwo aufgenommen zu werden, ich hatte zwar befriedigende Zeugnisse, war aber sehr klein und schwach. Der Chef, der in einem engen fensterlosen Kontor hinter einer scharfen elektrischen Lampe bei seinem Schreibtisch saß, den einen Arm irgendwie in die Rückenlehne des Stuhles eingehakt, den Daumen fest in der Westentasche, den Kopf möglichst weit von mir weg zurückgelehnt, das Kinn auf der Brust, prüfte mich und fand mich nicht geeignet: »Du bist«, sagte er kopfschüttelnd, »zu schwach, um Pakete zu tragen und ich brauche nur einen Jungen, der schwere Pakete tragen kann.« »Ich werde mich anstrengen«, sagte ich, »auch werde ich ja noch stärker werden.« – Endlich wurde ich, eigentlich nur aus Mitleid, in einem Eisengeschäft aufgenommen. Es war ein düsteres kleines Hofgeschäft und ich hatte Lasten zu tragen, die für meine Kräfte viel zu schwer waren, aber doch war ich sehr zufrieden, eine Stelle zu haben.

»Der große Schwimmer! Der große Schwimmer!« riefen die Leute. Ich kam von der Olympiade in Antwerpen, wo ich einen Weltrekord im Schwimmen erkämpft hatte. Ich stand auf der Freitreppe des Bahnhofes meiner Heimatstadt – wo ist sie? – und blickte auf die in der Abenddämmerung undeutliche Menge. Ein Mädchen, dem ich flüchtig über die Wange strich, hängte mir flink eine Schärpe um, auf der in einer fremden Sprache stand: Dem olympischen Sieger. Ein Automobil fuhr vor, einige Herren drängten mich hinein, zwei Herren fuhren auch mit, der Bürgermeister und noch jemand. Gleich waren wir in einem Festsaal, von der Galerie herab sang ein Chor als ich eintrat, alle Gäste, es waren Hunderte, erhoben sich und riefen im Takt einen Spruch, den ich nicht genau verstand. Links von mir saß ein Minister, ich weiß nicht, warum mich das Wort bei der Vorstellung so erschreckte, ich maß ihn wild mit den Blicken, besann mich aber bald, rechts saß die Frau des Bürgermeisters, eine üppige Dame, alles an ihr, besonders in der Höhe der Brüste, erschien mir voll Rosen und Straußfedern. Mir gegenüber saß ein dicker Mann mit auffallend weißem Gesicht, seinen Namen hatte ich bei der Vorstellung überhört, er hatte die Ellbogen auf den Tisch gelegt – es war ihm besonders viel Platz gemacht worden – sah vor sich hin und schwieg, rechts und links von ihm saßen zwei schöne blonde Mädchen, lustig waren sie, immerfort hatten sie etwas zu erzählen und ich sah von einer zur andern. Weiterhin konnte ich trotz der reichen Beleuchtung die Gäste nicht scharf erkennen, vielleicht weil alles in Bewegung war, die Diener umherliefen, die Speisen gereicht, die Gläser gehoben wurden, vielleicht war alles sogar allzusehr beleuchtet. Auch war eine gewisse Unordnung – die einzige übrigens – die darin bestand, daß einige Gäste, besonders Damen, mit dem Rücken zum Tisch gekehrt saßen, und zwar so, daß nicht etwa die Rückenlehne des Sessels dazwischen war, sondern der Rücken den Tisch fast berührte. Ich machte die Mädchen mir gegenüber darauf aufmerksam, aber während sie sonst so gesprächig waren, sagten sie diesmal nichts, sondern lächelten mich nur mit langen Blicken an. Auf ein Glockenzeichen – die Diener erstarrten zwischen den Sitzreihen – erhob sich der Dicke gegenüber und hielt eine Rede. Warum nur der Mann so traurig war! Während der Rede betupfte er mit dem Taschentuch das Gesicht; das wäre ja hingegangen; bei seiner Dicke, der Hitze im Saal, der Anstrengung des Redens wäre das verständlich gewesen, aber ich merkte deutlich, daß das Ganze nur eine List war, die verbergen sollte, daß er sich die Tränen aus den Augen wischte. Dabei blickte er immerfort mich an, aber so als sähe er nicht mich, sondern mein offenes Grab. Nachdem er geendet hatte, stand natürlich ich auf und hielt auch eine Rede. Es drängte mich geradezu zu sprechen, denn manches schien mir hier und wahrscheinlich auch anderswo

der öffentlichen und offenen Aufklärung bedürftig, darum begann ich:
Geehrte Festgäste! Ich habe zugegebenermaßen einen Weltrekord, wenn Sie mich aber fragen würden, wie ich ihn erreicht habe, könnte ich Ihnen nicht befriedigend antworten. Eigentlich kann ich nämlich gar nicht schwimmen. Seit jeher wollte ich es lernen, aber es hat sich keine Gelegenheit dazu gefunden. Wie kam es nun aber, daß ich von meinem Vaterland zur Olympiade geschickt wurde? Das ist eben auch die Frage, die mich beschäftigt. Zunächst muß ich feststellen, daß ich hier nicht in meinem Vaterland bin und trotz großer Anstrengung kein Wort von dem verstehe, was hier gesprochen wird. Das Naheliegendste wäre nun, an eine Verwechslung zu glauben, es liegt aber keine Verwechslung vor, ich habe den Rekord, bin in meine Heimat gefahren, heiße so wie Sie mich nennen, bis dahin stimmt alles, von da ab aber stimmt nichts mehr, ich bin nicht in meiner Heimat, ich kenne und verstehe Sie nicht. Nun aber noch etwas, was nicht genau, aber doch irgendwie der Möglichkeit einer Verwechslung widerspricht: es stört mich nicht sehr, daß ich Sie nicht verstehe, und auch Sie scheint es nicht sehr zu stören, daß Sie mich nicht verstehen. Von der Rede meines geehrten Herrn Vorredners glaube ich nur zu wissen, daß sie trostlos traurig war, aber dieses Wissen genügt mir nicht nur, es ist mir sogar noch zuviel. Und ähnlich verhält es sich mit allen Gesprächen, die ich seit meiner Ankunft hier geführt habe. Doch kehren wir zu meinem Weltrekord zurück.

Eine teilweise Erzählung. Vor dem Eingang des Hauses stehn zwei Männer, sie scheinen ganz willkürlich angezogen, das meiste, was sie anhaben, sind Lumpen, schmutzig, zerrissen, in Fransen, aber einzelnes ist wieder sehr gut erhalten, der eine hat einen neuen hohen Kragen mit seidener Krawatte, der andere eine feine Nankinghose, breit geschnitten, nach unten schmäler, über den Stiefeln zart umgekrempelt. Sie unterhalten sich und verstellen die Tür. Es kommt ein Mann, scheinbar ein Landgeistlicher in mittlern Jahren, groß, fest, starkhalsig, gerade hin und her schwankend auf seinen steifen Beinen. Er will eintreten, es ist eine dringende Angelegenheit, wegen der er kommt. Aber die zwei bewachen den Eingang, der eine zieht aus seiner Hose eine Uhr an langer Goldkette – es scheinen einige aneinander befestigte Ketten zu sein – es ist noch nicht neun Uhr, vor zehn darf aber niemand eingelassen werden. Dem Geistlichen ist das sehr ungelegen, aber die zwei Männer unterhalten sich schon wieder weiter. Der Geistliche sieht sie ein Weilchen an, scheint die Nutzlosigkeit weitern Bittens zu erkennen, geht auch schon ein paar Schritte weiter, da bekommt er einen Einfall und kehrt wieder zurück. Ob die Herren denn eigentlich wüßten, zu wem er gehen wolle? Zu seiner Schwester Rebekka Zoufal, einer alten Dame, die mit ihrer Bedienerin im zweiten Stock wohnt. Das hatten die Wächter allerdings nicht gewußt, jetzt haben sie nichts mehr dagegen, daß der Geistliche eintritt, sie machen sogar eine Art förmlicher Verbeugung, als er zwischen ihnen durchgeht. Als der Geistliche im Flur ist, muß er unwillkürlich lächeln, daß es so leicht war, die zwei zu überlisten. Flüchtig blickt er noch einmal zurück, zu seinem Staunen sieht er, daß die Wächter eben Arm in Arm fortgehn. Sollten sie nur seinetwegen dagestanden haben? Es wäre, soweit der Überblick des Geistlichen reicht, nicht ausgeschlossen. Er dreht sich völlig um, die Straße ist ein wenig belebter geworden, oft blickt einer der Passanten in den Flur herein, geradezu aufreizend scheint es dem Geistlichen, wie weit die Haustür mit ihren beiden Flügeln offensteht, es liegt eine Gespanntheit in diesem Offenstehn, als nehme die Tür damit einen Anlauf zu einem wütenden endgültigen Zuklappen. Da hört er seinen Namen rufen. »Arnold«, ruft es durch das Treppenhaus, eine dünne, sich überanstrengende Stimme, und gleich darauf klopft ihm ein Finger leicht auf den Rücken. Eine alte gebückte Frau steht da, ganz eingehüllt in ein dunkelgrünes, großmaschiges Gewebe und blickt ihn förmlich nicht mit den Augen, sondern mit einem langen schmalen Zahn an, der öde vereinzelt in ihrem Munde steht.

Weg davon, weg davon, wir ritten durch die Nacht. Sie war dunkel, mond- und sternlos und noch dunkler als sonst mond- und sternlose Nächte sind. Wir hatten einen wichtigen Auftrag, den unser Führer in einem versiegelten Brief bei sich trug. Aus Sorge, wir könnten den Führer verlieren, ritt hie und da einer von uns vor und tastete nach dem Führer, ob er noch da sei. Einmal, gerade als ich nachsah, war der Führer nicht mehr da. Wir erschraken nicht allzusehr, wir hatten es ja die ganze Zeit über gefürchtet. Wir beschlossen, zurückzureiten.

Die Stadt gleicht der Sonne, in einem mittlern Kreis ist alles Licht dicht gesammelt, es blendet, man verliert sich, man findet die Straßen, die Häuser nicht, man kommt, wenn man einmal eingetreten ist, förmlich nicht mehr hervor; in einem weitern viel größeren Kreisring ist noch immer eng, aber nicht mehr ununterbrochen ausgestrahltes Licht, es gibt dunkle Gäßchen, versteckte Durchhäuser, sogar ganz kleine Plätze, die in Dämmerung und Kühle liegen; dann ein noch größerer Kreisring, hier ist das Licht schon so zerstreut, daß man es suchen muß, große Stadtflächen stehen hier nur in kaltem grauem Schein, und dann endlich schließt sich das offene Land an, mattfarbig, spätherbstlich, kahl, kaum einmal durchzuckt von einer Art Wetterleuchten.
In dieser Stadt ist fortwährend früher, noch kaum beginnender Morgen, der Himmel ein ebenmäßiges, kaum sich lichtendes Grau, die Straßen leer, rein und still, irgendwo bewegt sich langsam ein Fensterflügel, der nicht befestigt worden ist, irgendwo wehn die Enden eines Tuches, das über ein Balkongeländer in einem letzten Stockwerk gebreitet ist, irgendwo flattert leicht ein Vorhang in einem offenen Fenster, sonst gibt es keine Bewegung.

Dem berühmten Dresseur Burson wurde einmal ein Tiger vorgeführt; er sollte sich über die Dressurfähigkeit des Tieres äußern. In den Dressurkäfig, der die Ausmaße eines Saals hatte – er stand in einem großen Barackenhain weit vor der Stadt – wurde der kleine Käfig mit dem Tiger geschoben. Die Wärter entfernten sich, Burson wollte bei jeder ersten Begegnung mit einem Tier völlig allein sein. Der Tiger lag still, er war eben reichlich gefüttert worden. Ein wenig gähnte er, sah müde die neue Umgebung an und schlief gleich ein.

Es heißt in einer unserer alten Schriften: *
Diejenigen, welche das Leben verfluchen und deshalb das Nichtgeborenwerden oder das Überwinden des Lebens für das größte oder für das einzige täuschungslose Glück halten, müssen recht haben, denn das Urteil über das Leben...

Aus der alten Geschichte unseres Volkes werden schreckliche Strafen berichtet. Damit ist allerdings nichts zur Verteidigung des gegenwärtigen Strafsystems gesagt.

Ein Mann bezweifelte die göttliche Abstammung des Kaisers, er behauptete, der Kaiser sei mit Recht unser oberster Herr, bezweifelte nicht die göttliche Sendung des Kaisers, die war ihm sichtbar, nur die göttliche Abstammung bezweifelte er. Viel Aufsehen machte das natürlich nicht; wenn die Brandung einen Wassertropfen ans Land wirft, stört das nicht den ewigen Wellengang des Meeres, es ist vielmehr von ihm bedingt.

Vor einen Richter der kaiserlichen Stadt wurde ein Mann gebracht, der die göttliche Abstammung des Kaisers leugnete. Er war aus seiner Heimat wochenlang von Soldaten transportiert worden, konnte vor Müdigkeit kaum sitzen, war hohlwangig und...

Man schämt sich zu sagen, womit der kaiserliche Oberst unser Bergstädtchen beherrscht. Seine wenigen Soldaten wären, wenn wir wollten, gleich entwaffnet, Hilfe für ihn käme, selbst wenn er sie rufen könnte – aber wie könnte er das? – tage- ja wochenlang nicht. Er ist also völlig auf unsern Gehorsam angewiesen, sucht ihn aber weder durch Tyrannei zu erzwingen, noch durch Herzlichkeit zu erschmeicheln. Warum dulden wir also seine verhaßte Regierung? Es ist zweifellos: nur seines Blickes wegen. Wenn man in sein Arbeitszimmer kommt, vor einem Jahrhundert war es der Beratungssaal unserer Ältesten, sitzt er in Uniform an dem Schreibtisch, die Feder in der Hand. Förmlichkeiten oder gar Komödiespielen liebt er nicht, er schreibt also nicht etwa weiter und läßt den Besucher warten, sondern unterbricht die Arbeit sofort und lehnt sich zurück, die Feder allerdings behält er in der Hand. Nun sieht er zurückgelehnt, die Linke in der Hosentasche, den Besucher an. Der Bittsteller hat den Eindruck, daß der Oberst mehr sieht als nur ihn, den für ein Weilchen aus der Menge aufgetauchten Unbekannten, denn warum würde ihn denn der Oberst so genau und lange und stumm ansehen. Es ist auch kein scharfer prüfender, sich einbohrender Blick, wie man ihn vielleicht auf einen Einzelnen richten kann, sondern es ist ein nachlässiger, schweifender, allerdings aber unablässiger Blick, ein Blick, mit dem man etwa die Bewegungen einer Menschenmenge in der Ferne beobachten würde. Und dieser lange Blick ist ununterbrochen begleitet von einem unbestimmten Lächeln, das bald Ironie, bald träumendes Erinnern zu sein scheint.

Ein Umschwung. Lauernd, ängstlich, hoffend umschleicht die Antwort die Frage, sucht verzweifelt in ihrem unzugänglichen Gesicht, folgt ihr auf den sinnlosesten (das heißt von der Antwort möglichst wegstrebenden) Wegen.

Ein Abend im Herbst, klar und kühl. Irgend jemand, undeutlich in Bewegungen, Kleidung und Umriß, tritt aus dem Haus und will gleich rechts abbiegen. Die Hausmeisterin in einem alten weiten Damenmantel steht an einer Säule des Tores gelehnt und flüstert ihm etwas zu. Er überlegt einen Augenblick, schüttelt dann aber den Kopf und geht. Beim Überschreiten der Fahrbahn kommt er aus Unachtsamkeit der Elektrischen in den Weg und sie durchfährt ihn. Im Schmerz zieht er sein Gesicht klein zusammen und spannt alle Muskeln so, daß er, nachdem die Elektrische vorüber ist, die Spannung kaum wieder lösen kann. Er steht noch ein Weilchen still und sieht, wie bei der nächsten Haltestelle ein Mädchen aussteigt, mit der Hand zurückwinkt, ein paar Schritte zurückzulaufen beginnt, stockt und wieder in die Elektrische einsteigt. Als er an einer Kirche vorübergeht, steht oben an einer Freitreppe ein Geistlicher, streckt ihm die Hand entgegen und beugt sich so weit vor, daß fast die Gefahr des Nach-vornüber-Fallens besteht. Er aber erfaßt die Hand nicht, er ist ein Gegner der Missionäre, auch ärgern ihn die Kinder, die sich auf der Treppe wie auf einem Spielplatz herumtreiben und unanständige Redensarten einander zurufen, die sie natürlich nicht verstehen können und an denen sie nur saugen, da sie nichts Besseres haben – er knöpft seinen Rock hoch zu und geht weiter.

Auf der Freitreppe der Kirche treiben sich die Kinder herum wie auf einem Spielplatz und rufen einander unanständige Redensarten zu, die sie natürlich nicht verstehen können und an denen sie nur saugen, wie Säuglinge am Lutscher. Der Geistliche kommt heraus, streicht hinten die Kutte glatt und setzt sich auf eine Stufe. Es liegt ihm daran, die Kinder zu beruhigen, denn ihr Geschrei ist auch in der Kirche zu hören. Es gelingt ihm aber nur hie und da, ein Kind an sich zu ziehn, die Menge entweicht ihm immer wieder und spielt weiter unbekümmert um ihn. Den Sinn dieses Spieles kann er nicht erkennen, auch nicht den entferntesten kindlichen Sinn sieht er. Wie Spielbälle, die man gegen den Boden schlägt, so hüpfen sie unermüdlich und scheinbar ohne Anstrengung auf allen Stufen und haben keine Verbindung miteinander als jene Zurufe, es ist einschläfernd. Wie aus beginnendem Schlaf greift der Geistliche nach dem nächsten Kind, einem kleinen Mädchen, knöpft ihr vorn oben das Kleidchen ein wenig auf – sie schlägt ihm dafür im Scherz leicht auf die Wange – erblickt dort irgendein Zeichen, das er nicht erwartet oder vielleicht sogar erwartet hat, ruft Ah!, stößt das Kind fort, ruft Pfui und spuckt aus und macht ein großes Kreuz in die Luft und will eilig in die Kirche zurück. Da trifft er in der Tür mit einer zigeunerartigen jungen Frau zusammen, sie ist bloßfüßig, hat einen weißgemusterten roten Rock, eine weiße, hemdartige, vorn nachlässig offene Bluse und wild verschlungene braune Haare. »Wer bist du?« ruft er, in der Stimme noch die Erregung wegen der Kinder. »Deine Frau Emilie«, sagt sie leise und legt sich langsam an seine Brust. Er schweigt und horcht auf ihren Herzschlag.

Es war ein gewöhnlicher Tag; er zeigte mir die Zähne; auch ich war von Zähnen gehalten und konnte mich ihnen nicht entwinden; ich wußte nicht, wodurch sie mich hielten, denn sie waren nicht zusammengebissen; ich sah sie auch nicht in den zwei Reihen des Gebisses, sondern nur hier einige, dort einige. Ich wollte mich an ihnen festhalten und mich über sie hinwegschwingen, aber es gelang mir nicht.

Du bist zu spät gekommen, eben war er hier, im Herbst bleibt er nicht lange auf einem Platz, es lockt ihn auf die dunklen unumgrenzten Felder hinaus, er hat etwas von Krähenart. Willst du ihn sehn, fliege zu den Feldern, dort ist er gewiß.

Du sagst, daß ich noch weiter hinuntergehen soll, aber ich bin doch schon sehr tief, aber, wenn es so sein muß, will ich hier bleiben. Was für ein Raum! Es ist wahrscheinlich schon der tiefste Ort. Aber ich will hier bleiben, nur zum weiteren Hinabsteigen zwinge mich nicht.

Ich war der Figur gegenüber wehrlos, ruhig saß sie beim Tisch und blickte auf die Tischplatte. Ich ging im Kreis um sie herum und fühlte mich von ihr gewürgt. Um mich ging ein dritter herum und fühlte sich von mir gewürgt. Um den dritten ging ein vierter herum und fühlte sich von ihm gewürgt. Und so setzte es sich fort bis zu den Bewegungen der Gestirne und darüber hinaus. Alles fühlt den Griff am Hals.

In welcher Gegend ist es? Ich kenne sie nicht. Alles entspricht dort einander, sanft geht alles ineinander über. Ich weiß, daß diese Gegend irgendwo ist, ich sehe sie sogar, aber ich weiß nicht, wo sie ist, und ich kann mich ihr nicht nähern.

Mit stärkstem Licht kann man die Welt auflösen. Vor schwachen Augen wird sie fest, vor noch schwächern bekommt sie Fäuste, vor noch schwächeren wird sie schamhaft und zerschmettert den, der sie anzuschauen wagt.

Es war ein kleiner Teich, dort tranken wir, Bauch und Brust an der Erde, die Vorderbeine müde vor Trinkseligkeit ins Wasser getaucht. Wir mußten aber bald zurück, der Besonnenste riß sich los und rief: »Zurück, Brüder!« Dann liefen wir zurück. »Wo wart ihr?« wurden wir gefragt. »Im Wäldchen.« »Nein, ihr wart beim Teich.« »Nein, wir waren nicht dort.« »Ihr trieft ja noch von Wasser, ihr Lügner!«
Und die Peitschen begannen zu spielen. Wir liefen durch die langen mondscheinerfüllten Korridore, hie und da wurde einer getroffen und sprang hoch vor Schmerz. In der Ahnengalerie war die Jagd zu Ende, die Tür wurde zugeschlagen, man ließ uns allein. Wir waren noch alle durstig, wir leckten einander gegenseitig das Wasser von Fell und Gesicht, manchmal bekam man statt Wasser Blut auf die Zunge, das war von den Peitschenhieben.

Nur ein Wort. Nur eine Bitte. Nur ein Bewegen der Luft. Nur ein Beweis, daß du noch lebst und wartest. Nein, keine Bitte, nur ein Atmen, kein Atmen, nur ein Bereitsein, kein Bereitsein, nur ein Gedanke, kein Gedanke, nur ruhiger Schlaf.

Im alten Beichtstuhl. Ich weiß, wie er trösten wird, ich weiß, was er gestehen wird. Das sind kleine Dinge, Handelsgeschäfte im Winkel, der tägliche Lärm vom Morgen zum Abend.

Ich suchte meinen Besitz zusammen. Es war sehr wenig, aber es waren genau umrissene feste, jeden sofort überzeugende Dinge. Es waren sechs bis sieben Stücke, ich sage sechs bis sieben, weil sechs davon zweifellos nur mir gehörten, das siebente aber auch einem Freund gehört hatte, der allerdings vor vielen Jahren unsere Stadt verlassen hatte und seitdem verschollen war. So konnte man also wohl sagen, daß auch dieses siebente Stück mir gehörte. Trotzdem diese Stücke recht einzigartig waren, hatten sie keinen großen Wert.

Die Klage ist sinnlos (wem klagt er?), der Jubel ist lächerlich (das
* Kaleidoskop im Fenster). Offenbar will er doch nur Vorbeter sein, aber dann ist das Jüdische unanständig, dann genügt doch für die Klage, wenn er sein Leben lang wiederholt »Ich-Hund, ich-Hund und so fort« und wir alle werden ihn verstehn, für das Glück aber genügt das Schweigen nicht nur, sondern es ist das einzig Mögliche.

»Es ist keine öde Mauer, es ist zur Mauer zusammengepreßtes süßestes Leben, Rosinentrauben an Rosinentrauben.« »Ich glaube es nicht.« »Koste davon.« »Ich kann vor Nichtglauben die Hand nicht heben.« »Ich werde dir die Traube zum Mund reichen.« »Ich kann sie vor Nichtglauben nicht schmecken.« »Dann versinke!« »Sagte ich nicht, daß man vor der Öde dieser Mauer versinken muß?«

Ich kann schwimmen wie die andern, nur habe ich ein besseres Gedächtnis als die andern, ich habe das einstige Nicht-schwimmen-können nicht vergessen. Da ich es aber nicht vergessen habe, hilft mir das Schwimmenkönnen nichts und ich kann doch nicht schwimmen.

Noch ein kleiner Schmuck auf dieses Grab. Es sei schon genug geschmückt? Ja, aber da mir die Dinge so leicht von der Hand gehn,...

Es ist das Tier mit dem großen Schweif, einem viele Meter langen, fuchsartigen Schweif. Gern bekäme ich den Schweif einmal in die Hand, aber es ist unmöglich, immerfort ist das Tier in Bewegung, immerfort wird der Schweif herumgeworfen. Das Tier ist känguruhartig, aber uncharakteristisch im fast menschlich flachen, kleinen, ovalen Gesicht, nur seine Zähne haben Ausdruckskraft, ob es sie nun verbirgt oder fletscht. Manchmal habe ich das Gefühl, daß mich das Tier dressieren will; was hätte es sonst für einen Zweck, mir den Schwanz zu entziehn, wenn ich nach ihm greife, dann wieder ruhig zu warten, bis es mich wieder verlockt, und dann von neuem weiterzuspringen.

In Voraussicht des Kommenden hatte ich mich in eine Zimmerecke geduckt und das Kanapee quer geschoben. Kam jetzt jemand herein, mußte er mich eigentlich für närrisch halten, aber der, welcher kam, tat es doch nicht. Aus seinem hohen Schaftstiefel zog er eine Hundepeitsche, schwang sie im Kreis um sich, hob und senkte sich auf den breit auseinander stehenden Beinen und rief: »Heraus aus dem Winkel! Wie lange noch?«

Es trieb sich ein Leichenwagen im Land herum, er hatte eine Leiche aufgeladen, lieferte sie aber auf dem Friedhof nicht ab, der Kutscher war betrunken und glaubte, er führe einen Kutschwagen, aber auch wohin er mit diesem fahren sollte, hatte er vergessen. So fuhr er durch die Dörfer, hielt vor den Wirtshäusern und hoffte, wenn ihm hie und da die Sorge nach dem Reiseziel aus der Trunkenheit aufblitzte, von guten Leuten einmal alles Nötige zu erfahren. So hielt er einmal vor dem ›Goldenen Hahn‹ und ließ sich einen Schweinebraten...

Ich sehe in der Ferne eine Stadt, ist es die, welche du meinst?
Es ist möglich, doch verstehe ich nicht, wie du dort eine Stadt erkennen kannst, ich sehe dort etwas erst, seitdem du mich darauf aufmerksam gemacht hast, und auch nicht mehr als einige undeutliche Umrisse im Nebel.
O ja, ich sehe es, es ist ein Berg mit einer Burg oben und dorfartiger Besiedelung auf den Abhängen.
Dann ist es jene Stadt, du hast recht, sie ist eigentlich ein großes Dorf.

Immer wieder verirre ich mich, es ist ein Waldweg, aber deutlich erkennbar, nur über ihn führt die Aussicht auf einen Himmelsstreifen, überall sonst ist der Wald dicht und dunkel. Und doch das fortwährende verzweifelte Verirren und außerdem: mache ich einen Schritt vom Weg, bin ich gleich tausend Schritt im Wald, verlassen, daß ich umfallen möchte und liegenbleiben für immer.

»Immerfort sprichst du vom Tod und stirbst doch nicht.«
»Und doch werde ich sterben. Ich sage eben meinen Schlußgesang. Des einen Gesang ist länger, des andern Gesang ist kürzer. Der Unterschied kann aber immer nur wenige Worte ausmachen.«

Ein Wächter! Ein Wächter! Was bewachst du? Wer hat dich angestellt? Nur um eines, um den Ekel vor dir selbst bist du reicher als die Mauerassel, die unter dem alten Stein liegt und wacht.

Erreiche es nur, dich der Mauerassel verständlich zu machen. Hast du ihr einmal die Frage nach dem Zweck ihres Arbeitens beigebracht, hast du das Volk der Asseln ausgerottet.

Das Leben ist eine fortwährende Ablenkung, die nicht einmal zur Besinnung darüber kommen läßt, wovon sie ablenkt.

Daß noch der Konservativste die Radikalität des Sterbens aufbringt!

Die Unersättlichen sind manche Asketen, sie machen Hungerstreike auf allen Gebieten des Lebens und wollen dadurch gleichzeitig folgendes erreichen:
1. eine Stimme soll sagen: Genug, du hast genug gefastet, jetzt darfst du essen wie die andern und es wird nicht als Essen angerechnet werden.
2. die gleiche Stimme soll gleichzeitig sagen: Jetzt hast du so lange unter Zwang gefastet, von jetzt an wirst du mit Freude fasten, es wird süßer als Speise sein (gleichzeitig aber wirst du auch wirklich essen),
3. die gleiche Stimme soll gleichzeitig sagen: Du hast die Welt besiegt, ich enthebe dich ihrer, des Essens und des Fastens (gleichzeitig aber wirst du sowohl fasten als essen).
Zudem kommt noch eine seit jeher zu ihnen redende unablässige

Stimme: Du fastest zwar nicht vollständig, aber du hast den guten Willen und der genügt.

Du sagst, daß du es nicht verstehst. Such es zu verstehn, indem du es Krankheit nennst. Es ist eine der vielen Krankheitserscheinungen, welche die Psychoanalyse aufgedeckt zu haben glaubt. Ich nenne es nicht Krankheit und sehe in dem therapeutischen Teil der * Psychoanalyse einen hilflosen Irrtum. Alle diese angeblichen Krankheiten, so traurig sie auch aussehn, sind Glaubenstatsachen, Verankerungen des in Not befindlichen Menschen in irgendwelchem mütterlichen Boden; so findet ja auch die Psychoanalyse als Urgrund der Religionen auch nichts anderes als was die ›Krankheiten‹ des Einzelnen begründet, allerdings fehlt heute die religiöse Gemeinschaft, die Sekten sind zahllos und meist auf Einzelpersonen beschränkt, aber vielleicht zeigt sich das so nur dem von der Gegenwart befangenen Blick. Solche Verankerungen, die wirklichen Boden fassen, sind aber doch nicht ein einzelner Besitz des Menschen, sondern in seinem Wesen vorgebildet und nachträglich sein Wesen (auch seinen Körper) noch weiter in dieser Richtung umbildend. Hier will man heilen?

In meinem Fall kann man sich drei Kreise denken, einen innersten A, dann B, dann C. Der Kern A erklärt dem B, warum dieser Mensch sich quälen und sich mißtrauen muß, warum er verzichten muß, warum er nicht leben darf. (War nicht zum Beispiel Diogenes in diesem Sinne schwerkrank? Wer von uns wäre nicht glücklich unter dem strahlenden Blick Alexanders gewesen? Diogenes aber bat ihn verzweifelt, die Sonne freizugeben. Dieses Faß war von Gespenstern voll.) C, dem handelnden Menschen, wird nicht mehr erklärt, ihm befiehlt bloß schrecklich B; C handelt unter strengstem Druck, aber mehr in Angst, als in Verständnis, er vertraut, er glaubt, daß A dem B alles erklärt und B alles richtig verstanden hat.

Ich saß an einem Tischchen vor der Tür einer Matrosenschenke, ein paar Schritte vor mir lag der kleine Hafen, es war schon gegen Abend. Ein schwerfälliges Fischerboot fuhr nahe vorüber, in dem einzigen Kajütenfenster war Lichtschein, auf Deck arbeitete ein Mann am Segelwerk, hielt dann inne und sah nach mir hin.

»Kannst du mich mitnehmen?« schrie ich. Er nickte deutlich. Ich war schon aufgesprungen, daß das Tischchen schaukelte und die Kaffeetasse hinabfiel und zerbrach, noch einmal fragte ich: »Antworte! Kannst du mich mitnehmen?« »Ja«, sagte er langhingezogen mit erhobenem Kopf.
»Leg an!« rief ich, »ich bin bereit.« »Soll ich dir deinen Koffer bringen?« fragte der Wirt, der herangetreten war. »Nein«, sagte ich, Abscheu ergriff mich, ich sah den Wirt an, als hätte er mich beleidigt. »Du willst mir doch nicht meinen Koffer bringen« ...

»Warum habt ihr noch nicht maschinellen Betrieb eingeführt«, fragte ich. »Die Arbeit ist zu fein dafür«, sagte der Aufseher. Er saß an einem Tischchen im Winkel des großen scheunenartigen Holzbaues; an einem aus dunkler Höhe kommenden Draht hing ganz nahe über dem Tisch, so daß der Aufseher fast mit dem Kopf an sie stieß, eine Glühlampe mit scharfem Licht. Auf dem Tisch lagen Lohnlisten, die der Aufseher durchrechnete.
»Ich störe Sie wohl«, sagte ich. »Nein«, sagte der Aufseher zerstreut, »ich habe aber noch Arbeit hier, wie Sie sehn.« »Warum hat man mich dann hergerufen«, sagte ich. »Was soll ich hier, mitten im Wald?« »Sparen Sie die Fragen«, sagte der Aufseher, der kaum zugehört hatte; dann merkte er aber die Unhöflichkeit, sah zu mir auf, lachte und sagte: »Das ist bei uns nämlich die gebräuchliche Redensart. Wir werden hier mit Fragen überlaufen. Aber arbeiten und Fragen beantworten kann man nicht gleichzeitig. Wer zu sehn versteht, muß nicht fragen. Übrigens werden Sie, wenn Sie sich für Technik interessieren, genug Unterhaltung haben. Horaz!« rief er dann in den dunklen Raum hinein, aus dem nur das Quietschen von ein oder zwei Sägen zu hören war.
Ein junger Mann trat hervor, ein wenig widerwillig wie mir schien. »Dieser Herr«, sagte der Aufseher und zeigte mit dem Federhalter auf mich, »bleibt über Nacht bei uns. Er will sich morgen den Betrieb ansehn. Gib ihm zu essen und führe ihn dann zu seinem Schlaflager. Hast du mich verstanden?« Horaz nickte, er war wohl etwas schwerhörig, wenigstens hielt er den Kopf zum Aufseher hinabgebeugt.

»Niemals ziehst du das Wasser aus der Tiefe dieses Brunnens.«

»Was für Wasser? Was für Brunnen?«
»Wer fragt denn?«
Stille.
»Was für eine Stille?«

Meine Sehnsucht waren die alten Zeiten,
meine Sehnsucht war die Gegenwart,
Meine Sehnsucht war die Zukunft,
und mit alledem sterbe ich in einem Wächterhäuschen am Straßenrand,
einem aufrechten Sarg, seit jeher
einem Besitzstück des Staates.
Mein Leben habe ich damit verbracht,
mich zurückzuhalten, es zu zerschlagen.

Mein Leben habe ich damit verbracht, mich gegen die Lust zu wehren, es zu beenden.

Du mußt den Kopf durch die Wand stoßen. Sie zu durchstoßen ist nicht schwer, denn sie ist aus dünnem Papier. Schwer aber ist es, sich nicht dadurch täuschen zu lassen, daß es auf dem Papier schon äußerst täuschend aufgemalt ist, wie du die Wand durchstößt. Es verführt dich zu sagen: »Durchstoße ich sie nicht fortwährend?«

Ich kämpfe; niemand weiß es; mancher ahnt es, das ist nicht zu vermeiden; aber niemand weiß es. Ich erfülle meine täglichen Pflichten, ein wenig Zerstreutheit ist an mir auszusetzen, aber nicht viel. Natürlich kämpft jeder, aber ich kämpfe mehr als andere, die meisten kämpfen wie im Schlaf, so wie man im Traum die Hand bewegt, um eine Erscheinung zu vertreiben, ich aber bin vorgetreten und kämpfe unter überlegter sorgfältigster Ausnützung aller meiner Kräfte. Warum bin ich vorgetreten aus der für sich zwar lärmenden, aber in dieser Hinsicht beängstigend stillen Menge? Warum habe ich die Aufmerksamkeit auf mich gelenkt? Warum stehe ich jetzt auf der ersten Liste des Feindes? Ich weiß nicht. Ein anderes Leben schien mir nicht des Lebens wert. Soldatennaturen nennt die Kriegsgeschichte solche Menschen. Und doch ist es nicht so, ich hoffe nicht auf Sieg und mich freut nicht der Kampf als Kampf, mich freut es nur als das einzige, was zu tun ist. Als solcher freut er mich allerdings mehr als ich in Wirklichkeit genießen kann, mehr als ich verschenken kann, vielleicht werde ich nicht am Kampf, sondern an dieser Freude zugrunde gehn.

Es sind fremde Leute und doch meine eigenen. Freigelassen reden sie, in der Bewußtlosigkeit des Freigelassenen, ein wenig berauscht, keinen Augenblick haben sie Zeit für ein Wiedererkennen. Wie ein Herr mit einem Herrn, so reden sie miteinander, jeder setzt bei dem andern Freiheit und selbständiges Verfügungsrecht voraus. Im Grunde aber haben sie sich nicht verändert, die Meinungen sind die gleichen geblieben, ebenso die Bewegungen, der Blick. Etwas ist allerdings anders, aber ich kann den Unterschied nicht fassen, rede ich von Freigelassen-sein ist es nur ein Erklärungsversuch aus Not. Warum sollten sie sich denn freigelassen fühlen? Alle Kreise und Unterordnungen sind erhalten, die Spannung zwischen jedem Einzelnen und allen ist unverletzt, jeder ist auf seinem Platz und für den Kampf, der ihm zugeteilt wird, so bereit, daß er sogar von nichts anderem spricht als davon, und frage man ihn, was man wolle. Worin liegt also der Unterschied, ich umschnuppere sie wie ein Hund und kann den Unterschied nicht finden.

Feldarbeiter fanden, als sie abends nach Hause gingen, unten auf der Straßenböschung einen alten ganz zusammengesunkenen Mann. Er duselte mit halb offenen Augen. Er machte zuerst den Eindruck eines schwer Betrunkenen, er war aber nicht betrunken. Auch krank schien er nicht zu sein, auch nicht von Hunger geschwächt, auch von Wunden nicht müde, wenigstens schüttelte er zu allen solchen Fragen den Kopf. »Wer bist du denn?« fragte man ihn schließlich. »Ich bin ein großer General«, sagte er ohne aufzuschauen. »Ach so«, sagte man, »also das ist dein Leiden.« »Nein«, sagte er, »ich bin es wirklich.« »Natürlich«, sagte man, »wie solltest du es denn sonst sein.« »Lacht wie ihr es versteht«, sagte er, »ich werde euch nicht strafen.« »Aber wir lachen doch nicht«, sagte man, »sei was du willst, sei Obergeneral, wenn du willst.« »Bin ich auch«, sagte er, »ich bin Obergeneral.« »Nun siehst du, wie wir das erkannt haben. Aber das kümmert uns nicht, wir wollten dich nur darauf aufmerksam machen, daß es in der Nacht stark frieren wird und daß du deshalb von hier fortgehn sollst.«

»Ich kann nicht fortgehn und ich wüßte auch nicht, wohin ich gehn sollte.« »Warum kannst du denn nicht gehn?« »Ich kann nicht gehn, ich weiß nicht warum. Wenn ich gehn könnte, wäre ich ja im gleichen Augenblick wieder General inmitten meines Heeres.« »Sie haben dich wohl hinausgeworfen?« »Einen General? Nein, ich bin hinuntergefallen.« »Von wo denn?« »Vom Himmel.« »Von dort oben?« »Ja.« »Dort oben ist dein Heer?« »Nein. Aber ihr fragt zuviel. Geht fort und laßt mich.«

Konsolidierung. Wir waren fünf Angestellte im Geschäft, der Buchhalter, ein kurzsichtiger schwermütiger Mann, der über dem Hauptbuch ausgebreitet lag wie ein Frosch, still, nur von einem mühseligen Atem schwach gehoben und gesenkt, dann der Kommis, ein kleiner Mann mit breiter Turnerbrust, nur eine Hand brauchte er auf dem Pult aufzustützen und schwang sich hinüber leicht und schön, nur sein Gesicht war dabei ernst und blickte streng ringsum. Dann hatten wir ein Ladenmädchen, ein älteres Fräulein, schmal und zart, mit anliegendem Kleid, meist hielt sie den Kopf zur Seite geneigt und lächelte mit den dünnen Lippen ihres großen Mundes. Ich, der Lehrjunge, der nicht viel mehr zu tun hatte, als mit dem Staubtuch am Pult sich herumzudrücken, hatte oft Lust, die Hand unseres Fräuleins, eine lange schwache, eingetrocknete holzfarbige Hand, wenn sie nachlässig und selbstvergessen auf dem Pult lag, zu streicheln oder gar zu küssen oder – dies wäre das Höchste gewesen – das Gesicht dort, wo es so gut war, ruhn zu lassen und nur hie und da die Lage zu ändern, damit Gerechtigkeit sei und jede Wange diese Hand auskoste. Aber das geschah niemals, vielmehr streckte das Fräulein, wenn ich näher kam, eben diese Hand aus und wies mir eine neue Arbeit an, irgendwo in einem fernen Winkel oder oben auf der Leiter. Dieses letztere war besonders unangenehm, denn oben war von den offenen Gasflammen, mit denen wir leuchteten, bedrückend heiß, auch war ich nicht schwindelfrei, mir war dort oft übel, ich steckte dort manchmal unter dem Vorwand besonders gründlicher Reinigung meinen Kopf in ein Regalfach und weinte ein kleines Weilchen oder ich hielt, wenn niemand hinaufsah, eine kurze stumme Ansprache an das Fräulein unten und machte ihr große Vorwürfe, ich wußte zwar, daß sie bei weitem nicht, weder hier noch anderswo, die entscheidende Macht hatte, aber ich glaubte irgendwie, sie könnte diese Macht haben, wenn sie wollte, und sie dann zu meinen Gunsten benützen. Aber sie wollte nicht, sie übte ja nicht einmal die Macht aus, die sie hatte. Sie war zum Beispiel die einzige des Personals, welcher der Geschäftsdiener ein wenig folgte, sonst war er der eigenwilligste Mensch, gewiß, er war der älteste im Geschäft, noch unter dem alten Chef hatte er gedient, so vieles hatte er hier mitgemacht, wovon wir andern keine Ahnung hatten, aber er zog aus alledem den falschen Schluß, daß er alles besser verstehe als die andern, daß er zum Beispiel nicht nur ebenso gut, sondern viel besser als der Buchhalter dic Bücher führen könne, besser als der Kommis die Kundschaft bedienen könne und so fort, und daß er nur aus freiwilligem Entschluß die Geschäftsdienerstelle übernommen habe, weil sich für sie niemand sonst, nicht einmal ein Unfähiger, gefunden habe. Und so quälte er sich, der gar nicht sehr stark gewesen sein dürfte und jetzt schon nur ein Wrack war, seit vierzig Jahren mit dem Handkarren, den Kisten und Paketen. Er hatte es freiwillig übernommen, aber das hatte man vergessen, neue Zeiten waren gekommen, man erkannte ihn nicht mehr an, und während rings um ihn im Geschäft die ungeheuerlichsten Fehler gemacht wurden, mußte er, ohne daß man ihn eingreifen ließ, die Verzweiflung darüber hinunterwürgen und überdies an seine schwere Arbeit gefesselt bleiben.

Den Kopf hat er zur Seite geneigt, in dem dadurch freigelegten Hals ist eine Wunde, siedend in brennendem Blut und Fleisch, geschlagen durch einen Blitz, der noch andauert.

Im Bett, das Knie ein wenig gehoben, im Faltenwurf der Decke daliegend, riesig wie eine steinerne Figur zur Seite der Freitreppe eines öffentlichen Gebäudes, starr in der lebendig vorbeitreibenden Menge und doch mit ihr in einer fernen, in ihrer Ferne kaum zu fassenden Beziehung.

In einem Land betet man nur zu einer einzigen Gruppe von Gottheiten, man nennt sie: die zusammengebissenen Zähne. Ich war gestern in ihrem Tempel. Ein Geistlicher empfing mich an der Freitreppe. Eine gewisse Weihe ist nötig, ehe man eintreten darf. Sie wird dadurch gegeben, daß der Geistliche dem Besucher, der den Kopf neigt, mit seinen harten Fingerspitzen kurz hinten am Hals hinabstreicht. Dann betritt man den Vorraum, er ist überfüllt mit Opfergeschenken. Der Vorhof und das Heiligtum ist allen zugänglich, der innerste Raum aber nur den Geistlichen und den Ungläubigen. »Du wirst nicht viel sehn«, sagt der Geistliche und lächelt, »aber du kannst mitkommen.«

Wie groß der Kreis des Lebens ist, kann man daraus erkennen, daß einerseits die Menschheit, soweit sie zurückdenken kann, von Reden überfließt und daß andererseits Reden nur dort möglich ist, wo man lügen will.

Geständnis und Lüge ist das Gleiche. Um gestehen zu können, lügt man. Das, was man ist, kann man nicht ausdrücken, denn dieses ist man eben; mitteilen kann man nur das, was man nicht ist, also die Lüge. Erst im Chor mag eine gewisse Wahrheit liegen.

Es war eine Abendschule der Geschäfts-Lehrjungen, sie hatten einige kleine Rechenaufgaben bekommen, die sie jetzt schriftlich ausarbeiten mußten. Es war aber ein so großer Lärm in allen Bänken, daß niemand auch beim besten Willen rechnen konnte. Der stillste war der Lehrer oben auf dem Katheder, ein magerer junger Student, der krampfhaft irgendwie an der Überzeugung festhielt, daß die Schüler an ihrer Aufgabe arbeiteten und daß er deshalb mit seinen eigenen Studien sich beschäftigen dürfe, was er auch mit an die Ohren gepreßten Daumen tat. Da klopfte es, es war der Inspektor der Abendschulen. Die Jungen verstummten sofort, soweit das bei dem Losgelassensein aller ihrer Kräfte möglich war, der Lehrer legte das Klassenbuch über seine Hefte. Der Inspektor, noch ein junger Mann, nicht viel älter als der Student, sah mit müden, offenbar etwas kurzsichtigen Augen über die Klasse hin. Dann stieg er auf das Katheder, nahm das Klassenbuch, nicht um es zu öffnen, sondern um die Studienhefte des Lehrers bloßzulegen, winkte dann dem Lehrer, daß er sich setze und setzte sich halb neben ihn, halb ihm gegenüber auf den zweiten Sessel. Es ergab sich dann folgendes Gespräch, dem die ganze Klasse, die rückwärtigen Reihen waren aufgestanden, um besser zu sehn, aufmerksam zuhörte:
Inspektor: Hier wird also gar nichts gelernt. Den Lärm habe ich schon im untern Stockwerk gehört.
Lehrer: Es sind einige sehr unartige Jungen in der Klasse, die anderen aber arbeiten an einer Rechenaufgabe.

Inspektor: Nein, niemand arbeitet, es ist auch nicht anders möglich, wenn Sie hier oben sitzen und römisches Recht studieren.
Lehrer: Es ist wahr, ich habe die Zeit, während die Klasse schriftlich arbeitet, zum Studieren benützt, ich wollte mir die heutige Nachtarbeit ein wenig abkürzen, bei Tag habe ich keine Zeit zum Studieren.
Inspektor: Gut, das klingt ja ganz unschuldig, aber wir wollen näher zusehn. In welcher Schule sind wir hier?
Lehrer: In der Abendschule für Lehrjungen der Kaufmannsgenossenschaft.
Inspektor: Ist es eine hohe Schule oder eine niedrige?
Lehrer: Eine niedrige.
Inspektor: Vielleicht eine der niedrigsten?
Lehrer: Ja, eine der niedrigsten.
Inspektor: Das ist richtig, es ist eine der niedrigsten. Sie ist niedriger als die Volksschulen, denn soweit der Lehrstoff nicht eine Wiederholung des Lehrstoffes der Volksschulen ist, also noch respektabel, handelt es sich um die winzigsten Anfangsgründe. Also wir alle, Schüler, Lehrer und ich, der Inspektor, arbeiten, oder vielmehr wir sollen unserer Pflicht gemäß an einer der niedrigsten Schulen arbeiten. Ist das vielleicht entehrend?
Lehrer: Nein, kein Lernen ist entehrend. Außerdem ist ja die Schule für die Jungen nur ein Durchgang.
Inspektor: Und für Sie?
Lehrer: Für mich eigentlich auch.
....

Es war keine Gefängniszelle, denn die vierte Wand war völlig frei. Die Vorstellung allerdings, daß auch diese Wand vermauert sein oder werden könnte, war entsetzlich, denn dann war ich bei dem Ausmaß des Raumes, der ein Meter tief war und nur wenig höher als ich, in einem aufrechten steinernen Sarg. Nur vorläufig war sie nicht vermauert, ich konnte die Hände frei hinausstrecken und, wenn ich mich an einer eisernen Klammer festhielt, die oben in der Decke stak, konnte ich auch den Kopf vorsichtig hinausbeugen, vorsichtig allerdings, denn ich wußte nicht, in welcher Höhe über dem Erdboden sich meine Zelle befand. Sie schien sehr hoch zu liegen, wenigstens sah ich in der Tiefe nichts als grauen Dunst, wie auch übrigens rechts und links und in der Ferne, nur nach der Höhe hin schien er sich ein wenig zu lichten. Es war eine Aussicht,

wie man sie an einem trüben Tag auf einem Turm haben könnte.
Ich war müde und setzte mich vorn am Rand nieder, die Füße ließ ich hinunterbaumeln. Ärgerlich war es, daß ich ganz nackt war, sonst hätte ich Kleider und Wäsche aneinandergeknotet, oben an der Klammer befestigt und mich außen ein großes Stück unter meine Zelle hinablassen und vielleicht manches auskundschaften können. Andererseits war es gut, daß ich es nicht tun konnte, denn ich hätte es wohl in meiner Unruhe getan, aber es hätte sehr schlecht ausgehn können. Besser nichts haben und nichts tun.
In der Zelle, die sonst ganz leer war und kahle Mauern hatte, waren hinten zwei Löcher im Boden. Das Loch in der einen Ecke schien für die Notdurft bestimmt, vor dem Loch in der anderen Ecke lag ein Stück Brot und ein zugeschraubtes kleines Holzfäßchen mit Wasser, dort also wurde mir die Nahrung hereingesteckt.

Ich habe keine ursprüngliche Abneigung oder gar Furcht vor Schlangen. Erst jetzt nachträglich stellt sich die Furcht ein. Das ist aber bei meiner Lage vielleicht selbstverständlich. Zunächst gibt es doch in der ganzen Stadt außer in Sammlungen oder einzelnen Geschäften gar keine Schlangen, mein Zimmer ist aber voll von ihnen. Es fing damit an, daß ich abends bei meinem Tisch saß und einen Brief schrieb. Ich habe kein Tintenfaß und benütze eine große Tintenflasche. Gerade wollte ich wieder eintauchen, da sehe ich, wie aus dem Flaschenhals der kleine zarte platte Kopf einer Schlange ragt. Ihr Körper hängt in die Flasche hinab und verschwindet unten in der stark bewegten Tinte. Das war doch sehr merkwürdig, aber ich hörte gleich auf es anzustarren, als mir einfiel, daß es vielleicht eine Giftschlange sein könnte, was sehr wahrscheinlich war, denn sie züngelte verdächtig und ein drohender dreifarbiger Stern…

Es ist nicht so, daß du im Bergwerk veschuttet bist und die Massen des Gesteins dich schwachen Einzelnen von der Welt und ihrem Licht trennen, sondern du bist draußen und willst zu dem Verschütteten dringen und bist ohnmächtig gegenüber den Steinen, und die Welt und ihr Licht macht dich noch ohnmächtiger. Und jeden Augenblick erstickt der, den du retten willst, so daß du wie ein Toller arbeiten mußt, und niemals wird er ersticken, so daß du niemals mit der Arbeit wirst aufhören dürfen.

Es war eine kleine Gesellschaft auf der erhöhten Terrasse unter dem von Säulen getragenen Dach. Drei Stufen führten zum Garten hinab. Vollmond war und warme Juninacht. Alle waren sehr lustig, wir lachten über alles; wenn in der Ferne ein Hund bellte, lachten wir darüber.

»Sind wir auf dem richtigen Weg?« fragte ich unsern Führer, einen griechischen Juden. Er wandte mir im Licht der Fackel sein bleiches sanftes trauriges Gesicht zu. Ob wir auf dem richtigen Weg waren, schien ihm völlig gleichgültig. Wie kamen wir auch zu diesem Führer, der, statt uns hier durch die Katakomben von Rom zu führen, bisher nur schweigend mitging, wo wir gingen? Ich blieb stehn und wartete, bis unsere ganze Gesellschaft eng beisammen war. Ich fragte, ob niemand fehle; es wurde niemand vermißt. Ich mußte mich damit zufrieden geben, denn ich selbst kannte niemanden von ihnen; im Gedränge, Fremde, waren wir hinter dem Führer her in die Katakomben hinabgestiegen, erst jetzt suchte ich mit ihnen eine Art Bekanntschaft zu schließen.

Ich habe einen starken Hammer, aber ich kann ihn nicht benützen, denn sein Schaft glüht.

Viele umschleichen den Berg Sinai. Ihre Rede ist undeutlich, entweder sind sie redselig oder schreien sie oder sind sie verschlossen. Aber keiner von ihnen kommt geraden Weges herab auf einer breiten, neu entstandenen, glatten Straße, die ihrerseits die Schritte groß macht und beschleunigt.

Schreiben als Form des Gebetes.

Unterschied zwischen Zürau und Prag. Kämpfte ich damals nicht genug?

Kämpfte er nicht genug? Als er arbeitete, war er schon verloren; das wußte er, er sagte sich offen: wenn ich zu arbeiten aufhöre, bin ich verloren. War es also ein Fehler, daß er zu arbeiten anfing? Kaum.

Er glaubte eine Statue gemacht zu haben, aber er hatte nur immerfort in die gleiche Kerbe geschlagen aus Verbohrtheit, aber noch mehr aus Hilflosigkeit.

Die geistige Wüste. Die Leichen der Karawanen deiner früheren und deiner späteren Tage.

Nichts, nur Bild, nichts anderes, völlige Vergessenheit.

In der Karawanserei war niemals Schlaf, dort schlief niemand; aber wenn man dort nicht schlief, warum ging man hin? Um das Tragvieh ausruhn zu lassen. Es war nur ein kleiner Ort, eine winzige Oase, aber sie war ganz von der Karawanserei ausgefüllt und die war nun allerdings riesenhaft. Es war für einen Fremden, so schien es mir wenigstens, unmöglich, sich dort zurechtzufinden. Die Bauart verschuldete das auch. Man kam zum Beispiel in den ersten Hof, aus dem führten etwa zehn Meter voneinander entfernt zwei Rundbögen in einen zweiten Hof, man ging durch den einen Bogen und kam nun statt in einen neuen großen Hof, wie man erwartet hatte, auf einen kleinen finstern Platz zwischen himmelhohen Mauern, erst weit in der Höhe sah man beleuchtete Loggien. Nun glaubte man sich also geirrt zu haben und wollte in den ersten Hof zurückgehn, man ging aber zufällig nicht durch den Bogen zurück, durch den man gekommen war, sondern durch den zweiten nebenan. Aber nun war man doch nicht auf dem ersten Platz, sondern in einem andern viel größeren Hof voll Lärm, Musik und Viehgebrüll. Man hatte sich also geirrt, ging wieder auf den dunklen Platz zurück und durch den ersten Türbogen. Es half nichts, wieder war man auf dem zweiten Platz und man mußte durch einige Höfe sich durchfragen, ehe man wieder in den ersten Hof kam, den man doch eigentlich mit ein paar Schritten verlassen hatte. Unangenehm war nun, daß der erste Hof immer überfüllt war, dort konnte man kaum ein Unterkommen finden. Es sah fast so aus, als ob die Wohnungen im ersten Hof von ständigen Gästen besetzt seien, aber es konnte doch in Wirklichkeit nicht sein, denn hier wohnten nur Karawanen, wer hätte sonst in diesem Schmutz und Lärm leben wollen oder können, die kleine Oase gab ja nichts her als Wasser und war viele Meilen von größeren Oasen entfernt. Also ständig wohnen, leben wollen, konnte hier niemand, es wäre denn der Besitzer der Karawanserei und seine Angestellten, aber die habe ich, trotzdem ich einigemal dort gewesen bin, nie gesehn, auch nichts von ihnen gehört. Es wäre auch schwer vorzustellen gewesen, daß, wenn ein Besitzer vorhanden war, er solche Unordnung, ja Gewalttaten zugelassen hätte, wie sie dort üblich waren bei Tag und Nacht. Ich hatte vielmehr den Eindruck, daß die jeweilig stärkste Karawane dort herrschte und dann, nach der Stärke abgestuft, die andern. Allerdings alles wird dadurch nicht erklärt. Das große Eingangstor zum Beispiel war gewöhnlich fest verschlossen; es Karawanen zu öffnen, die kamen oder gingen, war immer eine geradezu feierliche Handlung, die man auf umständliche Weise erwirken mußte. Oft standen Karawanen draußen stundenlang im Sonnenbrand, ehe man sie einließ. Das war zwar offene Willkür, aber man kam ihr doch nicht auf den Grund. Man stand also draußen und hatte Zeit, die Umrahmung des alten Tores zu betrachten. Es waren rings um das Tor in zwei, drei Reihen Engel in Hochrelief, die Fanfaren bliesen; eines dieser Instrumente, gerade auf der Höhe der Torwölbung, ragte tief genug in die Toreinfahrt hinab. Die Tiere mußten immer vorsichtig herumgeführt werden, daß sie nicht daran schlugen, es war merkwürdig, insbesondere bei der Verfallenheit des ganzen Baus, daß diese allerdings schöne Arbeit gar nicht beschädigt war, nicht einmal von denen, die solange in ohnmächtigem Zorn vor dem Tor schon gewartet hatten. Vielleicht hängt es damit zusammen, daß …

Das ist ein Leben zwischen Kulissen. Es ist hell, das ist ein Morgen im Freien, dann wird gleich dunkel und es ist schon Abend. Das ist kein komplizierter Betrug, aber man muß sich fügen, solange man auf den Brettern steht. Nur ausbrechen darf man, wenn man die Kraft hat, gegen den Hintergrund zu, die Leinwand durchschneiden und zwischen den Fetzen des gemalten Himmels durch, über einiges Gerümpel hinweg in die wirkliche enge dunkle feuchte Gasse sich flüchten, die zwar noch immer wegen der Nähe des Theaters Theatergasse heißt, aber wahr ist und alle Tiefen der Wahrheit hat.

»Auf diesem Stück gekrümmten Wurzelholzes willst du jetzt Flöte spielen?«

»Ich hätte nicht daran gedacht, nur weil du es erwartest, will ich es tun.«
»Ich erwarte es?«
»Ja, denn im Anblick meiner Hände sagst du dir, daß kein Holz widerstehen kann, nach meinem Willen zu tönen.«
»Du hast recht.«

In einer Zwischenströmung treibt ein Fisch und blickt ängstlich-freudig nach unten, wo es sich klein im tiefen Schlamme regt, und dann ängstlich-freudig nach oben, wo es sich groß in den hohen Gewässern bereit macht.

Am Abend schlug er die Tür seines Geschäftes zu und lief empor wie in eine Singspielhalle.

Läufst du immerfort vorwärts, plätscherst weiter in der lauen Luft, die Hände seitwärts wie Flossen, siehst flüchtig im Halbschlaf der Eile alles an, woran du vorüberkommst, wirst du einmal auch den Wagen an dir vorüberrollen lassen. Bleibst du aber fest, läßt mit der Kraft des Blicks die Wurzeln wachsen tief und breit – nichts kann dich beseitigen und es sind doch keine Wurzeln, sondern nur die Kraft deines zielenden Blicks –, dann wirst du auch die unveränderliche dunkle Ferne sehn, aus der nichts kommen kann als eben nur einmal der Wagen, er rollt heran, wird immer größer, wird in dem Augenblick, in dem er bei dir eintrifft, welterfüllend und du versinkst in ihm wie ein Kind in den Polstern eines Reisewagens, der durch Sturm und Nacht fährt.

Ihr sollt euch kein Bild –...

Es war eine kleine Gesellschaft im engen Zimmer am Abend beim Tee. Ein Vogel umflog sie, ein Rabe, zupfte den Mädchen die Haare und tauchte den Schnabel in die Tassen. Sie kümmerten sich nicht um ihn, sangen und lachten, da wurde er kühner,...

Die Mühseligkeit. »Unterrichte die Kinder«, sagte man mir. Das kleine Zimmer war übervoll. Manche wurden so an die Wand gedrückt, daß es beängstigend aussah, sie wehrten sich allerdings und drängten die andern zurück, so war die Masse immerfort in

Bewegung. Nur einige größere Kinder, die die andern überragten und nichts von ihnen zu fürchten hatten, standen ruhig an der Hinterwand und blickten zu mir herüber.

Es waren die Peitschenherren beisammen, starke aber schlanke Herren, immer bereit, sie hießen Peitschenherren, aber sie hatten Ruten in den Händen, an der Rückwand des Prunksaales standen sie vor und zwischen den Spiegeln. Ich trat mit meiner Braut ein, es war Hochzeit. Aus einer engen Tür uns gegenüber kamen die Verwandten hervor, sie drehten sich hervor, umfangreiche Frauen, links neben ihnen kleinere Männer in hochgeschlossenen Feströcken mit kurzen Schritten. Manche der Verwandten hoben vor Staunen über meine Braut die Arme, aber es war noch still.

Auf einem Spaziergang am Sonntag war ich weiter vor die Stadt gekommen, als ich eigentlich gewollt hatte. Und als ich so weit war, trieb es mich noch weiter. Auf einer Anhöhe stand eine alte, viel gekrümmte, aber nicht sehr große Eiche. Sie erinnerte mich irgendwie daran, daß es nun endlich aber Zeit sei, zurückzukehren. Es war schon abendlich genug geworden. Ich stand vor ihr, strich über ihre harte Rinde und las zwei eingeritzte Namen. Ich las sie, aber ohne sie mir zu merken, es war wie ein kindlicher Trotz, der mich, wenn ich schon nicht weitergehen sollte, wenigstens hier festhielt, um mich nicht zurückgehn zu lassen. Man ist manchmal im Bann solcher Kräfte, man kann ihn leicht zerreißen, es ist ja nur etwas wie ein zarter Scherz eines Fremden, aber es war Sonntag, nichts war zu versäumen, ich war schon müde und ergab mich deshalb in alles. Nun erkannte ich, daß einer der Namen Josef war und erinnerte mich eines Schulfreundes, der so geheißen hatte. In meiner Erinnerung war er ein kleiner Junge, der kleinste der Klasse vielleicht, er war einige Jahre neben mir in der gleichen Bank gesessen. Er war häßlich gewesen, selbst uns, die wir doch damals mehr Kraft und Geschicklichkeit – und beides hatte er – als Schönheit zu beurteilen verstanden, erschien er sehr häßlich.

Wir liefen vor das Haus. Es stand dort ein Bettler mit einer Harmonika. Sein Kleid, eine Art Talar, war unten so in Fetzen, wie wenn der Stoff ursprünglich von einem Tuchstück nicht abgeschnitten, sondern roh mit Gewalt abgerissen worden wäre. Und

es stimmte dazu irgendwie die verwirrte Miene des Bettlers, der aus einem tiefen Schlaf geweckt zu sein schien und sich mit aller Anstrengung nicht zurechtfinden konnte. Es war, wie wenn er immer von neuem einschliefe und immer von neuem geweckt würde.
Wir Kinder wagten nicht ihn anzusprechen und wie sonst Bettlermusikanten um ein Lied zu bitten. Auch lief er uns immerfort mit den Augen ab, als bemerke er zwar unsere Anwesenheit, könne uns aber nicht so genau erkennen, wie er wollte.
Wir warteten also, bis der Vater kam. Er war hinten in der Werkstatt, es dauerte ein Weilchen, ehe er den langen Flur durchschritt. »Wer bist du?« fragte er im Nebenzimmer laut und streng, sein Blick war mürrisch, vielleicht war er mit unserem Verhalten dem Bettler gegenüber unzufrieden, aber wir hatten doch nichts getan und jedenfalls noch nichts verdorben. Wir wurden womöglich noch stiller. Es war überhaupt ganz still, nur die Linde vor unserem Haus rauschte.
»Ich komme aus Italien«, sagte der Bettler, aber nicht wie eine Antwort, sondern wie ein Schuldbekenntnis. Es war, als erkenne er in unserem Vater seinen Herrn. Die Harmonika drückte er an seine Brust, als sei sie sein Schutz…

Die Unterlippe hielt er mit den Oberzähnen fest, sah vor sich hin und rührte sich nicht. »Dein Benehmen ist ganz sinnlos. Was ist dir denn geschehn? Dein Geschäft ist nicht ausgezeichnet, aber doch auch nicht schlecht; selbst wenn es zugrunde ginge – aber davon ist keine Rede – wirst du doch sehr leicht dich irgendwo anhalten, du bist jung, gesund, kräftig, kaufmännisch gebildet und tüchtig, hast nur für dich und deine Mutter zu sorgen, also ich bitte dich, Mensch, fasse dich und erkläre mir, warum du mich mitten am Tage hergerufen hast und warum du so dasitzt?« Nun war eine kleine Pause, ich saß auf der Fensterbrüstung, er auf einem Sessel mitten im Zimmer. Schließlich sagte er: »Gut, ich werde dir alles erklären. Was du gesagt hast, war alles richtig, aber bedenke: seit gestern regnet es unaufhörlich, etwa um fünf Uhr nachmittags« – er sah auf die Uhr – »hat es gestern zu regnen angefangen und heute um vier Uhr regnet es noch immer. Das kann einem doch wohl zu denken geben. Während es aber sonst nur auf der Gasse regnet und in den Zimmern nicht, scheint es diesmal umgekehrt zu sein. Sieh aus dem Fenster, bitte, es ist unten doch trocken, nicht wahr? Nun also. Hier aber steigt das Wasser unaufhörlich. Mag es, mag es steigen. Es ist schlimm, ich ertrag es doch. Ein wenig guten Willen und man erträgt es, man schwimmt eben mit seinem Sessel etwas höher, die Verhältnisse ändern sich ja nicht sehr, alles schwimmt eben und man schwimmt etwas höher. Aber dieses Schlagen der Regentropfen auf meinem Kopf, das ertrag ich nicht. Es scheint eine Kleinigkeit, aber eben diese Kleinigkeit ertrage ich nicht oder vielleicht würde ich sogar das ertragen, ich ertrage es nur nicht, dagegen wehrlos zu sein. Und ich bin wehrlos, ich setze einen Hut auf, ich spanne den Schirm auf, ich halte ein Brett über den Kopf, nichts hilft, entweder dringt der Regen durch alles durch oder es fängt unter dem Hut, dem Schirm, dem Brett ein neuer Regen mit der gleichen Schlagkraft an.«

Ich stand vor dem Bergingenieur in seiner Kanzlei. Es war eine Bretterbude auf wüstem, lehmigem, nur flüchtig geebnetem Boden. Eine ungeschützte Glühbirne brannte über der Mitte des Schreibtisches. »Sie wollen aufgenommen werden?« sagte der Ingenieur, stützte links die Stirne mit der Hand und hielt in der Rechten die Feder über einem Papier. Es war keine Frage, er sagte es nur vor sich hin, es war ein schwacher junger Mann unter Mittelgröße, er mußte sehr müde sein, die Augen waren wohl von Natur aus so klein und schmal, es sah aber so aus, als reiche seine Kraft nicht aus, sie ganz zu öffnen. »Setzen Sie sich«, sagte er dann. Es war aber nur eine seitlich aufgerissene Kiste da, aus der kleine Maschinenbestandteile herausgerollt waren. Ich setzte mich auf die Kiste. Er hatte sich nun ganz vom Schreibtisch losgemacht, nur die rechte Hand lag dort noch unverändert, sonst aber hatte er sich in seinem Sessel zurückgelehnt, die linke Hand hatte er in der Hosentasche und sah mich an. »Wer hat Sie hergeschickt?« fragte er. »Ich habe in einer Fachzeitschrift gelesen, daß hier Leute aufgenommen werden«, sagte ich. »So«, sagte er und lächelte, »das also haben Sie gelesen. Sie fangen es aber auf eine sehr grobe Weise an.« »Was bedeutet das?« fragte ich. »Ich verstehe Sie nicht.« »Das bedeutet«, sagte er, »daß hier niemand aufgenommen wird. Und wenn niemand aufgenommen wird, können auch Sie nicht aufgenommen werden.« »Gewiß, gewiß«, sagte ich und stand ärgerlich auf, »um das zu erfahren, hätte ich mich nicht setzen müssen.« Aber dann besann ich mich und fragte: »Könnte ich nicht hier übernachten? Es regnet draußen und das Dorf ist über eine Stunde entfernt.« »Ich habe hier keine Gastzimmer«, sagte der Ingenieur. »Könnte ich nicht hier in der Kanzlei bleiben?« »Hier arbeite ich doch und dort« – er zeigte in einen Winkel – »schlafe ich.« Dort waren allerdings Decken und auch ein wenig Stroh war aufgeschüttet, aber es lagen dort auch so vielerlei kaum kenntliche Dinge, hauptsächlich Werkzeuge, daß ich es bisher nicht für ein Schlaflager gehalten hatte.

... mir ihn aufzuheben. Ich tat es und er sagte: »Ich bin auf einer Reise, stören Sie mich nicht, öffnen Sie Ihr Hemd und nähern Sie mich Ihrem Körper.« Ich tat es, er machte einen großen Schritt und verschwand in mir wie in einem Haus. Ich streckte mich wie in einer Beengung, es kam mich fast eine Ohnmacht an, ich ließ den Spaten fallen und ging nach Hause. Dort saßen bei Tisch Männer und aßen aus der gemeinsamen Schüssel, die zwei Frauen waren beim Herd und Waschtrog. Ich erzählte gleich, was mir geschehen war, ich fiel dabei nieder auf die Bank bei der Tür, alle standen um mich. Man holte einen vielbewährten Alten von einem nahen Gut. Während man auf ihn wartete, kamen Kinder zu mir, wir reichten einander die Hände, verschränkten die Finger, ...

Es war ein Strom, ein trübes Gewässer, es wälzte sich mit großer, aber doch irgendwie schläfriger, allzu regelmäßiger Eile mit niedrigen lautlosen Wellen dahin. Vielleicht war es nicht anders möglich, weil es so überfüllt war ...

Ein Reiter ritt auf einem Waldweg, vor ihm lief ein Hund. Hinter ihm kamen ein paar Gänse, ein kleines Mädchen trieb sie mit einer Gerte vor sich her. Trotzdem alle vom Hund vorn bis zu dem kleinen Mädchen hinten so schnell als möglich vorwärtseilten, war es doch nicht sehr schnell, jeder hielt leicht mit den andern Schritt. Übrigens liefen auch die Waldbäume zu beiden Seiten mit, irgendwie widerwillig, müde, diese alten Bäume. An das Mädchen schloß sich ein junger Athlet, ein Schwimmer, er schwamm mit kräftigen Stößen, den Kopf tief im Wasser, denn Wasser war wellenschlagend rings um ihn, und wie er schwamm, so floß das Wasser mit, dann kam ein Tischler, der einen Tisch abzuliefern hatte, er trug ihn auf dem Rücken, die zwei vordern Tischbeine hielt er mit den Händen fest, ihm folgte der Kurier des Zaren, er war unglücklich wegen der vielen Menschen, die er hier im Wald getroffen hatte, immerfort streckte er den Hals und sah nach, wie vorn die Lage war und warum alles so widerwärtig langsam ging, aber er mußte sich bescheiden, den Tischler vor sich hätte er wohl überholen können, aber wie wäre er durch das Wasser gekommen, das den Schwimmer umgab. Hinter dem Kurier kam merkwürdigerweise der Zar selbst, ein noch junger Mann mit blondem Spitzbart und zartem, aber rundlichen Gesicht, das sich des Lebens freute. Hier zeigten sich die Nachteile so großer Reiche, der Zar kannte seinen Kurier, der Kurier seinen Zaren nicht, der Zar war auf einem kleinen Erholungsspaziergang und kam nicht weniger schnell vorwärts als sein Kurier, er hätte also die Post auch selbst besorgen können.

* Ich überlief den ersten Wächter. Nachträglich erschrak ich, lief wieder zurück und sagte dem Wächter: »Ich bin hier durchgelaufen, während du abgewendet warst.« Der Wächter sah vor sich hin und schwieg. »Ich hätte es wohl nicht tun sollen«, sagte ich. Der Wächter schwieg noch immer. »Bedeutet dein Schweigen die Erlaubnis zu passieren?«...

Es waren zwei Drescher bestellt, sie standen mit ihren Dreschflegeln in der dunklen Scheuer. »Komm«, sagten sie und ich wurde auf die Tenne gelegt. Der Bauer stand an die Tür gelehnt halb außen, halb innen.

Das Tier entwindet dem Herrn die Peitsche und peitscht sich selbst, um Herr zu werden, und weiß nicht, daß das nur eine Phantasie ist, erzeugt durch einen neuen Knoten im Peitschenriemen des Herrn.

Der Mensch ist eine ungeheuere Sumpffläche. Ergreift ihn Begeisterung, so ist es im Gesamtbild so, wie wenn irgendwo in einem Winkel dieses Sumpfes ein kleiner Frosch in das grüne Wasser plumpst.

Wäre nur einer imstande, ein Wort vor der Wahrheit zurückzubleiben, jeder (auch ich in diesem Spruch) überrennt sie mit Hunderten.

Um die Wahrheit zu sagen, mich kümmert die ganze Sache nicht sehr. Ich liege im Winkel, sehe zu, soweit man im Liegen zusehen kann, höre zu, soweit ich ihn verstehe, im übrigen lebe ich schon seit Monaten in einer Dämmerung und warte auf die Nacht. Anders mein Zellengenosse, ein unnachgiebiger Mensch, ein gewesener Hauptmann. Ich kann mich in seine Verfassung hineindenken. Er ist der Meinung, seine Lage gleiche etwa der eines Polarfahrers, der trostlos irgendwo eingefroren ist, der aber sicher noch gerettet werden wird oder richtiger, der schon gerettet ist, wie man in der Geschichte der Polarfahrten nachlesen kann. Und nun entsteht folgender Zwiespalt: Daß er gerettet werden wird, ist für ihn zweifellos unabhängig von seinem Willen, einfach durch das siegbringende Gewicht seiner Persönlichkeit wird er gerettet werden, soll er es aber wünschen? Sein Wünschen oder Nichtwünschen wird nichts verändern, gerettet wird er, aber die Frage, ob er es auch noch wünschen soll, bleibt. Mit dieser scheinbar so abseits liegenden Frage ist er beschäftigt, er durchdenkt sie, er legt sie mir vor, wir besprechen sie. Er begreift nicht, daß diese Fragestellung sein Schicksal endgültig macht. Von der Rettung selbst reden wir nicht. Für die Rettung genügt ihm scheinbar der kleine Hammer, den er sich irgendwie verschafft hat, ein Hämmerchen, um Spannägel in ein Zeichenbrett zu treiben, mehr könnte es nicht leisten, aber er verlangt auch nichts von ihm, nur der Besitz entzückt ihn. Manchmal kniet er neben mir und hält mir diesen tausendmal gesehenen Hammer vor die Nase oder er nimmt meine Hand, spreitet sie auf dem Boden aus und behämmert alle Finger der Reihe nach. Er weiß, daß er mit diesem Hammer keinen Splitter von der Mauer schlagen kann, er will es auch nicht, er streicht nur manchmal leicht mit dem Hammer über die Wände, als könne er mit ihm das Taktzeichen geben, das die große wartende Maschinerie der Rettung in Bewegung setzt. Es wird nicht genau so sein, die Rettung wird einsetzen in ihrer Zeit, unabhängig vom Hammer, aber irgend etwas ist er doch, etwas Handgreifliches, eine Bürgschaft, etwas, was man küssen kann, wie man die Rettung selbst niemals wird küssen können.

Nun, meine Antwort auf seine Fragen ist einfach: »Nein, die Rettung ist nicht zu wünschen.« Ich will keine allgemeinen Gesetze aufstellen, das ist Sache der Kerkermeister. Ich rede nur von mir. Und was mich betrifft, so habe ich es in der Freiheit, der gleichen Freiheit, die jetzt unsere Rettung werden soll, kaum ertragen können oder wirklich nicht ertragen, denn jetzt sitze ich ja in der Zelle. Allerdings nach der Zelle habe ich nicht eigentlich gestrebt, sondern nur fort im allgemeinen, vielleicht nach einem andern Stern, zunächst nach einem andern Stern. Aber wäre dort wohl die Luft für mich atembar und würde ich dort nicht ersticken wie hier in der Zelle? Ich hätte also ebensogut nach der Zelle streben können.

Manchmal kommen zwei Kerkermeister in unsere Zelle, um dort Karten zu spielen. Ich weiß nicht, warum sie das machen, es ist eigentlich eine gewisse Straferleichterung. Sie kommen meistens gegen Abend, ich habe dann immer leichtes Fieber, kann die Augen nicht ganz offen halten und nur undeutlich sehe ich sie beim Licht der großen Laterne, die sie mitgebracht haben. Ist das dann eigentlich noch eine Zelle, wenn sie selbst den Kerkermeistern genügt? Aber nicht immer freut mich diese Überlegung, ein Klassenbewußtsein der Sträflinge erwacht in mir, was wollen sie hier unter den Sträflingen? Es freut mich ja, daß sie hier sind, ich fühle mich gesichert durch die Gegenwart dieser mächtigen Männer, ich fühle mich auch durch sie über mich hinausgehoben, aber ich will es auch wieder nicht, ich will den Mund aufmachen und sie durch nichts anderes als durch die Kraft meines Atems aus der Zelle blasen.

Gewiß, man kann sagen, der Hauptmann sei durch das Gefangensein verrückt geworden. Sein Gedankenkreis ist so eingeschränkt, daß er kaum für einen Gedanken mehr Raum hat. Er hat förmlich auch schon den Gedanken der Rettung zu Ende gedacht, nichts als ein kleiner Rest ist noch geblieben, genau so viel als nötig ist, um ihn noch krampfhaft ein wenig hoch zu halten, aber auch diesen Rat läßt er manchmal schon los, schnappt freilich dann wieder danach und schnauft dann förmlich vor Glück und Stolz. Aber überlegen bin ich ihm deshalb nicht, in der Methode vielleicht, in irgend etwas Unwesentlichem vielleicht, sonst nicht.

Ein regnerischer Tag. Du stehst vor dem Glanz einer Pfütze. Bist nicht müde, nicht traurig, nicht nachdenklich, stehst nur dort in aller deiner Erdenschwere und wartest auf jemanden. Da hörst du eine Stimme, deren Klang allein, noch ohne Worte, dich lächeln macht. »Komm mit«, sagt die Stimme. Es ist aber rund um dich niemand da, mit dem du gehen könntest. »Ich ginge schon«, sagst du, »aber ich sehe dich nicht.« Darauf hörst du nichts mehr. Aber der Mann, auf den du gewartet hast, kommt, ein großer starker Mann mit kleinen Augen, buschigen Brauen, dicken, etwas hängenden Wangen und einem Kinnbart. Es kommt dir vor, als müßtest du ihn schon einmal gesehen haben. Natürlich hast du ihn schon gesehen, denn es ist dein alter Geschäftsfreund, du hattest mit ihm verabredet, hier zusammenzukommen und eine lange schwebende Geschäftsangelegenheit durchzusprechen. Aber trotzdem er hier vor dir steht und von seiner altbekannten Hutkrempe langsam der Regen tropft, erkennst du ihn nur mühselig. Irgend etwas hindert dich, du willst es wegdrängen, willst dich mit dem Mann unmittelbar in Verbindung setzen und faßt ihn deshalb beim Arm. Aber du mußt ihn gleich wieder loslassen, es schauert dich, was hast du angerührt? Du schaust deine Hand an, aber trotzdem du nichts siehst, ekelt es dich bis zum Brechreiz. Du erfindest eine Entschuldigung, die wahrscheinlich keine ist, denn während du sie sagst, hast du sie vergessen und gehst fort, gehst geradewegs in eine Hausmauer hinein – der Mann ruft dir nach, vielleicht eine Warnung, du winkst ihm ab – die Mauer öffnet sich vor dir, ein Diener trägt einen Armleuchter hocherhoben, du folgst ihm. Er führt dich aber in keine Wohnung, sondern in eine Apotheke.

Es ist eine große Apotheke mit einer hohen halbkreisförmigen Wand, die Hunderte gleichförmige Schubfächer enthält. Es sind auch viele Käufer da, die meisten haben lange dünne Stangen, mit denen sie gleich an das Fach klopfen, aus dem sie etwas haben wollen. Darauf klettern die Gehilfen mit rasenden, aber winzig kleinen Kletterbewegungen hinauf – man sieht nicht, worauf sie klettern, man wischt sich die Augen und sieht es doch nicht – und holen das Verlangte. Ist es nur zur Unterhaltung gemacht oder ist es den Verkäufern angeboren, jedenfalls haben sie hinten aus der Hose hinausragend buschige Schwänze, wie Eichhörnchen etwa, aber viel länger, und beim Klettern zucken die Schwänze alle die vielen kleinen Bewegungen mit. Die Verbindung des Ladens mit der Straße erkennt man infolge des Gedränges der im Laden hin- und herströmenden Käufer gar nicht, dagegen sieht man ein kleines geschlossenes Fenster, das rechts seitlich vom wahrscheinlichen Haupteingang auf die Straße führt. Durch dieses Fenster sieht man draußen drei Menschen, sie füllen die Aussicht derartig vollständig aus, daß man nicht sagen kann, ob hinter ihnen die Gasse menschenüberfüllt oder vielleicht leer ist. Hauptsächlich sieht man einen Mann, der den Blick ganz auf sich zieht, zu seinen beiden Seiten steht je eine Frau, aber man bemerkt sie kaum, sie sind geduckt oder versenkt oder versinken eben schief gegen den Mann zu in die Tiefe, sie sind vollendet nebensächlich, dagegen hat der Mann selbst auch etwas Weibliches. Er ist kräftig, trägt eine blaue Arbeiterbluse, sein Gesicht ist breit und offen, die Nase gedrückt, es ist so, als würde sie eben gedrückt und die Nasenlöcher kämpften, sich windend, um ihre Erhaltung, die Wangen haben viel Lebensfarbe. Immerfort blickt er in die Apotheke herein, bewegt die Lippen, beugt sich rechts und links, als suche er drin etwas. Im Laden fällt ein Mann auf, der weder etwas verlangt, noch bedient, aufrecht umhergeht, alles zu überblicken sucht, die unruhige Unterlippe mit zwei Fingern hält, manchmal nach der Taschenuhr sieht. Es ist offenbar der Besitzer, die Käufer zeigen ihn einander, er ist leicht zu erkennen an zahlreichen dünnen runden langen Lederriemen, die nicht zu lose, nicht zu fest den Oberkörper der Länge und Breite nach umhängen. Ein blonder, etwa zehnjähriger Junge hält sich an seinem Rock, faßt auch manchmal nach den Riemen, er bittet um etwas, was der Apotheker nicht bewilligen will. Da läutet die Türglocke. Warum läutet sie? So viele Käufer kamen und gingen, ohne daß sie läutete, aber nun läutet sie. Die Menge drängt von der Tür zurück, es ist, als wäre dieses Läuten erwartet worden, es ist sogar so, als wüßte die Menge mehr, als sie eingesteht. Nun sieht man auch die große zweiflügelige Glastür. Draußen ist eine schmale leere Gasse, reinlich mit Backsteinen gepflastert, es ist ein bewölkter regnerischer Tag, doch regnet es noch nicht. Ein Herr hat eben von der Gasse aus die Tür geöffnet und die Glocke dadurch in Bewegung gesetzt, aber nun hat er Zweifel, er tritt noch einmal zurück, überliest die Firmatafel, ja, es ist richtig und nun tritt er ein. Es ist der Arzt Herodias, jeder in der Menge weiß es. Die linke Hand in der Hosentasche, geht er auf den Apotheker zu, der jetzt allein im freien Raume steht; sogar der Knabe ist, allerdings gleich in der ersten Reihe, zurückgeblieben und schaut mit seinen blauen, groß geöffneten Augen herüber. Herodias hat eine lächelnde überlegene Art zu reden, den Kopf hat er zurückgelehnt, und auch wenn er selbst spricht, macht es den Eindruck, als horche er. Dabei ist er sehr zerstreut, man muß ihm manches zweimal sagen, es macht Mühe zu ihm vorzudringen, auch darüber scheint er zu lächeln. Wie sollte ein Arzt die Apotheke nicht kennen, aber doch blickt er sich um, als sei er zum erstenmal hier und über die Verkäufer mit ihren Schwänzen schüttelt er den Kopf. Dann geht er auf den Apotheker zu, umfaßt ihn mit dem rechten Arm in Schulterhöhe, wendet ihn um und nun gehn sie beide eng aneinander weiter durch die seitlich zurückweichende Menge in das Innere der Apotheke, der Junge vor ihnen, scheu immer wieder zurückblickend. Sie kommen hinter die Pulte an einen Vorhang, den der Junge vor ihnen hebt, dann weiter durch Laboratoriumskammern und schließlich zu einer kleinen Tür, die, da sie der Junge nicht zu öffnen wagt, der Arzt öffnen muß. Es besteht die Gefahr, daß die Menge, die bis hierher nachgedrängt ist, auch in das Zimmer folgen wird. Aber die Verkäufer, die inzwischen bis in die erste Reihe vorgedrungen sind, wenden sich, ohne erst einen Befehl des Herrn abzuwarten, gegen die Menge, es sind junge Leute, kräftig, aber auch klug; langsam und still drükken sie die Menge zurück, die ja übrigens nur förmlich durch ihr Gewicht, nicht mit der Absicht zu stören, nachgerollt ist. Immerhin macht sich doch eine Gegenbewegung geltend. Der Mann mit den zwei Frauen verursacht sie, er hat seinen Fensterplatz verlassen, ist in den Laden gekommen und will nun noch weiter kommen als alle andern. Gerade infolge der Nachgiebigkeit der Menge, die sichtlich gegen diesen Ort Rücksicht übt, gelingt es ihm. Zwischen den Verkäufern durch, die er mehr durch zwei schnelle Blicke als durch die Ellbogen beiseite schiebt, ist er mit seinen zwei Frauen schon an die Herren herangekommen und zwischen ihren Köpfen blickt er, der größer ist als beide, in das Dunkel des Zimmers. »Wer kommt«, fragt eine Frau schwach aus dem Zimmer. »Sei ruhig, der Arzt«, antwortet der Apotheker und nun treten sie in das Zimmer ein. Niemand denkt daran, Licht zu machen. Der Arzt hat den Apotheker verlassen und geht allein zum Bett. Der Mann und die Frauen lehnen am Bettpfosten zu den Füßen der

Kranken wie an einem Geländer. Der Apotheker wagt nicht, vorzugehen, der Junge hält sich wieder an ihn. Der Arzt fühlt sich durch die drei Fremden behindert. »Wer seid ihr?« fragt er, aus Rücksicht für die Kranke leise. »Nachbarn«, sagt der Mann. »Was wollt ihr?« »Wir wollen«, sagt der Mann und spricht viel lauter als der Arzt...

* [*Fragment des ›Unterstaatsanwalts‹*]

... überdrüssig geworden ist, Jagden auf Mißgeburten zu veranstalten, dann wäre allerdings der Bezirksrichter das erste Ziel. Aber sich über ihn zu ärgern, ist sinnlos. Darum ärgert sich auch der Unterstaatsanwalt nicht über ihn, er ärgert sich nur über die Dummheit, die einen solchen Menschen auf einen Bezirksrichterposten setzt. Die Dummheit also will Gerechtigkeit üben. Es ist für die persönlichen Verhältnisse des Unterstaatsanwalts an und für sich sehr bedauerlich, daß er nur einen so niedrigen Rang einnimmt, seinem eigentlichen Bestreben aber würde es vielleicht nicht einmal genügen, Oberstaatsanwalt zu sein. Er müßte ein noch viel höherer Staatsanwalt werden, um auch nur alle Dummheit, die er vor seinen Augen sieht, unter wirksame Anklage setzen zu können. Zur Anklage gegen den Bezirksrichter würde er sich dabei wahrhaftig nicht herablassen, er würde ihn von der Höhe seines Anklägersitzes nicht einmal erkennen. Wohl aber würde er rings herum eine so schöne Ordnung schaffen, daß der Bezirksrichter nicht in ihr bestehen könnte, daß ihm, ohne daß er angerührt würde, die Knie zu schlottern anfingen und er schließlich vergehen müßte. Dann wäre es vielleicht auch an der Zeit, den Fall des Unterstaatsanwaltes selbst aus den versperrten Disziplinargerichten in den offenen Gerichtssaal zu bringen. Dann wäre der Unterstaatsanwalt nicht mehr persönlich beteiligt, er hätte kraft höherer Gewalt die ihm angelegten Ketten zerbrochen und könnte nun selbst über sie zu Gericht sitzen. Er stellt sich vor, daß ihm eine mächtige Persönlichkeit vor der Verhandlung ins Ohr flüstert: »Jetzt wird dir Genugtuung zuteil werden.« Und nun kommt es zur Verhandlung. Die angeklagten Disziplinarräte lügen natürlich, lügen mit zusammengebissenen Zähnen, lügen so, wie nur Leute vom Gericht lügen können, wenn die Anklage einmal sie trifft. Aber es ist alles so vorbereitet, daß die Tatsachen selbst alle Lügen von sich abschütteln und sich frei und wahrheitsgemäß vor den Zuhörern entwickeln. Es sind viele Zuhörer da, auf drei Seiten des Saales, nur die Richterbank ist leer, man hat keine Richter gefunden, die Richter drängen sich im engen Raum, wo sonst der Angeklagte steht, und suchen sich vor der leeren Richterbank zu verantworten. Nur der öffentliche Ankläger, der gewesene Unterstaatsanwalt, ist natürlich zugegen und auf seinem gewöhnlichen Platz. Er ist viel ruhiger als sonst, er nickt nur hie und da, alles nimmt den richtigen uhrenmäßigen Gang. Erst jetzt, nachdem der Fall von allen Schriftsätzen, Zeugenaussagen, Verhandlungsprotokollen, Urteilsberatungen und Entscheidungsgründen befreit ist, erkennt man seine sofort überwältigende Einfachheit. Die Angelegenheit selbst liegt etwa fünfzehn Jahre zurück. Der Unterstaatsanwalt war damals in der Residenzstadt, er war als tüchtiger Jurist anerkannt, bei seinen Vorgesetzten sehr beliebt und hatte sogar schon Hoffnung, bald, vor vielen Mitbewerbern, zehnter Staatsanwalt zu werden. Der zweite Staatsanwalt bewies ihm eine besondere Zuneigung und ließ sich von ihm, selbst bei nicht ganz unwichtigen Angelegenheiten, vertreten. So war es auch bei einem kleinen Majestätsbeleidigungsprozeß. Ein Geschäftsangestellter, ein nicht ungebildeter, politisch sehr tätiger Mann, hatte in einer Weinstube in halber Trunkenheit, das Glas in der Hand, eine Majestätsbeleidigung ausgesprochen. Ein wahrscheinlich noch mehr betrunkener Gast am Nebentisch hatte die Anzeige erstattet, er hatte in seiner Betäubung wahrscheinlich gemeint, daß er eine ausgezeichnete Tat ausführt, war sofort um einen Polizeimann gelaufen und glückselig lächelnd mit ihm zurückgekehrt, um ihm den Mann zu übergeben. Später allerdings hielt er an seiner Aussage wenn auch nicht vollständig, so doch wenigstens im wichtigsten Teil fest, im übrigen mußte die Majestätsbeleidigung sehr deutlich gewesen sein, denn kein Zeuge konnte sie vollständig leugnen. Ihr Wortlaut aber konnte nicht zweifellos festgestellt werden, die größte Berechtigung hatte die Annahme, daß der Angeklagte mit dem Weinglas auf ein an der Wand hängendes Bild des Königs gezeigt und dabei gesagt hatte: »Du Lump dort oben!« Die Schwere dieser Beleidigung wurde nur durch den damaligen teilweise unzurechnungsfähigen Zustand des Angeklagten gemildert sowie dadurch, daß er die Beleidigung in irgendeiner Verbindung mit der Liedzeile: »solange noch das Lämpchen glüht« vorgebracht und den Sinn des Ausrufes dadurch getrübt hatte. Über die Art der Verbindung zwischen dem Ausruf und dem Lied hatte fast jeder Zeuge eine andere Meinung und der Anzeiger behauptete sogar, ein anderer, nicht der Angeklagte, habe gesungen. Ungemein erschwerend war für den Angeklagten seine politische Tätigkeit, die es jedenfalls sehr glaubwürdig erscheinen ließ, daß er dessen fähig war, den Ausruf auch bei gänzlicher Nüchternheit und mit vollster Überzeugung zu machen. Der Unterstaatsanwalt erinnert sich sehr genau – er hat ja jene Dinge so oft durchgedacht –, wie er jene Anklage fast mit Begeisterung in Angriff nahm, nicht nur weil es ehrenvoll war, einen Majestätsbeleidigungsprozeß zu führen, sondern weil er den Angeklagten und seine Sache aufrichtig haßte. Ohne eine im einzelnen ausgearbeitete politische Anschauung zu haben, war er doch durchaus konservativ, er war darin fast kindlich, es gibt gewiß noch andere Unterstaatsanwälte, die so sind, er glaubte, wenn sich alle ruhig und vertrauensvoll mit dem König und der Regierung verbinden, müßte es möglich sein, alle Schwierigkeiten beseitigen zu können; ob man bei dieser Gelegenheit vor dem König stehe oder knie, schien ihm an und für sich gleichgültig; je mehr Vertrauen man hatte, desto besser war es, und je mehr Vertrauen man hatte, desto tiefer mußte man sich neigen in natürlicher Gesinnung, ohne Kriecherei. Verhindert aber wurden diese erstrebenswerten Zustände durch Leute vom Schlag des Angeklagten, die, aus irgendeiner Unterwelt heraufkommend, die feste Masse des brauchbaren Volkes mit ihrem Geschrei zersprengten. – Da stand ein politischer Streber, dem der ehrliche Beruf eines Geschäftsangestellten nicht genügte, wahrscheinlich, weil er ihm die Mittel für Weingelage zu liefern nicht imstande war, ein Mensch mit einer riesenhaften Kinnlade, die von einer kräftigen Muskulatur auch riesenhaft bewegt wurde, ein geborener Volksredner, der selbst den Untersuchungsrichter anschrie, in diesem Fall leider eine nervöse aufgeregte Natur. Die Untersuchung, welcher der Unterstaatsanwalt aus Interesse an der Sache öfters beigewohnt hatte, war eine fortwährende Zänkerei. Einmal sprang der Untersuchungsrichter auf, das andere Mal der Verhörte, und einer donnerte den andern an. Dies wirkte natürlich ungünstig auf die Ergebnisse der Untersuchung ein und als der Unterstaatsanwalt auf diesen Ergebnissen die Anklage aufbauen sollte, mußte er viel Arbeit und Scharfsinn aufwenden, um sie genügend stichhaltig zu machen. Er arbeitete Nächte durch, aber mit Freude. Es waren damals schöne Frühjahrsnächte; das Haus, in dessen Erdgeschoß der Unterstaatsanwalt wohnte, hatte einen kleinen, zwei Schritte breiten Vorgarten; war der Unterstaatsanwalt von der Arbeit ermüdet oder verlangten die sich drängenden Gedanken Ruhe und Sammlung, dann kletterte er aus dem Fenster in den Vorgarten und ging dort auf und ab oder lehnte mit geschlossenen Augen am Gartengitter. Er hat sich damals nicht geschont, er arbeitete die ganze Anklage mehreremal um, manche Teile zehn- und zwanzigmal. Außerdem häufte sich das für die Hauptversammlung vorbereitete Material in fast undurchdringlicher Fülle. »Gebe Gott, daß ich dieses alles fassen und verwerten kann«, war in den Nächten seine ständige Bitte. Mit der Anklage selbst hielt er seine Arbeit nur zum geringsten Teile für beendet, darum sah er auch das Lob des zweiten Staatsanwalts, mit dem ihm dieser die Anklageschrift nach genauer Prüfung zurückgab, nicht als Lohn, sondern nur als Aufmunterung an und dieses Lob war groß und es kam überdies von einem strengen, wortkargen Mann. Es lautete, wie es der Unterstaatsanwalt in seinen spätern Eingaben oft wiederholte, ohne allerdings den zweiten Staatsanwalt dazu bewegen zu können, sich daran zu erinnern: »Dieses Heft, mein lieber Kollege, enthält nicht nur die Anklage, es enthält aller menschlichen Voraussicht nach auch Ihre Ernennung zum zehnten Staatsanwalt.« Und als der Unterstaatsanwalt bescheiden schwieg, fügte der zweite Staatsanwalt hinzu: »Vertrauen Sie mir.« Zur Hauptverhandlung ging der Unterstaatsanwalt fest und ruhig. Niemand im Saal kannte alle Feinheiten und Beziehungen der Prozeßsache so wie er. Der Verteidiger war ungefährlich, ein dem Unterstaatsanwalt bekanntes, immer schreiendes, aber wenig scharfsinniges Männchen. An dem Tag war er gewiß nicht einmal sehr kampflustig, er verteidigte, weil er verteidigen mußte, weil es um ein Mitglied seiner politischen Partei ging, weil sich vielleicht Gelegenheit zu Tiraden ergeben würde, weil die Parteipresse auf den Fall ein wenig aufmerksam war, aber Hoffnung, seinen Klienten durchzubringen, hatte er nicht. Der Unterstaatsanwalt erinnert sich noch, wie er diesem Verteidiger kurz vor Beginn der Verhandlung mit schwer unterdrücktem Lächeln zusah; unfähig sich zu beherrschen, wie dieser Verteidiger überhaupt war, warf er auf seinem Tisch alles durcheinander; riß Blätter aus seinen Schriften und wie mit einem Windhauch waren sie sofort mit Notizen bedeckt, unter dem Tisch klapperten seine kleinen Füßchen und jeden Augenblick strich er, ohne es zu wissen, mit ängstlicher Bewegung über seine Glatze, als suche er dort irgendwelche Verletzungen. Er schien dem Unterstaatsanwalt ein unwürdiger Gegner zu sein. Als er gleich bei Beginn der Verhandlung aufhüpfte und mit häßlicher pfeifender Stimme den Antrag gestellt hatte, die Verhandlung möge in öffentlicher Sitzung stattfinden, erhob sich der Unterstaatsanwalt fast schwerfällig von seinem Sitz. Alles war so klar und durchdacht, es war, als mischten sich alle Leute ringsherum in eine ihm allein gehörige Sache, eine Sache, die er ihrem Wesen gemäß in sich selbst zu Ende führen könnte, ohne Richter und Verteidiger und ohne Angeklagten. Und er schloß sich dem Antrag des Verteidigers an, sein Verhalten war ebenso unerwartet wie das des Verteidigers selbstverständlich gewesen war. Aber er erklärte sein Verhalten und während seiner Erklärung war es im Saal so still, – wenn nicht die vielen Augen von allen Seiten auf ihn gerichtet gewesen wären, als wollten sie ihn zu sich ziehn, hätte man glauben können, er spreche im leeren Saal mit sich selbst. Daß er überzeugte, merkte er sofort. Die Richter streckten die Hälse und sahen erstaunt einander an, der Verteidiger lehnte steif in seinem Stuhl, als sei die Erscheinung des Unterstaatsanwaltes gerade jetzt aus dem Boden gestiegen; der Angeklagte rieb vor Spannung seine Riesenzähne aneinander, im Gedränge der Zuhörer hielt man sich bei den Händen fest. Sie erkannten, daß ihnen hier einer die ganze Angelegenheit, zu der sie in dieser oder jener schwachen Beziehung standen, gänzlich entwand und zu seinem unentreißbaren Eigentum machte. Jeder hatte geglaubt, einem kleinen Majestätsbeleidigungsprozeß beizuwohnen und nun hörte er, wie der Unterstaatsanwalt schon beim ersten Antrag die Beleidigung selbst wie etwas Nebensächliches mit wenigen Worten streifte.

Ich kam durch einen Nebeneingang, ängstlich, ich wußte nicht, wie es sich verhält, ich war klein und schwach, ich sah sorgenvoll an meinem Anzug hinab, er war recht finster, über einen gewissen leeren Umkreis sah man nicht hinaus, der Boden war mit Gras bedeckt, ich bekam Zweifel, ob ich am richtigen Ort war; wäre ich durch den Haupteingang gekommen, wäre kein Zweifel möglich gewesen, aber ich war durch einen Nebeneingang gekommen; vielleicht wäre es gut, zurückzugehen und die Überschrift über der Tür anzusehen, aber ich glaubte mich zu erinnern, daß dort gar keine Überschrift gewesen war. Da sah ich in der Ferne einen matten silbrigen Schein, das gab mir Vertrauen, ich ging in dieser Richtung. Es war ein Tisch, in der Mitte stand eine Kerze, ringsum saßen drei Kartenspieler. »Bin ich hier richtig angekommen?« fragte ich, »ich wollte zu den drei Kartenspielern.« »Das sind wir«, sagte der eine, ohne von den Karten aufzublicken.

Wie der Wald im Mondschein atmet, bald zieht er sich zusammen, ist klein, gedrängt, die Bäume ragen hoch, bald breitet er sich auseinander, gleitet alle Abhänge hinab, ist niedriges Buschholz, ist noch weniger, ist dunstiger, ferner Schein.

A. »Sei aufrichtig! Wann wirst du denn wieder einmal wie heute vertraulich beim Bier sitzen, mit jemandem, der dir zuhört. Sei aufrichtig! Worin besteht deine Macht?«
B. »Habe ich denn Macht? An was für eine Macht denkst du?«
A. »Du willst mir ausweichen. Du unaufrichtige Seele. Vielleicht besteht deine Macht in deiner Unaufrichtigkeit.«
B. »Meine Macht! Weil ich in diesem kleinen Gasthaus sitze und einen alten Mitschüler gefunden habe, der sich zu mir setzt, deshalb bin ich wohl mächtig.«
A. »Dann werde ich es also anders anfassen. Hältst du dich für mächtig? Aber nun antworte aufrichtig, sonst stehe ich auf und gehe nach Hause. Hältst du dich für mächtig?«
B. »Ja, ich halte mich für mächtig.«
A. »Nun also.«
B. »Das ist aber nur meine Sache. Niemand sieht eine Spur dieser Macht, kein Körnchen, auch ich nicht.«
A. »Aber du hältst dich für mächtig. Warum also hältst du dich für mächtig?«
B. »Es ist nicht ganz richtig zu sagen: Ich halte mich für mächtig. Das ist Überhebung. Ich, so wie ich hier alt, verfallen und schmutzig sitze, halte mich nicht für mächtig. Die Macht, an die ich glau-

be, übe nicht ich aus, sondern andere und diese andern fügen sich mir. Das kann mich natürlich nur sehr beschämen und gar nicht stolz machen. Entweder bin ich ihr Diener, den sie in einer Laune großer Herren zum Herrn über sich gemacht haben, dann wäre es noch gut, dann wäre alles nur Schein, oder aber ich bin wirklich zum Herrn über sie bestellt, was soll ich dann tun, ich armer hilfloser Alter; ohne Zittern bringe ich nicht das Glas vom Tisch zum Mund und soll nun die Stürme regieren oder das Weltmeer.«

A. »Nun siehst du, wie mächtig du bist und das alles wolltest du verschweigen. Aber man kennt dich. Auch wenn du immer allein in der Ecke sitzst, der ganze Stammtisch kennt dich.«

B. »Nun ja, der Stammtisch kennt vieles, ich höre nur kleine Teile seiner Gespräche, aber das, was ich höre, ist meine einzige Belehrung und Zuversicht.«

A. »Wie? Danach, was du hier hörst, regierst du doch nicht etwa?«

B. »Nein, gewiß nicht. Du gehörst also auch zu denen, welche glauben, daß ich regiere?«

A. »Du sagtest es doch eben.«

B. »Ich hätte etwas Derartiges gesagt? Nein, ich sagte nur, daß ich mich für mächtig halte, aber ich übe diese Macht nicht aus. Ich kann sie nicht ausüben, denn meine Gehilfen sind zwar schon da, aber noch nicht auf ihrem Posten und niemals werden sie dort sein. Flatterhaft sind sie, überall, wo sie nicht hingehören, treiben sie sich herum, von überall her sind ihre Augen auf mich gerichtet, alles billige ich und nicke ihnen zu. Hatte ich also nicht recht zu sagen, daß ich nicht mächtig bin? Und halte mich nicht mehr für unaufrichtig.«

»Worauf beruht deine Macht?«
»Du hältst mich für mächtig?«
»Ich halte dich für sehr mächtig und fast ebenso wie deine Macht bewundere ich die Zurückhaltung, die Uneigennützigkeit, mit der du sie ausübst, oder vielmehr die Entschlußkraft und Überzeugtheit, mit der du diese Macht gegen dich selbst ausübst. Nicht nur, daß du dich zurückhältst, du bekämpfst dich sogar. Nach den Gründen, warum du das tust, frage ich nicht, sie sind dein eigenstes Eigentum, nur nach der Herkunft deiner Macht frage ich. Berechtigt dazu glaube ich dadurch zu sein, daß ich diese Macht er-

kannt habe, wie es bisher nicht vielen gelungen ist und daß ich schon ihre Drohung – mehr ist sie heute infolge deiner Selbstbeherrschung noch nicht – als etwas Unwiderstehliches fühle.«

»Deine Frage kann ich leicht beantworten: meine Macht beruht auf meinen zwei Frauen.«

»Auf deinen Frauen?«

»Ja. Du kennst sie doch?«

»Meinst du die Frauen, die ich gestern in deiner Küche gesehn habe?«

»Ja.«

»Die zwei dicken Frauen?«

»Ja.«

»Diese Frauen. Ich habe sie kaum beachtet. Sie sahen, verzeih, wie zwei Köchinnen aus. Aber nicht ganz rein waren sie, nachlässig angezogen.«

»Ja, das sind sie.«

»Nun, wenn du etwas sagst, glaube ich es sofort, nur bist du mir jetzt noch unverständlicher als früher, ehe ich von den Frauen wußte.«

»Es ist aber kein Rätsel, es liegt offen da, ich werde es dir zu erzählen versuchen. Ich lebe also mit diesen Frauen, du hast sie in der Küche gesehn, aber sie kochen nur selten, das Essen wird meistens aus der Restauration gegenüber geholt, einmal holt es Resi, einmal Alba. Es ist eigentlich niemand dagegen, daß zu Hause gekocht wird, aber es ist zu schwierig, weil sich die beiden nicht vertragen, das heißt sie vertragen sich ausgezeichnet, aber nur wenn sie ruhig nebeneinander leben. Sie können zum Beispiel stundenlang ohne zu schlafen friedlich auf dem schmalen Kanapee nebeneinander liegen, was schon wegen ihrer Dicke nichts Geringes ist. Aber bei der Arbeit vertragen sie sich nicht, sofort entsteht Streit und aus dem Streit gleich Prügel. Darum sind wir übereingekommen – sie sind vernünftiger Rede sehr zugänglich –, daß möglichst wenig gearbeitet wird. Es entspricht das übrigens auch ihrer Natur. Sie glauben zum Beispiel die Wohnung besonders gut aufgeräumt zu haben und dabei ist sie so schmutzig, daß mich der Schritt über die Türschwelle ekelt, habe ich ihn aber getan, gewöhne ich mich leicht ein.

Mit der Arbeit ist jeder Anlaß zum Streit beseitigt, insbesondere Eifersucht ist ihnen gänzlich unbekannt. Woher käme auch Eifer-

sucht? Ich unterscheide sie ja kaum voneinander. Vielleicht sind Alba's Nase und Lippen noch etwas negerhafter als bei Resi, aber manchmal scheint mir wieder das Gegenteil richtig. Vielleicht hat Resi etwas weniger Haare als Alba – eigentlich hat sie schon unerlaubt wenig Haare – aber achte ich denn darauf? Ich bleibe dabei, daß ich sie kaum unterscheide.
Auch komme ich ja von der Arbeit erst abends nach Hause, bei Tag sehe ich sie nur sonntags längere Zeit. Ich komme also, da ich mich gern nach der Arbeit möglichst lange allein herumtreibe, spät nach Hause. Aus Sparsamkeit machen wir abends kein Licht. Ich habe wirklich kein Geld dazu, das Aushalten der Frauen, die eigentlich unaufhörlich zu essen imstande sind, braucht meinen ganzen Lohn auf. Ich läute also abends an der dunklen Wohnung. Ich höre, wie die zwei Frauen mit Schnaufen zur Tür kommen. Resi oder Alba sagt: ›Das ist er‹, und beide fangen noch stärker zu schnaufen an. Wäre statt meiner ein Fremder dort, er könnte davor Angst bekommen.
Dann öffnen sie und ich mache gewöhnlich den Spaß, daß ich, kaum daß eine Spalte geöffnet ist, mich hineinzwänge und beide gleichzeitig um den Hals fasse. ›Du‹, sagt eine, das bedeutet: ›so unglaublich bist du‹ und beide lachen mit tiefen Gurgellauten. Nun sind sie nur noch mit mir beschäftigt, und würde ich nicht eine Hand ihnen entwinden und die Tür schließen, bliebe sie die ganze Nacht offen.
Dann immer der Weg durch das Vorzimmer, dieser ein paar Schritte lange und Viertelstunden dauernde Weg, auf dem sie mich fast tragen. Ich bin ja wirklich müde nach dem gar nicht leichten Tag und einmal lege ich den Kopf auf Resis, einmal auf Albas weiche Schulter. Beide sind fast nackt, nur im Hemd, so sind sie auch den größten Teil des Tags, nur wenn ein Besuch angesagt ist, wie letzthin der deine, ziehn sie ein paar schmutzige Fetzen an.
Dann kommen wir zu meinem Zimmer und gewöhnlich stoßen sie mich hinein, selbst aber bleiben sie draußen und schließen die Tür. Es ist ein Spiel, denn jetzt kämpfen sie darum, welche zuerst eintreten darf. Es ist nicht etwa Eifersucht, nicht wirklicher Kampf, nur Spiel. Ich höre die leichten lauten Schläge, die sie einander geben, das Schnaufen, das jetzt schon wirkliche Atemnot bedeutet, hie und da ein paar Worte. Schließlich mache ich selbst die Tür auf und sie stürzen herein, heiß, mit zerrissenen Hemden

und dem beißenden Geruch ihres Atems. Dann fallen wir auf den Teppich nieder und nun wird es allmählich still.«
»Nun, warum schweigst du?«
»Ich vergaß den Zusammenhang. Wie war es? Du fragtest mich nach der Herkunft meiner angeblichen Macht und ich nannte die Frauen. Nun ja, so ist es, aus den Frauen kommt meine Macht.«
»Aus dem bloßen Zusammenleben mit ihnen?«
»Aus dem Zusammenleben.«
»Du bist so schweigsam geworden.«
»Du siehst, meine Macht hat Grenzen. Irgend etwas befiehlt mir, zu schweigen. Leb wohl.«

Das Pferd stolperte, fiel auf die Vorderbeine nieder, der Reiter wurde abgeworfen. Zwei Männer, die jeder für sich irgendwo im Baumschatten gelungert hatten, kamen hervor und besahen den Abgestürzten. Alles war jedem von ihnen irgendwie verdächtig, das Sonnenlicht, das Pferd, das wieder aufrecht stand, der Reiter, der Mann gegenüber, der plötzlich, gelockt durch den Unfall, hervorgekommen war. Sie näherten sich langsam, hatten die Lippen mürrisch aufgeworfen und mit der Hand, die sie in das vorn offene Hemd geschoben hatten, fuhren sie unschlüssig an Brust und Hals umher.

Es ist eine Stadt unter den Städten, ihre Vergangenheit war größer als ihre Gegenwart, aber auch diese ist noch ansehnlich genug.

Der Bürgermeister hatte einige Schriftstücke unterschrieben, dann lehnte er sich zurück, nahm spielend eine Schere in die Hand, horchte auf das Mittagsläuten draußen auf dem alten Platz und sagte zu dem Sekretär, der steif vor Ehrerbietung, fast hochmütig vor Ehrerbietung neben dem Schreibtisch stand: »Haben Sie auch bemerkt, daß sich etwas Besonderes in der Stadt vorbereitet? Sie sind jung, sie müssen doch den Blick dafür haben.«

In einer Neumondnacht ging ich aus einem Nachbardorf nach Hause, es war ein kurzer Weg auf gerader, völlig dem Monde ausgesetzter Landstraße, man sah jede Kleinigkeit auf dem Boden genauer als bei Tag. Ich war nicht mehr weit von der kleinen Pappelallee, an deren Ende dann schon unsere Dorfbrücke sich anschließt, da sah ich ein paar Schritte vor mir – ich mußte geträumt haben, daß ich es nicht früher gesehen hatte –, einen kleinen Verschlag aus Holz und Tuch, ein kleines, aber sehr niedriges Zelt, Menschen hätten darin nicht aufrecht sitzen können. Es war völlig abgeschlossen; auch als ich es ganz nahe umging und betastete, fand ich keine Lücke. Man sieht auf dem Land mancherlei und lernt daraus, auch Fremdes leicht zu beurteilen, aber wie dieses Zelt hierhergekommen war und was es sollte, konnte ich nicht verstehn.

Eine junge zigeunerartige Frau macht vor dem Altar aus Federbetten und Decken ein weiches Lager zurecht. Sie ist bloßfüßig, hat einen weißgemusterten roten Rock, eine weiße, hemdartige, vorn nachlässig offene Bluse und wild verschlungene braune Haare. Auf dem Altar steht ein Waschbecken.

Auf dem Tisch lag ein großer Laib Brot. Der Vater kam mit einem Messer und wollte ihn in zwei Hälften schneiden. Aber trotzdem das Messer stark und scharf, das Brot nicht zu weich und nicht zu hart war, konnte sich das Messer nicht einschneiden. Wir Kinder blickten verwundert zum Vater auf. Er sagte: »Warum wundert ihr euch? Ist es nicht merkwürdiger, daß etwas gelingt, als daß es nicht gelingt? Geht schlafen, ich werde es doch vielleicht noch erreichen.«

Wir legten uns schlafen, aber hie und da, zu verschiedensten Nachtstunden, erhob sich dieser oder jener von uns im Bett und streckte den Hals, um nach dem Vater zu sehn, der noch immer, der große Mann in seinem langen Rock, das rechte Bein im Ausfall, das Messer in das Brot zu treiben suchte. Als wir früh aufwachten, legte der Vater das Messer eben nieder und sagte: »Seht, es ist mir noch nicht gelungen, so schwer ist das.« Wir wollten uns auszeichnen und selbst es versuchen, er erlaubte es uns auch, aber wir konnten das Messer, dessen Schaft übrigens vom Griff des Vaters fast glühte, kaum heben, es bäumte sich förmlich in unserer Hand. Der Vater lachte und sagte: »Laßt es liegen, jetzt gehe ich in die Stadt, abends werde ich es wieder zu zerschneiden versuchen. Von einem Brot werde ich mich nicht zum Narren halten lassen. Zerschneiden muß es sich schließlich lassen, nur wehren darf es sich, mag es sich also wehren.« Aber als er das sagte, zog sich das Brot zusammen, so wie sich der Mund eines zu allem entschlossenen Menschen zusammenzieht und nun war es ein ganz kleines Brot.

Ich schärfte die Sense und begann zu schneiden. Es fiel viel vor mir nieder, dunkle Massen, ich schritt zwischen ihnen durch, ich wußte nicht, was es war. Aus dem Dorf riefen warnende Stimmen, ich hielt sie aber für ermutigende Stimmen und ging weiter. Ich kam zu einer kleinen Holzbrücke, nun war die Arbeit zu Ende und ich übergab die Sense einem Mann, der dort wartete, die eine Hand nach ihr ausstreckte und mit der andern wie einem Kind über meine Wange strich. In der Mitte der Brücke bekam ich Zweifel, ob ich auf dem richtigen Weg sei, und rief laut in die Finsternis, aber es antwortete niemand. Da ging ich wieder zurück auf das feste Land, um den Mann zu fragen, aber er war nicht mehr dort.

»Das alles ist ja nutzlos«, sagte er, »nicht einmal mich erkennst du, und ich stehe doch vor dir Brust an Brust. Wie willst du weiterkommen, da ich doch vor dir stehe und du nicht einmal mich erkennst.«
»Du hast recht«, sagte ich, »so rede ich ja auch zu mir, aber da ich keine Antwort bekomme, bleibe ich.«
»Ebenso ich«, sagte er.
»Und ich nicht weniger als du«, sagte ich, »und deshalb gilt es auch für dich, daß alles nutzlos ist.«

Ich hatte mitten in den Sumpfwäldern eine Wache aufgestellt. Nun aber war alles leer, niemand antwortete den Rufen, die Wache hatte sich verlaufen, ich mußte eine neue Wache aufstellen. Ich sah in das frische, starkknochige Gesicht des Mannes. »Der vorige Posten hat sich verlaufen«, sagte ich, »ich weiß nicht warum, aber es geschieht, daß dieses öde Land den Posten von seinem Platz lockt. Nimm dich also in acht!« Er stand aufrecht vor mir, in Paradestellung. Ich fügte noch hinzu: »Solltest du dich aber doch verlocken lassen, ist es nur dein Schaden. Du versinkst im Sumpf, ich aber werde gleich eine neue Wache hier aufstellen, und wenn die untreu werden sollte, wieder eine andere und so fort ohne Ende. Gewinne ich nicht, so werde ich doch auch nicht verlieren.«

Mein Vater führte mich zum Schuldirektor. Es schien eine große Anstalt zu sein, wir durchschritten einige saalartige Räume, allerdings war alles leer. Einen Diener fanden wir nicht, wir gingen daher rücksichtlos weiter, auch waren alle Türen offen. Plötzlich zuckten wir zurück, das Zimmer, in das wir eilig eingetreten waren wie in alle früheren, war, wenn auch mit sehr wenig Möbeln, doch als Arbeitszimmer eingerichtet und auf dem Kanapee lag ein Mann. Es war, ich erkannte ihn nach Photographien, der Schuldirektor; ohne aufzustehn, forderte er uns auf, näherzutreten. Die Entschuldigungen meines Vaters wegen unseres unhöflichen Eindringens ins Direktorat hörte er mit geschlossenen Augen an, dann fragte er, was wir haben wollten. Das zu hören war auch ich neugierig, so sahen wir beide, der Direktor und ich, den Vater an. Der Vater sagte, es liege ihm daran, daß sein Sohn, jetzt achtzehn Jahre...

Er blickte aus dem Fenster. Ein trüber Tag. Es ist November. Ihm scheint, daß zwar jeder Monat eine besondere Bedeutung hat, der November aber noch einen besondern Zusatz von Besonderheit. Vorläufig ist davon allerdings nichts zu sehn, es fällt bloß ein mit Schnee untermischter Regen. Aber das ist vielleicht nur der äußere Anblick, der immer täuscht, denn da sich die Menschen als Gesamtheit allem gleich anpassen und man doch zunächst nach dem Anblick der Menschen urteilt, sollte man eigentlich niemals eine Veränderung der Weltlage wahrnehmen können. Aber da man auch selbst ein Mensch ist, seine Anpassungskraft kennt und von ihr aus urteilt, erfährt man doch einiges und weiß, was man davon zu halten hat, daß der Verkehr unten nicht stillsteht, sondern Straße auf, Straße ab mit verbissener unermüdlicher undurchdringlicher Überlegenheit sich in Gang erhält.

Der Kranke war viele Stunden allein gelegen, das Fieber war ein wenig zurückgegangen, hie und da hatte er einen leichten Halbschlaf einfangen können, im übrigen hatte er, da er sich vor Schwäche nicht rühren konnte, zur Decke hinaufgesehn und gegen viele Gedanken kämpfen müssen. Sein Denken schien überhaupt nur in Abwehr zu bestehn, alles, woran er zu denken anfing, langweilte oder quälte ihn und er verbrauchte seine Kraft damit, sein Denken zu ersticken.

Es war gewiß schon Abend, jedenfalls war es schon lange finster, da es November war, als sich die Tür des Nebenzimmes öffnete, die Vermieterin hereinschlüpfte, um das elektrische Licht aufzudrehn, und der Arzt ihr folgte. Der Kranke wunderte sich, wie wenig krank er eigentlich war oder wie wenig die Krankheit ihn angriff, denn er erkannte die Eintretenden ganz genau, keine ihrer bekannten Einzelheiten fehlte, ja nicht einmal jene, welche ihm Gefühle der Öde oder des Ekels zu erregen pflegten, erschienen irgendwie übertrieben, alles war, wie es immer war.

. . . . . abzuschütteln, in gewöhnlichen Zeiten ruhig ertrug, in der Trunkenheit aber doch dagegen rebellierte. Und wenn ich natürlich auch die Intimitäten, die ich unter solchen Umständen erfuhr, keinesfalls in der Zeitung preisgeben wollte, hatte ich doch schon die Umrisse eines Artikels im Kopfe fertig, in welchem ich darstellen wollte, daß überall, wo sich menschliche Größe unverhüllt zeigen kann, also vor allem im Sport, sich auch gleich Gesindel herandrängt und rücksichtslos, ohne überhaupt ernstlich zu dem Helden aufzublicken, nur über die eigenen Interessen gebeugt, seinen Vorteil sucht und bestenfalls sein Verhalten damit entschuldigt, daß es zum Nutzen der Allgemeinheit geschehe.

. . . . . Dann lag die Ebene vor K. und in der Ferne, weit im Blauen auf einem kleinen Hügel, kaum zu erkennen, das Haus, zu dem er strebte. Aber es dauerte noch bis zum Abend und viele Male war ihm während des Tages das Ziel aus dem Blick entschwunden, bis er auf schon dunkelndem Feldweg plötzlich am Fuße jenes Hügels stand. »Da ist also mein Haus«, sagte er sich, »ein kleines altes klägliches Haus, aber es ist meines, und in ein paar Monaten soll es anders aussehn.« Und er stieg zwischen Wiesen den Hügel hinauf. Die Tür war offen, ja sie konnte gar nicht geschlossen werden, denn der eine Türflügel fehlte. Eine Katze, die auf der Schwelle gesessen hatte, verschwand mit großem Geschrei, so schreien Katzen sonst nicht. Die Türen der zwei Räume rechts und links von der Treppe waren offen, mit ein paar halbzerbrochenen alten Möbelstücken ausgestattet, sonst leer. Aber von oben, von der Treppe herab, die sich im Finstern verlor, fragte eine zitternde, fast röchelnde Stimme, wer gekommen sei. K. machte einen großen Schritt über die ersten drei Stufen, die in der Mitte zerbrochen waren – sonderbarerweise sahen die Bruchstellen frisch aus, als sei es heute oder gestern geschehn –, und stieg hinauf. Auch oben war die Zimmertür offen. …

Ich entlief ihr. Ich lief den Abhang hinunter. Das hohe Gras hinderte mich im Laufen. Sie stand oben bei einem Baum und sah mir nach.

Hier ist es unerträglich. Gestern sprach ich mit Jericho. Er sitzt in eine Ecke gedrückt und liest die Zeitung. Ich sagte: »Jericho, werden Sie für mich stimmen?« Er schüttelte nur den Kopf und las weiter. Ich sagte: »Ich will Ihre Stimme nicht als irgendeine beliebige Stimme. Ich werde doch keinesfalls genug Stimmen haben, mein Mißerfolg ist sicher. Aber…

Ich war einmal auch mitten in der Wahlbewegung. Das ist aber nun schon viele Jahre her. Ein Kandidat hatte mich für die Wahlperiode zu schriftlichen Arbeiten aufgenommen. Ich erinnere mich natürlich nur noch sehr undeutlich an das Ganze.

Was baust du? – Ich will einen Gang graben. Es muß ein Fortschritt geschehn. Zu hoch oben ist mein Standort.

Wir graben den Schacht von Babel.

Nur drei Zickzackstriche blieben von ihm zurück. Wie war er vergraben gewesen in seine Arbeit. Und wie war er in Wirklichkeit gar nicht vergraben gewesen.

Ein Strohhalm? Mancher hält sich an einem Bleistiftstrich über Wasser. Hält sich? Träumt als Ertrunkener von einer Rettung.

Der Tod mußte ihn aus dem Leben herausheben, so wie man einen Krüppel aus dem Rollwagen hebt. Er saß so fest und schwer in seinem Leben wie der Krüppel im Rollwagen.

Die zum Sterben Bereiten, sie lagen am Boden, sie lehnten an den Möbeln, sie klapperten mit den Zähnen, sie tasteten, ohne sich vom Platz zu rühren, die Wand ab.

Ein junger Student wollte an einem Abend im Januar zur Zeit der großen Gesellschaften seinen besten Freund, den Sohn eines hohen Staatsbeamten, aufsuchen. Er wollte ihm ein Buch zeigen, das er gerade las und von dem er ihm auch schon viel erzählt hatte. Es war ein schwer verständliches Buch über die Grundzüge der Geschichte der Volkswirtschaft, man konnte nur schwer folgen, der Autor hielt sein Thema, wie es in einer Kritik sehr bezeichnend hieß, an sich gedrückt wie der Vater das Kind, mit dem er durch die Nacht reitet. Trotz aller Schwierigkeit verlockte es aber den Studenten sehr; wenn er eine zusammenhängende Stelle durchdrungen hatte, fühlte er einen großen Gewinn; nicht nur die gerade vorgetragene Ansicht, sondern alles ringsherum schien ihm einleuchtender, besser bewiesen und widerstandskräftiger. Einigemal auf dem Weg zu seinem Freund blieb er unter einer Laterne stehn und las bei dem durch Schneenebel gedämpften Licht einige Sätze. Große, seine Fassungskraft übersteigende Sorgen bedrückten ihn, das Gegenwärtige war zu erfassen, die vor ihm liegende Aufgabe aber erschien ihm undeutlich und ohne Ende, vergleichbar nur seinen Kräften, die er ebenso und noch nicht aufgerufen in sich fühlte.

Das Schreiben versagt sich mir. Daher Plan der selbstbiographischen Untersuchungen. Nicht Biographie, sondern Untersuchung und Auffindung möglicht kleiner Bestandteile. Daraus will ich mich dann aufbauen, so wie einer, dessen Haus unsicher ist, daneben ein sicheres aufbauen will, womöglich aus dem Material des alten. Schlimm ist es allerdings, wenn mitten im Bau seine Kraft aufhört und er jetzt statt eines zwar unsichern aber doch vollständigen Hauses, ein halbzerstörtes und ein halbfertiges hat, also nichts. Was folgt ist Irrsinn, also etwa ein Kosakentanz zwischen den zwei Häusern, wobei der Kosak mit den Stiefelabsätzen die Erde so lange scharrt und auswirft, bis sich unter ihm sein Grab bildet.

Die Leichtfertigkeit der Kinder ist unbegreiflich. Aus dem Fenster meines Zimmers sehe ich in einen kleinen öffentlichen Garten hinunter. Ein kleiner städtischer Garten ist es, nicht viel mehr als ein staubiger freier Platz, der von welken Gesträuchen gegen die Gasse hin abgegrenzt ist. Dort spielten die Kinder, wie immer, auch heute nachmittag.

»Wie bin ich hierhergekommen?« rief ich. Es war ein mäßig großer, von mildem elektrischem Licht beleuchteter Saal, dessen Wände ich abschritt. Es waren zwar einige Türen vorhanden, öffnete man sie aber, dann stand man vor einer dunklen glatten Felswand, die kaum eine Handbreit von der Türschwelle entfernt war und geradlinig aufwärts und nach beiden Seiten in unabsehbare Ferne verlief. Hier war kein Ausweg. Nur eine Tür führte in ein Nebenzimmer, die Aussicht dort war hoffnungsreicher, aber nicht weniger befremdend als bei den anderen Türen. Man sah in ein Fürstenzimmer, Rot und Gold herrschte dort vor, es gab dort mehrere wandhohe Spiegel und einen großen Glaslüster. Aber das war noch nicht alles.

Ich muß nicht mehr zurück, die Zelle ist gesprengt, ich bewege mich, ich fühle meinen Körper.

Ich befahl mein Pferd aus dem Stall zu holen. Der Diener verstand mich nicht. Ich ging selbst in den Stall, sattelte mein Pferd und bestieg es. In der Ferne hörte ich eine Trompete blasen, ich fragte ihn, was das bedeute. Er wußte nichts und hatte nichts gehört. Beim Tore hielt er mich auf und fragte: »Wohin reitest du, Herr?« »Ich weiß es nicht«, sagte ich, »nur weg von hier, nur weg von hier. Immerfort weg von hier, nur so kann ich mein Ziel erreichen.« »Du kennst also dein Ziel?« fragte er. »Ja«, antwortete ich, »ich sagte es doch: ›Weg-von-hier‹, das ist mein Ziel.« »Du hast keinen Eßvorrat mit«, sagte er. »Ich brauche keinen«, sagte ich, »die Reise ist so lang, daß ich verhungern muß, wenn ich auf dem Weg nichts bekomme. Kein Eßvorrat kann mich retten. Es ist ja zum Glück eine wahrhaft ungeheuere Reise.«

Atemlos kam ich an. Eine Stange war ein wenig schief in den Boden gerammt und trug eine Tafel mit der Aufschrift ›Versenkung‹. Ich dürfte am Ziel sein, sagte ich mir und blickte mich um. Nur ein paar Schritte weit war eine unscheinbare, dicht mit Grün überwachsene Gartenlaube, aus der ich leichtes Tellerklappern hörte. Ich ging hin, steckte den Kopf durch die niedrige Öffnung, sah kaum etwas in dem dunklen Innern, grüßte aber doch und fragte: »Wissen Sie nicht, wer die Versenkung besorgt?« »Ich selbst, Ihnen zu dienen«, sagte eine freundliche Stimme, »ich komme sofort.« Nun erkannte ich langsam die kleine Gesellschaft, es war ein junges Ehepaar, drei kleine Kinder, die mit der Stirn kaum die Tischplatte erreichten, und ein Säugling, noch in den Armen der Mutter. Der Mann, der in der Tiefe der Laube saß, wollte gleich aufstehn und sich hinausdrängen, die Frau aber bat ihn herzlich, zuerst das Essen zu beenden, er jedoch zeigte auf mich, sie wiederum sagte, ich werde so freundlich sein und ein wenig warten und ihnen die Ehre erweisen, an ihrem armen Mittagessen teilzunehmen, ich schließlich, äußerst ärgerlich über mich selbst, der ich hier die Sonntagsfreude so häßlich störte, mußte sagen: »Leider leider, liebe Frau, kann ich der Einladung nicht entsprechen, denn ich muß mich augenblicklich, ja wirklich augenblicklich versenken lassen.« »Ach«, sagte die Frau, »gerade am Sonntag und noch beim Mittagessen. Ach die Launen der Leute. Die ewige Sklaverei.« »Zanken Sie doch nicht so«, sagte ich, »ich verlange es ja von Ihrem Mann nicht aus Mutwillen, und wüßte ich, wie man es macht, hätte ich es schon längst allein getan.« »Hören Sie nicht auf die Frau«, sagte der Mann, der schon neben mir war und mich fortzog. »Verlangen Sie doch nicht Verstand von Frauen.«

Es war ein schmaler, niedriger, rundgewölbter, weiß getünchter Gang, ich stand vor seinem Eingang, er führte schief in die Tiefe. Ich wußte nicht, ob ich eintreten sollte, unschlüssig zerrieb ich mit meinen Füßen das schüttere Gras, das vor dem Eingang wuchs. Da kam ein Herr vorüber, wohl zufällig, er war ein wenig gebückt, aber willkürlich, weil er mit mir sprechen wollte. »Wohin denn, Kleiner?« fragte er. »Noch nirgendhin«, sagte ich und blickte in sein fröhliches, aber hochmütiges Gesicht – es wäre hochmütig gewesen auch ohne das Monokel, das er trug – »noch nirgendhin. Ich überlege erst.«

»Sonderbar!« sagte der Hund und strich sich mit der Hand über die Stirn. »Wo bin ich denn herumgelaufen, zuerst über den Marktplatz, dann durch den Hohlweg den Hügel hinauf, dann vielemal über die große Hochebene kreuz und quer, dann den Absturz hinunter, dann ein Stück auf der Landstraße, dann links zum Bach, dann die Pappelreihe entlang, dann an der Kirche vorbei, und jetzt bin ich hier. Warum denn das? Und ich war dabei verzweifelt. Ein Glück, daß ich wieder zurück bin. Ich fürchte mich vor diesem zwecklosen Herumlaufen, vor diesen großen öden Räumen, was für ein armer, hilfloser, kleiner, gar nicht mehr aufzufindender Hund bin ich dort. Es lockt mich auch gar nichts dazu, von hier wegzulaufen, hier im Hof ist mein Ort, hier ist meine Hütte, hier meine Kette für den manchmal eintretenden Fall der Bissigkeit, alles ist hier und reichliche Nahrung. Nun also. Ich würde auch niemals aus eigenem Willen von hier weglaufen, ich fühle mich hier wohl, bin stolz auf meine Stellung, wohlige, aber berechtigte Überhebung durchrieselt mich beim Anblick des anderen Viehs. Läuft aber irgendein anderes von den Tieren so sinnlos weg wie ich? Kein einziges, die Katze, das weiche krallige Ding, das niemand benötigt und niemand entbehrt, nehme ich aus, sie hat ihre Geheimnisse, die mich nicht kümmern, und läuft in ihrem Dienst herum, aber auch sie nur im Bezirk des Hauses. Ich bin also der einzige, der hie und da desertiert, und es kann mich ganz gewiß einmal meine überragende Stellung kosten. Heute scheint es glücklicherweise niemand bemerkt zu haben, aber letzthin machte schon Richard, der Sohn des Herrn, eine Bemerkung darüber. Es war Sonntag, Richard saß auf der Bank und rauchte, ich lag zu seinen Füßen, die Wange an die Erde gedrückt. ›Cäsar‹, sagte er, ›du böser, untreuer Hund, wo warst du heute morgens? Um fünf Uhr früh, also zu einer Zeit, wo du noch wachen sollst, habe ich dich gesucht und dich nirgends im Hof gefunden, erst um Viertel sieben bist du zurückgekommen. Das ist eine Pflichtverletzung sondergleichen, weißt du das?‹ So war es also wieder einmal entdeckt. Ich stand auf, setzte mich zu ihm, umfaßte ihn mit einem Arm und sagte: ›Lieber Richard, sieh es mir dieses eine Mal noch nach und verbreite die Sache nicht. Soweit es an mir liegt, es soll nicht wieder vorkommen.‹ Und ich weinte so sehr, aus allen möglichen Gründen, aus Verzweiflung über mich, aus Angst vor Strafe, aus Rührung über Richards friedliche Miene, aus Freude über das augenblickliche Fehlen eines Strafwerkzeugs, ich weinte so sehr, daß ich mit meinen Tränen Richards Rock näßte, er mich abschüttelte und mir befahl, mich zu kuschen. Damals versprach ich also Besserung und heute wiederholt sich das gleiche, ich war sogar länger fort als damals. Freilich, ich versprach nur, mich zu bessern, soweit es an mir liegt. Und es ist nicht meine Schuld...«

Der Kampf mit der Zellenwand.
Unentschieden.

Es ist eine schöne und wirkungsvolle Vorführung, der Ritt, den wir den Ritt der Träume nennen. Wir zeigen ihn schon seit Jahren; der, welcher ihn erfunden hat, ist längst gestorben, an Lungenschwindsucht, aber diese seine Hinterlassenschaft ist geblieben und wir haben noch immer keinen Grund, den Ritt von den Programmen abzusetzen, um so weniger, als er von der Konkurrenz nicht nachgeahmt werden kann, er ist, trotzdem das auf den ersten Blick nicht verständlich ist, unnachahmbar. Wir pflegen ihn an den Schluß der ersten Abteilung zu setzen, als Abschluß des Abends würde er sich nicht eignen, es ist nichts Blendendes, nichts Kostbares, nichts, wovon man auf dem Nachhauseweg spricht, zum Schluß muß etwas kommen, was auch den gröbsten Kopf unvergeßlich bleibt, etwas, was den ganzen Abend vor dem Vergessenwerden rettet, etwas derartiges ist dieser Ritt nicht, wohl aber ist er geeignet...

*

Ein Freund, den ich schon viele Jahre, mehr als zwanzig, nicht gesehen hatte und von dem ich auch nur sehr unregelmäßige, oft jahrelang ausbleibende Nachrichten bekommen hatte, sollte nun wieder einmal in unsere Stadt, in seine Vaterstadt zurückkommen. Ich hatte ihm, da er keine Verwandten mehr hier besaß und unter seinen Freunden ich der bei weitem ihm nächste war, ein Zimmer bei mir angeboten und hatte die Freude, die Einladung angenommen zu sehn. Die Einrichtung des Zimmers im Sinne meines Freundes zu vervollständigen, ließ ich mir sehr angelegen sein, ich suchte mich an seine Eigenheiten zu erinnern, an besondere Wünsche, die er manchmal, besonders bei unsern gemeinsamen Ferienreisen ausgesprochen hatte, suchte mich daran zu erinnern, was er in seiner nächsten Umgebung geliebt und was er verabscheut hatte, suchte mir die Einzelheiten vorzustellen, wie sein Jugendzimmer ausgesehen hatte, fand aus alledem nichts, was ich in meiner Wohnung, um sie ihm etwas heimischer zu machen, hätte einrichten können. Er stammte aus einer ärmlichen vielköpfigen Familie, Not und Lärm und Zank waren die Kennzeichen der Wohnung gewesen. Ich sah in der Erinnerung noch genau das Zimmer neben der Küche, in dem wir manchmal, selten genug, allein uns zusammenducken konnten, während nebenan in der Küche die übrige Familie ihre Streitigkeiten austrug, an denen es hier niemals fehlte. Ein kleines dunkles Zimmer mit unausrottbarem Kaffeegeruch, denn die Tür zu der noch dunkleren Küche war Tag und Nacht offen. Dort saßen wir beim Fenster, das auf eine überdeckte, * den Hof umlaufende Pawlatsche hinausging und spielten Schach. Zwei Figuren fehlten in unserem Spiel und wir mußten sie durch Hosenknöpfe ersetzen, dadurch entstanden zwar, wenn wir die Bedeutung der Knöpfe verwechselten, oft Schwierigkeiten, aber wir waren an diesen Ersatz gewöhnt und blieben dabei. Nebenan auf dem Gang wohnte ein Paramentenhändler, ein lustiger, aber unruhiger Mann mit einem lang ausgezogenen Schnurrbart, an dem er wie auf einer Flöte herumgriff. Wenn dieser Mann abends nach Hause ging, mußte er an unserem Fenster vorüberkommen, dann blieb er gewöhnlich stehn, lehnte sich zu uns ins Zimmer herein und sah uns zu. Fast immer war er mit unserem Spiel unzufrieden, mit meinem wie mit dem des Freundes, gab ihm und mir Ratschläge, ergriff dann selbst die Figuren und machte Züge, die wir gelten lassen mußten, denn wenn wir sie ändern wollten, schlug er unsere Hände nieder; lange duldeten wir es, denn er war ein besserer Spieler als wir, nicht viel besser, aber doch so, daß wir von ihm lernen konnten; aber als er einmal, als es schon dunkel war, sich zu uns vorbeugte, das ganze Brett uns fortnahm und es vor sich auf das Fensterbrett legte, um sich den Spielstand genau ansehn zu können, stand ich, der ich gerade beim Spiel in wesentlichem Vorteil war und dies durch sein grobes Eingreifen gefährdet glaubte, in dem nichts überlegenden Zorn des Knaben, dem ein offenbares Unrecht geschieht, auf und sagte, daß er uns im Spiel störe. Er sah uns kurz an, nahm wieder das Brett, legte es mit ironisch übertriebener Bereitwilligkeit wieder auf den alten Platz, ging fort und kannte uns von da an nicht mehr. Nur immer, wenn er am Fenster vorüberkam, machte er, ohne zu uns hereinzusehn, eine wegwerfende Bewegung mit der Hand. Zuerst feierten wir das Ganze als einen großen Sieg, aber dann fehlte er uns doch mit seinen Belehrungen, seiner Lustigkeit, seiner ganzen Teilnahme, wir vernachlässigten, ohne damals genau den Grund zu wissen, das Spiel und wandten uns bald gänzlich andern Dingen zu. Wir fingen an Marken zu sammeln und es war, wie ich erst nachträglich verstand, das Zeichen einer fast unbegreiflich engen Freundschaft, daß wir ein gemeinsames Markenalbum hatten. Eine Nacht wurde es immer bei mir aufbewahrt, die nächste bei ihm. Die durch diesen gemeinsamen Besitz schon an und für sich entstehenden Schwierigkeiten wurden noch dadurch erhöht, daß mein Freund überhaupt zu mir in die Wohnung nicht kommen durfte, meine Eltern erlaubten es nicht. Dieses Verbot war nicht eigentlich gegen ihn gerichtet, den die Eltern kaum kannten, sondern gegen seine Eltern, gegen seine Familie. In diesem Sinn war es auch wahrscheinlich nicht unbegründet, aber in seiner Form war es doch nicht sehr verständig, denn es wurde ja dadurch nichts anderes erreicht, als daß ich täglich zu meinem Freunde ging und dadurch in den Dunstkreis jener Familie noch viel tiefer geriet, als wenn der Freund zu uns hätte kommen dürfen. Bei meinen Eltern regierte eben statt des Verstandes oft nur Tyrannei, nicht nur mir gegenüber, sondern auch der Welt gegenüber. In diesem Fall genügte es ihnen – und hier war die Mutter mehr beteiligt als der Vater –, daß die Familie meines Freundes durch dieses Verbot bestraft und herabgewürdigt war. Daß ich dadurch in Mitleidenschaft gezogen war, ja daß mich die Eltern des Freundes in natürlicher Gegenwehr spöttisch und verächtlich behandelten, wußten meine Eltern allerdings nicht, bekümmerten sich aber um mich in dieser Richtung gar nicht und es hätte sie auch, wenn sie es erfahren hätten, nicht sehr berührt. So beurteile ich das Ganze natürlich nur im Rückblick, damals waren wir zwei Freunde, mit dem Stand der Dinge zufrieden genug, und das Leid wegen der Unvollkommenheit der Erdendinge drang noch nicht zu uns. Es war umständlich, das Album täglich hin- und herzutragen, aber...

Es kam Gesang aus einer Kneipe, ein Fenster war geöffnet, es war nicht eingehakt und schwankte hin und her. Es war eine kleine Hütte, ebenerdig, und ringsum war Leere, es war schon weit vor der Stadt. Es kam ein später Gast, schleichend, auf den Fußspitzen, in enganliegendem Kleid, tastete sich vor wie im Finstern und es war doch Mondlicht, horchte am Fenster, schüttelte den Kopf, verstand nicht, wie dieser schöne Gesang aus einer solchen Kneipe kam, schwang sich rücklings auf das Fensterbrett, unvorsichtig wohl, denn er konnte sich nicht oben erhalten und fiel gleich ins Innere, aber nicht tief, denn beim Fenster stand ein Tisch. Die Weingläser flogen zu Boden, zwei Männer, die bei dem Tisch gesessen waren, erhoben sich und warfen kurz entschlossen den neuen Gast, die Füße hatte er ja noch außen, wieder durch das Fenster zurück, er fiel in weiches Gras, stand gleich auf und horchte, aber der Gesang hatte aufgehört.

Der Ort hieß Thamühl. Es war dort sehr feucht.

In der Thamühler Synagoge lebt ein Tier von der Größe und Gestalt etwa eines Marders.

Die Synagoge von Thamühl ist ein einfacher kahler niedriger Bau aus dem Ende des vorigen Jahrhunderts. So klein die Synagoge ist, so reicht sie doch völlig aus, denn auch die Gemeinde ist klein und verkleinert sich von Jahr zu Jahr. Schon jetzt macht es der Gemeinde Mühe, die Kosten für die Erhaltung der Synagoge aufzubringen und es gibt einzelne, welche offen sagen, daß ein kleines Betzimmer durchaus dem Gottesdienst genügen würde.

In unserer Synagoge lebt ein Tier in der Größe etwa eines Marders. Es ist oft sehr gut zu sehn, bis auf eine Entfernung von etwa zwei Metern duldet es das Herankommen der Menschen. Seine Farbe ist ein helles Blaugrün. Sein Fell hat noch niemand berührt, es läßt sich also darüber nichts sagen, fast möchte man behaupten, daß auch die wirkliche Farbe des Felles unbekannt ist, vielleicht stammt die sichtbare Farbe nur vom Staub und Mörtel, die sich im Fell verfangen haben, die Farbe ähnelt ja auch dem Verputz des Synagogeninnern, nur ist sie ein wenig heller. Es ist, von seiner Furchtsamkeit abgesehn, ein ungemein ruhiges seßhaftes Tier; würde es nicht so oft aufgescheucht werden, es würde wohl den Ort kaum wechseln, sein Lieblingsaufenthalt ist das Gitter der Frauenabteilung, mit sichtbarem Behagen krallt es sich in die Maschen des Gitters, streckt sich und blickt hinab in den Betraum, diese kühne Stellung scheint es zu freuen, aber der Tempeldiener hat den Auftrag, das Tier niemals am Gitter zu dulden, es würde sich an diesen Platz gewöhnen, und das kann man wegen der Frauen, die das Tier fürchten, nicht zulassen. Warum sie es fürchten, ist unklar. Es sieht allerdings beim ersten Anblick erschreckend aus, besonders der lange Hals, das dreikantige Gesicht, die fast waagrecht vorstehenden Oberzähne, über der Oberlippe eine Reihe langer, die Zähne überragender, offenbar ganz harter, heller Borstenhaare, das alles kann erschrecken, aber bald muß man erkennen, wie ungefährlich dieser ganze scheinbare Schrecken ist. Vor allem hält es sich ja von den Menschen fern, es ist scheuer als ein Waldtier und scheint mit nichts als dem Gebäude verbunden und sein persönliches Unglück besteht wohl darin, daß dieses Gebäude eine Synagoge ist, also ein zeitweilig sehr belebter Ort. Könnte man sich mit dem Tier verständigen, könnte man es allerdings damit trösten, daß die Gemeinde unseres Bergstädtchens von Jahr zu Jahr kleiner wird und es ihr schon Mühe macht, die Kosten für die Erhaltung der Synagoge aufzubringen. Es ist nicht ausgeschlossen, daß in einiger Zeit aus der Synagoge ein Getreidespeicher wird oder dergleichen und daß das Tier die Ruhe bekommt, die ihm jetzt schmerzlich fehlt.

Es sind allerdings nur die Frauen, die das Tier fürchten, den Männern ist es längst gleichgültig geworden, eine Generation hat es der anderen gezeigt, immer wieder hat man es gesehn, schließlich hat man keinen Blick mehr daran gewendet und selbst die Kinder, die es zum erstenmal sehn, staunen nicht mehr. Es ist das Haustier der Synagoge geworden, warum sollte nicht die Synagoge ein besonderes, nirgends sonst vorkommendes Haustier haben? Wären nicht die Frauen, man würde kaum mehr von der Existenz des Tieres wissen. Aber selbst die Frauen haben keine wirkliche Furcht vor dem Tier, es wäre auch zu sonderbar, ein solches Tier tagaus, tagein zu fürchten, jahre- und jahrzehntelang. Sie verteidigen sich zwar damit, daß ihnen das Tier meist viel näher ist als den Männern, und das ist richtig. Hinunter zu den Männern wagt sich das Tier nicht, niemals hat man es noch auf dem Fußboden gesehn. Läßt man es nicht zum Gitter der Frauenabteilung, so hält es sich wenigstens in gleicher Höhe auf der gegenüberliegenden Wand auf. Dort ist ein ganz schmaler Mauervorsprung, kaum zwei Finger breit, er umläuft drei Seiten der Synagoge, auf diesem Vorsprung huscht das Tier manchmal hin und her, meistens aber hockt es ruhig auf einer bestimmten Stelle gegenüber den Frauen. Es ist fast unbegreiflich, wie es diesen schmalen Weg so leicht benützen kann, und die Art, wie es dort oben, am Ende angekommen, wieder wendet, ist sehenswert, es ist doch schon ein sehr altes Tier, aber es zögert nicht, den gewagtesten Luftsprung zu machen, der auch niemals mißlingt, in der Luft hat es sich umgedreht und schon läuft es wieder seinen Weg zurück. Allerdings wenn man das einigemal gesehen hat, ist man gesättigt und hat keinen Anlaß, immerfort hinzustarren. Es ist ja auch weder Furcht noch Neugier, welche die Frauen in Bewegung hält, würden sie sich mehr mit dem Beten beschäftigen, könnten sie das Tier völlig vergessen, die frommen Frauen täten das auch, wenn es die andern, welche die große Mehrzahl sind, zuließen, diese aber wollen immer gern auf sich aufmerksam machen und das Tier ist ihnen dafür ein willkommener Vorwand. Wenn sie es könnten und wenn sie es wagten, hätten sie das Tier noch näher an sich gelockt, um noch mehr erschrecken zu dürfen. Aber in Wirklichkeit drängt sich ja das Tier gar nicht zu ihnen, es kümmert sich, wenn es nicht angegriffen wird, um sie ebensowenig wie um die Männer, am liebsten würde es wahrscheinlich in der Verborgenheit bleiben, in der es in den Zeiten außerhalb des Gottesdienstes lebt, offenbar in irgendeinem Mauerloch, das wir noch nicht entdeckt haben. Erst wenn man zu beten anfängt, erscheint es, erschreckt durch den Lärm. Will es sehen, was geschehen ist, will es wachsam bleiben, will es frei sein, fähig zur Flucht? Vor Angst läuft es hervor, aus Angst macht es seine Kapriolen und wagt sich nicht zurückzuziehen, bis der Gottesdienst zu Ende ist. Die Höhe bevorzugt es natürlich deshalb, weil es dort am sichersten ist, und die besten Laufmöglichkeiten hat es auf dem Gitter und dem Mauervorsprung, aber es ist keineswegs immer dort, manchmal steigt es auch tiefer zu den Männern hinab, der Vorhang der Bundeslade wird von einer glänzenden Messingstange getragen, die scheint das Tier zu lokken, oft genug schleicht es hin, dort aber ist es immer ruhig, nicht einmal wenn es dort knapp bei der Bundeslade ist, kann man sagen, daß es stört, mit seinen blanken, immer offenen, vielleicht lidlosen Augen scheint es die Gemeinde anzusehen, sieht aber gewiß niemanden an, sondern blickt nur den Gefahren entgegen, von denen es sich bedroht fühlt.

In dieser Hinsicht schien es, wenigstens bis vor kurzem, nicht viel verständiger als unsere Frauen. Was für Gefahren hat es denn zu fürchten? Wer beabsichtigt ihm etwas zu tun? Lebt es denn nicht seit vielen Jahren völlig sich selbst überlassen? Die Männer kümmern sich nicht um seine Anwesenheit, und die Mehrzahl der Frauen wäre wahrscheinlich unglücklich, wenn es verschwände. Und da es das einzige Tier im Haus ist, hat es also überhaupt keinen Feind. Das hätte es nachgerade im Laufe der Jahre schon durchschauen können. Und der Gottesdienst mit seinem Lärm mag ja für das Tier sehr erschreckend sein, aber er wiederholt sich doch in bescheidenem Ausmaß jeden Tag und gesteigert an den Festtagen, immer regelmäßig und ohne Unterbrechung; auch das ängstlichste Tier hätte sich schon daran gewöhnen können, besonders, wenn es sieht, daß es nicht etwa der Lärm von Verfolgern ist, sondern ein Lärm, den es gar nicht begreift. Und doch diese Angst. Ist es die Erinnerung an längst vergangene oder die Vorahnung künftiger Zeiten? Weiß dieses alte Tier vielleicht mehr als die drei Generationen, die jeweils in der Synagoge versammelt sind?

Vor vielen Jahren, so erzählt man, soll man wirklich versucht haben, das Tier zu vertreiben. Es ist ja möglich, daß es wahr ist, wahrscheinlicher aber ist es, daß es sich nur um erfundene Geschichten handelt. Nachweisbar allerdings ist, daß man damals vom religionsgesetzlichen Standpunkt aus die Frage untersucht hat, ob man ein solches Tier im Gotteshause dulden darf. Man holte die Gutachten verschiedener berühmter Rabbiner ein, die Ansichten waren geteilt, die Mehrheit war für die Vertreibung und Neueinweihung des Gotteshauses. Aber es war leicht, von der Ferne zu dekretieren, in Wirklichkeit war es ja unmöglich, das Tier zu fangen, und deshalb auch unmöglich, es zu vertreiben. Denn nur, wenn man es gefangen und weit fortgeschafft hätte, hätte man die annähernde Sicherheit haben können, es los zu sein.

Vor vielen Jahren, so erzählt man, soll man wirklich noch versucht haben, das Tier zu vertreiben. Der Tempeldiener will sich erinnern, daß sein Großvater, der auch Tempeldiener gewesen ist, mit Vorliebe davon erzählte. Dieser Großvater habe als kleiner Junge öfters von der Unmöglichkeit gehört, das Tier loszuwerden, da habe ihn, der ein ausgezeichneter Kletterer war, der Ehrgeiz nicht ruhen lassen, an einem hellen Vormittag, an dem die ganze Synagoge mit allen Winkeln und Verstecken im Sonnenlicht offen dalag, habe er sich hineingeschlichen, ausgerüstet mit einem Strick, einer Steinschleuder und einem Krummstock.

Ich war in ein undurchdringliches Dorngebüsch geraten und rief laut den Parkwächter. Er kam gleich, konnte aber nicht zu mir vordringen. »Wie sind Sie denn dort mitten in das Dorngebüsch gekommen«, rief er, »können Sie nicht auf dem gleichen Weg wieder zurück?« »Unmöglich«, rief ich, »ich finde den Weg nicht wieder. Ich bin in Gedanken ruhig spazierengegangen und plötzlich fand ich mich hier, es ist, wie wenn das Gebüsch erst gewachsen wäre, nachdem ich hier war. Ich komme nicht mehr heraus, ich bin verloren.« »Sie sind wie ein Kind«, sagte der Wächter, »zuerst drängen Sie sich auf einem verbotenen Weg durch das wildeste Gebüsch und dann jammern Sie. Sie sind doch nicht in einem Urwald, sondern im öffentlichen Park und man wird Sie herausholen.« »So ein Gebüsch gehört aber nicht in einen Park«, sagte ich, »und wie will man mich retten, es kann doch niemand herein. Will man es aber versuchen, dann muß man es gleich tun, es ist ja gleich Abend, die Nacht halte ich hier nicht aus, ich bin auch schon ganz zerkratzt von den Dornen, und mein Zwicker ist mir hinuntergefallen und ich kann ihn nicht finden, ich bin ja halbblind ohne Zwicker.« »Das ist alles gut und schön«, sagte der Wächter, »aber ein Weilchen werden Sie sich noch gedulden müssen, ich muß doch zuerst Arbeiter holen, die den Weg aushacken, und vorher noch die Bewilligung des Herrn Parkdirektors einholen. Also ein wenig Geduld und Männlichkeit, wenn ich bitten darf.«

* Es kam ein Herr zu uns, den ich schon öfters gesehn hatte, ohne ihm aber eine Bedeutung beizumessen. Er ging mit den Eltern ins Schlafzimmer, sie waren ganz gefangen von dem, was er sprach, und schlossen geistesabwesend die Tür hinter sich; als ich ihnen nachgehen wollte, hielt mich Frieda, die Köchin, zurück, natürlich schlug ich um mich und weinte, aber Frieda war die stärkste Köchin, an die ich mich erinnern kann, sie verstand es, meine Hände mit unwiderstehlichem Griff zu pressen und dabei mich so weit vom Leib zu halten, daß ich sie mit den Füßen nicht erreichen konnte. Dann war ich wehrlos und konnte nur schimpfen. »Du bist wie ein Dragoner«, schrie ich, »schäm dich, bist ein Mädchen und bist doch wie ein Dragoner.« Aber mit nichts konnte ich sie in Erregung bringen, sie war ein ruhiges, fast melancholisches Mädchen. Sie ließ erst von mir ab, als die Mutter aus dem Schlafzimmer herauskam, um etwas aus der Küche zu holen. Ich hing mich an den Rock der Mutter. »Was will der Herr?« fragte ich. »Ach«, sagte sie und küßte mich, »es ist nichts, er will nur, daß wir verreisen.« Da freute ich mich sehr, denn im Dorf, wo wir immer während der Ferien waren, war es viel schöner als in der Stadt. Aber die Mutter erklärte mir, daß ich nicht mitfahren könne, ich müsse doch in die Schule gehn, es seien ja keine Ferien und jetzt komme der Winter, auch würden sie nicht ins Dorf fahren, sondern in eine Stadt, viel weiter, doch verbesserte sie sich, als sie sah, wie ich er-

schrak, und sagte, nein die Stadt sei nicht weiter, sondern viel näher als das Dorf. Und als ich es nicht recht glauben konnte, führte sie mich zum Fenster und sagte, die Stadt sei so nahe, daß man sie fast vom Fenster aus sehen könne, aber das stimmte nicht, wenigstens nicht an diesem trüben Tag, denn man sah nichts weiter als was man immer sah, die enge Gasse unten und die Kirche gegenüber. Dann ließ sie mich stehn, lief in die Küche, kam mit einem Glas Wasser, winkte Frieda ab, die wieder gegen mich losgehn wollte und schob mich vor sich her ins Schlafzimmer hinein. Dort saß der Vater müde im Lehnstuhl und langte schon nach dem Wasser. Als er mich sah, lächelte er und fragte, was ich dazu sage, daß sie verreisen würden. Ich sagte, daß ich sehr gerne mitfahren würde. Er sagte aber, daß ich noch zu klein sei und es sei eine sehr anstrengende Reise. Ich fragte, warum sie denn fahren müssen. Der Vater zeigte auf den Herrn. Der Herr hatte goldene Rockknöpfe und putzte eben einen mit dem Taschentuch. Ich bat ihn, er möge die Eltern zu Hause lassen, denn wenn sie wegfahren würden, müßte ich mit Frieda allein bleiben und das sei unmöglich.

Es rollen die Räder des goldenen Wagens, knirschend im Kies machen sie halt, ein Mädchen will aussteigen, schon berührt ihre Fußspitze den Wagentritt, da sieht sie mich und schlüpft in den Wagen zurück.

Es war einmal ein Geduldspiel, ein billiges einfaches Spiel, nicht viel größer als eine Taschenuhr und ohne irgendwelche überraschende Einrichtungen. In der rotbraun angestrichenen Holzfläche waren einige blaue Irrwege eingeschnitten, die in eine kleine Grube mündeten. Die gleichfalls blaue Kugel war durch Neigen und Schütteln zunächst in einen der Wege zu bringen und dann in die Grube. War die Kugel in der Grube, dann war das Spiel zu Ende, wollte man es von neuem beginnen, mußte man die Kugel wieder aus der Grube schütteln. Bedeckt war das Ganze von einem starken gewölbten Glas, man konnte das Geduldspiel in die Tasche stecken und mitnehmen und wo immer man war, konnte man es hervornehmen und spielen.
War die Kugel unbeschäftigt, so ging sie meistens, die Hände auf dem Rücken, auf der Hochebene hin und her, die Wege vermied

sie. Sie war der Ansicht, daß sie während des Spieles genug mit den Wegen gequält werde und daß sie reichlichen Anspruch darauf habe, wenn nicht gespielt würde, sich auf der freien Ebene zu erholen. Manchmal sah sie gewohnheitsmäßig zu dem gewölbten Glase auf, doch ohne die Absicht, oben etwas zu erkennen. Sie hatte einen breitspurigen Gang und behauptete, daß sie nicht für die schmalen Wege gemacht sei. Das war zum Teil richtig, denn die Wege konnten sie wirklich kaum fassen, es war aber auch unrichtig, denn tatsächlich war sie sehr sorgfältig der Breite der Wege angepaßt, bequem aber durften ihr die Wege nicht sein, denn sonst wäre es kein Geduldspiel gewesen.

Es wurde mir erlaubt, in einen fremden Garten einzutreten. Beim Eingang waren einige Schwierigkeiten zu überwinden, aber schließlich stand hinter einem Tischchen ein Mann halb auf und steckte mir eine dunkelgrüne Marke, die von einer Stecknadel durchstochen war, ins Knopfloch. »Das ist wohl ein Orden«, sagte ich im Scherz, aber der Mann klopfte mir nur kurz auf die Schulter, so als wolle er mich beruhigen – aber warum denn beruhigen? – Durch einen Blick verständigten wir uns darüber, daß ich jetzt eintreten könne. Aber nach ein paar Schritten erinnerte ich mich, daß ich noch nicht gezahlt hatte. Ich wollte umkehren, aber da sah ich eine große Dame in einem Reisemantel aus gelblichgrauem grobem Stoff eben bei dem Tischchen stehn und eine Anzahl winziger Münzen auf den Tisch zählen. »Das ist für Sie«, rief der Mann, der meine Unruhe wahrscheinlich bemerkt hatte, über den Kopf der tief hinabgebeugten Dame mir zu. »Für mich?« fragte ich ungläubig und sah hinter mich, ob nicht jemand anderer gemeint war. »Immer diese Kleinlichkeiten«, sagte ein Herr, der vom Rasen herkam, langsam den Weg vor mir querte und wieder im Rasen weiterging. »Für Sie. Für wen denn sonst? Hier zahlt einer für den andern.« Ich dankte für die allerdings unwillig gegebene Auskunft, machte aber den Herrn darauf aufmerksam, daß ich für niemanden gezahlt hatte. »Für wen sollten Sie denn zahlen?« sagte der Herr im Weggehn. Jedenfalls wollte ich auf die Dame warten und mich mit ihr zu verständigen suchen, aber sie nahm einen andern Weg, mit ihrem Mantel rauschte sie dahin, zart flatterte hinter der mächtigen Gestalt ein bläulicher Hutschleier. »Sie bewundern Isabella«, sagte ein Spaziergänger neben mir und sah gleichfalls der Dame nach. Nach einer Weile sagte er: »das ist Isabella.«

Es ist Isabella, der Apfelschimmel, das alte Pferd, ich hätte sie in der Menge nicht erkannt, sie ist eine Dame geworden, wir trafen einander letzthin in einem Garten bei einem Wohltätigkeitsfest. Es ist dort eine kleine, abseits liegende Baumgruppe, die einen kühlen beschatteten Wiesenplatz einschließt, mehrere schmale Wege durchziehen ihn, es ist zuzeiten sehr angenehm, dort zu sein. Ich kenne den Garten von früher her und als ich des Festes müde war, bog ich in jene Baumgruppe ein. Kaum trete ich unter die Bäume, sehe ich von der andern Seite eine große Dame mir entgegenkommen; ihre Größe machte mich fast besürzt, es war niemand sonst in der Nähe, mit dem ich sie hätte vergleichen können, aber ich war überzeugt, daß ich keine Frau kannte, welche dieser nicht um mehrere Kopflängen – im ersten Staunen dachte ich gar um unzählige – nachstehen müßte. Aber als ich näher kam, war ich bald beruhigt. Isabella, die alte Freundin! »Wie bist du denn aus deinem Stall entwichen?« »Ach, es war nicht schwer, ich werde ja eigentlich nur gnadenweise noch gehalten, meine Zeiten sind vorüber; erkläre ich meinem Herrn, daß ich, statt unnütz im Stall zu stehn, nun auch noch ein wenig die Welt kennenlernen will, solange die Kräfte reichen, erkläre ich das meinem Herrn, versteht er mich, sucht einige Kleider der Seligen aus, hilft mir noch beim Anziehn und entläßt mich mit guten Wünschen.« »Wie schön du bist!« sage ich, nicht ganz ehrlich, nicht ganz lügnerisch.

Das Synagogentier – Seligmann und Graubart – Ist das schon Ernst? – Der Bauarbeiter.

Die Heirat Lisbeth Seligmanns mit Franz Graubart war sehr sorgfältig vorbereitet.

Entschuldigen Sie, daß ich plötzlich so zerstreut wurde. Sie machen mir die Mitteilung von Ihrer Verlobung, die erfreulichste Nachricht, die es geben kann, und ich werde plötzlich teilnahmslos und scheine mich mit ganz anderen Dingen zu beschäftigen. Es ist aber gewiß nur scheinbare Teilnahmslosigkeit, mir ist nämlich eine Geschichte eingefallen, eine alte Geschichte, die ich einmal in der Nähe, aber immerhin in aller Sicherheit miterlebt habe, in aller Sicherheit, und doch beteiligter als bei Dingen, die mich geradezu betrafen. Es liegt das an der Sache, man konnte damals nicht unbeteiligt bleiben, selbst wenn man nur den letzten Zipfel der Geschichte zu sehen bekommen hätte.

Der Gefängniswärter wollte das eiserne Tor aufsperren, aber das Schloß war rostig, die Kräfte des alten Mannes genügten nicht, der Gehilfe mußte heran, er machte aber ein zweifelndes Gesicht, nicht wegen des rostigen Schlosses.
Die Helden wurden aus dem Gefängnis entlassen, sie ordneten sich ungeschickt in einer Reihe, durch die Haft hatten sie an Beweglichkeit sehr verloren. Mein Freund, der Gefangenenaufseher, nahm aus seiner Aktenmappe das Heldenverzeichnis, es war das einzige Schriftstück in seiner Mappe, wie ich ohne jede Bosheit – es war doch keine Schreiberanstellung – bemerkte und machte sich daran, die Helden einzeln aufzurufen und die Namen im Verzeichnis dann abzustreichen. Ich saß seitlich an seinem Schreibtisch und überblickte mit ihm die Reihe der Helden.

Don Quixote mußte auswandern, ganz Spanien lachte über ihn, er war dort unmöglich geworden. Er reiste durch Südfrankreich, wo er hier und da liebe Leute traf, mit denen er sich anfreundete, überstieg mitten im Winter unter den größten Mühen und Entbehrungen die Alpen, zog dann durch die oberitalienische Tiefebene, wo er sich aber nicht wohlfühlte, und kam endlich nach Mailand.

Auf den Gütern der M.'schen Herrschaft hat sich die Einführung eines sogenannten Aufpeitschers sehr bewährt. Mit Erfolg wird diese Neueinrichtung anderswo allerdings nur dann nachgeahmt werden können, wenn man sich einer Person versichern kann, die für dieses Amt so vorzüglich geeignet ist wie der Aufpeitscher in M. Der Fürst selbst hat ihn entdeckt, kurz vor der eigentlichen Erntearbeit geht der Fürst, auf den Krückstock gestützt, durch die Hauptstraße des Dorfes, er ist noch nicht alt, muß aber schon seit einigen Jahren den Krückstock benützen wegen irgendeines Beinleidens, das jetzt noch nicht arg ist, aber, wie die Ärzte befürchten, sich gefährlich entwickeln kann. Wie nun der Fürst langsam dahin geht, hie und da auf den Stock gestützt auch stehnbleibt, die vorteilhafteste Einteilung der Erntearbeit überlegt – er ist ein sehr tätiger, mit sachlicher Freude tätiger Landwirt – und bei diesen Überlegungen immer wieder daran stößt, daß es trotz unsinnig steigender Löhne an Arbeitskräften fehlt oder vielmehr, daß Arbeitskräfte eigentlich im Überfluß vorhanden wären, wenn nur diese Kräfte auch wirklich arbeiten wollten, wie es sein soll und wie es auf den Feldern der Bauern auch geschieht, aber auf den herrschaftlichen Feldern leider ganz und gar nicht, wie er alles dieses schon vielfach Durchdachte mit Zorn – auch macht sich der kranke Fuß bemerkbarer als sonst – wieder einmal durchdenkt, bemerkt er auf der Schwelle einer halbverfallenen Hütte einen Burschen, der ihm dadurch auffällt, daß er wohl schon zwanzig Jahre alt ist, aber bloßfüßig, in Schmutz und Fetzen wie ein kleiner unnützer Schuljunge aussieht.

Der allerunterste Raum des Ozeandampfers, der das ganze Schiff durchgeht, ist völlig leer, allerdings ist er kaum ein Meter hoch. Die Konstruktion des Schiffes verlangt diesen leeren Raum. Ganz leer ist er freilich nicht, er gehört den Ratten.

Ich habe seit jeher einen gewissen Verdacht gegen mich gehabt. Aber es geschah nur hie und da, zeitweilig, lange Pausen waren dazwischen, hinreichend um zu vergessen. Es waren außerdem Geringfügigkeiten, die gewiß auch bei andern vorkommen und dort nichts Ernstliches bedeuten, etwa das Staunen über das eigene Gesicht im Spiegel, oder über das Spiegelbild des Hinterkopfes oder auch der ganzen Gestalt, wenn man plötzlich auf der Gasse an einem Spiegel vorüberkommt.

Ich habe seit jeher einen gewissen Verdacht gegen mich gehabt, einen Verdacht etwa ähnlich demjenigen, den ein angenommenes Kind gegen seine Pflegeeltern [hat], auch wenn es sorgfältig in dem Glauben erhalten wird, daß die Pflegeeltern seine leiblichen Eltern sind. Es ist irgendein Verdacht da, mögen auch die Pflegeeltern das Kind wie ihr eigenes lieben und nichts an Zärtlichkeit und Geduld verabsäumen, es ist ein Verdacht, der sich vielleicht nur zeitweilig und nach langen Zwischenpausen, nur bei kleinen zufälligen Gelegenheiten äußert, der aber doch lebendig ist, der, wenn er einmal ruht, nicht verschwunden ist, sondern Kräfte sammelt, in günstiger Stunde mit einem Sprung aus winzigem Unbehagen ein großer, wilder, böser, keine Fessel mehr vertragender Verdacht werden kann und der bedenkenlos alles dem Verdächtigen mit dem Verdächtigten Gemeinsame zerstört. Ich fühle seine Regung, wie die Schwangere die Bewegung des Kindes fühlt, und ich weiß außerdem, daß ich seine wirkliche Geburt nicht überleben werde. Lebe, schöner Verdacht, großer mächtiger Gott, und laß mich sterben, der ich dich geboren habe, der du dich von mir gebären ließest.

Ich heiße Kalmus, es ist kein ungewöhnlicher Name und doch reichlich sinnlos. Er hat mir immer zu denken gegeben. »Wie?« sagte ich zu mir, »du heißt Kalmus? Stimmt denn das?« Es gibt viele Leute, selbst wenn man sich nur auf deinc große Verwandtschaft beschränkt, die Kalmus heißen und durch ihr Dasein diesem an sich sinnlosen Namen einen recht guten Sinn geben. Sie sind als Kalmus geboren und werden als solche in Frieden sterben, * zumindest was den Frieden mit dem Namen betrifft.

Ein junger ehrgeiziger Student, der sich für den Fall der Pferde von Elberfeld sehr interessiert und alles, was über diesen Gegenstand im Druck erschienen war, genau gelesen und überdacht hatte, entschloß sich, auf eigene Faust Versuche in diesen Richtungen anzustellen und die Sache von vornherein ganz anders und nach seiner Meinung unvergleichlich richtiger anzufassen als seine Vorgänger. Seine Geldmittel allerdings waren an sich unzureichend, um ihm Versuche im großen Ausmaße zu ermöglichen, und wenn das erste Pferd, das er für seine Versuche ankaufen wollte, sich als starrköpfig erweisen würde, was selbst bei angestrengtester Arbeit erst nach Wochen festgestellt werden kann, so hätte er für längere Zeit keine Aussicht gehabt, mit neuen Versuchen zu beginnen. Doch war er dadurch nicht übermäßig geängstigt, weil nach seiner Methode wahrscheinlich jede Starrköpfigkeit überwunden werden konnte. Jedenfalls ging er seiner vorsichtigen Natur entsprechend schon bei der Berechnung des Aufwandes, der ihm erwachsen würde, und der Mittel, die er aufbringen konnte, ganz planmäßig vor. Den Betrag, den er während des Studiums zum knappen Lebensunterhalt benötigte, hatten ihm bisher seine Eltern, arme Geschäftsleute in der Provinz, regelmäßig jeden Monat geschickt, auf diese Unterstützung gedachte er auch weiterhin nicht zu verzichten, trotzdem er natürlich sein Studium, welches die Eltern von der Ferne mit großen Hoffnungen verfolgten, unbedingt aufgeben mußte, wenn er auf dem neuen Gebiet, das er jetzt betreten würde, die erwarteten großen Erfolge erzielen wollte. Daran, daß die Eltern für diese Arbeiten Verständnis haben oder ihn etwa gar darin fördern würden, war nicht zu denken, er mußte ihnen also seine Absichten, so peinlich ihm das war, verschweigen und sie in dem Glauben erhalten, daß er in seinem bisherigen Studium regelmäßig fortschreite. Diese Täuschung seiner Eltern war nur eines der Opfer, die er sich zum Nutzen der Sache auferlegen wollte. Zur Deckung der voraussichtlich großen Kosten, welche für seine Arbeiten erforderlich sein würden, konnte der Betrag der Eltern nicht genügen. Der Student wollte daher von nun ab den größten Teil des Tages, der bisher seinem Studium gedient hatte, zur Erteilung von privaten Unterrichtsstunden verwenden. Der größte Teil der Nacht aber sollte der eigentlichen Arbeit dienen. Nicht nur, weil er durch seine ungünstigen äußern Verhältnisse dazu gezwungen war, wählte der Student die Nachtzeit für den Unterricht des Pferdes aus, auch die neuen Grundsätze, die er in den Unterricht der Pferde einführen wollte, verwiesen ihn auf die Nacht aus verschiedenen Gründen. Auch die kürzeste Ablenkung der Aufmerksamkeit des Pferdes bedeutete seiner Meinung nach für den Unterricht einen unheilbaren Schaden, davor war er in der Nacht möglichst sicher. Die Reizbarkeit, von der Mensch und Tier, wenn sie in der Nacht wachen und arbeiten, ergriffen werden, war in seinem Plan ausdrücklich verlangt. Er fürchtete nicht wie andere Sachverständige die Wildheit des Pferdes, er forderte sie vielmehr, ja er wollte sie erzeugen, zwar nicht durch die Peitsche, aber durch das Reizmittel seiner unablässigen Anwesenheit und des unablässigen Unterrichts. Er behauptete, im richtigen Unterricht der Pferde dürfe es keine einzelnen Fortschritte geben, einzelne Fortschritte, deren sich in der letzten Zeit verschiedene Pferdeliebhaber so übermäßig rühmten, seien nichts anderes als entweder Erzeugnisse der Einbildung der Erzieher oder aber, was noch schlimmer sei, das deutlichste Zeichen, daß es zu einem allgemeinen Fortschritt niemals kommen werde. Er selbst wollte sich vor nichts anderem so hüten als vor der Erzielung einzelner Fortschritte, die Genügsamkeit seiner Vorgänger, die mit dem Gelingen kleiner Rechenkunststücke schon etwas erreicht zu haben glaubten, erschien ihm unbegreiflich, es war so, als wenn man in der Kindererziehung damit einsetzen wollte, daß man dem Kind, gleichgültig, ob es gegen die ganze Menschheit blind, taub und gefühllos war, nichts anderes als das kleine Einmaleins einbleute. Das war alles so töricht und die Fehler der andern Pferdeerzieher erschienen ihm manchmal so erschreckend grell, daß er dann sogar Verdacht gegen sich selbst faßte, denn es war ja fast unmöglich, daß ein einzelner, überdies ein unerfahrener einzelner, den nur eine unüberprüfte, aber allerdings tiefe und geradezu wilde Überzeugung vorwärtstrieb, gegenüber allen Kennern recht behalten sollte.

Der Tatbestand, der rücksichtlich des plötzlichen Todes des Advokaten Monderry zunächst festgestellt wurde, war folgender: Eines Morgens gegen halb fünf Uhr, es war ein schöner Junimorgen und schon ganz hell, lief Frau Monderry aus ihrer Wohnung im dritten Stockwerk, beugte sich über das Treppengeländer und rief mit ausgebreiteten Armen, offenbar in der Absicht, das ganze Haus zu Hilfe zu rufen: »Mein Mann ist ermordet worden! Gnade! Gnade! Mein guter Mann ist ermordet worden!« Der erste, der Frau Monderry sah und hörte, war ein Bäckerjunge, der gerade zu dieser Zeit, in beiden Händen einen großen Korb mit Semmeln, die letzten Stufen zum dritten Stockwerk erstieg. Er war es auch, der beim ersten Verhör behauptete, den Anruf der Frau Monderry wortgetreu im Gedächtnis behalten zu haben. Später jedoch, als er Frau Monderry gegenübergestellt wurde, nahm er diese Aussage zurück und erklärte, er könne sich doch getäuscht haben, da er im ersten Augenblick allzusehr über die Erscheinung der Frau erschrocken sei. Das war allerdings sehr wahrscheinlich, denn noch nach Wochen war er, wenn er den Vorfall darstellte, so erregt, daß er seine Erzählung mit übertriebenen Bewegungen der Hände und Füße begleitete, um beim Zuhörer wenigstens einen Eindruck zu erzeugen, der annähernd an jenen heranreichte, den er in sich bewahrte. Nach seiner Erzählung war Frau Monderry aus der Tür, deren Öffnen er gar nicht bemerkt hatte und von der er daher glaubte, daß sie schon vorher offen gewesen war, mit einem Schrei herausgeflogen, habe ihre über dem Kopf ineinandergekrampften

Hände auseinandergerissen und war zum Geländer geeilt. Sie war mit nichts anderem bekleidet gewesen als mit dem Nachthemd und einem kleinen grauen Tuch, das aber nicht einmal ihren Oberkörper vollständig verhüllte. Ihr Haar war aufgelöst und hing ihr zum Teil über das Gesicht herab, was auch dazu beitrug, ihren Ausruf undeutlich zu machen. Kaum erblickte sie den Bäkkerjungen, als sie zur Treppe lief, ihn mit zitternden Händen zu sich emporzog, hinter ihn trat und ihn als eine Art Schutz vor sich her schob, während sie seine Schultern umklammert hielt. In der Eile dachte der Junge nicht daran, daß er den Korb mit Semmeln irgendwo hinstellen könne und ließ ihn die ganze Zeit über nicht aus den Händen. So gingen sie – die Frau preßte in steigender Angst den Jungen immer fester an sich – mit schnellen, aber ganz kurzen Schritten der Wohnungstüre zu, überschritten die Schwelle und rückten im dunklen schmalen Vorzimmer vor. Immer war das Gesicht der Frau rechts oder links vom Jungen vorgebeugt, sie schien auf etwas zu lauern, das sich gleich zeigen müsse, manchmal riß sie den Jungen zurück, als wäre es unmöglich weiter vorzugehn, dann aber drückte sie ihn doch wieder mit ganzem Körper vorwärts. Die erste Zimmertür, die auf ihrem Wege lag, öffnete die Frau mit einer Hand, mit der andern hielt sie sich hinten am Halse des Jungen fest. Sie überblickte den Boden, die Wände und die Zimmerdecke, fand nichts, ließ die Tür offen und ging nun entschlossener, immer noch mit dem Jungen, zur nächsten Tür. Diese stand schon weit offen. Beim Eintritt sah man nicht viel mehr als zwei nebeneinander stehende Betten. Das Zimmer war dunkel, denn die schweren, ganz zusammengeschlossenen Fenstervorhänge ließen nur in schmalen Lücken einen Schimmer Tageslicht herein. Auf dem Nachttischchen bei dem der Tür zunächst stehenden Bett brannte ein kleiner Kerzenstumpf. An diesem Bett war auch nichts Ungewöhnliches zu sehn, in dem andern aber mußte etwas geschehen sein. Jetzt war es der Junge, der nicht vorwärtswollte, aber die Frau stieß ihn mit Fäusten und Knien vor. Bei einem Verhöre wurde er gefragt, warum er gezögert habe, ob vielleicht aus Furcht vor dem, was er in dem Bett etwa zu sehen erwartet hatte. Darauf antwortete er, er fürchte sich überhaupt nicht und habe sich auch damals nicht gefürchtet, aber er habe damals das Gefühl gehabt, als halte sich etwas irgendwo im Zimmer versteckt und könne plötzlich hervorspringen. Dieses ›Etwas‹, das er nicht näher beschreiben konnte, habe er zunächst erwarten wollen, ehe er vorwärtsging. Da aber der Frau so viel daran zu liegen schien, zum zweiten Bett zu kommen, gab er schließlich nach.

Ein großes Fahnentuch lag auf mir, ich arbeitete mich mühselig hervor. Ich fand mich auf einer Anhöhe, Wiesenland und kahler Felsen wechselten ab. Ähnliche Anhöhen zogen sich wellenförmig nach allen Himmelsrichtungen, die Aussicht ging weithin, nur im Westen löste Dunst und Glanz der untergehenden Sonne alle Formen auf. Der erste Mensch, den ich sah, war mein Kommandant, er saß auf einem Stein, die Beine gekreuzt, den Ellbogen aufgestützt, den Kopf in der Hand, und schlief.

PARALIPOMENA

[*Zu der Reihe ›Er‹*]

*

Er hat den archimedischen Punkt gefunden, hat ihn aber gegen sich ausgenützt, offenbar hat er ihn nur unter dieser Bedingung finden dürfen.

14. Januar 1920. Sich kennt er, den andern glaubt er, dieser Widerspruch zersägt ihm alles.

Er ist weder kühn noch leichtsinnig. Aber auch ängstlich ist er nicht. Ein freies Leben würde ihn nicht ängstigen. Nun hat sich ein solches Leben für ihn nicht ergeben, aber auch das macht ihm keine Sorgen, wie er sich überhaupt um sich selbst keine Sorgen macht. Es gibt aber einen ihm gänzlich unbekannten Jemand, der sich um ihn, nur um ihn große fortwährende Sorgen macht. Diese ihn betreffenden Sorgen des Jemand, besonders das Fortwährende dieser Sorgen, verursachen ihm manchmal in stiller Stunde quälende Kopfschmerzen.

Er lebt in der Diaspora. Seine Elemente, eine frei lebende Horde, umschweifen die Welt. Und nur, weil auch sein Zimmer zur Welt gehört, sieht er sie manchmal in der Ferne. Wie soll er für sie die Verantwortung tragen? Heißt das noch Verantwortung?

Er hat eine eigentümliche Wohnungstür, fällt sie ins Schloß, kann man sie nicht mehr öffnen, sondern muß sie ausheben lassen. Infolgedessen schließt er sie niemals, schiebt vielmehr in die immer halboffene Tür einen Holzbock, damit sie sich nicht schließe. Dadurch ist ihm natürlich alle Wohnungsbehaglichkeit genommen. Seine Nachbarn sind zwar vertrauenswürdig, trotzdem muß er die Wertsachen in einer Handtasche den ganzen Tag mit sich herumtragen und wenn er auf dem Kanapee in seinem Zimmer liegt, ist es eigentlich, als liege er auf dem Korridor, im Sommer weht ihm die dumpfe, im Winter die eiskalte Luft von dort herein.

Alles, selbst das Gewöhnlichste, etwa das Bedientwerden in einem Restaurant, muß er sich erst mit Hilfe der Polizei erzwingen. Das nimmt dem Leben alle Behaglichkeit.

Er hat viele Richter, sie sind wie ein Heer von Vögeln, das in einem Baum sitzt. Ihre Stimmen gehen durcheinander, die Rang- und Zuständigkeitsfragen sind nicht zu entwirren, auch werden die Plätze fortwährend gewechselt. Einzelne erkennt man aber doch wieder heraus, zum Beispiel einen, welcher der Meinung ist, man müsse nur einmal zum Guten übergehn und sei schon gerettet ohne Rücksicht auf die Vergangenheit und sogar ohne Rücksicht auf die Zukunft. Eine Meinung, die offenbar zum Bösen verlocken muß, wenn nicht die Auslegung dieses Übergangs zum Guten sehr streng ist. Und das ist sie allerdings, dieser Richter hat noch nicht einen einzigen Fall als ihm zugehörig anerkannt. Wohl aber hat er eine Menge Kandidaten um sich herum, ein ewig plapperndes Volk, das ihm nachäfft. Die hören ihn immer...

2. Februar 1920. Er erinnert sich an ein Bild, das einen Sommersonntag auf der Themse darstellte. Der Fluß war in seiner ganzen Breite weithin angefüllt mit Booten, die auf das Öffnen einer Schleuse warteten. In allen Booten waren fröhliche junge Menschen in leichter heller Kleidung, sie lagen fast, frei hingegeben der warmen Luft und der Wasserkühle. Infolge alles dieses Gemeinsamen war ihre Geselligkeit nicht auf die einzelnen Boote eingeschränkt, von Boot zu Boot teilte sich Scherz und Lachen mit.
Er stellte sich nun vor, daß auf einer Wiese am Ufer – die Ufer waren auf dem Bild kaum angedeutet, alles war beherrscht von der Versammlung der Boote – er selbst stand. Er betrachtete das Fest, das ja kein Fest war, aber das man doch so nennen konnte. Er hatte natürlich große Lust, sich daran zu beteiligen, er langte förmlich danach, aber er mußte sich offen sagen, daß er davon ausgeschlossen war, es war für ihn unmöglich, sich dort einzufügen, das hätte eine so große Vorbereitung verlangt, daß darüber nicht nur dieser Sonntag, sondern viele Jahre und er selbst dahingegangen wäre, und selbst wenn die Zeit hier hätte stillstehn wollen, es hätte sich doch kein anderes Ergebnis mehr erzielen lassen, seine ganze Abstammung, Erziehung, körperliche Ausbildung hätte anders geführt werden müssen.

So weit war er also von diesen Ausflüglern, aber damit doch auch wieder sehr nahe und das war das schwerer Begreifliche. Sie waren doch auch Menschen wie er, nichts Menschliches konnte ihnen völlig fremd sein, würde man sie also durchforschen, müßte man finden, daß das Gefühl, das ihn beherrschte und ihn von der Wasserfahrt ausschloß, auch in ihnen lebte, nur daß es allerdings weit davon entfernt war, sie zu beherrschen, sondern nur irgendwo in dunklen Winkeln geisterte.

Meine Gefängniszelle – meine Festung.

»Am Sich-Erheben hindert ihn eine gewisse Schwere, ein Gefühl des Gesichertseins für jeden Fall, die Ahnung eines Lagers, das ihm bereitet ist und nur ihm gehört; am Stilliegen aber hindert ihn eine Unruhe, die ihn vom Lager jagt, es hindert ihn das Gewissen, das endlos schlagende Herz, die Angst vor dem Tod und das Verlangen ihn zu widerlegen, alles das läßt ihn nicht liegen und er erhebt sich wieder. Dieses Auf und Ab und einige auf diesen Wegen gemachte zufällige, flüchtige, abseitige Beobachtungen sind sein Leben.«

»Deine Darstellung ist trostlos, aber nur für die Analyse, deren Grundfehler sie zeigt. Es ist zwar so, daß der Mensch sich aufhebt, zurückfällt, wieder sich hebt und so fort, aber es ist auch gleichzeitig und mit noch viel größerer Wahrheit ganz und gar nicht so, er ist doch Eines, im Fliegen also auch das Ruhen, im Ruhen das Fliegen und beides vereinigt wieder in jedem Einzelnen, und die Vereinigung in jedem, und die Vereinigung der Vereinigung in jedem und so fort, bis, nun, bis zum wirklichen Leben, wobei auch diese Darstellung noch ebenso falsch ist und vielleicht noch täuschender als die deine. Aus dieser Gegend gibt es eben keinen Weg bis zum Leben, während es allerdings vom Leben einen Weg hierher gegeben haben muß. So verirrt sind wir.«

* [*Rede über die jiddische Sprache*]

Vor den ersten Versen der ostjüdischen Dichter möchte ich Ihnen, sehr geehrte Damen und Herren, noch sagen, wie viel mehr Jargon Sie verstehen als Sie glauben.
Ich habe nicht eigentlich Sorge um die Wirkung, die für jeden von Ihnen in dem heutigen Abend vorbereitet ist, aber ich will, daß sie gleich frei werde, wenn sie es verdient. Dies kann aber nicht geschehen, solange manche unter Ihnen eine solche Angst vor dem Jargon haben, daß man es fast auf ihren Gesichtern sieht. Von denen, welche gegen den Jargon hochmütig sind, rede ich gar nicht. Aber Angst vor dem Jargon, Angst mit einem gewissen Widerwillen auf dem Grunde ist schließlich verständlich wenn man will.
Unsere westeuropäischen Verhältnisse sind, wenn wir sie mit vorsichtig flüchtigem Blick ansehn, so geordnet; alles nimmt seinen ruhigen Lauf. Wir leben in einer geradezu fröhlichen Eintracht, verstehen einander, wenn es notwendig ist, kommen ohne einander aus, wenn es uns paßt, und verstehen einander selbst dann; wer könnte aus einer solchen Ordnung der Dinge heraus den verwirrten Jargon verstehen oder wer hätte auch nur die Lust dazu?
Der Jargon ist die jüngste europäische Sprache, erst vierhundert Jahre alt und eigentlich noch viel jünger. Er hat noch keine Sprachformen von solcher Deutlichkeit ausgebildet, wie wir sie brauchen. Sein Ausdruck ist kurz und rasch.
Er hat keine Grammatiken. Liebhaber versuchen Grammatiken zu schreiben, aber der Jargon wird immerfort gesprochen; er kommt nicht zur Ruhe. Das Volk läßt ihn den Grammatikern nicht.
Er besteht nur aus Fremdwörtern. Diese ruhen aber nicht in ihm, sondern behalten die Eile und Lebhaftigkeit, mit der sie genommen wurden. Völkerwanderungen durchlaufen den Jargon von einem Ende bis zum anderen. Alles dieses Deutsche, Hebräische, Französische, Englische, Slawische, Holländische, Rumänische und selbst Lateinische ist innerhalb des Jargon von Neugier und Leichtsinn erfaßt, es gehört schon Kraft dazu, die Sprachen in diesem Zustande zusammenzuhalten. Deshalb denkt auch kein vernünftiger Mensch daran, aus dem Jargon eine Weltsprache zu machen, so nahe dies eigentlich läge. Nur die Gaunersprache entnimmt ihm gern, weil sie weniger sprachliche Zusammenhänge

braucht als einzelne Worte. Dann, weil der Jargon doch lange eine mißachtete Sprache war.
In diesem Treiben der Sprache herrschen aber wieder Bruchstücke bekannter Sprachgesetze. Der Jargon stammt zum Beispiel in seinen Anfängen aus der Zeit, als das Mittelhochdeutsche ins Neuhochdeutsche überging. Da gab es Wahlformen, das Mittelhochdeutsche nahm die eine, der Jargon die andere. Oder der Jargon entwickelte mittelhochdeutsche Formen folgerichtiger als selbst das Neuhochdeutsche; so zum Beispiel ist das Jargon'sche ›mir seien‹ (neuhochdeutsch ›wir sind‹) aus dem Mittelhochdeutschen ›sîn‹ natürlicher entwickelt, als das neuhochdeutsche ›wir sind‹. Oder der Jargon blieb bei mittelhochdeutschen Formen trotz des Neuhochdeutschen. Was einmal ins Ghetto kam, rührte sich nicht so bald weg. So bleiben Formen wie ›Kerzlach‹, ›Blümlach‹, ›Liedlach‹.
Und nun strömen in diese Sprachgebilde von Willkür und Gesetz die Dialekte des Jargon noch ein. Ja der ganze Jargon besteht nur aus Dialekt, selbst die Schriftsprache, wenn man sich auch über die Schreibweise zum größten Teil geeinigt hat.
Mit all dem denke ich die meisten von Ihnen, sehr geehrte Damen und Herren, vorläufig überzeugt zu haben, daß Sie kein Wort des Jargon verstehen werden.
Erwarten Sie von der Erklärung der Dichtungen keine Hilfe. Wenn Sie nun nicht einmal imstande sind, Jargon zu verstehen, kann Ihnen keine Augenblickserklärung helfen. Sie werden im besten Fall die Erklärung verstehen und merken, daß etwas Schwieriges kommen wird. Das wird alles sein. Ich kann Ihnen zum Beispiel sagen:
Herr Löwy wird jetzt, wie es auch tatsächlich sein wird, drei Gedichte vortragen. Zuerst ›Die Grine‹ von Rosenfeld. Grine das sind die Grünen, die Grünhörner, die neuen Ankömmlinge in Amerika. Solche jüdische Auswanderer gehen in diesem Gedichte in einer kleinen Gruppe mit ihrem schmutzigen Reisegepäck durch eine New Yorker Straße. Das Publikum sammelt sich natürlich an, bestaunt sie, folgt ihnen und lacht. Der von diesem Anblick über sich hinaus erregte Dichter spricht über diese Straßenszenen hinweg zum Judentum und zur Menschheit. Man hat den Eindruck, daß die Auswanderergruppe stockt, während der Dichter spricht, trotzdem sie fern ist und ihn nicht hören kann.

Das zweite Gedicht ist von Frug und heißt ›Sand und Sterne‹.
Es ist eine bittere Auslegung einer biblischen Verheißung. Es heißt, wir werden sein wie der Sand am Meer und die Sterne am Himmel. Nun, getreten wie der Sand sind wir schon, wann wird das mit den Sternen wahr werden?
Das dritte Gedicht ist von Frischmann und heißt ›Die Nacht ist still‹.
Ein Liebespaar begegnet in der Nacht einem frommen Gelehrten, der ins Bethaus geht. Sie erschrecken, fürchten verraten zu sein, später beruhigen sie einander.
Nun ist, wie Sie sehen, mit solchen Erklärungen nichts getan. Eingenäht in diese Erklärungen werden Sie dann bei dem Vortrage das suchen, was Sie schon wissen, und das, was wirklich da sein wird, werden Sie nicht sehen. Glücklicherweise ist aber jeder der deutschen Sprache Kundige auch fähig, Jargon zu verstehen. Denn von einer allerdings großen Ferne aus gesehn, wird die äußere Verständlichkeit des Jargon von der deutschen Sprache gebildet; das ist ein Vorzug vor allen Sprachen der Erde. Sie hat dafür auch gerechterweise einen Nachteil vor allen. Man kann nämlich Jargon nicht in die deutsche Sprache übersetzen. Die Verbindungen zwischen Jargon und Deutsch sind zu zart und bedeutend, als daß sie nicht sofort zerreißen müßten, wenn Jargon ins Deutsche zurückgeführt wird, das heißt es wird kein Jargon mehr zurückgeführt, sondern etwas Wesenloses. Durch Übersetzung ins Französische zum Beispiel kann Jargon den Franzosen vermittelt werden, durch Übersetzung ins Deutsche wird er vernichtet. ›Toit‹ zum Beispiel ist eben nicht ›tot‹ und ›Blüt‹ ist keinesfalls ›Blut‹.
Aber nicht nur aus dieser Ferne der deutschen Sprache können Sie, verehrte Damen und Herren, Jargon verstehen; Sie dürfen einen Schritt näher. Noch zumindest vor nicht langer Zeit erschien die vertrauliche Verkehrssprache der deutschen Juden, je nachdem ob sie in der Stadt oder auf dem Lande lebten, mehr im Osten oder im Westen, wie eine fernere oder nähere Vorstufe des Jargon, und Abtönungen sind noch viele geblieben. Die historische Entwicklung des Jargon hätte deshalb fast ebenso gut wie in der Tiefe der Geschichte, in der Fläche der Gegenwart verfolgt werden können.
Ganz nahe kommen Sie schon an den Jargon, wenn Sie bedenken, daß in Ihnen außer Kenntnissen auch noch Kräfte tätig sind und

Anknüpfungen von Kräften, welche Sie befähigen, Jargon fühlend zu verstehen. Erst hier kann der Erklärer helfen, der Sie beruhigt, so daß Sie sich nicht mehr ausgeschlossen fühlen und auch einsehen, daß Sie nicht mehr darüber klagen dürfen, daß Sie Jargon nicht verstehen. Das ist das Wichtigste, denn mit jeder Klage entweicht das Verständnis. Bleiben Sie aber still, dann sind Sie plötzlich mitten im Jargon. Wenn Sie aber einmal Jargon ergriffen hat – und Jargon ist alles, Wort, chassidische Melodie und das Wesen dieses ostjüdischen Schauspielers selbst –, dann werden Sie Ihre frühere Ruhe nicht mehr wiedererkennen. Dann werden Sie die wahre Einheit des Jargon zu spüren bekommen, so stark, daß Sie sich fürchten werden, aber nicht mehr vor dem Jargon, sondern vor sich. Sie würden nicht imstande sein, diese Furcht allein zu ertragen, wenn nicht gleich auch aus dem Jargon das Selbstvertrauen über Sie käme, das dieser Furcht standhält und noch stärker ist. Genießen Sie es, so gut Sie können! Wenn es sich dann verliert, morgen und später – wie könnte es sich auch an der Erinnerung an einen einzigen Vortragsabend halten! –, dann wünsche ich Ihnen aber, daß Sie auch die Furcht vergessen haben möchten. Denn strafen wollten wir Sie nicht.

[*Eine Festrede*] *

Diese Wahl ist sehr begrüßenswert. Ein Mann tritt hiemit tatsächlich in eine ihm auch ideell gebührende Stellung und diese Stellung erhält den für sie notwendigen Mann.

Dr. Marschners unablässige Arbeitskraft hat ihn zu so weitreichender und in sich so verzweigter Tätigkeit befähigt, daß ihm der Einzelne nicht leicht gerecht werden kann, da er immer nur einen Teil dieser Tätigkeit zu überblicken vermag. Als langjähriger Sekretär der Anstalt kennt Dr. Marschner ihren ganzen Apparat um so besser, als er selbst an dessen Verbesserung beteiligt war, soweit sein Einfluß bisher eben reichte; seine umfassenden advokatorischen Kenntnisse und Fähigkeiten stellt er der Anstalt zur Verfügung; als gründlichen Schriftsteller kennt und schätzt ihn die fachwissenschaftliche Welt; seinen Einfluß auf die Entwürfe der sozialen Gesetzgebung der letzten Jahre (besonders der Haftpflichtgesetze) möge man nicht unterschätzen; als Redner ist er vor den großen internationalen Versicherungskongressen aufgetreten und auch in Prager Vortragssälen hörten wir in Versicherungsfragen von allgemeiner Wichtigkeit und Aktualität seine immer erwünschten, rasch unterrichtenden Ausführungen; als Dozent der technischen Hochschule verwertet er seine sich gegenseitig vervollkommnenden Kenntnisse und Erfahrungen, um die studierende Jugend für die immer dringlicher werdenden Probleme des sozialen Versicherungswesens vorzubereiten; er hat den versicherungstechnischen Kurs an der technischen Hochschule eingerichtet und war hiezu besonders geeignet, da er auch Kenner der Versicherungsmathematik ist; sein pädagogisches Talent, das sich im vorigen Jahr im Versicherungskurs der Prager Handelsakademie auch weitern Kreisen zeigte, erfuhr dadurch öffentliche Anerkennung, daß er zum Mitglied der Staatsprüfungskommission ernannt wurde. Wir fassen zusammen: er ist ein Mann, der in allen Gebieten seines Faches sehr nützlich, sehr ausdauernd gearbeitet hat und arbeitet und der mit allen Generationen unserer Zeit in tätiger fachlicher Verbindung lebt.

Dies alles ist nun natürlich sehr wichtig und stellt Dr. Marschner als Fachmann in ein solches Licht, daß in Böhmen in dieser Hinsicht wohl niemand neben ihn treten dürfte, ohne eine gewisse Kühnheit, fügen wir hinzu.

Doch angesichts des so verantwortungsvollen, allgemein sichtbaren und über einen so komplizierten Betrieb gesetzten Postens, den Dr. Marschner jetzt erhalten hat, ist förmlich die menschliche Seite seines wissenschaftlichen und sozialen Wirkens noch wichtiger.

Er hat bisher keinen Schritt getan, der nicht von ehrlicher Sachlichkeit begleitet war; offenes Handeln ist ihm Bedürfnis; seiner selbst gewiß, hat er – darin wohl besonders einzig – keine andere Auszeichnung gesucht als die, welche er in seiner Arbeit gefunden hat; sein einziger Ehrgeiz bestand darin, den Wirkungskreis zu erstreben, in dem er nötig war; seine Unparteilichkeit, seine Gerechtigkeit sind nicht zu beirren, und die Beamtenschaft der Anstalt wird voraussichtlich das Glück zu schätzen wissen, gerade ihn als Vorgesetzten erhalten zu haben; Kenner seiner Schriften, seiner beruflichen Arbeit, seiner Persönlichkeit werden ergriffen von seinem starken und lebhaften Gefühl für die Lage der Arbeiterschaft, die einen eifervollen Freund in ihm hat, der aber immer die Grenzen achten wird, die das Gesetz und die wirtschaftlichen Verhältnisse der Gegenwart seinen Bestrebungen in dieser Richtung setzen; er hat nie Versprechungen gemacht, das überläßt er anderen (deren Art so ist, die das brauchen und die endlich genügend Zeit hiezu haben), aber die wirkliche Arbeit, die hat er immer selbst getan, still, ohne die Öffentlichkeit mit Absicht in Bewegung zu bringen und rücksichtslos nur gegen sich; darum hat er wohl auch, abgesehn vielleicht vom wissenschaftlichen Gebiete, keinen Gegner; hätte er welche, es wäre eine traurige Gegnerschaft.

Daß der Vorstand der Anstalt inmitten verschiedenster Einflüsse nur sachlichen Gründen folgte und damit zu dieser glücklichen Wahl gelangte, dafür gebührt ihm der gemeinsame Dank aller: der Regierung, der Unternehmer, der Arbeiter und der Beamtenschaft.

Klagen gegen die Anstalt, gerechte und ungerechte, haben sich im Laufe der Jahre aufgehäuft, eines ist jetzt sicher: es wird gute Arbeit geleistet werden, und was innerhalb der heutigen Gesetze an verlangten und nützlichen Reformen möglich ist, es wird geschehn.

[*Entwurf zu ›Richard und Samuel‹*] *

Samuel kennt wenigstens alle oberflächlichen Absichten und Fähigkeiten Richards durch und durch, da er aber präzis und lückenlos zu denken gewöhnt ist, läßt er sich schon von kleinen, wenigstens nicht vollständig erwarteten Unregelmäßigkeiten in den Äußerungen Richards überraschen und sie geben ihm zu denken. Das für Richard Peinliche seiner Freundschaft besteht darin, daß Samuel eine nicht öffentlich ausgesprochene Unterstützung niemals braucht, daher auch eine Unterstützung von seiner Seite schon aus Gerechtigkeitssinn niemals fühlen lassen will und infolgedessen keine Unterordnung in der Freundschaft duldet. Sein unbewußter Grundsatz ist, daß das, was man am Freund zum Beispiel bewundert, nicht eigentlich am Freund, sondern am Mitmenschen bewundert werde und die Freundschaft also schon dort tief unten unter allen Unterschieden anfangen müsse. Dieses kränkt nun Richard, der sich oft gern Samuel ergeben würde, der oft Lust hat, ihm begreiflich zu machen, ein wie ausgezeichneter Mensch er ist, der aber damit nur dann anfangen könnte, wenn er die Erlaubnis voraussähe, niemals damit aufhören zu müssen. Immerhin zieht er aus diesem von Samuel ihm aufgedrungenen Verhältnis den fraglichen Vorteil, im Bewußtsein seiner bisher äußerlich bewahrten Unabhängigkeit sich über Samuel zu erheben, ihn klein werden zu sehn und allerdings nur innerlich Forderungen an ihn zu stellen, während er sonst Samuel gern gebeten hätte, sie gegen ihn zu richten. So hat zum Beispiel das Bedürfnis Samuels nach dem Gelde Richards wenigstens für sein Bewußtsein nichts mit ihrer Freundschaft zu tun, während für Richard schon diese Ansicht etwas Bewunderungswürdiges darstellt, da dieses Geldbedürfnis Samuels ihn einerseits verlegen, andererseits aber auch wertvoll macht und beides im Kern seiner Freundschaft. Daher kommt es auch, daß Richard trotz seines langsameren Denkens, eingebettet in die Fülle seiner Unsicherheit, Samuel eigentlich richtiger beurteilt, als Samuel ihn, da dieser, wenn auch mit guter Kombinationskraft, in seinem Urteil auf dem kürzesten Weg ihn am sichersten zu fangen glaubt und nicht wartet, bis er sich zu seiner wahren Gestalt beruhigt. Darum ist Samuel auch der eigentliche Beiseitesprecher und der Zurückweichende in diesem Verhältnis. Er nimmt von der Freundschaft scheinbar immer mehr weg, Richard trägt dagegen von seiner Seite immer mehr zu, so daß die Freundschaft immer weiter rückt, und zwar merkwürdiger- und doch selbstverständlicherweise in der Richtung zu Samuel hin, bis sie in Stresa haltmacht, wo Richard vor lauter Wohlbefinden müde ist, Samuel dagegen so stark ist, daß er alles kann und Richard sogar umzingelt, bis dann in Paris der letzte von Samuel vorhergesehene, von Richard gar nicht mehr erwartete, daher mit Todeswünschen erlittene Stoß kommt, der die Freundschaft zur endlichen Ruhe bringt. Trotz dieser Stellung, die das äußerlich ausschließen würde, ist Richard der bewußtere in der Freundschaft, wenigstens bis Stresa, denn er hat die Reise mit einer fertigen, aber einer falschen, Samuel dagegen mit einer erst (allerdings durch lange Zeit hin) begonnenen, aber wahren Freundschaft angetreten. Dadurch kommt Richard auf der Reise immer tiefer in sich hinein, fast nachlässiger, mit halben Blicken, aber stärkerem Beziehungsgefühl, Samuel dagegen kann und muß aus seinem wahren Innern heraus – es verlangt dies sein Wesen, wie seine Freundschaft –, also zweifach angetrieben rasch und richtig sehn und Richard oft förmlich tragen. So bewußt eben (bis Stresa) Richard, von jedem kleinen Vorfall neuerlich gezwungen, in seiner Freundschaft ist und hierin immer Erklärungen geben könnte, die niemand verlangt und er am wenigsten, denn er hat an den bloßen Erscheinungen seiner sich verändernden Freundschaft genug zu tragen: gegenüber allem übrigen, was die Reise sonst mit sich bringt, ist er besonnen, verträgt schwer die Veränderungen der Hotels, versteht einfache Zusammenhänge nicht, die ihm vielleicht zu Hause keine Mühe machen würden, ist oft sehr ernst, aber durchaus nicht aus Langweile, ja nicht einmal aus dem Verlangen, einmal von Samuel auf die Wange geklopft zu werden, hat großes Bedürfnis nach Musik und nach Frauen. Samuel kann nur Französisch, Richard Französisch und Italienisch, hiedurch kommt er in Italien, ohne daß es einer von ihnen darauf angelegt hätte und trotzdem Richard weiß, daß das Gegenteil wahrscheinlicher wäre, überall dort, wo es sich um Auskünfte handelt, in eine Art Dienerstellung zu Samuel. Auch kann Samuel Französisch sehr gut, Richard seine beiden Sprachen nicht vollkommen.

[*Eingabe an ein Amt*] *

Die Anfrage vom – – – habe ich, zwar nicht mündlich, weil ich schwerkrank bin, aber sofort mit einer Korrespondenzkarte beantwortet. Diese Karte ist auch angekommen, denn einige Zeit nachher bekam ich vom löblichen Steueramt die Anfrage, was ich mit jener Karte beabsichtigt habe, eine Aufforderung vom 25. September 1922 Rp 38/21 sei dortamts unbekannt. Um diese für das löbliche Steueramt wie auch für mich völlig belanglose Angelegenheit nicht etwa noch zu komplizieren, beantwortete ich diese zweite Anfrage nicht, auch tat mir das Porto leid; wenn die Note vom – – – dortamts nicht mehr bekannt war, konnte ich mich ja zufrieden geben. Da die Sache nun aber durch die Note vom 3. November wieder aufgefrischt wird und mir, der ich schon längst korrekt geantwortet habe, sogar mit einer Strafe gedroht wird, erlaube ich mir neuerlich mitzuteilen, daß seit dem Eintritt Paul Hermanns in die Firma Erste Prager Asbestwerke keine weiteren Einlagen der Gesellschafter erfolgt sind und daß die Firma seit März 1917 nicht mehr besteht. Hoffentlich gelangt diesmal meine Antwort an das zuständige Referat.

* [*Vom Scheintod*]

Wer einmal scheintot gewesen ist, kann davon Schreckliches erzählen, aber wie es nach dem Tode ist, das kann er nicht sagen, er ist eigentlich nicht einmal dem Tode näher gewesen als ein anderer, er hat im Grunde nur etwas Besonderes ›erlebt‹ und das nicht besondere, das gewöhnliche Leben ist ihm dadurch wertvoller geworden. Ähnlich ist es mit jedem, der etwas Besonderes erlebt hat. Moses zum Beispiel hat auf dem Berge Sinai gewiß etwas ›Besonderes‹ erlebt, aber statt sich diesem Besonderen zu ergeben, etwa wie ein Scheintoter, der sich nicht meldet und im Sarg liegen bleibt, ist er den Berg hinunter geflüchtet und hatte natürlich Wertvolles zu erzählen und liebte die Menschen, zu denen er sich geflüchtet hatte, noch viel mehr als früher und hat dann sein Leben ihnen geopfert, man kann vielleicht sagen, zum Danke. Von beiden aber, vom zurückgekehrten Scheintoten und vom zurückgekehrten Moses kann man viel lernen, aber das Entscheidende kann man von ihnen nicht erfahren, denn sie selber haben [es] nicht erfahren. Und hätten sie es erfahren, so wären sie nicht mehr zurückgekommen. Aber wir wollen es auch gar nicht erfahren. Das läßt sich daran überprüfen, daß wir zum Beispiel gelegentlich den Wunsch haben können, das Erlebnis des Scheintoten oder das Erlebnis des Moses bei Sicherstellung der Rückkehr, ›bei freiem Geleit‹ zu erleben, ja daß wir sogar den Tod uns wünschen, aber nicht einmal in Gedanken wollten wir lebend und im Sarge ohne jede Möglichkeit der Wiederkehr oder auf dem Berge Sinai bleiben...

(Das hat nicht eigentlich etwas mit Todesangst zu tun...)

ANHANG

ANMERKUNGEN

BIBLIOGRAPHISCHER NACHWEIS

ANMERKUNGEN

Zu Seite 7 bis Seite 29

›*Hochzeitsvorbereitungen auf dem Lande.*‹ Diese Fragmente eines Romans gehören jedenfalls zu den frühesten Werken Kafkas. Eine Notiz darüber, daß Kafka mir einiges daraus vorlas, finde ich in meinem Tagebuch-Exzerpt vom Jahre 1909. Unter dem Datum 14. März 1910 ist dann vermerkt, daß Kafka mir ›Beschreibung eines Kampfes‹ vorlas. Demnach wäre wohl das Romanfragment ›Hochzeitsvorbereitungen‹ das ältere Werk. Ich würde es überhaupt, da die Quarthefte erst im Mai 1910 einsetzen, als das älteste erhaltene Werk Kafkas bezeichnen, stünde nicht fest, daß ich bereits im Feber 1907 Werke Kafkas gekannt habe, worauf sich eine von mir in der Zeitschrift ›Die Gegenwart‹ veröffentlichte Erwähnung Kafkas und ein Scherzbrief vom 12. Februar 1907 beziehen. Wahrscheinlich handelte es sich um kleine Prosa, die Kafka mir vor 1907 vorgelesen und dann 1912 in sein erstes Buch[1] aufgenommen hat. – Da mir der größere Teil meiner Tagebücher aus den Jahren 1914 bis 1939 infolge der Hitler-Okkupation Prags verlorengegangen ist, bin ich für die Feststellung all dieser Tatbestände auf den kleinen Rest meiner Tagebücher, vor allem aber auf das Exzerpt angewiesen, das ich mir glücklicherweise noch 1937, als ich die Biographie Kafkas schrieb[2], aus meinen damals vollständig vorliegenden Tagebüchern anlegte, um alle auf Kafka bezüglichen Daten beisammen zu haben.

Eine Handhabe zur Datierung der ›Hochzeitsvorbereitungen‹ bietet auch die Schrift Kafkas. Die mir vorliegenden Briefe und Karten Kafkas sind bis inklusive 1907 mit Kurrentschrift (gotisch)

[1] ›Betrachtung.‹ Leipzig: Ernst Rowohlt 1913 [noch 1912 erschienen]. Vgl. im Band ›Erzählungen‹ dieser Ausgabe die Abteilung ›Betrachtung‹, S. 19–39 [Anm. d. Red.]

[2] ›Franz Kafka. Eine Biographie.‹ Prag: Heinrich Mercy Sohn 1937. – Dritte, erweiterte Auflage: Frankfurt am Main: S. Fischer 1954. Enthalten in Max Brod, ›Über Franz Kafka.‹ Frankfurt am Main: Fischer Taschenbuch Verlag 1974 (Band 1496). [Anm. d. Red.]

geschrieben, nur in den Adressen zeigen sich Lateinbuchstaben, von 1908 ab gibt es ausschließlich nur noch Lateinbuchstaben. – Nun ist das erste Manuskript der ›Hochzeitsvorbereitungen‹ (im Folgenden A genannt) kurrent, das zweite (B) und dritte (C) mit Lateinbuchstaben geschrieben. Die Schriftzüge von B und C haben mit denen der Briefe aus dem Jahre 1908 eine besondere Ähnlichkeit. Ich glaube daher nicht fehlzugehen, wenn ich die Abfassungszeit des Fragments auf 1907, die begonnenen Reinschriften auf 1908 ansetze. Dementsprechend habe ich im Nachwort der New Yorker Ausgabe die Abfassungszeit von ›Beschreibung eines Kampfes‹ auf eine zu frühe Zeit angesetzt.[3] Auch diese Novelle (erste Reinschrift kurrent, zweite latein) stammt vermutlich aus den Jahren 1907 und 1908.

Alle drei Manuskripte der ›Hochzeitsvorbereitungen‹ sind auf lose Oktavblätter geschrieben, die Kafka selbst numeriert hat. An vielen Stellen fehlen einzelne Blätter. Die Lücken sind in unserem Text vermerkt.

Manuskript A, kurrent geschrieben, ist das früheste und umfangreichste. Es ist mit Bleistift geschrieben, stellenweise verwischt, oft schwer lesbar. Keines der Manuskripte trägt einen Titel; doch habe ich diesen Titel, den Kafka dem Roman zu geben pflegte, in klarer Erinnerung. Das Manuskript A zeigt zunächst die Numerierung 1–58. Zuletzt ist eine halbe Seite frei, offenbar war das erste Kapitel hier abgeschlossen. Es beginnt eine neue Numerierung 1–16; diesen Teil, der inhaltlich unmittelbar anschließt, habe ich daher als II. Kapitel bezeichnet, ebenso wie die römische I am Anfang von mir hinzugefügt ist. Seite 16 ist bis an den unteren Rand beschrieben und bricht mitten im Satz ab, es gab also offenbar noch weitere Seiten.

Manuskript B ist der Anfang einer Reinschrift, mit schönen deutlichen Lateinbuchstaben begonnen. Bis inklusive Seite 12 mit Tinte, von da bis zum Schluß (Seite 22) mit Bleistift geschrieben. Auch dieser Bleistift-Teil ist sehr deutlich, doch bricht er oben auf Seite 22, nach der zweiten Zeile, mitten im Satz ab. Die Reinschrift wurde also nicht weiter fortgesetzt.

Manuskript C ist kurz, es liegen nur sechs Seiten vor. Doch bricht

3 Vgl. das ›Nachwort zur ersten Ausgabe‹ von ›Beschreibung eines Kampfes‹; in dieser Taschenbuchausgabe S. 256 [Anm. d. Red.]

die sechste Seite am unteren Rand mitten im Satz ab, hier ist also (wie bei A) die Fortsetzung in Verlust geraten. Da C in vielen Stücken mit B übereinstimmt, habe ich es nicht gebracht. Ich zitiere nur die folgende Variante des Anfangs; sie schließt an die beiden ersten Sätze an, die in allen drei Manuskripten ungefähr gleich sind: »Raban schaute auf die Uhr eines scheinbar nahen, ziemlich hohen Turmes, der in einer tiefer gelegenen Gasse stand: Eine kleine, dort oben befestigte Fahne wurde, für einen Augenblick nur, vor das Zifferblatt geweht. Eine Menge kleiner Vögel flog herab als eine zwar schwankende, aber immer eben bleibende Fläche. Es war fünf Uhr vorüber. – Raban stellte seinen mit schwarzem Tuch benähten Handkoffer nieder, lehnte den Schirm an einen Türstein und brachte seine Taschenuhr, eine Damenuhr, die an einem schmalen, schwarzen, um den Hals gelegten Band befestigt war, in Übereinstimmung mit jener Turmuhr, wobei er einige Male von einer Uhr zur andern sah. Eine Weile war er völlig damit beschäftigt und dachte, das Gesicht bald gesenkt, bald gehoben, an gar nichts anderes in der Welt. – Schließlich steckte er die Uhr ein und leckte seine Lippen, aus Freude darüber, daß er Zeit genug hatte, also nicht in den Regen mußte.« – Ich erwähne, daß damals im alten Prag jeden Mittag ein Fahnenzeichen von der Galerie der Dientzenhoferschen Sternwarte (eines schönen Barockturms im Universitätshof) gegeben wurde, worauf von der ›Marienschanze‹ der Mittagsschuß fiel. Von ihm aufgeschreckt flatterten in der Stadt zahlreiche Taubenschwärme auf. So viel zum Verständnis der Genese dieser Szene. Der Schluß des Manuskriptes C lautet: »Von der Gouvernante gezogen lief mit kurzen Schritten, den freien Arm ausgebreitet, ein Kind vorüber, dessen Hut, wie jeder sehen konnte, aus rotgefärbtem Stroh geflochten, auf dem gewellten Rand ein grünes Kränzchen trug. – Raban zeigte ihn mit beiden Händen einem alten Herrn, der neben ihm stand, um sich vor dem Regen zu schützen, der, von einem unregelmäßigen Wind beherrscht, einmal gesammelt niederschlug, dann aber verlassen schwebte und unsicher fiel. – Raban lachte. Kindern passe alles, er habe Kinder gerne. Nun, wenn man selten mit ihnen zusammenkomme, sei das kein Wunder. Er komme selten mit Kindern zusammen. – Auch der alte Herr lachte. Die Gouvernante hätte keine solche Freude gehabt. Wenn man älter sei, sei man auch nicht gleich begeistert. In der Jugend war man begeistert und es hat, wie man im Alter sieht, keinen Gewinn gebracht, darum ist man sogar« – Hier bricht C ab.

Zu Seite 30 bis Seite 40

Diese ›Betrachtungen‹ wurden in der vorliegenden Form vom Dichter in Reinschrift geschrieben und mit Nummern versehen. Der Zeitpunkt dieser Zusammenstellung ist nicht genau bestimmbar; die ersten Niederschriften der Aphorismen (einige leicht variiert) stehen in den blauen Oktavheften, in die Kafka in den Jahren 1917 und 1918 seine Gedanken eingeschrieben hat. Diese Oktavhefte enthalten außer der ersten Fassung der Aphorismen noch viel anderes (vyrgleiche die folgende Anmerkung). Wir folgen hier der vom Dichter selbst angefertigten Reinschrift und lassen die Varianten, soweit sie wesentliche Änderungen oder Zusätze beinhalten, für unsere nächste Abteilung (›Die acht Oktavhefe‹) zurück. Wir übernehmen auch die Numerierung der Aphorismen ganz so, wie Kafka selbst sie angegeben hat. Wo zwei Aphorismen unter gemeinsamer Nummer stehen, hat der Autor sie auf einem Zettel zusammengeschrieben; während er im allgemeinen für jedes Aphorisma einen eigenen Zettel und eine eigene Nummer verwendet. Manchmal trägt ein Aphorisma zwei Nummern; dann hat es Kafka selbst aus zwei ursprünglichen Aphorismen zusammengezogen. Die mit einem ☆ bezeichneten Stücke hat er zwar mit Bleistiftlinien durchgestrichen, aber nicht aus dem Zettelkonvolut entfernt. Wahrscheinlich waren sie zur Umarbeitung bestimmt. Diese Bezeichnung einiger Aphorismen mit Sternen wird bei der zweiten Auflage dieses Buches noch einige Revisionen erfahren.[4]

Zu Seite 41, Zeile 1

Im Nachlaß Kafkas fanden sich unter anderem auch acht kleine blaue Oktavhefte, von der Art, die wir im Gymnasium »Vokabelhefte« nannten. Sie enthalten außer den oben erwähnten Aphorismen viele andere Betrachtungen, von denen ich eine Auswahl in

[4] Diese Revision bei der zweiten Auflage (7.–9. Tsd. 1966) ist nicht erfolgt [Anm. d. Red.]

einer früheren Ausgabe (›Gesammelte Schriften‹) im sechsten Band unter dem (nicht von Kafka herrührenden) Titel ›Meditationen‹, andere in der Abteilung (des gleichen Bandes) ›Tagebuchnotizen aus anderen Heften‹ veröffentlicht habe.[5] Die beiden eben genannten Gruppierungen werden jetzt aufgelassen, und Kafkas Eintragungen erscheinen damit in der ursprünglichen Reihenfolge, in der sie niedergeschrieben worden sind. Die Oktavhefte enthalten außerdem zahlreiche Fragmente, auch ausgeführte Erzählungen. Über den Inhalt jedes einzelnen Oktavheftes, ferner über die Datierung vergleiche die folgenden Anmerkungen. Die Oktavhefte laufen anfangs mit Teilen des zwölften Quartheftes parallel und füllen sodann die Lücke, die in diesem Quartheft dadurch entstanden ist, daß Kafka vom November 1917 bis Mitte 1919 dort nichts eingetragen hat. Hierüber, sowie über den Stilunterschied zwischen den Quartheften und Oktavheften vergleiche mein Nachwort zu dem Band ›Tagebücher‹ [dieser Ausgabe].

Zu Seite 41, Zeile 2

Das erste Oktavheft enthält eine einzige datierte Notiz, die vom 19. Februar 1917. Die Eintragungen sind teils unveröffentlicht, erscheinen also hier zum erstenmal, teils sind sie von Kafka selbst im Band ›Ein Landarzt‹ (zum Beispiel ›Schakale und Araber‹), teils von mir im Band ›Beschreibung eines Kampfes‹ (zum Beispiel ›Die Brücke‹, ›Der Jäger Gracchus‹) veröffentlicht worden. Hier steht auch ›Der Kübelreiter‹, der also im Winter, mit dem das Jahr 1917 begann, geschrieben ist. Diese kleine Prosa hat Kafka zu Lebzeiten in einer Zeitung publiziert, aber in keines seiner Bücher aufgenommen. Auf Grund der einen Notiz, die datiert ist, nehme ich an, daß dieses das früheste der Oktavhefte ist. Die Oktavhefte wurden, anders als die Quarthefte, von Kafka nicht mit Ziffern bezeichnet. Ich muß mich also bei ihrer Ordnung auf Mutmaßungen stützen.

[5] ›Tagebücher und Briefe.‹ Prag: Heinrich Mercy (= Gesammelte Schriften. Herausgegeben von Max Brod in Gemeinschaft mit Heinz Politzer. Band VI). 1937. [Anm. d. Red.]

Zu Seite 41, Zeile 16

Ungedruckter Epilog zum ›Kübelreiter‹.

Zu Seite 41, Zeile 24

Entwurf eines Briefes an Paul Wiegler, der während des Krieges unter anderem einen Auswahlband aus den Briefen Beethovens (mit Einleitung) und ein analoges Schopenhauer-Bändchen edierte. Die Initialen am Anfang bedeuten »Verehrter Wiegler«.

Zu Seite 47, Zeile 2

Ludwig Richter, ›Lebenserinnerungen eines deutschen Malers‹.

Zu Seite 47, zwischen Zeile 37 und 39

Im ersten Oktavheft folgt hier noch eine Seite, die die erste Zusammenstellung der für den ›Landarzt‹-Band bestimmten Erzählungen sowie einen Briefentwurf enthält. Die Titel der damals also wohl schon fertig vorliegenden Erzählungen lauten: ›Auf der Galerie‹ – ›Kastengeist‹ – ›Kübelreiter‹ – ›Ein Reiter‹ – ›Ein Kaufmann‹ – ›Ein Landarzt‹ – ›Traum‹ – ›Vor dem Gesetz‹ – ›Ein Brudermord‹ – ›Schakale und Araber‹ – ›Der neue Advokat‹. Die Skizze ›Ein Reiter‹ könnte mit dem im ›Landarzt‹-Band stehenden Stück ›Das nächste Dorf‹ identisch sein. ›Kastengeist‹ ließe sich vielleicht als ›Ein Besuch im Bergwerk‹ agnoszieren. ›Ein Kaufmann‹ ist vielleicht das Stück, das ich im Band ›Beschreibung eines Kampfes‹ unter dem Titel ›Der Nachbar‹ veröffentlicht habe. – – Der Brief ist an einen unbekannten Adressaten gerichtet (vielleicht an den Naturarzt Schnitzer in Warnsdorf), – offenbar bezieht er sich auf Kafkas Schwester Ottla, an deren landwirtschaftlichen Experimenten (zuerst in Zürau, später in Planá) Kafka lebhaften Anteil nahm, sei es auch nur als Gast und Patient. Der schwer zu entziffernde Entwurf besagt: »Ich habe eine Schwester, siebenundzwanzig Jahre alt, gesund, (ein Wort unlesbar) lustig, einsichtig und doch selbstsicher genug, seit einigen Jahren übrigens streng vegetarisch inmitten einer fleischessenden Familie. Sie war bisher im Geschäft der Eltern, jetzt führen sie äußere und innere

Gründe dazu, einen alten Wunsch zu verwirklichen, sich nämlich in der Landwirtschaft zu versuchen. Sie will irgendeinen landwirtschaftlichen Kurs durchmachen und dann irgendeine entsprechende Stellung anstreben. Gewiß können Sie bei Ihrer großen Erfahrung und Ihrem Umblick gut und entscheidend raten. Ich bitte Sie sehr um diese Freundlichkeit.«

Zu Seite 48, Zeile 22

Für die Datierung dieses Heftes (als des zweiten in der Reihe) war mir der Umstand maßgebend, daß ›Ein Bericht für eine Akademie‹ im November 1917 bereits gedruckt vorlag (siehe Anmerkung zu Seite 52, Zeile 33). – Dieses Oktavheft ist folgendermaßen angeordnet: ›Der Nachbar‹ (in ›Beschreibung eines Kampfes‹, hier ohne Titel) – ›Eine Kreuzung‹ (Band ›Beschreibung‹, von Kafka betitelt) – Ungedrucktes (hier erstmalig publiziert) – Fragment zum ›Jäger Gracchus‹ (jetzt Band ›Beschreibung‹) – Ungedrucktes – ›Ein Bericht für eine Akademie‹ (Band ›Erzählungen‹) nebst Fragmenten hiezu (Band ›Beschreibung‹).

Zu Seite 52, Zeile 1

Das dritte und das vierte Oktavheft enthalten einzelne Datierungen. Dennoch nehmen sie nie den Charakter von Tagebüchern an wie etwa die Quarthefte, da das persönliche Leben, der praktische Tagesablauf immer nur mit ganz wenigen Worten knapp angedeutet ist. Diese Worte sind überdies mit kleinerer Schrift geschrieben, wie um ihre Unwichtigkeit auszudrücken. Der weitaus überwiegende Raum beider Hefte gehört Phantasien und philosophischen Betrachtungen. Sie wurden in Zürau niedergeschrieben, wo Kafka Genesung von der zum erstenmal konstatierten Tuberkulose suchte und den Entschluß faßte, seine Verlobung zu lösen. Abreise nach Zürau: 12. September 1917. – Der Herausgeber stand vor der Wahl, ob er die Aphorismen ›Betrachtungen über Sünde, Leid, Hoffnung und den wahren Weg‹ in dem von Kafka gewollten, durch die Reinschrift klar fixierten Zusammenhang belassen – oder im Kontext der Oktavhefte, untermischt mit anderen Notizen Kafkas, bringen solle. Er hat sich für die erste der beiden Möglichkeiten entschieden, hat sie aber außerdem im Kontext der Oktavhefte stehen lassen. Eine Ausnahme hat er sich in einem einzigen Falle gestattet. Aphorisma No. 9 hat er an der von Kafka gewählten Stelle ausgelassen, dagegen im Kontext mit dem (von Kafka später gestrichenen) Titel ›Ein Leben‹ gebracht, weil nur auf diese Art der Sinnzusammenhang mit der ihm vorangehenden und der ihm nachfolgenden Notiz (Problem des Bösen) deutlich wird.

Zu Seite 52, Zeile 33

Im Oktober 1917 erschien in der von Martin Buber redigierten zionistischen Monatsschrift ›Der Jude‹ Kafkas Erzählung ›Schakale und Araber‹, im November 1917 ›Ein Bericht für eine Akademie‹. Beide führten den gemeinsamen Obertitel ›Zwei Tiergeschichten‹.

Zu Seite 60, Zeile 35

»hutzen« bedeutet, im Dialekt jener Gegend, soviel wie: beisammensitzen und über alles Mögliche schwatzen.

Zu Seite 61, Zeile 18

Hans Blüher ist der bekannte antisemitische Autor, Vorläufer des Nationalsozialismus; Tagger schrieb später unter dem Namen Ferdinand Bruckner. Über beide Autoren Notizen Kafkas in ›Tagebücher‹.

Zu Seite 70, Zeile 1

Kafka las die Memoiren des russischen Revolutionärs Alexander Herzen (1812–1870), vgl. ›Tagebücher‹. – ›Die schöne Rarität‹ war, wenn ich nicht irre, eine damals erscheinende Zeitschrift.

Zu Seite 70, Zeile 7

Der Dichter Ernst Weiß.

Zu Seite 70, Zeile 22 und Zeile 27

Josef Körner, gab (später) Friedrich Schlegels philosophische Schriften heraus, – verdienstvoller Literaturforscher auf dem Gebiete der deutschen Romantik. – V. Mehl dürfte ein Bürokollege Kafkas gewesen sein. – In der folgenden Notiz ist »Pfohl« der Name eines Vorgesetzten, »Přibram« der Name eines Schulkollegen.

Zu Seite 71, Zeile 4

Kafka war damals noch mit Frl. F. B.[6] verlobt.

Zu Seite 72, Zeile 25

Der Dichter Oskar Baum, unser gemeinsamer Freund.

Zu Seite 79, Zeile 17

Hier beginnen Aufzeichnungen aus dem Jahre 1918; Kafka lebte weiterhin in Zürau, kam aber im Laufe des Jahres öfters für einige Zeit nach Prag, vor allem, um die offizielle Verlängerung seines Urlaubs zu erwirken. Er versuchte hier auch, leichte Gartenarbeit zu machen (am Pomologischen Institut in dem Dörfchen Troja bei Prag).

Zu Seite 79, Zeile 32

Kafkas Verleger Kurt Wolff. Die Korrespondenz betraf den Band ›Ein Landarzt‹.

Zu Seite 82, Zeile 29

Hinweis auf Kierkegaards Flugschriften ›Der Augenblick‹ (Band 12 der Diederichs'schen Ausgabe).

[6] Felice Bauer. [Anm. d. Red.]

Zu Seite 86, Zeile 5

Hier liegt meiner Ansicht nach ein Schreibfehler Kafkas vor. Dann würde sich die Notiz auf das Gegensatzpaar »Intention – Erlebnis« beziehen, das Felix Weltsch im zweiten Band des Jahrbuchs ›Tätiger Geist‹ (Herausgeber Kurt Hiller) 1918 in seinem Essay ›Erlebnis und Intention‹, später in seinem Buch ›Gnade und Freiheit‹ (1920) dargestellt hat. – Kafkas kritische Bemerkung geht ja davon aus, daß hier ein Gegensatz vorliegt. Liest man »Intuition« (im Sinne Bergsons), so wäre ein Gegensatz schwer zu fassen; außerdem hat Intuition nichts mit »Zerlegung« zu tun, wohl aber trifft »Zerlegung« auf »Intention« zu.

Zu Seite 91, Zeile 34 bis Zeile 40

Bezieht sich auf Kierkegaards ›Furcht und Zittern‹, ebenso die nächsten fünf Aphorismen. Die weiteren zwei Aphorismen sind eine Kritik Kierkegaards. Zwei Seiten zuvor weist die Notierung der Kierkegaardschen Termini »Ritter der Unendlichkeit«, »Ritter des Glaubens« auf die Beschäftigung mit dem genannten Werk hin. Hinzugefügt sind die Worte: »Hintergedanke Abrahams – Bedeutung – Die gleiche Stimme schickte ihn hin und zurück.«

Zu Seite 92, Zeile 19

In der Original-Niederschrift ist deutlich zu erkennen, daß die ursprüngliche Fassung dieses Aphorisma in der ersten Person erfolgte. Es begann: »Meine geistige Armut« und so weiter.

Zu Seite 96, Zeile 39

Dem vierten Oktavheft liegt ein Zettel bei, auf dem sich Kafka Notizen gemacht hat, die, wie es scheint, als Unterlage zur Abfassung eines Gesuches an das Militärkommando zugunsten eines armen, alten, von allen verlassenen Schwachsinnigen und vielleicht der Befreiung dieses Menschen vom Militärdienst dienen sollten. Zuerst Notizen über die Verwandten, einen Fleischer in Saaz, einen anderen Onkel in Oberklee, eine Schwester, die »nicht in Betracht« kommt. »Keine Eltern.« Sodann heißt es: »Nicht normal, gerade zum Tongraben hat es gelangt, deshalb wurde er auch nicht assentiert, auch als Alter hätte er nicht einrücken müssen. Er hat sich, ohne recht zu wissen, worum es sich gehandelt hat, aufgedrängt. Rechnen und Schreiben kann er nicht, an selbständigen Viehhandel, Gemüsehandel ist nicht zu denken, deshalb kann auch die Gemeinde keine solche Verantwortung auf sich nehmen. Wohl denkbar wäre aber, daß er den Verwandten beim Vieheinkauf hilft, indem er das gekaufte Vieh abholt, zutreibt und so weiter. In dieser Weise wäre auch Gemüsehandel für ihn denkbar, daß er den Karren führt, das Gemüse abholt und so weiter. Jede Selbständigkeit ist aber ausgeschlossen, so dürften es sich auch die Verwandten gedacht haben, dann müssen aber sie selbst die Verantwortung übernehmen.« – Das Wort »assentiert« bedeutete im alten Österreich: »Als diensttauglich für das Militär befunden«. – Aus dem ganzen Gesuchsentwurf scheint etwas wie die Luft des ›Schloß‹-Romans hervorzuwehen; weshalb ich ihn hier mitgeteilt habe. Aus diesem Roman las mir Kafka erst 1922 den Anfang vor.

Zu Seite 103, Zeile 36

Am Ende des fünften Oktavheftes notiert Kafka Titel von Büchern, die er zu lesen gedenkt (oder vielleicht eben gelesen hat). Die Liste lautet »Tod in Venedig – Augustinus ›Bekenntnisse‹ – Summa – Storm, Keller – Kardinal Retz – Briefe van Goghs – Vierzig Jahre aus dem Leben eines Toten – Baker ›Reisen in Abessinien‹ – Emin Pascha, Livingstone – Bernard ›Erinnerungen an Cézanne‹ – Ferner ist die Adresse meines Bruders [Otto Brod] notiert, der damals im Feld stand. (Mit dem Wort ›Summa‹ ist Franz Bleis Zeitschrift gemeint.)

Zu Seite 107, Zeile 35

Wie das erste Oktavheft enthält auch dieses sechste am Schluß eine Zusammenstellung von Titeln der für den ›Landarzt‹ geplanten Sammlung. Sie ist der später Wirklichkeit gewordenen Zusammenstellung näher als der erste Plan. Die Titel seien hier angeführt: ›Ein Traum‹ – ›Vor dem Gesetz‹ – ›Eine kaiserliche Botschaft‹ – ›Die kurze Zeit‹ – ›Ein altes Blatt‹ – ›Schakale und Araber‹

– ›Auf der Galerie‹ – ›Der Kübelreiter‹ – ›Ein Landarzt‹ – ›Der neue Advokat‹ – ›Ein Brudermord‹ – ›Elf Söhne‹.

Das sechste Okatvheft enthält auch noch einen in ganz unmöglicher, kaum zu entziffernder Privat-Stenographie Kafkas geschriebenen Briefentwurf, offenbar die Antwort auf eines jener österreichisch-patriotischen Projekte, wie sie in jener Kriegszeit haufenweise aufschossen, manche vielleicht ganz ehrlich gemeint, die meisten aber lästig, von Karrierejägern improvisiert. Den Entwurf rekonstruiere ich etwa wie folgt: »Nach einigen Irrungen ist Ihr Brief angekommen, meine Adresse ist Poříč 7. Zunächst danke ich Ihnen für das Interesse, das sich in Ihrem Brief ausdrückt und mich aufrichtig freut. Es handelt sich gewiß um eine nützliche oder sogar notwendige Sache. Dafür wie auch für die Zukunft des Ganzen bürgen die guten Namen in Ihrem Verzeichnis. Trotzdem muß ich mich zurückhalten. Ich bin nämlich nicht imstande, mir ein im Geiste irgendwie einheitliches Groß-Österreich klarzumachen, und noch weniger allerdings, mich mit diesem Geistigen mitzudenken. Vor einer solchen Entscheidung schrecke ich zurück. – Nun ergibt sich aber daraus glücklicherweise für Ihre Vereinigung kein Schaden, im Gegenteil, ich bin organisch gar nicht befähigt, meine Personenkenntnis ist gering, irgendwie maßgebenden Einfluß habe ich nicht. Meine Beteiligung täte Ihnen also bald leid. – Sollte, wie es sich freilich nicht verhindern lassen wird, aus der Kunsthalle (?) ein Verein werden, mit Mitgliedsbeiträgen und so weiter, trete ich gern bei. – Nehmen Sie mir, bitte, meine Absage nicht übel, sie ist mir eine Notwendigkeit.«

Das sechste Quartheft enthält die Original-Niederschrift von Kafkas Erzählung ›Beim Bau der chinesischen Mauer‹, von ihm selbst so betitelt. Aus diesem (unvollendeten) Werk hat er selbst nur zwei kleine, in sich abgeschlossene Bruchstücke im ›Landarzt‹-Band veröffentlicht: ›Ein altes Blatt‹, ›Eine kaiserliche Botschaft‹.

Zu Seite 112, Zeile 27

Den weitaus größten Raum im siebenten Oktavheft nimmt das dramatische Fragment ›Der Gruftwächter‹ ein (Band ›Beschreibung eines Kampfes‹).

Zu Seite 113, Zeile 19

Hier beginnt im Oktavheft die Niederschrift der Selbstbiographie des jiddischen Schauspielers Isak Löwy. Der Genannte, über den man in den Quartheften und in meiner Kafka-Biographie[7] die nötigen Daten findet, erzählte viele Abende lang, oft in recht wirrer Weise, Kafka machte sich Notizen und schrieb dann die zusammenhängende Darstellung nieder, wobei er den Stil Löwys möglichst treu zu bewahren suchte. Kafka war bei dieser Arbeit – außer von seinem Interesse am Erzähler und an dessen Thema – auch von dem Wunsche geleitet, dem armen, über sich selbst und seinen Weg unklaren Schauspieler zu helfen, ihn zur Erkenntnis und zur Überwindung einer schweren Krise zu leiten. – Außer der begonnenen Niederschrift im achten Oktavheft hat sich eine um vieles weiter geführte, aber gleichfalls unvollendete Reinschrift erhalten; diese wird hier reproduziert. – Im übrigen enthält dieses letzte Okatvheft nur noch wenige Notizen. Es folgen hebräische Vokabeln. Von den siebzig Seiten dieses Oktavheftes dienen achtundfünfzig Seiten diesen hebräischen Sprachstudien.

Zu Seite 113, Zeile 31 bis Seite 117, Zeile 20

»trefe«: zerrissen; Fleisch, dessen Genuß rituell verboten ist. – »chaser«: Schwein. – Cheder: Elementarschule. – Purim: ein frohes Fest, vergleiche das Buch Esther. – Jom Kippur: Versöhnungstag, Fasttag. – »Klaus«: die Stätte des Talmudstudiums und Gebetes. – »Lecho Dodi«: Hymnus zum Sabbat-Eingang. – »Baal-Tschuwa«: ein Sünder, der umkehrt und Buße tut. – »Kasche«: schwere Frage, Problem.

Zu Seite 119, Zeile 1

Diesen ›Brief‹ hat Franz Kafka im November 1919 in Schelesen bei Liboch (Böhmen) geschrieben. Da er dem Adressaten niemals übergeben worden ist, somit die Funktion eines Briefes nie erfüllt hat, obwohl sie zweifellos intendiert war (die Details hierüber findet man im ersten Kapitel meiner Kafka-Biographie[8]), habe

[7] Vgl. Notierung 2 auf S. 317. [Anm. d. Red.]
[8] Vgl. Notierung 2 auf S. 317. [Anm. d. Red.]

ich diese Arbeit nicht in die Bände, die Kafkas Korrespondenz umfassen, eingereiht, sondern in sein literarisches Werk, innerhalb dessen es den umfassendsten Versuch einer Selbstbiographie darstellt, den er unternommen hat. Das Manuskript ist von Kafka selbst mit Schreibmaschine angefertigt und handschriftlich korrigiert. Es umfaßt 44¼ große Schreibmaschinenseiten zu durchschnittlich 34 Zeilen. Die 45. Seite ist zum größeren Teile leer, das Manuskript bricht mitten im Satz bei den Worten »Lebensuntüchtig bist Du; um es Dir aber« ab, jedoch liegen die 2½ Schlußseiten auf kleinerem Format handschriftlich bei, so daß keine Lücke im Text entsteht.

Zu Seite 119, Zeile 33

Die jüngste der drei Schwestern Franz Kafkas. Die beiden älteren Schwestern, die gleichfalls in diesem Brief erwähnt werden, hießen Elli und Valli.[9] Da alle drei Schwestern während des Zweiten Weltkrieges ermordet wurden (nebst vielen andern Angehörigen der Familie), sind jene Bedenken weggefallen, die mich im Jahre 1937 (als ich meine Kafka-Biographie[10] veröffentlichte) dazu zwangen, den ›Brief‹ nur in Auszügen zu zitieren. Die jetzige Publikation des ›Briefes‹ geschieht ohne jegliche Kürzung oder Änderung. Nur die Interpunktion wurde stellenweise leicht ergänzt.

Zu Seite 121, Zeile 2

Die Mutter Kafkas[11] stammte aus der Familie Löwy, über deren besonderen spirituellen und ans Sonderlinghafte streifenden Charakter man in meiner Kafka-Biographie nachlesen kann.

Zu Seite 122, Zeile 16

Franz Kafkas Neffe[12]. Auch er wurde ermordet.

[9] Elli (Gabriel) heiratete 1910 Karl Hermann; Valli (Valerie) heiratete 1913 Josef Pollak; Ottla heiratete 1920 Dr. Josef David. [Anm. d. Red.]
[10] Vgl. Notierung 2 auf S. 317. [Anm. d. Red.]
[11] Julie Kafka, geb. Löwy. [Anm. d. Red.]
[12] Felix Hermann, Sohn von Kafkas Schwester Elli. [Anm. d. Red.]

Zu Seite 122, Zeile 28

Das aus dem Tschechischen stammende Wort bezeichnet einen langen Balkon, der in vielen älteren Prager Häusern an der Hof-Innenseite hinlief, – meist für mehrere Wohnungen gemeinsam.

Zu Seite 123, Zeile 21

Ein Verwandter Franz Kafkas.[13]

Zu Seite 125, Zeile 34

»Wer sich mit Hunden niederlegt, steht mit Flöhen auf.«

Zu Seite 135, Zeile 3

Kafkas Schwester übernahm die Bewirtschaftung eines bäuerlichen Anwesens in dem deutschböhmischen Städtchen Zürau, – eine Zeitlang lebte der kranke Dichter bei ihr (1917, 1918).

Zu Seite 140, Zeile 4

Zur Erklärung der Familienverhältnisse sei angemerkt, daß Karl [Hermann] der Mann Ellis war, Felix und Gerti deren Kinder.

Zu Seite 176, Zeile 13

Das Wort »Senait«, die hebräische Bezeichnung für Eichhörnchen, ist mit hebräischen Lettern geschrieben.

Zu Seite 200, Zeile 15

Entwurf eines Briefes an Werfel, dessen Drama ›Schweiger‹ betreffend.

[13] Kafkas Schwager Josef Pollak, Vallis Gatte. [Anm. d. Red.]

Zu Seite 202, Zeile 9

Raschi (Rabbi Schlomo Jizchaki), der klassische Exeget der Bibel und des Talmud, elftes Jahrhundert. Seine Erklärung wird fast immer den Texten beigedruckt.

Zu Seite 212, Zeile 9

Mailänder Hauptplatz, traumhaft.

Zu Seite 215, Zeile 1

Hier merkt man es Kafkas Schrift an, daß er eine ausgeschriebene Einsteckfeder, die schon allzu dicke Striche machte, weggeworfen und eine neue »spitze Feder« in seinen Federhalter gesteckt hat.

Zu Seite 216, Zeile 14 bis Zeile 34

Eine Vorstudie zum ›Schloß‹. – Ein dem Heft beiliegendes Blatt trägt die Jahreszahl 1920.

Zu Seite 222, Zeile 29 bis Seite 225, Zeile 34

Man könnte, mit einiger Freiheit, in diesem Fragment eine illusionslose derbe Travestie auf das Thema »Israel und Israels Friedensmission unter den Völkern« sehen. In der voranstehenden Skizze zeichnet sich deutlicher eine Schau des zionistischen Aufbauwerks in Israel ab. Die beiden Fragmente gehören jedenfalls thematisch zusammen. Vgl. auch S. 227, Zeile 21 bis S. 228, Zeile 7.

Zu Seite 235, Zeile 7

Ein »Durchhaus« heißt in Prag eine Passage, die durch Häuser und Höfe von einer Straße zur andern führt.

Zu Seite 235, Zeile 31

Hier gehen im Manuskript die Erzählungen ›Zur Frage der Gesetze‹ und ›Die Truppenaushebung‹ (Band ›Beschreibung eines Kampfes‹) voran. – Diese Stücke und die folgenden Notizen gehören zum Motivkreis der ›Chinesischen Mauer‹.

Zu Seite 240, Zeile 11

Scheint das bunte Glasfenster einer bestimmten Prager Synagoge zu bedeuten.

Zu Seite 243, Zeile 7

Merkwürdige Verwandtschaft mit der Lehre C. G. Jungs, die Kafka nicht kannte.

Zu Seite 260, Zeile 17 bis Zeile 22

Variante zur Legende ›Vor dem Gesetz‹.

Zu Seite 266, Zeile 9

Am 31. Dezember 1914 notierte Kafka (›Tagebücher‹, S. 330): »Geschrieben an Unfertigem: ›Der Prozeß‹, ›Erinnerungen an die Kaldabahn‹, ›Der Dorfschullehrer‹, ›Der Unterstaatsanwalt‹ und kleinere Anfänge. An Fertigem nur: ›In der Strafkolonie‹ und ein Kapitel des ›Verschollenen‹.« Aus der Notiz geht hervor, daß alle diese Werke in den Monaten August bis Dezember entstanden sind. – Aus sehr vielen ungeordneten losen Blättern konnte das hier folgende Fragment der Erzählung vom ›Unterstaatsanwalt‹ hervorgeholt und zusammengesetzt werden, die ja wohl unvollendet war, aber doch jedenfalls mehr als das, was sich erhalten hat, umfaßt hat. Der Anfang fehlt.

Zu Seite 285, Zeile 15

Hier folgt die Erzählung ›Ein Hungerkünstler‹, – woraus, im Einklang mit der kleinen Schrift, geschlossen werden kann, daß das ganze Heft Eintragungen aus dem Jahre 1923 (Steglitz) enthält.

Zu Seite 286, Zeile 3

»Pawlatsche«: vgl. die Anmerkung zu Seite 122, Zeile 28.

Zu Seite 292, Zeile 17, bis Seite 293, Zeile 19

Wie Kafka in einigen vor dem Kriegsausbruch 1914 geschriebenen Stücken Szenen beschreibt, die wir erst während des Krieges erlebt haben, so mutet dieses Fragment wie eine visionäre Prophezeiung der Juden-Deportationen unter Hitler an.

Zu Seite 298, Zeile 19

Hier folgt die (nicht betitelte) Erzählung ›Forschungen eines Hundes‹.

Zu Seite 303, Zeile 4

Vgl. den Band ›Beschreibung eines Kampfes‹.

Zu Seite 306 Zeile 1

Die im vierten Kapitel meiner Kafka-Biographie[14] erwähnte Rede, mit der Kafka am 18. Februar 1912 einen Rezitationsabend des ostjüdischen Schauspielers Isak Löwy (vgl. die Anmerkung zu Seite 113, Zeile 19) im Festsaal des Prager jüdischen Rathauses einleitete. Das Originalmanuskript der Rede ist verlorengegangen; doch liegt eine sorgfältige vollständige Abschrift vor, die Frau Elsa Brod angefertigt hat.

Zu Seite 309, Zeile 23

Diese offizielle Rede, mit der Kafka im Namen der Beamtenschaft die Rangerhöhung seines bisherigen Abteilungschefs zum Direktor der Arbeiter-Unfall-Versicherung zu begrüßen hatte, ist in Kafkas Reinschrift erhalten. Für seinen Chef hegte er große Bewunderung, namentlich für dessen unermüdliche Arbeitskraft,

[14] Vgl. Notierung 2 auf S. 317. [Anm. d. Red.]

wobei er es allerdings gelegentlich auch an satirischen Bemerkungen nicht fehlen ließ. In einigen Partien des ›Prozeß‹-Romans findet man die dichterische Widerspiegelung dieses seltsamen Verhältnisses.

Zu Seite 311, Zeile 25

Vgl. den Band ›Erzählungen‹ und Biographie.[15] – Stresa am Lago Maggiore, ein Ort unserer realen Reise. Hier sollte, nach unserem Romanentwurf, das zu schildernde diffizile Freundschaftsverhältnis der Erzählung, das einige, aber durchaus nicht alle wesentlichen Züge aus der Wirklichkeit entlehnte, in eine ernste Krise geraten.

Zu Seite 313, Zeile 25

Auch dieses Schriftstück fand ich in meinen Papieren. Es ist der Entwurf einer Antwort an das Steueramt Prag-Žižkov und steht auf der Rückseite des amtlichen Briefes vom 3. November 1922, der (in tschechischer Sprache) mit den Worten beginnt: »Herrn Dr. Frant. Kafka, Beamten in Prag V, Mikulášská tř. 36. – Sie werden aufgefordert, die hiesige Zuschrift vom 25. September 1922 Rp 38/21 binnen acht Tagen zu beantworten, widrigenfalls wir bei der Finanzbezirksdirektion Prag Anzeige behufs Auferlegung einer Ordnungsstrafe erstatten werden.« – Die Antwort Kafkas trägt etwas von der Atmosphäre des ›Schloß‹-Romans an sich.

Zu Seite 314, Zeile 9

Dieses Aphorisma ist infolge seines seltsamen Schicksals undatierbar. Laut Mitteilung des jetzt in Israel lebenden Inhabers, des Antiquariats J. Halle (Hamburg), wurde das Original von der Gestapo beschlagnahmt. Durch Zufall aber hat sich eine Abschrift in seinem Besitz erhalten. – Die Gestapo hat sehr viel Manuskripte, die Kafka in Berlin zurückgelassen hat, beschlagnahmt, und sie sind trotz lebhafter Bemühungen des Presseattachés der Tsche-

[15] Vgl. Notierung 2 auf S. 317. [Anm. d. Red.]

choslowakischen Gesandtschaft in Berlin, des Dichters Camill Hoffmann, nie wieder zum Vorschein gekommen. Hoffmann selbst, ein Jugendfreund Stefan Zweigs, starb im Konzentrationslager.

[1953] Max Brod

BIBLIOGRAPHISCHER NACHWEIS

Teildrucke (Erstveröffentlichungen)

Hochzeitsvorbereitungen auf dem Lande. Erstmals in ›Die Neue Rundschau‹, 62. Jg., Erstes Heft, Frankfurt am Main: S. Fischer 1951.

[*Betrachtungen über Sünde, Leid, Hoffnung und den wahren Weg.*] Als in sich geschlossene Aphorismenreihe erstmals in ›Beim Bau der Chinesischen Mauer.‹ Ungedruckte Erzählungen und Prosa aus dem Nachlaß. Herausgegeben von Max Brod und Hans Joachim Schoeps. Berlin: Gustav Kiepenheuer 1931. Aufgenommen in ›Tagebücher und Briefe.‹ Prag: Heinrich Mercy Sohn (= Gesammelte Schriften. Herausgegeben von Max Brod in Gemeinschaft mit Heinz Politzer. Band VI) 1937

1 *Der wahre Weg geht über ein Seil* ... Vgl. ›Die acht Oktavhefte. Das dritte Oktavheft.‹ S. 52. Aufgenommen unter dem Sammeltitel ›Aus den Aphorismen‹ in der Abteilung ›II (Aus einer geschlossenen Aphorismenreihe 1917–1919)‹ in ›Vor dem Gesetz.‹ Berlin: Schocken (= Bücherei des Schocken Verlags 19) 1934

2 *Alle menschlichen Fehler* ... Vgl. ›Die acht Oktavhefte. Das dritte Oktavheft.‹ S. 53

3 *Es gibt zwei menschliche Hauptsünden* ... Vgl. ›Die acht Oktavhefte. Das dritte Oktavheft.‹ S. 54. Erstmals unter dem Sammeltitel ›Aphorismen. Aus dem Nachlaß‹ in ›Die Weltbühne.‹ Der Schaubühne XX. Jahr, Nr. 27. Charlottenburg: Verlag der Weltbühne, 3. Juli 1924. Aufgenommen unter dem Sammeltitel ›Aus den Aphorismen‹ in der Abteilung ›II (Aus einer geschlossenen Aphorismenreihe 1917–1919)‹ in ›Vor dem Gesetz.‹ Berlin: Schocken (= Bücherei des Schocken Verlags 19) 1934

4 *Viele Schatten der Abgeschiedenen* ... Vgl. ›Die acht Oktavhefte. Das dritte Oktavheft.‹ S. 54

5 *Von einem gewissen Punkt an* ... Vgl. ›Die acht Oktavhefte. Das dritte Oktavheft.‹ S. 54. Erstmals unter dem Sammeltitel ›Aphorismen. Aus dem Nachlaß‹ in ›Die Weltbühne.‹ Der Schaubühne XX. Jahr, Nr. 27. Charlottenburg: Verlag der Weltbühne, 3. Juli 1924. Aufgenommen unter dem Sammeltitel ›Aus den Aphorismen‹ in der Abteilung ›II (Aus einer geschlossenen Aphorismenreihe 1917–1919)‹ in ›Vor dem Gesetz.‹ Berlin: Schocken (= Bücherei des Schocken Verlags 19) 1934

6 *Der entscheidende Augenblick* ... Vgl. ›Die acht Oktavhefte. Das dritte Oktavheft.‹ S. 54. Erstmals unter dem Sammeltitel ›Aphoris-

men. Aus dem Nachlaß‹ in ›Die Weltbühne.‹ Der Schaubühne XX. Jahr, Nr. 27. Charlottenburg: Verlag der Weltbühne, 3. Juli 1924

7 Eines der wirksamsten Verführungsmittel ... Vgl. ›Die acht Oktavhefte. Das dritte Oktavheft.‹ S. 55. Erstmals [zusammen mit *8 Er ist wie der Kampf mit Frauen* ...] unter dem Sammeltitel ›Aphorismen. Aus dem Nachlaß‹ in ›Die Weltbühne.‹ Der Schaubühne XX. Jahr, Nr. 27. Charlottenburg: Verlag der Weltbühne, 3. Juli 1924

8 Er ist wie der Kampf mit Frauen ... Vgl. ›Die acht Oktavhefte. Das dritte Oktavheft.‹ S. 55. Erstmals [zusammen mit *7 Eines der wirksamsten Verführungsmittel* ...] unter dem Sammeltitel ›Aphorismen. Aus dem Nachlaß‹ in ›Die Weltbühne.‹ Der Schaubühne XX. Jahr, Nr. 27. Charlottenburg: Verlag der Weltbühne, 3. Juli 1924

9 A. ist sehr aufgeblasen ... Vgl. ›Die acht Oktavhefte. Das dritte Oktavheft.‹ S. 57

10 Die richtige Erklärung ist ... Vgl. ›Die acht Oktavhefte. Das dritte Oktavheft.‹ S. 57

11/12 Verschiedenheit der Anschauungen ... Vgl. ›Die acht Oktavhefte. Das dritte Oktavheft.‹ S. 57. Aufgenommen unter dem Sammeltitel ›Aus den Aphorismen‹ in der Abteilung ›II (Aus einer geschlossenen Aphorismenreihe 1917–1919)‹ in ›Vor dem Gesetz.‹ Berlin: Schocken (= Bücherei des Schocken Verlags 19) 1934

13 Ein erstes Zeichen beginnender Erkenntnis ... Vgl. ›Die acht Oktavhefte. Das erste Oktavheft.‹ S. 60. Aufgenommen unter dem Sammeltitel ›Aus den Aphorismen‹ in der Abteilung ›II (Aus einer geschlossenen Aphorismenreihe 1917–1919)‹ in ›Vor dem Gesetz.‹ Berlin: Schocken (= Bücherei des Schocken Verlags 19) 1934

14 ☆ *Gingest du über eine Ebene* ... Vgl. ›Die acht Oktavhefte. Das dritte Oktavheft.‹ S. 60. Aufgenommen unter dem Sammeltitel ›Aus Kafkas Tagebüchern‹ in ›Der Monat‹, Heft 8/9. München: Die Neue Zeitung 1949

15 Wie ein Weg im Herbst ... Vgl. ›Die acht Oktavhefte. Das dritte Oktavheft.‹ S. 60

16 Ein Käfig ging einen Vogel suchen. Vgl. ›Die acht Oktavhefte. Das dritte Oktavheft.‹ S. 60. Erstmals unter dem Sammeltitel ›Aphorismen. Aus dem Nachlaß‹ in ›Die Weltbühne.‹ Der Schaubühne XX. Jahr, Nr. 27. Charlottenburg: Verlag der Weltbühne, 3. Juli 1924

17 An diesem Ort war ich noch niemals ... Vgl. ›Die acht Oktavhefte. Das dritte Oktavheft.‹ S. 61

18 Wenn es möglich gewesen wäre ... Vgl. ›Die acht Oktavhefte. Das dritte Oktavheft.‹ S. 61

19 ☆ *Laß dich vom Bösen nicht glauben machen* ... Vgl. ›Die acht Oktavhefte. Das dritte Oktavheft.‹ S. 61

20 Leoparden brechen in den Tempel ein ... Vgl. ›Die acht Oktavhefte.

Das dritte Oktavheft.‹ S. 61. Aufgenommen unter dem Sammeltitel ›Aus den Aphorismen‹ in der Abteilung ›II (Aus einer geschlossenen Aphorismenreihe 1917–1919)‹ in ›Vor dem Gesetz‹. Berlin: Schocken (= Bücherei des Schocken Verlags 19) 1934

21 *So fest wie die Hand den Stein hält* ... Vgl. ›Die acht Oktavhefte. Das dritte Oktavheft.‹ S. 61

22 *Du bist die Aufgabe* ... Vgl. ›Die acht Oktavhefte. Das dritte Oktavheft.‹ S. 61

23 *Vom wahren Gegner fährt grenzenloser Mut in dich.* Vgl. ›Die acht Oktavhefte. Das dritte Oktavheft.‹ S. 61. Aufgenommen unter dem Sammeltitel ›Aus Kafkas Tagebüchern‹ in ›Der Monat‹, Heft 8/9. München: Die Neue Zeitung 1949

24 *Das Glück begreifen* ... Vgl. ›Die acht Oktavhefte. Das dritte Oktavheft.‹ S. 61

25 *Wie kann man sich über die Welt freuen* ... Vgl. ›Die acht Oktavhefte. Das dritte Oktavheft.‹ S. 61. Erstmals unter dem Sammeltitel ›Aphorismen. Aus dem Nachlaß‹ in ›Die Weltbühne.‹ Der Schaubühne XX. Jahr, Nr. 27. Charlottenburg: Verlag der Weltbühne, 3. Juli 1924. Aufgenommen unter dem Sammeltitel ›Aus Kafkas Tagebüchern‹ in ›Der Monat‹, Heft 8/9. München: Die Neue Zeitung 1949

26☆ *Verstecke sind unzählige* ... Vgl. ›Die acht Oktavhefte. Das dritte Oktavheft.‹ S. 61

☆ *Es gibt ein Ziel, aber keinen Weg* ... Vgl. ›Die acht Oktavhefte. Das dritte Oktavheft.‹ S. 61. Aufgenommen unter dem Sammeltitel ›Aus den Aphorismen‹ in der Abteilung ›II (Aus einer geschlossenen Aphorismenreihe 1917–1919)‹ in ›Vor dem Gesetz.‹ Berlin: Schocken (= Bücherei des Schocken Verlags 19) 1934

27 *Das Negative zu tun* ... Vgl. ›Die acht Oktavhefte. Das dritte Oktavheft.‹ S. 61. Erstmals unter dem Sammeltitel ›Aphorismen. Aus dem Nachlaß‹ in ›Die Weltbühne.‹ Der Schaubühne XX. Jahr, Nr. 27. Charlottenburg: Verlag der Weltbühne, 3. Juli 1924. Aufgenommen unter dem Sammeltitel ›Aus den Aphorismen‹ in der Abteilung ›II (Aus einer geschlossenen Aphorismenreihe 1917–1919)‹ in ›Vor dem Gesetz.‹ Berlin: Schocken (= Bücherei des Schocken Verlags 19) 1934. Ebenfalls aufgenommen unter dem Sammeltitel ›Aus Kafkas Tagebüchern‹ in ›Der Monat‹, Heft 8/9. München: Die Neue Zeitung 1949

28 *Wenn man einmal das Böse bei sich aufgenommen hat* ... Vgl. ›Die acht Oktavhefte. Das dritte Oktavheft.‹ S. 62

29 *Die Hintergedanken, mit denen du das Böse in dich aufnimmst* ... Vgl. ›Die acht Oktavhefte. Das dritte Oktavheft.‹ S. 62

☆ *Das Tier entwindet dem Herrn die Peitsche* ... Vgl. ›Die acht Oktavhefte. Das dritte Oktavheft.‹ S. 62

30 *Das Gute ist in gewissem Sinne trostlos.* Vgl. ›Die acht Oktavhefte. Das dritte Oktavheft.‹ S. 63
31 *Nach Selbstbeherrschung strebe ich nicht* ... Vgl. ›Die acht Oktavhefte. Das dritte Oktavheft.‹ S. 63
32 *Die Krähen behaupten* ... Vgl. ›Die acht Oktavhefte. Das dritte Oktavheft.‹ S. 63. Aufgenommen unter dem Sammeltitel ›Aus den Aphorismen‹ in der Abteilung ›II (Aus einer geschlossenen Aphorismenreihe 1917–1919)‹ in ›Vor dem Gesetz.‹ Berlin: Schocken (= Bücherei des Schocken Verlags 19) 1934
33 ☆ *Die Märtyrer unterschätzen den Leib* ... Vgl. ›Die acht Oktavhefte. Das dritte Oktavheft.‹ S. 63
34 *Sein Ermatten ist das des Gladiators* ... Vgl. ›Die acht Oktavhefte. Das dritte Oktavheft.‹ S. 63
35 *Es gibt kein Haben* ... Vgl. ›Die acht Oktavhefte. Das dritte Oktavheft.‹ S. 64
36 *Früher begriff ich nicht* ... Vgl. ›Die acht Oktavhefte. Das dritte Oktavheft.‹ S. 64. Erstmals unter dem Sammeltitel ›Aphorismen. Aus dem Nachlaß‹ in ›Die Weltbühne.‹ Der Schaubühne XX. Jahr, Nr. 27. Charlottenburg: Verlag der Weltbühne, 3. Juli 1924
37 *Seine Antwort auf die Behauptung* ... Vgl. ›Die acht Oktavhefte. Das dritte Oktavheft.‹ S. 64
38 *Einer staunte darüber, wie leicht er den Weg* ... Vgl. ›Die acht Oktavhefte. Das dritte Oktavheft.‹ S. 64. Aufgenommen unter dem Sammeltitel ›Aus den Aphorismen‹ in der Abteilung ›II (Aus einer geschlossenen Aphorismenreihe 1917–1919)‹ in ›Vor dem Gesetz.‹ Berlin: Schocken (= Bücherei des Schocken Verlags 19) 1934
39a *Dem Bösen kann man nicht in Raten zahlen* ... Vgl. ›Die acht Oktavhefte. Das dritte Oktavheft.‹ S. 64f. Ein Teilstück aufgenommen unter dem Sammeltitel ›Aus Kafkas Tagebüchern‹ in ›Der Monat‹, Heft 8/9. München: Die Neue Zeitung 1949
39b *Der Weg ist unendlich* ... Vgl. ›Die acht Oktavhefte. Das dritte Oktavheft.‹ S. 65
40 *Nur unser Zeitbegriff läßt uns das Jüngste Gericht so nennen* ... Vgl. ›Die acht Oktavhefte. Das dritte Oktavheft.‹ S. 65. Aufgenommen unter dem Sammeltitel ›Aus den Aphorismen‹ in der Abteilung ›II (Aus einer geschlossenen Aphorismenreihe 1917–1919)‹ in ›Vor dem Gesetz.‹ Berlin: Schocken (= Bücherei des Schocken Verlags 19) 1934
41 *Das Mißverhältnis der Welt* ... Vgl. ›Die acht Oktavhefte. Das dritte Oktavheft.‹ S. 65. Erstmals unter dem Sammeltitel ›Aphorismen. Aus dem Nachlaß‹ in ›Die Weltbühne.‹ Der Schaubühne XX. Jahr, Nr. 27. Charlottenburg: Verlag der Weltbühne, 3. Juli 1924
42 *Den ekel- und haßerfüllten Kopf auf die Brust senken.* Vgl. ›Die acht Oktavhefte. Das dritte Oktavheft.‹ S. 65. Erstmals ohne Titel in der

Abteilung ›Meditationen‹ in ›Tagebücher und Briefe.‹ Prag: Heinrich Mercy Sohn (= Gesammelte Schriften. Herausgegeben von Max Brod in Gemeinschaft mit Heinz Politzer. Band VI) 1937

43 *Noch spielen die Jagdhunde im Hof* ... Vgl. ›Die acht Oktavhefte. Das dritte Oktavheft.‹ S. 66. Aufgenommen unter dem Sammeltitel ›Aus den Aphorismen‹ in der Abteilung ›II (Aus einer geschlossenen Aphorismenreihe 1917–1919)‹ in ›Vor dem Gesetz.‹ Berlin: Schocken (= Bücherei des Schocken Verlags 19) 1934

44 *Lächerlich hast du dich aufgeschirrt für diese Welt.* Vgl. ›Die acht Oktavhefte. Das dritte Oktavheft.‹ S. 66

45 *Je mehr Pferde du anspannst, desto rascher gehts* ... Vgl. ›Die acht Oktavhefte. Das dritte Oktavheft.‹ S. 66

46 *Das Wort ›sein‹ bedeutet im Deutschen* ... Vgl. ›Die acht Oktavhefte. Das dritte Oktavheft.‹ S. 66

47 *Es wurde ihnen die Wahl gestellt* ... Vgl. ›Die acht Oktavhefte. Das dritte Oktavheft.‹ S. 66. Erstmals unter dem Sammeltitel ›Aphorismen. Aus dem Nachlaß‹ in ›Die Weltbühne.‹ Der Schaubühne XX. Jahr, Nr. 27. Charlottenburg: Verlag der Weltbühne, 3. Juli 1924. Aufgenommen unter dem Sammeltitel ›Aus den Aphorismen‹ in der Abteilung ›II (Aus einer geschlossenen Aphorismenreihe 1917–1919)‹ in ›Vor dem Gesetz.‹ Berlin: Schocken (= Bücherei des Schocken Verlags 19) 1934. Unter dem Titel ›Kuriere‹ ebenfalls aufgenommen unter dem Sammeltitel ›Aus Franz Kafkas Parabeln‹ in ›Der Monat‹, Heft 8/9. München: Die Neue Zeitung 1949

48 *An Fortschritt glauben heißt nicht glauben* ... Vgl. ›Die acht Oktavhefte. Das dritte Oktavheft.‹ S. 67. Aufgenommen unter dem Sammeltitel ›Aus Kafkas Tagebüchern‹ in ›Der Monat‹, Heft 8/9. München: Die Neue Zeitung 1949

49 *A. ist ein Virtuose und der Himmel ist sein Zeuge.* Vgl. ›Die acht Oktavhefte. Das dritte Oktavheft.‹ S. 67

50☆ *Der Mensch kann nicht leben ohne ein dauerndes Vertrauen* ... Vgl. ›Die acht Oktavhefte. Das dritte Oktavheft.‹ S. 67. Erstmals in ›Der Turm‹, 1. Jg., Nr. 7. Wien: Adolf Holzhausens Nfg., Februar 1946

51☆ *Es bedurfte der Vermittlung der Schlange* ... Vgl. ›Die acht Oktavhefte. Das dritte Oktavheft.‹ S. 67

52☆ *Im Kampf zwischen dir und der Welt sekundiere der Welt.* Vgl. ›Die acht Oktavhefte. Das dritte Oktavheft.‹ S. 67. Erstmals unter dem Sammeltitel ›Aphorismen aus dem Nachlaß‹ in ›Die Neue Rundschau.‹ XXXVI. Jahrgang der freien Bühne, Fünftes Heft. Berlin und Leipzig: S. Fischer, Mai 1925. Aufgenommen unter dem Sammeltitel ›Aus Kafkas Tagebüchern‹ in ›Der Monat‹, Heft 8/9. München: Die Neue Zeitung 1949

53 *Man darf niemanden betrügen* ... Vgl. ›Die acht Oktavhefte. Das

dritte Oktavheft.‹ S. 67. Erstmals unter dem Sammeltitel ›Aphorismen aus dem Nachlaß‹ in ›Die Neue Rundschau.‹ XXXVI. Jahrgang der freien Bühne, Fünftes Heft. Berlin und Leipzig: S. Fischer 1925. Aufgenommen unter dem Sammeltitel ›Aus Kafkas Tagebüchern‹ in ›Der Monat‹, Heft 8/9. München: Die Neue Zeitung 1949

54 *Es gibt nichts als eine geistige Welt* ... Vgl. ›Die acht Oktavhefte. Das dritte Oktavheft.‹ S. 67f. Erstmals unter dem Sammeltitel ›Aphorismen. Aus dem Nachlaß‹ in ›Der Neue Merkur.‹ Monatshefte. Herausgegeben von Efraim Frisch. Stuttgart: Deutsche Verlagsanstalt, November 1924

☆ *Mit stärkstem Licht kann man die Welt auflösen* ... Vgl. ›Die acht Oktavhefte. Das dritte Oktavheft.‹ S. 68. Erstmals unter dem Sammeltitel ›Aphorismen. Aus dem Nachlaß‹ in ›Die Weltbühne.‹ Der Schaubühne XX. Jahr. Charlottenburg: Verlag der Weltbühne, 3. Juli 1924; unter dem Sammeltitel ›Aphorismen. Aus dem Nachlaß‹ in ›Der Neue Merkur.‹ Monatshefte. Herausgegeben von Efraim Frisch. Stuttgart: Deutsche Verlagsanstalt, November 1924

55 *Alles ist Betrug* ... Vgl. ›Die acht Oktavhefte. Das dritte Oktavheft.‹ S. 68. Erstmals unter dem Sammeltitel ›Aphorismen. Aus dem Nachlaß‹ in ›Der Neue Merkur.‹ Monatshefte. Herausgegeben von Efraim Frisch. Stuttgart: Deutsche Verlagsanstalt, November 1924. Aufgenommen unter dem Sammeltitel ›Aus den Aphorismen‹ in der Abteilung ›II (Aus einer geschlossenen Aphorismenreihe 1917–1919)‹ in ›Vor dem Gesetz.‹ Berlin: Schocken (= Bücherei des Schocken Verlags 19) 1934

56 *Es gibt Fragen, über die wir nicht hinwegkommen könnten* ... Vgl. ›Die acht Oktavhefte. Das dritte Oktavheft.‹ S. 68. Erstmals unter dem Sammeltitel ›Aphorismen aus dem Nachlaß‹ in ›Die Neue Rundschau.‹ XXXVI. Jahrgang der freien Bühne, Fünftes Heft. Berlin und Leipzig: S. Fischer, Mai 1925

57 *Die Sprache kann für alles außerhalb der sinnlichen Welt* ... Vgl. ›Die acht Oktavhefte. Das dritte Oktavheft.‹ S. 68. Erstmals unter dem Sammeltitel ›Aphorismen. Aus dem Nachlaß‹ in ›Der Neue Merkur.‹ Monatshefte. Herausgegeben von Efraim Frisch. Stuttgart: Deutsche Verlagsanstalt, November 1924

58☆ *Man lügt möglichst wenig* ... Vgl. ›Die acht Oktavhefte. Das dritte Oktavheft.‹ S. 68. Erstmals unter dem Sammeltitel ›Aphorismen. Aus dem Nachlaß‹ in ›Der Neue Merkur.‹ Monatshefte. Herausgegeben von Efraim Frisch. Stuttgart: Deutsche Verlagsanstalt, November 1924

59☆ *Eine durch Schritte nicht tief ausgehöhlte Treppenstufe ist* ... Vgl. ›Die acht Oktavhefte. Das dritte Oktavheft.‹ S. 69. Erstmals unter dem Sammeltitel ›Aphorismen. Aus dem Nachlaß‹ in ›Der Neue

Merkur.‹ Monatshefte. Herausgegeben von Efraim Frisch. Stuttgart: Deutsche Verlagsanstalt, November 1924

60 *Wer der Welt entsagt* ... Vgl. ›Die acht Oktavhefte. Das dritte Oktavheft.‹ S. 69

61☆ *Wer innerhalb der Welt seinen Nächsten liebt* ... Vgl. ›Die acht Oktavhefte. Das dritte Oktavheft.‹ S. 69

62 *Die Tatsache, daß es nichts anderes gibt als eine geistige Welt* ... Vgl. ›Die acht Oktavhefte. Das dritte Oktavheft.‹ S. 69

63 *Unsere Kunst ist ein von der Wahrheit Geblendet-Sein* ... Vgl. ›Die acht Oktavhefte. Das dritte Oktavheft.‹ S. 69

64/65 *Die Vertreibung aus dem Paradies ist in ihrem Hauptteil ewig* ... Vgl. ›Die acht Oktavhefte. Das dritte Oktavheft.‹ S. 69. Erstmals unter dem Sammeltitel ›Aphorismen aus dem Nachlaß‹ in ›Die Neue Rundschau.‹ XXXVI. Jahrgang der freien Bühne, Fünftes Heft. Berlin und Leipzig: S. Fischer, Mai 1925

66 *Er ist ein freier und gesicherter Bürger der Erde* ... Vgl. ›Die acht Oktavhefte. Das dritte Oktavheft.‹ S. 70. Erstmals unter dem Sammeltitel ›Aphorismen. Aus dem Nachlaß‹ in ›Der Neue Merkur.‹ Monatshefte. Herausgegeben von Efraim Frisch. Stuttgart: Deutsche Verlagsanstalt, November 1924. Aufgenommen unter dem Sammeltitel ›Aus den Aphorismen‹ in der Abteilung ›II (Aus einer geschlossenen Aphorismenreihe 1917–1919)‹ in ›Vor dem Gesetz.‹ Berlin: Schocken (= Bücherei des Schocken Verlags 19) 1934

67 *Er läuft den Tatsachen nach* ... Vgl. ›Die acht Oktavhefte. Das dritte Oktavheft.‹ S. 71. Erstmals unter dem Sammeltitel ›Aphorismen. Aus dem Nachlaß‹ in ›Der Neue Merkur.‹ Monatshefte. Herausgegeben von Efraim Frisch. Stuttgart: Deutsche Verlagsanstalt, November 1924

68 *Was ist fröhlicher als der Glaube an einen Hausgott!* Vgl. ›Die acht Oktavhefte. Das dritte Oktavheft.‹ S. 71. Erstmals unter dem Sammeltitel ›Aphorismen. Aus dem Nachlaß‹ in ›Der Neue Merkur.‹ Monatshefte. Herausgegeben von Efraim Frisch. Stuttgart: Deutsche Verlagsanstalt, November 1924

69 *Theoretisch gibt es eine vollkommene Glücksmöglichkeit* ... Vgl. ›Die acht Oktavhefte. Das dritte Oktavheft.‹ S. 71. Erstmals unter dem Sammeltitel ›Aphorismen aus dem Nachlaß‹ in ›Die Neue Rundschau.‹ XXXVI. Jahrgang der freien Bühne, Fünftes Heft. Berlin und Leipzig: S. Fischer, Mai 1925

70/71 *Das Unzerstörbare ist eines* ... Vgl. ›Die acht Oktavhefte. Das dritte Oktavheft.‹ S. 71

72☆ *Es gibt im gleichen Menschen Erkenntnisse* ... Vgl. ›Die acht Oktavhefte. Das dritte Oktavheft.‹ S. 72. Erstmals unter dem Sammeltitel ›Aphorismen. Aus dem Nachlaß‹ in ›Der Neue Merkur.‹ Monatshefte. Herausgegeben von Efraim Frisch. Stuttgart: Deutsche Verlagsanstalt, November 1924

73 *Er frißt den Abfall vom eigenen Tisch* ... Vgl. ›Die acht Oktavhefte. Das dritte Oktavheft.‹ S. 72. Erstmals unter dem Sammeltitel ›Aphorismen aus dem Nachlaß‹ in ›Die Neue Rundschau.‹ XXXVI. Jahrgang der freien Bühne, Fünftes Heft. Berlin und Leipzig: S. Fischer, Mai 1925. Aufgenommen unter dem Sammeltitel ›Aus den Aphorismen‹ in der Abteilung ›II (Aus einer geschlossenen Aphorismenreihe 1917–1919)‹ in ›Vor dem Gesetz.‹ Berlin: Schocken (= Bücherei des Schocken Verlags 19) 1934

74 *Wenn das, was im Paradies zerstört worden sein soll* ... Vgl. ›Die acht Oktavhefte. Das dritte Oktavheft.‹ S. 72. Aufgenommen unter dem Sammeltitel ›Aus den Aphorismen‹ in der Abteilung ›II (Aus einer geschlossenen Aphorismenreihe 1917–1919)‹ in ›Vor dem Gesetz.‹ Berlin: Schocken (= Bücherei des Schocken Verlags 19) 1934

75 ☆ *Prüfe dich an der Menschheit* ... Vgl. ›Die acht Oktavhefte. Das dritte Oktavheft.‹ S. 72. Erstmals unter dem Sammeltitel ›Aphorismen. Aus dem Nachlaß‹ in ›Der Neue Merkur.‹ Monatshefte. Herausgegeben von Efraim Frisch. Stuttgart: Deutsche Verlagsanstalt, November 1924

76 *Dieses Gefühl: ›hier ankere ich nicht‹* ... Vgl. ›Die acht Oktavhefte. Das dritte Oktavheft.‹ S. 72. Erstmals unter dem Sammeltitel ›Aphorismen. Aus dem Nachlaß‹ in ›Der Neue Merkur.‹ Monatshefte. Herausgegeben von Efraim Frisch. Stuttgart: Deutsche Verlagsanstalt, November 1924

☆ *Ein Umschwung* ... Vgl. ›Die acht Oktavhefte. Das dritte Oktavheft.‹ S. 72. Erstmals unter dem Sammeltitel ›Aphorismen. Aus dem Nachlaß‹ in ›Der Neue Merkur.‹ Monatshefte. Herausgegeben von Efraim Frisch. Stuttgart: Deutsche Verlagsanstalt, November 1924

77 *Verkehr mit Menschen verführt zur Selbstbeobachtung*. Vgl. ›Die acht Oktavhefte. Das dritte Oktavheft.‹ S. 72. Erstmals unter dem Sammeltitel ›Aphorismen. Aus dem Nachlaß‹ in ›Der Neue Merkur.‹ Monatshefte. Herausgegeben von Efraim Frisch. Stuttgart: Deutsche Verlagsanstalt, November 1924

78 *Der Geist wird erst frei* ... Vgl. ›Die acht Oktavhefte. Das dritte Oktavheft.‹ S. 72. Erstmals unter dem Sammeltitel ›Aphorismen. Aus dem Nachlaß‹ in ›Der Neue Merkur.‹ Monatshefte. Herausgegeben von Efraim Frisch. Stuttgart: Deutsche Verlagsanstalt, November 1924

79 *Die sinnliche Liebe täuscht über die himmlische hinweg* ... Vgl. ›Die acht Oktavhefte. Das dritte Oktavheft.‹ S. 73. Erstmals unter dem Sammeltitel ›Aphorismen. Aus dem Nachlaß‹ in ›Der Neue Merkur.‹

Monatshefte. Herausgegeben von Efraim Frisch. Stuttgart: Deutsche Verlagsanstalt, November 1924

80 *Wahrheit ist unteilbar* ... Vgl. ›Die acht Oktavhefte. Das dritte Oktavheft.‹ S. 73. Erstmals unter dem Sammeltitel ›Aphorismen. Aus dem Nachlaß‹ in ›Der Neue Merkur.‹ Monatshefte. Herausgegeben von Efraim Frisch. Stuttgart: Deutsche Verlagsanstalt, November 1924. Aufgenommen unter dem Sammeltitel ›Aus den Aphorismen‹ in der Abteilung ›II (Aus einer geschlossenen Aphorismenreihe 1917–1919)‹ in ›Vor dem Gesetz.‹ Berlin: Schocken (= Bücherei des Schocken Verlags 19) 1934

81 *Niemand kann verlangen, was ihm im letzten Grunde schadet* ... Vgl. ›Die acht Oktavhefte. Das dritte Oktavheft.‹ S. 73. Erstmals unter dem Sammeltitel ›Aphorismen. Aus dem Nachlaß‹ in ›Der Neue Merkur.‹ Monatshefte. Herausgegeben von Efraim Frisch. Stuttgart: Deutsche Verlagsanstalt, November 1924

82 *Warum klagen wir wegen des Sündenfalls?* ... Vgl. ›Die acht Oktavhefte. Das dritte Oktavheft.‹ S. 73

83 *Wir sind nicht nur deshalb sündig* ... Vgl. ›Die acht Oktavhefte. Das dritte Oktavheft.‹ S. 74. Erstmals unter dem Sammeltitel ›Aphorismen aus dem Nachlaß‹ in ›Die Neue Rundschau.‹ XXXVI. Jahrgang der freien Bühne, Fünftes Heft. Berlin und Leipzig: S. Fischer, Mai 1925. Aufgenommen unter dem Sammeltitel ›Aus den Aphorismen‹ in der Abteilung ›II (Aus einer geschlossenen Aphorismenreihe 1917–1919)‹ in ›Vor dem Gesetz.‹ Berlin: Schocken (= Bücherei des Schocken Verlags 19) 1934

84 *Wir wurden geschaffen, um im Paradies zu leben* ... Vgl. ›Die acht Oktavhefte. Das dritte Oktavheft.‹ S. 75

85 *Das Böse ist eine Ausstrahlung des menschlichen Bewußtseins* ... Vgl. ›Die acht Oktavhefte. Das dritte Oktavheft.‹ S. 75

86 *Seit dem Sündenfall sind wir in der Erkenntnis des Guten und Bösen* ... Vgl. ›Die acht Oktavhefte. Das dritte Oktavheft.‹ S. 76

87 *Ein Glaube wie ein Fallbeil, so schwer, so leicht.* Vgl. ›Die acht Oktavhefte. Das dritte Oktavheft.‹ S. 77. Erstmals unter dem Sammeltitel ›Aphorismen. Aus dem Nachlaß‹ in ›Der Neue Merkur.‹ Monatshefte. Herausgegeben von Efraim Frisch. Stuttgart: Deutsche Verlagsanstalt, November 1924. Aufgenommen unter dem Sammeltitel ›Aus den Aphorismen‹ in der Abteilung ›II (Aus einer geschlossenen Aphorismenreihe 1917–1919)‹ in ›Vor dem Gesetz.‹ Berlin. Schocken (= Bücherei des Schocken Verlags 19) 1934

88 *Der Tod ist vor uns* ... Vgl. ›Die acht Oktavhefte. Das dritte Oktavheft.‹ S. 77

89 *Ein Mensch hat freien Willen* ... Vgl. ›Die acht Oktavhefte. Das vierte Oktavheft.‹ S. 87

90☆ *Zwei Möglichkeiten: sich unendlich klein machen oder es sein* ... Vgl. ›Die acht Oktavhefte. Das dritte Oktavheft.‹ S. 78
91☆ *Zur Vermeidung eines Wortirrtums* ... Vgl. ›Die acht Oktavhefte. Das dritte Oktavheft.‹ S. 78
92☆ *Die erste Götzenanbetung war gewiß Angst vor den Dingen* ... Vgl. ›Die acht Oktavhefte. Das vierte Oktavheft.‹ S. 78
93☆ *Zum letztenmal Psychologie!* Vgl. ›Die acht Oktavhefte. Das vierte Oktavheft.‹ S. 79
94 *Zwei Aufgaben des Lebensanfangs* ... Vgl. ›Die acht Oktavhefte. Das vierte Oktavheft.‹ S. 79. Erstmals in ›Der Turm‹, 1. Jg., Nr. 7. Wien: Adolf Holzhausens Nfg., Februar 1946
95☆ *Das Böse ist manchmal in der Hand wie ein Werkzeug* ... Vgl. ›Die acht Oktavhefte. Das vierte Oktavheft.‹ S. 79
96 *Die Freuden dieses Lebens sind nicht die seinen* ... Vgl. ›Die acht Oktavhefte. Das vierte Oktavheft.‹ S. 79
97 *Nur hier ist Leiden Leiden* ... Vgl. ›Die acht Oktavhefte. Das vierte Oktavheft.‹ S. 80
98☆ *Die Vorstellung von der unendlichen Weite und Fülle des Kosmos* ... Vgl. ›Die acht Oktavhefte. Das vierte Oktavheft.‹ S. 81
99 *Wieviel bedrückender als die unerbittlichste Überzeugung* ... Vgl. ›Die acht Oktavhefte. Das vierte Oktavheft.‹ S. 83
☆ *Manche nehmen an, daß neben dem großen Urbetrug* ... Vgl. ›Die acht Oktavhefte. Das vierte Oktavheft.‹ S. 83. Aufgenommen unter dem Sammeltitel ›Aus den Aphorismen‹ in der Abteilung ›II (Aus einer geschlossenen Aphorismenreihe 1917–1919)‹ in ›Vor dem Gesetz.‹ Berlin: Schocken (= Bücherei des Schocken Verlags 19) 1934
100 *Es kann ein Wissen vom Teuflischen geben* ... Vgl. ›Die acht Oktavhefte. Das vierte Oktavheft.‹ S. 86. Aufgenommen unter dem Sammeltitel ›Aus den Aphorismen‹ in der Abteilung ›II (Aus einer geschlossenen Aphorismenreihe 1917–1919)‹ in ›Vor dem Gesetz.‹ Berlin: Schocken (= Bücherei des Schocken Verlags 19) 1934
101 *Die Sünde kommt immer offen und ist mit den Sinnen gleich zu fassen* ... Vgl. ›Die acht Oktavhefte. Das vierte Oktavheft.‹ S. 86
102 *Alle Leiden um uns müssen auch wir leiden* ... Vgl. ›Die acht Oktavhefte. Das vierte Oktavheft.‹ S. 86
103 *Du kannst dich zurückhalten von den Leiden der Welt* ... Vgl. ›Die acht Oktavhefte. Das vierte Oktavheft.‹ S. 87. Aufgenommen unter dem Sammeltitel ›Aus den Aphorismen‹ in der Abteilung ›II (Aus einer geschlossenen Aphorismenreihe 1917–1919)‹ in ›Vor dem Gesetz.‹ Berlin: Schocken (= Bücherei des Schocken Verlags 19) 1934. Ebenfalls aufgenommen unter dem Sammeltitel ›Aus Kafkas Tagebüchern‹ in ›Der Monat‹, Heft 8/9. München: Die Neue Zeitung 1949
105 *Das Verführungsmittel dieser Welt sowie das Zeichen der Bürgschaft dafür* ... Vgl. ›Die acht Oktavhefte. Das vierte Oktavheft.‹ S. 87

106 Die Demut gibt jedem, auch dem einsam Verzweifelnden ... Vgl. ›Die acht Oktavhefte. Das vierte Oktavheft.‹ S. 88

☆ *Kannst du denn etwas anderes kennen als den Betrug?* ... Vgl. ›Die acht Oktavhefte. Das vierte Oktavheft.‹ S. 88

107 Alle sind zu A. sehr freundlich ... Vgl. ›Die acht Oktavhefte. Das vierte Oktavheft.‹ S. 90f.

108 »Dann aber kehrte er zu seiner Arbeit zurück ...« Vgl. ›Die acht Oktavhefte. Das vierte Oktavheft.‹ S. 91

109 »Daß es uns an Glauben fehle, kann man nicht sagen ...« Vgl. ›Die acht Oktavhefte. Das vierte Oktavheft.‹ S. 91

☆ *Es ist nicht notwendig, daß du aus dem Hause gehst* ... Vgl. ›Die acht Oktavhefte. Das vierte Oktavheft.‹ S. 91. Aufgenommen unter dem Sammeltitel ›Aus den Aphorismen‹ in der Abteilung ›II (Aus einer geschlossenen Aphorismenreihe 1917–1919)‹ in ›Vor dem Gesetz.‹ Berlin: Schocken (= Bücherei des Schocken Verlags 19) 1934. Ebenfalls aufgenommen in ›Der Turm‹, 1. Jg., Nr. 7. Wien: Adolf Holzhausens Nfg., Februar 1946, sowie unter dem Sammeltitel ›Aus Kafkas Tagebüchern‹ in ›Der Monat‹, Heft 8/9. München: Die Neue Zeitung 1949

Die acht Oktavhefte. In dieser geschlossenen Form erstmals in ›Hochzeitsvorbereitungen auf dem Lande und andere Prosa aus dem Nachlaß.‹ Frankfurt am Main: S. Fischer (= Gesammelte Werke. Herausgegeben von Max Brod) 1953

Das erste Oktavheft

Der Eintrag »In unserem Haus, diesem ungeheuren Vorstadthaus ...« erstmals unter dem Titel ›Der Aufruf‹ in der Abteilung ›Fragmente‹ innerhalb der Gruppe ›Tagebuchnotizen aus anderen Heften‹ in ›Tagebücher und Briefe.‹ Prag: Heinrich Mercy Sohn (= Gesammelte Schriften. Herausgegeben von Max Brod in Gemeinschaft mit Heinz Politzer. Band VI) 1937

Die Eintragungen »19. 2. 1917. Heute gelesen ›Hermann und Dorothea‹ ...« und »Ich habe – wer kann noch so frei von seinen Fähigkeiten sprechen ...« erstmals ohne Titel in der Abteilung ›Fragmente‹ innerhalb der Gruppe ›Tagebuchnotizen aus anderen Heften‹ in ›Tagebücher und Briefe.‹ Prag: Heinrich Mercy Sohn (= Gesammelte Schriften. Herausgegeben von Max Brod in Gemeinschaft mit Heinz Politzer. Band VI) 1937

Das dritte Oktavheft

Der Eintrag »Wir sind mit dem irdisch befleckten Auge gesehn ...« erstmals ohne Titel in der Abteilung ›Meditationen‹ in ›Tagebücher und Briefe.‹ Prag: Heinrich Mercy Sohn (= Gesammelte Schriften. Herausgegeben von Max Brod in Gemeinschaft mit Heinz Politzer. Band VI) 1937

›Eine alltägliche Verwirrung‹ erstmals in ›Beim Bau der Chinesischen

Mauer.‹ Ungedruckte Erzählungen und Prosa aus dem Nachlaß. Herausgegeben von Max Brod und Hans Joachim Schoeps. Berlin: Gustav Kiepenheuer 1931. Aufgenommen in ›Beschreibung eines Kampfes.‹ Novellen, Skizzen, Aphorismen, Aus dem Nachlaß. Prag: Heinrich Mercy Sohn (= Gesammelte Schriften. Herausgegeben von Max Brod in Gemeinschaft mit Heinz Politzer. Band V) 1936

Der Eintrag »Das Teuflische nimmt manchmal das Aussehn des Guten an ...« erstmals ohne Titel in der Abteilung ›Meditationen‹ in ›Tagebücher und Briefe.‹ Prag: Heinrich Mercy Sohn (= Gesammelte Schriften. Herausgegeben von Max Brod in Gemeinschaft mit Heinz Politzer. Band VI) 1937

›Die Wahrheit über Sancho Pansa‹ erstmals in ›Beim Bau der Chinesischen Mauer.‹ Ungedruckte Erzählungen und Prosa aus dem Nachlaß. Herausgegeben von Max Brod und Hans Joachim Schoeps. Berlin: Gustav Kiepenheuer 1931. Aufgenommen in ›Beschreibung eines Kampfes.‹ Novellen, Skizzen, Aphorismen, Aus dem Nachlaß. Prag: Heinrich Mercy Sohn (= Gesammelte Schriften. Herausgegeben von Max Brod in Gemeinschaft mit Heinz Politzer. Band V) 1936

›Das Schweigen der Sirenen‹ erstmals in ›Beim Bau der Chinesischen Mauer.‹ Ungedruckte Erzählungen und Prosa aus dem Nachlaß. Herausgegeben von Max Brod und Hans Joachim Schoeps. Berlin: Gustav Kiepenheuer 1931. Aufgenommen in ›Beschreibung eines Kampfes.‹ Novellen, Skizzen, Aphorismen, Aus dem Nachlaß. Prag: Heinrich Mercy Sohn (= Gesammelte Schriften. Herausgegeben von Max Brod in Gemeinschaft mit Heinz Politzer. Band V) 1936

Die Eintragungen »Darauf kommt es an, wenn einem ein Schwert in die Seele schneidet ...«, »Der Dornbusch ist der alte Weg-Versperrer ...« und »Das Böse weiß vom Guten ...« erstmals ohne Titel in der Abteilung ›Meditationen‹ in ›Tagebücher und Briefe.‹ Prag: Heinrich Mercy Sohn (= Gesammelte Schriften. Herausgegeben von Max Brod in Gemeinschaft mit Heinz Politzer. Band VI) 1937

Der Eintrag »Ist die Tatsache der Religionen ein Beweis ...« erstmals ohne Titel in der Abteilung ›Meditationen‹ in ›Tagebücher und Briefe.‹ Prag: Heinrich Mercy Sohn (= Gesammelte Schriften. Herausgegeben von Max Brod in Gemeinschaft mit Heinz Politzer. Band VI) 1937. Aufgenommen in ›Der Turm‹, 1. Jg., Nr. 7. Wien: Adolf Holzhausens Nfg., Februar 1946

Die Eintragungen »Wer glaubt, kann keine Wunder erleben ...«, »Wer Wunder tut ...«, »Den Glauben richtig verteilen ...«, »Aussprache bedeutet nicht grundsätzlich ...«, »Das menschliche Urteil ...«, »Zölibat und Selbstmord ...«, »Die Guten gehn im gleichen Schritt ...«, »Ich kenne den Inhalt nicht ...«, »Eitelkeit macht häßlich ...«, »Der Messias wird kommen ...«, »Glauben heißt: das Unzerstörbare in sich befrein …«, »Müßiggang ist aller Laster Anfang …«, »Der Messias wird erst kommen …«, »Dreierlei: Sich als etwas Fremdes ansehn …«, »Der Himmel ist stumm …«, »Wenn ich dem Kind sage …«, »Der Beobachter der Seele …«, »Nicht jeder kann die Wahrheit sehn …«, »Wer sucht, findet nicht …«, »Hier wird es nicht entschieden …«, »Der Neger, der von der Weltausstellung …«, »Selbstvergessenheit und Selbstaufhebung …«, »Die Sorgen, mit deren Last …«, »Der Lehrer hat die wahre …« und »Daß unsere Aufgabe genauso groß ist wie unser Leben …« erstmals ohne Titel in der Abteilung ›Meditationen‹ in ›Tagebücher und Briefe.‹ Prag: Heinrich Mercy Sohn (= Gesammelte Schriften. Herausgegeben von Max Brod in Gemeinschaft mit Heinz Politzer. Band VI) 1937

›Prometheus‹ erstmals in ›Beim Bau der Chinesischen Mauer.‹ Ungedruckte Erzählungen und Prosa aus dem Nachlaß. Herausgegeben von Max Brod und Hans Joachim Schoeps. Berlin: Gustav Kiepenheuer 1931. Aufgenommen in ›Beschreibung eines Kampfes.‹ Novellen, Skizzen, Aphorismen, Aus dem Nachlaß. Prag: Heinrich Mercy Sohn (= Gesammelte Schriften. Herausgegeben von Max Brod in Gemeinschaft mit Heinz Politzer. Band V) 1936

Die Eintragungen »Das Gesetz der Quadrille …«, »Wir wurden aus dem Paradies vertrieben …«, »Gott sagte, daß Adam …«, »Der trostlose Gesichtskreis des Bösen …«, »Die Kunst fliegt um die Wahrheit …«, »Der Selbstmörder ist der Gefangene …«, »Erkenntnis haben wir …«, »Vor dem Betreten des Allerheiligsten …«, »Für den Sündenfall gab es drei Strafmöglichkeiten …« und »Wenn …, mußt du sterben …« erstmals ohne Titel in der Abteilung ›Meditationen‹ in ›Tagebücher und Briefe.‹ Prag: Heinrich Mercy Sohn (= Gesammelte Schriften. Herausgegeben von Max Brod in Gemeinschaft mit Heinz Politzer. Band VI) 1937

Das vierte Oktavheft

Die Eintragungen »Ich sollte Ewigkeit begrüßen …«, »Warum ist das Leichte so schwer …« [zusammen mit »Ewigkeit ist aber nicht das Stillstehen der Zeitlichkeit …«, jedoch unter Separatstellung des Satzes »An der Küste ist die Brandung am stärksten, so eng ist ihr Gebiet und so unüberwindlich«], »Es ist der alte Scherz …«, »Sein Haus bleibt in der allgemeinen Feuersbrunst …«, »Der Betrachtende ist in gewissem Sinne …« und »Die Welt kann nur von der Stelle aus …« erstmals ohne Titel in der Abteilung ›Meditationen‹ in ›Tagebücher und Briefe.‹ Prag: Heinrich Mercy Sohn (= Gesammelte Schriften. Herausgegeben von Max Brod und in Gemeinschaft mit Heinz Politzer. Band VI) 1937

Der Eintrag »Es ist nicht Trägheit, böser Wille …« erstmals ohne Titel in der Abteilung ›Fragmente‹ innerhalb der Gruppe ›Tagebuchno-

tizen aus anderen Heften‹ in ›Tagebücher und Briefe.‹ Prag: Heinrich Mercy Sohn (= Gesammelte Schriften. Herausgegeben von Max Brod in Gemeinschaft mit Heinz Politzer. Band VI) 1937
Die Eintragungen »Er fühlte es an der Schläfe ...«, »Niemand schafft hier mehr ...«, »Psychologie ist Lesen einer Spiegelschrift ...«, »Nach dem Tod eines Menschen ...«, »Das Grausamste des Todes ...«, »Die Klage am Sterbebett ...«, »Sonniger Morgen ...«, »Unsere Rettung ist der Tod ...«, »Jedem Menschen werden hier zwei Glaubensfragen ...«, »Die Nichtmittelbarkeit des Paradoxes ...«, »Ruhe im Allgemeinen ...«, »Es ist so, wie wenn das Hin und Her ...«, »Es gibt nicht diese Entwicklung ...«, »Abrahams geistige Armut ...«, »Abraham ist in folgender Täuschung begriffen ...«, »Neben seiner Beweisführung ...«, »Er hat zu viel Geist ...« und »Alles fügte sich ihm zu Bau ...« erstmals ohne Titel in der Abteilung ›Meditationen‹ in ›Tagebücher und Briefe.‹ Prag: Heinrich Mercy Sohn (= Gesammelte Schriften. Herausgegeben von Max Brod in Gemeinschaft mit Heinz Politzer. Band VI) 1937
Die Eintragungen »Bachaufwärts dem wandernden Wasser entgegen ...«, »Ach was wird uns bereitet ...« und »Kleine Seele ...« erstmals ohne Titel in der Abteilung ›Fragmente‹ innerhalb der Gruppe ›Tagebuchnotizen aus anderen Heften‹ in ›Tagebücher und Briefe.‹ Prag: Heinrich Mercy Sohn (= Gesammelte Schriften. Herausgegeben von Max Brod in Gemeinschaft mit Heinz Politzer. Band VI) 1937

Das fünfte Oktavheft

Die Eintragungen »Falls ich in nächster Zeit sterben ...«, »Du Rabe, sagte ich, du alter Unglücksrabe ...«, »Was immer es auch sei ...« und »Das Trauerjahr war vorüber ...« erstmals ohne Titel in der Abteilung ›Fragmente‹ innerhalb der Gruppe ›Tagebuchnotizen aus anderen Heften‹ in ›Tagebücher und Briefe.‹ Prag: Heinrich Mercy Sohn (= Gesammelte Schriften. Herausgegeben von Max Brod in Gemeinschaft mit Heinz Politzer. Band VI) 1937
Der Eintrag »Gestern war ich zum erstenmal in der Direktionskanzlei ...« erstmals unter dem Titel ›Neue Lampen‹ in der Abteilung ›Fragmente‹ innerhalb der Gruppe ›Tagebuchnotizen aus anderen Heften‹ in ›Tagebücher und Briefe.‹ Prag: Heinrich Mercy Sohn (= Gesammelte Schriften. Herausgegeben von Max Brod in Gemeinschaft mit Heinz Politzer. Band VI) 1937
Der Eintrag »Trabe, kleines Pferdchen ...« erstmals ohne Titel in der Abteilung ›Fragmente‹ innerhalb der Gruppe ›Tagebuchnotizen aus anderen Heften‹ in ›Tagebücher und Briefe.‹ Prag: Heinrich Mercy Sohn (= Gesammelte Schriften. Herausgegeben von Max Brod in Gemeinschaft mit Heinz Politzer. Band VI) 1937

Brief an den Vater. Erstmals in ›Die Neue Rundschau‹, 63. Jg., Zweites Heft, Frankfurt am Main: S. Fischer 1952

Fragmente aus Heften und losen Blättern

Der Eintrag »Jeder Mensch ist eigentümlich ...« erstmals unter dem Titel ›Skizze einer Selbstbiographie‹ in der Abteilung ›Fragmente‹ innerhalb der Gruppe ›Tagebuchnotizen aus anderen Heften‹ in ›Tagebücher und Briefe.‹ Prag: Heinrich Mercy Sohn (= Gesammelte Schriften. Herausgegeben von Max Brod in Gemeinschaft mit Heinz Politzer. Band VI) 1937

Der Eintrag »Um was klagst du, verlassene Seele ...« erstmals ohne Titel in der Abteilung ›Meditationen‹ in ›Tagebücher und Briefe.‹ Prag: Heinrich Mercy Sohn (= Gesammelte Schriften. Herausgegeben von Max Brod in Gemeinschaft mit Heinz Politzer. Band VI) 1937. Aufgenommen in ›Der Turm‹, 1. Jg., Nr. 7. Wien: Adolf Holzhausens Nfg., Februar 1946

Die Eintragungen »Ich liebte ein Mädchen ...«, »Wer ist es? Wer geht unter den Bäumen ...« und »Manche sagen, daß er faul sei ...« erstmals ohne Titel in der Abteilung ›Fragmente‹ innerhalb der Gruppe ›Tagebuchnotizen aus anderen Heften‹ in ›Tagebücher und Briefe.‹ Prag: Heinrich Mercy Sohn (= Gesammelte Schriften. Herausgegeben von Max Brod in Gemeinschaft mit Heinz Politzer. Band VI) 1937

Der Eintrag »Ich war bei den Toten zu Gast ...« erstmals unter dem Titel ›Bei den Toten zu Gast‹ in der Abteilung ›Fragmente‹ innerhalb der Gruppe ›Tagebuchnotizen aus anderen Heften‹ in ›Tagebücher und Briefe.‹ Prag: Heinrich Mercy Sohn (= Gesammelte Schriften. Herausgegeben von Max Brod in Gemeinschaft mit Heinz Politzer. Band VI) 1937

Die Eintragungen »Fort von hier, nur fort von hier ...« und »Daß Leute, die hinken ...« erstmals ohne Titel in der Abteilung ›Meditationen‹ in ›Tagebücher und Briefe.‹ Prag: Heinrich Mercy Sohn (= Gesammelte Schriften. Herausgegeben von Max Brod in Gemeinschaft mit Heinz Politzer. Band VI) 1937

Der Eintrag »Wer hier nicht mehr zu sagen hat als die Psychoanalyse...« [Teilstück aus einem Brief an Franz Werfel] erstmals ohne Titel in der Abteilung ›Meditationen‹ in ›Tagebücher und Briefe.‹ Prag: Heinrich Mercy Sohn (= Gesammelte Werke. Herausgegeben von Max Brod in Gemeinschaft mit Heinz Politzer. Band VI) 1937

Die Eintragungen »Geständnis, unbedingtes Geständnis ...«, »Daß es Furcht, Trauer und Öde auf der Welt gibt ...«, »Geringe Lebenskraft ...«, »Ruhe zu bewahren ...«, »Was stört dich? Was reißt ...«, »Frische Fülle ...«, »Schöpferisch. Schreite! ...« und »Er singt im Chor ...« erstmals ohne Titel in der Abteilung ›Fragmente‹ innerhalb der Gruppe ›Tagebuchnotizen aus anderen Heften‹ in ›Tagebücher und Briefe.‹ Prag: Heinrich Mercy Sohn (= Gesammelte Schriften. Herausgegeben von Max Brod in Gemeinschaft mit Heinz Politzer. Band VI) 1937

›Es ist ein Mandat‹ erstmals in der Abteilung ›Fragmente‹ innerhalb der Gruppe ›Tagebuchnotizen aus anderen Heften‹ in ›Tagebücher und Briefe.‹ Prag: Heinrich Mercy Sohn (= Gesammelte Schriften. Herausgegeben von Max Brod in Gemeinschaft mit Heinz Politzer. Band VI) 1937

Die Eintragungen »Die Kräfte des Menschen ...» und »Manchmal scheint es so ...« erstmals ohne Titel in der Abteilung ›Meditationen‹ in ›Tagebücher und Briefe.‹ Prag: Heinrich Mercy Sohn (= Gesammelte Schriften. Herausgegeben von Max Brod in Gemeinschaft mit Heinz Politzer. Band VI) 1937

Die Eintragungen »Aufgehoben die Reste ...« und »Eine heikle Aufgabe ...« erstmals ohne Titel in der Abteilung ›Fragmente‹ innerhalb der Gruppe ›Tagebuchnotizen aus anderen Heften‹ in ›Tagebücher und Briefe.‹ Prag: Heinrich Mercy Sohn (= Gesammelte Schriften. Herausgegeben von Max Brod in Gemeinschaft mit Heinz Politzer. Band VI) 1937

Der Eintrag »Die Grundschwäche des Menschen ...« erstmals ohne Titel in der Abteilung ›Meditationen‹ in ›Tagebücher und Briefe.‹ Prag: Heinrich Mercy Sohn (= Gesammelte Schriften. Herausgegeben von Max Brod in Gemeinschaft mit Heinz Politzer. Band VI) 1937

Die Eintragungen »Ich war der Figur gegenüber wehrlos ...«, »Nur ein Wort ...« und »Immer wieder verirre ich mich ...« erstmals ohne Titel in der Abteilung ›Fragmente‹ innerhalb der Gruppe ›Tagebuchnotizen aus anderen Heften‹ in ›Tagebücher und Briefe.‹ Prag: Heinrich Mercy Sohn (= Gesammelte Schriften. Herausgegeben von Max Brod in Gemeinschaft mit Heinz Politzer. Band VI) 1937

Die Eintragungen »Immerfort sprichst du vom Tod ...«, »Erreiche es nur, dich der Mauerassel verständlich zu machen...«, »Das Leben ist eine fortwährende Ablenkung ...«, »Daß noch der Konservativste die Radikalität des Sterbens aufbringt!«, »Die Unersättlichsten sind manche Asketen ...« und »Du sagst, daß du es nicht verstehst ...« erstmals ohne Titel in der Abteilung ›Meditationen‹ in ›Tagebücher und Briefe.‹ Prag: Heinrich Mercy Sohn (= Gesammelte Schriften. Herausgegeben von Max Brod in Gemeinschaft mit Heinz Politzer, Band VI) 1937

Der Eintrag »Ich kämpfe, niemand weiß es ...« erstmals ohne Titel in der Abteilung ›Fragmente‹ innerhalb der Gruppe ›Tagebuchnotizen aus anderen Heften‹ in ›Tagebücher und Briefe.‹ Prag: Heinrich

Mercy Sohn (= Gesammelte Schriften. Herausgegeben von Max Brod in Gemeinschaft mit Heinz Politzer. Band VI) 1937
Der Eintrag »Du mußt den Kopf durch die Wand stoßen ...« erstmals ohne Titel in der Abteilung ›Meditationen‹ in ›Tagebücher und Briefe.‹ Prag: Heinrich Mercy Sohn (= Gesammelte Schriften. Herausgegeben von Max Brod in Gemeinschaft mit Heinz Politzer. Band VI) 1937
Die Eintragungen »Meine Sehnsucht waren die alten Zeiten ...«, »Den Kopf hat er zur Seite geneigt ...« und »Im Bett, das Knie ein wenig gehoben ...« erstmals ohne Titel in der Abteilung ›Fragmente‹ innerhalb der Gruppe ›Tagebuchnotizen aus anderen Heften‹ in ›Tagebücher und Briefe.‹ Prag: Heinrich Mercy Sohn (= Gesammelte Schriften. Herausgegeben von Max Brod in Gemeinschaft mit Heinz Politzer. Band VI) 1937
Die Eintragungen »Ich habe einen starken Hammer ...«, »Viele umschleichen den Berg Sinai ...«, »Schreiben als Form des Gebetes«, »Kämpfte er nicht genug ...«, »Er glaubte, eine Statue gemacht zu haben ...«, »Die geistige Wüste ...«, »Das ist ein Leben zwischen Kulissen ...«, » Auf diesem Stück gekrümmten Wurzelholzes ...« und »Läufst du immerfort vorwärts ...« erstmals ohne Titel in der Abteilung ›Meditationen‹ in ›Tagebücher und Briefe.‹ Prag: Heinrich Mercy Sohn (= Gesammelte Schriften. Herausgegeben von Max Brod in Gemeinschaft mit Heinz Politzer. Band VI) 1937
Der Eintrag »Das Schreiben versagt sich mir ...« erstmals ohne Titel in der Abteilung ›Fragmente‹ innerhalb der Gruppe ›Tagebuchnotizen aus anderen Heften‹ in ›Tagebücher und Briefe.‹ Prag: Heinrich Mercy Sohn (= Gesammelte Schriften. Herausgegeben von Max Brod in Gemeinschaft mit Heinz Politzer. Band VI) 1937
Der Eintrag »In unserer Synagoge lebt ein Tier ...« erstmals unter dem Titel ›In unserer Synagoge‹ in der Abteilung ›Fragmente‹ innerhalb der Gruppe ›Tagebuchnotizen aus anderen Heften‹ in ›Tagebücher und Briefe.‹ Prag: Heinrich Mercy Sohn (= Gesammelte Schriften. Herausgegeben von Max Brod in Gemeinschaft mit Heinz Politzer. Band VI) 1937
Der Eintrag »Ich war in ein undurchdringliches Dorngebüsch geraten ...« erstmals unter dem Titel ›Das Dorngebüsch‹ in der Abteilung ›Fragmente‹ innerhalb der Gruppe ›Tagebuchnotizen aus anderen Heften‹ in ›Tagebücher und Briefe.‹ Prag: Heinrich Mercy Sohn (= Gesammelte Schriften. Herausgegeben von Max Brod in Gemeinschaft mit Heinz Politzer. Band VI) 1937
Die Eintragungen »Ich habe seit jeher einen gewissen Verdacht ... [I]« und »Ich habe seit jeher einen gewissen Verdacht ... [II]« erstmals ohne Titel in der Abteilung ›Fragmente‹ innerhalb der Gruppe ›Tage-

buchnotizen aus anderen Heften‹ in ›Tagebücher und Briefe.‹ Prag: Heinrich Mercy Sohn (= Gesammelte Schriften. Herausgegeben von Max Brod in Gemeinschaft mit Heinz Politzer. Band VI) 1937

Erste Ausgabe

Hochzeitsvorbereitungen auf dem Lande und andere Prosa aus dem Nachlaß. Frankfurt am Main: S. Fischer (= Gesammelte Werke. Herausgegeben von Max Brod) 1953 (7.–9. Tsd. 1966) (Europäische Lizenzausgabe von Schocken Books, New York)

REGISTER

Zusammengestellt von Knut Beck

Die Register sind alphabetisch geordnet; bei Werktiteln wurde der Artikel unberücksichtigt gelassen. Die Ziffern in eckigen Klammern verweisen auf den Anhang.

ERWÄHNTE EIGENE WERKE

ERWÄHNTE PERSONEN UND FREMDE WERKE

Bitte umblättern:

auf den nächsten Seiten informieren wir Sie über weitere interessante Fischer Taschenbücher.

Klassiker der Moderne

Joseph Conrad
Der Nigger von der »Narzissus«. Band 2054

Der Freibeuter
Band 2055

Der Verdammte der Inseln
Band 2056

Almayers Wahn
Band 2057

Knut Hamsun
Vagabundentage und andere Erzählungen. Band 2065

Ernest Hemingway
Wem die Stunde schlägt
Band 408

Hermann Hesse
Schön ist die Jugend
Band 1273

Hugo von Hofmannsthal
Das Märchen der 672. Nacht/Reitergeschichte/Das Erlebnis des Marschalls von Bassompierre. Band 1357

Deutsches Lesebuch
Eine Auswahl deutscher Prosa aus dem Jahrhundert 1750–1850. Band 1930

Gesammelte Werke in 10 Einzelbänden
Herausgegeben von Bernd Schoeller in Beratung mit Rudolf Hirsch.
Band 2159–2168

Franz Kafka
Das Urteil und andere Erzählungen. Band 19

Amerika. Band 132

Der Prozeß. Band 676

Das Schloß. Band 900

Sämtliche Erzählungen
Band 1078

Beschreibung eines Kampfes
Band 2066

Heinrich Mann
Zwischen den Rassen
Band 1812

Thomas Mann
Königliche Hoheit. Band 2

Der Tod in Venedig und andere Erzählungen. Band 54

Herr und Hund. Band 85

Lotte in Weimar. Band 300

Bekenntnisse des Hochstaplers Felix Krull. Band 639

Buddenbrooks. Band 661

Der Zauberberg. Band 800

Joseph und seine Brüder
3 Bände. Bd. 1183–1185

Doktor Faustus. Band 1230

Tonio Kröger/Mario und der Zauberer. Band 1381

Der Erwählte. Band 1532

Die Erzählungen
2 Bände. Bd. 1591/1592

Essays. 3 Bände
Literatur. Band 1906
Politik. Band 1907
Musik und Philosophie.
Band 1908

Virginia Woolf

Die Dame im Spiegel
und andere Erzählungen.
Band 1984

Die Fahrt zum Leuchtturm
Roman. Band 2119

Die Jahre
Roman. Band 2120

Mrs. Dalloway
Roman. Band 1982

Orlando
Roman. Band 1981

Die Wellen
Roman. Band 2121

Zwischen den Akten
Roman. Band 1983